后浪

中國神話史

袁珂 著

北京联合出版公司
Beijing United Publishing Co.,Ltd.

序　言

数十年来整理和研究中国神话，在脑子里逐渐形成一种概念，就是认为中国神话的范围，不是先前所理解的那么狭隘，需要从狭隘的圈子里跳出来，扩大视野，才能见到中国神话的真正丰美。这种认识起初还是模模糊糊的，到一九七二年初尝试编写《中国神话词典》（后更名为《中国神话传说词典》①，已由上海辞书出版社出版）的时候，由于搜集到的材料日益丰富，所写的词条逐渐增多，先前模糊的认识慢慢变得清晰起来，因而有《从狭义的神话到广义的神话》一文在《社会科学战线》（一九八二年）和《民间文学论坛》（一九八三年）上发表，初步阐述了我的广义神话思想。但那原本是我为《中国神话词典》写的一篇序，处处就词典立论，没有说得十分明白、透彻。文章发表后，引起学术界热烈的讨论。有表示赞成的，有表示反对的，也有虽表示赞成而又持有某些疑点的。针对这些情况，我又相继写成《再论广义神话》和《前万物有灵论时期的神话》两篇文章，分别发表在一九八四年和一九八五年的《民间文学论坛》上，两篇文章仍都是阐述广义神话思想的。

广义神话的中心思想，就是不仅最初产生神话的原始社会有神话，就是进入阶级社会以后的各个历史时期也有神话。旧有的神话在发展，在演变，新的神话也随着历史的进展在不断地产生。直到今天，旧的神话没有消失，新的神话还在产生。

有了这种基本认识，就觉得眼光较以往明亮了，心思也较以往开阔了，许多东西都可以堂而皇之地纳入中国神话的园苑来进行考察。中国神话

① 2013年由后浪出版公司出版修订版。

并不是贫乏苍白，而是丰富多彩；并不是残破凋零，而是枝繁叶茂。

新中国成立三十多年以来，民间文学的工作是卓有成绩的，但成绩却多半表现在搜集整理上，对理论研究则有所忽视。这一点已引起有关方面的注意，提出今后要加强民间文学理论的研究，同志们一致表示支持和拥护。神话研究的工作，新中国成立前学者们做了不少，新中国成立后在一段时间中，却由于这样那样的原因，处于停滞状态。直到最近几年，才逐渐兴旺发达起来，以至于呈现风起云涌的趋势。这固然是可喜的现象，然而工作似乎还不很牢固、扎实，因为大家都还处于探索阶段。迄今为止，还没有一部论述中国神话的专著出现。茅盾先生早年写了《中国神话研究ABC》，后更名为《中国神话研究初探》，收在《茅盾评论文集》中，但那是半个世纪以前的事了，用作参考，是很有价值的，对当前的研究工作，却未必能起到充分指导的作用。因此我想，要能聚集同志，集体编写出一部《中国神话概论》来才好，因为有了此书，中国神话的基础理论才大概可以建立起来。而如果要写好概论，还必须要有一部阐述广义神话思想的书先编写出来，以解决神话研究考察对象范围的问题。这个问题如果不解决，概论也是不大容易编写得好的。

事有凑巧，偶然从某同志编写的一本叫做《曾朴研究》的小册子里，发现附载的《曾朴所叙全目》中，有《中国神话史》四卷。这个发现，对我说来，其惊喜的程度，似乎不亚于当年哥伦布发现新大陆。《中国神话史》这个题目，“神话”而有“史”，自然便是基于广义神话观点的设想；如果是狭义的，这部书就无论如何也写不起来。这个题目太好了！想不到《孽海花》小说的作者，清末民初的一位老先生，竟有这样的识力，写出了皇皇四卷《中国神话史》的大文！惜其书已佚亡，作者亦早去世，不可得访询其究竟。不过单从这个题目看，就足以将中国神话研究考察范围的问题比较圆满地予以解决了。由此使我产生一个想法：当踵先辈的足迹，自勉自励，奋勇行去，写成此书，使将来“史”、“论”结合，为中国神话研究打下一点基础。

然而，说到要写《中国神话史》，真是谈何容易！千头万绪，不知话从何起。想纠集同志共同来完成这项艰巨的工作，同志们又都散处四方，我一个普通科研人员，何能有此需要充分财力、物力、人力作后盾的组织力量。自己肩负起来吧，担子又实在太沉，唯恐力有未逮。正在彷徨未定的时候，适逢先后有两个单位都在号召订立理论研究规划和科研规划，我自然不能袖手旁观，只好硬着头皮，让这部设想中的《中国神话史》列上了规划的光荣榜。心想有一分热，发一分光，能做到什么程度就算什么程度吧。路总是需要有人去走才能成为路，不能期待在荆棘丛芜中忽然展现一条路来。

榜上既然有名，便确实不敢懈怠，赶紧想法搜集材料，拟定提纲，认真动手写作起来。我像《水浒传》里描绘的发配孟州的武都头一样，宁肯吃杀威棒，不肯吃寄库棒，原因是寄库棒牵肠挂肚的痛苦，尤甚于眼下皮开肉绽的痛苦。所以从去年春初至入冬，一直写作未停。种种艰难困苦，什么老年疾病，家事纷扰，搜集材料大为不易等，都不必细说了。经过为时将近一年的努力，我才将这部虽然粗糙简陋，但却是前此所无、连题目也是如今始有的《中国神话史》的初稿大体完成。

前面不是说曾朴曾经撰写过《中国神话史》四卷吗？怎么又说这书是“前此所无、连题目也是如今始有”的呢？原来那是一个误会，是一个“郢书燕说”的误会。经查询证实的结果，曾朴撰写的乃是《中国神代史》，不是《中国神话史》，是《曾朴研究》的作者把书名弄错了。对于写作《曾朴研究》专著的作者来说，他不该有这样的错误（书中曾两处提到《中国神话史》），但是对我说来，我确实要感谢他的这个小小的错误，因为它促使我一鼓作气完成了这部本来早就应该写出的《中国神话史》。

这部书的成就，虽然带点“郢书燕说”的喜剧意味，然而它实在是我多年来从心底发出的愿望和要求。“神代史”而误为“神话史”，不过是个契机。通过这个契机，却使我潜藏的愿望得以在较短的时期内实现了。

希腊有丰美的神话，却没有听说有什么神话史，世界上其他国家和民族，以我的孤陋寡闻，也没有听说有什么神话史；而我们这个在半个多世纪以前还被有些人认为是没有神话或神话贫乏的国家，现在居然有了一部神话史。这部神话史尽管还处于简陋粗糙的阶段，但是它也用了大量材料和事实来向你说明：中国不但有神话，而且中国神话的丰富、宏伟和美丽，并不亚于世界上其他任何国家和民族。

书是属于草创性质，自然免不了还有许多毛病，甚至是千疮百孔。是否能够站住脚，还要看将来时间的检验。不过总算是起步了。婴儿的蹒跚，将无碍于壮夫的健步，我相信未来的学者定会使它有成长的机会的。

一九八六年二月十二日袁珂于成都

目　录

前　言

中国神话本来很是丰富，但是因为如下几种原因，给人以错觉，误以为是贫乏无可记述的，甚至在著名学者早年编写的文学史中，也都只字未提，或仅浮光掠影地提到一下，实在使人感到遗憾。[①]

给人以错觉的几种原因是：一、中国神话零星片断地记录在先秦和汉以后的古书里，没有出现像希腊荷马那样的“神代诗人”，把这些零星片断的神话熔铸成为鸿篇巨制。二、后世民间流传的神话如“牛郎织女”、“董永和七仙女”、“沉香救母”、“白蛇传”、“望娘滩”等，在一般学人的心目中，不过是以普通民间故事视之，并未当做神话。三、道教是中国本土产生的宗教，已有一千七八百年的历史，道教的仙话，更是源远流长，在春秋战国时期，就已经有了。仙话中也有比较积极有意义的部分，对中国文化曾产生过好的影响，过去却未被当做神话予以考察。四、中国历史人物身上，常附有许多神话因素，有些历史人物，同时又是神话人物，如姜太公、李冰、秦始皇等，但关于这些人的神话故事，却未被视作神话。五、中国是一个多民族的国家，除汉民族外，历史上在这块广袤而丰饶的土地上聚居生息的，还有其他许多民族，据统计，中国现有五十五个少数民族，他们都有从远古流传至今的宏伟壮丽的神话传说，过去一直被忽视，未列入中国神话考察的范围。

鲁迅先生不愧是富有卓识的文学家和思想家，他在一九二三年撰

① 如郑振铎先生编著的《文学大纲》四巨册，1927年在商务印书馆出版，论述中国文学的部分，从《诗经》《楚辞》开始，只字未提中国神话；1932年出版、1957年重加补充修订、在作家出版社出版的《插图本中国文学史》，也只在第三章“最古的记载”中论到《山海经》时，略提了提神话。

写的《中国小说史略》一书里，便开始把“神话与传说”列为专篇叙述，以为是小说的“本根”。茅盾先生于一九二八年写的《中国神话研究ABC》一书，是中国神话研究最早的一部专著。其后闻一多先生也写了若干篇很有质量的研究中国神话的文章，收集在《神话与诗》(《闻一多全集》选刊之一)一书中。三位先生对中国神话研究都作出了“筚路褴褛、以启山林”的艰辛而重大的贡献。其他尚有作出重要贡献的诸先生，如江绍原(《中国古代旅行之研究》)、黄芝岗(《中国的水神》)、丁山(《中国古代宗教与神话考》)等，就不在这里一一缕述了。

由于有了这些先驱者对中国神话研究的重视，因而在后来编写的一些中国文学史中，例如一九五四年林庚的《中国文学简史》、一九五七年杨公骥的《中国文学》第一分册、一九六二年中国社会科学院文学研究所集体编写的《中国文学史》等书中，都有了关于中国神话专章或半章的讲述，虽然尚嫌不足，较之过去，总算是迈出了一大步。

现在却要从中国神话的发展和流传演变，以及它对后世文学艺术的影响等，来考察研究神话本身的问题，又还要考察研究历代整理神话和研究神话者在整理、研究工作中的一些问题，其内容自然不得不大大地增加，不是像在一般文学史里那样以一章半章的篇幅略事点缀，而是要作纵贯的史的论述，这就要求比从前作更大幅度的迈进，其迈进的幅度甚至将超过以前十倍、百倍。

但却不是架空、凌虚，不是文学的描写和渲染，而是需要有充分的内容作依据，将这些有依据的内容安排在一定的位置上，按照它们各自的本来面目，如实地陈述出来，予以考察和研究。我所设想的有比较充分依据的内容是：一、中国神话不仅有产生自原始社会到奴隶制社会初期而登峰造极的丰富的古代神话，还有许多后世民间产生的新神话，如前面所举的“牛郎织女”等。二、神仙不死之说是直接从原始巫教那里来的，《山海经》里已有不少这方面的记叙，道家仙话中比较积极有意义的部分，也应当是神话的组成部分。三、神话化的历史人物，如姜太公、李冰等，有关他们带神话色彩的传说，也应属于神话。四、五十多个少数民族，各有绚烂丰富的口传神话。五、历代神话整理者和研究者，从其整理和研究工作中，可见他们对神话所持的态度。六、历代神话影响及于文学艺术的，斑斑可见。前四项固不必说，后二项自然也该属于神话史的考察范围。

基于以上诸端，可以见到:《中国神话史》的撰写仍是有充分凭依和达到此一目的的可能性的。但是，却也不能不看到它的困难。困难在于：这条道路前人从来没有走过，充满着荆棘杂草，得用不惧失足、不怕蹉跎的精神，慢慢地在这片荒芜的土地上探索路径。

探索，是研究，也可以说是一种学习。我和同时代的学者们——尤其是中青年学者们，一道学习，可以有不同的看法和结论，都让事实来作最后的说明。例如关于神话的概念，从史的角度看，大概可以区分为这样两种：一种是说，神话和原始社会同终始，原始社会以后，神话就“消失”了；另一种是说，原始社会以后的阶级社会——乃至近代和现代也有神话，神话并未“消失”。我是赞成后一种说法的。后一种说法，我把它概括为“广义神话”这样一个意思。就是说，即使原始神话消失了，继原始神话而起的广义神话也还并未消失，而后者和前者又本是一脉相通的，并不是判然划分的两回事。万物有始必有终，神话当然也不例外，有一天它自然会走到尽头而消失的；但是现在，从中国乃至世界的范围来看，可以肯定地说，现在它还没有消失。

是的，革命导师马克思曾经说过“神话也就消失了”这样一句影响非常广大的名言，我们应当给予充分的尊重，但又牵涉不同理解的问题。首先，应该看到：马克思在写《〈政治经济学批判〉导言》一文的时候，是十九世纪五十年代，那时欧洲资本主义社会的科学文化已经相当发达，说“神话消失”，是指那时欧洲的某些国家，从中看不出神话的产生和终结应制约在原始社会范围之内这个意思。此其一。马克思所说的“历史上的人类童年时代”，是指原始社会开始解体，初步进入奴隶制社会的希腊而言，并不是指还处于文化较低阶段的原始社会的希腊，故后面才有“有粗野的儿童、有早熟的儿童”这样的譬喻，而说“希腊人是正常的儿童”。如果当时希腊和马克思所说的“古代民族”都是处于原始社会状态的话，则在发展的过程中，谁都会经历“粗野”的阶段，更不会有“粗野”、“早熟”、

“正常”的区别了。只有到了奴隶制社会初期，才会有这种区别。足见马克思早承认原始神话已进入阶级社会的门槛。我赞成杨堃先生所说：“马克思所赞扬的古希腊神话的永久魅力，非指古希腊的原始神话，而是指希腊古典时代，经过伟大文学艺术家加工后的希腊古典神话。这种古典神话，已经是文学艺术的一个组成部分，故具有艺术的魅力。”①此其二。马克思所说的“神话消失”，是专指希腊神话，而且从上下文意来看，也只是指“随着这些自然力之实际上被支配”的部分希腊神话。此其三。拿中国来说，现代民间仍然有许多古代神话流传，从搜集到的材料来看，可以见到这些神话在长期流传的过程中有许多变异，并不是复述古书的记录，即此一端，已可见神话至今并没有消失。此其四。

总之，我以为学习马、恩经典著作，要实事求是地从他们当时所处的具体环境，针对的具体事物，领会其立论的精神实质，才比较能够融会贯通。若是断章摘句地去理解，而且套用在任何地方，那就难免会成为胶柱鼓瑟、凿枘难通了。

主张神话是和原始社会同终同始的同志，总是强调神话的原始性这一点，仿佛神话离开了原始性就不成其为神话了，其实是偏颇的说法。产生于原始社会并在那个时期焕发出异常光彩的神话，原始性固然是构成神话的要素，但是，神话是会随着时代的进展而发生变化的。不管是口头流传的也好，或经过文人记录而加工润色的也好，总的趋势，都是要朝着由朴野而文明这条路子走去的。神话的原始色彩，自然会在流传演变的过程中有所减退，但减退了原始色彩的神话，仍然是神话，或者毋宁说是更高级更优美的神话，例如我们今天所见到的希腊神话，原始性就并不那么浓厚，而颇具有灿然的文明色彩。可见原始性不是神话的唯一要素。

说神话具有原始性，那是说，神话是原始先民思想意识的总汇，它不仅有着属于文学艺术方面的审美的东西，还有着属于宗教崇拜的、哲学思辨的、历史和科学探讨的、地方志和民俗志的……其他多方面的东

① 见《论神话的起源与发展》，刊《民间文学论坛》1985年第1期。

西。后来神话发展了，属于审美的文学艺术方面的东西便成为神话的主流，而其他方面的东西自然便退居其次。原始社会的神话流传演变到阶级社会以后，情况就是如此。我们研究神话，固然要看到神话的原始性，但也不宜过分强调。神话的发展及其流传演变的总趋势既然是由野而文，它总是要从原始的、复合的思想意识的总汇里逐渐分离出来，走向审美的文学艺术的途径。我们研究神话，终归还是要以此为主。只要不把神话的原始性看得绝对化，那么后代新生的具有神话色彩的神话，也就可以被我们承认而接受了。

后代有神话，不管称之为民间神话也好，称之为模拟神话也好，有神话这一点总归是事实。有的同志见我提出广义神话，以为我会把民间传说、民间故事等通通纳入广义神话的范围，会混淆神话的界限，使“神话”一词不能得到科学的解释，从而给研究者造成某种困难，其实这是毋庸顾虑的。我在《再论广义神话》[①]一文中已经说过——

> 神话虽然涉及多种学科，在各个方面都有它的踪影，但并不是说，各个方面所有的东西都是神话。不是的，只是在各个方面的东西中能够叫做“神话”的那一部分才算神话。这样神话便终究有它自己的界限，不会和各个方面的东西混淆，可以被人认知了。

这是从横的方面立论。从纵的方面来说，如前面所说的民间传说、民间故事等，自然也是如此。但事物的分类总是一件复杂细致的工作，往往比较麻烦，很不容易做到精确。神话既涉及各种学科，又涉及在历史长河中流传嬗变下来的不同的文艺体裁，更是掌握界划的难题。这就使我们对于神话的要素不得不作一些初步的探讨和认识。除开一般常说的“幻想性”、“故事性”、“原始性”等我都表示完全赞同而外，我以为神话的要素具体说来，应该有如下几项——

一、主导思想。从物我混同到万物有灵，是原始社会宗教与神话的

① 见《民间文学论坛》1984年第3期。

主导思想。《庄子·应帝王》说:“泰氏,其卧徐徐,其觉于于。一以己为马,一以己为牛。”便是物我混同思想的很好写照。万物有灵，则是这种思想的进一步发展，是将万物初步拟人化或人格化了，认为人格化了的万物是高于人而值得人去崇拜的东西。

二、表现形式。(一)变化。人变成物，物变成人，一种事物变成另外一种事物，是朴素的唯物观念在原始人头脑中的反映，它往往构成神话故事情节的主干。(二)神力和法术。前者是对人类力量和本领的想象的夸张；后者的来源是原始巫术，是将原始巫术加以文学的藻饰。二者的作用总和起来移之于物，往往就成了神或魔使用的法宝。

三、神话不仅是“以一神格为中枢”(鲁迅语)，或者是表现“神们的行事”(茅盾语)，更重要的是，还表现了人神同台演出这一出出幻想中壮丽宏伟的戏剧。这就是广义神话所持有的将某些传说也包括在内的新的概念。

四、有意义深远的解释作用。如共工触山解释天倾西北、地陷东南的自然环境的形成；阏伯、实沉“日寻干戈”解释参星、商星不相见的缘由，等等。

五、对现实采取革命的态度。此点一切优秀的民间文学皆同，而神话所表现的应更突出。在原始社会往往表现为对自然的征服，在阶级社会则往往表现为对统治者及统治思想的反抗。

六、时间和空间的视野广阔，往往并不局于一时一隅。

七、流传较广，影响较大。如“牛郎织女”、“白蛇传”等。

我能想到的，就是以上这些。或者还有遗漏，或者还不太妥切，先提出来写在这里供大家参考。有一些对神话要素的初步设想比没有为好，这样便于将神话(狭义的和广义的)从其他事物中区别出来。所设想的七项神话要素，对于每个具体的神话来说，并不要求全都具备，只需具备其中四五项大概也就够了。这是需要预先说明的。

有了对神话要素的概略认识，神话史的著述或者可以大胆动手撰写了，但在临笔之前，还想到一些困难之点。

一是中国神话零星片断，散见在许多门类的古书记录中，而某些古书的作期，常难于推断；进而要推断神话的产生时期，更是困难。尤其困难的是，还要根据这些零散的材料论述神话的发展及流传演变的大概过程。二是古人的著作中，从来没有“神话”这样一个词汇，也没有“神话”这样一个概念，有之但有“怪”[①]、“神”[②]、“谐”[③]、“异”[④]等称，含义约略接近于我们现在所说的“神话”，或我所说的“广义神话”。但是以这类词语（还有复合词“神异”、“神怪”等）撰著的书籍，内容却极为复杂，多有涉及野史杂闻和迷信诞妄的，并不全属神话。要从中披沙拣金，择其善者加以论述也不是容易的事。三是历代学人对神话的整理与研究（整理也是一种研究，是研究的初阶），由于他们大都没有近代我们从西欧接受的神话的概念，动辄拿神话和史实相比附，对不合史实的，便斥为“异端”、“荒诞”，略有超拔之说，又易流入道家的哲理玄谈，使将来论述到这一部分时，仍会感到棘手。四是古文献中常有因“言不雅驯”而被删弃、篡改的地方，如禹化熊开山不见于今本《淮南子》，而见于《汉书·武帝纪》颜师古注的引文；舜服鸟工龙裳以救井廪之难不见于今本《列女传》，而见于《楚辞·天问》洪兴祖补注的引文；又《淮南子·天文篇》所说的“爰止其女、爰息其马”，古本是“爰止羲和、爰息六螭”；《览冥篇》所说的“羿请不死之药于西王母，姮娥窃以奔月”下，古本尚有“托身于月，是为蟾蜍，而为月精”十二字[⑤]，为今本所无，等等。查证到的篡改、删削处，已所见不鲜；经删改而无法查证到的，还不知有多少。要根据这些残缺不全的文献材料论述古代神话，自会随时有捉襟见肘之感。五是取神话材料写作的文学作品，本应属于神话影响的范围，而这些作

---

① 《论语·述而》:“子不语怪、力、乱、神。”明胡应麟《少室山房笔丛》卷三十二:“《山海经》古今语怪之祖。”

② 《论语·述而》;晋干宝有《搜神记》二十卷;鲁迅《古小说钩沉》辑有六朝梁刘之遴《神录》。

③ 《庄子·逍遥游》:“《齐谐》者，志怪者也。”《古小说钩沉》辑有六朝宋东阳无疑《齐谐记》;梁吴均有《续齐谐记》一卷。

④ 《公羊传·隐公三年》:“曷以书？记异也。”六朝宋刘敬叔有《异苑》十卷;梁任昉有《述异记》二卷。

⑤ 并见《初学记》卷一引。

品被人传诵，不久也就成了新神话。如《穆天子传》写周穆王见西王母、李公佐《古岳渎经》写禹伏无支祁、李朝威《柳毅传》写柳毅与龙女、吴承恩《西游记》写孙悟空大闹天宫，等等，它们的性质实在介于文学作品和原始记录之间（屈原《离骚》、《天问》中所叙写的一些零星神话早就共有这种性质了），要将它们安排在合适的章节中加以论述，恐怕也会大费周章。

虽然有以上所述的种种困难，仍然打算就力之所及，以汉民族为主，对中国神话的发展及其流传演变，作纵贯的、概略的、史的论述；对五十多个少数民族瑰丽丰美的神话，也拟另辟篇章，作鸟瞰式的、横面的介绍，使读者大略能窥见中国神话的全貌。此外，对神话的研究和神话的影响，亦拟各作专章论述，篇幅的长短，全要看材料的多寡及如何安排而定。总之，各章所论，除少数民族神话部分多取自现代民间口头传述而外，其他章节所收材料，都断限至清末；因为这以后的情况，听说其他同志尚另有专书论述，为避免重复繁琐，只好暂作这样的处理。

第一章

原始社会前期的神话

一、神话传说中的中国原始社会

整个原始社会，包含从猿人到古人的原始群居生活和新人出现以后从母系氏族公社、父系氏族公社到原始社会解体两大阶段。在母系氏族公社形成以前的这一阶段，时间是漫长的，大约经历了从200万年前到公元前4万年之久，我们叫它原始社会前期，相当于马克思在《摩尔根〈古代社会〉一书摘要》里所说的蒙昧时期的低级阶段和中级阶段。

这段时期的历史，古代人们早已有所猜想和推测。庄周是最早一个在这方面作推想者。《庄子·胠箧》说："昔者容成氏、大庭氏、伯皇氏、中央氏、栗陆氏、骊畜氏、轩辕氏、赫胥氏、尊卢氏、祝融氏、伏戏氏、神农氏，当是时也，民结绳而用之，甘其食，美其服，乐其俗，安其居，邻国相望，鸡狗之音相闻，民至老死而不相往来。"他从远古推想到伏戏（羲）、神农的时代，正是相当于早期母系氏族公社之时，所记诸古帝的名称，大概也有当时所传的一点古书作凭依，非纯出杜撰。但是，他把这段漫长的充满为生存与生活而斗争的原始人类群居生活的景象，描写得这样和平、丰足、安谧，则是道家清静无为而致天下太平思想的有色眼镜造成的错觉，是不可靠的。

《庄子》另一篇文章《盗跖》中，对原始社会的初期情景的推想，才比较接近实际："古者禽兽多而人民少，于是民皆巢居以避之，昼拾橡栗，暮栖木上，故命之曰有巢氏之民。"《韩非子·五蠹》对此又有所补充，说：

“上古之世，人民少而禽兽众，人民不胜禽兽虫蛇。有圣人作，构木为巢，以避群害，而民悦之，使王天下，号之曰有巢氏。”又说:“民食果蓏蜯蛤，腥臊臭恶，而伤害腹胃，民多疾病。有圣人作，钻燧取火以化腥臊，而民悦之，使王天下，号曰燧人氏。”从“构木为巢”到“钻燧取火”，概括了原始社会前期（相当于摩尔根分期法的蒙昧期低级阶段和中级阶段）社会生活的大略情景。可见古代人们对这段时期的原始社会仍是有比较正确的认识的。

也有纯出于神话性质推想的，如《汉唐地理书钞》所辑《荣氏遁甲开山图》便是。此书早佚，不知何代人所作，我估计大概也是汉代的纬书之一。《隋书·经籍志》有著录，列入子部的五行类，作“《遁甲开山图》三卷，荣氏撰”，其实该作“荣氏解”才更符合实际情况。《汉唐地理书钞》的辑者王谟说:“《荣氏遁甲开山图解》皆记天下名山古先神圣帝皇发迹之处，故以开山名书，即可以为地理书开宗第一章。”但观其辑存的关于三皇、伏羲、女娲等条目，实在也可算是古代的历史书，是将一些虚构的神人填充了原始社会最早时期的空白。例如关于三皇，书中就这么记载着——

> 五龙见教，天皇被迹望，在无外柱洲昆仑山上。解曰：五龙治在五方，为行神。五龙降天皇兄弟十二人，分五方，为十二部，法五龙之迹，行无为之化。天下仙圣，治在柱洲昆仑山上，无外之山，在昆仑东南一万二千里。五龙天皇，皆出此中，为十二时神也。五龙皇，后君也，昆弟四人，皆人面而龙身，长曰角龙，木仙也；次曰徵龙，火仙也；次曰商龙，金仙也；次曰羽龙，水仙也；父曰金龙，与诸子同得仙，治在五方。
>
> 地皇兴于龙门熊耳山。解曰：地皇兄弟九人，面貌皆如女子，貌皆相类，蛇身兽足，生于龙门山中。
>
> 人皇起于刑马山。解曰：人皇兄弟九人，生于刑马山，身有九色。

接着是伏羲、女娲和女娲以下自大庭氏至无怀氏的古帝王名号，与《庄子·胠箧》所举，大体相同，或者便是本于《庄子》。其所异者，在《庄子》

是把这些古帝王列在伏戏（羲）、神农以前，而《开山图》则把他们列在伏羲、女娲之后，而且还说从大庭氏到无怀氏，“凡十五代，皆袭庖羲（伏羲）之号”，不知何据，或者是别有所本吧。

总之不管怎样，这部书无非是以假想和虚拟，把荒古时代的景象，作了神话色彩的描述。从解说的辞语中，还可以看出，作者是受了道家清静无为和阴阳家阴阳五行思想的影响的。如果这也算是神话，当然是相当后起的神话，决非原始社会更非原始社会前期的神话。三国时，吴人徐整所作的《三五历纪》，在记盘古开天辟地之后，末有“后乃有三皇”一语，可知三皇是被安排在开天辟地的盘古之后的，可惜此书早佚，盘古之事也只是从后来的类书和书注中所引才能得见，竟未见到有关三皇的记叙。推想起来，或者仍是带着浓厚的神话色彩，如上所引《开山图》的记叙吧？用神话因素的东西来填补远古历史的空白，是道家之流和某些史学家的惯技。道士徐整已开其端，唐代司马贞《补三皇本纪》又继其后，而集此工作之大成者，乃是宋代罗泌所作的《路史》。《路史》分“前纪”和“后纪”两个部分，“前纪”从初三皇到无怀氏；“后纪”从太昊伏戏氏到夏少康，把许多神话传说材料都转化为历史，作了历史的安排和处理。这部书是很有意思的，包括从整个原始社会到奴隶社会初期的历程，可说是一部神话传说性质的原始社会史，书中所记叙的，当然就是历史化了的神话传说，但却很少有人对它做深入细致的研究。“属句遣字间，尚僻隐，易滋疑窦，每令人索解不得”（清赵承恩《新序》），是一个原因；“岁久传湮，原本无稽，而钱塘旧刻鲁鱼豕亥滋甚”（《重梓〈路史〉凡例》），又是一个原因；何况此书“其采典籍则五纬、百家、《山经》、道书，一言一事，靡不摭拾，几于驳杂而无伦”（明张鼎思《豫章刻路史前纪后纪序》）。以其难读又荒谬无凭，因而探究者少。我们从神话研究的角度看，此书倒是很值得注意的。它采取的神话材料，确实丰富，虽然把它们都转化作了历史，安排在一定的位置上，但从其子罗苹的注中，又每每把这些材料的来源一一注出，大致还其本来面貌，其间多有僻籍佚文不见于今世者，为我们提供了考察、采撷神话材料的方便。《路史》的“前纪”共分六纪，相当于原始社会前期群居生活阶段，“后纪”共有二纪，从伏羲、女娲开始到夏少康中兴，相当于原始社会后期母系制氏族公社建立到原始社会解体，奴隶制社会初步形成阶段。罗泌将史前的这数十百万年的人类历史作了神话性质的推想，取材宏博，构思奇伟。尤有奇者，是他所分前、后二纪，竟恰恰暗合原始社会的两个重要发展阶段。神话传说——即使是经过整理安排的神话传说——之足为“史影”，看来具有一定的道理。

“前纪”六纪所收古帝名号共五十七，较之《庄子》所举，四倍有余，把一些河神、山神乃至古仙人如巨灵氏、谯明氏、涿光氏、犁灵氏、大騩氏、弇兹氏、泰逢氏、云阳氏等都列入了古帝的行列，看来自然是舛驳不伦。但是，这一大队古帝的名号，却给我们暗示出了原始社会前期的时间之长，正如李白《蜀道难》一诗所说：“蚕丛及鱼凫，开国何茫然，尔来四万八千年……”；又从所举人神不分的古帝中，给我们暗示出了处于蒙昧时期的原始先民群居生活的某些侧影。

但这仅仅是从神话传说材料中反映出的中国原始社会，尤其是它前期的一些情况的侧影，却并不是这一时期的神话。

二、萌芽状态神话的产生时期

这个时期有没有神话呢？回答是肯定的。不过得先把“神话”一词的概念弄明白。“神话”一词，中国古来原是没有的。这个词语大概是从西欧被翻译到日本，然后又从日本移植到中国来的。中国最早使用“神话”一词，现在能够查到的，是清光绪二十九年（一九〇三年）发表在《新民丛报》上的蒋观云《神话、历史养成的人物》一文。对于此词的含义，据各家辞书所述，中外学者所说，实在是繁杂纷歧，很难从中得到明确的认识。不过有一种通常的观念，却是错误的，应该给予纠正，这就是认为神话的先决条件是神，必须有“神”然后才能有“话”。这是把“神话”这个翻译移植过来的浑然一体的语词作了中国式的理解，近于望文生义。

其实“神话”一词，本来不过是故事或传说的意思，只因它和宗教的关系密切，宗教奉祀的神多有神话为之传述行迹，所以才引起人们对神话必须有神的错觉。在原始社会前期，当宗教尚处于萌芽状态，即仅有宗教意识而无宗教仪式，无所谓对神的崇拜，因而早期神话中并没有出现后世概念中所谓的神。神话起源的最早时期即上限，我国民族学者杨堃推断为旧石器时代晚期①，即蒙昧期的高级阶段，比马克思在《摩尔根〈古代社会〉一书摘要》中所说的神话产生于野蛮期低级阶段略早，我基本上是赞成他的推断的，因为较符合事实。而我的设想甚至比杨堃先生的推断更早。杨堃先生推断为旧石器时代晚期，其时已进入母系氏族社会初期，我的设想则在原始社会前期，即蒙昧期的中级阶段，那时人类还过着原始群居生活，已经有了萌芽状态的神话产生。这种神话，略近于后世所说的“寓言”、“童话”，而与后世概念中的“神话”则有较大的差异。

要把这个问题说明白，须先费几行笔墨，还得从马克思《摩尔根〈古代社会〉一书摘要》说起。《摩尔根〈古代社会〉一书摘要》曾说过神话产生的一段话，为了确切理解它的含义，现在全文抄录在下面——

> 在野蛮期的低级阶段，人类的高级属性开始发展起来。个人的尊严、雄辩、宗教的情感、正直、刚毅、勇敢，此时已成为品格的一般特质，但是残酷、奸险和狂热也随之俱来。在宗教领域中发生了自然崇拜和关于人格化的神灵以及大主宰的模糊概念；原始的诗歌创作、共同住宅和玉蜀黍面包——所有这些都是属于这一时期的。它也产生了对偶家族和组成胞族和氏族的部落所结成的联盟。想象，这一作用于人类发展如此之大的功能，开始于此时产生神话、传奇和传说等未记载的文学，而业已给予人类以强有力的影响。

从神话与宗教关系密切这一角度来看，这段时期既然“在宗教领域发生了自然崇拜和关于人格化的神灵以及大主宰的模糊概念”，则该是比较发

① 见《论神话的起源和发展》，刊《民间文学论坛》，1985年第1期。

展的宗教，而不是宗教的萌芽；那么此时产生的神话，相应地也该是比较发展的神话，而不是萌芽状态的神话。《摩尔根〈古代社会〉一书摘要》的前面一段，是写过“宗教萌芽”的，它这样写道：“蒙昧人……还实行着吃人之风。潜在力的进步是很大的：已有语言、管理、家族、宗教、建筑术、财产的萌芽，也有最主要生产的萌芽。”《摩尔根〈古代社会〉一书摘要》对蒙昧时期情况的叙写未分阶段，恩格斯在《家庭、私有制和国家的起源》一书中却是分了阶段的。在蒙昧时期中级阶段，恩格斯写道：“由于食物的来源经常没有保证，这个阶段上大概发生了食人之风，这种风气，后来保持颇久。”对照《摩尔根〈古代社会〉一书摘要》所叙写的来看，宗教的萌芽，可能产生于蒙昧时期的中级阶段。在那个阶段，相应地也该有神话的萌芽了。

十九世纪末叶，英国人类学者泰勒提出著名的“万物有灵论”以后，对学术界曾产生很大的影响，宗教起源和神话起源的问题由是得到了比较充分的说明。但是，这个学说是有缺陷的，随着时间的推移，已一天天暴露出它的不足来。“万物有灵论”是说万物都有灵魂，以此解释原始社会后期母系氏族社会以后产生的关于自然崇拜、图腾崇拜……的宗教与神话是可以的，而对以前的情况则很难予以圆满的解释。早在三十多年前，已经有人指出：泰勒的万物有灵论“并不是完全适当的一个名词”，“在宗教发展的开头阶段，人们还没有特殊的关于灵魂的概念；早期宗教意识实质上不过是人与自然浑然一体、自然具有活力这样一个一般的且颇不明晰的概念。”[①]后来，其他一些学者对泰勒的万物有灵论，也都各有批评。[②]因此，泰勒的继承者马雷特又提出“前万物有灵论”这样一个术语作为它的补充。看来，这完全是有其必要，并且是合乎实际的。

我从原始思维，主要是神话思维的角度，对前万物有灵论时期的神话，曾作过一些探讨。[③]这段时期，相当于本章所述的原始社会前期，现在就把这篇文章的内容概要加以补充修订，节述在下面。

---

① 见柯斯文：《原始文化史纲》，张锡彤译，人民出版社，1955，170—171页。

② 见列维-布留尔：《原始思维》，丁由译，商务印书馆，1981，95页。

③ 见《前万物有灵论时期的神话》，刊《民间文学论坛》，1985年第4期。

三、前万物有灵论：活物论时期的神话

的原始人类，开始制造并学会使用简单粗陋的工
在生产过程中，逐步使分节语言发展完善起来，
想感情，并借此从事简单幼稚的原始思维活动。
的是以好奇为基因，把外界的一切东西，不管是
或自然现象，都看作是和自己相同的有生命、有
间，更有一种看不见的东西联结着自己和群体。
维状态，法国学者列维－布留尔称之为原始思维，
可以叫它神话思维，由此而产生的首批传说和

不是什么开天辟地、创造人类之类，那已经是相
期的原始先民还不可能有这么恢宏深远的想象，
的开头，那是神话故事的整理者（不管是巫师还
的安排。那时人们只能从物我混同的心理状态，
创造神话。白族史诗《创世纪》第一部分“洪荒
象说：在洪荒时代，树木会走路，石头会走路，
，鸡鸭会说话，飞鸟会说话，等等。[①]这些和自
就是早期原始人类创造神话的材料，自然这些
光中已先神话化了。

在便是一批动物、植物故事，尤其描述禽言兽
心。先秦诸子书中有些寓言是以讲述动物故事
神话的转化，如“狐假虎威”、“鹬蚌相争”、“坎井之蛙”、“涸泽之蛇”等，但已经难于实指。早期原始先民用神话思维的眼光看世界，以身边切近的动植物为题材，从而创作出的首批神话故事，就其活泼生动的表现形式看，略近于童话；就其内容含意（任何神话故事，总是要包含一点用意的）来看，又略近于寓言。因而原始社会前

---

① 见李缵绪《白族文学史略》，中国民间文艺出版社，1984，8页。

期的这类神话，流传演变到了后世，就成了童话或寓言，文学家得以利用它来驰骋想象，哲学家也得以利用它来发展思辨。它和童话、寓言不同之点只是在于：它所叙写的能言会走的动植物，在原始先民的眼光里看来，都是实有的东西，而且因有看不见的纽带和这些东西相联系，精神上还会起到一种震颤；而童话或寓言里能言会走的动植物，却不过是拟人化的文学形象，或者竟是一种譬喻，一种假设。但童话和寓言的总根子，还是在古代神话。无怪《韦伯斯特英语词典》把“寓言、童话”列为“神话”的同义词，那是自有它的道理的。

在原始狩猎时代，和人们接触最频繁的是动物，因而表现禽言兽语，表现禽兽和人类打交道的动物神话，无疑是神话的主要部分。然而这些神话或者由于失了传，或者由于流传到后代变形成了寓言、童话之类的东西，已很难找到还具有本来面貌的例子。明代徐应秋《玉芝堂谈荟》卷八“禽言兽语”条汇集了许多人能解禽兽蛇虫语言的例子，给我们提供了古代确实有过动物神话的信息——

> 考古解鸟语者，公冶长辨雀语，白莲水边，有车覆粟，收之不尽，相呼共啄。见《冲波传》……管辂见雀鸣，知东北有妇杀夫；又闻鸣鸠，知有老翁携酒豚来候主人。见《别传》。安清鸟兽之音无不综达，行见群燕，知有送食者。见《高僧传》。解兽语者，介葛卢闻牛鸣，知生三牺。见《左传》。广陵杨翁仲解马语。见《论衡》。李南亦解马语。见《抱朴子》。沈僧照识南山虎啸，云国有边事，当选人丁。见《梁典》。渤海僧隆多罗秋暑纳凉，逢牝豕，引诸豚而行，知其遇官槐止而饲群子。见《阙史》。白龟年见李太白遗书曰：“读之可辨九天禽语，九地兽言。”后闻二雀啾唧，知呼食城西民家余粟；又闻马嘶，知槽中料热不可食；见羊鞭之不动，知羊言腹中有羔，将产然后死。见《翰府名谈》……又《葆光录》台州民解蚁语。《辽史》辽太祖从兄铎骨扎以本帐蛇鸣，令知蛇语者，神速姑知之，谓蛇穴旁有金，铎骨扎掘之，乃得金，以为带，名曰龙锡金。

其实最早一个了解禽兽语言的神话人物，这里没有记叙。《汉书·地理志》说："伯益知禽兽。"《后汉书·蔡邕传》说："(伯益)综声于鸟语。"伯益才是了解禽兽语言最早的人。他是传说中尧舜时代的人，这个时期相当于原始社会末期，从伯益这个神话人物的身上，曲折地反映出早期原始社会由于神话思维而感知的人和禽兽可以语言相通的一些情况，《玉芝堂谈荟》所记的种种，无非都是这类神话在后世的遗存物。动物能和人类交往，人能了解他们的语言（最典型的例子莫过于有关公冶长识鸟音的种种民间传说），这就足够证明早期原始社会中这类神话的传述是带有普遍性的。

植物的原始神话在古文献中几乎很难见到。虽然《山海经》有"邓林……二树木"(《海外北经》)、"范林方三百里"(《海外南经》)、"寻木长千里"(《海外北经》),《淮南子·地形篇》有"建木在都广、众帝所自上下"，等等，具有一定神话的意味，但已经不是最原始的神话了。最原始的植物神话，推想起来，当具有"能言、会走"属于活物论①神话范畴

① 这是我给前万物有灵论的拟名。我在《神话的起源及其与宗教的关系》[发表于1964年第5期《学术研究》(社会科学版)，后收入《神话论文集》]一文中曾说："原始人萌芽状态的宗教观念，还不是泰勒所谓的万物有灵论。万物有灵，是说万物都有灵魂，原始人开始还不会有这样高深的宗教观念。原始人最初的宗教观念，大约认为大自然的一切，包括自然现象、生物和非生物，都是像自己一样，是有生命、有意志的活物。"所以这里说活物论是"我给前万物有灵论的拟名"。书写成后翻阅吴泽教授1951年在棠棣出版社出版的《古代史》第四编的开头部分，已有了关于从活物论到万物有灵的论述，议论精辟，先我言之，大快于心，实在可补充我的阐述的不足，不可不全抄于下，以飨读者：

"初期蒙昧人，人们只知采集天然草木果实为食物，不知狩猎，不知捕鱼，人类和其周围外界是区分不开来的；因此，蒙昧人把自身和外界作混合的考察，以为鸟、兽、草、木等东西，都营着和人类同样的生活：会走路，会舞蹈，便是所谓'活物论'。后来，在传说中之'燧人氏''伏羲氏'时代，人们就只知道捕鱼狩猎了！人类开始发现自己的能动性，对自然开始了认识的端绪！但虎、狼、狮、马等，给予他们的威胁，仍然可怕！对于风、雨、电、雷、水、火灾、疾病、死亡、饥、寒、梦与睡觉等，仍是不可抵抗、不可思议的恐惧！因此，一面他们幻想着吃了动物的血，或是戴了虎尾、鹿角，就可以把虎、鹿等动物猛力善跑的本能，转移到人身，从而以之保卫自己，再去征服对象，出现了原始魔术。一面以为万物都有灵魂，人的肉体外，石头本身外，虎豹本身外，都有独立活动的灵魂存在着；这时的灵魂思想，并未把灵魂看做超自然'永久不死的存在'的东西，仍是带有物质的性质。相信万物有灵，相信用魔术来使神灵的力量变化自然，造福人群，这种万物有灵与魔术的结合形态，就产生了原始宗教。"

的这样两个条件。白族史诗有"洪荒时代，树木会走路"这样的话，汉族古文献中尚未见到。只在后世民间传说，如《中山狼》、《天仙配》等里，才见到有老杏树能说话，诉其身世之苦；老槐树也能说话，而且做了董永和七仙女的媒人，算是原始植物神话的遗存。《异苑》卷三所记三国吴孙权时，永康人所见的龟树共语的异闻，可能也是洪古时期动植物神话曲折传嬗下来的。

矿物如山石等原始神话的遗存物，在文献记录中还能见到一些，虽然已非本貌。《述异记》上说："桀时泰山山走石泣。"山能"走"，石能"泣"，也略带早期原始社会活物论神话的意味，虽然它是以记述妖异的面貌出现的。《艺文类聚》卷六引《随巢子》说："禹产于昆石，启生于石。"《西游记》说孙悟空从花果山仙石中迸裂降生出来：石头能生子，也该是活物论时期神话思维的产物。段成式《酉阳杂俎·物异》说："莱子国海上有石人，长一丈五尺，大十围。昔秦始皇遣石人追劳山不得，遂立于此。"石人和劳山居然赛起跑来，真是壮观的景象，推本溯源，仍应是早期原始先民的幻想。与此相类，还有一段关于秦始皇的神话。《舆地广记》卷九说："秦望山在（绍兴）县西南二十九里。山在蜀川，秦始皇驱之以塞东海，至此，不肯前，登山四望，因号秦望山。南有蜀川油九甏。"四川省的一座山，居然被秦始皇驱赶跑到了浙江省。此山还背了当地出产的九甏油到新迁的地方去做凭证，也该是原始社会人类幻想的遗存。至于山崖说话等奇异，则从前人的笔记以及近人所集的民间故事中，已有不少记叙，就不再详细举例了。

四、活物论时期神话的遗迹

《山海经》是一部保存神话资料最丰富的书，就其资料的性质来看，也比较接近原始本来面貌。但那里面所能见到的，已几乎全是万物有灵论时期以后自然崇拜、图腾崇拜……的神话，所有神灵和精怪，大都是半人半兽的模样，这便是对原始自然神初步的拟人化。将生物、非生物或自然现象等看作活物的前万物有灵论时期的神话在《山海经》里已不多见，有之唯见于《海内南经》所记的狌狌和《海内东经》所记的虿虿。

《海内南经》说："狌狌知人名，其为兽如豕而人面。在舜葬西。"作为这段材料补充的，还有《礼记·曲礼上》所说的："猩猩能言，不离禽兽。"说"狌狌（猩猩）知人名"、"猩猩能言"，就是把这种动物当做与人对等的活物，从而流传了一些关于它的有趣故事。例如李贤注《后汉书·西南夷传》引《南中志》所记人用酒和屐子（草履）诱捕猩猩的情形，就很有趣。"猩猩在山谷，见酒及屐，知其设张者，即知张者先祖名字。乃呼其名而骂云：'奴欲张我！'舍之而去。去而又还，相呼试共尝酒。初尝少许，取屐子著之。若进两三升，便大醉。人出收之，屐子相连不得去，执还内牢中。人欲取者，到牢边语云：'猩猩汝可自相推肥者出之。'竟相对而泣。"又如《水经注·叶榆河》说："（封溪）县有猩猩兽，形若黄狗，又状貆豘，人面，头颜端正，善与人言，声音丽妙，如妇人好女。对语交言，闻之无不酸楚。"也很有意思。从动物学观点来看，猩猩"知人名"与"能言"，自然全非事实，而是神话传说，是原始社会前期首批神话传说的遗存物。

《海内东经》说："虿虿在其北，各有两首。一曰在君子国北。"虿就是虹字的别写。《毛诗正义》引《郭氏音义》说："虹双出色鲜盛者为雄，雄曰虹；暗者为雌，雌曰霓。"这里所说的"虿虿"，大概便是双出的虹，并霓包括而言之，故云"各有两首"的状写，就是把自然现象的虹当做活物看待了。因而后世传述了一些关于虹的神话。刘敬叔《异苑》卷一说："晋义熙中，晋陵薛愿有虹饮其釜澳，须臾噏响便竭。愿辇酒灌之，随投随涸，便吐金满釜，于是灾弊日祛而丰富岁臻。"黄休复《茆亭客话》卷五说："韦中令镇蜀之日，与宾客宴于西亭，或暴风雨作，俄有虹霓自空而下，直入于亭，垂首于筵中，吸其食馔且尽焉。其虹霓首似驴，身若晴霞状，公惧且恶之。……旬余就拜中书令。"……也都是早期原始社会活物论神话的遗留。

除此而外，《海外北经》还记了一则"夸父与日逐走"的神话，类书及书注所引多作“与日竞走”；陶潜《读山海经》诗也说：“夸父诞宏志，乃与日竞走。”看来作“竞走”更符合古本的原貌些。“竞走”就是今天所说的赛跑。古代的巨人夸父居然和太阳在广阔的平原上赛起跑来，太阳的形象也俨然是活物的形象。《淮南子·本经篇》说：“羿缴大风于青邱之泽。”高诱注：“大风，风伯也，能坏人屋舍。”其实大风并非什么“风伯”，那是以后世神灵的观念推度前古。大风就是大凤，也就是大鹏。甲骨文风、凤无别，凤字就是风字。在古人的想象中，这种鸷鸟多力善飞，它的翅翼掠过的地方，定会有大风伴随，甚至引起拔木伐屋的灾害，所以就拿具体的大凤（大鹏）的形象来代替大风，也留着活物论神话的印痕。此外，在汉族和其他少数民族的传说中，还有天狗吃月的神话，有日兄月妹或月兄日妹兄妹结婚的神话（有的神话还说太阳妹妹害羞，拿一包金针撒在脸上，发出四射的光芒，以免人们注视她），也都保留着原始时代早期神话的痕迹。保留早期神话痕迹最多的，自然要数少数民族神话，尤其是经济文化发展处于较低阶段的少数民族。这类神话在少数民族神话中屡见不鲜，以后我们还要专门谈到。这里为了避免繁琐，只举其中一例：珞巴族的《阿巴达尼试妻》[①]原文较长，为省篇幅，又节为浅近的文言——

> 珞巴族之祖阿巴达尼曾与飞禽、走兽、虫豸为婚。一日，达尼偕蜂妻达岗至白母鸡之村，谓白母鸡容纳日喀崩曰：“若等当无力杀死达岗！”容纳日喀崩愤而与达岗斗，竟杀死之。达尼遂与之婚。偕行至白马之乡，谓白马沙给崩龙曰：“若等当无力杀死容纳日喀崩！”沙给崩龙竟杀死之，达尼亦与之婚。偕行至青牛之乡，谓青牛丝白嘎央曰：“若等当无力杀死沙给崩龙！”丝白嘎央亦竟杀死之，达尼亦与之婚。偕行至大森林中，达尼呼风魔涅龙也崩来，谓之曰：“汝定无策杀死丝白嘎央！”风魔吹气，狂风大作，刮倒巨树，压杀丝白嘎央，达尼遂与风魔为婚。复从树上折得一棍，猛志压死丝白嘎央之巨树，捣出一木臼，达尼因驱走风魔，而与木臼为婚。达尼

① 引自谷德明编《中国少数民族神话选》。

携木臼至太阳之乡，遇一老妪，谓老妪曰："吾此木臼无人能毁，不信试之。"老妪呼少女之群出，轮流捣此木臼，均不能毁，失望而去。老妪曰："吾尚有一女，可毁此臼。"但闻丝潅一声，其女即出，轻举其臼，又轻而掷之，其臼立毁。达尼愿与此女为婚，老妪初不欲舍，思以群女替之。达尼一一看过，俱言非是。老妪只得交出毁臼之女，此女盖太阳之女冬妮海依，老妪即太阳所化。达尼遂与冬妮海依为婚。携之至己住处，屋内唯一将死老狗及一小鸡，余皆干草。海依见而怜之，乃与达尼一葫芦，谓之曰："持此去，无猪可以有猪，无鸡可以有鸡。"达尼拔去葫芦塞，猪鸡悉从葫芦中出，满园皆是。自后阿巴达尼与冬妮海依遂皆幸福生活，愉快度日矣。

这篇神话写人和飞禽、走兽、虫豸，乃至和风、木臼结婚，其野蛮无意义（看似无意义）之处，很有点像后世的某些童话，很合儿童心理。然而它确实是原始初民的神话，原始初民对此信而不疑。它以一个男主人公为主，此人贫而多娶妻，喜新厌旧，杀一个娶一个，最后娶到太阳之女，生活才美满幸福。它不是后世的道德法律观念之类所能绳墨的。肯定有它深厚的象征意义，现在还来不及作仔细探讨。它所表现的纯全是前万物有灵论——活物论时期原始初民的思想意识：蜂、白母鸡、白马、青牛、风、木臼等，都是和人对等的活物，和这些不同的事物结婚，从早期原始人类物我混同的眼光来看，竟是顺理成章的事，毫无不自然的地方。只是神话后段述及太阳母女处，才略有一点拟人化。这是神话在漫长的传述过程中自然形成的一点加工润色，它的主干可信为是来自远古的。

原始社会前期的神话，多把动物、植物，以及自然力、自然现象看作活物，从而产生了许多类似童话或寓言的天真烂漫的故事。其中一部分流传到后世，可能就转化为寓言或童话，和后世新产生的寓言和童话混淆起来，使我们很难区别其新与旧了。至于其中另外的部分呢，可能就因年代久远而残落，而湮沉了，虽说很可惜，但这也是不以人们意志为转移的客观规律之一。

第二章

《山海经》的神话（上）

一、《山海经》神话的上下限

保存神话资料最丰富的一部书,自然不能不首推《山海经》。《山海经》旧传为夏禹、伯益所作，而夏禹、伯益本身已是神话人物，如何能作出这样一部书,故这种说法是不足凭信的。它实际上是在相当长一段时期内,众多无名氏的作品。根据我的初步考察，此书大概是从战国初年到汉代初年的楚国或楚地人所作。内容可以分为如下三个部分：

一、《大荒经》四篇和《海内经》一篇，成书最早，大约在战国初期到战国中期。

二、《五藏山经》五篇和《海外经》四篇成书稍迟，大约在战国中期以后。

三、《海内经》四篇，成书最迟，大约在汉代初期。

有关这方面的阐述,请参看拙著《〈山海经〉的写作时地及篇目考》[①],这里便不细说。

《山海经》这部书，总共虽然只有三万一千多字，却是包罗万象。除神话传说外，还涉及地理、历史、宗教、民俗、历象、动物、植物、矿物、医药、人类学、民族学、地质学……甚至连海洋学探讨的问题,也能在《山海经》这部书里，得到某些启发和印证。它真可以说是一部奇书，一部

① 此文收在《神话论文集》一书中，上海古籍出版社出版。

古代人们生活日用的百科全书。

正因为如此，它曾经给过去的目录学者造成分类上的困难。《汉书·艺文志》把它列在数术略的形法类，让它和《宫宅地形》、《相人》、《相六畜》等书在一起，迹近巫术迷信。《隋书·经籍志》因此书多述山川地理，又把它改列在史部的地理类。清代纪昀修《四库全书》，又把它改列在子部的小说家类。纪昀在《总目提要》中述改列的理由云："书中序述山水，多参以神怪。故《道藏》收入太元部竞字号中，究其本旨，实非黄老家言。然山川道里，率难考据，耳目所及，百不一真。诸家并以为地理书之冠，亦未为允。核实定名，实则小说之最古者耳。"这种分类，我认为还是比较恰当的。而鲁迅在《中国小说史略》第二篇《神话与传说》中论《山海经》时说："所载祠神之物多用糈（精米），与巫术合，盖古之巫书也。"这个论断，又比笼统说它是"小说之最古者"进了一步。《山海经》确可以说是一部巫书，是古代巫师们传留下来、经战国初年至汉代初年楚国或楚地的人们（包括巫师）加以整理编写而成的。"巫以记神事"（鲁迅《汉文学史纲要》第二编语），宜乎在这部书里保存了这么多可贵的神话传说材料。更可贵的，是这些神话传说材料，比较接近原始状态，没有经过多少涂饰和修改。这是因为原始神话和原始宗教从神话思维这个母胎中孕育形成的时候，还有相对的一致性，宗教对于原始氏族社会也曾有过某些积极的作用（如增强氏族团结、鼓舞战斗精神之类），没有成为纯粹的迷信，故作为宗教支柱以及宗教赖以宣传的神话能够大致保持其原貌，无须作多大修改。战国时代的巫师，去古未远，又多来自民间，所以保存了这些原始神话而未加以大的改动。至于这部巫书为什么除神话传说外，又包罗了上至天文、下至地理……那么多的学科？这也并不奇怪，正是原始时代原始先民通过神话思维探讨认识外界事物刻印下来的痕迹。所有探讨认识的这一切，都被蒙上了神话或宗教的色彩。有些探讨认识，仍是比较正确的，那就成了科学的萌芽。古代的巫师，实际上就是古代的知识分子，甚而可以说是高级知识分子，一切文化知识都掌握在他们的手里，他们并不是浅薄无知的。自然，当这一切文化知识通过巫师的手，用文字记录的形式将它们表现出来的时候，是不免要打上宗教的烙印、笼罩上神秘的气氛的。《山海经》的情况就是如此。但这并不妨碍它作为古代文化知识的宝库,让我们从各方面更主要是从神话方面对它作深入的研究。

《山海经》中的神话,从原始社会前期,即原始群的阶段,就有零星的记录如上章所说。但它主要记叙的,是从母系氏族公社到父系氏族公社这一时期人们头脑中幻想的反影。奴隶制社会时期的神话,也记叙了一些,如《大荒西经》说——

> 有人无首,操戈盾立,名曰夏耕之尸。故成汤伐夏桀于章山,克之,斩耕厥前。耕既立,无首,走厥咎,乃降于巫山。

郭璞于"夏耕之尸"下注云:"亦形天尸之类。"是的,情况确实有几分像刑天断首。但刑天是被歌颂的神人,而这里的败逃将军夏耕,却是被否定的。这里所歌颂的是神性英雄成汤,以无首夏耕的逃避罪咎来反衬成汤的勇武,自然也是神话。神话记叙一直到周代初年。《海外南经》古帝葬所的狄山,就记有帝尧、帝喾和文王的葬所。《海外西经》记有肃慎国,说国中出产一种叫做"雄常"(雒棠)的树,"中国有圣帝代立者,则此树生皮可衣也"(郭璞注),也略具神话因素。考察肃慎,即《周书·王会篇》的稷慎,"稷慎大麈",足见肃慎是周代初年成王时候才开始交通中国的,《王会篇》后面附载的《伊尹四方令》中尚未见之。这就是《山海经》所记神话的下限;自此以后,就再没有见到其他任何神话记叙了。从以上所举《山海经》所记的神话材料的零片看,可见在奴隶制社会,仍然是有神话的,它并不制约在原始社会的范围以内。

二、自然崇拜与图腾崇拜神话

《山海经》所记的诸神,大都是宗教的神,是从自然崇拜开端的。《五藏山经》每经末尾祀典部分记有诸山山神的形貌，有作鸟身龙首的（《南山经》、《中次十二经》），有作龙身鸟首的（《南次二经》），有作龙身人面的（《南次三经》、《中次十经》），有作人面马身的（《西次二经》、《北次三经》），有作人面牛身、四足一臂、操杖以行的（《西次二经》），有作羊身人面的（《西次三经》），有作人面蛇身的（《北山经》、《北次二经》），有作彘身八足蛇尾的（《北次三经》），有作人身龙首的（《东山经》），有作兽身人面戴觡（角）的（《东次二经》），有作人身羊角的（《东次三经》），有作人面鸟身的（《中次二经》、《中次八经》），有作人面兽身的（《中次四经》），有作豕身人面的（《中次七经》、《中次十一经》），有作人面三首的（《中次七经》）：形形色色，不一而足。他们或基本上是动物形躯的拼凑，如鸟身龙首、龙身鸟首、马身龙首、彘身八足蛇尾之类；或逐渐有了人的形貌，如人面马身、人面蛇身、人身龙首、羊面人身等：看得出来，自然崇拜时期奉祀的神，虽有初步的拟人化，其形象仍是半人半兽的。再看《海外经》所记的四方神——

南方祝融，兽身人面，乘两龙。

西方蓐收，左耳有蛇，乘两龙。

北方禺强，人面鸟身，珥两青蛇，践两青蛇。

东方句芒，鸟身人面，乘两龙。

郭璞分别以“火神”、“金神”、“水神”、“木神”注之，而其形躯仍大都是半人半兽的，并未脱离原始宗教意识的范围。《五藏山经》所记对于诸山山神的祭祀，各有不同的祀典，类皆巫师的施为，现在抄摘两段如下，以见一斑——

凡《西经》之首，自钱来之山至于骢山，凡十九山，二千九百五十七里。华山，冢也，其祠之礼：太牢。羭山，神也，祠之用烛，斋百日，以百牺，瘞用百瑜，汤其酒百尊，婴以百珪百璧。其余十七山之属，皆毛牷，用一羊祠之。烛者，百草之未灰，白蓆采等纯之。

凡《北山经》之首，自单狐之山至于堤山，凡二十五山，五千四百九十里。其神皆人面蛇身。其祠之，毛用一雄鸡彘，吉玉用一珪，瘗而不糈。其山北人，皆生食不火之物。

此经所记自然崇拜诸神，大都只有神而无神话；其中少数，除形貌的叙写而外，还略述其行迹。例如——

槐江之山，……实惟帝之平圃，神英招司之，其状马身而人面，虎文而鸟翼，徇于四海，其音如榴。（《西次四经》）

和山，……吉神泰逢司之，其状如人而虎尾（郭璞注：或作雀尾），是好居于萯山之阳，出入有光。泰逢神动天地气也。（《中次三经》）

平逢之山，……有神焉，其状如人而二首，名曰骄虫，是为螫虫，实惟蜂蜜之庐。（《中次六经》）

夫夫之山，……神于儿居之，其状人身而手操两蛇，常游于江渊，出入有光。（《中次十二经》）

等等。这些只能算是神话的零星片断，或者半神话，而不能算是神话。因为构成神话的故事情节，上举诸例，无一具有。只有下面所举诸山山神记事的一段，算是唯一的例外——

钟山，其子曰鼓，其状［如］人面而龙身，是与钦䲹杀葆江于昆仑之阳，帝乃戮之钟山之东曰䍶崖。钦䲹化为大鹗，其状如雕而黑文白首，赤喙而虎爪，其音如晨鹄，见则有大兵；鼓亦化为鵕鸟，其状如鸱，赤足而直喙，黄文而白首，其音如鹄，见则其邑大旱。（《西次三经》）

这段神话虽仍可视作是黄帝神话（文中所说“帝”即黄帝）的片断，但从神话本身看，故事情节已比较完整了：山神内讧，谋杀无辜，作为神国最高统治者的黄帝予以严厉的惩处，将他们杀死，而他们又各化为异物。这类故事情节完整的神话，在《山海经》中，实在并不多见。检核起来，不过是七八段罢了。类似上面所举，还有《海内西经》所记“危与贰负杀窫窳、帝乃梏之疏属之山”的神话，但恐怕产生的时期较晚，非自然崇拜时期的神话。

构成原始宗教信仰的，除自然崇拜而外，还有图腾崇拜。有些学者认为图腾崇拜还早于自然崇拜。这类神话在《山海经》里并不多见，但也略有一些。《海内北经》说——

> 有人曰大行伯，把戈。其东有犬封国。

郭璞注：“昔盘瓠杀戎王，高辛以美女妻之，不可以训，乃浮之会稽东海中，得三百里地封之，生男为狗，女为美人，是为狗封之国也。”郭璞的注释是不错的，因为此文之下，接着又有这样的叙写——

> 犬封国曰犬戎国，状如犬。有一女子，方跪进柸食。

犬戎国的女子，正在“跪进柸（杯）食”，侍奉她“状如犬”的丈夫：这就把“生男为狗、女为美人”二语形象化了。《大荒北经》叙写犬戎的情况，又略有不同——

> 有人名曰犬戎。黄帝生苗龙，苗龙生融吾，融吾生弄明，弄明生白犬，白犬有牝牡，是为犬戎，肉食。有赤兽，马状无首，名曰戎宣王尸。……有犬戎国。有神，人面兽身，名曰犬戎。

郭璞于“戎宣王尸”下注云：“犬戎之神名也。”郝懿行于“有神”下注云：“犬戎，黄帝之玄孙，已见上文，是犬戎亦人也，神字疑讹。《史记·周本纪》集解引此经正作人字。”《山海经》作非一手，所记又是据图为文，故常不免凌杂琐碎，自相抵牾。但总的看来，盘瓠神话和犬戎神话有关是无疑问的，犬或白犬作为犬戎国的图腾神也是无疑问的。至于犬戎神话如何演变为盘瓠神话，又如何由西北流播到东南，则尚须专家学者作周密考证，不属本书论述的范围了。除此而外，《海内经》尚有——

南方……有人曰苗民。有神焉，人首蛇身，长如辕，左右有首，衣紫衣，冠旃冠，名曰延维，人主得而飨食之，伯天下。

这样的记叙。郭璞注以为此神即《庄子·达生篇》所说的委蛇，闻一多《伏羲考》谓延维、委蛇即汉画像中交尾的伏羲和女娲，乃南方苗族的祖神，而苗族又是属于古代尚未迁徙到南方、住在黄河上游、中原西部的龙图腾的团族之一，此经所写，便把这一点暗示出来了。

三、女性开辟神的神话

马克思在《摘要》一书中所说“在野蛮时期的低级阶段，……开始于此时产生神话”，那时约相当于原始氏族社会母权制的晚期，即新石器时代，恐怕已不是神话开始产生的阶段而是神话发展的阶段了，因而此时期才有如《摘要》前面说的“在宗教领域中发生了自然崇拜以及关于大主宰的模糊的概念”等情况。前面所举自然崇拜神话的一些片断，当是在这个时期产生的。这个时期产生的神话，首先是已经有了“人格化的神灵”的概念（虽然还只是半人半兽初步的拟人化），而不是像原始社会前期神话那样只是有生命、有意志的活物。至于“大主宰的模糊的概念”，从此时期产生的神话片断中，也可以大略看出一些来，只是大主宰并非男性，而是女性。《大荒西经》说——

有神十人，名曰女娲之肠，化为神，处栗广之野。横道而处。

这里提到的女娲，已经是具体而微的原始开辟神的形象。女娲的最大功业，是造人和补天两件事。《淮南子·说林篇》记叙了女娲与诸神共同创造人类的一段神话："黄帝生阴阳，上骈生耳目，桑林生臂手：此女娲所以七十化也。"高诱注："上骈、桑林皆神名。"神话虽然记叙简略，但是从中仍旧可以隐然看出：它是反映了原始母系社会以女性为中心的婚姻关系和生育情况的。造人神话，又见于汉末应劭的《风俗通义》，佚文说她"抟黄土作人"。至于补天，仍首见于《淮南子·览冥篇》，说她"炼五色石以补苍天"。虽然二书都较晚出，但所记录的神话仍当是产生于这个时期的，更晚一点，才有盘古开天辟地以及盘古化生万物的神话。

盘古是一位男性的开辟神；但是根据我国古代神话发展的情况看，最早的开辟神，应该是一位女性才对。女娲之肠能化为十个神人，又有造人、补天的业绩，她是完全具有作开辟神的资格的。《说文》十二说："娲，古之神圣女，化万物者也。"化就是化育、化生的意思，女娲正是同于盘古那样能化育化生万物的人。以女娲为最古的开辟神，还保留着母权制氏族社会神话的印迹。现在瑶族中传述的密洛陀神话，就是保存比较完整的女性开辟神神话的典型例子。后来将女娲说成是盘古，那是神话流传演变的结果：原来的母权制让位于父权制，而父权制则从氏族社会的后期开始，一直延续下去，贯穿到阶级划分以后整个阶级社会中。因而在封建社会中期的三国时代，产生盘古开天辟地和化生万物的说法，是并不奇怪的。有人（常任侠、闻一多）说盘古是伏羲的音转，如所说无误，则女娲与伏羲本是配偶神，其因流传演变而使女性的开辟神让位于男性的开辟神的迹象，更是分明可见。

《北次三经》所记的精卫填海神话也当是这个时期的产物——

> 发鸠之山，其上多柘木。有鸟焉，其状如乌，文首，白喙，赤足，名曰精卫，其鸣自詨，是炎帝之少女，名曰女娃。女娃游于东海，溺而不返，故为精卫，常衔西山之木石，以堙于东海。

这一神话表现了遭受自然灾害的原始人类征服自然的渴望。神话的主角是一个溺海而死的少女的灵魂变的小鸟，不管是否有后来流传演变的改动，这个神话带着母权制氏族社会的痕迹，则是没有疑间的。而且女娲和女娃，也像是一人的分化，女娃填海的工作和女娲补天神话中“积芦灰以止淫水”的工作也很近似。据我的考察，女娲补天的主要目的还是为了治水，这在以后的章节中还要提到，此处便不多赘。

由于以母系为中心的社会制度在整个社会发展史上占的比重较小，所以神话当中占有重要地位的女神也就寥寥无几。西王母最初可能是一个男性神，后来被人们望文生义，把他女性化了。关于他的神话在下面再作详细讨论。现在只说《大荒南经》所记的“生十日”的羲和和《大荒西经》所记的“生月十二”的常羲，她们都是帝俊的妻子。她们原本应该是母权制氏族社会传述的重要女神，并且也该是和女娲一样具有开辟性质的女神才对。最初或者只有一个，后来才化分为二，流传演变到国家形成即奴隶制社会开始时期，才分别做了人间帝王投影的天上上帝的妻子。郭璞注《大荒南经》“有女子名曰羲和，方日浴（应为浴日）于甘渊”，说：“羲和者，盖天地始生，主日月者也。故《启筮》曰：‘空桑之苍苍，八极之既张，乃有夫羲和，是主日月，职出入，以为晦明。’又曰：‘瞻彼上天，一明一晦，有夫羲和之子，出于旸谷。’”郭璞所引两段《归藏·启筮》的话，恰好说明这个“主日月”（既“主日”又“主月”）的羲和，恐怕正是最初传说的那个独一无二的开辟女神。

《山海经》另记有两对女神，也呈现了只有原始母系氏族社会才能具有的那么重要的神格——

> 洞庭之山，……帝之二女居之。是常游于江渊，澧沅之风，交潇湘之渊，是在九江之间，出入必以飘风暴雨。是多怪神，状如人而载蛇，左右手操蛇。多怪鸟。(《中次十二经》)
>
> 舜妻登比氏，生宵明、烛光，处河大泽。二女之灵，能照此所方百里。(《海内北经》)

前一条郭璞注云：“天帝之二女而处江为神也。”汪绂注云：“帝之二女，谓尧之二女以妻舜者娥皇、女英也。”二家的说法都对，不过都只说着了一半；不知尧之二女即天帝之二女，盖古神话中尧的神格实在相当于天帝。后一条不用多解说，已可见作为天帝的舜的神格。《山海经》中舜的神话常和帝俊神话相混，可知舜即帝俊。这里的舜妻登比氏生宵明、烛光，无非又是帝俊妻羲和、常羲生日月神话的演化。——母系氏族社会传述的重要女神，大概就是如上所述的这些了。还有一个“其名曰女尸、化为䔄草”的“帝女”，也是具有始祖母或护国女神身份的重要女神，留待以后有关章节再详说。

四、构成《山海经》神话的主要部分

男性的神和神性的英雄开始受到注意而被歌颂，是从原始氏族社会母权制到父权制，乃至父权制确立以后才有的事。构成《山海经》神话的主要部分，便是男性神与自然及社会进行斗争的若干宏丽的图片。如《大荒北经》和《海外北经》记叙的追日的夸父，就可以明显地看出，那是产生于父权制氏族社会以后的神性英雄——

> 大荒之中，有山名曰成都载天。有人珥两黄蛇，把两黄蛇，名曰夸父。后土生信，信生夸父。夸父不量力，欲追日景，逮之于禺谷。将饮河而不足也，将走大泽，未至，死于此。(《大荒北经》)
>
> 夸父与日逐走，入日。渴欲得饮，饮于河、渭，河、渭不足，北饮大泽，未至，道渴而死。弃其杖，化为邓林。(《海外北经》)

这一神话虽和精卫填海神话同样具有征服自然的性质，但是产生这一神话的社会背景，却大不相同了。它给我们呈现出一幅宏阔壮丽的图景，气势可以震撼山岳。它还有着丰富的象征意义。但对这种象征意义的理解，神话本身是不会直接告诉我们的，只好但凭后人的诠释，这就难免产生见仁见智的分歧。某些优美的神话，性质接近寓言，道理便在这里；不过神话比寓言更难准确理解些。

除此而外，像羿射日除害的神话[1]、鲧和禹治理洪水的神话[2]，都是歌颂男性的神和神性英雄征服自然的，无疑也是产生于父权制氏族社会以后。

《海内经》对鲧禹治水神话，作了一个简短精练、概括性强、相当完整的记录——

洪水滔天。鲧窃帝之息壤以堙洪水，不待帝命。帝令祝融杀鲧于羽郊。鲧复（腹）生禹。帝乃命禹卒布土以定九州。

全文只有六句话，四十二个字，就把有神人四人参加的活动，父子两代的斗争，全都忠实完整地记录下来了，没有一字一句是浮词泛语。而开头的“洪水滔天”四个字，突如其来，宛如今日电影序幕的特写镜头，使之笼罩全文，作为神话人物活动的有力而生动的背景，更是凌云健笔。两千几百年前的古人能对神话作出如此完美的记录，真是如马克思评价希腊神话时所说的那样，是“一种规范和高不可及的范本”，确实值得我们很好地学习。

神话中“鲧腹生禹”的情节，带着父权制氏族社会男人乔装生子风习的痕迹。据原始社会史学者们的研究，在某些由母权制最初进入父权制的部落里，存在一种叫做“库瓦达”的风俗：就是当妇女生孩子时，男子为使人确认其在家庭中的权力和地位，竟让其刚生孩子不久的妻出去劳作，而自己则躺在其妻的床上做出种种生孩子的模样来。我国神话中的丈夫国国民，据说每一个人都能从腋窝下生出两个儿子来，儿子一落地父亲就死了：大概也是这一风习在神话上的反映。

《山海经》记述的有关禹的神话，有禹杀相柳和禹命竖亥丈量大地两个片断——

共工之臣曰相柳氏，九首，以食于九山。相柳之所抵，厥为泽谿。

① 《山海经》只记有羿和诸害之一凿齿战斗的一个神话片断，见《海外南经》和《大荒南经》。

② 见《海内经》。

禹杀相柳，其血腥，不可以树五谷种。禹厥之，三仞三沮。乃以为众帝之台，在昆仑之北，柔利之东。相柳者，九首人面，蛇身而青。不敢北射，畏共工之台。台在其东，台四方，隅有一蛇，虎色，首冲南方。(《海外北经》)

帝命竖亥步，自东极至于西极，五亿十万九千八百步。竖亥右手把算，左手指青丘北。一曰禹令竖亥。一曰五亿十万九千八百步。(《海外东经》)

前一个神话片断还有一段异文，见《大荒北经》，“相柳”作“相繇”。后一个片断《淮南子·地形篇》有补充记述，是禹叫太章和竖亥两个神人一个从东极到西极、一个从北极到南极同时测量大地，测量的结果都是二亿三万三千五百里七十五步。洪水渊薮也有二亿三万数千多个，“禹乃以息土填洪水，以为名山”。禹作为天神和大主宰的神格，在上面所举的两段文字中，表现得很鲜明，尤其是后面一段。

父权制氏族社会产生的神话，除征服自然的以外，还有反映部落之间战争的，如黄帝和蚩尤的战争，就是《山海经》里叙写得如火如荼、最突出的一个——

有系昆之山者，有共工之台，射者不敢北乡。有人衣青衣，名曰黄帝女魃。蚩尤作兵伐黄帝，黄帝乃令应龙攻之冀州之野。应龙畜水，蚩尤请风伯雨师，纵大风雨。黄帝乃下天女曰魃，雨止，遂杀蚩尤。(《大荒北经》)

这场战争真是规模巨大，猛烈无比。黄帝有天女魃和应龙助阵，蚩尤有风伯和雨师帮忙。而且据《大荒东经》说:“应龙处南极，杀蚩尤与夸父”；《大荒北经》说:“应龙已杀蚩尤，又杀夸父”:看来夸父也曾和蚩尤联盟共同对付黄帝。而《大荒东经》末尾又有黄帝以夔牛皮为鼓，“橛以雷兽之骨，声闻五百里，以威天下”的叙写，似乎也和与蚩尤战争的神话有关。《大荒南经》又记有蚩尤弃其桎梏、化为枫木的神话，自然也是黄帝和蚩尤战争最后分胜负的一个重要片断。《山海经》所记的许多神话，从来没有像这一神话那样用浓郁厚重的笔触一再描写的。可见这一神话当它产生于原始社会的时候，已具有宏大的史诗般的气概。后代所传诸书如《龙鱼河图》、《黄帝玄女战法》等有关此一神话的叙写，都是本此而来的。

黄帝和蚩尤的战争，集合其他神话材料看，实际上是黄帝和炎帝的战争。在这以前和以后，都是有过剧烈的斗争的，真是波澜壮阔，此起彼伏，历时久远。黄帝和蚩尤之战，不过是规模最宏大的一场罢了。

而壮烈感人的刑天断首神话，则可看作是黄炎战争神话的余绪——

> 形（刑）天与帝［至此］争神，帝断其首，葬之常羊之山。乃以乳为目，以脐为口，操干戚以舞。（《海外西经》）

根据我的初步考察，刑天是炎帝的属臣，常羊山是传说中炎帝的降生处，则这里刑天所与“争神”的“帝”，应该是黄帝。和蚩尤、夸父相似，刑天神话在流传过程中也涂上了“反抗神的意愿”[①]的色彩，刑天可算是反抗神的神之一，而其斗志却比蚩尤、夸父更为勇猛、顽强。晋代大诗人陶潜《读山海经》诗说：“刑天舞干戚，猛志固常在。”于这位虽遭失败却不甘心失败的断头英雄的奋斗不懈精神，可说是没有过誉。

除此而外，《山海经》还记有——

> 有禹攻共工国山。（《大荒西经》）
> 有池名孟翼之攻颛顼之池。（《大荒西经》）
> 有鲧攻程州之山。（《大荒北经》）

看光景可能都是反映原始社会部落战争的（主要是黄帝和炎帝两大部落间长期持续的战争），不过是把古代的神话故事转化、压缩为具有纪念性质的地名罢了。

① 高尔基语，见《苏联的文学》。

第三章

《山海经》的神话（下）

一、天帝的出现和天地通路的隔绝

从原始社会到奴隶社会，有个过渡时期，那就是氏族制逐渐解体，逐渐向着国家发展，并且逐渐在社会内部划分为剥削和被剥削两个敌对的阶级。这个时期的某些特征在神话上也有所反映，例如天帝的出现，天和地通路的隔绝，等等。

天帝是怎样出现的呢？推想起来，必定和氏族解体时期军事首领在部落联盟中建立的酋长世袭制有关。军事首领由于世袭了酋长的职位和发动掠夺战争而日益扩张其权力，反映在神话上，则出现了所谓的天帝。但那时候传述的天帝却非止一个，而是有一大群。在《山海经》里，黄帝、女娲、炎帝、太皞、少昊、颛顼、帝俊、帝尧、帝喾、帝舜、帝丹朱、帝禹、帝台等，都是当时传述的天帝，所谓“众帝”（《海外北经》）、“群帝”（《大荒北经》）便是，这和当时混居中原的部落联盟的军事首领非止一个的实际情况是大致相符的。后来国家形成，阶级划分，强大的奴隶制国家——殷——建立了威慑四邻的王朝，反映在神话上，这才有了独一无二、至高无上的天帝（开始是帝俊，稍后是黄帝等）的出现。

至于说到天和地的隔绝，既然有所谓隔绝，一定就有所谓不隔绝，那是毫无疑问的。春秋时候楚昭王问大夫观射父说：“我看见《周书》上这么记载着：说重和黎就是隔断天地通路、叫天和地不相通的人，这怎么解释呢？照这样说来，若是重、黎不隔断天地的通路，下方的人民岂不是都可以登天了吗？”[①]这个天真烂漫的问题，恰好说明了古代神话的真相。在天地的通路没有隔绝之前，自然是谁都可以登天的，而且确实也有天路可通。通天的道路是什么呢？据《山海经》所记，其一是山，著名的有昆仑山、登葆山、灵山和华山青水之东的肇山；其二是树，有生长在都广之野的建木：人民就能凭借着山和树做天梯而登天。[②]因而瑶族传述的伏羲女娲兄妹结婚神话中，就有兄妹俩攀登天梯到天庭去游玩的情节，其他少数民族神话也多有类似的记述，说明神话传说中的远古时代，确实是人神交通无碍的。正如《定盦续集·壬癸之际胎观》所描绘的那样："人之初，天下通；旦上天，夕上天，天与人，旦有语，夕有语。"古神话中这种有天地通路而不隔绝的情景，生动地反映出了阶级划分以前原始社会的人们在经济地位上和政治地位上的平等关系。

可是随着社会的发展，不可避免地原始公社逐渐瓦解了，奴隶制社会代之而产生了，出现了阶级划分和人剥削人的现象，这在神话上的反映就是天和地通路的隔绝。

人类社会划分为剥削与被剥削的两个敌对阶级，是人类历史进程上一件石破天惊的大事，因而神话上对此反映也特为突出。《大荒西经》说——

> 大荒之中，有山名日月山，天枢也。吴姖天门，日月所入。有神，人面无臂，两足反属于头山（上），名曰嘘（噎）。颛顼生老童，老童生重及黎，帝令重献上天，令黎卬下地。下地是生噎，处于西极，以行日月星辰之行次。

这在历史书上也有记叙，《书·吕刑》说："皇帝……乃令重黎，绝地天通。"《国语·楚语》说："颛顼受之，乃命南正重司天以属神，命火正黎司地以属民。"讲的就是这一回事。《大荒西经》所说的"帝令重献上天、令黎

---

① 见《国语·楚语》。

② 参见拙著《中国古代神话》第二章第四节，商务印书馆出版。

印下地”，历来注家对于“献”、“印”两个字的含义都不能解释，连郭璞注《山海经》也只好说：“义未详也。”但是我们参考韦昭注《国语·楚语》的说法：“言重能举上天，黎能抑下地，令相远，故不复通也。”那么“献”、“印”应当就是“举”、“抑”的意思。但“献”训“举”固然可通，“印”如何又可训“抑”呢？后来经我考察，认为“印”字是“印”字之讹，“印”的本义就是“按”和“抑”。[①]这样一来，韦昭的说法就完全可以成立了：也就是说重和黎两个大神奉了上帝的旨命，各伸出一双硕大无朋的手臂，一个尽力把天往上举，一个竭力把地朝下按，所谓“绝地天通”的具体情景，就生动地描绘出来了。这正是人类社会阶级划分在神话上最形象不过的表现。

随着奴隶制社会的建立，出现了奴隶主控制奴隶的有组织的强力机关——国家，先前世袭的军事酋长这时摇身一变成为国王，于是，神话上也就有了统治宇宙、至高无上的上帝，我国古代西方民族神话传说中的上帝，就是黄帝、颛顼；东方民族神话传说中的上帝，就是帝俊。

《山海经》反映的黄帝，部落酋长形象和上帝形象二者兼有。上章讲述的黄帝与蚩尤之战等，那是部落酋长的形象；但更主要的还是上帝的形象。严厉惩罚神国内讧的肇祸者，如鼓和钦䲹杀葆江，危和贰负杀窫窳，黄帝都予以严惩，就是上帝形象的表现。而作为“帝之下都”的黄帝所住的昆仑山（如同希腊神话所说的宙斯居住的奥林帕司山）的叙写，《山海经》里凡数见，笔触最浓的一处，是《海内西经》所记的那一大段，把帝宫的庄严宏丽和四周的神异景色都描绘出来了，这也是上帝形象的具体表现。而黄帝，如同帝俊一样，从《山海经》所记的神谱看，不但很多著名的天神，如鲧、禹、禺虢、禺强等，就是下方许多民族，如欢头、犬戎、北狄、苗民等，都是黄帝的子孙，黄帝因此成了人神共祖的老祖宗。这便在原有的英雄崇拜的基础上，又增添了祖先崇拜的意识。这也是神话从原始社会进入阶级社会以后必然发生的演变。从坏的方面说，群众的思想意识会因此而受到束缚，甚至起到麻痹的作用；从好的方面说，先

---

① 参见拙著《山海经校注》，上海古籍出版社出版，403—404页。

前零散的神话到这时才渐渐有了系统，因为诸神和诸神的行事都归结到一个以始祖身份出现的大主宰的名下来了；许多文化英雄的文化创造也都集中到这个大主宰的名下来。而且在后来“神往天上升得愈高”时，从麻痹的思想意识中觉醒过来的群众，终于还是不自觉地产生了一种“反抗神的意愿”，结果出现了一批反抗神的神，或使原与自然作斗争的神带上了阶级斗争的色彩。因而从神话发展的趋势来看，总的说来还是健康的。归根结底，这是由于有广大人民群众在支配着这个发展的方向的缘故。

二、帝俊在《山海经》中的地位

帝俊在《山海经》中也和黄帝一样，是非常显赫的大神。他是东方殷民族奉祀的上帝，也是殷民族奉祀的始祖神，卜辞中经常提到的“夋”或“高祖夋”就是他。《山海经》所记帝俊神话的片断共十六处，较之其他古帝，如黄帝（二十三处）、颛顼（十六处）等，不为不多。但是却有三个特点，不同于其他古帝。一是所记帝俊神话的片断，确实都是片断，没有一个是比较完整的。二是帝俊神话只见于《大荒经》以下五篇，不见于其他各篇。三是帝俊之名只见于《山海经》，其他先秦古籍甚至连屈原的辞赋里都绝未提到。

这种奇特之点，目前还很难圆满地予以解答。有人因此把这一部分成书的时期推到东汉以后，这么一来，二、三两个疑团固然可以比较圆满地解答了，但是考察这一部分包含的内容，却使我们实在难于承认这种轻率的假定。这一部分，从内容到形式，都接近原始状态。它是未经整理的一堆《山海经》的旧材料，以其内容过于荒怪，文字记录又常常凌杂无序，故刘秀（歆）校进《山海经》时，就让这一堆废旧材料“进在外”或“逸在外”（见明《道藏》本目录《海内经》第十八下注语）了。到郭璞注《山海经》时，又才将它们加以注释，收入进来。从内容看，这一部分成书的年代比《山海经》其他各篇都早，我初步推断是战国初期到中期与殷人后裔封地宋国接壤的楚人所作，受了殷文化的影响，故令殷先祖帝俊与楚先祖黄帝、颛顼并重。然而殷民族终究是战败民族，它的始祖神的神话传说，虽经巫师的传播而暂显，最终却湮没不彰，甚至连屈原这样一个大诗人的辞赋都未提及，实在可悲。要不是郭璞巨眼卓识，把这一部分“闳诞迂夸”、“奇怪俶傥”（郭璞《注〈山海经〉叙》）之尤甚者都注收进来，古代东方民族所创造的这一份宏伟瑰丽的神话，恐怕便将永远沉湮了。现在且把这份幸存下来的古神话材料汇聚抄录如下——

东（南）海之外，甘水之间，有羲和之国。有女子名曰羲和，方日浴（浴日）于甘渊。羲和者，帝俊之妻，生十日。（《大荒南经》）

有女子方浴月。帝俊妻常羲，生月十有二，此始浴之。（《大荒西经》）

有神，人面，犬耳，兽身，珥两青蛇，名曰奢比尸。有五采之鸟，相乡弃沙（婆娑），惟帝俊下友。帝下两坛，采鸟是司。（《大荒东经》）

（卫）丘方圆三百里，丘南帝俊竹林在焉，大可为舟。（《大荒北经》）

帝俊赐羿彤弓素矰，以扶下国。羿是始去恤下地之百艰。（《海内经》）

大荒之中，有不庭之山，荣水穷焉。有人三身，帝俊妻娥皇，生此三身之国。姚姓，黍食，使四鸟。

又有重阴之山。有人食兽，曰季釐。帝俊生季釐，故曰季釐之国。有缗渊，少昊生倍伐，倍伐降处缗渊。有水四方，名曰俊坛。（以上《大荒南经》）

大荒之中，有山名曰合虚，日月所出。有中容之国。帝俊生中容，中容人食兽、木实，使四鸟：豹、虎、熊、罴。

有司幽之国。帝俊生晏龙，晏龙生司幽，司幽生思士，不妻；思女，不夫。食黍，食兽，是使四鸟。

有白民之国。帝俊生帝鸿，帝鸿生白民，白民销姓，黍食，使四鸟：虎、豹、熊、罴。

有黑齿之国。帝俊生黑齿，姜姓，黍食，使四鸟。（以上《大荒东经》）

有西周之国，姬姓，食谷。有人方耕，名曰叔均。帝俊生后稷，稷降以百谷。稷之弟曰台玺，生叔均；叔均是代其父及稷播百谷，始作耕。（《大荒西经》）

帝俊生禺号，禺号生淫梁，淫梁生番禺，是始为舟。番禺生奚仲，奚仲生吉光，是始以木为车。

帝俊生晏龙，晏龙是为琴瑟。

帝俊有子八人，是始为歌舞。

帝俊生三身，三身生义均，义均是始为巧倕，是始作下民百巧。（以上《海内经》）

关于这部分神话的解说，除“帝俊赐羿彤弓素矰”一条在下章中总述羿的神话时再说以外，余均请参考拙著《古神话选释》[①]帝俊解说部分。殷民族先祖的神话，除此而外，还有舜和王亥。舜和帝俊，本来就是一人，但在《山海经》的记叙中，已将他们分别为二。“舜妻登比氏生宵明、烛光”，前面已经讲过了，足见舜作为天帝的神格。舜的子孙为国于下方的，有𢧵国（《海外南经》）；𢧵国又叫巫𢧵民，住居在一个得天独厚的人间乐园：“不绩不经，服也；不稼不穑，食也”、“鸾鸟自歌，凤鸟自舞”（《大荒南经》）：也渲染了天神后裔的优异性。但这些也只是偶然保存下来的有关舜神话的片断，至于舜本身的神话则付阙如，教人未免遗憾。王亥神话首见此经记述，因系据图为文，说明简略，语焉不详，也使人引以为憾——

有困（因）民国，勾姓而（黍）食。有人曰王亥，两手操鸟，方食其头。王亥托于有易、河伯仆牛。有易杀王亥，取仆牛。河（伯）

① 《古神话选释》，人民文学出版社出版。

念有易，有易潜出，为国于兽，方食之，名曰摇民。帝舜生戏，戏生摇民。(《大荒东经》)

我们根据郭璞注引《古本竹书纪年》以及《楚辞·天问》的一大段有关王亥、王恒兄弟故事的文字，才把这段神话的内容大致钩稽出来。它的内容大概是：殷民族的先祖王亥和王恒兄弟俩，带了一大群牛羊到有易去做生意，一同爱上了有易王绵臣的妻子，结果是王亥被杀，王恒被驱逐。王恒的儿子上甲微带兵复仇，得到水神河伯的帮助，安全渡过黄河，灭了有易，杀了绵臣。河伯和有易也有交情，不忍见它全部覆亡，便悄悄把有易的孑遗，搬到另一个地方去，化作人身鸟足的摇民国。[①]自从殷墟甲骨文出土后，学者见卜辞上有“高祖夋”、“高祖王亥”等字样，取以和《山海经》所记相证，竟能将沉湮多年的古史探知出一个大概情况，神话传说有助于学术研究，于此又得到切实证明。

三、诸神子孙的创造发明和怪物异人

《山海经》神话中，有许多是记叙诸神子孙的创造发明的，即所谓文化英雄的神话。前面所举帝俊神话的零片中，不少的记叙，就是属于这种性质的。如叔均“始作耕”(《大荒西经》)，番禺“始为舟”，奚仲、吉光“始以木为车”，晏龙“为琴瑟”，帝俊子八人“始为歌舞”，巧倕“始作下民百巧”(《海内经》)等。除此而外，《大荒西经》还记载：颛顼的曾孙太子长琴“始作乐风”；《海内经》记载炎帝的曾孙殳“始为侯”，“侯”就是射箭的靶子，鼓和延“是始为钟，为乐风”；少昊的儿子般，“是始为弓矢”等。这些神话，看来似乎不大像是神话，既无故事情节，也无神奇因素，只是简单的记述。但实际上正应该是神话。把原始社会长时期

① 详《古神话选释》王亥的注释与解说。

中众多人努力的创造发明，归结到一个人的身上，这就是神话，此其一。进一步又把创造发明某事某物的人归结到某神的子孙，这也是神话，此其二。这都是原始神话思维方式造成的现象，应该予以承认，虽然或者只不过仍旧属于神话的零片。秦汉之间的其他一些古书如《吕氏春秋》、《世本》里，也多有这类诸神子孙创造发明的大同小异的记载，尤其在《世本》一书中，更集中地记述了关于黄帝和他的臣子们创造发明的传说。单是见于诸家所辑《世本》和《世本》宋衷注的，就有二十八种。举凡日常服用器物的发明如衣裳、冕、旃、舟、车、鼓、镜……乃至学术的发明如星象、历数、医药、音乐……莫不具有：似乎古代文物在黄帝时代就已经完美无缺了。这自然是神话，不过从神话中也曲折地反映出一部分历史的真实。

《山海经·五藏山经》里还记有许多怪神和怪物，大都形状奇异，性情凶恶，只要它们一出现，就征兆着种种祸殃要降临人间。推想起来，这些怪神和怪物，也该是原始社会人们幻想中的产物，经过巫师之流的涂饰，流传演变下来，便成了经文里所记的种种情状。这些神和兽，或“见则其国为败”（《中次十六经》丰山的神耕父），或“见则其邑有兵”（《西次三经》泾［瑶］水的无名天神），或“见则天下大旱”（《东次二经》姑逢之山的獙獙兽），或“见则其邑有讹火”（《西次三经》章峨之山的毕方鸟），或“见则其邑大水”（《西次三经》玉山的胜遇兽），等等；反映出古代人们对自然或社会灾害的畏恶。偶然也有能致福于人的异物，如《东次四经》钦山的当康兽，“见则天下大穰”，《南次三经》丹穴之山的凤皇和《西次二经》女床之山的鸾鸟，“见则天下安宁”等，这类吉祥的鸟兽为数不多，但也反映出古代人们对于生活幸福的渴望。像希腊神话潘多拉的盒子里关锁的小精灵希望一样，中国神话里也有一个吉神泰逢（《中次三经》），在为苦难的人们展示若干希望的明光。《山海经》记叙的怪神怪兽所征兆的祸福，是和此经的成书时代——战国——的动乱情景相联系的，也可说就是这个时代的烙印。

《五藏山经》里还记载了许多治疗疾病和预防疾病的单方，其中有些怪鸟、怪兽和怪鱼，如“如鸟人面”的䳋鹛（《北次二经》），“其状如狸、一目而三尾”的欢（《西次三经》），“鸟首虺尾”的旋龟（《南山经》），“一首而十身”的何罗鱼，“状如鲤而鸡足”的鰈鱼（《北山经》），等等，一眼便能看出，是出于古人的传闻和想象，属于神话的范围，根本无法觅致，更不用说去证验它们的疗效了。就是有些植物类的单方，如《西次四经》崦嵫山“食之已瘅（痨病）”的丹木，《中次七经》少陉山“食之不愚”的茵草，《中次六经》阳华山“食之已疟”的苦辛（草），等等，它们实际的情况以及疗效如何，也还带着若干传说的性质，未可深究。但是，各种疾病的名目在经里却被细致地列举出来，有风、痈、疽、腹病、心痛、痔瘘、同、疥、白癣、瘿、疣、疫疾、呕、狂、肿疫、聋、痴疾、疠、劳、胕（胕肿）、底（足茧）、瞢（盲）、腸（皮皴起）、脎（大腹）、癯（瘦）等，也应该是医药事业逐渐发达起来的战国时期才能有的现象。从各种文献上看，那时的卫生知识已在讲究，医生已经分科，有内科、外科、妇科、小儿科、耳目科等，并且还出了个著名的医生扁鹊（见《史记·扁鹊仓公列传》）。说明神话幻想总是和当时的时代特征结合起来的。

《山海经·海经》的神话中，有相当大一部分，是属于所谓“远国异人”（刘秀《上〈山海经〉表》语）的神话。这部分神话，记述了古代中国的四邻——海内外许多奇奇怪怪的国家（应当说是原始部落群）的情况。如贯胸国、羽民国、长臂国、不死国、三身国、无肠国、丈夫国、女子国、大人国、小人国等，单从它们的名目看，已经知道是神话传说，决不是现实生活实有的。但是，也有一些实有或半实有的国家，杂在这些幻想的国家之中，如《海外》诸经所记的肃慎国、三苗国、深目国、黑齿国等便是。肃慎、三苗都是古国，早见于历史记载，但却赋予了一些神话的性质；深目、黑齿或因其体质，或因生活习惯，形貌略异于中国，未知其本来国名，便径以形貌特点概括之，自然不能算是很准确的概括，可谓是半实有的国家。这类实有或半实有的国家，《海内》诸经及《荒经》以下五篇所记尤夥，就不详细论说了。

从幻想的国家与实有或半实有的国家杂出诸经的现象来看，在著书人的心目中并没有把这一切国家加以区别，而是一视同仁地对待。这种状况说来其实并不奇怪。今天我们都知道神话是幻想和虚构的，但在传述和记录神话的那时候的古人心目中，却确确实实相信它为实有，并不以为是虚构。鲁迅《中国小说史略》第五篇论六朝神鬼志怪书的作者说："盖当时以为幽明虽殊途，而人鬼乃实有，故其叙述异事，与记载人间常事，自视固无诚妄之别矣。"六朝时代的人记人鬼事尚且如此，以推战国时代的人记荒远各国事，更是可以想见了。

《史记·孟子荀卿列传》说——

> （邹衍）以为儒者所谓中国者，于天下乃八十一分居其一分耳。中国名曰赤县神州，赤县神州内自有九州，禹之序九州是也，不得为州数。中国外，如赤县神州者九，乃所谓九州也。于是有裨海环之。人民禽兽，莫能相通者，如一区中者，乃为一州。如是者九，乃有大瀛海环其外，天地之际焉。

这就是战国中期人们对于世界的概略设想：认为中国居中为一州，环绕中国而如中国之州凡八，连同中国称为九州，九州的四面有小海环绕。小海之外，更有如九州的地区凡八，合此九州而为大九州。大九州的外面又环以大瀛海，于是便接近天和地的边际了。这种设想，是和《山海经·海经》设想中国四面环海，邻近中国的诸国又有"海外"和"海内"之别的情景大体上相符合的。春秋以前，中国和海外各国的交通，还未有所闻。直至战国中年，才开始有齐威王、齐宣王和燕昭王等遣人入海求仙之举。想必在这个时候，中国和海外各国商业上的交通往还也有了初步发展，于是才有得自传闻的一大堆异形和异禀的国家来满足人们幻想的需要。不管这些国家是纯出虚构也好，或半虚半实也好，都表明古代人们对于广大世界迫切的求知欲望，不惜拿神话当作真实，充分表现出他们天真幼稚的世界观。

其中有些国家，如《大荒南经》和《海外南经》所记的僬侥即小人国，《大荒东经》和《海外东经》所记的大人国，也见于《国语·鲁语》。《鲁语》记吴国攻打越国，于会稽山获得一节骨头，须用专车装载，使人问孔子，孔子指出：这是禹所杀防风氏的骨头；又说："僬侥氏长三尺，短之至也，长者不过十之，数之极也。”可见关于大人和小人的传说，战国以前，即已有之。又经载青丘、黑齿、白民、贯胸诸国，亦见于《伊尹四方令》和《周书·王会篇》，可见也是较早的传说。再如《海外西经》和《大荒西经》所记的巫咸国十巫，其中巫咸、巫彭都是殷代有名的巫师，见于卜辞；《海外南经》所记的欢头国即丹朱国，是从丹朱的神话演变而来的；《海外北经》所记的博父国即夸父国，是从夸父的神话演变而来的；《大荒东经》所记的少昊国，是从少昊的神话演变而来的，从《左传·昭公十七年》少皞（昊）以鸟名官的故事中可以窥其大概。这些国家，大概都是古有传说，并不是始于战国，只是战国以后才荟萃记录于《山海经》罢了。

“远国异人”神话，虽然记叙的是海内外各国人民的异形或异禀，但是从总的方面来看，却并不存在民族歧视和偏见。证据之一就是这些异形异禀的国家，往往传说都是我们的老祖宗——某个古帝传下来的后代。例如《大荒东经》所记的黑齿国、司幽国、白民国，传说是帝俊的子孙；《大荒南经》所记的欢头国，是鲧的子孙，臷民国是舜的子孙；《大荒西经》所记的三面国，是颛顼的子孙；《大荒南经》和《海内经》所记的三身国，是帝俊的子孙，等等。而且从经所使用的质朴的记叙文字来看，我们也只能得到一种亲切的“民胞物与”的印象而不能得到其他。这一部分神话的情调基本上是健康的、有趣的，应该列入神话的范围加以考察，使它和后世民族歧视的谰言区别开来。

四、西王母神话的演变

《山海经》所记叙的众多神人当中，西王母是对后世产生影响最大的。尽管人们可以不知道有黄帝、帝俊、颛顼等大神，但却几乎没有不知道有西王母即王母娘娘的。而这却是产生于流传演变过程中的误解，并非对《山海经》的西王母有真正的认识或对他感兴趣。

《山海经》所记西王母凡三处——

玉山，是西王母所居也。西王母其状如人，豹尾虎齿而善啸，蓬发戴胜，是司天之厉及五残。(《西次三经》)

西王母梯几而戴胜［杖］。其南有三青鸟，为西王母取食。在昆仑虚北。(《海内北经》)

西海之南，流沙之滨，赤水之后，黑水之前，有大山名曰昆仑之丘。有神——人面虎身，［有］文［有］尾，皆白——处之。其下有弱水之渊环之；其外有炎火之山，投物辄然。有人戴胜，虎齿，［有］豹尾，穴处，名曰西王母。此山万物尽有。(《大荒西经》)

单独记和西王母有关的三青鸟凡两处——

三危之山，三青鸟居之。是山也，广员百里。(《西次三经》)

西有王母之山（当作有西王母之山），……有三青鸟，赤首黑目，一名曰大鵹，一名少鵹，一名曰青鸟。(《大荒西经》)

从以上所引，只能见到西王母是一个野蛮人或怪神，无论如何也不能给人以如后世所设想的“西方的王母”那样一个美好的印象。我在《中国古代神话》第六章中曾说：“他的性别是男是女，我们也还无从断定。”现在则更倾向于认为西王母原本是男性的野蛮人。

先看成书年代最早部分的《大荒西经》的记载：“有人戴胜，虎齿，豹尾，穴处，名曰西王母。”注意“穴处”二字，这个人是孤独地居住在洞穴里的。《山海经》所记诸神，均无作“穴处”语，知所写是人而非神。而且此处明说“有人”，不说“有神”（如前面所说“有神——人面虎身”那样），知所写确当是一个狞猛的野蛮人，以窟穴为居，大概是一个部族酋长。结合此经前面所记为西王母取食、“赤首黑目”的三青鸟来看，三青鸟当都是多力健飞的猛禽，而非娇弱依人的小鸟；作为猎夫形象的他，以三青鸟为映衬，自然更是鲜明。像这样犷悍的形象，即使在原始社会，以之属于男子当比属于妇女为愈吧。剩下一个是“戴胜”的问题。“胜”即玉胜，固然是古代妇女的首饰，但是在野蛮时代，男人也同样可以戴；正如穿耳的环，男人同样可戴，并不专属妇女。

《山海经》刻绘的西王母的形象，凡经两度演化。以上所写的西王母，是野蛮人的西王母，也是西王母形象的基调。从《山海经》各部分成书年代看，《大荒经》这部分的成书年代也是最早。再看成书年代次早部分的《西次三经》所记，这里增添了“蓬发”、“善啸”，西王母身上的狞猛之气更加重了。原先的“有人”，这里作“其状如人”，“穴处”二字这里被删去了，就把他升到了神的地位；最后一句“是司天之厉及五残”，明确了他的神职，从野蛮人到怪神的西王母的形象便终于完成了。这是《山海经》内部进行的一次西王母形象的演化，也是一次重要的演化。

再看成书年代最晚部分的《海内北经》所记：“西王母梯几而戴胜［杖］。其南有三青鸟，为西王母取食。”这里西王母的形象，只有“戴胜”，什么“蓬发”、“善啸”、“豹尾”、“虎齿”、“穴处”等都没有了，却添加了一个“梯几”。郭璞注：“梯谓凭也。”虽然添加的只是一个小小的几，经西王母这么一“凭”，也就隐然有了雍穆和平的景象。几是古时候对有才德的老者表示尊重的专门设施，也是古代文明的重要表征之一。西王母戴胜凭几，显示他已经初步女性化和王者化了，虽然还没有叙写得十分明确。这是西王母形象在《山海经》内部进行的再一次演化。这次演化的结果已经接近《穆天子传》的叙写了。《穆天子传》成书远在《山海经》这部分成书以前，说不定《山海经》这部分所记叙的西王母是受了《穆天子传》影响而删改的也未可知。

《尔雅·释地》说：“觚竹、北户、西王母、日下，谓之四荒。”郭璞注：“觚竹在北，北户在南，西王母在西，日下在东，皆四方昏荒之国，次四极者。”《大戴礼·少间篇》说：“昔虞舜以天德嗣尧，……西王母来献其白琯。”知秦汉之际的学者，都以西王母为国名或族名，实际上恐怕也应该是的。“西王母”之称，除“西”表示方位外，“王母”当是外来语的译名。《山海经》里这类译名是很多的，更多地集中在《荒经》以下数篇中，如《大荒东经》的山鞠陵于天、猗天苏门、壑明俊疾、凶犁土丘等，《大荒南经》的神不廷胡余、因因乎等，《大荒北经》的山先槛大逢、北极天柜等。人：犬戎的先祖，黄帝所生的融吾、苗龙、弄明等。甚至物事也有外来语的译名，如《海内西经》所记的“圣木曼兑”，“曼兑”恐怕也是外来语的音译。在广大的中国土地上，从远古时期算起，即为众多民族聚居，反映远古神话传说的《山海经》，有这类外来语的称谓实不足奇。则西王母一名，恐怕也当是国族之名的译称了。将它画作代表彼国彼族的人的形貌，当然便是如《大荒西经》所写“虎齿豹尾”、“戴胜”、“穴处”之状，而毫无“王母”的意味。但是“王母”二字连词的中国文字给人造成的意象毕竟太强烈了，从春秋战国时代的古人起，就不免望文生义地径以中文连词的“王母”理解之，以为《山海经》所记的这个怪人、怪神，原是西方的一位王母。周穆王西游时，曾经去拜见过这位西王母。周穆王西游见西王母，自然也还是民间传说，然而有人本之，写进了神话性质的历史小说《穆天子传》，又有人本之，作为历史材料，写进了编年体的历史书《竹书纪年》。作为女性人王的西王母的形象经过这两部重要古籍的宣扬，便基本确定了。顾实先生是信古的，写了《穆天子传西征讲疏》一书，以为此传就是当时周穆王西游的起居注；西王母和周穆王赋诗交欢自称的“我惟帝女”，郭璞注：“帝，天帝。”还保留了一点儿蜕而未尽的神话痕迹。顾实先生却以为“帝”就是周穆王，西王母自称她是周穆王之女，是周穆王特派她来远抚西疆的，更把西王母完全落实为周穆王的嫡亲裔属了。前人尝讥作《史记》的司马迁“好奇”，把一些神话传说的材料采入书中，但史公对《穆天子传》、《竹书纪年》材料的使用还是谨慎的，在《周本纪》的穆王传中就没有提到穆王见西王母事，只在《赵世家》里才从侧面简略提到，把此事当作一段赵族先祖发迹的传说来稍事点染罢了：这种处理从史学角度说来还是比较恰当的。

由《山海经》怪人、怪神的西王母，一变而为《穆天子传》中雍穆的人王，是西王母形象的一大演变，这个演变留待下章再作叙述。到《淮南子·览冥篇》“羿请不死之药于西王母，姮娥窃以奔月”，又是一大演变。此时西王母有了不死药，身上已带有了若干仙气。其实这段神话还不始于《淮南子》，早在战国初年的《归藏》（已佚）一书里，已经见到了它的雏形。《文选·祭颜光禄文》注引《归藏》说：“昔常娥以西王母不死之药服之，遂奔月为月精。”便是此一神话的雏形。流传演变到六朝人作的《汉武故事》和《汉武帝内传》，西王母就俨然成了仙人。《汉武帝内传》中的西王母，尤其仙化得厉害，兹节抄一段看看——

王母上殿东向坐，著黄金褡襹，文采鲜明，光仪淑穆，带灵飞大绶，腰佩分景之剑，头上太华髻，戴太真晨婴之冠，履玄璚凤文之舄，视之可年三十许，修短得中，天姿掩蔼，容颜绝世，真灵人也。下车登床，帝跪拜问寒暄毕立。因呼帝共坐。帝面南。王母自设天厨，真妙非常，丰珍上果，芳华百味，紫芝萎蕤，芬芳填樏，清香之酒，非地上所有，香气殊绝，帝不能名也。又命侍女更索桃果。须臾，以玉盘盛仙桃七颗，大如鸭卵，形圆青色，以呈王母。王母以四颗与帝，三颗自食。桃味甘美，口有盈味，帝食辄收其核。王母问帝。帝曰："欲种之。"母曰："此桃三千年一生实，中夏地薄，种之不生。"帝乃止。于坐上酒觞数遍，王母乃命诸侍女王子登弹八琅之璈，又命侍女董双成吹云和之笙，石公子击昆庭之金，许飞琼鼓震灵之簧，婉凌华拊五灵之石，范成君击湘阴之磬，段安香作九天之钧：于是众声澈朗，灵音骇空。

到此为止，仙人西王母的形象，终于大体上完成了。以后群众心目中的西王母或王母娘娘，就是以这幅图画为基础修润而成，然而修润的地方也并不多，只不过使她更年老更慈祥一点罢了。从西王母形象的演化，使我们悟解到：由野而文，是一个不可抗阻的演化公例。各个时期的西王母，代表各个时期神话传说的特色，都有他或她存在的理由。不能因为喜欢野蛮人和怪神（为其具有原始性）的西王母，就排斥人王的西王母；更不能因为喜欢人王的西王母，就排斥仙人的西王母。其实仙人的西王母倒是在群众的心目中根深蒂固：无论是舞台上或绘画雕刻上大都是这样的西王母；尤其是王母娘娘的"蟠桃会"，给人的印象最深，要抹杀也抹杀不掉。我们今天固然应该多向群众宣传他们已经生疏了的古代的西王母，但是我们也应当接受群众早已认可的西王母。不同的社会有不同的西王母，原始社会的西王母是怪人或怪神，到了奴隶社会西王母自然便成了王者。再到封建社会，西王母又成了仙人。三变化身的西王母的形象其实又是一气贯通的。所以我们须得打破自设的藩篱，承认广义神话的合理性：不但原始社会以后不同的阶级社会可以产生新神话，原始社会的神话人物经历不同的阶级社会也会产生不同的演变，我们应当一视同仁地予以认可。

五、从朴野到文明的昆仑山

在《山海经》的记叙中，有一座像希腊神话中奥林帕司山那样庄严巍峨的大山，就是昆仑山；那是“帝之下都”，是“百神之所在”的地方。昆仑山在中国神话中占有特殊重要的地位，除《山海经》的记叙外，其他书籍也有记叙，如《史记·大宛列传》引《禹本纪》说：“昆仑其高二千五百余里，日月相避隐为光明也，其上有醴泉、瑶池。”《楚辞·天问》说：“昆仑县圃，其尻安在？增城九重，其高几里？四方之门，其谁从焉？西北辟启，何地通焉？”虽然着墨不多，却都能得到它的精神。正式的记录在《山海经·西次三经》——

> 昆仑之丘，是实惟帝之下都，神陆吾司之。其神状虎身而九尾，人面而虎爪；是神也，司天之九部及帝之囿时。有兽焉，其状如羊而四角，名曰土蝼，是食人。有鸟焉，其状如蜂，大如鸳鸯，名曰钦原，蠚鸟兽则死，蠚木则枯。有鸟焉，其名曰鹑鸟，是司帝之百服。有木焉，其状如棠，黄华赤实，其味如李而无核，名曰沙棠，可以御水，食之使人不溺。有草焉，名曰蓍草，其状如葵，其味如葱，食之已劳。……是多怪鸟兽。

《西次三经》还说：“槐江之山，……实惟帝之平圃，……南望昆仑，其光熊熊，其气魂魂。”这就是以“帝之下都”面貌初次出现的昆仑山的全部景象：它是那样宏伟庄严，然而却朴素无华。“帝”是黄帝，《穆天子传》卷二说：“吉日辛酉，天子升于昆仑之丘，以观黄帝之宫。”即其证。比此记略早，是《大荒西经》的记叙——

西海之南，流沙之滨，赤水之后，黑水之前，有大山，名曰昆仑之丘。有神——人面虎身，[有]文[有]尾，皆白——处之。其下有弱水之渊环之，其外有炎火之山，投物辄然。有人，戴胜，虎齿，[有]豹尾，穴处，名曰西王母。此山万物尽有。

记叙得更是简单：连“帝之下都”也没有出现，倒像是住在玉山（《西次四经》）的西王母的离宫别宅。不过有两桩重要的物事出现在这里，即“弱水之渊”和“炎火之山”，却是其他有关昆仑山的记叙里所没有的，应该予以重视。这里所说的“人面虎身、文尾皆白”（郭璞注：“言其尾以白为点驳”）的“有神”，看来仍应当是司帝之下都的“神陆吾”，也即我们马上就要讲到的昆仑山的开明兽。他原是昆仑山的主神，《庄子·大宗师》说：“肩吾得之，以处大山。”肩吾即陆吾，本来无所系属，到昆仑山成为黄帝的“下都”以后，他才成为黄帝的属神而总管昆仑。再一变他又成了镇山的神兽。请看下面《海内西经》的叙写——

海内昆仑之虚，在西北，帝之下都。昆仑之虚，方八百里，高万仞。上有木禾，长五寻，大五围。面有九井，以玉为槛。面有九门，门有开明兽守之。百神之所在，在八隅之岩，非仁羿莫能上冈之岩。……昆仑南渊深三百仞。开明兽身大类虎而九首，皆人面，东向立昆仑上。开明西有凤皇、鸾鸟，皆戴蛇践蛇，膺有赤蛇。开明北有视肉、珠树、文玉树、玗琪树、不死树。凤皇、鸾鸟皆戴瞂。又有离朱、木禾、柏树、甘水、圣木曼兑，一曰挺木牙交。开明东有巫彭、巫抵、巫阳、巫履、巫凡、巫相，夹窫窳之尸，皆操不死之药以距之。窫窳者，蛇身人面，贰负臣所杀也。服常树，其上有三头人，伺琅玕树。开明南有树鸟，六首；蛟、蝮、蛇、蜼、豹、鸟秩树，于表池树木，诵鸟、鶽、视肉。

这里“身大类虎而九首、皆人面”的开明兽，自然是“虎身而九尾、人面而虎爪”的神陆吾的演化。古时奇禽怪兽的“尾”传变为“首”者亦有其例。例如《绎史》卷八六引《冲波传》说:“鸧兮鸧兮，逆毛衰兮，一身九尾长兮。”《文选·郭璞〈江赋〉》却说:“奇鸧九头。”而《太平御览》卷八八二引《山海经》,陆吾“九尾”正作“九首”,尤可见由“九尾”的陆吾演变成“九首”的开明兽是很自然的。此处所叙昆仑山的景象其宏壮、富丽,自然又超胜于《西次三经》所记的了。《西次三经》的昆仑山，只有草木禽兽，莽莽苍苍，原始性很浓。这里的昆仑山，除了珍奇的动物、植物之外，还出现了“九门”、“九井”，而且“以玉为槛”，光景像是已初具宫苑的规模。但从后面“百神之所在，在八隅之岩”看，百神既然尚处在岩穴之间，那么这座宫苑必然也还是比较朴陋的，不过已经初步跨进文明的门槛了。神话由野而文的演化规律，在同书的不同部分，由于其写作时代不同，也还是明显地表现出来了。因此我们说，对于神话的原始性，我们固然要珍视它，但也用不着过分强调，进入文明社会的神话，总是或多或少会丧失其原始性而打上文明的印记。只要不是矫揉造作,有意缘饰,我们还是一律抱持欢迎的态度。例如下面《淮南子·地形篇》所叙写的昆仑山——

> 禹乃以息土填洪水以为名山。掘昆仑虚以下地，中有增城九重，其高万一千里百一十四步二尺六寸。上有木禾，其修五寻。珠树、玉树、璇树、不死树在其西，沙棠、琅玕在其东，绛树在其南，碧树、瑶树在其北。旁有四百四十门，门间四里，里间九纯，纯丈五尺。旁有九井，玉横维其西北之隅。北门开以纳不周之风。倾宫、旋室、县圃、凉风、樊桐在昆仑阊阖之中，是其疏圃。疏圃之池，浸之黄水，黄水三周复其原，是谓白水，饮之不死。(河水、赤水、弱水、洋水,)凡四水者,帝之神泉,以润万物。昆仑之邱,或上倍之,是谓凉风之山,登之而不死；或上倍之，是谓悬圃之山，登之乃灵，能使风雨；或上倍之，乃维上天，登之乃神，是谓太帝之居。

《淮南子》所叙写的昆仑山，看得出来，大体上是本于《山海经·海内西经》，而删其朴野，益其文明，气象乃更宏伟雍穆。这里所写的昆仑山，值得注意的有两点：一是说禹为了填堙洪水，从天上“掘昆仑虚以下地”，使原是帝之上都的昆仑山变成了“帝之下都”；二是说昆仑山很高，从这座山上去，经过一重又一重的山，便可以直达天庭，昆仑山实际上便成了以山为梯而登天的天梯。这两点都有新鲜的内容，新鲜的意思，为前此记叙昆仑山所没有。

除此而外，《神异经》也记有昆仑，主要记叙的是昆仑山“其高入天”的铜柱和张两翼覆东王公、西王母的大鸟希有，这当然又另外是一种神奇的景象，在以后的章节中我们还要讲到。至于后来《十洲记》和《拾遗记》等书里所写的昆仑，则完全是道家方士心目中的昆仑，繁缛委琐，增饰过多，就不必详细去说了。

《山海经》所记的昆仑，除上所举《西次三经》、《大荒西经》、《海内西经》三处应是西方的昆仑而外，还有东南方的昆仑。《海外南经》说：“昆仑虚在其东，虚四方。一曰在岐舌东，为虚四方。”毕沅注：“此东海方丈山也。《尔雅（释地）》云：‘三成为昆仑丘。’是‘昆仑’者，高山皆得名之。《水经注（河水）》云：‘东海方丈，亦有昆仑之称。’”此外还有西北方的昆仑。《海外北经》说：“禹杀相柳，其血腥，不可以树五谷种，乃以为众帝之台，在昆仑之北。”郭璞注：“此昆仑山在海外者。”郝懿行以为仍在海内。但不论海内海外，当为西北方的另一昆仑，不应和西方的“帝之下都”的昆仑相混。《大荒北经》所记的昆仑亦同此。但《大荒北经》的昆仑又邻近赤水，而西方昆仑正是赤水的发源地，或者此昆仑仍是西方昆仑的一条支脉。总之，昆仑实非一地，正如毕沅所说，“高山皆得名之”。

第四章

先秦及汉初文献中的神话

一、《穆天子传》、《诗经》与《楚辞》

《穆天子传》是先秦时代一部重要的古籍，人们每每将它和《山海经》对举，陶潜《读山海经》诗有“泛览《周王传》，流观《山海图》”这样的语句，即其一例。从神话研究的角度看，《穆天子传》的重要性自然远远不及《山海经》，因为《山海经》保存了丰富的原始神话资料，而《穆天子传》不过是采取一些神话材料编写的一部神话性质的历史小说。朱芳圃《中国古代神话与史实·西王母考》谓西王母是西方貘族人的图腾神，西表示方位，王有神的意思，母即貘的音转，西王母即西方的神貘；《穆天子传》所谓的“西膜”，即此族人，穆王所见的西王母，即当时西膜的君长，论辩剀切详明，说亦可供参考。照此说来，周穆王西游，还是有一些历史凭依的，不过写作此传的人特地用好些神话传说作材料加以渲染罢了。它本来是受神话影响而成的文学作品，应当放到影响史中去谈，但此书一出，立刻又成了新神话，对于后世又产生很大的影响，所以这里还是将它当作神话简要说说。

《穆天子传》的神话因素，据法国学者雷米·马蒂厄（旧译“马迪厄”）研究，共有四十八项神话母题①，称得上细密。我的粗浅考察，只有六处②，

---

① 见李清安《马迪厄〈穆天子传译注与考证〉》，刊1984年第6期《读书》。

② 见拙著《古神话选释》有关周穆王的解说。

而穆天子见西王母事，则是最含神话因素的——

> 吉日甲子，天子宾于西王母，乃执白圭玄璧以见西王母，好献锦组百纯，□组三百纯，西王母再拜受之。
>
> □乙丑，天子觞西王母于瑶池之上。西王母为天子谣曰："白云在天，山陵自出，道里悠远，山川间之。将子无死，尚能复来。"天子答之曰："余归东土，和洽诸夏，万民平均，吾顾见汝。比及三年，将复而野。"西王母又为天子吟曰："徂彼西土，爰居其野。虎豹为群，於鹊与处。嘉命不迁，我惟帝女。彼何世民，又将去子。吹笙鼓簧，中心翔翔。世民之子，唯天之望。"
>
> 天子遂驱升于弇山，乃纪名迹于弇山之石而树之槐，眉曰西王母之山。

这里西王母的形象，已俨然是雍穆的人王了；从她的赋诗中"我惟帝女"一语看，她的女性性别也才开始确定。又从"虎豹为群"、"於（乌）鹊与处"二语，更看出神话蜕变为传说（新神话）的痕迹。"虎豹"自然是指作为西王母本身形象的"豹尾虎齿"，"於（乌）鹊"大约就是指为西王母取食的"三青鸟"：本来是神话的浓厚笔墨，在诗里却成了譬喻式的轻描淡写。然而仍然透露出它原本具有的神话性质。周穆王见西王母神话，流传到汉代以后，又演变为东王公和西王母相会的神话；前面提到的西王母见汉武帝神话，恐怕也正是这个神话的翻本。关于东王公和西王母神话，留待下面有关章节中再说。

取神话材料创作文学作品的，在先秦时代，除《穆天子传》外，前有《诗经》，后有《楚辞》。由于中国神话在早期曾有相当大量的佚亡，二书所叙写的神话，往往成了原始记录；所以我们首先不把它们当作文学作品看，而把它们当作神话的原始记录看。

先说《诗经》。《诗经》里有两篇提到神性英雄"感天而生"的神话故事。一篇是《玄鸟》，记叙得很简单，只有开头"天命玄鸟，降而生商"两句。"商"就是殷（商）民族的始祖契。另一篇是《生民》，写的是周民族的始祖后稷降生的故事，倒是用了浓重的笔墨，将这位神性英雄不平凡的诞生作了精彩的叙写。现在且把它的前半段抄录下来看看——

> 厥初生民，时维姜嫄。生民如何，克禋克祀，以弗无子。履帝武敏歆，攸介攸止。载震载夙，载生载育，时维后稷。
>
> 诞厥弥月，先生如达；不坼不副，无菑无害，以赫厥灵。上帝不宁，不康禋祀，居然生子。
>
> 诞置之隘巷，牛羊腓字之。诞置之平林，会伐平林。诞置之寒冰，鸟覆翼之。鸟乃去矣，后稷呱矣。实覃实訏，厥声载路。……

《史记·周本纪》也有一段大致相同的记叙："周后稷，名弃，其母有邰氏女，曰姜原，姜原为帝喾元妃。姜原出野，见巨人迹，心忻然说，欲践之。践之而身动，如孕者。居期而生子，以为不祥，弃之隘巷，马牛过者，皆辟不践。徙置之林中，适会山林多人。迁之，而弃渠中冰上，飞鸟以翼覆荐之。姜原以为神，遂收长养之。初欲弃之，因名曰弃。"这段记叙几乎就是上面所录那段诗的译文，文字明白晓畅多了。但作为最早的记录，前面那段诗，还是大有可取的。诗说"先生如达"，"达"是什么意思呢？"达"就是羊胞胎的意思，小羊初生，胞胎完具，胞胎落地后，始破胎而出。言后稷生时像羊胞胎那样是一团肉球的形状。这样《史记》所说的姜原"以为不祥，弃之隘巷"才有了根据。姜原"以为不祥"者，并非是因为践了巨人迹，无夫生子的缘故。原始母系社会，"民知母而不知父"者多矣，伏羲之生，也传说是他的母亲华胥氏在雷泽践了大迹之故，但未闻遭弃。后稷遭弃，实在由于他"先生如达"，形体异常，这一点《诗经》的记叙就大有可取。后面写"鸟覆翼之"，因其是团肉球，所以不仅温暖它，还有孵育它的意思，比《史记》所写单是温暖为佳。末后"鸟乃去矣，后稷呱矣……"四语，写得也非常形象生动，并且还似闻其声。毕竟是文学描写，不同于简单的原始记录。

除此而外，《诗经》还不止一处歌颂了禹治洪水且因治水而缔造山川的功绩，和古神话所说的"禹乃以息土填洪水，以为名山"（《淮南子·地形篇》)，互相印证，竟是若合符节。此外，《大东》里还有牵牛、织女的描写，是牛郎织女神话的雏形，留待以后在有关章节中再说。

《楚辞》中更是运用了不少神话材料；尤其是屈原《天问》一篇，运用的神话材料最多，有些简直可以被看作原始记录。例如前面所说后稷诞生神话，《天问》也有记叙——

> 稷维元子，帝何竺之？投之冰上，鸟何燠之？何冯弓挟矢，殊能将之？既惊帝切激，何逢昌之？

前四语是《诗经》后稷诞生的缩写，后四语却是后稷神话零片的新材料。由于是以问语出之，整段神话叙写得不那么清楚，但大意还是能够看得出来，似乎说后稷生下来就能调弓弄矢，拟向天帝，使天帝为之受惊而至于“切激”；终因他是天帝的裔子之故，还是让他的后代昌盛起来。此写后稷不仅能文（农事），而且会武，且具有充分的反抗精神。由于这个神话片段的补充，神性英雄的后稷的精神面貌也就更加完备了。

《天问》中可以看作原始记录的神话零片，尚有以下这些——

> 鸱龟曳衔，鲧何听焉？顺欲成功，帝何刑焉？永遏在羽山，夫何三年不施？伯禹愎鲧，夫何以变化？
>
> 羿焉弹日？乌焉解羽？
>
> 禹之力献功，降省下土四方，焉得彼涂山女，而通之于台桑？闵妃匹合，厥身是继。胡维嗜不同味，而快鼂饱？
>
> 帝降夷羿，革孽夏民，胡射夫河伯，而妻彼雒嫔？

以上所举，是主要的几个神话片断；其余还有一些过于琐碎的零片，关系影响不大，就不多举了。

首段是鲧禹治水事，“鸱龟曳衔”是独一无二的新材料，其他古籍均未道及。鲧大概是听了鸱龟的献计，这才去盗窃息壤平治洪水的。“三年不施”，“施”一本作“弛”，是坏的意思。“伯禹愎鲧”，当从闻一多《楚辞校补》作“伯鮌腹禹”。《山海经·海内经》郭璞注引《开筮》(即《归藏·启筮》)说:“鲧死三岁不腐,剖之以吴刀,化为黄龙。”可以为这段神话材料作注释和补充。“变化”当即“化为黄龙”之意。其次关于羿的神话材料,《天问》所述有两段,其一是“羿彃日、乌解羽”,大概成书于相同时期或略早而后来佚亡了的《归藏》里也有记载,六朝梁刘勰《文心雕龙·诸子》说:“《归藏》之经,大明迂怪,乃称羿毙十日,姮娥奔月。”就是最早的正式征引,可以和《天问》所述互相印证。其二是“射河伯、妻雒嫔”,雒嫔就是洛水女神宓妃,据说是伏羲的女儿,这段神话材料只见于《天问》,而不见于其他各书。最后关于禹和涂山氏恋爱的神话,《天问》所述,也是首见。不过诗人对禹的择偶不当,似乎颇有微词,于“胡维嗜不同味,而快鼌饱”(闻一多谓鼌饱当作鼌饥,即朝饥,是男女悄事的隐语)的问语中见之。《楚辞》屈原所作其他各篇中,所采神话材料也不少,如《招魂》的土伯,《远游》的赤松、王乔等,大概也是首见,还有其他一些神话性质的事物,也首见于《楚辞》屈原所作诸篇,因其过于琐碎,就不一一列举了。

二、宋玉的《高唐赋》与《神女赋》

《楚辞》的另外一个重要作者是宋玉,传说他是屈原的弟子,《九辩》是他所作,然而里面并没有什么神话材料。倒是《文选》所载宋玉的《高唐赋》和《神女赋》,为我们写出了一个重要的神话人物瑶姬,并且最早提供了有关她的神话材料。瑶姬的神话,其实也很简单,见于《高唐赋》前面的宋玉的序——

昔者楚襄王与宋玉游于云梦之台,望高唐之观,其上独有云气,崪兮直上,忽兮改容,须臾之间,变化无穷。王问玉曰:“此何气也?”玉对曰:“所谓朝云者也。”王曰:“何谓朝云?”玉曰:“昔先王尝游

> 高唐，怠而昼寝，梦见一妇人，曰：‘妾巫山之女也，为高唐之客，闻君游高唐，愿荐枕席。’王因幸之。去而辞曰：‘妾在巫山之阳，高丘之阻，旦为朝云，暮为行雨，朝朝暮暮，阳台之下。’旦朝视之，如言，故为立庙，号曰朝云。”……

这以下还有一段话，和故事本身无关，不必再引。而且唐代以前的《文选》本子，就把“王”和“玉”两个字搅混，使人误以为楚怀王梦见神女之后，楚襄王又梦见了神女；“襄王梦”且被当作文学典故运用，屡见于诗歌的咏叹中，其实是活天冤枉。宋沈括《补笔谈》卷一辨之甚明，这里便不多说。①这里所要说的是，宋玉的这篇序，已非本来面貌，而是经过《文选》的编者萧统（昭明太子）删改的。何以知其然呢？同书江淹《别赋》注引《高唐赋》述神女之言云：“我帝之季女，名曰瑶姬，未行而亡，封于巫山之台，精魂为草，实曰灵芝。”此处则什么都没有了，仅以“妾巫山之女也”一语隐括言之；即此一端，可见其余。所以这篇《高唐赋序》所介绍的神女神话是不足为据的。

晋代史学家习凿齿写了一部书叫《襄阳耆旧传》，曾根据未删改的《高唐赋序》将神女神话写入书中，可惜此书已经佚亡，根据书注和类书所引，还能略见原来的面貌。这倒是瑶姬神话比较可靠的材料。现在我就将不同处的两段引文，拼凑起来，写在下面，以存大概——

> 赤帝女曰瑶姬，未行而卒，葬于巫山，故曰巫山之女。楚怀王游于高唐，梦见与神遇。（《文选·高唐赋》注引）瑗乎若云，皎乎若星，将行未止，如浮忽停，详而观之，西施之形。王悦而问之。曰：“我夏帝之季女也，名曰瑶姬，未行而亡，封乎巫山之台。精魂为草，摘而为芝，媚而服焉，则与梦期；所谓巫山之女，高唐之姬。闻君游于高唐，愿荐枕席。”王因幸之。既而言之曰：“妾处之羭，尚莫可言之，今遇君之灵，幸妾之搴。将抚君苗裔，藩乎江、汉之间。”王谢之。

① 参见拙著《神话论文集·宋玉〈神女赋〉的订讹和高唐神女故事的寓意》。

辞去，曰："妾在巫山之阳，高邱之岨，旦为朝云，暮为行雨，朝朝暮暮，阳台之下。"王朝视之，如言；乃为立馆，号曰朝云。（《渚宫旧事》卷三引）

这里所引，文字或略有讹误，如"妾处之羭"、"幸妾之搴"等，都不大好理解，惜无别的引文可以核对，只能略观大意。大概是神女自谦，说她以凡庸陋质而为怀王所幸。从以上所引的比较可靠的瑶姬神话中，使我们联想到《山海经·中次七经》所记的䔄草神话："姑媱之山，帝女死焉，其名曰女尸。化为䔄草，其叶胥成，其华黄，其实如兔丘，服之媚于人。"从前后所引两段神话看，分明可以见到，瑶姬神话无疑是䔄草神话的流传演变。宋玉作《高唐》、《神女》二赋，半取真实：楚怀王游高唐，大白天果真做了一个"与神女遇"的异梦，因而修了一座台观叫"朝云"，这就是真实；又半取神话传说以讽喻襄王，意谓巫山是楚国上游重地，宜在此处设重兵戍守，以防秦人觊觎①，这又成了宋玉的讽喻。我们看《高唐赋》的末尾，有"王将欲往见之（神女），必先斋戒，……思万方，忧国害，开贤圣，辅不逮"这样的话，明明是把神女放在和国家同等重要的地位来看待了。《襄阳耆旧传》记神女事末尾也有"将抚君苗裔，藩乎江、汉之间"这样的话，更是把神女描绘成了庄严的护国女神；而这样的话，很可能本来是《高唐赋》序上原有而后来被萧统删掉了的。

尽管瑶姬神话有这样的寓意，然而从表面上看，它终归还是逃不出叙写男女欢爱的圈子，虽然文人士大夫对此感到兴致淋漓，还从文字的误解——襄王梦——发为诗文的咏叹，而人民群众的反应却是冷漠的。因而在民间，又别有关于瑶姬的神话流传，那就是唐末道士杜光庭在《墉城集仙录》里记述的瑶姬帮助大禹治水的神话——

云华夫人，王母第二十三女，太真王夫人之妹也，名瑶姬，受回风混合万景炼神飞化之道。尝东海游还，过江上，有巫山焉，峰

① 见章炳麟《菿汉闲话》二十五。

崖挺拔，巨石如坛，留连久之。时大禹理水，驻山下，大风卒至，崖振谷陨不可制。因与夫人相值，拜而求助。即敕侍女，授禹策召鬼神之书。因命大神狂章、虞余、黄魔、大翳、庚辰、童律等，助禹斫石疏波，决塞导阨，以循其流。禹尝诣之，崇巘之巅，顾盼之际，化而为石。或倏然飞腾，散为轻云；油然而止，聚为夕雨。或化游龙，或为翔鹤，千态万状，不可亲也。禹疑其狡狯怪诞，非真仙也，问诸童律。律曰："云华夫人，金母之女也，非寓胎禀化之形，是西华少阴之气也。在人为人，在物为物，岂止于云雨龙鹤，飞鸿腾凤哉！"禹然之。后往诣焉，忽见云楼玉台，瑶宫琼阙森然。既灵官侍卫，不可名识，狮子抱关，天马启涂，毒龙电兽，八威备轩。夫人宴坐于瑶台之上，禹稽首问道。因命侍女陵容华出丹玉之笈，开上清宝文以授禹，（禹）拜受而去，又得庚辰、虞余之助，遂能导波决川，以成其功；奠五岳，别九州，而天锡玄珪，以为紫庭真人。（略有删节）

这段神话，虽然已经大大地仙话化了，但其原本来自民间，并非向壁虚构。因为相传大禹在巫山治理过洪水，而巫山又有古籍记载的神女神话，人们很容易将二者结合起来，成为神女帮助大禹治水。神话的流传、发展、演变，每每是这样：或是从一个故事化做两个以上的故事，或是把两个以上的故事合为一个故事。瑶姬神话就是后者的一个具体例子。从神女入楚怀王的梦，演变而为神女帮助大禹治水，可以看出人民对神话的选择和喜爱。人们不喜欢那淫奔的神女，而喜欢那为人民的事业贡献一份力量的神女。所以当后一种神话成为文字记录出现在世间时，很快就居于压倒性优势，以后诗文所颂和民间所传，都以此为主流（宋代诗人的诗，都是歌颂帮助大禹治水的神女的；至今三峡民间所传瑶姬神话，还大体上保存着《墉城集仙录》记叙的内容），前一种神话于是逐渐变得黯淡无光，只供少数文人去欣赏了。

三、古史中的神话（上）

先秦及汉初的神话材料，在历史学家和哲学家的著作中也保存有不少，有的可以作为《山海经》神话材料的补充，有的则是独立的神话片断。一般情况是，这些神话材料经过历史学家和哲学家运用以后，往往便被历史化和哲学化了，有的化得还相当厉害，甚至弄得几乎面目全非。

先说历史书中的神话材料。

我国最古老而又最有名的一部历史书，叫做《尚书》，或单称《书》，今本篇目共五十八篇，包括从尧舜时代一直到周代初年的若干历史文献资料，其中真伪杂出，尚待学者们去认真考辨。《尚书》里也有一些神话材料，如《尧典》里所说“分命羲仲，宅嵎夷，……申命羲叔，宅南交，……分命和仲，宅西，……申命和叔，宅朔方，……”就和《山海经·大荒经》所记四方神及四方风有关；尧使鲧治水无功和尧妻舜以二女等神话在本篇中也略见端倪。《舜典》里有夔“击石拊石，百兽率舞”的神话传说，有舜使益管理“上下草木鸟兽”，益“让于朱、虎、熊、罴”的神话传说。他们在古神话中的面目本来都该是作为部族图腾的鸟和兽的，在这里却都被人化而为舜的臣属了。我在《古神话选释》帝俊的解说中说明帝俊的子孙为国于下方者，为什么常有“使四鸟，豹、虎、熊、罴”的能力，就引用了这段历史化的神话材料。那就是这段材料的本来面目，为省篇幅，便不在这里重述。《尚书》其他各篇，还有关于禹治洪水和丹朱“罔（无）水行舟”（《益稷》）、关于蚩尤“作乱”和皇帝（颛顼）命重黎“绝地天通”（《吕刑》）等神话传说材料，可以补充其他书籍记载的不足和与其他书籍记载的互相印证。

此外，《周书》又称《逸周书》（其实未“逸”），也是先秦时代一部可供神话研究参考的历史典籍。从其中《王会篇》及其所附载的《伊尹四方令》里，可以见到殷、周初年传说中中国四方国家民族情况的大要，也很富于神话色彩，可以和《山海经》“海经”部分所记诸国、《淮南子·地形篇》所记“海外三十六国”以及《吕氏春秋·求人篇》所记禹所经历的诸荒远之地互相参证。

《周书》还有一些篇章，历史和传说杂糅，如《克殷篇》、《世俘篇》，记述殷周之际战争俘馘的情况，多侈大言之，近于小说。《太子晋篇》记晋平公的乐师师旷往见周灵王太子晋（即后世传说的仙人王乔）事，于人物的动作和对话也费了一番描写的功夫，小说的情趣很浓。在书经秦火、古籍多散亡的后世，这些片断的传说材料，也略可供我们作研究神话之助。

《周书·尝麦篇》有一段关于赤帝、黄帝和蚩尤的神话材料，值得予以注意——

> 昔天之初，□作二后，乃设建典，命赤帝分正二卿，命蚩尤宇于少昊，以临四方，司□□上天未成之庆。蚩尤乃逐帝，争于涿鹿之河（阿），九隅无遗。赤帝大慑，乃说于黄帝，执蚩尤杀之于中冀，以甲兵释怒，用大正顺天思，序纪于大帝（旧校疑是太常），相名之曰绝辔之野。乃命少昊清司马鸟师，以正五帝之官，故名曰质，天用大成，至于今不乱。

由于文字讹挩，内容已不可尽晓，不过仍旧隐约看得出来，它和一般神话传说或历史传说所说的有些不同。一般所说的是：先是黄帝和炎帝在阪泉战争，然后黄帝和蚩尤又在涿鹿战争（其实阪泉、涿鹿都是一地）。蚩尤是炎帝的后裔，故黄帝和蚩尤之战，无非是黄炎战争的继续。这里的说法却有异于以上所说。是蚩尤要把赤帝（即炎帝）从涿鹿赶逐出去，“赤帝大慑，乃说于黄帝”，黄帝这才“执蚩尤杀之于中冀”。黄帝、炎帝原是和睦相处，毫无争端，倒是炎帝见逼于蚩尤，向黄帝求救，黄帝仗义，为解炎帝之厄，才将蚩尤擒杀于中冀。这是黄炎之争的异说，也值得作参考。后文所说“乃令少昊清司马鸟师，以正五帝之官，故名曰质……”云云，语意未明；但是它和我们即将谈到的《左传》里郯子所说的一段话有关，马上就可以明白。

《左传》和《国语》，相传都是春秋时候鲁国人左丘明所作。左丘明撰写《左传》，还有未用完的材料，后人将这些材料，编为一书，叫做《国语》，故《国语》又称《外传》，郭璞注《山海经》引用此书时就径以《外传》名之。二书撰著的实际情况如何，学人还有争论，不过它们性质相近这一点倒是可以肯定的，二书都有不少历史化的神话材料。最可以说明问题的，是《左传·昭公十七年》记郯子向鲁昭公所说的一段话——

> 我高祖少皞挚之立也，凤鸟适至，故纪于鸟，为鸟师而鸟名。凤鸟氏，历正也；玄鸟氏，司分者也；伯赵氏，司至者也；爽鸠氏，司寇也；鹘鸠氏，司事也；五鸠，鸠民者也。五雉为五工正，利器用，正度量，夷民者也。九扈为九农正，扈民无淫者也。

就是一个比较典型的神话历史化的例子。神话里的少皞，本来是一只猛悍的鸷鸟（古挚、鸷通），在东方建立了一个鸟的王国，百鸟都是他的属臣，可是一到历史的记叙里，百鸟却变成了“以鸟纪”的百官，这些百官徒有鸟的称号而实际上都是人，少皞也从猛悍的鸷鸟一变而为名字叫“挚”（《周书》作“质”）的人王。神话演变成历史的迹象，斑斑可寻。让它恢复神话的本来面貌，对整理神话来说，自然是很有意义的。

《左传》还有一段神话材料，却大体上保持着原来的面貌，历史化不太厉害——

> 昔高辛氏有二子，伯曰阏伯，季曰实沈，居于旷林，不相能也，日寻干戈，以相征讨。后帝不臧，迁阏伯于商丘，主辰，商人是因，故辰为商星；迁实沈于大夏，主参，唐人是因，以服事夏商。（《昭公元年》）

“主辰”、“主参”是历史化的雕饰之词，神话的本来面貌应该就是作为天帝的高辛氏将他这两个闹内讧的儿子，一个变做了商星，一个变做了参星，叫他们从此东出西没，彼此不相见。

《左传》的神话传说材料，除上面所举的两段而外，还有好些。如《昭公二十九年》所记的刘累为孔甲畜龙，《襄公四年》所记的有穷后羿的兴亡史，等等，都有比较完整的故事。其他零星片断的神话材料还很多，如《宣公三年》所记的禹铸九鼎、《文公十二年》所记的叔孙得臣获长狄、《文公十八年》所记的高阳氏才子八人谓之八恺，高辛氏才子八人谓之八元，帝鸿氏不才子浑敦，少皞氏不才子穷奇，颛顼氏不才子梼杌，缙云氏不才子饕餮等，都有助于我们探讨古史，了解神话。其余过于琐碎的，就不再提了。

四、古史中的神话（下）

和《左传》性质相近的《国语》，其中也有若干神话材料。最著名的就是孔子回答吴国使者问“骨何为大”的那一段——

> 吴伐越，堕会稽，获骨焉，节专车。吴子使来好聘，且问之仲尼。……曰：“敢问骨何为大？”仲尼曰：“丘闻之，昔禹致群神于会稽之山，防风氏后至，禹杀而戮之，其骨节专车，此为大矣。”客曰：“敢问谁守为神？”仲尼曰：“山川之灵，足以纪纲天下者，其守为神。社稷之守者为公侯，皆属于王者。”客曰：“防风何守也？”仲尼曰：“汪芒氏之君也，守封嵎之山者也，为漆姓，在虞夏商，为汪芒氏，于周为长狄，今为大人。”客曰：“人长之极几何？”仲尼曰：“僬侥氏长三尺，短之至也。长者不过十（之），数之极也。”（《鲁语下》）

禹诛防风的神话，此为首见，赖有孔子答客问而得保存。《国语》所记如果属实，则因孔子的博学，无意间传播了民间神话，其传播之功，当不可没。《论语·述而》说：“子不语怪、力、乱、神。”“怪、力、乱、神”这四个字的含义都略近于我们今天所说的神话。其中“怪”、“神”二字义尤显著。孔子是并非不道神话的，看了上面的记叙，就可以完全知道。说“子不语怪、力、乱、神”者，大概是说他向学生讲学的时候，讲的都是进德修业这类人事方面的常理，是不讲神怪之类的异事的。但是此老学识渊博，民间传播的奇闻，知道的自属不少，在某种时机和场合下，还是会如数家珍地讲述出来的。下面又是《国语·鲁语下》所记的一段——

> 季桓子穿井，获如土缶，其中有羊焉。使问之仲尼，曰："吾穿井而获狗，何也？"对曰："以丘之所闻，羊也。丘闻之，木石之怪，曰夔蝄蜽；水之怪，曰龙罔象；土大怪，曰羵羊。"

这就是孔子"语怪"正式见诸史书记载的。同篇还记了"有隼集陈侯之庭而死，楛矢贯之，石砮其长尺有咫"的异事，孔子认之，说出是"此肃慎氏之矢也"，后验之果然，也略近于"语怪"。一篇之中，孔子"语怪"的事，竟三见记录。或者《国语》所记孔子的事，本身就带有一些传说的性质。

《国语·晋语二》记述了有关蓐收的神话，虽然不算是蓐收本身的神话，而是蓐收显示其灵异的"神话"，有点接近迷信；但在我国古神话散亡缺佚的具体历史情况下，这种"神话"也还是有可珍贵之处的，它至少让我们看到了和《山海经》记载略异[①]的蓐收的形貌以及当时人们对他的信仰。《郑语》记述了有关褒姒的传说。褒姒是一个历史人物，在她的身上又附会了一些神话的因素，自然不可避免地也含有若干迷信诞妄的杂质，在于使用它的时候如何正确对待就是了。

《左传》、《国语》是春秋时代的史书。战国时代的史书则有《战国策》，又名《短长书》，是西汉刘向纂集先秦诸国记述战国时事的史料而成的。此书所记大都是战国时游士纵横博辩的议论，自然很少神话材料。但其中有些以动物作题材的寓言，如"狐假虎威"(《楚策一》)、"鹬蚌相争"(《燕策二》)等，也可能是远古时代传留下来的神话的改装和借用，我们在本书第一章中已经大略谈到了，虽然不能实指，却是值得引起我们注意的。现将"狐假虎威"寓言抄录于下，以见一斑——

① 《海外西经》的记载是："西方蓐收，左耳有蛇，乘两龙。"

虎求百兽而食之，得狐。狐曰："子无敢食我也，天帝使我长百兽，今子食我，是逆天帝命也。子以我为不信，吾为子先行，子随吾后，观百兽之见我而敢不走乎？"虎以为然，故遂与之行。兽见之皆走。虎不知兽畏己而走也，以为畏狐也。

汉代初年有一部重要的史书，就是司马迁的《史记》。《史记·大宛列传》虽然说："《禹本纪》及《山海经》所有怪物，余不敢言之也。"但究竟史公还是采取了一些神话材料入书，"本纪"、"世家"、"列传"乃至"八书"里都各有一些。《五帝本纪》说黄帝"教熊、罴、貔、貅、貙、虎，以与炎帝战于阪泉之野"，就不禁流露出了神话的痕迹。《殷本纪》说简狄吞玄鸟卵生契，《周本纪》说姜嫄践巨人迹生后稷，也都忠实地记录了东西方民族幼年时期所传的神话。《秦本纪》开端叙秦国先祖的经历，竟像是一篇把神谱和族谱混杂起来写的族谱——

秦之先，帝颛顼之苗裔孙，曰女修。女修织，玄鸟陨卵，女修吞之，生子大业。大业取少典之子，曰女华。女华生大费，与禹平水土，已成，帝赐玄圭。禹受曰："非予能成，亦大费为辅。"帝舜曰："咨，尔费，赞禹功，其赐尔皂游。尔后嗣将大出。"乃妻之姚姓之玉女。大费拜受，佐舜调驯鸟兽，鸟兽多驯服，是为柏翳（伯益）。舜赐姓嬴氏。大费生子二人，一曰大廉，实鸟俗氏，二曰若木，实费氏。……大廉玄孙曰孟戏、仲衍，鸟身人言。

从历史角度看虽然有些不伦不类，但却也在无意中替我们保存了一些关于伯益的神话材料。此外，如《楚世家》记"陆终生子六人，坼剖而产"；《赵世家》记周穆王见西王母事（《秦本纪》亦记之），也都不避使用神话传说材料。《扁鹊仓公列传》记扁鹊事最奇，居然说他饮了长桑君的上池水后，能够隔墙见人，"以此视病，尽见五藏症结"，简直像一篇微型的科幻小说。人说史公"好奇"，岂虚言哉！

《史记》神话材料的保存，还集中显现在"八书"之一的《封禅书》

里。汉武帝好神仙，欲兴封禅以致长生不死，这篇《封禅书》就记述了传说中古代封禅的原始本末以及当时兴封禅、祠祭鬼神的种种具体情况。史公的态度是把这一切劳民伤财的宗教迷信活动看作诞妄的，这一点在《封禅书》的行文用语中显示得很清楚。但因宗教和神话关联紧密，在记述这些涉及迷信的宗教活动时，免不了附带也记述了一些可以作为神话考察的东西。如所记的“太公以来作之”的齐国所奉祀的“八神将”，其名号曰“天主”、“地主”、“兵主”、“阴主”、“阳主”、“月主”、“日主”、“四时主”等。“兵主”所祀的是“蚩尤”，译为今语，便是“战神蚩尤”。齐为姜姓之国，这就从旁给我们提供了一个“蚩尤姜姓，炎帝之裔”（见《河图括地象》、《路史》）的说法是信而有征的佐证。又如所记的“安期生食巨枣大如瓜”、“太帝使素女鼓五十弦瑟”等，以其形象生动，常被诗人作为诗材而引用。至于下面两段，更可以径视为优美的神话或传说——

> 自威、宣、燕昭，使人入海求蓬莱、方丈、瀛洲，此三神山者，其传在渤海中，去人不远，患且至，则船风引而去。盖尝有至者，诸仙人及不死之药皆在焉。其物禽兽尽白，而黄金银为宫阙。未至，望之如云，及至，三神山反居水下。临之，风辄引去，终莫能至云。世主莫不甘心焉。
>
> 黄帝采首山铜，铸鼎于荆山下。鼎既成，有龙垂胡髯下迎黄帝。黄帝上骑，群臣后宫从上者七十余人。龙乃上去。余小臣不得上，乃悉持龙髯。龙髯拔，堕，堕黄帝之弓。百姓仰望黄帝，既上天，乃抱其弓与胡髯号。故后世名其处曰鼎湖（胡），名其弓曰乌号。

前一段写历代帝王遣人寻求海上三神山的经过，以及有关三神山的传闻，写得惝恍迷离，似假似真，启人遐想，是一篇记叙传说的极好文字。后一段写黄帝乘龙登天，情景热闹生动，且富诣趣，也是一篇叙写神话的好文字。这段神话也许有古代民间神话作凭依，也许不过是当时方士向汉武帝的胡诌，无从查考了。但是它能说得汉武帝听后立刻发出感叹道：“嗟乎！吾诚得如黄帝，吾视去妻子如脱蹝耳！”也可以想见它的“艺术的魅力”。这段神话经史公的记述，立刻成了新神话，它在后世民间也是大有影响的；作为地方风物的龙须草传说在各地出现，流传至今不绝，就是群众认可这段神话的标志。虽然它早已不带原始性，而且把黄帝仙人化了，但是神话流传演变的大势所趋，终归是无法抗拒的。

五、诸子中的神话（上）

战国时代，有两部关系神话而已佚亡的古书，值得在这里一提。一部叫《归藏》，另一部叫《琐语》，其性质都是属于卜筮占梦方面的记述。《晋书·束皙传》说：“太康二年，汲郡人不准盗发魏襄王墓，……《琐语》十一篇，诸国卜梦妖怪相书也。”又说：“《易繇阴阳卦》二篇，与《周易》略同，繇辞则异。”郭沫若先生以为今所见的《归藏》，就是晋荀勖对《易繇阴阳卦》的拟名，其说近是。《归藏》早已佚亡，《易繇阴阳卦》拟名的《归藏》亦在宋代以后佚亡，今所见的《归藏》佚文，都是宋以前书注或类书中引用的。郭璞注《山海经》就引用了不少《归藏》的文字。现将郭引和他书所引略抄录几条——

> 滔滔洪水，无所止极，伯鲧乃以息石息壤，以填洪水。
>
> 鲧死三岁不腐，剖之以吴刀，化为黄龙。（以上郭注《海内经》引）
>
> 昔鲧筮注洪水，而枚占大明，曰：“不吉。有初无后。”（《博物志·杂说》引）
>
> 昔夏后启筮，御飞龙登于天，吉。（郭注《海外西经》引）
>
> 昔夏后启筮，享神于大陵而上钧（钧）台，枚占皋陶，曰：“不吉。”（《太平御览》卷八二引）

从以上所引，我们可以看出，此书虽然披的是卜筮外衣，实质上却包含许多神话材料，这些对于我们是很有用的。《琐语》又叫《古文琐语》，大概以其从汲冢出土时，文字有异于当时而加的称谓吧；也有几条佚文，保留下来。姑录其中一条在下面——

> 晋平公梦见赤熊窥屏，恶之而有疾。使问子产，子产曰："昔共工之卿曰浮游，既致于颛顼，自没，沈淮之渊。其色赤，其言善笑，其行善顾，其状如熊，常为天王祟。见之堂上则止（王）天下者死，见堂下则邦人骇，见门近臣忧，见庭则无伤。窥君之屏，病而无伤；祭颛顼、共工则瘳。"公如其言而疾间。（《太平御览》卷九〇八引）

在大量神话材料散亡、非复旧观的今天，像这种幸而被保存下来的神话零片，不管它是怎样穿着迷信色彩的外衣，对我们说来，也是值得非常珍贵宝视之的。

先秦诸子的著述中，不论是法家的《管子》、《韩非子》，儒家的《孟子》、《荀子》也好，墨家的《墨子》、《晏子春秋》也好，道家的《庄子》也好，以及秦末汉初杂家的《吕氏春秋》、《淮南子》也好，都有好多神话传说材料的零星片断或整段地保存在里面。它们表现出来的情况，也各不一样：有的看来好像寓言，实际上却是神话的改装，这种情况《庄子》一书中多有之；有的是将整段比较完整的神话记录下来，作为哲理阐述的佐证，这种情况《吕氏春秋》和《淮南子》书中多有之；有的看上去好像是平淡的故事，实际上却是古代神话的重要补充，这种情况《孟子》一书中有之；有的是在极寻常的谈论中，突然道出一段气势宏伟的新神话来，令人耳目为之耸骇，这种情况《韩非子》一书中有之。其他无法概括、不能归类的各种情况都有，只好在谈论到的时候再略予说明。总之一句话：先秦汉初哲学家们对古代神话传说是极熟悉不过的。大概终因去古未远，有未散亡的典籍可供查考，有还存在于民间的口头传说可资凭依，为了阐述哲理，随意引来，无不得心应手，我们也幸而得以从他们的征引中，去其尘氛，略窥古神话的丰富奇伟。

先说《庄子》。《庄子》这部书，本身就汪洋宏肆，色彩瑰丽，它的某些部分的浪漫主义的精神实质，和古代神话是比较接近的。它当中所包含的神话材料的零星点滴很多，大部分转化作寓言形式的东西。例如首篇《逍遥游》的开始就说——

> 北冥有鱼，其名为鲲，鲲之大，不知其几千里也；化而为鸟，其名为鹏，鹏之背不知其几千里也；怒而飞，其翼若垂天之云。是鸟也，海运则将徙于南冥。南冥者，天池也。《齐谐》者，志怪者也；《谐》之言曰：鹏之徙于南冥也，水击三千里，抟扶摇而上者九万里，去以六月息者也。……蜩与学鸠笑之曰："我决起而飞，抢榆枋，时则不至而控于地而已矣，奚以之九万里而南为？"

鲲化为鹏，"水击三千里，抟扶摇而上者九万里"，本身就是神话的描写。经我考证，这化为鹏的"鲲"，乃是北海的海神禺京，又叫禺彊，当他以海神身份出现的时候，他的神形就是一头大鲸；及至"化而为鸟"，他就由海神变作了风神，他的神形就是一只大鹏——大凤。[①]每年夏秋之季，当海潮运转的时候，总是有这番变化。故鹏徙于南冥，以六月为息。蜩与学鸠都是小鸟，不知小大之辨，故笑其"奚以之九万里而南为"；真像佣耕时的陈涉在垄上所叹的那样："燕雀安知鸿鹄之志哉！"（《史记·陈涉世家》）《庄子》这则寓言的前半段，就是古代神话的改装。还有《天地篇》所记黄帝失玄珠的故事，玄珠寓道，看似寓言，经我考察，仍是一段古代神话；而且从这段神话，后来又派生出一段新的神话，即奇相窃玄珠神话：可知《庄子》此处是取古代神话而改装为寓言的。[②]

《庄子·寓言》说："寓言十九。"郭象注："寄之他人，则十言而九见信。"陆德明《音义》说："以人不信己，故托之他人。"寓言的目的重在取譬，而不直说；"寄之他人"，"人"改为"事"，似更贴切。《庄子》一书，最善于通过寓言的形式阐述哲理，有时一篇当中，接二连三，都是寓言。如《秋水》篇中的"夔怜蚿，蚿怜蛇……"、"坎井之蛙与东海之鳖"、"鸱

---

① 参见拙著《山海经校注》，248页。

② 参见拙著《古神话选释》，122页"解说"。

得腐鼠而吓鹓雏”几个动物故事便是。我疑心这几个动物故事也是早期神话的改装或遗留，因无确切证据，只好姑且提出来供研究参考。

儒家的《论语》，确实像是孔门弟子记的课堂笔记，不见神话踪影。《孟子》一书中，记的虽也大都是孟子和他弟子们的辩难，但在辩难中，却时有古代神话传说的影子在晃动。舜象斗争神话就在《万章篇》中出现过最初的闪影，只不过这闪影是以平实的、毫无神话色彩的姿态出现，并且是模糊其词的。这一神话最重要的内容，是完廪、浚井二事，我们看《孟子》是如何记叙它们的——

父母使舜完廪，捐阶，瞽叟焚廪。使浚井，出，从而掩之。

就是这么几句。“捐阶”，“阶”就是梯子，抽掉梯子，然后“瞽臾焚廪”。舜是死是活，毫无交代。后面记叙的更怪，“使浚井，出”，自然是舜出来了，舜是怎么出来的，也全无交代。既已出来，为什么又还要“从而掩之”？文固贵简，然而疏漏如此，记叙也实在拙劣。我看被孟子斥为“齐东野人之语”的这类神话传说，在记载入《孟子》书中时，已是经过了一番篡改，而篡改的手法则不能说是高明的。不过它最终使我们见到了这段神话最早的闪影，而且从后面所记的“象曰：‘……二嫂使治朕栖’”等情况，也使我们曲折地了解到神话产生时代的某些社会风习，自然不能没其首先记述之功。

《孟子·离娄》还记叙了一段逢蒙杀羿的故事：“逢蒙学射于羿，尽羿之道，思天下惟羿为愈己，于是杀羿。”就这么几句话，也很简单，可是明白清楚，毫无疑义。这是神的羿人化了以后的一个悲剧性终场的故事，虽然故事本身没有什么神话色彩，然而却是羿神话有机组成的部分，是羿神话重要的补充。有此一段，坦荡无私的羿的英雄形象便愈见高大了，而那忘恩负义的阴险小人逢蒙的卑鄙嘴脸更是昭然若揭。《孟子》反斥羿为“取友不端”，这种迂腐的伦常说教，是从来少有人“洗耳恭听”的。而补充羿神话的缺佚，则是其首功。

《荀子》的思想是介乎儒、法之间。直接神话材料的记录，此书少有；

但在此书的《非相篇》中，却记述了不少古圣先贤（实际上是神话英雄）的奇异状貌；在《成相篇》中，有“禹有功，抑下鸿，为民除害逐共工”数语，补充了禹神话的缺佚，足供我们研究神话作参考。

战国末年，有几部重要的佚书，应当在这里略提一提。一部是杂家的《尸子》，楚人尸佼著，据说原书凡六万多字，孙星衍和汪继培都有辑本，所辑存者不过一万多字，十分已经佚亡了七八分。但从所辑存的佚文来看，神话传说资料点滴收入书中的还是不少，重要的有关于徐偃王好怪的传说，有河精（河伯）授禹河图的神话等。另外两部是墨家的《随巢子》和《田俅子》，孙诒让《墨子间诂》有辑录，各保存的佚文不过十数条。然而据所辑佚文看，也都记录有相当重要的神话材料。《田俅子》佚文中有“黄帝时有草生于庭阶，若佞人入朝，则草指之，名曰屈轶”、“少皞生于稚华之渚，渚一旦化为山泽，郁郁葱葱焉”、“尧为天子，蓂荚生于庭，为帝成历”等。《随巢子》的佚文有“禹产于昆石，启生于石”、“幽厉之时，奚禄山坏，天赐玉玦于羿，遂以残其身，以此为福而祸”等。此书佚文中最重要的，是下面一条——

> 禹娶涂山，治鸿水，通轘辕山，化为熊。涂山氏见之，惭而去。至嵩高山下，化为石。禹曰：“归我子！”石破北方而生启。

这是一条非常重要的禹神话的片断。观其所写，原始性十分浓厚，确实接近神话的本来面貌，未经多少涂饰。其后《淮南子》佚文所记叙的较此略详，也更生动，当即本此。然首述之功，仍推此书，应当感谢作者的忠实记录和保存。

六、诸子中的神话（下）

属于墨家著作的《墨子》和《晏子春秋》里也保存了一些神话材料

的片断，虽然它们都各自染有一些宗教迷信的色彩，降低了神话本身的价值。例如《墨子·非攻篇》记叙的禹征三苗、成汤伐夏、武王伐纣等，就存在这种情况。独《明鬼篇》所记的杜伯报冤事，风格特殊——

> 周宣王杀其臣杜伯而不辜。杜伯曰："吾君杀我而不辜，若以死者为无知，则止矣；若死而有知，不出三年，必使吾君知之。"其三年，周宣王合诸侯，而田于圃。田车数百乘，从数千人，满野。日中，杜伯乘白马素车，朱衣冠，执朱弓，挟朱矢，追周宣王，射之车上，中心折脊，殪车中，伏弢而死。

这里虽然出现了鬼，但这个鬼却是猛烈、骁勇、顽强、意志坚决的鬼，是报冤雪恨的鬼，是不屈服于命运、敢于向命运挑战的鬼，而且"言必信，行必果"，一出场就达到了他的目的。这个鬼魂的形象是高大的，甚至是鲜明可爱的，他教人振奋有为，而并不教人流于颓唐。这一点就是神话和迷信的分界。并不是神话故事里只要出现了鬼就是"鬼话"，"鬼话"这种文学体裁实际上是没有的，鬼神都是幻想的虚构，主要看它的内容实质。杜伯报冤故事可以进入神话领域，正如后世流传的"王魁负桂英"故事可以进入神话领域一样：它们都可以算是新神话。敫桂英的形象，也是女性中不甘受欺凌、斗争意志坚强者的形象，通过幻想的鬼魂形式的报复，终于达到了她的目的，应该予以歌颂。在舞台表演上，我喜欢老《活捉》，而不喜欢新《情探》，原因就在于此。这是题外话，赶快收住。反观上面所说《墨子·非攻篇》的三段故事，虽然全部出现了神，神话的价值却低。尤其是"禹征三苗"一段，不管天帝、天神（句芒）、神性英雄（禹）全都出了场，论其性质，倒确实有点像鬼话。所以神话、鬼话之分，是不能单从形式上看故事扮演者的角色的。兹将《墨子》所记"禹征三苗"一段故事引录如下——

> 昔者三苗大乱，天命殛之。日妖宵出，龙生于庙，犬哭乎市，夏水，地坼及泉，五谷变化，民乃大振。高阳乃命（禹于）玄宫。禹亲把

天之瑞令，以征有苗。四（雷）电诱祇（悖振）。有神，人面鸟身，若瑾（奉珪）以侍，扼矢有苗之祥。苗师大乱，后乃遂几。

文字讹挠得相当厉害，只能略观大意，无非是说，三苗这个民族自身败坏了，天命予以诛罚。禹受了天帝颛顼的旨令，去征伐三苗。有人面鸟身的大神句芒[①]，来帮同作战，箭射三苗，使得苗师大乱，一败涂地，三苗的后世因此就衰微了。这里写的虽然都是神，是穿着堂皇神话外衣的神，但难道不可以说这种“神话”是和鬼话差不多么？

《晏子春秋》里也有少量神话传说的材料，如《内篇谏上第一》所记齐景公将伐宋时梦见二丈夫盛怒立其前，不认识是谁，以问晏子，晏子说是宋的先祖成汤和伊尹，并说出他们的形貌：汤是“晳而长，颐以髯，兑上丰下，倨身而扬声”，伊尹是“黑而短，蓬而髯，丰上兑下，偻身而下声”，和景公梦中所见完全符合，后来便不果伐宋；又如《内篇谏下第一》所记齐国勇士古冶子入河斩巨鼋，“逆流百步，顺流九里，得鼋而杀之，左操骖尾，右挈鼋头，鹤跃而出”的情景，等等，对我们研究古代神话传说，还是很有用的。

法家著作像《管子》、《韩非子》里居然也有一些神话材料。《管子》里的神话材料主要是关于蚩尤的。《地数篇》说：“葛卢之山，发而出水，金从之，蚩尤受而制之，以为剑铠矛戟，是岁相兼者诸侯九。雍狐之山，发而出水，金从之，蚩尤受而制之，以为雍狐之戟、芮戈，是岁相兼者诸侯十二。”便可以为《山海经·大荒北经》“蚩尤作兵伐黄帝”作注脚，虽然略嫌历史化了点。《水地篇》记述了两个精怪产生的因由和形容状貌——

涸泽数百岁，谷之不徙，水之不绝者，生庆忌。庆忌者，其状若人，其长四寸，衣黄衣，冠黄冠，戴黄盖，乘小马，好疾驰，以其名呼之，可使千里外一日反报：此涸泽之精也。涸川之精者，生于蚴，蚴者一

① 孙诒让云：“人面鸟身之神，即《明鬼下篇》秦穆公所见之句芒也。”

> 头而两身，其形若蛇，其长八尺，以其名呼之，可使取鱼鳖：此涸川水之精也。

这两个精怪，倒都很有趣，而且只要能够识别它们，知道它们的名字，便可以叫它们为人类服役。这应该算是神话，因为它表现了人制胜物的神话主导思想。后来《抱朴子·登涉篇》所记的山中精怪，大约都是以此为滥觞的；以其繁琐猥芜，自然又等而下之了。《韩非子》里神话材料不多，但在《十过篇》讨论音乐问题时，忽然出现了这么一段记叙——

> 昔者黄帝合鬼神于西泰山之上，驾象车而六蛟龙，毕方开辖，蚩尤居前，风伯进扫，雨师洒道，虎狼在前，鬼神在后，腾蛇伏地，凤皇覆上，大合鬼神，作为《清角》。

它主要说明《清角》这首乐曲制作的来源，但却在无意中描绘出一幅作为天帝黄帝出场时的壮丽图景。此刻的黄帝形象，已非《山海经》所描绘的虽有严威却也简朴的黄帝形象可比了。那时的黄帝，还像是部落酋长；此刻则已俨同至高无上的人间帝王。高尔基说："奴隶主愈有力量和权威，神就在天上升得愈高。"①不错，"大合鬼神于西泰山上"的黄帝，正是"神在天上升得愈高"时的黄帝，此刻至少已经进入了奴隶社会的门槛，说不定还有封建社会的投影。从这段神话种种盛大排场描写展示的景象中，再也看不到有多少"原始性"来了，然而我们还是只好承认这仍然是属于黄帝的神话，是黄帝神话的流传演变。一切原始社会的神话流传到各个不同的历史时期，都是会发生变化的，我们还得适当地承认它，否则神话就会失去生机，只是一堆僵死的枯骨。

最后大略说说属于杂家的《吕氏春秋》和《淮南子》两部著作。两部著作旧时图书分类虽然把它们同列入杂家之中，可是它们的性质还是略有不同：《吕氏春秋》是杂而近儒，比较平实；《淮南子》是杂而近道，

---

① 见《苏联的文学》。

比较开阔宏肆。两部书都保存有不少神话材料，或比较完整，或零星片断。《淮南子》一书中，保存神话材料的丰富，尤其多不胜数，仅次于《山海经》。

现在先说《吕氏春秋》。《吕氏春秋》所记，一般偏于历史传说，神话色彩不太浓厚。但《古乐篇》记帝颛顼“令鱓先为乐倡”，“以其尾鼓其腹”，帝喾“令凤鸟天翟舞”，却是色彩鲜明，一眼就能辨出是含有原始意味的神话。《求人篇》记禹因“求贤”（其实主要应当是治水）行经四方奇人异境之地，也很富有神话色彩。保存神话材料能够称为作出贡献的，要算下面所举《音初篇》的一段——

> 有娀氏有二佚女，为之九成之台，饮食必以鼓。帝令燕往视之，鸣若谥隘（嗌嗌）。二女爱而争搏之，覆以玉筐。少选，发而视之，燕遗二卵，北飞，遂不反。二女作歌一终，曰：“燕燕往飞。”实始作为北音。

这就是《楚辞·天问》所说的“简狄在台，喾何宜？去鸟致贻，女何喜（嘉）”；也就是《离骚》所说的“望瑶台之偃蹇兮，见有娀之佚女……凤皇既受诒兮，恐高辛之先我”。更推远一点，自然也就是《诗经·玄鸟》所说的“天命玄鸟，降而生商”了。此事为历代诗人所咏歌，可知其流被民间的广溥，但可惜都语焉不详。此书首先忠实而生动地记录了这一神话故事的本貌，所以说它是贡献。其后《史记·殷本纪》虽然也记了一段异文，但是两相比较，便可以看得出来，《史记》所记的索然寡味，远不及这里所记的活跃多姿了。

杂家而近于道家的《淮南子》，其成书年代和《吕氏春秋》相距不远，部分内容也是取材于吕氏一书的，但是《淮南子》视野广阔，搜罗近于道家思想的神话材料，相当宏富，却远非《吕氏春秋》可比。单说《地形篇》所载，就有海外三十六国，有昆仑山的宏伟景象，有禹使太章、竖亥步量大地，有禹“以息土填洪水以为名山”，有对九州、八殥、八纮、八极的神话性质的解释，等等，几乎就是一部《山海经》的缩写。

《淮南子》书中所记录保存的神话材料片断，可资参考的很多，而它最大的功绩和贡献，乃是它比较完整地记录和保存了中国著名的四大神话——

> 往古之时，四极废，九州裂，天不兼覆，地不周载，火爁炎（焱）而不灭，水浩洋而不息；猛兽食颛民，鸷鸟攫老弱。于是女娲炼五色石以补苍天，断鳌足以立四极，杀黑龙以济冀州，积芦灰以止淫水。（《览冥篇》）
>
> 昔者共工与颛顼争为帝，怒而触不周之山，天柱折，地维绝。天倾西北，故日月星辰移焉；地不满东南，故水潦尘埃归焉。（《天文篇》）
>
> 尧之时十日并出，焦禾稼，杀草木，而民无所食；猰貐、凿齿、九婴、大风、封豨、修蛇皆为民害。尧乃使羿诛凿齿于畴华之野，杀九婴于凶水之上，缴大风于青邱之泽，上射十日而下杀猰貐，断修蛇于洞庭，禽封豨于桑林。万民皆喜，置尧以为天子，于是天下广狭险易远近，始有道里。（《本经篇》）
>
> 羿请不死之药于西王母，姮娥窃以奔月，怅然有丧，无以续之。（《览冥篇》）

四大神话，羿射日除害和嫦娥奔月，先秦时代已有零星记录，如《山海经》、《楚辞》及《归藏》诸书都有所记，而惟《淮南子》所记，却是比较完整的。嫦娥奔月神话，据《初学记》卷一所引，于“奔月”句下，尚有“托身于月，是为蟾蜍，而为月精”十二个字，为今本所无，大约是被后世的“缙绅先生”，嫌其“不雅驯”，删落去了。但是补足起来，这个神话故事就更完全，也更接近原始本貌。其他各段，大概没有什么删改。不过羿射日事，据《论衡》所引的《淮南子》，乃是尧自己“上射十日”或“上射九日”，而不是“尧乃使羿……上射十日”。从《本经篇》后文“万民皆喜，置尧以为天子”来看，似乎说做是尧本人为民射日除害[①]，

---

① 《论衡·感类篇》：“尧时大风为害，尧激（缴）大风于青丘之野。”可见尧不单射日，还兼除害。

更近情理。尧在古神话传说中，原也是一个能文会武的神性英雄，并不一味那么愁眉双锁，形如八字（《尚书大传》），忧劳瘦臞（《汉书人表考》）。作此形状者，是儒家之徒把神性英雄的尧历史化了再加上自己推想的结果。不过羿射日除害的神话零片，先秦古书已早有记载，《楚辞·天问》"羿焉彃日，乌焉解羽"，《山海经·海外南经》"羿与凿齿战于寿华之野"便是。因疑射日除害，原有两种民间传说，一属之羿，一属之尧。而属之羿的更占优势，后人因改属之尧的古本《淮南子》，使属之羿，以成今本的状态。这种改动其实并不太费事，只是在"尧乃"下，加上"使羿"二字就行了，看上去也是天衣无缝，丝毫不露斧凿痕迹。流传至今动辄两三千年的古书，其增删改易的情况是非常复杂的，《淮南子》以上二例，只不过就其还能查考者，举出以略见一斑罢了。

四大神话中女娲补天与共工触山，《淮南子》所记实为首见，气魄与规模，无愧宏伟，是神话的中坚；而此书首次揭出，于保存神话资料，应推许为作出了重大贡献。女娲补天，其目的乃在于治理洪水，女娲是我国神话传说中第一位治水英雄，故后世伏羲女娲兄妹结婚神话，常和洪水神话相联系，成为洪水遗民，再造人类的神话，这也是一个原因。我别有解说，详见《古神话选释》有关部分，这里就不多说了。

七、《世本》、《尔雅》与《说文》

秦末汉初，还有两部有关神话研究的书，值得提出来大略讲讲，一部是历史类的《世本》，一部是小学类的《尔雅》。《世本》在南宋时就佚亡了。今天保存着的唯有清代诸家的辑本，一九五七年商务印书馆出版了《世本八种》，集王谟、孙冯翼、陈其荣、秦嘉谟、张澍、雷学淇、茆泮林、王梓材八家的辑本为一书，最便学者；《尔雅》还完好无损地保存着，通行本有郝懿行的《尔雅义疏》。

《世本·作篇》记述了古代圣主贤臣的创造发明，这些人实际上都是神话传说中的文化英雄，《世本》将他们历史化和条理化了。但也幸亏有这种记载，使我们能大略看到远古神话传说中关于文物创造发明的一些侧影——

伏羲制以俪皮嫁娶之礼。伏羲作琴。神农作瑟。女娲作笙簧。颛顼命飞龙氏铸洪钟，声振而远。祝融作市。句芒作罗。黄帝使羲和作占日，常仪作占月。伶伦造律吕。沮诵苍颉作书。史皇作图。伯余作衣裳。尹寿作镜。蚩尤以金作兵器。巫咸作筮。巫彭作医。巫咸作铜鼓。逢蒙作射。胲作服牛。相土作乘马。奚仲始作车。宿沙作煮盐。化益作井。尧造围棋，丹朱善之。鲧作城郭。皋陶作五刑。舜作箫，夔作乐。敤首作画。昆吾作陶……（张澍稡集补注本）

以上这些英雄的创造发明，有些也散见于《山海经》、《管子》、《荀子》、《吕氏春秋》……诸书，文字互有出入。《世本》的作者大概是汇集了这些记载又益以当时的传闻以成此篇的。这些简单的记叙看似平淡无奇，作者必然也是径以史实视之，其实可能全都是神话。因为在原始时代，每种文物的创造发明，都不知道要经历多少世纪，多少人的钻研探索、劳动实践，然后才能由极简单粗糙到逐步细致完善起来，绝非某个人一手一足、一朝一夕之功。把种种创造发明都集中在某些圣主贤臣的身上，这本身就是神话，也是传说。然而群众为了满足他们的历史知识，即对社会发展的大概认识，是需要用这种神话传说的概括来帮助他们的记忆的，否则他们就会觉得以往的漫长岁月是漆黑一团，模糊不清了。因而《世本》的《作篇》和近于"神谱"的《帝系篇》，是既具有神话研究参考的价值，也起到一些传授历史知识，至少是传授"史影"知识的作用的。《帝系篇》里，确实还是有一些神话传说的材料的，如——

女娲氏命娥陵氏制都良管，以一天下之音；命圣氏为斑管，合日月星辰，名曰《充乐》，既成，天下无不得理。

陆终娶于鬼方氏之妹，谓之女嬇，是生六子。孕三年而不育，剖其左胁，获三人焉；剖其右胁，获三人焉。其一曰樊，是为昆吾；其二曰惠连，是为参胡；其三曰篯铿，是为彭祖；其四曰求言，是为郐人；其五曰安，是为曹姓；其六曰季连，是为芈姓。

尧取散宜氏子，谓之女皇。女皇生丹朱。

舜时西王母献白环及佩。

禹母修己，吞神珠如薏苡，胸拆生禹。（同上辑本）

等等。而最重要的一段，却保存在《氏姓篇》里——

廪君之先，故出巫诞。巴郡南郡蛮，本有五姓：巴氏、樊氏、瞫（瞫）氏、相氏、郑氏，皆出于五落钟离山。其山有赤黑二穴，巴氏之子生于赤穴，四姓之子皆生黑穴，未有君长，俱事鬼神。

廪君名曰务相，姓巴氏，与樊氏、瞫（瞫）氏、相氏、郑氏凡五姓，俱出皆争神。乃共掷剑于石，约能中者，奉以为君。巴氏子务相，乃独中之，众皆叹。又令各乘土船，雕文画之，而浮水中，约能浮者，当以为君。余姓悉沉，惟务相独浮，因共立之，是为廪君。

乃乘土船，从夷水至盐阳。盐水有神女，谓禀君曰："此地广大，鱼盐所出，愿留共居。"廪君不许。盐神暮辄来取宿，旦即化为飞虫，与诸虫群飞。掩蔽日光，天地晦冥，积十余日。廪君不知东西所向，七日七夜。使人操青缕以遗盐神曰："缨此即相宜，云与女俱生，宜将去。"盐神受而缨之。廪君即立阳石上，应青缕而射之，中盐神。盐神死，天乃大开。（秦嘉谟辑补本）

这是一段相当优美动人、故事性强的神话，想不到竟保存在已经佚亡的《世本》这部书里，前人多未给予应有的重视。辑注《世本》的诸家辑这段神话，都到此为止，没有下文。故事似乎还未完备。有的辑本在这下面多了一句："廪君于是君乎夷城。"也像是硬凑上去的，仍然感到中间有空缺。后来在《晋书·李特载记》里才找到这么一段——

廪君复乘土船下及夷城，夷城石岸曲，泉水亦曲，廪君望如穴状。叹曰:“我新从穴中出，今又入此，奈何！”岸即为崩，广三丈余，而阶陛相乘。廪君登之。岸上有平石，方一丈，长五尺。廪君休其上，投策计算，皆著石焉。因立城其旁而居之。其后种类遂繁。

和前面所辑《世本》佚文衔接起来，故事就完备了，这也就是廪君“君乎夷城”的具体经过。《晋书》写此是直接叙述，并未称引《世本》，但我疑心这仍是《世本》的佚文，被《晋书》作者当做历史材料写进了著作。

廪君神话反映了古代民族从穴居野处的蒙昧状态中觉醒过来，要求进步的心理状态，而廪君，正是这种心理状态的形象的体现。这个人物，本身就有充分的神性，所以能掷剑而中石，乘雕花土船而不沉，足以为众人的君长。廪君也许是原始社会末期的酋长而兼巫师，从“廪君之先，故出巫诞”的记叙来看，他可能还出身于一个业巫的世家，掷剑和乘土船等都是他巫术行为的神话描写。难能可贵的，并不是这个英雄的神性或巫术，而是他导引群众去寻觅新居地的途程中，遇见盐水女神的阻留而不变其初衷这件事。对于一个容易苟安、把个人利益看得较重、把群众利益看得较轻的人说来，是经不起这种考验的。然而他经受住了。所以当他率领部众到达夷城的时候，又再度显示了他的神性。“岸即为崩，阶陛相乘”；“投策计算，皆著石焉”——这类神异景象的出现，毋宁说是群众对这个顺乎天心民意的英雄在回忆中通过幻想折射的颂歌。

《山海经·海内经》说:“西南有巴国。大皞生咸鸟，咸鸟生乘厘，乘厘生后照，后照是始为巴人。”《世本》又有一条佚文说:“巴氏，巴子国，子孙以国为氏。”有的学者将这两条材料和廪君“姓巴氏”联系起来，认为廪君有可能是伏羲的后裔。[①]“伏羲鳞身,女娲蛇躯”(《文选·王文考〈鲁灵光殿赋〉》)，伏羲女娲俱以蛇为图腾，廪君“姓巴氏”,《说文》十四说:“巴，虫也，或曰，食象蛇，象形。”巴字篆书作[篆文巴]，画的就是一条蟒蛇，

① 《路史》作者罗泌和《世本》辑注者之一雷学淇便有此说。

蛇腹彭亨鼓然之形明显可见，那么“姓巴氏”的廪君当也是以蛇为图腾，说他是伏羲的后裔，也是可通的。廪君神话和伏羲神话联系起来，神话的内容就更丰富了。

《尔雅》是中国第一部辞书，在释词训诂中，居然也引进了一些神话材料。请看下面这一段——

东方有比目鱼焉，不比不行，其名谓之鲽；南方有比翼鸟焉，不比不飞，其名谓之鹣鹣；西方有比肩兽焉，与邛邛岠虚比，为邛邛岠虚啮甘草，即有难，邛邛岠虚负而走，其名谓之蟨；北方有比肩民焉，迭食而迭望；中央有枳首蛇焉：此四方中国之异气也。(《释地》)

禽兽虫鱼和人民都有这样的异状，几乎就是一部《山海经》的缩影，这不是神话还是什么？神话的踪迹，竟走进了小学类的词书中，可谓广远。旧时学者每叹恨中国没有神话，其实神话材料俯拾即是。只因过于零星片断，分散在各种不同的古书中，某些人未细察便作出此种鲁莽的判断罢了。神话不仅走进了辞书，还走进了字典。东汉许慎编写的第一部字典《说文》，便有不少地方是以神话材料解释字义的。为说《尔雅》，顺便也把这部书说说。请看下面这些条目——

娲，古之神圣女，化万物者也。(十二下)

巂，周燕也。……一曰，蜀王望帝淫其相妻，惭亡去，为子巂鸟。故蜀人闻子巂鸣，皆起曰是望帝也。(四上)

凤，神鸟也。天老曰：凤之像也，鸿前麟后，蛇颈鱼尾，鹳颡鸳思，龙文虎背，燕颔鸡喙，五色备举。出于东方君子之国，翱翔四海之外，过昆仑，饮砥柱，濯羽弱水，莫宿风穴，见则天下大安宁。(四上)

薦，兽之所食草。……古者神人以薦遗黄帝，帝曰："何食何处？"曰："食薦。夏处水泽，冬处松柏。"(十上)

还可以再引几条，但不必多引了。所引除第三条原见《韩诗外传》卷八以外，其余都像是新鲜的材料，未见他书记载。这或者是取自当时的民间传说，或者是征引自早已佚亡的古籍，即此一端，已可见《说文》替我们保存古神话资料的可贵。

第五章

汉代的感生神话及其他

一、纬书所记的感生神话

记录神话和运用神话风气的发达，和春秋战国时代百家争鸣的学术空气是分不开的；到汉代初年淮南王刘安聚集门客撰写《淮南子》，太史公司马迁著《史记》的时候，这种发达的风气，也就临近尾声了。汉武帝罢黜百家，独尊儒术，实行高度的中央集权统治，刘安和司马迁都先后遭到杀身、刑狱之祸，学术空气由是沉寂下来了。代之而起的是立为官学的孔门五经，即《易》、《书》、《诗》、《礼》、《春秋》，和伴随五经而来的各家解说五经的繁琐章句。在这种情况下，神话的记录和运用，只好处于低潮。不过却产生了一种异常的情况，就是有为数不少的感生神话，在这段时期出现了。

感生神话是古已有之的，上章讲过的《诗经·玄鸟》和《生民》记述的契和后稷诞生的神话，就是感生神话。它们往往又是和图腾崇拜联系着的，认为所感而生某祖的事物就是某族的图腾。不过有的明显，如“玄鸟生商（契）”，玄鸟可能就是殷（商）民族的图腾，“姜嫄履大人迹生后稷”，大人迹是否是周民族的图腾，还很难说，这就要隐晦些。以歌颂祖先诞生神异的感生神话，虽是直到原始社会父权制时期，甚至是已经进入阶级社会后才特别受到重视，但究其本始，还是母系社会“民知其母而不知其父”（《商君书·开塞篇》）的特定情况下的产物。那时原始先民非但“不知其父”，而且不知道性交和受孕之间有什么直接联系，往往误认为妇女受孕是由于作为氏族亲属的某一外界事物（包括动物、植物、自然现象等）——图腾，钻进了她的肚子，于是一部分感生神话就和图腾崇拜神话、祖先崇拜神话有了不可分割的关系。

汉代感生神话大量出现又是适应当时统治者愚民政策的需要的。汉哀帝、汉平帝时，谶纬盛行，王莽大加提倡，借以证明天命该作皇帝。汉光武帝想从王莽手里夺回政权，更加崇信谶纬，要人从谶纬中相信他才是真正受命于天的皇帝。大量的感生神话因此便出现在当时儒生造作的纬书中。谶是图谶，是谜语式的预言。纬是什么呢？范文澜说，纬是一种大杂拌，其中有天文历数学、地理知识、解说文字、叙述礼制、推演经义等。除此而外，还有"上古时代的神话和传说。这大概就是司马迁所称'百家言黄帝，其文不雅驯，缙绅先生难言之'的那一部分。西汉儒生还看到这些古杂书，录入纬书中，多少保存了一些古杂书的残余"。[①]由此看来，纬书的造作，虽然其目的是为了适应统治者崇信并宣扬天命思想的需要，客观上却也保存了一部分上古时代的神话传说。

统治阶级不但借感生神话宣扬天命思想，并且自己也创造感生神话。这个工作在汉高祖刘邦时代就开始了。《史记·高祖本纪》说："刘媪尝息大泽之陂，梦与神遇。是时雷电晦冥，太公往视，则见蛟龙于其上，已而有身，遂产高祖。"我们认为这就是当时的统治者为了某种政治目的需要，自己创造的神话。而这种"感生神话"，却是荒唐可笑、不堪入目的。虽然它被记录入皇皇史册，统治者自欺地相信，群众也被欺地相信，然而我们却绝不相信这类奇谈怪论的"神话"。

我们倒相信那种比较朴实的、可以推断为确系产生于原始社会的感生神话。例如《太平御览》卷七八引《诗（纬）含神雾》说——

> 大迹出雷泽，华胥履之，生宓牺。

宓牺就是伏羲。这和姜嫄履巨迹生后稷的情况是一样的。后者如属可信，

---

① 见《中国通史简编》，第2编，第220页。

则前者自不应怀疑。而且证以后世民族民间所传神话，也能大致相符合，这就更增加了我们的相信。后世伏羲女娲兄妹结婚神话，多说作为家长的伏羲之父与雷公原是兄弟，雷公和伏羲兄妹原是叔侄关系，一家人都是雷族。而《山海经·海内东经》说："雷泽中有雷神，龙身而人头，鼓其腹。"则华胥所履的雷泽中的大迹，自是雷神之迹，"蛇身人首"的伏羲，自是"龙身人头"的雷神的儿子，古今神话相印证，若出一辙。虽然出于纬书，难道还值得我们去怀疑吗？再看下面几条——

> 附宝见大电光绕北斗权星，照耀郊野，感而孕二十五月而生黄帝轩辕于寿邱。(《河图稽命征》)
>
> 少典妃安登，游于华阳，有神龙首感之于常羊，生神农，人面龙颜，好耕，是为神农，始为天子。(《春秋纬元命苞》)
>
> 黄帝时，大星如虹，下流华渚，女节梦接，意感而生白帝朱宣。宋均注：华渚，渚名也，朱宣，少昊氏。(《春秋纬元命苞》)
>
> 摇光如霓，贯月正白，感女枢生颛顼。(《诗纬含神雾》)

以上均引自清马国翰《玉函山房辑佚书》，观其内容，虽或略有涂饰，大体上却是可以相信的。但是，如下面一条——

> 尧母庆都，盖大帝之女，生于斗维之野，常在三河东南。天大雷电，有血流润大石之中，生庆都，长大，形象大帝。常有黄云覆盖之，蔑食不饥。年二十，寄伊长孺家。无夫，出观三河之首，奄然阴雨。赤龙与庆都合，有娠，而生尧。(《绎史》卷九引《春秋合诚图》)

看得出来，此则涂饰就比较多，恐怕难以相信。最根本的问题是，神话传说中的尧舜时代，已经是原始社会的末期，那时的"民"不但"知其母"，而且早"知其父"了。要说是尧的母亲突然"无夫"与赤龙合"而生尧"，那是很难设想的。主因就是已经消失了产生神话的社会背景。

二、纬书所记的其他神话

纬书除了记载为数不少的上古帝王的感生神话以外，还采撷记录了相当数量的一般神话的零星片断。例如下面所引《礼纬斗威仪》的一段——

> 颛顼有三子，生而亡去，为疫鬼。一居江水，是为疟鬼；一居若水，是为罔两蜮鬼；一居宫室区隅，善惊人（小儿），为小儿鬼。于是常以正岁十二月，令礼官方相氏，蒙熊皮，黄金四目，元衣纁裳，执戈扬楯，率百隶及童子时傩，以索室而驱疫鬼。以桃弧苇矢土鼓，且射之；以赤丸五谷播洒之，以除殃疾。

不但记录了这个神话的零星片断，还详细记叙了当时的礼俗风习，为六朝时宋范晔写《后汉书·礼仪志》所本。从而使我们得到了一段神话学和民俗学都值得参考的比较完整的材料。谁说纬书全是诞妄，没有用处?《搜神记》卷十六本于此文，做了一个"颛顼三子，生而亡去"神话的摘要，摘要简单明了，本来很好，但是将"小儿鬼"误作"小鬼"，漏掉一个"儿"字，意义改变，则有未妥。还得以此为准。由此可见，只要善于用书，虽是竹头木屑，也能发挥它们的作用。

此外，如《乐纬叶图征》记叙了"五凤"的名色：鹔鹴、发明、焦明、幽昌、凤皇。除凤皇外，其余"并为妖"，也能开广神话的知识见闻。又如见于《尚书中候》记叙的："尧使禹治水，禹辞天地重功，帝钦择人。帝曰：'出尔命图示乃天。'伯禹曰：'臣观河，有白面长人鱼身出，曰："吾河精也，表曰，文命治淫水。"授臣河图，躄入渊。'伯禹拜辞。"通过这段杂有谶纬迷信色彩的神话，便可知道后来《博物志》和《搜神记》所记的河伯助禹治水神话，都是本此而来的。

最重要的还有属于地理知识方面的几部书，一部是《河图括地象》，内中有好些关于昆仑的神话材料——

> 昆仑有柱焉，其高入天，即所谓天柱也，围三千里，圆如削，

下有仙人九府治，与天地同（休）息。其柱铭曰："昆仑铜柱，其高入天，圆周如削，肤体美焉。"

昆仑之墟有五城十二楼，河水出焉，四维多玉。

昆仑山为柱，气上通天。昆仑者，地之中也，地下有八柱，柱广十万里，有三千六百轴，互相牵制，名山大川，孔穴相通。

昆仑之山有弱水焉，非乘龙不得至也。

除了上面所举而外，此书还有一些其他神话材料，如"东方棘林曰桑野。东方有扶桑之树，日出则桑颠鸡鸣而天曙，故名桑野"、"龙池之山，四方高，中央有池，方七百里，群龙居之。多五华树，群龙食之。去会稽四万五千里"、"化民食桑，二十七年化而身裹，九年生翼，十年而死之焉"，等等，都有可以值得参考之处。以上所引，是从《汉学堂丛书》所辑的佚文。

《河图括地象》又名《河图括地图》，或简称《括地图》，《汉学堂丛书》与《汉唐地理书钞》俱有辑录。《汉唐地理书钞》辑其佚文时，将它们分别辑为二书。《汉学堂丛书》虽也分别辑录，但于《河图括地图》下注云："即括地象。"观其内容性质，二书实在应该便是一书，它主要记述山川地理方面的神话传说，所收材料颇丰，有相当大的参考价值。如下面所引《括地图》记叙的两条——

禹诛防风氏，夏后德盛，二龙降之。禹使范氏御之以行，经南方。防风神见禹，怒射之。有迅雷，二龙升去。神惧，以刃自贯其心而死。禹哀之，瘗（疗）以不死草，皆生，是名穿胸国。（从《艺文类聚》卷九十六引校）

孟虧人首鸟身，其先为虞氏驯百兽，夏后之末世，民始食卵，孟虧去之，凤皇随与止于此。山多竹，长千仞，凤皇食竹实，孟虧食木实。去九嶷万八千里。

就是很好的神话材料。记叙了海外两个国家——穿胸国和孟舒国——的来历。这两个国家《山海经》里都略有记叙，各见《海外南经》和《海外西经》。穿胸国《海外南经》作贯胸国。穿、贯一义，无须解说；而此处的孟虧，《博物志·外国》作孟舒国，《海外西经》作灭蒙鸟，绕了几个弯子，却是需要略加考证的。我在《山海经校注》灭蒙鸟节已作了些解说，请读者自去参看，这里便不多说。穿胸国的神话《博物志·外国》采用之，文字大体相同，只是这里作“防风神见禹，怒射之”，《博物志》作“防风氏之二臣……见禹使，怒而射之”多了一个“使”字，情况就大不相同了：一个射的是“禹”，一个射的是“禹使”，照文字前后所写的情景看，防风氏射的应该是“禹”才对，所以射而不中，知道闯下大祸，才那么惶恐，“以刃自贯其心而死”。如果只是“禹使”，就用不着杀身以逃罪了。纬书记录了神话的原始面貌，后来的记叙虽是一个字的衍误，亦足使神话的面貌改观，还得以最早的记录为依据，此其所以可贵。除此而外，这部书还记叙了奇肱民和丈夫民两个部族的有趣经历，可以为《山海经》所记的奇肱国、丈夫国作注释。

和这部书内容性质相近的，还有《龙鱼河图》和《遁甲开山图》，大概也是当时的纬书。《遁甲开山图》在第一章中已略有记叙，此处不再重复。现在只说此书所记的巨灵神的事。此书所记的巨灵，要算是巨灵神话最早的记录。《汉学堂丛书》所辑，有以下三条——

> 有巨灵者，偏得元神之道，故与元气一时生混沌。
> 有巨灵者，偏得坤元之道，能造山川，出江河。
> 巨灵与元气齐生，为九元真母。

巨灵是一个开辟大神的形象。《文选·张衡〈西京赋〉》已有“巨灵赑屃，高掌远蹠”的描写，可见到了汉代末年，神话已为文学所取材。《水经注·河水》说：“华岳本一山当河，河水过而曲行，河神巨灵，手荡足踏，开而为两，今掌足之迹仍存。”（亦见《搜神记》卷十三，文较繁）就是这一神话的概要。至于《龙鱼河图》所记，则多是有关黄帝与蚩尤战争的事，下面所举的一条，记述比较完全——

> 黄帝摄政时，有蚩尤兄弟八十一人，并兽身人语，铜头铁额，食沙、石子，造立兵仗刀戟大弩，威振天下，诛杀无道，不仁不慈。万民欲令黄帝行天子事，黄帝以仁义，不能禁止蚩尤，遂不敌。乃仰天而叹，天遣玄女，下授黄帝兵信神符，制伏蚩尤，以制八方。蚩尤没后，复扰乱不宁。黄帝遂画蚩尤形象，以威天下，天下咸谓蚩尤不死，八方万邦皆为殄伏。(《汉学堂丛书》辑)

这段神话所叙，有三点值得我们注意：一是"有蚩尤兄弟八十一人"，蚩尤仿佛是巨人族的名称，《述异记》本之，减为七十二人；至于"兽身人语、铜头铁额"等狞猛状貌的描写，则从战国时代的《归藏》所写"蚩尤出自羊水，八肱八趾疏首"已经启其端绪。二是"蚩尤没后，复扰乱不宁。黄帝遂画蚩尤形象，以威天下"：黄帝还要靠图画蚩尤的形象来威服天下，蚩尤当年的雄威猛勇可以想见。无怪齐祀八神，"三曰兵主，祀蚩尤"（《史记·封禅书》），汉高祖刘邦起兵时，也要"祠黄帝、祭蚩尤于沛庭"（《史记·高祖本纪》）了。蚩尤实在就是自古以来民间传述的战神。三是玄女这个后来对民间发生重大影响的人物，此时开始登上神话的舞台。末一点最为重要，略加申说。

玄女之名，先秦书不载，此始有之，但尚未见其形容状貌。至《黄帝问玄女战法》（大概是六朝人作，其书已佚）始谓"有一妇人，人首鸟形"，自称"吾玄女也"；《广博物志》卷九引《玄女法》（不知是否与前书同为一书）复说玄女系王母所遣，自称"我九天玄女也"，自后"九天玄女"便定为玄女的正式尊称。杜光庭《墉城集仙录》有《九天玄女传》，称她为"黄帝之师，圣母元君（西王母）弟子"，从此玄女的名声大著，民间尊之为"九天娘娘"，声望仅次于从西方来的观音菩萨。因而《水浒传》有宋江在玄女庙得天书（第四十二回）的叙写。推想这个"人首鸟形"的神话人物玄女的来源，大约最初可能是《诗经·玄鸟》"天命玄鸟，降而生商"的玄鸟的化身；玄鸟神话掺入黄帝神话中，便成为玄女教黄帝战法，以克蚩尤的神话。其后经过道家方士的改造和渲染，"天遣"的玄女，便成为"王母"所遣，进一步玄女又成了王母的"弟子"，"人首鸟形"

的异状自然便成为如《水浒传》所写的“九龙椅上坐着”的“一个妙面娘娘”，完全人化了。玄女的产生及其流传演变虽然和道家思想以及道教风习密切有关，但她终归是对民间大有影响的人物，我们应予以承认和接受。

三、《吴越春秋》、《越绝书》、《蜀王本纪》

汉代有三部“杂史”性质的书，其中都有若干神话传说材料。一部是赵晔的《吴越春秋》，一部是袁康、吴平的《越绝书》，还有一部是已经亡佚的旧题为扬雄撰实际上恐怕是三国蜀谯周撰的《蜀王本纪》（徐中舒说）。现在分别将它们的情况大略讲讲。

赵晔的《吴越春秋》，略有作者的归属问题，因为晋代又有杨方的《吴越春秋削繁》，或遂以为“是书参错小说家言，其文笔不类汉人，或竟出杨方之手”（王芑孙《惕甫未定稿》）。是的，今本《吴越春秋》大概就是杨方的《削繁》本，已非原书本貌。因为有很多类书或书注所引的佚文，不见于今本。《太平御览》卷三六四引《吴越春秋》载眉间尺头入楚王镬中，与道逢客头暨楚王头“三头相咬”神话即不见于今本，其他可想而知。但是以“参错小说家言”、“文笔不类汉人”来推断此书非汉人作却是于义未妥。小说其实是古已有之，并非汉代以后的人才开始做起来的。此书和另一部同为汉末人作的《越绝书》，其实都杂有“小说家言”。《越绝书·外传记吴王占梦》和《外传记宝剑》两篇，“小说家言”表现得就很浓厚。不当以此来作为判断是否为汉人作的标准；即使今所见《吴越春秋》是杨方《削繁》本，推寻本源，仍当属之赵晔，因而就把此书和《越绝书》一并论述了。

此书所记有关禹的神话传说，有两段是首次记录，未见于这以前其他书籍所载——

禹父鲧者，帝颛顼之后。鲧娶于有莘氏之女，名曰女嬉。年壮未孳，嬉于砥山，得薏苡而吞之，意若为人所感，因而妊孕，剖胁而产高密。家于西羌，地曰石纽；石纽，在蜀西川也。

禹三十未娶，行到涂山，恐时之暮，失其制度。乃辞云：“吾娶也，必有应矣。”乃有白狐九尾造于禹。禹曰：“白者，吾之服也；其九尾者，王者之证也。涂山之歌曰：‘绥绥白狐，九尾庞庞。我家嘉夷，来宾为王。成家成室，我造彼昌。天人之际，于兹则行。’明矣哉！”禹因娶涂山，谓之女娇。

以上两段，都见于《越王无余外传》，因述越的先祖，遂推源到禹的诞生，鲧、禹治水及禹的婚娶等。是书所载鲧、禹治水，杂糅历史与仙话，可不具论。独禹的诞生及婚娶，是神话传说的正宗，当大略说说。禹诞生神话，《山海经·海内经》已有记叙，说是“鲧复（腹）生禹”。禹是直接从鲧的肚子里生出来的，那是华夏民族的古传。这里所记，又是另一异文：禹是他母亲吞薏苡（俗呼“薏仁米”）怀孕“剖胁”生出来的。“剖胁”自然还带着点“剖腹”的意味（《初学记》卷二二引《归藏》：“大副之——鲧——吴刀，是用出禹。”），母亲吞薏苡则是神话新的添加：大概是从古代羌族人民传出而记录入本书的，还带有母系氏族社会的痕迹。但又和父系社会以后的意识形态杂糅，所以记录的前言后语不免自相抵牾。既曰鲧娶女嬉，又曰女嬉“年壮未孳（字，嫁）”；推想起来，大概是未嫁的女嬉吞了薏苡以后才为鲧所娶，然后才剖胁生禹吧。这种破绽，很多后代记录的感生神话都是有的。至于禹婚娶的神话，则始见于《吕氏春秋·音初篇》：“禹行功（水），见涂山之女，禹未之遇，而巡省南土。涂山之女乃令其妾候禹于涂山之阳，女乃作歌，歌曰：‘候人兮猗！’实始作为南音。”就是这么简短，神话意味也不浓厚。这里却出现了九尾白狐，开始有了神话的色彩，歌词也有民歌的味道，可以作为禹神话（正如鲁迅先生所谓：“为中枢者渐近于人性……今谓之传说。”）很好的补充。

至于本书所记的干将莫邪造剑（《阖闾内传》）、南林处女与白猿化身的猿公较技（《勾践阴谋外传》）等，都应该归入神话的考查范围，因篇幅关系，便不再多说。

《越绝书》旧题子贡撰，经后人考证，本书《叙外传记》篇有云："以去为姓，得衣乃成；厥名有米，覆之以庚。"又云："以口为姓，承之以天；楚相屈原，与之同名。"断为汉末袁康、吴平所作。这和当时士人好为离合隐语，如"黄绢幼妇，外孙齑白"(《曹娥碑》)、"委时去害、与鬼为邻"(《参同契》)等时代风尚是吻合的。此书所记吴越时带神话性质的传说较多，如楚王召风胡子论剑(《外传记宝剑》)、伍子胥死后"归神大海"(《德序外传记》)之类。直接记录的古代神话较少，也有些零星点滴的材料，如"禹忧民救水，到大越，上茅山大会计，爵有德，封有功，更名茅山曰会稽"(《外传记地》)、"夏启献牺于益"(《吴内传》)等，可以提供作为研究禹杀防风、益启斗争等神话的参考。

旧题为扬雄作的《蜀王本纪》，《隋书经籍志》著录，止一卷，后亡佚，《全上古三代秦汉三国六朝文》及《汉唐地理书钞》均有辑录。徐中舒先生据《华阳国志》末"序志"语，以为是书即谯周所作《蜀本纪》，误题扬雄之名，又于"蜀"下误增"王"字，于是谯周的《蜀本纪》就成了扬雄的《蜀王本纪》。[①]其说可信，当以为据。谯周三国时蜀人，蜀亡犹在，去汉未远，也可算作是汉代人。谯周劝刘禅降魏，为人固不足称道，但《蜀王本纪》记述了蜀地本土上古的神话传说，为我们保存了极可贵的研究资料，却是有足多者。

《蜀王本纪》为我们提供的神话材料主要有如下三部分，即（一）蚕丛、鱼凫神话，（二）杜宇、开明神话，（三）五丁神话。就中尤以杜宇、开明神话为现在所能见到的《蜀王本纪》佚文的中坚部分——

> 时蜀民稀少。后有一男子名曰杜宇，从天堕止朱提。有一女子名利，从江源井中出，为杜宇妻。乃自立为蜀王，号曰望帝，治汶山下邑曰郫。……望帝积百余岁，荆有一人名鳖灵，其尸亡去，荆人求之不得。鳖灵尸随江水上，至郫，遂活，与望帝相见。望帝以鳖灵为相。时玉山出水，若尧之洪水，望帝不能治，使鳖灵决玉山，

① 见《论〈蜀王本纪〉成书年代及其作者》，刊《社会科学研究》1979年第1期。

民得安处。鳖灵治水去后，望帝与其妻通，惭愧，自以德薄，不如鳖灵，乃委国授之而去，如尧之禅舜。鳖灵即位，号曰开明帝；帝生卢保，亦号开明。望帝去时，子䳏鸣，故蜀人悲子䳏而思望帝：望帝，杜宇也。

这个神话故事，虽是最早的比较完全的记录，却存在着一些疑窦。最大的疑窦就是这样一个德薄能鲜的望帝，当他化为子规鸟即杜鹃鸟之后，“蜀人”为什么还要“悲子䳏（子规）而思望帝”呢？而且这里记得也比较含糊，只是说，“望帝去时，子䳏鸣”，并没有说望帝化为子规。倒是《说文》四的记叙简切明白：“蜀王望帝淫其相妻，惭亡去，为子巂（子规）鸟。故蜀人闻子巂鸣，皆起曰是望帝也。”“蜀人”是很思念他们这个化为鸟的故君的。望帝化鸟，其中似乎还有一段隐情未从神话故事的里层揭露出来，唐诗人自李商隐“望帝春心托杜鹃”的诗句披露后，人多疑杜宇有冤，作诗表示同情。其冤何在？恐怕是在神话的外衣下隐藏着一场严重的政治斗争。《说郛合刊》卷六十辑阙名《寰宇记》说：“望帝自逃之后，欲复位不得，死化为鹃。”这几句话虽属后人的揣测之辞，却大概说到了问题的实质。至今在川西民间和部分知识分子中口头流传的有关杜宇的神话，意思都和《寰宇记》所说相近。可见《蜀王本纪》所记，虽是较早，却是已经经过了一些涂饰，未必能真正代表人民的意愿。所以如今民间所传，和《蜀王本纪》记的面目迥异，或者是经过了群众的修改、订正之后，更接近神话的原始本貌，也未可知。总之，神话原是人民群众创造的，不管文人的记录怎样，群众总是要通过世代口耳相传，强烈地反映出自己的意愿来的。

《蜀王本纪》佚文中还记录有比较完整的五丁神话，为后来常璩的《华阳国志》所本，还有老子神话的片段，即老子叫关尹喜“行道千日后于成都郡青羊肆上寻吾”那一段，《太平御览》卷一九一引作《蜀本纪》，王谟《汉唐地理书钞》却将它辑入《蜀王本纪》。可见二书本来应该就是一书，连近代学者也直观地觉察到了。

四、《六韬》、《太公金匮》、《论衡》

记述殷周之际带神话性质的历史故事的有《六韬》和《太公金匮》等。《六韬》也称《太公六韬》，和《太公金匮》并为《隋志》所著录，列在子部兵家，《太公六韬》题“周文王师姜望撰”，当然绝不可信，无须深辩；《太公金匮》未题撰人。二书都已亡佚。今本《六韬》是后人的缀集改造，全非旧观。据《三国志·先主传》注，有“（先主）闲暇历观诸子及《六韬》、《商君书》”语，知《六韬》原书至迟仍当成于汉代。《太公金匮》虽然不详成书时代，但因它和《六韬》性质相近，又早已为《隋志》著录，姑且也把它列在汉代，和《六韬》一起论述。

《太公金匮》佚文中，有一段记姜尚的神话故事，非常精彩——

> 武王伐纣，都洛邑，未成。阴寒雨雪十余日，深丈余。甲子平旦，不知何五丈夫乘车马从两骑止王门外，欲谒武王。武王将不出见，尚父曰：“不可，雪深丈余，而车骑无迹，恐是圣人。”
>
> 太师尚父乃使人持一器粥出，开门而进五车两骑，曰：“王在内未有出意，时天寒，故进热粥以御寒，未知长幼从何起？”两骑曰：“先进南海君，次东海君，次西海君，次北海君，次河伯、雨师、风伯。”粥既毕，使者具告尚父。尚父谓武王曰：“客可见见矣。五车两骑，四海之神与河伯、雨师、风伯耳。南海之神曰祝融，东海之神曰句芒，北海之神曰玄冥，西海之神曰蓐收，河伯名冯夷，雨师名咏，风伯名姨，请使谒者各以其名召之。”
>
> 武王乃于殿上，谒者于殿下门外引祝融进，五神皆惊，相视而叹。祝融拜。武王曰：“天阴远来，何以教之？”皆曰：“天伐殷立周，谨来受命，属敕风伯雨师，各使奉其职。”（《北堂书钞》卷一四四引，从严可均《全上古三代秦汉三国六朝文》校补）

这段神话故事，鲜明有力地刻画出一个机智有谋的太公的形象，其中心思想，是人比神更聪明，神居然能够谨顺地为人役使，因而构成神话健康有趣的基调。这段神话又见于卢文弨辑录的《尚书大传续补遗》，只是文字较简，大概就是《太公金匮》所本，足见在秦末汉初它已经开始流传了。若是更往上推，《墨子·非攻下》已启其端倪。《非攻下》说："武王践功（阼），梦见三神曰：'予既沈渍殷纣于酒德矣，往攻之，予必使汝大堪之。'武王乃攻狂夫，反商之周，天赐武王黄鸟之旗。"那时武王只是做了一个梦，梦见"三神"来允相助；现在却从"三神"增加到了七神，并且是大白天乘车骑马来见：大概这就是神话发展演变的规律，总是由简趋繁的。《封神传》本此演为小说，就不但是繁，而且简直是枝节横生，繁缛到极点了。

《六韬》记有太公和散宜生寻求天下珍物以免文王羑里之难、武王伐纣时遇到各种凶兆太公毫无畏惧等传说故事，表现了太公的勇武和智谋。还记了一段箭射丁侯画像的神话故事，则具有另一种不同的情调。这段故事《六韬》和《太公金匮》同记述之，《太公金匮》记述的文字义较胜，下面所引仍用《太公金匮》文——

> 武王伐纣，丁侯不朝，尚父乃画丁侯，射之。丁侯病，遣使请臣。尚父乃以甲乙日拔其头箭，丙丁日拔目箭，戊己日拔腹箭，庚辛日拔股箭，壬癸日拔足箭，丁侯病乃愈，四夷闻之乃惧，越裳氏献白雉。（《艺文类聚》卷五九引）

这是用巫术来制胜桀骜不驯的诸侯使之驯服，同举吊民伐罪的义旗。在这里，太公固然被表现为一个具有神通法术的神性人物，但也正如鲁迅先生在《中国小说史略》里评《三国演义》写诸葛亮说："状诸葛之多智而近妖"，《六韬》等书写太公的神通和法术，实在也有点妖气。其后《封神演义》本此而又加以渲染，那妖气就更是显然。这类"神话"总是糟粕多于精华的，研究考察它们时应当给予充分的注意。

东汉时代有一部在学术思想上大放光芒的哲学著作，就是王充的《论衡》。王充生活在那个天人感应之说横行、谶纬之书充斥的迷信妖妄时代，同时又是天文学研究初步取得成效的时代，他著书的宗旨，就是要“疾虚妄”（《佚文篇》），重“效验”（《知实篇》）。可惜他不能分清神话和迷信的界限，往往把原属神话的东西也当作迷信一概加以反对。当我们看见他在引用了一段神话材料之后（如共工触山），不惜连篇累牍、一本正经地予以辩斥和攻击的时候，自然就会在脑海里浮现出西班牙骑士堂·吉诃德跃马挺槊扑向风磨的形象：一方面固然赞赏他斗志的勇果，另一方面却也不由不叹惋他看错了对象。王充在这方面的哲学辩论虽然效果不大，但因其广征博引、态度严肃，却也在无意中替我们保存了许多可贵的神话材料，有些还是首先在《论衡》中揭载的，如下面所引的几条——

《山海经》又曰：“沧海之中，有度朔之山，上有大桃木，其屈蟠三千里，其枝间东北曰鬼门，万鬼所出入也。上有二神人，一曰神荼，一曰郁垒，主阅领万鬼。恶害之鬼，执以苇索，而以食虎。于是黄帝乃作礼以时驱之，立大桃人，门户画神荼、郁垒与虎，悬苇索以御。（《订鬼篇》）

觟䚦者，一角之羊也，性知有罪。皋陶治狱，其罪疑者，令羊触之；有罪则触，无罪则不触。……故皋陶敬羊，起坐事之。（《是应篇》）

燕太子丹朝于秦，不得去，从秦王求归。秦王执留之，与之誓曰：“使日再中，天雨粟，令乌白头，马生角，厨门木象生肉足，乃得归。”当此之时，天地佑之：日为再中，天雨粟，乌白头，马生角，厨门木象生肉足。秦王以为圣，乃归之。（《感虚篇》）

它们都是重要的神话，或者是具有神话性质的传说。“燕太子丹”一条，虽然在大概成书于汉代初年的《燕丹子》中已经提到了“乌白头、马生角”的事，但是其余几项，还没有提到，还是应该以此书所引的最为完备。

《论衡》所引的神话材料，或是古书古本的异文，足资考订者，如第四章第六节所说的“尧上射十日”。或是古书的佚文，足资研讨者，如上面所举“度朔山神荼郁垒”神话引《山海经》，文字和《山海经》不大相类，恐怕是《括地图》之类的误记，《汉唐地理书钞》辑《括地图》有“桃都山有大桃树，盘屈三千里，上有金鸡，日照则鸣；下有二神，一名郁，一名垒；并执苇索，以伺不祥之鬼，得则杀之”一条，可以用来和所引的相参校。或是古人的思想观念和后代人有了若干距离者，从《论衡》的论辩中，也可看出一些迹象来，如仙人生羽翼，就是当时流行的观念，作者常以此为准绳来衡定是否真有书传所说的“升天”之事（《道虚篇》）。凡此种种，王充都从“疾虚妄”的唯物主义求实精神出发，把虚妄的迷信和“虚”而非“妄”的神话一并反对了。但从他广征博引的材料（其中也确有不少是属于迷信虚妄的）中，却又幸而替我们保存了许多可贵的神话材料。《论衡》保存的神话材料之多，在哲学著作中仅次于《淮南子》。这或许并非作者的始料之所及：客观上无形中他竟从摧毁神话的立场转变到拥护神话的立场来了。

五、《风俗通义》、《三五历纪》

汉代末年，另有一部书，以“辨风正俗”为宗旨，也含有反对迷信虚妄的色彩，和《论衡》的性质大略相近，只是态度比较温和，这就是应劭的《风俗通义》。原本三十一卷，今所传本只有十卷，佚亡的占了大半。卢文弨《群书拾补》辑有《风俗通义逸文》一卷，采录颇富。从现存的本书和辑录的佚文来看，它所收集的神话传说材料也颇不少：有关于仙人王乔的，有关于公输般即鲁班的，有关于九隆王的，有关于燕太子丹的（燕丹逃秦，又增加了“井上株木跳度渎”一事），等等。但是最令人瞩目的，是以下三条——

俗说：天地开辟，未有人民，女娲抟黄土作人。务剧力不暇供，乃引絙于泥中，举以为人。故富贵者黄土人，贫贱者絙人也。

昔高辛氏有犬戎之寇，帝患其侵暴，而征伐不克。乃访募天下有能得犬戎之将吴将军头者，购黄金千镒，邑万家，又妻以少女。

时帝有畜狗，其毛五采，名曰槃瓠，下令之后，槃瓠遂衔人头造阙下，群臣怪而诊之，乃吴将军首也。帝大喜，而计槃瓠不可妻之以女，又无封爵之道，议欲有报，而未知所宜。女闻之，以为帝皇下令，不可违信，因请行。帝不得已，乃以女配槃瓠。槃瓠得女，负而走，入南山，止石室中。所处险绝，人迹不至。于是女解去衣裳，为仆鉴之结，著独力之衣。帝悲思之，遣使寻求，辄遇风雨震晦，使者不得进。经三年，生子一十二人，六男六女。槃瓠死后，因自相夫妻，织绩木皮，染以草实，好五色衣服，制裁皆有尾形。其母后归，以状白帝。于是使迎诸子，衣裳斑烂，语食侏离，好入山壑，不乐平旷。帝顺其意，赐以名山广泽。其后滋蔓，号曰蛮夷。

秦昭王遣李冰为蜀郡太守，开成都两江，溉田万顷。江水有神，岁取童女二人以为妇，不然，为水灾。主者白："出钱百万以行聘。"冰曰："不须。吾自有女。"至时，装饰其女，当以沉江。冰径至神祠，上神座，举酒酹曰："今得傅九族，江君大神，当见尊颜。"相进酒，冰先投杯，但澹淡不耗。冰厉声曰："江君相轻，当相伐耳！"拔剑，忽然不见。良久，有两苍牛斗于岸旁。有间，冰还，流汗，谓官属曰："吾斗大极，当相助也。若欲知我，南向腰中正白者，我绶也。"主簿乃刺杀北面者，江神遂死。蜀人慕其气决，凡壮健者，因名冰儿。

三条神话，都是此书首先记载。女娲造人神话，虽然《淮南子·说林篇》已有记叙，但说的大约是和诸神共同造人；单独抟土造人，此为首见记录。这种神话，世界上其他国家和民族也有，如希腊神话说，普罗米修斯和埃庇米修斯二神曾经范土造人，使其形象像神，然后叫爱洛斯给他以生命，雅典娜给他以灵魂；希伯来神话说，耶和华用地上的尘土造人，将生气吹进他的鼻孔里，就成了有灵的活人；新西兰神话说，人类是由滴奇用红土混合他自己的血液制成的；北美洲迈都族印第安人神话说，地开创者用暗红色的泥土掺和了水，做成男女两个人像，再用脂木烧锻，使他们都活了起来，男名古克苏，女名晨星女人，以后世间便有了人类，等等。像这类人类起源的神话，本属于开辟神话的范畴，若是整理为各国家各民族的神话故事集，无疑是要将它们安排在首先部分的。但是这些神话，却不是最先产生的。我赞成冯天瑜同志在《上古神话纵横谈》一书中所说："人类认识的历程，总是由个别到一般，由局部到整体，由初级到高级。各民族都是首先产生那些解释个别自然物（如某一山、某一水），个别自然现象（如风、雨、雷、电）的神话，以后，随着生产水平的提高，人类认识能力也有所飞跃，逐渐发现自然界的某些内在联系和共同性，从而产生抽象思维和概括能力，只有在这时（大约是民族社会末期），才有可能出现'开辟神话'和'人类起源神话'。'神'作为人类意识的创造物，其产生的先后次序大约是：最初出现自然神，其次出现祖先神，最后才出现宇宙大神。"[①]女娲要算是宇宙大神了，所以有关她的神话，不但产生较晚，甚至连记录也是晚出。而且从这条记录本身来看，也明显可见有进入阶级社会以后才添加上去的部分，如"引絙于泥中，举以为人"连同以下"富贵贫贱"的议论就是。如果说"引絙于泥中"使简单朴质的"抟黄土作人"神话增加了一点曲折与情趣，尚属可取，能够算是神话的发展的话，后面的议论则只能看作是纯粹的封建性的糟粕了。

第二条所记槃瓠神话，全文原见《后汉书·南蛮传》，《南蛮传》此文后有注云："已上并见《风俗通》。"卢文弨这才把它当作《风俗通义》的佚文辑入《群书拾补》的。可能文字上会和《南蛮传》小有出入，大体则无甚差异，《南蛮传》槃瓠事的叙写或即本此。这是一个民族祖先崇拜的神话，又带着鲜明的图腾崇拜色彩。从《风俗通义》以后，有一些大同小异的记录，分别见于《搜神记》卷十四、《汉魏丛书》八卷本《搜神记》、唐樊绰《蛮书》卷十引《后汉书·南蛮传》（文与今本颇不同）等。从这段神话，又引出我们后面马上就要讲到的盘古开天辟地神话，《风俗通义》的首先记录之功，自然是不可没的。

第三条记录的李冰神话，也是首见此书。李冰大约是一个历史人物，不过传说的意味非常浓厚。《史记·河渠书》说："蜀守冰凿离碓，辟沫水之害，穿二江成都之中。"仅仅有"冰"的名而无姓。《汉书·沟洫志》记

---

① 见该书8页，上海文艺出版社出版。

此大略相同，惟首句作“蜀守李冰凿离堆”，才知道李冰原来姓李。汉末应劭撰《风俗通义》，晋常璩撰《华阳国志》，更记叙了有关李冰的神话传说，李冰之名始显。《太平广记》卷二九一引《成都记》[①]说李冰第一次“入水戮蛟”时，“己为牛形，江神龙跃”，第二次入水时，江神也易形为牛，因而李冰才“以大白练自束以辨”，令武士“杀其无记者”，这样，就略增加了故事的曲折性，比原先两次都是二牛相斗为佳，大约可算是李冰神话的发展。宋代以后又加上了李冰儿子二郎的神话，通过民间口头传播，逐渐丰富起来，李冰神话就又得到了进一步发展。

女娲抟土造人的神话见诸文字记载不久，又出现了盘古开天辟地神话。三国时代吴国道士徐整的《三五历纪》说——

> 天地浑沌如鸡子，盘古生其中，一万八千岁。天地开辟，阳清为天，阴浊为地。盘古在其中，一日九变，神于天，圣于地。天日高一丈，地日厚一丈，盘古日长一丈。如此万八千岁，天数极高，地数极深，盘古极长。后乃有三皇。数起于一，立于三，成于五，盛于七，处于九，故天去地九万里。

这段神话里盘古开天辟地的情况，大有哲理意味，诚如鲁迅先生在《中国小说史略》中所说：“已设想较高，而初民之本色不可见。”经近代学者研究，盘古神话大约是吸收了南方少数民族盘瓠神话而改造制作成的，这已经有多人论说，我在《古神话选释》里，也略有申述，就不再多赘。应劭《风俗通义》记叙槃瓠神话之后不久，就出现了盘古神话，也可作为盘古神话受其影响的一个旁证。至于盘古生于“浑沌如鸡子”的天地中的哲理思想，则和汉代末年逐渐发展起来的“浑天说”（以张衡为代表）的天文学思想有关，可以从二者的比照中见之。

盘古开天辟地神话只是盘古神话的一部分。除此而外，盘古还有化生万物和创造人类的神话。盘古化生万物的神话，见于清马骕《绎史》

① 《唐书经籍艺文合志》有卢求《成都记》五卷，已佚，或即此书。

卷一引《五运历年记》——

> 首生盘古，垂死化身，气成风云，声为雷霆，左眼为日，右眼为月，四肢五体为四极五岳，血液为江河，筋脉为地理，肌肉为田土，发髭为星辰，皮毛为草木，齿骨为金石，精髓为珠玉，汗流为雨泽，身之诸虫，因风所感，化为黎甿。

观其书名和内容性质，大略和徐整《三五历纪》相近，或以为便是徐整所作（如茅盾先生），这自然不排除有此可能。但此书唐宋以前的重要古籍都未见征引，独见于《绎史》和明董斯张的《广博物志》。《广博物志》卷九引此，文字又不大相同，云："盘古之君，龙首蛇身，嘘为风雨，吹为雷电，开目为昼，闭目为夜。死后骨节为山林，体为江海，血为淮渎，毛发为草木。"或所见是《五运历年记》的别本。为了慎重起见，只好暂认此书是后起之作，时代和撰者俱不详。这个巨人尸体化生万物的神话，世界上好些古老民族的开辟神话中，也是所在多有。例如印度神话说，自在以头为天，足为地，目为日月，腹为虚空，发为草木，流泪为河，聚骨为山，大小便利为海；北欧神话说，奥定杀霜巨人伊麦，以其肉造成土地，血造成海，骨骼造成山，牙齿造成崖石，头发造成树木花草与一切菜蔬，髑髅造成天，脑子造成云，等等。其设想世界的构成，虽然托之于"神"，于"巨人"的"化生"，而其中心思想，无非讴歌人创造世界的伟大。而盘古的"垂死化生"，则更是将这一思想形象地显现出来。

盘古创造人类的神话，部分已见于上所引化生万物神话中："身之诸虫，因风所感，化为黎甿"，这就算是创造了人类。然而这似乎是有损人类尊严的，人们决不愿意做盘古的"身之诸虫"，所以这种说法不为大众所接受，终于沉湮了。另一种说法见于六朝梁任昉的《述异记》。《述异记》综合记叙了当时流传的各种有关盘古的传说，不少是涉及盘古"垂死化生"的，其中有"盘古氏夫妻，阴阳之始也"的记叙却是关于创造人类的。言"盘古氏夫妻"，是说盘古氏兄妹自相婚配而为夫妻，然后才有人伦的开始。

然而这种说法，却早已为伏羲兄妹结婚的神话所代替，[①]也沉湮而不闻了。有人说："伏羲、庖牺、盘古、槃瓠，声训可通，殆属一词。"[②]此说如果能成立，则槃瓠神话演而为盘古神话，伏羲女娲兄妹结婚神话演而为"盘古氏夫妻"神话，看来便都很是自然，毋烦多论了。

六、《神异经》、《十洲记》、《洞冥记》

汉人志怪著作中被疑为六朝人伪撰而托名的，主要有《神异经》、《十洲记》和《洞冥记》三部。

《神异经》和《十洲记》旧题东方朔撰，但《汉书·艺文志》杂家类仅列《东方朔》二十篇，二书均未著录，可知并非朔撰。《四库提要》以为《神异经》"词华缛丽，格近齐梁，当由六朝文士影撰而成"；仅凭格调文词以定真赝，颇难服人。明胡应麟《少室山房笔丛》卷三十六说："汉人驾名东方朔，作《神异经》。"比较合乎事实，却仍旧是推想，而无佐证。《左传·文公十八年》孔颖达正义说："服虔案：《神异经》云，梼杌，状似虎，毫长二尺，人面虎足猪牙，尾长丈八尺，能斗不退。"服虔是汉末灵帝时的人，服虔所引《神异经》，见今本《神异经·西荒经》，文字大略相同，这就可以作为此书为"汉人驾名"的坚证。东方朔为人滑稽诞谩，《汉书·东方朔传赞》已云："朔之诙谐，逢占射覆，其事浮浅，行于众庶，童儿牧竖，莫不眩耀。而后世好事者，因取奇言怪语，附著之朔。"班固时已如此，可知服虔所见《神异经》之得"驾名"于东方朔就很自然了。从时间推断，此书大约为东汉人所作。《十洲记》既然和《神异经》同托名为东方朔作，性质也同属于地理博物类，则作者可能也是东汉时代的人，为了论述的方便，就将它们合并在一起，想来不会有多大差误。至于东汉

① 汉代壁画和石刻画像中，多有蛇身人首的伏羲女娲交尾图像。

② 见常任侠《沙坪坝出土之石棺画像研究》，刊《说文月刊》第1卷第10、11期合刊。

初年郭宪的《洞冥记》，虽然也有好些人疑心不是他所作，但也提不出直接的证据，只能从他的品格（《少室山房笔丛》："以直谏闻"），或从当时的文风（《四库全书总目提要》："词句褥艳，不类东京"）来表示怀疑，但这却不能剥夺他的著作权。《隋书·经籍志》杂传类有《汉武洞冥记》一卷，题"郭氏撰"，当即此书，今本作四卷，唐时多人信此书为郭宪所作，包括鼎鼎有名的《史通》作者刘知几，只是到了后来才有人怀疑。郭氏好方术，序又自称"宪家世述道书"，和作《洞冥》的主旨正合，不应疑其伪撰。清王谟编辑《汉魏丛书》，虽仍不信此书为郭宪作，但他说此书"殆即祖述《神异经》、《十洲记》而作者"（《洞冥记跋》），除去"祖述"不论，倒是说到了此书的内容实质。现在就把三部书有关神话方面的情况大略谈谈。

《神异经》书凡九篇，其格局体例，大致是模仿《山海经》，分为东、东南、南、西南、西、西北、北、东北八荒，再加上中荒，略其山川道里而记其珍怪神灵异人。其中神话材料片断很多，如《东荒经》的沃椒山，即郭璞《玄中记》的沃焦山，我们在后面的章节中就要说到；《东南荒经》的尺郭，"朝吞恶鬼三千、暮吞三百"，有点像《述异记》所记的食子的鬼姑神，还有朴父夫妇，"并高千里"，由于"天初立时"，"导开百川，懒不用意"，罚他们俩裸体"并立东南"；《南荒经》火山中生不尽木，不尽木中有火鼠，其毛可以织为火浣布，又有柤稼樝树，生甜梨，"实长九尺"，食其实者"寿一万二千岁"，就是《山海经》常提到的甘柤；《西荒经》的河伯使者，"白衣玄冠，从十二童子，驰马西海水上"，"所之之国，雨水滂沱"；《西北荒经》有玉馈之酒，"取一尊一尊复生焉"，有脯名曰"追复，食一片复一片"，很有点像经常出现在《山海经》里的视肉；《北荒经》有横公鱼和䶂鼠，都是奇异的生物，类乎《山海经》所写的奇禽异兽，而于人有益；《中荒经》的九府玉童玉女，像《山海经》司幽国的司士司女，啮铁兽，像《拾遗记》卷十记的铁胆肾兽：凡此种种，都可视为有民间传说的凭依，并非出于向壁虚构。以其设想新奇，后世注家及文人诗文中，也常引用到它。此书最引人注目者，是关于与西王母为偶的东王公这个配偶神的创造——

东荒山中有大石室，东王公居焉，长一丈，头发皓白，人形鸟面而虎尾，载一黑熊，左右顾望。恒与一玉女投壶，每投千二百矫。设有入不出者，天为之噫嘘；矫出而脱悞（误）不接者，天为之笑。（《东荒经》）

有注云："华云言笑者，天口流火炤灼，今天不下雨而有电光，是天笑也。""华"据说就是张华，此书如成于汉时，张华为之作注自然也有此可能。李白诗已用此书的正文及注为典了。"天公见玉女，大笑亿千场"（《短歌行》），用的便是正文；"帝旁投壶多玉女，三时大笑开电光，倏烁晦冥起风雨"（《梁甫吟》），既用正文也兼用注。东王公这个配偶神，大概是根据《山海经》西王母的形象而模仿创造的：西王母"蓬发戴胜，豹尾虎齿"，东王公就"头发皓白，人形鸟面而虎尾"；西王母有"三青鸟"，东王公就"载一黑熊"：可见模仿之迹。汉代石刻画像和砖画中有东王公、西王母画像，都作王者形象，并未作"鸟面虎尾"之状，益足证其为模仿之作。此书又记有东王公和西王母相会的一段神话，却是设想新奇，富于艺术魅力——

昆仑之山有铜柱焉，其高入天，所谓天柱也。围三千里，周圆如削。下有回屋，方百丈，仙人九府治之。上有大鸟，名曰希有，南向，张左翼覆东王公，右翼覆西王母。背上小处无羽，一万九千里。西王母岁登翼上，会东王公也。（《中荒经》）

六朝梁陶弘景《真诰·甄命授》所记的童谣，"著青裙，入天门；揖金母，拜木公"，大约就是本此而来：所谓"金母"，即西王母；"木公"，即东王公。

东王公又称东王父，汉人托名东方朔撰的《十洲记》里，也大略记了他的行迹："扶桑，在东海之东岸……地方万里，上有太帝宫，太真东王父所治处。"《十洲记》全书所写，是十洲三岛上的仙灵奇物。十洲是祖洲、瀛洲、玄洲、炎洲、长洲、元洲、流洲、生洲、凤麟洲、聚窟洲，沧海岛附在聚窟洲后面；三岛首昆仑，次方丈洲，扶桑附在方丈洲后面，次蓬丘即蓬莱山。《云笈七籤》卷二六的《十洲三岛》便是如此分法，也不知何所取义。大概是沿袭旧说，人为地加以安排区分。通行本《十洲记》的排列顺序与此略异，以昆仑殿在最后。此书所记各洲异物，涉及神话者，有祖洲的不死草、炎洲的风生兽、聚窟洲的反魂树等，而续弦胶及猛兽二物，更具有神话意味——

凤麟洲，多凤麟。凤喙及麟角合煎作膏，名之为续弦胶。此胶能续弓弩已断之弦，刀剑断折之金，更以胶连续之，使力士掣之，它处乃断，所续之处，终无断也。武帝天汉三年，西国王使至，献此胶四两。时武帝幸华林园射虎，而弩弦断。使者时从驾，又上胶一分，使口濡以续弩弦。帝惊曰："异物也！"乃使武士数人，共对掣引之，终日不脱，如未续时也。

征和三年，武帝幸安定，西胡月支国王遣使献猛兽一头，形如五六十日犬子，大似狸而色黄。帝见之，问使者："此小物可弄，何谓猛兽？"使者曰："猛兽一声叫发，千人伏息。"于是帝使使者令猛兽发声，试听之。使者乃指兽，命唤一声。兽舐唇良久，忽叫，如天大雷霹雳。帝登时颠蹶，掩耳震动，不能自止，侍者及武士虎贲皆失仗伏地。诸内外牛马豕犬之属，皆绝绊离系，惊骇放荡，许久咸定。帝忌之，因以此兽付上林苑，令虎食之。于是虎闻兽来，乃相聚窟积，如死虎伏。兽入苑，径上虎头，溺虎口，去十步已来，顾视虎，虎辄闭目。帝恨使者言不逊，欲收之，明日失使者及猛兽所在。（以上二条，略有删节）

《洞冥记》又称《别国洞冥记》或《汉武洞冥记》，凡四卷，所记都是汉武帝时的逸闻琐事及遐方远国之事，神仙家的气味颇为浓厚，诞谩夸饰，殊少可观。聊举二三段略接近神话的抄录如下，以为研究参考[1]——

① 其中"掌中芥"条，清李汝珍曾将它写入《镜花缘》。

黄安，代郡人也，为代郡卒，自云卑猥，不获处人间，执鞭怀荆而读书，画地以记数，日久地成池矣。时人谓黄安年可八十余，视如童子。常服朱砂，举体皆赤，冬不著裘，坐一神龟，广二尺。人问子坐此龟几年矣。对曰："昔伏羲造网罟，获此龟以授吾，吾坐龟背已平矣。此虫畏日月之光，二千岁即一出头，吾坐此龟已见五出头矣。"行即负龟以趋世。人谓黄安万岁矣。（卷二）

有掌中芥，叶如松子，取其子置掌中，吹之而生，一吹长一尺，至三尺而止。然后可移于地上。若不经掌中吹者，则不生也。食之能空中孤立，足不蹑地。亦名蹑空草。（卷三）

有丹虾，长十丈，须长八尺，有两翅，其鼻如锯，载紫桂之林，以须缠身，急流以为栖息之处。马丹尝折虾须为杖，后弃杖而飞，须化为丹，亦在海傍。（卷四）

除以上所说三部书外，汉代还有一部叫做《辛氏三秦记》的地理书，这书早已佚亡，《汉唐地理书钞》有辑录。辑者王谟在跋语中说："按隋、唐志均不著录此书，然自《三辅黄图》及刘昭《后汉书·志》注、郦道元《水经注》、贾思勰《齐民要术》、宗懔《荆楚岁时记》……凡六朝人著书，已相承采用；且所记山川都邑，皆秦汉时地理故事，并不及魏晋，此书必汉人所著。辛氏在汉本陇西大姓，特失其名为可惜耳。"其说看来是可以相信的。从所辑的数十条佚文看，非常富有神话色彩，如"陈仓山神鸡"条、"龙首山黑龙"条、"白鹿原狗枷堡"条、"郦山神女"条等都是。最有意思的，是关于鲤鱼跳龙门的神话，《汉唐地理书钞》辑录了下面两条佚文——

河津一名龙门，巨灵迹犹在，去长安九百里，悬船而行，两傍有山，水陆不通。龟鱼之属莫能上。江海大鱼薄集龙门下，数千，不得上，上则为龙。故云暴腮龙门，垂耳辕下。

龙门在河东界。禹凿山断门一里余，黄河自中流下，两岸不通车马。每暮春之际，有黄鲤鱼，逆流而上，得者便化为龙。又林登云：龙门之下，每岁季春，有黄鲤鱼自海及诸川，争来赴之。一岁中登龙门者不过七十二。初登龙门，即有云雨随之，天火自后烧其尾，乃化为龙矣。

两条佚文，内容大同小异，大概是由于不同书籍的征引。后一条引林登所说天火烧尾化龙事，富于哲理，益人心志，更是难得。唐李白《赠崔侍郎》诗说："黄河三尺鲤，本在孟津居；点额不成龙，归来伴凡鱼。"便是用此典故。

第六章

仙话及佛典中的神话

一、《山海经》中的不死思想

在中国古代，有一种和神话同属幻想虚构、然而性质却比较特殊的故事，这种故事以寻求长生不死途径为中心内容，进而幻想人能和仙人们打交道，最终在仙人们的导引下升天。故事的大体模式虽是这样，表现出来的面貌仍是多种多样，丰富多彩。这种故事，我们叫它做仙话。仙话和神话，就其精神实质而论，有它相同的一面，也有差异较大的一面。相同的一面，是神话不屈从于自然和命运的支配，仙话也是如此。万物有始必有终，有生必有死，人亦同然，用科学的眼光看，这实在是一个无法违抗的自然规律。而仙话表现的种种，竟然违抗了它，用幻想的胜利——升仙，来向威胁人类最大的厄运——死亡进行了挑战。神话中我们曾叹赏“精卫填海”、“夸父逐日”、“愚公移山”的精神为勇壮，为“知其不可为而为之”的难能可贵；仙话在这方面表现的精神，似乎也差足当之。不同的一面，是仙话的出发点，终究是个人主义和利己主义的，它和古神话里所表现的神人们的奋斗牺牲、拯民济世的精神当然是很有差异的。古仙话已是如此，道教建立以后，那种专以炼丹修行、服食采补为能事的后代大多数仙话，更是等而下之，少有可观了。

从仙话与神话同属幻想的虚构、二者精神实质有相同的一面这两点来看，我认为仙话中的一部分，或者竟是极小的一部分，可以归到神话的范围内进行考察，有的不妨便可将它看作神话。

其实“神”和“仙”在中国语言文字上，区分并不太大。《说文》八说：“仙，长生仙去。”《释名·释长幼》说：“老而不死曰仙；仙，迁也，迁入山也，故其制字人旁作山也。”《说文》仙作仚，云“人在山上皃（貌），从人从山”。据二书所释，所谓仙人，就是长生不死且迁入山中的人。而《庄子·逍遥游》却说：“藐姑射之山，有神人居焉……不食五谷，吸风饮露。”此“神人”者，实在就是后世所说的仙人。证以《史记·封禅书》说：“公孙卿曰：仙人可见，而上往常遽，以故不见。今陛下可为观为缑城，置枣脯，神人宜可致也。”前说“仙人”，后变言“神人”，那么仙人也就是神人。《封禅书》又说：“乃作通天茎台，将招来仙、神人之属。”仙人与神人无别，更是明显。故晋代葛洪为诸仙人立传，总称《神仙》。“神仙”二字后来竟成了概括一切“神”与“仙”的通用名词。在普通群众的眼光中，由凡登仙的仙人固然可以叫做神仙，如吕洞宾、铁拐李、张果老之类；就是一般本来是神的自然神，如雷神、火神、海神……乃至主宰宇宙的玉皇大帝，在一般群众的心目中，何尝不以为都是神仙？甚至连外来的神佛，如观音、韦陀、四大天王、八大金刚等，也都得以神仙之名称之。如《西游记》第一回说：“那洞中有一个神仙，称名须菩提祖师。”便是。这样看来“仙”与“神”之间实在并没有一条不可逾越的鸿沟，把部分较有意义的仙话纳入神话的范围予以考察研究，无论从学理上或从事实上说来，都是应该被允许的。

然则仙话是从什么时候开始有的？

第一部仙话专集，自然不能不首推题名刘向撰的《列仙传》（有人以为是六朝人的伪托，我并不这样看，说详后），但在这以前数百年的战国时代，仙人赤松、王乔之名，就已见于《楚辞·远游》了；而带着浓厚仙话色彩的神话“嫦娥奔月”，也恰好于这个时期或稍前见诸现已佚亡的《归藏》的记载；这和神仙家言昌盛的当时时代气氛是相应的，说明仙话不始于刘向。然而仙话是否是战国时代的产物呢？我先前是倾向于这种假想的，现在却要稍微修改一下这种设想，把时代更往前推一点。

我们都承认《山海经》是一部早期中国神话总的结集。它记录了从原始社会初期一直到奴隶社会中后期（成汤—周文王）的神话，而以原始社会的神话为主。原始社会神话，绝大部分是属于这一时期的。而在《山海经》的记录中，却不止一处出现了仙话的影子。如《海外南经》有不死民；《大荒南经》有不死国；《海内经》有不死山；《海外西经》有轩辕国，“其不寿者八百岁”，有白民国的乘黄兽，“乘之寿二千岁”；《海内北经》有大戎国的文马，“乘之寿千岁”；《大荒西经》有“颛顼之子，三面一臂，三面之人不死”；《大荒南经》巫山有“帝药，八斋”，郭璞注：“天帝神仙药在此也。”同经云雨山，“有赤石焉生栾，黄本，赤枝，青叶，群帝焉取药。”郭璞注：“言树花实皆为神药。”均以长寿、不死或“药”为言，非仙话的影子而何？“药”郭璞释为“神药”或“神仙药”，完全是正确无误的，既是“帝药”或“群帝”有兴趣去“取”的“药”，就绝非普通药物，而是不同凡响的“神仙药”或“神药”；更准确地说，当称之为“不死药”。

“不死药”这种药物，《山海经》里也有记叙，而且还连带记叙了一个神话故事的片断——

> （昆仑）开明北有……不死树……开明东有巫彭、巫抵、巫阳、巫履、巫凡、巫相，夹窫窳之尸，皆操不死之药以距之（郭璞注：为距却死气，求更生）。窫窳者，蛇身人面，贰负臣所杀也。（《海内西经》）

窫窳为贰负和他的臣子危同谋杀害的神话故事，此经篇首亦已简略记之，性质和鼓与钦䲹同谋杀害葆江的故事相类，是一个神国内讧、遭到天帝严厉惩罚的故事。而从上面所记的神话片断来看，天帝不仅严厉惩罚了肇祸者，还竭力救治无辜的被害者。诸巫操不死药以活窫窳，当亦奉天帝之命，而非自擅。郭璞《图赞》云：“窫窳无罪，见害贰负；帝命群巫，操药夹守；遂沦弱渊，化为龙首。”是能得其情状者。这里不但出现了不死药，而且出现了不死树；推情度理，不死药当即采自不死树上的花实炼制而成。然而值得注意的，正式见诸神话专集《山海经》所记叙的这种不死药的功用，却非吃了使人长生不死，而是吃了（或涂擦了，多半是后者）使人起死回生的。这大概是不死药的最初涵义。

类乎此者，还有上章第二节讲过的《括地图》所记的穿胸国神话："禹哀之，瘗（疗）以不死草，皆生，是为穿胸国。"其功能也是起死回生。

见于题名刘向编撰的《列仙传》（其材料亦当取自先秦或汉初）者，其中记叙的上古仙人如神农时的赤松子、黄帝时的宁封子等，他们采用的登仙手段，却大都是"作火"、"自烧"，未闻有服不死药而登仙者。故不死药最初的涵义和功能，应只是如《山海经·海内西经》所写，只是起死回生，联系穿胸国神话来看，这种药有点像特效的刀伤药，正是人们幻想中高级天神所宜掌握运用的。至于《山海经》所记的不死民、不死国、"颛顼之子……不死"等，那是天生的不死，禀性异常，却非服了什么药物；人们只能在幻想中企而羡之，却无法通过实践向他们学习。也许这倒正不失为古神话的特色，虽然其中仿佛有些仙话影子，然而并非仙话。我先前以为这是仙话"侵入"神话造成的现象，现在觉得毋宁说是古神话中本来有一部分究其性质是接近仙话的，这样才更符合实际。

按照一般的规例，某种神话传说产生的时期，总是和某种神话传说所展示的历史内容相距不远的，如上所说的"帝令群巫、操药夹守（窫窳）"神话，禹以不死草疗防风臣神话，应该仍旧是原始社会末期到奴隶社会初期产生的，但已经有了仙话的苗头了。

刘向《列仙传》所集的可以列入神话考察范围的某些仙话，如赤松子、宁封子等仙话，照上面所说的规例，那就应该仍旧是原始社会或原始社会末期的产物，决不会在原始社会的代表人物神农、黄帝之后两三千年，忽然有人把赤松子、宁封子等仙人的行迹附会在神农、黄帝身上。地方风物的神话附会，一山一水一木一石，见景生情，附会到某些神话人物或历史人物身上去，倒是常见；一个神话传说人物附会到另外一个神话传说人物身上去，恐怕罕有。所以要论定赤松子、宁封子仙话产生的时代，恐怕还是只得向传说中的神农、黄帝那个时代去寻求。

人类珍爱生命的观念、不死的观念，可能在原始社会时期就已经有了，上述神话、仙话所表现的，就是一个证明。在少数民族神话中，也可举出类似的例证，如纳西族神话有《崇人抛鼎寻不死药》，说这种不死药可以起死回生；苗族神话有《榜香由》，说榜香由曾盗食天上豆楼仙果，可活千年万载而不死，等等。

但是古仙话如赤松子、宁封子仙话中表现的不死，是“入火自烧”，毁去现存的肉体，求得灵魂的永生，而不是肉体常在甚至轻身飞举的真正的不死。古神话中的不死国、不死民的不死，也是禀性殊异，并非出于服药修炼；不死药的功能只是起死回生，未闻服之可以长生不死。

不死药服了可以长生不死乃至升天成神的，大概只有“嫦娥奔月”神话一例，可以作为说明。嫦娥奔月神话，虽然早见于已经佚亡了的《归藏》，但是正式记录，还是始见于《淮南子·览冥篇》。《览冥篇》“奔月”句下，高诱注云：“奔月或作坌肉，药坌肉，以为死畜之，肉可复生也。”这几句话，人多未予注意，或是因其不好理解，忽略过去，然而是值得注意的。高诱说“奔月或作坌肉”者，“坌肉”盖是《淮南子》别本的异文；奔坌、月肉形俱相似，有以致异。坌，步闷切，有聚义、积义，按高诱的解释，药有聚肉之功，为疗死而畜此药，则死者散亡之肉，可以复生，嫦娥所窃不死药的功用，还是起死回生。或者当时竟有这样一种不同的说法。不过联系《淮南子》下文“（羿）怅然有丧，无以续之”的话来看，还是以作“奔月”为宜，否则羿不会因为嫦娥窃了不死药而感到“怅然”。不死药使人飞升成仙成神，这和古神话、古仙话都不大相干，这是后来仙话描写的主干，淮南王和唐公房服药“鸡犬升天”（《神仙传》、《水经注》），王老者服药甚至连打麦场都带到了天上（《续仙传》），就是绝好的例子。因而嫦娥奔月神话中的嫦娥服药奔月，与其视为古神话的固有思想，毋宁视为仙话（春秋战国时代的仙话）与神话交流、仙话侵入神话的范围似更适宜。《西次三经》所记黄帝在峚山种玉和服食玉膏事，神话中至高无上的天帝的形象，就颇浸染上了仙话的色彩，使他看来像个道者羽流的模样了。

二、《列仙传》与《神仙传》

汉晋时代，有两部最重要的仙话的结集，一部是题为刘向撰的《列仙传》，另一部是著《抱朴子》的葛洪撰的《神仙传》，其中都有不少材料，可以作为神话研究考察的对象。

题作刘向撰的《列仙传》，《书录解题》谓不类西汉文字，必非向撰。《四库提要》谓或是魏晋间方士所为，托名于向。但东汉王逸注《楚辞·天问》，已引《列仙传》（今本无）文云："有巨灵之鳌，背负蓬莱之山，而抃舞戏沧海之中。"王逸去刘向不过百多年，故说此书是刘向所撰亦大有可能。不过今本经过后人整理重编，与原本篇目文字多有出入是可肯定的，如王逸注《天问》言"崔文子学仙于王子侨、子侨化为白霓……"，洪兴祖补注云："崔文子事见《列仙传》。"但今本《列仙传》只有崔文子卖药事，而无学仙、化霓等事，即其例证。前面所说王逸注引《列仙传》"巨鳌负山"神话，亦不见于今本，为其例证。此书即使不是刘向所作，亦当是王逸之前的东汉人所作，要为近古。其中所记赤松、宁封、王乔、师门等事，也有关神话传说，可以列入神话考察研究的范围——

> 赤松子者，神农时雨师，服水玉以教神农，能入火自烧。至昆仑山上，常止西王母石室中，随风雨上下。炎帝少女追之，亦得仙俱去。至高辛时复为雨师，今之雨师本是焉。
>
> 宁封子者，黄帝时人也，世传为黄帝陶正。有（异）人过之，为其掌火，能出五色烟。久则以教封子，封子积火自烧，而随烟气上下，视其灰烬，犹有其骨。时人共葬宁北山中，故谓之宁封子焉。

以上两条，讲的都是仙人火化登仙的故事，故能"入火自烧"或"积火自烧"。闻一多《神仙考》[①]认为这种火化登仙的思想，是由古代西方羌族人民火葬的风俗习惯而来，其说有理，可从。宁封子登仙的情景，

① 见《闻一多全集·神话与诗》。

火葬的迹象更是明显。如今四川省灌县青城山所传的宁封子神话，说宁封子是为了架火烧陶，升窑顶添柴火，不意窑顶柴突然塌下，宁封便葬身火窟，壮烈为民牺牲。人见窑顶有宁封形象，随着烟气冉冉上升，便说宁封火化登仙了。火葬的内容实质和古仙话表现的并无两样，经过民间的改造制作，原本意义不大的仙话，便显得格调高昂，不同寻常了。

另一条关于师门火化登仙的仙话，则和孔甲驯龙的神话结合起来，成为一个比较曲折的仙人复仇的故事——

> 师门者，啸父弟子也，亦能使火，食桃李葩，为夏孔甲龙师。孔甲不能顺其意，杀而埋之外野。一旦，风雨迎之，讫，则山木俱焚。孔甲祀而祷之，还而道死。

孔甲驯龙的故事，始见于《左传·昭公二十七年》，大意说，夏王孔甲敬事上帝，上帝赐给他以乘龙，黄河、天汉各有二头，有雌有雄。孔甲不能饲养它们，因为没有得到豢龙氏那样的人。后来陶唐氏的后代刘累，在豢龙氏那里学得了驯龙的方法，便来服事孔甲，能够料理龙的饮食，孔甲嘉奖了他。哪知一条雌龙生病死了，刘累便把雌龙的肉剁做肉酱奉献给夏王吃。夏王吃了龙肉，不知道这便是病死的雌龙，又向刘累索取雌龙。刘累没法交差，只好逃到鲁县去。至于上面所引的师门驯龙故事，格局有点像第四章所说的杜伯报冤故事，然而隐藏在这个故事外壳里的，仍是仙人火化登仙。师门“亦能使火”，这就是他登仙的手段；“一旦，风雨迎之，讫，则山木俱焚”，这就是他登仙的实质。不过在此以前他曾被杀，在此以后他又向暴君报了被杀之仇。

王逸注《楚辞·天问》引的一段《列仙传》故事，不见于今本，现在把它缀集起来，略示于下——

> 崔文子学仙于王子侨（乔），子侨化为白霓，持药与文子，文子惊怪，引戈击之，因堕其药。俯而视之，王子侨之尸（履）也。置之室中，覆以蔽筐。须臾则化为大鸟而鸣，翻飞而去。

这个故事所表现的看来非常奇诡，而其中心内容，则不外乎是服药登仙。“子乔化为白霓，持药与文子”，所持者即不死药，要试崔文子是否有为仙的根衡，是否能够见怪不怪。崔文子的仙根差一点，把到口的不死药打掉了。所以药一变为履，再变为大鸟，“翻飞而去”，仙梦成空。这倒充分具有神话的寓言意味。

《列仙传》以其记叙的大都是古仙话，不同流俗，和神话的某些格调、性质能够互相沟通，如江妃二女，马师皇医病龙，琴高乘赤鲤，萧史、弄玉吹箫引凤，祝鸡翁养鸡升仙等，多可当作优美的神话故事看待。例如萧史、弄玉吹箫引凤一段仙话——

> 萧史者，秦穆公时人也，喜吹箫，能致白鹤孔雀于庭。穆公有女名弄玉，好之，公遂以女妻焉。日教弄玉作凤鸣。居数年，吹似凤声，凤凰来止其屋。公为作凤台，夫妇止其上不下。数年，一旦，皆随凤凰飞去。故秦人为作凤女祠于雍宫中，时有箫声而已。

萧史夫妇吹箫数年，“一旦，皆随凤凰飞去”，幻设的情景何等美妙！像这样的仙话，为何不可以当作神话看待？《太平广记》卷四引《仙传拾遗》记此事最后说：“一旦，弄玉乘凤，萧史乘龙，升天而去。”虽加增饰，反不如原来的佳趣天成。而原来的佳趣，乃是和神话的原始性联系着的。“一旦，皆随凤凰飞去”，是说萧史和弄玉都像凤凰样地生了羽翼，随着它们升天而去。古仙话中仙人生羽翼的设想，就是古仙话的原始性，它和神话的原始性是相通的，因而仙话得以进入神话的领域。

东汉末年，张陵（张道陵）倡导五斗米道，奉老子为教主，以《老子五千文》（即《道德经》）为主要经典，于是道教逐渐形成，张陵便成了道教的开山祖师。仙话自然不始于道教的创立，但是道教成立以后，却又大大地推动了仙话的发展，并使它带上了浓厚的宗教色彩。晋代葛洪著《抱朴子》内篇二十卷，整理并阐述战国以来神仙方术的理论，丰富了道教的思想内容。其中所述，虽涉宗教迷信，但以作者的洽闻博识，无意间亦常在书中提供神话传说资料的点滴，可供后人采择。如《对俗篇》

说:“太昊师蜘蛛而结网。”《释滞篇》说:“女娲地出……石修九首。”又说:“(穆王)三军之众,一朝尽化,君子为鹤,小人成沙。”《登涉篇》说:“昔圆丘多大蛇,又生好药。黄帝将登焉。广成子教之佩雄黄,而众蛇皆去。”等等。

继《抱朴子》内篇之后,葛洪又著了《神仙传》十卷;据其自序,此书之作,乃是为了回答他的弟子滕升提出的问题:“古之得仙者,岂有其人乎?”用具体的人物和事实来证明“仙化可得,不死可学”。作者抱憾“刘向所撰……七十余人……殊甚简略,美事不举”;因“复抄集古之仙者见于仙经服食方、及百家之书,先师所说,耆儒所论,以为十卷”,“此传虽深妙奇异,不可尽载,犹存大体,窃谓有愈于刘向多所遗弃也”。全书所录神仙共八十四人,《汉魏丛书》本又钞《太平广记》所引,合为九十六人,除容成公与彭祖二条与《列仙传》重出外,余皆为《列仙传》所未载,故晋代以前重要的仙话,大概都包括在这两部书里了。

《神仙传》虽是仙话的重要著作,但较之《列仙传》,此书所录,却是失之繁芜,殊少《列仙传》那种“事详语约、词旨明润”(《东观余论》)的风致,似乎有点不择精粗美恶。因而此书记录虽多,可以整段列入神话考察范围内予以肯定的却少。但也有若干含有神话意味的片断,可供我们采择。如“彭祖”条写彭祖自述其“丧四十九妻、失五十四子”长年辛苦的经历;“白石先生”条写白石先生“常煮白石为粮”;“黄初平”条写黄初平叱石成羊;“刘安”条写淮南主刘安仙去时,“余药器置在中庭,鸡犬舐啄之,尽得升天,故鸡鸣天上,犬吠云中”;“左慈”条写左慈以幻术戏曹操,操欲收而杀之,慈化为羊,“走入群羊中,而追者不分”;“壶公”条写费长房见壶公悬壶卖药于市,“日入之后,公跳入壶中”,后长房亦随公跳入,“惟见仙宫世界”;“麻姑”条写麻姑在蔡经家向神仙王方平自说云:“接侍以来,已见东海三为桑田……”,等等。而“张道陵”条写张道陵七试赵昇,末第七试尤为警策动人——

第七试陵将诸弟子登云台绝岩之上。下有一桃树,如人臂,傍生石壁,下临不测之渊。桃大有实。陵谓诸弟子曰:“有人能得此桃实,

> 当告以要道。”于时伏而窥之者二百余人，股战流汗，无敢久临视之者，莫不却退而还，谢不能得。昇一人乃曰：“神之所护，何险之有？圣师在此，终不使吾死于谷中耳；师有教者，必是此桃有可得之理故耳。”乃从上自掷投树上，足不蹉跌，取桃实满怀。而石壁险峻，无所攀援，不能得返。于是乃以桃掷上，正得二百二颗。陵得而分赐诸弟子各一，陵自食（其一），留一以待昇。陵乃以手引昇，众视之，见陵臂加长二三丈引昇，昇忽然来还。乃以所留桃与之。昇食桃毕。陵乃临谷上，戏笑而言曰：“赵昇心自正，能投树上，足不蹉跌。吾今欲自试投下，当应得大桃也。”众人皆谏，惟昇与王长嘿然。陵遂投空，不落桃上，失陵所在，四方皆仰。上则连天，下则无底，往无道路，莫不惊叹悲涕。惟昇、长二人，良久乃相谓曰：“师则父也，自投于不测之崖，吾何以自安！”乃俱投身而下，正堕陵前，见陵坐局脚床斗帐中。见昇、长二人笑曰：“吾知汝来。”乃授二人道毕，三日乃还。归治旧舍。诸弟子惊悲不息。后陵与昇、长三人，皆白日冲天而去，众弟子仰视之，久而乃没于云中也。

文章繁冗拖沓，不算写得怎样好；但所写情景，却是充分具有神话的意味。在万分险难之中考验一个人，始能见那个人的信心是否坚定；赵昇百折不挠，通过七试而登仙，就其思想意义而言，也要算是很好的。像这样的仙话，何不径当它作神话看待，何必定要把它摈弃在神话的视野范围以外呢。

三、六朝以后的仙话

稍后于《神仙传》，有六朝梁陶弘景的《真诰》，也值得大略提提。此书凡二十卷，分《运象篇》、《甄命授》等七篇，所记大都是仙真传授真诀等，举凡神仙出处，仙官位次，洞天福地景象，延年却病医方，无不尽有，实在就是一部庞杂的降仙笔录。其为诞妄，不辨可知。但其中也偶有接近神话的仙话片断，发人深思——

> 昔有傅先生者，其少好道，入焦山石室中。积七年，而太极老君诣之。与之木钻，使钻一石盘，厚五尺许。云："穿此盘便当得道。"其人乃昼夜穿之，积四十七年。钻尽石穿，遂得神丹，乃升太清为南岳真人。（《甄命授第一》）

这段仙话又见《搜神记》卷一，文甚简略，且作"有人"而不名，今本《搜神记》已非干宝原书，系后人杂集干宝书散佚文字又羼入以后一些材料而成，故此段记叙仍应以《真诰》为本。它说的虽是升仙法，但为学、治事和养生的要旨大概也都包括在里面了。它的意象是丰富的，作为神话考察的对象，我看并没有什么不可以。除此而外，此书还记叙了仙女萼绿华、童谣"木公、金母"等，也可供研究神话参考。

隋唐五代时期，仙话的专集很多，仅就《太平广记》一书所引，就有《续神仙传》、《集仙传》、《洞仙传》、《仙传拾遗》、《武陵十仙传》、《十二真君传》、《列仙谭录》、《传仙录》、《原仙记》、《女仙传》等，大都已经佚亡，难于考索。从《广记》所引，可见这类仙话大都文笔繁缛，描摹细致，有类小说，恐非原始记录。这大概也是那个小说之风盛行的时代——唐宋——风尚的表现吧，唐裴铏就曾把一段有名的仙话"裴航遇云英"写入他的小说集《传奇》中——

> 唐长庆中秀才裴航，游鄂渚，佣舟还都。同载有樊夫人，国色也，乃赂其婢，投以诗。樊答诗曰："一饮琼浆百感生，玄霜捣尽见云英；蓝桥便是神仙路，何必崎岖上玉京。"后航过蓝桥驿，见路旁一老妪绩麻，航渴求浆，妪呼云英捧一瓯饮之。航见云英姿容绝世，饮其浆，真玉液也，因谓欲娶此女。妪曰："昨有神仙与药一刀圭，须玉杵臼捣之，欲娶云英，须以玉杵臼为聘，为捣药百日乃可。"航求得玉杵臼，遂娶云英。乃知樊夫人名云翘，云英姊，刘纲仙君之妻也。后航夫妇俱入玉峰，饵绛雪琼英之丹，仙去。

以上所述，是《太平广记》卷五十引《传奇》的节写，原文之长，实七八倍于此，由此可见作者在叙写这段仙话时，如何将它当作小说一般描绘了。果然这段仙话对后世影响很大，演为戏剧、播为小说者数见不鲜，如元庾天锡有《裴航遇云英》杂剧，今不传；明龙膺有剧曲《蓝桥记》，杨之炯有《蓝桥玉杵记》，即演此事;《清平山堂话本》卷二也有《蓝桥记》，内容与裴铏《传奇》全同，只是文字更通俗易晓一些。这段仙话，为何竟这样深入人心，影响不绝？据我看它的底子，实在就是一个难题结婚型的民间传说故事，虽然所出的难题只有一个：玉杵臼捣药百日，但终归还是难题。既有深厚的民间传说作基础，又有仙话的变幻飘忽作外衣，自然能够深入人心，为大众所喜爱。像这类仙话，把它看作是优美的神话故事，何尝又不可以？可惜如上所说的单纯而又完整的故事，却也并不多见，大都只是故事中的一些零星片断，才能列入神话考察的范围，就不必过细地缕述列举了。

唐代末年，出了一个学问渊博的道士杜光庭，他平生撰著的书籍有二十多种，都是有关道家修炼的。其中《神仙感遇传》、《墉城集仙录》两部仙话集子，和一部杂记异闻的《录异记》，颇彰示了作者在文学这方面的创造才能。

《录异记》凡八卷，所录多蜀地异闻，亦兼涉其他各地；内中不乏可以当作零星神话材料看的，如卷四所记的盘古三郎庙，卷五所记的海龙王宅、大鱼吞巨蛇，卷七所记的钱塘江潮与伍子胥，卷八所记的陈州、房州伏羲女娲庙，等等。而卷五的柳子华一条，直可看作是一段简短朴素的神话故事——

> 柳子华，唐朝为成都令，一旦方午，有车骑犊车，前后女骑导从，径入厅事。使一介告柳云："龙女且来矣。"俄而下车，左右扶卫升阶，与子华相见。云："宿命与君合为匹偶。"因止，命酒乐极欢，成礼而去。自是往复为常，远近咸知之。后子华罢秩，不知所之；俗云，入龙宫为水仙矣。

《墉城集仙录》凡六卷，序称其作书之旨，乃在“记古今女子得道升仙之事”。但也有本来就是仙人的，如所记的西王母、九天玄女、瑶姬等，都是将神话人物作仙话叙写的。瑶姬一篇，更是直接采自民间神话传说，给它穿上了仙话的外衣，第四章第二节已有论述，这里便不多说。这篇所记叙的，就其内容的充实和文笔的优美而论，都可作为此书的翘楚。另有记花姑为野象拔箭、徐仙姑以禁咒制僧、缑仙姑依青鸟作伴等事，也都含有神话意味，可以作为神话考察。

另有《神仙感遇传》不分卷，《云笈七籤》卷一一二至一一三收录之，所录共四十二人。其中叶迁韶救雷公一条，李筌遇骊山老母一条，崔生登上其妻领巾所化虹桥一条，卢杞随麻婆上天入水晶宫一条，等等，都设想超妙，很富神话色彩。尤以罗公远导唐明皇游月宫一条，神话色彩更是浓厚，启人遐想——

> 罗公远八月十五日夜侍明皇于宫中玩月。公远曰：“陛下莫要月宫看否？”帝唯之。乃以柱杖向空掷下，化为大桥，桥道如银。与明皇昇桥，行若十数里，精光夺目，寒气侵人，遂至大城。公远曰：“此月宫也。”见仙女数百，皆素练霓衣，舞于广庭。上问其曲，名曰《霓裳羽衣》也。乃密记声调。旋为冷气所逼，遂复蹑银桥回。返顾银桥，随步而灭。明日召乐工依其调作《霓裳羽衣曲》，遂行于世。

但此条所记唐明皇游月宫事，尚有其他异文：《异闻录》以为是与申天师及洪都客，《集异记》以为是与叶法善，要皆传闻各异，不可考实。元白朴有《唐明皇游月宫》杂剧，今不传。总之像这类仙话已多含民间神话因素，故易于传播流行，而为群众所接受喜爱。

五代末叶南唐时代沈玢《续仙传》中的一部分，就是这类性质的东西。序称玢生而慕道，感于神仙之事，“国史不书，事散于野”，“他时寂无遗声，今故编录其事，分为三卷”云云。所录凡三十六人，《正统道藏》全收入之，《云笈七籤》收入者仅二十五人。繁芜无可采取的仍居多数，仅有蓝采和（八仙之一）唱踏踏歌一条，朱孺子食狗杞根一条，王老全家升天、“空中犹闻打麦声”一条，算是略具民间神话的意味。其中马自然一条，叙写道士马湘种种幻术游戏的事，民间神话的意味更是充足。兹录其中一段如下，略见一斑——

> 湘翌日又南行。时方春，见一家好松菜，求之不得，仍闻恶言。……湘画一白鹭，以水喷之，飞入菜畦中啄菜，其主人赶起飞下再三。湘又画一猧子，赶捉白鹭，共踩其菜，碎尽不已。其主人见道士戏笑求菜致此，虑复为他术，即来哀求。湘曰：“非求乞菜也，故相戏尔。”于是呼鹭及猧，投入湘怀中。视菜如故，悉无所损。

《西湖二集》卷三十“马神仙骑龙升天”，故事内容与此大略相同，或者主要便是取材于此。

以后又有南宋时候陈葆光撰的《三洞群仙录》二十卷、元代浮云山圣寿寺万年宫道士赵道一编的《历世真仙体道通鉴》五十三卷，虽然所收故事及仙人众多（前书收神仙故事共一千零五十四个，后书收仙人共七百四十五人），但大都系杂凑钞撮成书，很少可资取材。

明代万历年间又有一部由坊间书贾汪云鹏刊印而托名李攀龙序、王世贞编辑的《列仙全传》问世，共收五百八十一人，起自上古，迄于明代弘治末年，在现存而又易得（一九六一年中华书局影印出版）的这类书籍中，要算最丰富的一种。这书虽然也有杂凑钞撮之弊，但刊刻工细，少有错讹，书中附有精美插图若干幅，并可作美术鉴赏。有的条目虽草见于其他书籍，但以今本每有讹挩，反不如此书所钞古本，较正确无误。如卷九“张天翁”条即其一例——

> 张天翁，名坚，字刺碣，渔阳人，少不羁，无所拘忌。尝张罗，得一白雀，爱而养之。梦天刘翁责怒，每欲杀之，白雀辄以报坚，坚设诸方待之，终莫能害。天刘翁遂下观之，坚盛设宾主。乃窃其车，驾白龙，振策登天。刘翁乘余龙追之，不及。（坚）既到玄宫，易百官，杜塞北门，封白雀为上卿侯。改白雀之胤，不产于下土。刘翁失治，

徘徊五岳作灾。坚患之，以刘翁为太山守，主生死之籍。

这条原见段成式《酉阳杂俎·诺皋记上》，实在就是唐代流传的一段民间神话，包含着深刻的叛逆思想，即《西游记》孙悟空大闹天宫时对佛祖所说的“常言道‘玉帝轮流做，明年到我家’”之意，不知怎样一来被收入到《列仙全传》中去了，可见某些仙话和民间神话往往并无差别。

《列仙全传》卷四还记了一段关于许逊斩蛟的仙话，其性质也是近于民间神话的。文较繁芜，节述其梗概如下——

许逊，号真君，姿容俊伟。闻西安吴猛，得丁义神方，乃往师之，尽受其秘。晋武帝太康元年，辟为旌阳县令。久之知晋室将乱，乃弃官东归。时海昏之上缭，有巨蛇为害，真君闻之，乃集弟子往诛之。弟子施岑、甘戟等引兵挥之，蛇腹裂。大蛇虽灭，蛟精未诛。老蛟化黄牛卧沙碛，真君剪纸化黑牛往斗之。蛟党尽化葫芦冬瓜，潜流出境。真君以剑授施岑，履水斩之，悉无噍类。真君曰：“此地蛟螭所穴，不有以镇之，后且复出为患。”乃役鬼神，于牙城南井，铸铁为柱，出井外数尺，下施八索，钩锁地脉。祝之曰：“铁柱若歪，其蛟再兴，吾当复出；铁柱若正，其妖永除。”由是水妖屏迹，城邑无虞。孝武宁康二年，真君白日拔宅昇天。

《太平广记》卷十四“许真君”条引“十二真君传”亦记许逊诛蜃事，内容大略与此相同，唯无铁柱镇蛟的叙写。宋刘斧《青锁高议》卷一也记有许真君斩蛟龙，亦无铁柱事。冯梦龙《警世通言》第四十卷“旌阳宫铁树镇妖”所记许逊故事，可能即本《列仙全传》。又唐段成式《酉阳杂俎·玉格》说——

晋许旌阳，吴猛弟子也。当时江东多蛇祸，猛将除之。选徒百余人，至高安，令具炭百余斤，乃度尺而断之，置诸坛上。一夕，悉化为玉女，惑其徒。至晓，吴猛悉命弟子，无不涅其衣者。唯许君独无。乃与许至辽江。及遇巨蛇，吴年衰不能制，许遂禹步敕剑，登其首斩之。

内容所叙很有意思，也算是许逊仙话的珍贵轶闻。《列仙全传》和《警世通言》均载此事，唯又将它移作许逊试验其弟子。可见有关许逊的这类仙话，也早已经故事化了，故其情节可以随需要而挪移替代。

明代以后的仙话，大量保存在各地地方志中，若是将它们全部搜集起来，那可真就要“汗牛充栋”了。估计繁琐猥芜、少有足观的居多。或者在某些有关地方风物的传说中，还能披沙拣金，得出一些材料，可以和神话等同看待，然而著者已无此时间精力及充分条件来做这种工作了，只好暂不讨论。

四、佛典中的神话

西汉末年，印度佛教由西域大月氏传入中国，这以后将近两千年中，它对中国思想学术文化，曾产生很大的影响。佛教经典中的一些神话人物，如观世音（观音）、善财、龙女、文殊、普贤、韦驮、四大天王、十八罗汉、夜叉、哪吒、龙王、弥勒佛、散花天女等，通过僧侣们对经典的讲述，和寺庙壁画雕塑的“现身说法”，一般群众早已对他们逐渐熟悉了。岂但熟悉，还根据这些人物的不同特点，创造了一些纯是中国风格的神话。这些神话，有的人物就是故事的主角，如哪吒闹海神话中的哪吒；有的虽暂居配角地位，却仍旧是很重要的角色，如二郎擒孽龙中的观音菩萨。不管是什么样的情况，它总使人直观地就能感到：这些神话人物虽然出自佛教典籍，但人物形象和故事本身却已经经过一番中国化，成为有中国特点的东西了。

以夜叉神话为例。夜叉是梵文Yaksa的音译，亦作“药叉”、“阅叉”、“夜乞叉”，意为“能啖鬼”、“捷疾鬼”；是印度神话中一种半神的小神灵。

佛教中作为北天王毗沙门的眷属，列为天龙八部之一。虽然有的文学作品将他写作恶魔，有的文学作品却并不这样看待。可是到了中国，夜叉却无一例外地恶魔化了。唐宋时代传述的一些夜叉故事，其形象都很凶恶。从下面一段，可略见一斑——

> 章仇兼琼镇蜀日，佛寺设大会，百戏在座。有十岁儿童舞于竿杪。忽有物状如雕鹗，掠之而去。群众大骇，因罢乐。后数日，其父母在高塔之上，梯而取之。则神如痴，久之方语。云："见如壁画飞天夜叉者，将入塔中，日饲果实饮馔之类，亦不知其所自。"旬日，方精神如初。（唐李绰《尚书故实》）

旧题为唐郑还古（？）撰写的《博异志》中，其"马侍中"条云："（马燧）见一物长丈余，乃夜叉也。赤发蝟奋，金牙锋铄，臂曲瘿木，甲挐兽爪，衣豹皮裤，携兵直入室来。吐火噀血，跳掷哮吼，铁石消铄。燧之惴栗，殆丧魄忘情矣。"则是关于夜叉狞猛形象的淋漓描写。《太平广记》专门辑有夜叉事凡二卷，十多条，大抵都是唐代以后流传于士大夫或民间的传说。不难看出，"夜叉"一名虽来自佛典，却已经完全成为中国神话的夜叉了。

类乎此者，还有龙女、观音等。唐代神话小说"柳毅"中的那个泾河牧羊的龙女，就是一个具有中国格调的神女，当在下面有关章节中再详述。上节所说"入龙宫为水仙"那个柳子华追随的龙女，虽然写得比较简略，但仍看得出来，是中国式的龙女。至于救苦救难的观音菩萨，在广大人民的心目中，也纯是一个中国式的慈惠女神，有关她的神话，多半和宗教黏附紧密，成为"灵验记"一类的宗教宣传，自然无足采取。下面一段白族古籍《白古通记》记载的神话故事，因关系到地方风物，宗教的意味较少，可以作为中国格调的观音神话的具体例子——

> 昔珥河之地，有罗刹一部出焉，啖人睛、人肉，号罗刹国。观音愍其受害，乃化为梵僧，牵一犬自西天来，历古宗、神川、义督、

宁北、蒙茨和，入灵应山德源城，主喜睑张敬家。敬，罗刹贵臣也，见梵僧仪容，深礼敬之，介以见罗刹王。王甚喜，乃具人睛、人肉供之。僧辞曰："不愿肉食，王诚眷礼，愿受隙地一庵居。"罗刹许之，且曰："广狭自裁。"僧云："止欲我袈裟一展、我犬二跃之地，足矣。"罗刹笑其少。僧云："王勿后悔，请立契券。"倾国观者百万人。既成契约，僧解袈裟一展，盖其国都；叫犬令跃，一跃尽其东西，再跃尽其南北。罗刹张皇失声曰："如今我无居地矣！"僧曰："不然，别有乐国胜汝国。"乃幻上阳溪石室，为金楼玉殿，以螺为人睛，饮食供张百具。罗刹喜，遂移居之。一入而石室遂闭，僧化为蜂由隙出。自此罗刹之患乃息。今此山及海东有犬跃之迹存焉。（王叔武《云南古佚书钞》辑）

明杨慎《南诏野史》下卷说："罗刹封石。点苍山五台峰上阳溪谷口，有方石如楼状，世传观音大士闭罗刹于此，又名戳魔石。"这是现存的地方风物，优美的神话和这类地方风物结合起来，就更显得栩栩如生了。正如四川灌县有王婆崖，传说二郎降孽龙的时候，观音大士曾化身为姓王的老妪，在这里卖面，将铁链化作面条，帮助二郎擒锁住了饥饿就餐的孽龙。

善财童子、散花天女及五百罗汉等在中国也都各有神话，因其偏于支离琐碎，就不再多说。

佛教典籍中的神话人物移到中国来，化为中国神话故事中的英雄，其最大成就，莫过于哪吒闹海神话中的哪吒。这段神话故事，首见于《三教搜神大全》卷七——

哪吒本是玉皇驾下大罗仙，身长六丈，首带金轮，三头九眼八臂，口吐青云，足踏盘石，手持法律，大噉（喊）一声，云降雨从，乾坤烁动。因世间多魔王，玉帝命降凡，以故托胎于托塔天王李靖母（妻）素知夫人。生下长子军（金）吒，次木吒，师（帅）三胎。哪吒生五日，化身浴于东海，足踏水晶殿，飞身直上宝塔宫。龙王以踏殿故，怒而索战。师（帅）时七日，即能战，杀九龙。老龙无奈何而哀帝，帅知之，截于天门之下而龙死焉。不意时上帝坛，手搭如来弓箭，射死石记娘娘之子，而石记兴兵。帅取父坛降魔杵，西战而戮之。父以石记为诸魔之领袖，怒其杀之，惹诸魔之兵也，帅遂割肉刻骨还父，而抱真灵求全于世尊之侧。世尊亦以其能降魔，故遂折荷菱为骨，藕为肉，系（丝）为胫，叶为衣而生之。授以密轮法旨，亲受“木长子”三字，遂能大能小，透河入海，移星转斗。玉帝封三十员第一总领使天帅之领袖，永镇天门也。

此书前面有叶德辉序，说此书虽是明代刻本，却是元版《搜神广记》的异名。那么这段神话的产生时期也算是由来已久了。《封神演义》第十二回至第十四回写哪吒大闹东海、莲花化身，是全书最精彩的部分，当便是本此敷衍而成。《西游记》第八十三回写道：“原来（李）天王生此子时，他左手掌上有一个‘哪’字，右手掌上有一个‘吒’字，故名哪吒。这太子三朝儿就下海净身闯祸，踏倒水晶宫，捉住蛟龙，要抽筋为绦子。天王知道，恐生后患，欲杀之。哪吒奋怒，将刀在手，割肉还母，剔骨还父。还了父精母血，一点灵魂，竟到西方极乐世界告佛。佛慧眼一看，知是哪吒之魂，即将碧藕为骨，荷叶为衣，念动起死回生真言，哪吒遂得了性命，运用神力，法降九十六洞妖魔，神通广大。”也可算哪吒神话的节述。

哪吒的本源出处，考察起来，不为不早。唐郑棨《开天传信记》说：“宣律……常夜后行道，临阶坠堕。忽觉有人捧其足，顾视之，乃少年也。宣遽问弟子：‘何人中夜在此？’少年曰：‘某非常人，即毗沙门天王之子那吒太子也。以护法之故，拥护和尚时已久矣。’”可见哪吒之名，唐时已从西方传来。至于哪吒的叛逆、反抗精神，实在不亚于孙悟空大闹天宫。孙悟空闹天宫反抗的是神权的统治，哪吒闹海反抗的却是封建家长的统治。哪吒“割肉还母、剔骨还父”就是这种不妥协的反抗精神的最深刻、最具体表现。他后来得到佛祖的救助，竟将“碧藕为骨、荷叶为衣”而再生了。像这样的神话虚构所造成的意境，给人的印象是非常深刻的。宋释普济撰写的禅门要典之一的《五灯会元》卷二说：“那吒太子，析肉还母，析骨还父，运大法力，为父母说法。”当便是这段神话渊源。元杂剧有吴昌龄《那吒太子眼睛记》，明有无名氏《猛烈那吒三变化》，俱演哪吒事，惜前者失传。元明小说戏文常以哪吒为题材，可见这个神话人物是相当深入人心而为群众所喜爱的。我们当然要把这类虽然来自佛典却早已中国化了的神话人物及故事，纳入神话的考察范围。

第七章

历史人物的神话

一、成汤、伊尹、傅说、姜太公

研究神话，有一个需要予以解决的问题，就是神话人物本身性质的问题。不能简单地判定，神话人物都是虚构的。不，问题不会这样简单。固然，大部分的神话人物，例如开天辟地的盘古、火神祝融，水神玄冥，木神句芒，金神蓐收，土神后土，幽都的守卫者土伯，河伯，雨师，风伯，四海海神，诸山山神，玄女，素女，瑶姬，精卫，刑天，共工，烛龙，相柳，钦䲹，贰负，窫窳，等等，一望而知确属虚构。这类神话人物，自然是最纯粹的，是百分之百的神话人物。可是论到其他一些神话人物，比如与盘古同属开辟神的女娲吧，问题就没有这么简单了。女娲蛇身人面，造人补天，论理应该算是虚构的人物，然而却不能说女娲这个人物是百分之百、千分之千的虚构。在女娲的身上，在百分千分之中，似乎总还有那么一二分残留着——或者不如说是闪动着——远年历史上“大祖母”的影子吧。女娲当然并不代表具体的某一祖母，然而却能够代表某一段历史时期的祖母之群。近十多年来我是逐渐比较相信“史影”之说了，我认为大部分神话并不都是凭空虚构的，从神话的五光十色的三棱镜中，总会或多或少曲折地反映出一些历史的面影来。神话人物是否纯属虚构，就当以此为检验的标准。女娲身上虚构的成分固然极多，但在百分千分中，总还能见到有一二分史影。至于西王母，她身上的史影可能就更多些。“蓬发戴胜、豹尾虎齿”，可能就是远古时代某偏远地区的一个部落酋长幻想折射的写像，后来演化为雍穆的人王，当然是顺理成章的事。论到黄帝、尧、舜、禹等神话人物，他们身上的历史面影就更为浓厚。黄帝在神话中虽然一方面表现为具有上帝身份的至高无上的天神，另一方面从他和炎帝以及蚩尤的战争情况来看，又隐隐显示了在原始社会后期作为部落联盟大酋长的身份。神话中的尧、舜、禹，除禹的天神性较重而外，尧和舜都已经由神性渐趋向于人性了。因而要把这些神话人物看作纯属虚构，是很难作出这么勇敢的判断的。只能这么说，他们有可能是虚构的，但也有可能是原始氏族社会时期的著名领袖，确实替人民做了不少好事，受到人民的尊崇敬爱，因而在传说中将他们神话化了。

还有一种是历史上确有其人，由于他们所做的事业得到人民的拥护，人民在他们自己的口头文学——民间传说中，给这些人附会上了不少神话的因素，使他们一方面既作为历史人物，另一方面也并不妨碍以神话传说人物的身份出现在神话传说中。高尔基说："古代'著名的'人物，乃是制造神的原料。"（《苏联的文学》）不错，这是完全有可能的，像伊尹、傅说、成汤、姜太公、李冰等，这些都是确凿有据的历史人物，然而也都几乎成了半神的人物。以这些历史人物为题材而创作的神话（自然先是口头创作，然后才记录为书面文字），哪怕是零星片断，我们也该予以承认，纳入神话考察的范围。

有文字记载的历史时期，在中国，大约应从殷代开始。殷代开国的第一个帝王是成汤，辅佐成汤的第一个贤臣是伊尹，他们是历史人物，同时也是神话人物。成汤的神话故事，《山海经》里已有记叙，我们在第二章第一节里已经提到过了：那个斩断夏桀臣子夏耕头颅使他无首而逃避罪咎的，正是神性英雄成汤。在《墨子·非攻下》里，记叙了火神祝融帮助成汤诛灭夏桀；《吕氏春秋》、《淮南子》等书里，记叙了成汤祷雨，自焚祭天，"火将然，即降大雨"的神异：凡此种种，都使成汤从历史人物走向神话人物，使他兼具了历史人物与神话人物的双重身份。

伊尹的神话故事，主要表现在他诞生的非同寻常中——

有侁氏女子采桑，得婴儿于空桑之中，献之其君，其君令烰人

> 养之。察其所以然，曰：其母居伊水之上，孕，梦有神告之曰："臼出水而东走，毋顾。"明日，视臼出水，告其邻，东走十里，而顾其邑，尽为水，身因化为空桑。故命之曰伊尹。(《吕氏春秋·本味篇》)

这是一个感生型与"陷湖"型相结合的神话传说，它黏附在伊尹的身上，就使伊尹从一个历史人物而具有了神话人物的色彩。《楚辞·天问》说："成汤东巡，有莘爰极，何乞彼小臣，而吉妃是得？水滨之木，得此小子，夫何恶之，媵有莘之妇？"有莘就是有侁，也就是这个空桑中的婴儿伊尹降生之国。成汤到东方巡游，于此国发现伊尹，知道他有贤才，于是求婚于有莘之君，有莘之君遂嫁女于汤，以伊尹为媵臣。《天问》讲的就是这件明主求贤臣、贤臣得明君的古老的以不同形式再三出现的传说故事。后来《帝王世纪》的作者晋代皇甫谧编写这个故事的时候，又加上了成汤"梦见有人负鼎抗俎对己而笑"、后来果然得到善于烹调的伊尹这样的情节，伊尹身上神话的色彩就更浓厚了。至于说"伊尹死，大雾三日"[①]，则略涉迷信，未足采取。

殷代中叶，和伊尹遇成汤的传说相似，又有傅说遇武丁的传说——

> 武丁夜梦得圣人，名曰说，以梦所见，视群臣百吏，皆非也。于是乃使百工营求之野，得说于傅险中。是时说为胥靡，筑于傅险，见于武丁。武丁曰："是也。"得而与之语，果圣人，举以为相，殷国大治。(《史记·殷本纪》)

故事原见《尚书·说命》,《史记》的文字比较简单明了，就暂用《史记》。但《尚书》还记有武丁即位，三年不言的事。起初群臣以为他居丧尽礼，可是满了三年，还是不言。群臣叩询其由，他才"作书以告"，说明他所不言，是欲得贤人为辅，现在正梦见了一个贤人。于是群臣根据武丁所绘的形象，四处寻求，最后才在傅岩地方得到一个叫做说（音悦）

---

① 《汉学堂丛书》辑张霸《尚书·百两篇》。

的人，和图像相似。武丁一见，果是梦中贤人，这才“举以为相，殷国大治”。因系得诸傅岩，所以称他为傅说。《史记》说的“傅险”，就是“傅岩”；说的“胥靡”，就是系缚起来的奴隶。武丁早知其贤，要擢用这个奴隶，怕国人不服，故托为梦境，弄了这番玄虚。这段传说的中心内容大概就是这样，已经带有一些神话色彩了，而古书记叙傅说死后的情景，那神话的色彩就更是浓厚。《庄子·大宗师》说——

傅说得之，以相武丁，奄有天下，乘东维，骑箕、尾，而比于列星。

陆德明《音义》引崔譔说：“傅说死，其精神乘东维，托龙尾……今尾上有傅说星。”龙尾，就是尾星；那么是说傅说死后，在东方的天边，在箕星和尾星之间，化为一颗小小的傅说星了。人化星的神话，我国是不多的。前有高辛氏的两个儿子阏伯、实沉，因兄弟阋墙，被化为参、商二星，东出西没，永不相见（见第四章第三节）；后有这里所说的傅说，却是因为贤能，死后精神不泯，化为星宿。陆德明《音义》还说：“崔本此下更有‘其生无父母，死，登假三年而形遁……’凡二十二字。”“死”字与“登假”意同，恐是衍文。两句话大意是说，傅说是遗腹子，是母亲死于产育的可怜的孤儿，死后三年就消遁了他的形骸，化身为天上的星宿。《楚辞·远游》说：“奇傅说之托辰星兮，羡韩众之得一。”辰星，就是房星，也是属于二十八宿中东方的星宿，和箕星、尾星相近。傅说化星神话，已略带仙话意味，所以《远游》以此比于赤松子、韩众等仙人的行迹：于此也可见仙话和神话差异并不是大不可越。

姜太公和李冰的神话，在第五章第四、五节中已略有论述，这里便不赘述。只是姜太公神话，后来又略有发展，还得稍说几句。《搜神记》卷四说——

文王以太公望为灌坛令。期年，风不鸣条。文王梦一妇人，甚丽，当道而哭。问其故，曰：“吾泰山之女，嫁为东海妇，欲归，今为灌坛令当道有德，废我行。我行必有大风疾雨。大风疾雨，是毁其德也。”文王觉，召太公问之。是日，果有疾雨暴风，从太公邑外而过。文王乃拜太公为大司马。

这段记叙也见于《博物志·异闻》而文较简。仅仅因为姜太公的“有德”，连山神的女儿也得回避而不敢触犯他。究其实际，“有德”恐怕只不过是他一个次要的方面，更重要的是他原本是具有神性的人物。故《六韬》、《金匮》等书既记述他有画丁侯图形射之使病，又有拔之使愈的本领；又记述他当七神雪天远来助周灭殷时，有设计探知其名使诸神惊叹拱服的智谋。“姜太公在此，百无禁忌”，这句民间流传的俗语，说明了作为历史人物而兼神话人物的他的特殊身份，泰山神女要回避他，自然是无足为奇了。

二、周穆王、徐偃王、伍子胥

周代开国国君周武王身上的神话因素不多，可是到了他的玄孙周穆王，却又骤然一跃而起，成为一个著名的神话英雄人物。周穆王好漫游，于是就有传说说，他是那个好漫游的丹朱神托梦给他的母亲生出的儿子（《国语·周语上》）；又说他养了一只猛狗，浑身白毛，名叫耗（《博物志·物名考》），能够一天奔跑千里路程，连老虎、豹子都能被它吞吃掉（《述异记》上）；他还有吹笛止雨的本领（同前书）；当他带领大军去征伐徐国的时候，到了东方的九江，没有渡船，他竟能呼喝大团鱼、大鳄鱼来作桥梁将人马渡过去（《古本竹书纪年辑校订补》）：穆王的神性，从以上神话传说的片断中，可见一斑。

周穆王西游见西王母的神话，我们在第四章已经大略说过，就不再多说。在穆王西游前后，《列子·周穆王篇》和《汤问篇》又分别记叙了化人施用幻术导周穆王神游和偃师制作机械人向周穆王献技等神话。《列子》是晚出的伪书，所记有的有古神话传说作凭依，有的也不可尽信。

例如上述两种，就当分别对待。化人故事中所写化人那种能“入水火、贯金石、反山川、移城邑”、神变无方的幻化手段，便实在并非中国古代所经见，多半是受了佛经故事的影响而造作出来的。至于偃师故事，有古神话传说凭依的成分，就要大些。因为传说中的巧倕、公输般即鲁班、墨翟等，都是中国的能工巧匠，能用他们的聪明智慧制造各种灵巧的机械，乃致到了“巧夺天工”的惊人程度。偃师故事就是这些能工巧匠精神的再现——

> 周穆王西巡狩，越昆仑，下至弇山，反还，未及中国，道有献工人名偃师，穆王荐之。问曰：“若有何能？”偃师曰：“臣惟命所试；然臣已有所造，愿王先观之。”穆王曰：“日以俱来，吾与汝俱观之。”翌日，偃师谒见王，王荐之，曰：“若与偕来者何人邪？”曰：“臣之所造能倡者。”穆王惊视之，趣步俯仰，信人也。巧夫，钡其颐则歌合律，捧其手则舞应节，千变万化，惟意所适。王以为实人也，与盛姬内御并观之。伎将终，倡者瞬其目而招王之左右侍妾，王大怒，立欲诛偃师。偃师大慑，立剖散倡者以示王，皆傅会革、木、胶、漆、黑、白、丹、青之所为。王料之：内则肝、胆、心、肺、脾、胃、肠，外则筋骨、支节、皮毛、齿发，皆假物也，而无不毕具者，合会复如初见。王试废其心，则口不能言；废其肝，则目不能视；废其肾，则足不能步。穆王始悦而叹曰：“人之巧乃可与造化者同功乎！”诏贰车载之以归。（《列子·汤问篇》）

偃师未必实有其人，而周穆王却是确有其人的，于是偃师献技的这段神话就附会到周穆王身上，成了周穆王神话的一部分。这确实是一段完整的优美神话，可以作为没有神而有神话的典型。有些人所说的“科学神话”，这一段实可当之；不意在一千几百年前的中国，就已经启其端倪了。《列子》所载的科学神话，还不止这一段，它如同篇所记的扁鹊易心术，《周穆王篇》所记的周尹氏与役夫之梦，内容和格调都与此相近，也可以称之为科学神话。自然，上面所举，是最典型的例子。

传说和周穆王同时的徐偃王（据有些学者从历史角度考证，二人实在并不同时）也有神话。《博物志·异闻》引《徐偃王志》说——

> 徐君宫人娠而生卵，以为不祥，弃之水滨。独孤母有犬名鹄苍，猎于水滨，得所弃卵，衔以东归。独孤母以为异，覆暖之，遂𦉢成儿。生时正偃，故以为名。徐君宫中闻之，乃更录取。长而仁智，袭君徐国。后鹄苍临死，生角而九尾，实黄龙也。偃王又葬之徐界中，今见存。偃王既袭其国，仁义著闻。欲舟行上国，乃通沟陈、蔡之间，得朱弓矢。以已得天瑞，遂因名为弓（号），自称徐偃王。江、淮诸侯皆伏从，伏从者三十六国。周王闻，遣使乘驷，一日至楚，使伐之。偃王仁，不忍斗害其民，逃走彭城武原县东山下，百姓随之者以万数。后遂名其山为徐山。山上立石室，有神灵，民人祈祷，今皆见存。

我过去引用这段材料时，有意删去了"后鹄苍临死……"以下几句话，以为涉及封建迷信。现在觉得它可能关系到古代民间风俗信仰，还是谨慎一点，全文录出。从这段记事，可以见到，徐偃王的一生——从生到死，都充满着神话色彩，短短的几百字中，雄辩地说明了历史人物并不妨碍他同时兼做神话人物。

作为徐偃王神话补充的，还有《荀子·非相篇》所记的"徐偃王之状，目可瞻焉"。梁启雄《荀子柬释》说，焉是颜的借字，颜，额也；徐偃王的眼睛能自顾其额，当然算是异相。《尸子》（辑本）卷下说："徐偃王有筋而无骨。"也是异相。同书卷下又说："徐偃王好怪，没深水而得怪鱼，入深山而得怪兽者，多列于庭。"则是这个怪人的怪习。从二书所记徐偃王事迹的零片，可见从战国末年起已有关于他的神话流传了。《博物志》所引《徐偃王志》的记叙，可信并非向壁虚造，而是有古代民间传说作为凭依的。单从徐偃王是卵生这一点就可以证明。徐本嬴姓，是中国古代东夷民族的一个分支。在古代中国东方民族中普遍流传的，是关于鸟和卵生人的神话，故《左传·昭公十七年》记叙有少昊氏"以鸟名官"的神话，《诗经·玄鸟》记叙有"天命玄鸟、降而生商"的神话，《史记·秦本纪》也记叙有“女修织、玄鸟陨卵、女修吞之”、生子后遂为“秦之先”的神话，《论衡·吉验篇》、《后汉书·扶余传》等也都记叙有夫余王东明卵生的神话，等等。这里徐偃王神话也说他是由于神犬衔徐君宫人所弃卵回家，遂覆暖成儿，足见确实是有古神话传说作凭依的。

周穆王和徐偃王之后，还有些历史人物如褒姒、苌弘等，也有着一些近乎神话的记载，但是繁冗琐碎，兼涉迷信诞妄，剖析述之太费篇幅，只好略过不提。

紧接着是春秋末期，战国初年的所谓“吴越春秋”时代。这时代有一个著名的历史人物伍子胥，他身上也有相当的神话因素。他的神话因素是逐渐浓厚起来的。伍子胥自杀将死时，《国语·吴语》是这样记叙的：“（胥）曰：‘以悬吾目于东门，以见越之入、吴之亡也。’王愠曰：‘孤不使大夫得有见也。’乃取申胥之尸，盛以鸱鹈（草囊），而投之于江。”《史记·伍子胥列传》本之，没有多大变动。二书大约都是照史实记叙，看不出什么神话意味。可是到了《吴越春秋》，将伍子胥作了小说的叙写后，伍子胥就成了神话人物了。当然这个神话人物的塑造，可能还是有民间传说作凭依的。《史记》已透露出一点消息来：“吴人怜之，为立祠于江上，因名曰胥山。”原来是人民对忠而被害的英雄的同情。所以《吴越春秋·夫差内传》便顺随着民间的愿望，一面仍将伍子胥的尸身，“盛以鸱鹈之器，投之于江中”；一面却教吴王“断其头，置高楼上，谓之曰：‘日月炙汝肉，飘风飘汝眼，炎光烧汝骨，鱼鳖食汝肉，汝骨变形灰，又何所见？’”然而神异变怪的事终于发生了。同书《勾践伐吴外传》说：“越兵追奔，攻吴兵，入于江阳、松陵。欲入胥门，未至六七里，望吴南城，见伍子胥头，巨若车轮，目若耀电，须发四张，射于十里。越军大惧，留兵假道。即日夜半，暴风疾雨，雷奔电激，飞石扬沙，疾如弓弩。越军败坏，松陵退却，兵士僵毙，人众分解，莫能救止。”后来是范蠡、文种“拜谢子胥，愿乞假道”，这才得到伍子胥托梦允许，让越兵入了吴都。

同篇记叙文种在越国也遭遇到和伍子胥相同的不幸结局，已故多年的伍子胥对于这个敌国的神交朋友所表现的更为神奇：“越王葬种于国之西山……葬一年，伍子胥从海上穿山胁而持种去，与之俱浮于海。故前潮水潘侯者，伍子胥也；后重水者，大夫种也。”两个人都做了潮水之神。

唐末杜光庭《录异记》卷七把作为潮神的伍子胥的形象描摹得更是具体、生动——

> 伍子胥屡谏吴王，忤旨，赐属镂剑而死。临终，戒其子曰：“悬吾首于西门，以观越兵之来伐吴；以鮧鱼皮裹吾尸，投于江中，吾当朝暮乘潮，以观吴之败。”自是海门山，潮头汹涌高数百尺，越钱塘，追鱼浦，方渐低小。到暮再来，其声震怒，雷奔电激，闻百余里。时有见子胥乘素车白马，在潮头之中。

《锦绣万花谷》卷五说：“子胥乘素车为潮神。”《月令广义·岁令一》说：“潮神即伍子胥。”宋明以来民间相传，便把伍子胥像这样当做潮神了。

三、孔子及其门徒

和伍子胥同时而稍后的我国历史上最著名的人物，是孔子。孔子生年卒年，平生事迹，班班可考，是一个记载最翔实的历史人物。《论语》又曾经说他：“不语怪、力、乱、神。”像这样一个专以研究政治、伦理、道德为务的极平实的学者、教育家和思想家，照一般的情况而论，应该和神话很少关联了。是的，传说孔子还极力否定过神话。像“黄帝四面”（《尸子》）、“夔一足”（《韩非子》）之类的神话传说，孔子都一概不予相信，而巧妙地用历史的现象去解释它。孔门弟子一个个也都脚踏实地地研究学问，从不发表略带幻想玄虚的言论。如果将孔子和他的门徒，和“神话人物”这样的语词联系起来，一定有人会感到吃惊，而且会觉得是对圣贤的亵渎。

然而事物却往往依从辩证法的规律，向着自己相反的方向发展。孔子和他的几个著名弟子，在民间传说中，都渐渐被附会上了许多神话传说的因素，使他们不自觉地从历史人物走向了神话人物，最后是兼二者于一身。

拿孔子来说吧，《论语》说他“不语怪”，民间传说里他却大量地“语”了“怪”，我们在第四章第四节里已略有论述了。现在只说孔子本人身上的神话因素。《史记·孔子世家》说：“颜氏女祷于尼丘，得孔子，生而首上圩顶。”“圩顶”，就是四旁高而中间凹，是个凹脑袋，相貌就很奇特。《法苑珠林》卷八引《春秋演孔图》说：“孔子长十尺。”《太平御览》卷六九引《论语隐义注》说：“孔子屐长一尺四寸，与凡人异。”《吕氏春秋·慎大篇》说：“孔子之劲，举国门之关。”《淮南子·主术篇》说：“孔子足蹑郊菟。”菟是虎的意思，楚人方言，谓虎为菟；孔子一脚可以踢翻山野的老虎。以上传说，都把孔子描绘为雄赳赳的武夫，一点儿也不像文质彬彬的学者。《琴操·孔子厄》写孔子被匡人所围，“数日不解，弟子皆有饥色……孔子乃引琴而歌，音曲甚哀。有暴风击拒，军士僵仆，于是匡人乃知孔子圣人，瓦解而去。”孔子的琴音，竟能呼来暴风，驭散匡兵，似乎比诸葛亮“借东风”还要神效，岂不是把孔子当做一个具有神性的人物了吗？孔子似乎确实有些不同寻常，从下面一个故事中更充分地表现出来——

> 孔子厄于陈，弦歌于馆中。夜有一人，长九尺余，著皂衣高冠，大吒，声动左右。子贡进，问：“何人耶？”便提子贡而挟之。子路引出，与战于庭。有顷，未胜。孔子察之，见其甲车间时时开如掌。孔子曰：“何不探其甲车，引而奋登？”子路引之，没手扑于地，乃是大鳀鱼也，长九尺余。孔子曰：“此物也，何为来哉？吾闻物老则群精依之，因衰而至。此其来也，岂以吾遇厄绝粮，从者病乎？夫六畜之物……老则为怪，杀之则已，夫何患焉。……”弦歌不辍。子路烹之，其味滋，病者兴。明日，遂行。（《搜神记》卷十九）

孔子能见怪不怪，指挥门徒和妖物作战，毙而食之，解了陈蔡之围，确实有超人的胆识。然而此非历史故事，乃是神话幻想，孔子和子路在这个幻想故事中一同染上了若干神话的色彩。

最使孔子具有神话色彩，成为神话人物的，是下面一个故事——

> 昔鲁人有浮海而失津者，至于亶洲，见仲尼及七十子游于海中。与鲁人一木杖，令闭目乘之，使归告鲁侯，筑城以备寇。鲁人出海，投杖水中，乃龙也。具以状告，鲁侯不信；俄而有群燕数万，衔土培城，鲁侯乃大城曲阜。讫，而齐冠至，攻鲁，不克而还。[《太平御览》卷九二二引崔鸿《(十六国春秋)北凉录》]

这是孔子死后多年的事了，忽然被鲁人发现他竟安然无恙，和七十门弟子俱游于海上的亶洲，而且由于爱国心的激发，还授与鲁人一条龙杖，叫他乘了回去告知鲁侯，筑城备寇，后来事情发展经过竟悉如预料：这里的孔子及其门人岂不都成了神人或仙人了吗？

是的，不仅孔子身上神话的因素浓厚，就是孔门的几个著名弟子，像颜渊、子路、澹台子羽、公冶长等，都各有不同程度的神话因素。

比如孔子最称赞的“贫而好学”、“不幸早死”的颜渊，在民间传说中，他居然还是一个无畏的勇士——

> 颜渊、子路共坐于门，有鬼魅求见孔子，其目若日，其形甚伟。子路失魄口禁。颜渊乃纳屐拔剑而前，卷扯其腰，于是化为蛇，遂斩之。孔子出观，叹曰：“勇者不惧，知者不惑，仁者有勇，勇者不必有仁。”(《古小说钩沉》辑《小说》)

与“鬼魅”战斗，自然也是神话幻想，颜渊和孔子在故事中都充当了神话人物。论到颜渊的不幸早死，也有一段近乎神话的传说作为他早死缘由的说明。《太平御览》卷八九七引《论衡》说：“儒书称孔子与颜渊俱登鲁东山，望吴阊门，谓曰：‘尔何见？’曰：‘见一匹练，前有生兰。’孔子曰：‘噫，此白马芦刍。’使人视之，果然。”今本《论衡·书虚篇》无“白马芦刍”语，后面却有“孔子抚其目而正之，因与俱下。下而颜渊发白齿落，遂以病死”几句话，把前后两段结合起来看，孔子和颜渊在泰山上比赛眼力，颜渊“精华竭尽，故早夭死”（《论衡》语》的情况就大略可知了。孔子能准确地从千里之外看见吴阊门的“白马芦茎”，颜渊视力不及孔子，只能仿佛“见一匹练，前有生兰”。假如这是事实，定然会成为海外奇谈，谁也不能相信。不过这只是有趣的神话传说罢了。对于这种附会在实有人物身上的神话行事，我们只能按照毛泽东同志在《矛盾论》中提出的“幻想的同一性”去认识它，欣然予以承认，而不必像东汉学者王充那样竭尽力气去剖辨其是非有无。

子路在孔门弟子当中自然也是神话因素浓厚的，前面提到的在陈蔡之厄中杀死妖物大鳀（鲢）鱼就是一个例证。《群书拾补》辑《风俗通逸文》说：“子路感雷精而生，尚刚好勇。”连出生也是这么不平凡。《指海》本《博物志》卷八说：“子路与子贡过郑神社，社树有鸟，子路捕鸟，社神牵挛子路，子贡说之，乃止。”莽闯的子路竟冒犯了社树的神鸟而受到惩罚，也算是子路身上的一种神话因素。

孔门弟子中，连那个并不太知名的公良孺，也表现出了一点神话色彩来。《瑯嬛记》卷上说：“公良孺多力，仲尼为桓魋伐其所庇大木，仲尼将行，公良孺拔其根，立木而去。明日魋视，木更生，根活矣。”神话色彩就在于伐断的树，立之而“木更生、根活矣”上。也许是在歌颂“桓魋其如予何”（《论语·述而》）的圣人孔子，但公良孺毕竟还是因此成了具有神话色彩的人物。

澹台子羽入水斗蛟的故事，神话色彩就更是浓厚了。《博物志·异闻》说——

> 澹台子羽渡河，赍千金之璧于河。河伯欲之，至阳侯波起，两蛟夹船。子羽左掺璧，右操剑，击蛟皆死。既渡，三投璧于河，河伯跃而归之，子羽毁而去。

写得真是凛凛有生气。澹台子羽的义勇，连水神河伯都被慑服住了。只此一段叙写，就足以使他成为一个让人印象深刻的神话人物。与此故事相类的，还有次非斩蛟故事，也是“两蛟夹绕其船”，不过前者是河伯求璧，后者是水神索取宝剑。此事《吕氏春秋》和《淮南子》并载之，恐怕便是澹台子羽故事的分化。

孔子的门弟子中，神话因素最浓厚的人物，恐怕莫过于公冶长了。公冶长能“识鸟音”，懂得鸟雀们的语言，和神话传说中的伯益“知禽兽”、“综声于鸟语”的情况相同，而公冶长却是实实在在的历史人物。这就充分说明：历史人物并不妨碍同时兼作神话传说人物。公冶长神话最早见诸记载的是皇侃《论语义疏》引《论释》——

> 公冶长自卫返鲁，行至二堺上，闻鸟相呼：“往清溪食死人肉。”须臾见一老妪当道而哭。冶长问之，妪曰：“儿前日出行，于今不反，当是死亡，不知所在。”冶长曰：“向闻鸟雀相呼，往清溪食肉，恐是妪儿也。”妪往看，即得其儿也，已死。妪即告村司。村司问妪：“从何得知之？”妪曰：“见冶长道如此。”村官曰：“冶长不杀人，缘何知之？”因录冶长付狱。主问冶长何以杀人，冶长曰：“解鸟语，不杀人也。”主曰：“当试之。若必解鸟语，便相放也；若不解，当令偿死。”驻冶长在狱中六十日。卒日，有雀于缘狱栅上，相呼啧啧唶唶，冶长含笑。吏启主：“冶长笑雀语，似是解鸟语。”主果问冶长：“雀何所道而笑之？”冶长曰：“雀鸣啧啧唶唶，白莲水边，有车翻复黍粟；牡牛折角，收敛不尽，相呼往啄。”狱主未信，遣人往看，果如其言，于是得放。

公冶长识鸟音的故事，流传到了后来，又演变为大同小异的各种故事，其中一个，还和爱国主义精神挂起钩来，使故事内容更显得生气蓬勃。明代田艺衡的《留青日札》卷三一说，公冶长贫穷赋闲在家，有雀来告诉他说，南山有只老虎扔弃的死羊，叫他快去取来分而享之。公冶长如雀所言去取得了那只羊，自己吃了肉，将羊肠给雀吃了。后来羊主寻亡羊，踪迹到公冶长家，看见壁上挂的羊角，以为是他偷的。告到官，于是公冶长被关进了监狱。虽有孔子去向鲁君伸诉他的冤屈，只因嫌疑重大，还是未能释放。后来有一天——

> ……子长在狱舍，雀复鸣其上，呼之曰："公冶长，公冶长，齐人出师侵我疆；沂水上，峄山旁，当亟御之勿彷徨。"子长介狱吏，白之鲁君，鲁君亦勿信也。姑如其言，往迹之，则齐师果将及也。急发兵应敌，遂获大胜。因释冶长，厚赐之。

《论语·公冶长》说："子谓公冶长，可妻也，虽在缧绁之中，非其罪也，以其子妻之。"这几句话写的是历史上的公冶长。《史记·仲尼弟子列传》说他是齐人，《孔子家语》说他是鲁人，他和孔子的关系，是师生而兼岳婿，他曾身陷缧绁，然而孔子说他"非其罪"。朱熹《论语集注》说："长之为人无所考。"可考者只是上面的一点而已。然而他的传说却是很丰富的，解鸟语的故事，直到近代民间，还流传未绝，乃至于流传到了少数民族（如布依族）中。有些同志一定要拘于神话非有原始性不可，可是到了公冶长他们又看不见了，公冶长解鸟语，物我相通，原始性很浓，他们却说这只是民间传说或民间故事，不是神话。是的，公冶长时代的社会背景变了，不是原始时代的社会背景而是封建时代的社会背景了，但原始性还是共通的，怎么能说"伯益知禽兽"（《汉书·地理志》）算是神话，公冶长解鸟语就不算神话了呢？这在逻辑上是说不过去的。其实，只要认识到任何事物都在不断地发展演变，则神话的流传发展演变也就可以类推而知了。神话不是僵固的、一成不变的东西，它会随着历史的长河而发生变化，不同历史时期有不同历史时期的神话。说它具有原始性也好，说它只是原始性的残余也好，凡是具有包括原始性在内的神话的某些要素的，它就是神话。其实连原始性也不必拘泥，如果承认文明社会也能产生神话（大量的事实会使你不得不承认），则产生于文明社会的神话自然含原始性较少，甚至不含原始性，那又有什么奇怪呢？

四、秦始皇与徐福

最后我们要论述的一个历史人物而兼神话人物的，便是秦始皇。秦始皇的情况是极为复杂的。一方面，他结束了战祸频仍、群雄兼并的战国时代，使中国走向大一统，这种局面一直被历代统治者维持了两千多年，直到如今。偶尔也出现分裂的局面，但为时不久，又归于统一，统一的局面毕竟占绝对优势。这是人心所向、大势所趋的局面。这种局面的造成，秦始皇有首创之功，这就是他为我们所作的最大贡献，对于我们这个幅员辽阔、民族众多的国家的事业来说，当然是最有利的。所以他席卷六合的雄强英姿，在历代人民的幻想中，竟使他成了半神性的英雄。而他的大兴土木、修造宫殿陵寝，筑万里长城，遣徐福入海求仙，焚书坑儒等举动，又充分暴露了他的贪婪、自私、残酷、愚妄。当时他就使人民受到很大的伤害，他所统治的国家也在他死后不久，在揭竿而起的被压迫群众的呼啸声中遭到了覆亡，而他也成了几乎和桀、纣一样的暴君的典型。秦始皇就是这样一个兼有二重性的复杂人物：神性英雄和暴君同具一身，暴君的身影经常投射在神性英雄的身上。

传说中的“赶山鞭”是使他成为神性英雄的一件最具体的宝物，然而这件宝物是直到近代才由民间口头将它完成的。传说秦始皇修万里长城，有一条赶山神鞭，能将天下石头都驱赶到长城下面，以供筑城之用。赶山鞭的影子虽然可以远溯到魏晋六朝时代无名氏的《三齐略记》，但直到五代范资的《玉堂闲话》里，才开始有了和赶山鞭近似的“驱山铎”这一名称。说宜春钟山有渔人垂钓，得一金锁链，引之数百尺，获一如铎形的钟。正想举起它，忽有声如霹雳，天骤转暗，山川震动，钟山一面摧崩五百多丈，渔人登时沉舟落山。后有知其事的人说，这就是秦始皇驱山铎造成的影响。董若雨《西游补》第五回也提到驱山铎，不过是把它拿来作为文章谐噱的点缀，以后就似乎未再有人提起了。而它的溯源，乃在于千数百年前传述的这样一个神话故事——

始皇作石桥，欲过海观日出处。于时有神人，能驱石下海。城阳一山，石尽起立，嶷嶷东倾，状似相随而行。云石去不速，神人辄鞭之，皆流血，石莫不悉赤，至今犹尔。(《太平御览》卷八八二引《三齐略记》)

神人以鞭驱石下海，是为了给秦始皇造石桥，供他“过海观日”。以鞭驱石的神人，并非秦始皇，后来为什么又和秦始皇联系起来了呢？原来当时又另有一种说法，说“秦始皇作石桥欲渡海观日出处；旧说始皇以术召石，石自行”(同上书卷九一三引《齐地记》)。既然秦始皇自己也有“术”能“召石”、令“石自行”，那么将神人的鞭子移到秦始皇的手中又有何不可呢？这就是传说秦始皇有赶山鞭的来由。至于拿了这鞭子作何用途，那就任随他的心意了。作石桥是一说，修长城又是一说，还有说是驱山填海的。驱山填海说近代民间传说中仍有之；古代则有宋欧阳忞《舆地广记》卷九说：“秦望山……秦始皇驱之以塞东海。”又有明黄宗羲《四明山志》卷五引《丹山图志》说：“秦皇神将有王鄞，驱山塞海溺其身；葬于水底不填筑，号作鄞江今见存。”只是把他本人的神力又移之于他的“神将”王鄞身上罢了。

与鞭石神话紧密相连，又有海神竖柱神话，都是关于秦始皇造石桥的——

秦皇于海中作石桥，或云，非人工所建，海神为之竖柱。始皇感其惠，乃敬通于神，求与相见。神云：“我形丑，约莫图我形，当与帝会。”始皇乃从石桥入海三十里，与神人相见。左右巧者潜以足画神形。神怒曰：“速去！”即转马，前脚犹立，后脚随崩，仅得登岸。(《古小说钩沉》辑《小说》)

这里神性英雄的身上就投下了暴君的影子。然而这段记叙谁能否定它不是神话——不是神和人同台演出的惊险雄奇的富有戏剧性的神话呢？和这类似的，还有汉代末年人所作的《辛氏三秦记》的一段记载——

> 始皇时作阁道至骊山八十里，人行桥上，车行桥下，金柱见存。西有温水。俗云，始皇与神女戏，不以礼，女唾之则生疮。始皇怖谢，神女为出温泉洗除，后人因洗浴。（《太平御览》卷七一引）

海神为始皇竖柱和神女唾始皇面生疮的事，大约都是属于地方风物神话而附会到秦始皇身上的。秦始皇雄才大略，又迷信神仙，为了巡狩和求仙，他的游踪广远，履迹所及——乃至未及之地，都常有神话传说伴随，表示后人对他的崇仰。如《水经注·河水》说："（齐）鬲城东南有蒲台，秦始皇东游海上，于台下蟠蒲系马。至今每岁蒲生，萦委有若系状。"《酉阳杂俎·物异》说："莱子国海上有石人，长一丈五尺，大十围。昔秦始皇遣此石人追劳山不得，遂立于此。"《太平寰宇记》卷二二说："孔望山，在（朐山）县南一百六十里。山前石上有二盆。故老传云，秦始皇洗头盆，盆边发隐隐，并山上马迹犹存。"《汉唐地理书钞》辑《吴地记》说："秦始皇东巡，至虎丘，求吴王宝剑。其虎当坟而踞，始皇以剑击之，不中，悮（误）中于石。其虎西走二十五里，忽失。剑无复获，乃陷成池，古号剑池。"等等。在这些神话传说里，作为神性英雄的秦始皇的神性鲜明可见：蟠蒲系马而蒲萦委若系，石盆洗发而盆边隐隐见发，遣石人追劳山不得而遗下石人，剑击丘上虎未中而成剑池……还有什么能说明这个举世闻名的历史人物不同时又是神话人物呢？

反映秦始皇时代面貌的神话，不管是属于他本人的，还是属于同时代其他人物的，真是所在多有，如果把它们通通搜集起来，不难成为一本不算单薄的册子。这可算是比较奇特的现象，为其他时代所无。秦始皇求神仙，又牵涉一些仙话，这些仙话，也应该放到神话的范围内予以考察。那时最著名的两段仙话是关于安期生和王次仲两个传说人物的——

> 安期先生者，琅琊阜乡人也，卖药于东海边，时人皆言千岁翁。秦始皇东游，请见，与语三日三夜，赐金璧度数千万，皆置去。留书以赤玉舄一量为报，曰："后数年，候我于蓬莱山。"（《列仙传》卷上）

> 大翮山、小翮山在妫州。昔有王次仲，年少入学而家远，常先到。其师怪之，谓其不归，使人候之，又实归在其家。同学者，常见仲提一小木，长三尺余，至则著屋间，欲共取之，辄寻不见。及年弱冠，变苍颉旧书为今隶书。秦始皇遣使征之不至。始皇怒，槛车囚之赴国。路次化为大鸟，出车而飞去。至西山，乃落二翮，一大一小，遂名其山曰大、小翮山。(《述异记》卷下）

安期生这个仙人见诸记载最早的，是在《史记·封禅书》。《封禅书》载方士李少君向汉武帝说："臣尝游海上，见安期生，安期生食巨枣大如瓜。安期生仙者，通蓬莱中，合则见人，不合则隐。"《列仙传》所说的安期生嘱秦始皇"候我于蓬莱山"，大概就是本此而来。李白曾有"我昔东海上，劳山餐紫霞，亲见安期生，食枣大如瓜"(《寄王屋山人孟大融》)这样的诗句;《瑯嬛记》卷上引《贾子说林》又有"昔有人得安期大枣，在大河之南，煮三日始熟，香闻十里，死者生，病者起，其人食之，白日上升，因名其地曰煮枣"这样的神话：见得这个仙人并非无名之辈，是早对我们文化生活有相当影响的人物。王次仲神话，《水经注·漯水》也有记叙，文较简。《太平御览》卷五引《仙传拾遗》记此神话的后半段说："次仲化为大鸟，振翼而飞，使者惊拜，曰：'无以复命，亦恐见杀，惟神人悯之。'鸟徘徊空中，故堕三翮，使者得之以进。始皇素好神仙之道，闻其变化，颇有悔恨。今谓之落翮山，在幽州界。"描写次仲化鸟时情景更细致。果如所说，那么秦始皇真可算是"有眼不识泰山"了。但"三翮"似乎仍当作"二翮"才对，因为大翮山、小翮山是实有的地名，在今延庆县西北。

秦始皇遣徐福入海求仙，徐福也是一个实有的历史人物。徐福带领童男女"五百人"(《十洲记》)，或说"千人"(《顾野王舆地志》)，入海寻蓬莱仙山，从此一去不返。他的形象似乎只是一个骗子，再也没有什么神话因素可说了，然而却也不然。徐福求仙之前，《广博物志》卷七引《楚地记》有这样的记叙："秦始皇入湘观衡山，道此渴甚，徐福以如意击地，清水涌出；后人就此凿井，名秦皇井。"求仙不返之后，《太平广记》卷四引《仙传拾遗》又有这样的记叙:“唐开元中,有士人患半身枯黑,求仙方。至登洲大海侧,挂帆随风,可行十余日,近一孤岛。岛上有数百人,如朝谒状。岸侧有妇人洗药,指中心床坐须鬓白者曰:‘(此)秦始皇时徐福也。’遂登岸,求其医理。徐君以黑药数丸令食,食讫,痢黑汁数升,其疾乃愈。”徐福既身有神术,又从秦朝一直活到唐朝,比陶渊明所记桃花源里的人寿命还久长,岂不就是一位活着的神仙吗?故说徐福和秦始皇一样,也是兼具历史人物和神话人物二重身份的。

但是从汉代以后,这种历史人物兼神话人物的情况就明显地衰竭了。汉代的汉高祖、汉武帝、文翁、汉光武帝,六朝时宋代的刘裕,唐代的魏征、唐玄宗,宋代的赵匡胤,明代的朱元璋等,他们身上也或多或少地附会了一些神话因素,但要说这些人是兼具神话人物的身份,那就未免言过其实。因此关于他们的一些神话故事的片断(有些还是涉及封建迷信的),就略而不谈了。

第八章

魏晋六朝的神话（上）

一、《古小说钩沉》中的神话（一）

鲁迅《中国小说史略》第五篇“六朝之鬼神志怪书（上）”说：“中国本信巫，神仙之说盛行，汉末又大畅巫风，而鬼道愈炽；会小乘佛教亦入中土，渐见流传。凡此，皆张皇鬼神，称道灵异，故自晋讫隋，特多鬼神志怪之书。其中有出于文人者，有出于教徒者。文人之作，虽非如释道二家，意在自神其教，然亦非有意为小说，盖当时以为幽明虽殊涂，而人鬼乃皆实有，故其述异事，与记载人间常事，自视固无诚妄之别矣。”这段话把魏晋六朝时期的思想发展影响及于小说者论述得简明扼要，非常精辟。六朝文人所写记异闻的笔记，乃是信其为实有，虽可纳入小说类考察研究，但他们却非有意为小说。这一点和原始先民信神话为实有的心理状态是相通的：大概都没有脱离宗教观念的影响。那个时期的鬼神志怪书确实很多，单是鲁迅《古小说钩沉》所辑的佚亡小说便有三十五种[1]，大部分是属于志怪类的。除了《古小说钩沉》所辑，现在还比较完全保存下来的，也不下二三十种。在这一大堆庞杂的书籍里，可以作为神话传说考察研究的，实在并不算少。因其材料过于零碎分散，无法一一列举出来加以论述，只能择其重要者，大概说说。先说《古小说钩沉》所辑。《古小说钩沉》所辑的佚亡小说中，属于志怪类或神话

① 《青史子》一种系周代人所作，未计在内。

因素较浓厚的，有以下三十种——

《小说》	十卷	梁殷芸著
《水饰》	一卷	撰人缺
《列异传》	三卷	旧题魏曹丕撰， 或系伪托，或有增益
《古异传》	三卷	宋袁王寿著
《戴祚甄异传》	三卷	东晋戴祚著
《述异记》	十卷	齐祖冲之著
《荀氏灵鬼志》	三卷	东晋荀氏著
《祖台之志怪》	二卷	东晋祖台之著
《孔氏志怪》	四卷	东晋孔氏著
《神怪录》		撰人不详
《刘之遴神录》	五卷	梁刘之遴著
《齐谐记》	十卷	宋东阳无疑著
《幽明录》	二十卷	宋刘义庆著
《谢氏鬼神列传》	一卷	谢氏著，时代无考
《殖氏志怪记》	三卷	晋殖氏著
《集灵记》	二十卷	齐颜之推著
《汉武故事》	二卷	齐王俭（？）著
《异闻记》		后汉陈实著，疑伪托
《玄中记》		撰人不详，传郭璞著
《陆氏异林》		晋陆氏著
《曹毗志怪》		东晋曹毗著
《郭季产集异记》		宋郭季产著
《王浮神异记》		晋王浮著
《续异记》		撰人不详
《录异传》		撰人不详
《杂鬼神志怪》		许氏等著

《祥异记》		撰人不详
《宣验记》	三十卷	宋刘义庆著
《冥祥记》	十卷	齐王琰著
《旌异记》	十五卷	陈侯白著

其中除《宣验记》、《冥祥记》、《旌异记》宗教色彩较浓以外，其余都或多或少有一些神话传说材料可供参考。例如所辑题作魏曹丕撰的《列异传》，就有关于眉间尺的神话——

> 干将莫邪为楚王作剑，三年而成。剑有雄雌，天下名器也，乃以雌剑献君，藏其雄者。谓其妻曰："吾藏剑在南山之阴，北山之阳；松生石上，剑在其中矣。君若觉，杀我；尔生男，以告之。"及至君觉，杀干将。妻后生男，名赤鼻，告之。赤鼻斫南山之松，不得剑；忽于屋柱中得之。楚王梦一人，眉广三寸，辞欲报仇。购求甚急，乃逃朱兴山中。遇客，欲为之报；乃刎首，将以奉楚王。客令镬煮之，头三日三夜跳不烂。王往观之，客以雄剑倚拟王，王头堕镬中；客又自刎，三头悉烂，不可分别，分葬之，名曰"三王冢"。

此神话又见《搜神记》卷十一，记叙较详。《列异传》如确是曹丕撰，则记录时间当较早。或说最早当是刘向的《列士传》，但《列士传》恐非向作。揆其实际，最早还该数《吴越春秋》。《太平御览》卷三六四引《吴越春秋》说："眉间尺逃楚入山，道逢一客，客问曰：'子眉间尺乎？'答曰：'是也。''吾能为子报仇。'尺曰：'父无分寸之罪，枉被荼毒，今君惠念，何所用耶？'客曰：'须子之头，并子之剑。'尺乃与头。客予王。王大赏之，即以镬煮其头，七日七夜不烂。客曰：'此头不烂者，王亲临之。'王即看之。客于后以剑斩王头，入镬中，二头相啮。客恐尺不胜，自以剑拟头入镬中，三头相咬。七日后一时俱烂。乃分葬汝南宜春县，并三冢。"所引今本无，当是此书的佚文。描写非常生动，惜乎只保存了故事的下半段，所以仍用《列异传》文。这个故事，流传很广。除了"为楚王作剑"之外，尚有“为晋君作剑”(《太平御览》三四引《列士传》)之说。又据《太平寰宇记》卷一〇五“芜湖县”下说:“楚干将镆铘之子,复父仇。三人以三人头共葬,在宣城县。即芜湖也。”同书卷一四“宋城县”下说:“三王陵在县西北四十五里。晋伏滔《北征记》云:‘魏惠王徙都于此,号梁王,为眉间赤、任敬所杀。三人同葬,故谓三王陵。’”同书卷四三“临汾县”下说:“《郡国志》云:‘县西南三十里有大池,一名翻镬池,即煮眉间尺处。镬翻,因成池,池水上犹有脂润。’”是除了晋、楚二说之外,尚有其他异说。

《列异传》还记有秦穆公时陈宝神话和秦文公时怒特祠神话等,以他书也有记述,而且意义不是很大,就不多讲了。

《古小说钩沉》所辑各种古佚志怪小说,值得提出来大略讲讲的,有郭璞《玄中记》、刘义庆《幽明录》、祖冲之《述异记》、殷芸《小说》等。

《玄中记》记各地异闻奇事,体制略同《山海经》。郭璞注《山海经》犬封国、丈夫国,即用《玄中记》文字而不引书名,知此书为郭氏所作。试举“丈夫民”、“姑获鸟”、“沃焦山”各一条如下,以见内容一斑——

> 丈夫民。殷帝太戊,使王英采药于西王母。至此绝粮,不能进,乃食木实,衣以木皮。终身无妻,产子二人,从背胁间出,其父则死。是为丈夫民,去玉门二万里。
>
> 姑获鸟夜飞昼藏,盖鬼神类。衣毛为飞鸟,脱毛为女人。一名天帝少女,一名夜行游女,一名钩星,一名隐飞。鸟无子,喜取人子养之,以为子。今时小儿之衣不欲夜露者,为此物爱以血点其衣为志,即取小儿也。故世人名为鬼鸟,荆州为多。昔豫章男子,见田中有六七女人,不知是鸟,匍匐往,先得其毛衣,取藏之,即往就诸鸟。诸鸟各去就毛衣,衣之飞去。一鸟独不得去,男子取以为妇,生三女,其母后使女问父,知衣在积稻下,得之,衣而飞去。后以衣迎三女,三女儿得衣亦飞去。今谓之鬼车。
>
> 天下之强者,东海之沃焦焉;水灌之而不已。沃焦者,山名也,在东海南,方三万里,海水灌之而即消,故水东南流而不盈也。

关于丈夫民神话，郭璞注《山海经》丈夫国用此文，只是“王英”作“王孟”，“从背胁间出”作“从形中出”，余全同。关于姑获鸟即鬼车神话，宋周密《齐东野语》卷十八说：“鬼车，俗称九头鸟。世传此鸟，昔有十首，为犬噬其一，至今血滴人家为灾咎。”《杨升庵全集》卷八一“鬼车”条引《小说》说：“周公居东周，恶闻此鸟，命庭氏射之，血其一首，余九首。”便是对它“九首”来源的传闻不同的解释。但这里似乎还无“九首”之说，只是和“毛衣女”的民间传说联系起来，作为它的附属故事，说明为什么“衣毛为飞鸟、脱毛为女人”的缘由。“毛衣女”故事是一个具有世界性的民间传说故事，想不到一千六七百年前西晋时代的郭璞，就为我们记录下了这个故事的梗概，足见他的思想开阔，对民间的东西深感兴趣。最后一条沃焦山神话，也是一个很有趣的民间神话的片断，解释了《天问》曾经提出的“东流不溢，孰知其故”的道理。古人于此各有解释，《庄子·秋水篇》称之为“尾闾”，说“尾闾泄之，不知何时已而不虚”；《列子·汤问篇》称之为“归墟”，说“八纮九野之水，天汉之流，莫不注之，而不增减”。后来的注家又把尾闾联系到沃焦上，说尾闾就是沃焦。《文选·养生论》注引司马（彪）说：“尾闾……在扶桑之东，有一石方圆四万里，厚四万里，海水注者，无不焦尽，故名沃焦。”至于沃焦的来历，《庄子·秋水篇》成玄英疏引《山海经》却提出了一个新鲜的说法：“羿射九日，落为沃焦。”所引《山海经》不见于今本，也不像是《山海经》的文字，可能是《山海经》郭璞注或《玄中记》管的佚文，不论怎样，都是对于羿神话的很好的补充。其实在第五章末节我们提到过的《神异经》，已经早有关于沃椒山即沃焦山的记叙了。

二、《古小说钩沉》中的神话（二）

刘义庆的《幽明录》也是很有特色的，记录了一些富于神话色彩的民间传说，如黄金潭钓金牛传说、“痴龙”传说等。最引人注目的，是刘晨、阮肇入天台山取谷皮遇仙女的传说——

> 汉明帝永平五年，剡县刘晨、阮肇共入天台山取谷皮，迷不得返。经十三日，采山上桃食之。下山以杯取水，见芜菁叶流下甚鲜，复有胡麻饭一杯流下。二人相谓曰："去人不远矣。"乃渡水，又过一山，见二女，容颜妙绝，呼晨、肇姓名，问郎来何晚也。因邀至家，殷勤款待，举酒作乐，众女俱来相贺；遂留半年。后求归，至家，子孙已七世矣。晋太元八年，忽复去，不知所终。（原文较繁，节述梗概如此。）

这个传说，和任昉《述异记》所记王质入山观仙人下棋，归时斧柯已烂的传说布局构思有相似之处。俗语所谓"洞中方七日，世上已千年"，正是这种情景的精练概括。外国也有类似的故事。美国华盛顿·欧文《见闻杂记·睡洞的传说》就是这样：吕柏带狗和枪上山打猎，在睡洞里看了妖精玩九柱戏以后，吃醉了酒，一睡醒来，狗已不见，枪管已锈坏，胡须已长到肚下，回到村中，已无一个认识的人，原来他已经睡了二十年了。据说欧文写此，是根据一个德国的民间传说，可是在穿上美国的外衣之后，却成了美国本地妇孺皆知的传说了。可见这类传说，也是带有世界性的，深符群众心理。刘、阮入天台故事，看似仙话，其实很富神话色彩。它不宣传一般仙话求长生的思想，而是别有新意，使普通劳动者刘晨、阮肇忽然进入异境，经历了世所未有的展示青春芳华的情趣，然后如大梦方醒地回来，才发觉已经隔了好几个世代。大概有人生飘忽、须及时行乐的寓意，是释道思想混合的产物，但还未至流入颓唐。这和《搜神后记》卷一所记袁相、根硕入赤城山遇仙女的故事是同一类型的。袁、根二人也说是"剡县民"，赤城山又是天台山附近的一座小山，登天台者必先经赤城，则前后两个故事当是同一故事的分化。后面一个故事看来要质朴一点，影响不大；前一个故事则是经过加工润饰的，它对后来戏剧有较大的影响。明初王子一有杂剧《刘晨阮肇误入天台》，简名《误入桃源》，即演此事，见臧晋叔编《元曲选》。元马致远、明初汪元亨、陈伯将等都撰有此剧，题名大同小异，惜均不传。

《古小说钩沉》所辑齐祖冲之《述异记》，部分文字和梁任昉的《述异记》混同，缘唐宋诸书所引《述异记》，大都未题撰人姓名，这就给辑者带来了困难。鲁迅此辑是比较严谨的，然亦不免有少量任昉的文字掺入。今就可信为祖著而又有神话意味者移录一段如下，略见一斑——

> 南康雩都县沿江西出，去县三里，名梦口，有穴，状如石室，名梦口穴。旧传，尝有神鸡，色如好金，出此穴中，奋翼回翔，长鸣响彻，见之，辄飞入穴中，因号此石为金鸡石。昔有人耕此山侧，望见鸡出游戏，有一长人操弹弹之，鸡遥见，便飞入穴，弹丸正著穴上，丸径六尺许，下垂蔽穴，犹有间隙，不复容人。又有人乘船从下流还县，未至此崖数里，有一人通身黄衣，担两笼黄瓜，求寄载，因载之。黄衣人乞食，船主与之盘酒。食讫，船适至崖下。船主乞瓜，此人不与，仍唾盘上，径上崖，直入石中，船主初甚忿之，见其入石，始知神异，取向食器视之，见盘上唾，悉是黄金。

《古小说钩沉》所辑的《小说》，乃十卷本梁殷芸的《小说》，见于《隋书·经籍志》卷三。《隋志》所载《小说》原有两家，一即此，题“梁武帝敕安右长史殷芸撰。梁目，三十卷”，另一五卷，未题撰人。三十卷本的殷芸《小说》，到隋代只剩了十卷。鲁迅《中国小说史略》说此书“明初尚存，今乃止见于《续谈助》及原本《说郛》中，亦采集群书而成，以时代为次第，而特置帝王之事于卷首，继以周汉，终于南齐”，大约可信。从所辑《小说》条文看，有一些是属于神话传说类的，如“秦始皇作石桥”条，“长人十二见于临洮”条，“厄井”条，“王子乔墓”条，“老子乘白鹿入母胎中”条，“颜渊与鬼魅战”条，“子路怀石盘欲中孔子”条，“吴郡临平石鼓”条，“嵩高山大穴空”条，等等，都很有意趣。但独有一条很重要的神话材料，《古小说钩沉》未辑，余嘉锡辑本及上海古籍出版社出版的周楞伽辑本《殷芸小说》均未辑录。这条是明冯应京《月令广义·七月令》引《小说》所记的牛郎织女神话。关于此，这里暂不具论，留待后面论到民间流传的神话时再详说。

余下还有两部《古小说钩沉》所辑而不太重要的志怪书，在这里也大略提提。一是宋袁王寿的《古异传》，原有三卷，现在只辑存了一条——

斫木（啄木），本是雷公采药使，化为鸟。

虽是短短两三句，神话意味却很充足。雷公，传说是黄帝时的名医，和岐伯齐名。《抱朴子·极言篇》所谓“黄帝著体诊则受雷、歧”，说的就是雷公、歧伯。雷公的采药使奉雷公之命前往采药，大约在山林里迷失了归途，因而化为啄木鸟。啄木鸟啄木的形象略近于采药，故有这段虽简短却优美的神话产生。

二是《刘之遴神录》，梁刘之遴撰，原有五卷，今辑存的佚文仅三条，其中一条是——

由拳县，秦时长水县也。始皇时，县有童谣曰：“城门当有血，城陷没为湖。”有妪闻之忧惧，每旦往窥城门；门侍欲缚之，妪言其故。妪去后，门侍杀犬，以血涂门。妪又往，见血走去，不敢顾。忽有大水，长欲没县，主簿令干入白令。令见干曰：“何忽作鱼？”干又曰：“明府亦作鱼！”遂乃沦陷为谷。妪牵狗北走六十里，移至伊莱山得免。西南隅今乃有石室，名为神母庙；庙前石上，狗迹犹存。

此记虽也见于今本《搜神记》卷十三，但文较简略，无此丰润。关于陷湖的神话，汉时已有之。《淮南子·俶真篇》说：“历阳之都，一夕反而为湖。”高诱注：“历阳，淮南国之县名，今属江都。昔有老妪，常行仁义，有二诸生遇之，谓曰：‘此国当没为湖。’谓妪视东城门阃有血，便走上北山，勿顾也。自此妪便往视门阃，阍者问之，妪对曰如是。其暮门吏故杀鸡，血涂门阃，明旦，老妪早往视门，见血便上北山，国没为湖。与门吏言其事，适一宿耳。”高诱所述，当便是最早的有关陷湖的神话。其次是《搜神记》卷二十记的“古巢石龟”和“邛都老姥”，后面一个和龙母神话结合起来，使故事情节又有新的变化。其实第七章第一节所说伊尹生空桑的神话，就已经有了陷湖神话的影子了，它是感生神话和陷湖神话结合的唯一例证，虽然二者都表现得并不十分显著。汉晋以后，陷湖故事还不断地在许多地方产生。见于各个时代地方志的，可说是“史不绝书”。大都以一老妪作为故事的纽带，由于他人的戏弄，误认神示，弄假成真，而致城邑村镇，陷没为湖。这些又都略涉迷信，就不必去细说了。

三是原题班固撰实是六朝人（有人说是齐王俭）伪托的《汉武故事》，原有二卷，今只辑存了若干条。这书的内容性质大略同于第三章第四节提到过的《汉武帝内传》，主要部分仍是写汉武帝见西王母，也兼记其他杂事，文笔较《内传》雅洁，写作时期当在《内传》以前。试举“东方朔偷桃”一条如下——

> 东郡送一短人，长七寸，衣冠具足。上疑其山精，常令在案上行，召东方朔问。朔至，呼短人曰：“巨灵，汝何忽叛来？阿母还未？”短人不对，因指朔谓上曰：“王母种桃，三千年一作子，此儿不良，已三过偷之矣。遂失王母意，故被谪来此。”上大惊，始知朔非世中人。

这也是写得很有意趣的。它早已形诸文人的诗句，柳宗元《摘樱桃赠元居士》诗说：“蓬莱羽客如相访，不是偷桃一小儿。”即其例。《西游记》第五回写孙悟空偷食王母桃园中蟠桃，或者也曾受到这段故事的影响。

三、《搜神记》与《搜神后记》

其次说说现在还比较完整保存下来的其他一些志怪小说。首先要着重讲述的，是干宝的《搜神记》。如果说《山海经》是保存中国神话材料最丰富的一部书，那么晋代干宝的《搜神记》，其保存神话材料的丰富，就要算是第二了。干宝，字令升，新蔡（今河南省新蔡县）人，生卒年未详，晋元帝时为著作郎，曾修撰国史。《晋书》本传称他“性好阴阳术数”，由于目睹家庭的变怪二事，“宝以此遂撰集古今神祇灵异人物变化，名为《搜神记》，凡三十卷。以示刘惔，惔曰：‘卿可谓鬼之董狐。’”干宝为此书写了一篇序，《晋书》载其后半段，自说他作书的本旨，乃在“明神道之不诬”。干宝《搜神记》原书已佚，今所见本是后人的缀集。据考证，可能是明代胡元瑞（应麟）从《法苑珠林》、《太平广记》诸类书中辑录而成的，原书三十卷，今止辑为二十卷。辑本多数条目大抵出于干宝原书，也偶有阙遗或滥收他书造成的错误。总之从今本仍可见到干宝原书面目的大概。

今本《搜神记》的内容，除了一部分涉及妖异、禨祥、迷信、诞妄毫无可取而外，大部分或多或少能为神话研究提供参考。尤以所记录的民间神话传说部分，最有价值。如卷十四的“盘瓠”、“蚕马”，卷十一的“三王墓”、“韩凭夫妇”，卷四的“如愿”、“灌坛令”，卷八的“陈仓祠”，卷十三的“河神巨灵”，卷一的“董永”，卷十六的“紫玉与韩重”，卷十八的“细腰”、“怒特祠”、“张华与斑狐”，卷十九的“寄女”、“何铜”、“孔子厄陈”，卷二十的“断蛇丘”、“古巢老姥”、“董昭之”，等等。此书最大的贡献，是记录了一段前此他书未见的蚕马神话——

> 旧说，太古之时，有大人远征，家无余人，唯有一女。牡马一匹，女亲养之。穷居幽处，思念其父，乃戏马曰：“尔能为我迎得父还，吾将嫁汝。”马既承此言，乃绝缰而去，径至父所。父见马惊喜，因取而乘之。马望所自来，悲鸣不已。父曰：“此马无事如此，我家得无有故乎？”亟乘以归。为畜生有非常之情，故厚加刍养。马不肯食。每见女出入，辄喜怒奋击。如此非一。父怪之，密以问女。女具以告父，必为是故。父曰：“勿言，恐辱家门，且莫出入。”于是伏弩射杀之，暴皮于庭。父行，女与邻女于皮所戏，以足蹙之曰：“汝是畜生，而欲取人为妇耶？招此屠剥，如何自苦？”言未及竟，马皮蹶然而起，卷女以行。邻女忙怕，不敢救之，走告其父。父还，求索，已出失之。后经数日，得于大树枝间，女及马皮，尽化为蚕，而绩于树上。其

> 蚕纶理厚大，异于常蚕。邻妇取而养之，其收数倍。因名其树曰桑。桑者，丧也。由斯百姓竞种之，今世所养是也。（卷十四）

这段神话《五朝小说》和《旧小说》也有辑录，题张俨撰，俨三国时吴人，恐不足据。这是推原神话之一。推原，就是推寻事物的本源，蚕桑的起源就用这段神话来作解释，自然是古人天真朴质的幻想。《山海经·海外北经》说："欧丝之野，在大（支）踵东，一女子跪据树欧丝。"已略具蚕马神话的雏形。只是但有女子欧丝，而无马的形象。《荀子·蚕赋》说："身女好而头马首。"女子和马结合起来了，又把神话的想象向前推进一步，只是还无故事情节。到此文所记，蚕马神话才完备起来。这应当是一个古老的神话，看得出来，记录此一神话时，是被烙上了时代的烙印的。父亲向女儿说的："勿言，恐辱家门。"就是被烙上时代烙印的凭证。魏晋六朝的人，最重家世门第，故有此语。而文中所说则为"太古之时"，即使那时已经产生了人兽不可通婚的思想观念（更早的阶段是连这种观念也没有的），但也决不会想到有什么"家门"可"辱"。所以这是无意中流露出来的时代的印痕。蚕马神话流传演变到后来，又有了新的变化，并且还经过一番仙话化。《太平广记》卷四七九引《原化传拾遗》说——

> 蚕女者，当高辛帝时，蜀地未立官长，无所统摄。其人聚族而居，递相侵噬。蚕女旧迹，今在广汉，不知其姓氏。其父为邻邦掠去，已逾年，唯所乘之马犹在。女念父隔绝，或废饮食，其母慰抚之。因告誓于众曰："有得父还者，以此女嫁之。"……

这就是神话流传到某一地区发生的地方性的变异。这种变异是比较好的，它把原始社会末期部落战争掠夺的情况，更真实地反映了出来。以后情节发展大体同于旧记。但是到了女化为蚕，"父母悔恨、念之不已"的时候，又突然来了个大转折。"忽见蚕女，乘流云，驾此马，侍卫数十人，自天而下，谓父母曰：'太上以我孝能致身，心不忘义，授以九宫仙嫔之任，长生于天矣，无复忆念也。'"这就不但是仙话化，也是无聊的封建说教，未免有点大煞风景。因而在这篇经变异的神话中，是精华与糟粕并陈，分析时不可不予以注意。另一处记了一段民间神话“如愿”，也很有意思——

> 庐陵欧明，从贾客，道经彭泽湖。每以舟中所有，多少投湖中，云以为礼。积数年，后复过，忽见湖中有大道，上多风尘。有数吏，乘车马来候明，云:“是青洪君使要。”须臾达，见有府舍，门下吏卒，明甚怖。吏曰:“无可怖。青洪君感君前后有礼，故要君。必有重遗君者。君勿取，独求如愿耳。”明既见青洪君，乃求如愿。使逐明去。如愿者，青洪君婢也。明将归，所愿辄得。数年，大富。（卷四）

神话到这里为止，本来已经完足了，但是《古小说钩沉》所辑撰人不详的《录异传》，在这下面还记了一段，说欧明致富以后，“意渐骄盈，不复爱如愿。岁朝鸡一鸣。呼如愿，如愿不起。明大怒。欲捶之，如愿乃去，明逐之于粪上。粪上有昨日故岁扫除聚薪，如愿乃于此得去。明不知，谓逃在积薪粪中，乃以杖捶使出，久无出者，乃知不能。因曰:‘汝但使我富，不复捶汝。’今世人岁朝鸡鸣时，转往捶粪，云使人富也。”从文学审美的角度看，后面这一段记叙，自然是多余的蛇足。但民间神话往往又和民间风习有关。后面的记叙就关系着民间风习，因而反倒成了不可少的。《荆楚岁时记》说:“正月一日……又以钱贯系杖脚，回以投粪扫上，云令如愿。”就是这种风习的流传演变；杜公瞻注也引此故事以证之。

“韩凭夫妇”、“寄女”等，都是此书首见记录的民间神话传说，歌颂了妇女的坚贞和英勇无畏，前者对后来文学发展且有较大影响，但因篇幅较长，不及详细论述了。

《搜神记》除二十卷本的以外，还有《汉魏丛书》八卷本和唐代写本句道兴《搜神记》,后者编入王重民等编的《敦煌变文集》中。八卷本《搜神记》有唐时州名，部分内容和句道兴《搜神记》相同，疑亦是唐人编撰，所以将此二书留待以后再论述。现在且大略说说《搜神记》的一部续作:《搜神后记》。

《搜神后记》十卷旧题陶潜撰，后来有些人疑非潜作；鲁迅《中国小说史略》也说："潜性旷达，未必拳拳于鬼神，盖伪托也。"不过梁慧皎《高僧传序》已有"陶渊明《搜神录》"语，《隋志》又正式题作"陶潜撰"，其时去渊明未远，闻见较切，固不容因一些枝节琐细的问题（如书中有后人附益的记陶潜死后十多年的事之类）便遽定其为伪托。现在还是把它列在陶潜的名下略加论述。

这部书中最有名的是卷一的《桃花源记》，所记叙的正是一段神话因素浓厚的民间传说，同卷书中类似的记载不下四五则。除此记外还有袁相、根硕入赤城山遇仙女的记叙，也是"桃花源"式的异境的展现。它们都曲折地反映了那个动乱时代的人们在释老思想影响下的避世心理。《幽明录》记叙的刘阮入天台事，又是袁、根入赤城的异文，并且作了较大的艺术加工，前面已经说过了。

值得称为民间神话并对后来文学有较大影响的，有卷五的"白水素女"一则，原文较长，节述其梗概如下——

> 谢端少丧父母，夜卧早起，躬耕力作。后得一大螺，归贮瓮中。端每至野还，见有饭饮汤火，谓邻人为之，便往谢邻人。邻人曰："卿已自娶妇，而言吾为之炊耶？"端心疑，潜归，于篱外窃窥其家，见一少女从瓮中出，至灶下燃火。端便入门，径至瓮所视螺，曰："新妇从何所来？"女大惶惑，欲还瓮中，不能得去。答曰："我天汉中白水素女也。天帝哀卿少孤，使我权为炊烹。卿无故相窥掩，吾形已见，不宜复留。虽然，尔后自当少差，留此壳贮米谷，常可不乏。"端请留，终不肯。时天忽风雨，翕然而去。

这段神话任昉《述异记》、宋洪迈《夷坚志》和《锦绣万花谷》前集卷五引《坡诗注》等均记之，文略同。唐皇甫氏《原化记》也记述了这段神话，却是它的流传演变。略谓县吏吴堪少孤，得一白螺归，螺变为美女，助其炊爨。后与堪婚。县宰闻堪妻美，欲图其妻。乃向堪索虾蟆毛及鬼臂二物。堪得妻助，以二物纳县宰。县宰又向堪索祸斗，妻牵一形如犬之兽以致之。兽食火又粪火，“宰身及一家，皆为煨烬，乃失吴堪及妻”[1]。故事加入了祸斗等情节，更富意趣，丰富了神话的内容，满足了人民的意愿，并且使它从民间神话走向了民间传说的途径。

山獠在中国神话里是一种鬼魅类的异兽，有关它的传说由来已早。韦昭注《国语·鲁语下》说：夔一足，越人谓之山缫，音骚，或作獠，富阳有之，人面猴身能言。”这是最早把山獠和一足的夔联系起来作明确解释的。一足夔在《山海经》里原是东海流波山的牛形怪兽。到三国韦昭时代它在民间传说中早已由牛形演变为猴形了。《神异经·西荒经》说：“西方深山中有人焉，身长尺余，袒身，捕虾蟹。性不畏人，见人止宿，暮依其火，以炙虾蟹。……名曰山臊，其音自叫。人尝以竹著火中，爆烞而出，臊皆惊惮。犯之令人寒热。此虽人形而变化，然亦鬼魅之类，今所在山中皆有之。”就可以作为韦昭简略注语的补充。韦昭注说山獠“富阳有之”，恰好《搜神后记》卷七就有一段富阳人斗山獠的民间传说故事——

宋元嘉初，富阳人姓王，于穷渎中作蟹断。旦往观之，见一材长二尺许，在断中，而断裂开，蟹出都尽。乃修治断，出材岸上。明往视之，材复在断中，断败如前。王又治断出材。明晨视，所见如初。王疑此材妖异，乃取内蟹笼中，挛头担归，云至家，当斧斫燃之。未至家二三里，闻笼中倅倅动。转头顾视，见向材头变成一物，人面猴身，一手二足，语王曰：“我性嗜蟹，此日实入水破君蟹断，入断食蟹。相负已尔，望君见恕，开笼出我。我是山神，当相佑助……”……王回顾不应。物曰：“君何姓名？我欲知之。”频问不已，王遂不答。去家转近。物曰：“既不放我，又不告我姓名，当复何计，但应就死耳！”王至家，炽火焚之，后寂然无复声。土俗谓之山獠，云知人姓名，则能中伤人，所以勤勤问王，欲害人自免。

① 见《太平广记》卷十三“吴堪”条。

这段故事，神话色彩很浓，表现了人能以预见和谋略战胜妖物，保障生活的安全，正是民间神话通过幻想进行斗争的特色。

《四库全书总目提要》虽亦不信此书为陶潜作，但也承认“其中丁令威化鹤，阿香雷车诸事，唐宋词人，并递相援引承用”，“要不可谓非六代遗书也”。所举化鹤、雷车二事，确实已成为文学常用的典故；尤以雷车一事，实在可以列入神话研究的范围进行考察——

> 永和中，义兴人姓周，出都乘马，从两人行。未至村，日暮。道边有一新草小屋，一女子出门，年可十六七，姿态端正，衣服鲜洁。望见周过，谓曰：“日已向暮，前村尚远，临贺讵得至？”周便求寄宿，此女为燃火作食。向一更中，闻外有小儿唤阿香声，女应诺。寻云：“官唤汝推雷车。”女乃辞行，云：“今有事当去。”夜遂大雷雨。向晓，女还。周既上马，看昨所宿处，止见一新冢，冢口有马尿及余草。周甚惊惋。后五年，果作临贺太守。

谁都知道，雷是一种自然现象，但在还不能解释此种自然现象的古代人，只好造作神话以解释之。《山海经·海内东经》说：“雷泽中有雷神，龙身人头，鼓其腹则雷①。”雷原是一个半人半兽的怪物从肚子里放出来的。《论衡·雷虚篇》说：“图画之工，图雷之状，累累如连鼓之形。又图一人，若力士之容，谓之雷公，使之左手引连鼓，右手推椎，若击之状，意以为雷声隆隆者，连鼓相扣击之意也；其魄然若襞裂者，椎所以击之也。”这里所写的“雷声隆隆”，又变做了一个“若力士之容”的雷公“引连鼓”而击之发出来的：比半人半兽的怪物从肚子里放出雷来，在想象上又有了进步。这种雷公的形象一直维持到近代，只不过近代的雷公又在力士的外形上，添加了鸟形的尖嘴和双翼，成为一种新的半人半兽状态，以使他的工作能更顺利地进行。在这种演变的过程中，神话却又别出一支，就是上面所说的阿香推雷车。阿香是一个新死的少女，就被派去作

① “则雷”二字，从《史记·五帝本纪》正义引补。

司雷雨的工作，而发雷降雨，依靠的工具乃是雷车。这种设想当然是比较新颖的：说明随着文明的进步，神话也有了不同的内容。到了唐代，又有霹雳车之说，见段成式《酉阳杂俎·雷》。霹雳车的设想，大约也是根据雷车而来，不过车上又有幢幡等复杂的装置，看光景除了施行霹雳以外，还以之用作闪电。可见神话不是僵固不变的，新神话总是从古老神话的母胎中，适应人们幻想的需要，以多种形态产生出来，使神话园苑的花卉日益繁富。这就是我们的神话学要扩大视野考察对象的缘故。

四、《博物志》、《异苑》、《述异记》

魏晋六朝志怪书其重要性仅次于干宝《搜神记》的，有晋张华的《博物志》、六朝宋刘敬叔的《异苑》和梁任昉的《述异记》三部书。《博物志》和《述异记》以前有好些人疑其为伪托，后经研究，其实也并不伪，不过是经过后人的篡改删削，显得有些凌杂罢了。

《博物志》原本十卷，《隋志》著录，今本亦作十卷。此书有两种版本，一种是常见的通行本，收在《广汉魏丛书》、《古今逸史》、《稗海》等丛书中，于十卷中又分三十九目；一种是黄丕烈刊《士礼居丛书》本，止作十卷，不分目，次第也和通行本不同，据黄氏说此本系汲古阁影抄宋连江氏刻本，收在《指海》、《龙溪精舍丛书》中。内容则二书悉同。通行本因分出了子目，查检反较方便。今仍依通行本对此书略加论述。

此书前三卷记的都是山川地理物产、外国、异人、异俗、异产、异兽、异鸟、异虫、异鱼等，性质大略相当于一部《山海经》的缩写，内容部分采自古籍，又杂以新的传闻。其他各卷也是古籍与新闻兼取。今略举新异者数条如下——

> 大人国。其人孕三十六年，生白头，其儿则长大，能乘云而不能走，盖龙类。去会稽四万六千里。（卷二《外国》）

九真有神牛，乃生溪上。黑出时，其斗即海沸；黄或出斗，岸上家牛皆怖，人或遮，则霹雳，号曰神牛。（卷三《异兽》）

夏桀之时，为长夜宫于深谷之中，男女杂处，十旬不出听政，天乃大风扬沙，一夕填此宫谷。（卷七《异闻》）

天门郡有幽山峻谷，而其士人有从下经过者，忽然踊出林表，状如飞仙，遂绝迹。年终如此甚数，遂名此处为仙谷。有乐道好事者入此谷中，洗沐以求飞仙，往往得去。有长意思人，疑必以妖怪。乃以大石自坠，牵一犬入谷中，犬复飞去。其人还告乡里，募数十人，执杖，擖山草，伐木，至山顶观之。遥见一物，长数十丈，其高隐人，耳如簸箕。格射刺杀之。所吞人骨，积此左右有成。封蟒开口，广丈余，前后失人，皆此蟒气所噏上。于是此地遂安稳无患。（卷十《杂说下》）

《杂说下》还有"天河支机石"一条，是全书中最精彩而且是首见的神话记录，留待以后讲牛郎织女神话时再说，现在只大略说说上面所举的最后一条："天门郡诛蟒"。这一条讲的是妖蟒为祟，不少人被蟒蛇吸吞，还以为是飞升成了神仙。后来被一个智勇双全的人用智谋识破妖蟒的行藏，然后以勇武铲除之。故事本身便是一段神话，神话当中又包含有破除迷信的意味，所以值得称道。后来一些地方志和笔记书中，也每有类似的记叙，如《四川总志》记的迎龙观①，《王堂闲话》记的狗仙山②等都是从此演化而来的。

刘敬叔《异苑》十卷，今全部保存，其中所记除属于一般志怪性的东西以外，属于神话或可以当做神话材料考察的也颇不少。例如卷三和卷六所记——

吴孙权时，永康县有人入山，遇一大龟，即束之以归。龟便言曰："游不量时，为君所得。"人甚怪之。担出欲上吴王。夜泊越里，缆

① 见《古今图书集成·禽虫典》卷一八三引。

② 见《太平广记》卷四五八"狗仙山"条引。

舟于大桑树。宵中，树忽呼龟曰:“劳乎元绪，奚事尔耶？”龟曰:“我被拘系，方见烹臛。虽然，尽南山之樵，不能溃我。”树曰:“诸葛元逊博识，必致相苦。令求如我之徒，计从安出？”龟曰:“子明无多辞，祸将及尔。”树寂而止。既至建业，权命烹之；焚柴万车，语犹如故。诸葛恪曰:“燃以老桑树，乃熟。”献者乃说龟树共言。权使人伐桑树煮之，乃立烂。今烹龟犹多用桑薪。野人故呼龟为元绪。（卷三）

元嘉中颍川宋寂，昼忽有一足鬼长三尺，遂为寂驱使。欲与邻人柷蒲而无五木，鬼乃刀斫庭间杨枝于户间作之，即烧灼，黑白虽分明，但朴耳。（卷六）

如上所举两段，便可以看作是民间神话。前面一段，可以见到原始社会前期动植物神话遗留的影子，在人们古老的记忆中，是相信动物、植物和人一样会说话的。和这个神话类似的，还有《列异传》所记的“怒特祠”神话，说是秦文公伐南山大梓，树疮随合；叫四十个人持斧去砍，还是不断。一人伤足卧树下，夜晚听见鬼和树说话。树说:“秦公伐我，能把我怎样？”鬼说:“用赤灰祓你，何如？”树不说话了。卧者告诉有司。文公叫兵士都穿赤衣，随所斫，用赤灰祓树，树断，有青牛跃进水中。后来秦人为立怒特祠。其事《史记·秦本纪》也简略载之，可知神话传说产生之早。龟树共语正是这一类型的神话，只是已更富民间谐趣罢了。后面一个“一足鬼”的神话，就是山魈神话的异闻，为害于人的山魈现在已经供人役使了，这自然是人们的愿望，也是神话正常的发展演变。

下面所记的一段，也可以当做神话材料来予以考察——

世有紫姑神，古来相传，云是人家妾，为大妇所嫉。每以秽事相次役，正月十五日感激而死。故世人以其日作其形，夜于厕间或猪栏边迎之。祝曰:“子胥不在”，是其婿名也；“曹姑亦归”，曹即其大妇也；“小姑可出戏”。捉者觉重，便是神来，奠设酒果，亦觉貌辉辉有色，即跳躞不住。能占众事，卜未来蚕桑。又善射钩，好则大舞，恶便仰眠。平昌孟氏恒不信，躬试往捉，便自跃茅屋而去，永失所在也。（卷五）

这主要记的是一段带有神话性质的民间风习。梁宗懔的《荆楚岁时记》也说："正月十五日……其夕迎紫姑，以卜将来蚕桑并占众事。"注就引了《异苑》的这段记叙，以后各种类书的岁时门也多引用。这是一个含冤而死的"被侮辱与被损害者"而为民间小儿女所同情、所奉祀的神，岁时年节迎之以为戏乐，虽略涉宗教迷信，然而大体上却充满着民间的情趣，可惜故事不太明显。像这类有关民间神祇来历及风习的记叙，我们还是应当将它作为神话材料而予以考察。同卷中记叙的宫亭湖神、观亭江神、青溪小姑神等，均属此。《异苑》还记了一些近于神话的传说，如卷一的"美人虹"，卷八的"三足虎"，等等，也值得作为研究神话的参考。

梁任昉的《述异记》，记了许多神话传说，有的比较完整，有的却零片琐碎，举不胜举，述之为难。现在只能择其重要的大略谈谈。此书首先记叙了古代神话在秦汉以后的发展演变，试举盘古和蚩尤两段记叙为例——

> 昔盘古之死也，头为四岳，目为日月，脂膏为江海，毛发为草木。秦汉间俗说，盘古氏头为东岳，腹为中岳，左臂为南岳，右臂为北岳，足为西岳。先儒说盘古氏泣为江河，气为风，声为雷，目瞳为电。古说盘古氏喜为晴，怒为阴。吴楚间说盘古氏夫妻，阴阳之始也。今南海有盘古氏墓，亘三百余里，俗云后人追葬盘古之魂也。桂林有盘古氏庙，今人祝祀。南海中盘古国，今人皆以盘古为姓。昉按：盘古氏天地万物之祖也，然则生物始于盘古。
>
> 轩辕之初立也，有蚩尤氏，兄弟七十二人，铜头铁额，食铁石，轩辕诛之于涿鹿之野。蚩尤能作云雾。涿鹿今在冀州。有蚩尤神，俗云，人身牛蹄，四目六手。今冀州人掘地得髑髅如铜铁者，即蚩尤之骨也。今有蚩尤齿，长二寸，坚不可碎。秦汉间说，蚩尤氏耳鬓如剑戟，头有角，与轩辕斗，以角抵人，人不能向。今冀州有乐名"蚩尤戏"，其民两两三三，头戴牛角而相抵。汉造角抵戏，盖其遗制也。太原村落间祭蚩尤神，不用牛头。今冀州有蚩尤川，即涿鹿之野。汉武时，

> 太原有蚩尤神昼见，龟足蛇首，□（大？）疫，其俗遂为立祠。

这两段记叙，简直可以作为神话采风的典范，有关盘古和蚩尤的各种大同小异的传说，以及风俗、祠祀等都记叙到了。看似凌杂琐碎，其实是言简意赅，忠实记录，绝无粉饰，而文字则生动活泼，不使人有呆板的感觉。一千几百年前就能有这样完美的神话采风文字提供给我们，实在使人惊叹，值得学习。有的同志提倡要作立体式的采风，我看以上两段，就近于立体式的了。里面有不少值得我们做更深入研究的东西。即如盘古记录中所说“吴楚间说，盘古氏夫妻，阴阳之始也”一语，也给了我们很大的启发。我们不妨推想，在任昉时代的吴地和楚地的少数民族中间，或许已经有了类似伏羲兄妹结婚为夫妻的神话流传。所谓“盘古氏夫妻”，就是盘古氏以兄妹结婚而为夫妻啊。此书还有几段，可以作为古代神话的补充材料。暂举两段如下——

> 昔禹会涂山，执玉帛者万国。防风氏后至，禹诛之，其长三丈，其骨头专车。今南中民有姓防风氏，即其后也，皆长大。越俗祭防风神，奏防风古乐，截竹长三尺，吹之如嗥，三人被发而舞。
>
> 昔炎帝女溺死东海中，化为精卫，其名自呼。每衔西山木石填东海，偶海燕而生子。生雌状如精卫，生雄如海燕。今东海精卫誓水处，曾溺于此川，誓不饮其水。一名鸟市，一名冤禽，又名志鸟，俗呼帝女雀。

其余点滴片断的神话记叙还很多，如“东海龙岛川穆天子养八骏处”、“饶州轩辕磨镜石”、“成阳山中神农鞭药处”、“日林国石镜鉴五藏六府”，等等，就不必细说了。

第九章

魏晋六朝的神话（下）

一、闪烁神话光影的《拾遗记》

在魏晋六朝的志怪书中，晋王嘉著、梁萧绮录的《拾遗记》是别具一格的书。它把许多神话性质的东西，附托在从开辟以来“春皇庖牺”算起到西晋末年为止的历史人物身上，也算它是历史；要用现代语言来说，那就该叫做“神话历史”。所以书名“拾遗”，就是拾历史之遗而补历史之阙的“拾遗补阙”的意思。然而所补的阙遗，则多半是神话。《隋书》、《唐书》二志都把它归在杂史类，清王谟《汉魏丛书〈拾遗记〉跋》以为“谬矣”，又说“《(文献)通考》以入小说家，尚为近之”。我们也觉得这种神话性质浓厚的书，入小说家比入杂史好，因为它的历史成分确实是太薄弱了。

书本来是西晋末年的方士王嘉字子年者撰著的，据录此书的梁萧绮的序说，书凡十九卷，二百二十篇，因遭伪秦之乱，书多亡败，“今搜检残遗，合为一部，凡一十卷，序而录焉”，说得很是明白，萧绮是辑录王嘉之作而成此书的，“恨为繁冗”，中间又略有些删削。可是胡应麟不信《拾遗记》萧绮序文说的是真话，说“盖即萧绮撰而托之王嘉”(《少室山房笔丛》卷三二)，盖无佐证，一个“盖”字就轻轻地把王嘉的著作权剥夺了，这样的疑古辨伪，自然是不足取的。《伪书通考》未辨真伪，竟亦列之伪书当中，现在该让它将王嘉的著作权恢复过来。

《拾遗记》一书，事多诡异，文尚浮艳，固然是其弊端；但因此便说它是“凿空著书”，亦未免太过。要之它是根据若干古代神话传说的影子，便掇辞摛藻，铺张扬厉，大事渲染；或者故弄玄虚，自造诡辞，杂入其中。王嘉原书想来已是如此，又经萧绮删补修订，情况更是复杂，真伪莫辨。对这样一部情况复杂而又闪烁着神话传说光影的书，只有凭我们的辨识力，用一些可作旁证的资料，去决定研究考察的取舍了。例如卷一“皇娥生少昊”一条，我以为便是一段有着古神话凭依，写得很优美的神话故事——

> 少昊以金德王。母曰皇娥，处璇宫而夜织，或乘桴木而昼游，经历穷桑沧茫之浦。时有神童，容貌绝俗，称为白帝之子，即太白之精，降乎水际，与皇娥嬿嬉，奏便娟之乐，游漾忘归。穷桑者，西海之滨，有孤桑之树，直上千寻，叶红椹紫，万岁一实，食之后天而老。帝子与皇娥泛于海上，以桂枝为表，结熏茅为旌，刻玉为鸠，置之表端，言鸠知四时之候，故《春秋传》曰“司至”是也。今之相风，此之遗像也。帝子与皇娥并坐，抚桐峰梓瑟。……皇娥倚瑟而清歌……白帝子答歌。……及皇娥生少昊，号曰穷桑氏，亦曰桑丘氏。

这段神话故事的凭依是什么呢？我看可能是《春秋纬元命苞》所说：“黄帝时，大星如虹，下流华渚，女节梦接，意感而生白帝朱宣。”宋均注：“华渚，渚名也。朱宣，少昊氏。”这原本是一个感生神话，这类神话，汉代纬书中常记有之，有的多加涂饰，弄得神秘气氛很浓，像这一段所写，还比较朴质无华，可信为接近原始本貌。原始先民对某些英雄人物的降生是由于他母亲受了星或日月光华等自然现象的触感这一点，是深信不疑的。王嘉本此，在写作这段神话故事的时候，便把自然现象的星拟人化了，于是出现了“容貌绝俗”的“神童”“降乎水际”，来和皇娥（女节）“嬿嬉”。这是一个神话文学化的过程。这种过程，在神话发展之路上完全是正常而且应该被容许的。希腊神话之所以那样优美动人，一个不可否认的重要原因是：它早已被古代希腊的诗人、文学家和艺术家作了许多艺术加工。马克思、恩格斯所见的希腊神话，已经不全是“不自觉的艺术加工”的希腊原始神话，而是有相当大一部分是半自觉甚至自觉加工的文学化的希腊神话。被马克思、恩格斯在其经典著作中不止一次提到的普罗米修斯，能够从一个不很知名的某一庙堂的小神一跃而为赫赫大神，就是文学化的结果。原始状态的神话，我们一般把它叫做神话，从神话研究的角度出发，这种神话当然很是可贵，值得我们高度重视。文学化的神话，一般我们把它叫做神话故事，只要它有古神话的凭依，渲染涂饰不太过分，这倒是使神话发扬光大，成为济度群众升到神话彼岸的好办法，我们应抱持热忱的态度给予赞扬而肯定之。

在这里，王嘉就以他创新的精神和清新优美的文学笔调，给我们写作了一个前此未有的神们之间的恋爱故事。希腊神话有许多神与神、神与人之间的恋爱故事，中国神话在这方面确实有些自惭形秽，望尘莫及。固然在羿和禹的神话中，也略微有点恋爱故事作为点缀，但却过于简朴，未足称道。惟独王嘉所写的这一段，实在堪和希腊神话中的恋爱故事相匹敌，而又有中国自己的情趣和格调，意境很高。封建社会末期的卫道士已经很不了解上古纯真的风习，看了这段描写，不禁用他们被污染而浑浊的眼光，连声惊呼："帝子圣母而有桑中之戏、清歌七言乃见轩皇之世乎？子年之妄极矣！"（马骕《绎史》卷六）"如皇娥宴歌之事……或上诬古圣。"（《四库全书总目提要》二十七）"甚者至以《卫风·桑中》托始皇娥，为有淫泆之行，诬罔不道如此。"（《汉魏丛书·拾遗记》王谟跋），等等。不知"桑中之戏"原是原始社会青年男女的普遍现象，《卫风·桑中》托始皇娥，何尝不可？"圣母"有此，也决不算是"淫泆之行"，如何值得这些头脑多少有些冬烘的先生的大惊小怪！子年为神话作出了卓越的贡献，子年不妄。不过"清歌七言"，确实也渲染得过分了些，马骕的批评是恰当的，所以这里的引文就干脆删去"清歌七言"的部分，以见神话原有的精神。

《拾遗记》记叙很杂，许多事情，看来确实恢诡不经。但要说它全是凿空杜撰，一个人的头脑决难有此力量。它总要根据一些材料，或古籍记载，或民间口传，来进行写作。在写作的过程中，也有可能掺入一些自己虚幻的构想，所以它是真赝杂糅的东西，我们对它的选择自当持慎重态度。下面几条，我以为神话的真实性较大，可以作为在原始记录上略经加工的神话看待——

> 尧登位三十年，有巨查浮于西海，查上有光，夜明昼灭。海人望其光，乍大乍小，若星月之出入矣。查常浮绕四海，十二年一周天，周而复始，名曰贯月查，亦谓挂星查。(卷一)
>
> 尧在位七十年，有秖支之国献重明之鸟，一名双睛，言双睛在目。状如鸡，鸣似凤，时解落毛羽，肉翮而飞。能搏逐猛兽虎狼，使妖灾群恶不能为害。饴以琼膏，或一岁数来，或数岁不至。国人莫不扫洒门户，以望重明之集。其未至之时，国人或刻木，或铸金，为此鸟之状，置于门户之间，则魑魅丑类，自然退伏。今人每岁元日，或刻木铸金，或图画为鸡于牖上，此其遗像也。(卷一)
>
> 昔始皇为冢，敛天下瓌异，生殉工人，倾远方奇宝于冢中，为江海川渎，及列山岳之形，以沙棠沉檀为舟楫，金银为凫雁，以琉璃杂宝为龟鱼，又于海中作玉象鲸鱼，衔火珠为星，以代膏烛，光出墓中，精灵之伟也。昔生埋工人于冢内，至被开时皆不死。工人于冢内琢石，为龙凤仙人之像，及作碑文辞赞。汉初发此冢，验诸史传，皆无列仙龙凤之制，则知生埋匠人之所作也。后人更写此碑文，而辞多怨酷之言，乃谓为怨碑。(卷五)
>
> 遂明国有大树名燧，屈盘万顷。后世有圣人游日月之外，至于其国，息此树下。有鸟啄树，灿然火出。圣人感焉，因用小枝钻火，号燧人氏。(《太平御览》卷七八引《王子年拾遗录》)

第一条“贯月查”说，“有巨查浮于西海”，和此书同时的《博物志》也有浮楂泛海到天河之说，可见同为当时民间传说，而贯月查的构想尤奇，接近现代的科幻小说即科学神话，可以以神话视之。第二条“重明鸟”，恐怕是舜神话的异文:重明鸟“双睛在目”，而舜目重瞳，自古相传，屡见于载籍。《太平御览》卷八一引《尸子》且说:“昔舜两眸子，是谓重明。”“重明”二字全同，这是一。重明鸟“状如鸡，鸣似凤”，而舜也是玄鸟即凤鸟的化身。凤凰鸡属，故《法苑珠林》卷四九引《孝子传》说，

“舜父夜卧，梦见一凤皇，自名为鸡。”实即舜，又与重明鸟的状貌相合，这是二。重明鸟尧时由秖支国献至，“能搏逐猛兽虎狼”，为民除害，备受人民欢迎；舜由四岳推荐与尧，替尧执掌国政，相传也曾“流四凶族，以御魑魅”，又行其他善政，因而也极受人民爱戴。行迹相合又是如此，这是三。有此三者，因而我疑心重明鸟神话是舜神话的异文，重明鸟当便是民间传说的舜。至于第三、第四条，俱系首见记载，而且很有意义。尤其是第四条，设想宏丽而记叙却比较朴质，自可作为古神话阙遗的补充。

二、《列子》、《西京杂记》、《古今注》

汉魏六朝时代，有些古书的真伪，最难分明。即如《列子》这部书，旧题列御寇撰，当然是不妥，因为中间有好些明显属于后代的东西，如《周穆王篇》化人见周穆王故事之类。但如果把此书认为全是张湛伪撰假托，同样也是不妥。因为此书多存古事古义，绝非东晋时代的张湛所能凭空构想。因此不能不相信张湛序中所说，他是缀集残文以成此书的。或多有空缺，在弥缝之际，又加上了一些其他的东西，但所取仍多属先秦的材料。因而这书只能成为目前这种真赝杂糅的状态，在无可靠的撰人可称述的情况下，我们只好把著作权暂定在张湛的身上。

此书所保存的神话传说材料的丰富，实在不亚于《吕氏春秋》和《淮南子》，有的我们在前面已经介绍过了。《列子》八篇当中，许多著名的神话，都集中在《汤问篇》中。有的是古神话的重述，而内容略有小异，例如夸父追日神话，《山海经》说是“夸父弃其杖，化为邓林”；这里则说夸父“尸膏肉所浸，生邓林。邓林弥广数千里焉”：作为异文而保留下来，也很可珍贵。有的则是首见记载的神话，如“愚公移山”，旧以为是寓言，其实是神话。愚公就是古代神话中夸父、刑天、共工、蚩尤这类巨人的化身，所以他敢于搬移太行、王屋两座大山。论其精神，更是一脉相通。古代神话便多含有寓言的性质，如“夸父追日”、“形天断首”等，何尝不都有深刻的寓意？所以首先当视“愚公移山”为神话，然后再以寓言目之，更何况故事中有“操蛇之神”、有“夸娥氏二子负二山”等，本身也就具有了神话的因素呢。

《汤问篇》中首见记载的神话，以下面两段最引人瞩目——

渤海之东，不知几亿万里，有大壑焉，实为无底之谷，其下无底，名曰归墟。八纮九野之水，天汉之流，莫不注之，而无增减焉。其中有五山焉，一曰岱舆，二曰员峤，三曰方壶，四曰瀛洲，五曰蓬莱。其山高下周围三万里，其顶平处九千里，山之中间相去七万里，以为邻居焉。其上台观皆金玉，其上禽兽皆纯缟，珠玕之树皆丛生，华实皆有滋味，食之皆不老不死。所居之人皆仙圣之种，一日一夕飞相往来者不可数焉。而五山之根无所连著，常随潮波上下往还，不得暂峙焉。仙圣毒之，诉之于帝，帝恐流于西极，失群圣之居，乃命禺彊，使巨鳌十五，举首而戴之，迭为三番，六万岁一交焉，五山始峙。而龙伯国有大人，举足不盈数步而暨五山之所，一钓而连六鳌，合负而趣，归其国，灼其骨以数焉。于是岱舆、员峤二山流于北极，沉于大海，仙圣之播迁者巨亿计。帝凭怒，侵减龙伯之国使阨，侵小龙伯之民使短，至伏羲神农时，其国人犹数十丈。

禹之治水土也，迷而失途，谬之一国，滨北海之北，不知距齐州几千万里，其国名曰终北。不知际畔之所齐限，无风雨霜露，不生鸟兽虫鱼草木之类。四方悉平，周以乔陟。当国之中，有山，山名壶领，状如甔甀；顶有口，状若员环，名曰滋穴。有水涌出，名曰神瀵。臭过兰椒，味过醪醴。一源分为四埒，注于山下，经营一国，亡不悉遍。土气和，亡札厉。人性婉而从物，不竞不争；柔心而弱骨，不骄不忌。长幼侪居，不君不臣；男女杂游，不媒不聘；缘水而居，不耕不稼；土地温湿，不织不衣；百年而死，不夭不病。其民滋阜亡数，有喜乐，无衰老哀苦。其俗好声，相携而迭谣，终日不辍音。饥倦则饮神瀵，力志和平；过则醉，经旬乃醒。沐浴神瀵，肤色脂泽，香气经旬乃歇。

前面一段神话看得出来已经有了一些仙话的意味了，归墟五神山实际上是根据海上三神山的传说发展而来的。三神山传说，《史记·封禅书》已记之，那是历代帝王寻求仙人及不死药的终极目标。这段神话虽然未把求仙等作为故事的中心内容，但它仍给我们展示了仙山上种种富丽丰饶景象，而且丛生的珠玕之树的花果，吃了还能“不老不死”，确实是有诱惑力的。题列御寇撰而后来佚亡了的《列子》，大约成书于汉代初年，与《淮南子》同时，这段神话当便是张湛所辑《列子》佚文的一段。至于巨鳌戴山的神话，则《楚辞·天问》已记叙之。《天问》说：“鳌戴山抃，何以安之？”王逸注引《列仙传》（今本无）说：“有巨灵之鳌，背负蓬莱之山而抃舞戏沧海之中。”可见的确是一个源远流长的神话故事。虽受仙话浸染，仍然是优美的神话；神话、仙话并没有截然的分界，往往类此。归墟五神山神话，其想象力之恢宏，实在令人惊叹。诚如辑存并注释《列子》的张湛所说：“以高下周围三万里山而一鳌头之所戴，而此六鳌复为一钓之所引，龙伯之人能并而负之，又钻其骨以卜，计此人之形当百余万里，鲲鹏方之，犹蚊蚋蚤虱耳；则太虚之所受，亦奚所不容哉！”谁说我们中华民族不富于想象，没有创造神话的能力？这段神话就可作为坚强有力的反证。

后面一段神话，乃是自古以来小有产者在社会动乱时代头脑里产生的桃花源式的仙乡乐土的幻想；而《桃花源记》所写的桃花源，“有良田美池桑竹之属，阡陌交通，鸡犬相闻”，这些都是劳动创造的结果，还比较接近现实。而这里所写，却是“不耕不稼”，“不织不衣”，“饥倦则饮神瀵”，无需劳动就可以存活，所以是神话。其实这种神话，《山海经》的记叙里早已有了，《大荒南经》说：“帝舜生无淫，无淫降臷处，是谓巫臷民。巫臷民朌姓，食谷，不绩不经，服也；不稼不穑，食也。爰有歌舞之鸟，鸾鸟自歌，凤鸟自舞。爰有百兽，相群爰处。百谷所聚。”《海外西经》说：“诸夭（沃）之野（沃民是处），鸾鸟自歌，凤鸟自舞。凤皇卵，民食之；甘露，民饮之，所欲自从也。百兽相与群居。”写的都是无需劳动便可以丰衣足食、快乐生活的人间乐园。小有产者也是劳动者，经常居于剥削者与被剥削者双重身份的地位，对被剥削的痛苦，他们最敏感，所以在他们的幻想中，愿意去寻求这样一种有着天然的简单食物、无需劳动、免遭剥削的世外桃源，终北国神话便提供了这样一个世外桃源的范本。那里的居民还过着原始社会前期“长幼侪居，不君不臣；男女杂游，不媒不聘”的原始群居生活，思想意识则被涂上了一层道家清静无为、返朴归真的色彩，因而这段神话是扭曲的，是被哲学化得较厉害的神话，只能居于次要的地位。

葛洪叙录的《西京杂记》也是这样一部真伪难辨、聚讼纷纭的书。据葛洪序，原是西汉刘歆所写史料的一部分，他不过是录存其书罢了。今本六卷，《隋志》、《唐志》俱二卷；《隋志》不著撰人姓名，《唐志》称葛洪撰，后人又以为是吴均撰。为了慎重一点，现在仍暂定是葛洪撰。此书大都记叙汉代西京长安的宫室园苑，轶闻琐事，也略有神话性质的东西，如下面的两条——

> 东海人黄公，少时为术，能制蛇御虎。佩赤金刀，以绛缯束发，立兴云雨，坐成山河。及衰老，力气羸败，饮酒过度，不能复行其术。秦末有白虎，见于东海，黄公乃以赤刀往厌之。术既不行，遂为虎所杀。三辅人俗用以为戏，汉帝亦取以为角抵之戏焉。（卷三）
>
> 昔有人游东海者，既而风恶船漂，不能制，船随风浪，不知所之。一日一夜，得一孤洲，其侣欢然，下石植缆，登洲煮食，食未熟而洲没。在船者斫断其缆，船复漂荡。向者孤洲乃大鱼，怒掉扬鬣，吸波吐浪而去，疾如风云，在洲死者十余人。（卷五）

前面一条写一个巫师的日暮途穷的悲剧，略带滑稽意味，连带也记叙了汉代的乐舞风习。汉末张衡的《西京赋》在叙写宫廷角抵百戏的时候，也这么说：“东海黄公，持刀粤祝，冀厌白虎，卒不能救。”可见确实是当时扮演的实景。后面一条写海里的鱼大如“孤洲”，写得很富神话意味。《山海经·海内北经》说：“大蟹在海中。”已启其端倪。然而记叙简单，未作描写渲染。郭璞注也仅仅说：“盖千里之蟹也。”后来在他所著的《玄中记》里，才见到有如下叙写的文字：“尝有行海得洲渚，林木甚茂，乃维舟登岸，纍于水傍，半炊而林没于水。遽断其缆，乃得去。详视之，大蟹也。”几乎就是这里所记大鱼神话的翻版：可知这类海洋生物是很能启迪古代人们的幻想的。

最后再略说一说具有同样情况的《古今注》。《古今注》三卷，旧题晋崔豹撰；后唐又有马镐《中华古今注》，亦三卷。《四库全书总目提要》说：“豹书久亡，镐书晚出，后人摭其书魏以前事赝为豹作。”当系实情。但魏以前事既然已经从马镐书中分出而为此书，亦不能说此书完全与崔豹无关。因仍暂定为崔豹所作，略说其大要。

《古今注》共分舆服、都邑、音乐、鸟兽、鱼虫、草木、杂注及问答释义八门，考释名物制度及其起源等，也关系到神话传说，有一些可供参考的零碎资料，如——

> 大驾指南车，起黄帝与蚩尤战于涿鹿之野，蚩尤作大雾，兵士皆迷，于是作指南车以示四方，遂擒蚩尤而即帝位。
>
> 华盖，黄帝所作也。与蚩尤战于涿鹿之野，常有五色云气，金枝玉叶，止于帝上，有花葩之象，故因而作华盖也。（卷上）
>
> 鲸鱼者，海鱼也，大者长千里，小者数十丈，一生数万子。常以五六月就岸边生子，至七八月，导从其子还大海中。鼓浪成雷，喷沫成雨，水族惊畏，皆逃匿，莫敢当者。其雌曰鲵，大者亦长千里。眼为明月珠。
>
> 水君状如人，乘马，众鱼皆导从之。一名鱼伯。大水乃有之。汉末有人于河际见之，人马有鳞甲，如大鲤鱼，但手足耳目与人不异耳。见人良久，乃入水中。（卷中）
>
> 世称皇帝炼丹于凿砚山，乃得仙，乘龙上天。群臣援龙须，须堕而生草，曰龙须。（卷下）

《中华古今注》中，也有两三条神话资料，附记如下——

> 昔禹王集诸侯于涂山之夕，忽大风雷震，云中甲马及九十一千

余人，中有服金甲、铁甲及不被甲者，以红绡抹其首额。禹王问之，对曰："此抹额盖武士之首服。"皆佩刀以为卫从，乃是海神来潮也。（卷上）

女娲作笙簧。问曰："上古音乐未和，而独制笙簧，其义云何？"答曰："女娲伏羲妹，蛇身人首，断鳌足而立四极，人之生而制其乐，以为发生之象，其大者十九簧，小者十二簧也。"（卷下）

其他都用不着详说了，单就"指南车"和"笙簧"二事略说一说。指南车实际上就是中国四大发明之一的指南针的神话化，它把这种创造发明推前到黄帝和蚩尤作战的时代，说"蚩尤作大雾"，黄帝便"作指南车以示四方，遂擒蚩尤而即帝位"。这是一说。这个说法有点语意不明，或可能是黄帝自作，或可能是黄帝命人所作。《太平御览》卷十五引《志林》说："蚩尤作大雾弥三日，军人皆惑。黄帝乃令风后法斗机作指南车，以别四方，遂擒蚩尤。"作者就非常明确了：是黄帝的臣子风后。但是也有说是玄女的。《事物纪原》卷二引《黄帝内传》说："玄女为帝制司南车，当其前。"更有说指南车是周公所作，事件也另外是一回事。《太平御览》卷七七五引《鬼谷子》说："肃慎氏献白雉于文王。还，恐迷路，问周公，因作指南车以送之。"于此可见古代神话传说的分歧无定。关于笙簧，这里说女娲制笙簧，是"以为发生之象"：取象于人类的滋生繁衍。解释是不错的，只是仅仅把"笙"作了"生"的谐音解释，稍微觉得简单些。实际上笙即芦笙，簧只是笙中的薄叶，芦笙就是以葫芦为底插竹管于上方制作的乐器，它还联系到后世传说的伏羲女娲兄妹入葫芦中逃避洪水然后结婚的神话，芦笙的制作便与此神话有关。葫芦是瓜类植物，它本身也有着"绵绵瓜瓞"（《诗经·绵》）、子孙众多的象征意义，作为大祖母神的女娲，她之作笙簧，自是其宜。

三、《华阳国志》、《续齐谐记》、《金楼子》

魏晋六朝时代还有三部性质各异而多少有些神话传说材料的书，它们是：（一）晋常璩的《华阳国志》，（二）梁吴均的《续齐谐记》，（三）梁萧绎的《金楼子》，也在这里大略讲讲。

《华阳国志·蜀志》记有一些关于蚕丛、鱼凫、杜宇、开明的历史化了的神话，有些和《蜀王本纪》所记大体相同，就不再重述。也有一些异文：如记蚕丛，说“其目纵，始称王，死作石棺石椁，国人从之，故俗以石棺椁为纵目人冢也”，就有些值得研究的东西。李冰神话只见于卢文弨辑的《风俗通逸文》，《华阳国志》所记主要是李冰在蜀兴修水利的情况，亦约略涉及有关他的神话传说——

> （李冰）西于玉女房下白沙邮，作三石人，立三水中，与江神要：水竭不至足，盛不没肩。时青衣有沫水，伏行地中，会江南安，触山胁溷岩，水脉漂疾，破害舟船，历代患之。冰发卒凿平溷岩，通正水道。或曰，冰凿岩时，水神怒，冰乃操刀入水中，与神斗。迄今蒙福。

末尾数语几乎就是《风俗通》所记李冰斗江神神话的缩写。记得最详细的，是关于竹王的神话，《南中志》说——

> 有竹王者，兴于遁水。有一女子浣于水滨，有三节大竹流入女子足间，推之不肯去。闻有儿声，取持归，破之，得一男儿，长养有材武，遂雄夷狄。氏以竹为姓，捐所破竹于野，成竹林，今竹王祠竹林是也。王与从人尝止大石上，命作羹，从者曰：“无水。”王以剑击石，水出，今（竹）王水是也。破石存焉。

竹流足间，破竹得儿，这实际上还是一个变相的感生神话。《后汉书·南蛮西南夷列传》也简略地记了这段神话，说：“西南夷者，在蜀郡徼外。有夜郎国。……夜郎者，初有女子浣于遁水，有三节大竹流入足间，闻其中有号声，剖竹视之，得一男儿，归而养之。及长，有才武，自立为夜郎侯，以竹为姓。”此夜郎侯便是竹王。常璩首先为我们记录了这段神话的全部概要，是值得称赞的。

吴均的《续齐谐记》只有薄薄的一卷，共十七条，然而所记大都关于神话传说，很有特色。如“黄雀衔环”、“鹅笼书生”等，就是大家都比较熟悉的。“桂阳成武丁”一条，关系到牛郎织女神话，我们当在论述民间神话时再去讲它。《续齐谐记》所记十多条记事中，最有特色的乃是记了相当数量的有关民间风俗的神话传说。试看下面所举的五条——

> 汝南桓景随费长房游学累年。长房谓曰：“九月九日，汝家中当有灾，宜急去，令家人各作绛囊，盛茱萸以系臂，登高饮菊花酒，此祸可除。”景如言，齐家登山。夕还，见鸡犬牛羊，一时暴死。长房闻之曰：“此可代也。”今世人九日登高饮酒，妇人带茱萸囊，盖始于此。
>
> 宏农邓绍尝八月旦入华山采药，见一童子，执五彩囊，承柏叶上露，皆如珠满囊。绍问曰：“用此何为？”答曰：“赤松先生取以明目。”言终便失所在。今世人八月旦作眼明袋，此遗象也。
>
> 屈原五月五日投汨罗水，楚人哀之。至此日，以竹筒子贮米，投水以祭之。汉建武中，长沙区曲忽见一士人，自云三闾大夫，谓曲曰：“闻君当（尝）见祭，甚善。常年为蛟龙所窃，今若有惠，当以楝叶塞其上，以彩丝缠之，此二物蛟龙所惮。”曲依其言。今五月五日作粽，并带楝叶、五花丝，遗风也。
>
> 吴县张成夜起，忽见一妇人立于宅南角，举手招成，成即就之。妇人曰：“此地是君家蚕室，我即此地之神。明年正月半，必作白粥，泛膏于上祭我也，必当令君蚕桑百倍。”言绝失之。成如言作膏粥，自此后大得蚕。今正月半作白膏粥，自此始也。
>
> 吴兴故鄣县东三十里有梅溪山，山根直竖一石，高可百余丈，青而圆，如两间屋大。四面斗绝，仰之干云，外无登陟之理。其上覆有盘石，圆如车盖，恒转如磨，声若风雨，土人号为石磨。转快则年丰，转迟则岁俭，欲知年之丰俭，验之无失。

像这类联系着节日风习的神话传说，在古书的记载中，并不多见，可说是别具一格。其他没有什么可以阐述的，只是“五月五日粽”和“蚕神”两条，还有点异文可说。关于前条，今本《续齐谐记》的“区曲”，据《艺文类聚》卷四引，作“欧回”，想是字形的讹误，作“欧回”是。又《太平寰宇记》卷一四五引《襄阳风俗记》说：“屈原五月五日投汨罗江，其妻每投食于水以祭之。屈原告妻，所祭皆为蛟龙所夺。龙畏五色丝及竹。故妻以竹为粽，以五色丝缠之。今俗其日皆带五色丝，食粽，言免蛟龙之患。”屈原所告的乃是其妻，是这一神话的异文。关于后条，《古小说钩沉》辑《齐谐记》说：“正月半，有神降陈氏之宅，云：‘我是蚕神，若能见祭，当令蚕桑百倍。’今人正月末作糕糜，为此也。”书虽出《续齐谐记》之前，但“张成”作‘陈氏”，而且记叙简略，当是此书所记的异文，不得便谓此书抄袭前书。

最后略说说梁元帝萧绎的《金楼子》。此书原有十卷，共十五篇，久已散佚。今存本六卷，十四篇，系辑自《永乐大典》，然亦不全。也有一些零星神话传说资料散在书中，可供参考。如《兴王篇》说：“帝舜……母曰握登，早终，瞽叟更娶生象。象傲，瞽叟顽，后母嚚，常欲杀舜。使舜入井，舜凿井傍行二十里。”又说：“周幽王嬖爱褒姒，褒姒生子白服，废太子而立之，用褒姒为后。褒姒者，周宣王时歌云：‘嗷嗷白服，实亡周国。’周宣王下国内有白服者杀之。时褒姒初生，父母不养而弃，白服者闻婴儿啼，因取以奔褒，后褒人以姒赎罪，因名褒姒焉。”以上两段，未见其他古籍记载，也算是舜和褒姒神话的异文。至于其他神话传说资料点滴，则大都集中在《志怪篇》中——

大秦国人长十丈。小秦国人长八尺。一足国人长九寸。

秦王遣徐福求桑椹于碧海之中。海中止有扶桑树，长数千丈，树两根同生，互相依倚，是名扶桑。仙人食其椹，而体作金光，飞腾元宫也。

浣纱女死，三蛟至葬所；窦武母窆，蛇击柩前。罗含之鸡能言，西周之犬解语。合浦桐叶，飞至洛阳；始兴鼓木，奔至临武。乐安胡氏，枯骨吟啸；辽水浮棺，有人言语。鬼来求助，张林使鬼而致富；神女为董永织缣而免灾。怀德郡石解语，临川间山能啸。泗水却流，盖泉赴节。虫食叶成字，鹄口画作书。狐屈指而作簿书，狸群叫而讲经传。鼋头戴银钗，猪胛带金铃。成皋之鱼号慨，华阴之狗涕零。武昌郡阁，杖有莲花；长安城门，斧柯生叶……

头条所记“大秦国人”、“小秦国人”或是根据已经佚亡的《河图玉版》，“一足国人长九寸”则是他书所无，此为首见。第二条徐福求扶桑桑椹，“仙人食其椹，体作金光，飞腾元宫”，亦是异闻。后面一条，杂记奇闻逸事，还有半段，嫌其冗杂，不再抄录。中间有脱文讹字，也无从校改。可能是半杂妖异灾祥的记录，半杂神话传说的缩写，不能仔细分辨了。录存于此，仅供参考。

四、《水经注》及其他

属于地理性质而又保存有丰富神话材料的书，只要不把《山海经》也算上去（《山海经》虽然曾被归入地理类，但是实在并非地理书，说已详第二章第一节），那么在古往今来的地理书中，北魏郦道元撰著的《水经注》就要数第一了。《水经》旧题汉桑钦撰，实不详何人。自晋以来，注者凡二家，郭璞注三卷已佚，今惟郦道元注四十卷存。这部书的最大特色，就是于河川所经的名胜古迹，常以神话传说实之。所据材料，有的是征引古籍，有的则是直接采自目见耳闻。征引古籍的部分，因所引今多佚亡，已足珍贵；直接采自目见耳闻的部分，因其材料新鲜，就更加可贵了。如下面所举的几条——

（九山九山庙）又有百虫将军显灵碑。碑云：“将军姓伊氏，讳益，字隤敳，帝高阳之第二子伯益者也。晋元康五年七月七日，顺人吴

义等，建立堂庙。永平元年二月二十日，刻石立颂赞。”示后贤矣。（《洛水》）

穴水东南流，历平川中，谓之婿乡水，曰婿水川，有唐公祠。唐君字公房，成固人也，学道得仙。入云台山，合丹服之，白日升天，鸡鸣天上，狗吠云中。惟以鼠恶留之。鼠乃感激，吐肠胃更生，故时人谓之唐鼠也。公房升仙之日，婿行未还，不获同阶云路。约以此川为居，言无繁霜蛟龙之患，其俗以为信然，因号为婿乡，故水亦名焉。（《沔水》）

泗水又南，获水入焉，而南流径彭城县故城东。周显王四十二年，九鼎没泗渊。秦始皇时，而鼎见于斯水。始皇自以德合三代，大喜，使数千人没水求之，不得，所谓鼎伏也。亦云系而行之，未出，龙齿啮断其系。故语云："称乐大早，绝鼎系。"当是孟浪之传耳。（《泗水》）

称和禹同治洪水的伯益为“百虫将军”，并为之“建立堂庙”，民间神话的色彩灿然，非常天真活泼可爱。《水经注》的作者能不避浅俗，将所见百虫将军显灵碑的碑文全录下来，为神话研究和民俗研究提供一份珍贵的资料，实在难得。不过据明董斯张《广博物志》卷十四说：“伯益字陨敳，为唐泽虞，是为百虫将军。”有注说：“今巩洛嵩山有百虫将军庙是也，自汉有之，《水经》云：‘晋元康五年七月顺人吴义复立。’”所引《水经》，当然就是《水经注》。今本作“建立”，董斯张所见本却作“复立”，看来作“复立”更妥当些。因董斯张已云此庙“自汉有之”；而百虫将军显灵碑既曰“显灵”，亦必先有堂庙而后才能“显灵”。不管怎样，于此可见民间神话中的这种奇特而亲切的称谓，是由来已久的。唐公房升仙和唐鼠的神话传说，虽然其他书籍也有记叙，而以此记将此事迹和眼前景物有机地结合起来，神话色彩最为鲜明，意味也最是隽永。关于唐鼠，比《水经注》成书稍早的南朝宋刘敬叔《异苑》卷三也说：“唐鼠形如鼠，稍长，青黑色，腹边有余物如肠，时亦污落，亦名易肠鼠。昔仙人唐昉拔宅升天，鸡犬皆去，唯鼠坠下不死，而肠出数寸，三年易之。俗呼之为唐鼠，城固川中有之。”说法又稍有不同，算是此一传说的异文。

秦始皇派人打捞宝鼎的事，我们至今还能从山东嘉祥武梁祠的汉代石刻画像里，见到一幅刻绘得很生动的图画：泗水桥上桥下众多的人，正在那里忙碌着打捞宝鼎，宝鼎已经被绳子曳出水面了，鼎内忽然钻出一条神龙，伸头将绳子咬断，掩鼎的人都跌了个四脚朝天。图画表现的就是绳断刹那的景况。《水经注》所记的“亦云系而行之，未出，龙齿啮断其系”，便可以和石刻画像所刻绘的相印证。

除上面所举以外，《水经注》还记了两条富于神话意味的民间传说——

范文，日南西卷县范椎奴也。文为奴时，山涧牧羊，于涧水中得两鲤鱼，隐藏挟归，规欲私食。郎知检求，文大惭惧，起托云：“将砺石还，非为鱼也。”郎至鱼所，见是两石，信之而去。文始异之。石有铁，文入山中，就石冶铁，锻作两刀。举刃向鄣，因祝曰：“鲤鱼变化，冶石成刀，斫石鄣破者，是有神灵，文当治此，为国君王；斫不入者，是刀无神灵。”进斫石障，如龙渊干将之斩芦藁。由是人情渐附。今斫石尚在，鱼刀犹存，传国子孙，如斩蛇之剑也。（《温水》）

（武强县）人有行于途者，见一小蛇，疑其有灵。持而养之，名曰担生。长而吞噬人，里中患之，遂捕系狱。担生负而奔，邑沦为湖，县长及吏，咸为鱼矣。（《浊漳水》）

前面一条，《述异记》卷上和《晋书·南蛮传》都有记述，文甚简略，远不如《水经注》所记的富有情趣，而《晋书》所记或又本于郦道元的书。后面一条，也可算是另外一种格调的陷湖传说。唐戴君孚的《广异记》撰写了一篇叫做“担生”的故事，原文较长，把它节略概述如下——

有书生路逢小蛇，因收养渐大，每担之，号曰担生。后不可负，放之范县东大泽中。四十余年，蛇如覆舟，号为神蟒，人往泽中，必被吞食。书生老迈，经此泽畔。人曰：“中有大蛇食人，君宜无往。”时盛冬寒甚，生谓冬月蛇藏，遂过大泽。忽有蛇逐书生，尚识其形色。遥谓之曰：“尔非我担生乎？”蛇便低头，良久方去。回至范县，县令闻其见蛇不死，以为异，系之狱，断刑当死。生私忿曰："担生，养汝翻令我死，不亦剧哉！"其夜蛇遂攻陷一县为湖，独狱不陷，书生获免。(《太平广记》卷四五八引)

大约根据的就是《水经注》这段简略的记叙，从这里也可见到神话传说发展演变由简趋繁的一般情况了。

这一时期的地理类书籍中，著名的有南朝宋盛弘之《荆州记》及陈顾野王《舆地志》，二书已先后佚亡，《汉唐地理书钞》有辑录。从辑本看，内中还是有一些神话传说材料可供参考的。先看盛弘之《荆州记》里面的几条——

空泠峡，绝崖壁立数百尺，飞鸟所不能栖，有一火烬插崖壁间，望见长可数尺。相传云，尧洪水时，行者泊舟于崖侧，爨于此，余烬插之，至今犹存，故曰插灶。

夷道县句将山下有三泉。传云，本无此泉，居者皆苦远汲，人人多卖水与之。有一女子，孤贫褴褛，无以贸易。忽有一乞人，衣粗(貌丑)，疮痍竟体，村人见之，无不秽恶。唯女子独加哀矜，割饭饲之。乞人食毕，曰："我感姬行善，欲思相报，为何所须？"女答曰："何恩可报？且今所须之物，非君能得。"因问所须。女子曰："正愿此山下有水可汲。"乞人乃取腰中书刀，刺山下三处，即飞泉涌出。因便辞去，忽然不见。

武陵郡西有阳山，山有两头兽如鹿，前后有头，常以一头食一头行，山人时有见之者。

襄阳城北沔水有蛟为害，太守邓遐勇昃兼人，时人方之樊哙。拔剑入水，蛟绕其足，遐自挥剑，截蛟数段．流血丹水。自此无害。

再看顾野王《舆地志》里面的几条——

老子祠，即老子所生旧宅。老子者，道君也，三皇之始，乘白鹿下托于李母，炼体易形，复命胞中，七十二年，生于楚国。李母，星名也，在斗魁中。老子，星精也，为人黄色，美目，面有寿征，黄额，广耳，大目，琉齿，方口，厚唇。额有三五达理，日角月角，鼻有双柱，耳有三漏，足蹈二五，手把十文。十二圣师，各有三法，凡三十六法。

盐山县有丱兮城，秦始皇遣徐福发童男女千人至海求蓬莱仙，因筑此城，侨居童男女，号丱兮城，一名千童城。

江西庐山紫霄峰下有石室，室中有禹刻篆文。有好事者缒入摹之，凡七十余字，止有“洪荒漾，余乃撵”六字可辨，余叵识。后复进寻，已迷其处。

上面所举的七八条，自然不是二书佚文中神话传说材料的全部，但已足见大概。它们的特点，都是《水经注》那样，结合地方风物来叙写一些神话传说，有些神话传说本身就成了地方风物的有机组成部分，如《荆州记》的“插灶”，《舆地志》的“丱兮城”、“禹刻篆文”等。从严格意义上来讲，这些固然还不能说是神话传说，但至少可以提供给研究神话传说者作为参考。中国历代这类属于地理性质的书籍，替我们保存的神话传说材料的零星片断，总的来说还是不少的。

第十章

唐五代的神话

一、《古镜记》、《枕中记》、《定婚店》

中国神话发展到了唐代，便产生了一些新的变化。唐以前的神话，大体是以笔记体的形式，作朴质的记录，保存在书本上。到了唐代，其中一支还沿袭着以往的道路，以笔记体的形式记录着往古的神话和新产生的神话；而另外一支则以一些神话传说作为材料，开始有意识地写作神话小说。

明胡应麟《少室山房笔丛》卷三六说："凡变异之谈，盛于六朝，然多是传录舛讹，未必尽设幻语。至唐人乃作意好奇，假小说以寄笔端。"这说得十分中肯，鲁迅《中国小说史略》第八篇"唐之传奇（上）"曾引用它。所谓"变异之谈"，其中有相当一部分，就是神话传说。唐以前的人对于它们，大都是比较忠实地"传录舛讹"，虽叙述异事，却信以为实有。所录的神话传说，虽然都可归入小说这一大类，而记录神话传说的人，却不是有意识地在做小说。到了唐代，风气一变，许多人在搜奇记逸的基础上，渐渐有意识地做起小说来。这种小说，一部分是取材于神话的，我们可以叫它为神话小说。神话小说，其实也就是神话故事，不过是艺术加工更多的神话故事罢了。其影响及于后世民间，往往比原始记录的神话和只作少许艺术加工的神话故事的影响还大，我们考察研究神话时，自然不能把这一部分摒弃在视野之外。

过去研究神话，总说"神话是不自觉的艺术加工"。是的，记录中比较接近原始状态的神话，那是不自觉的艺术加工。但是，已有相当数量的神话，在我国的文献记录中，进入了半自觉加工的过程。像盘瓠、蚕马这类神话，大约是经过了半自觉的艺术加工。希腊神话，最早见于《伊利亚特》和《奥德赛》两部史诗中，已经经过荷马或其他无名诗人的“熔铸”，其时他们虽然还没有脱离信神的宗教思想，但终归还是把神话作了初步的文学化，也就是说作了半自觉的艺术加工。稍后一点的赫西俄德的《神谱》，情况也和上述两部史诗差不多，却要更系统化一些。到奥维德的《变形记》，半自觉加工的程度，算是登峰造极，虽然还不能将它作为纯粹的文学创作。马克思、恩格斯经典著作中所称引的希腊神话，全是这类经过半自觉加工后的文学化的神话，然而它们并无碍于我们了解希腊神话的精神，因为它们正是沿着神话本身的发展道路，发扬了这种精神的。

我们现在要说的神话小说，那就更进了一步，是用一些神话材料作为素材，有意识地进行文学创作，用现在的术语来说，就是全自觉的艺术加工。用这种加工方式写作的神话小说，因其更有神话魅力，更能深入人心，问世不久，马上就成了新神话，群众不但从文学方面欣赏之，而且有的还会从宗教方面信仰之。《柳毅》神话小说问世后，洞庭湖便有了洞庭神君；孙悟空形象被《西游记》的作者塑造出来后，某些地方便有了齐天大圣庙，即是其例。像这类神话小说，它们既然在群众中已经生了根，我们还能不承认它是神话吗？所以，即使用全自觉加工方式写出来的神话故事，即神话小说，只要（1）它的主要取材仍然来自民间，（2）广泛受到人民群众的赞赏、欢迎，我们便应当承认它是神话。即使两个条件不能全备，也当列在神话的考察范围内予以研究才是。

下面我们就打算把这样几篇神话小说拿来略作讨论——

（1）王度《古镜记》

（2）沈既济《枕中记》

（3）李复言《定婚店》

（4）李朝威《柳毅》

（5）李公佐《古岳渎经》

王度是隋末唐初人，他作的《古镜记》，文章很长，大约说他从侯生那里得到一面黄帝铸造的古镜，能降精魅。后来他的弟弟王勣（绩）出门远游，借镜防身，也杀却若干鬼怪。古镜最终隐化而去。《中国小说史略》论此文时说："然仅缀集古镜诸灵异事，犹有六朝志怪流风。"论断是精辟有识见的。《古镜记》是一篇承上启下的神话小说，故虽幻设为文，还不能不遗留这种比较稚拙的缀合的残痕。

王度所假托得自侯生的黄帝古镜，其实就是照妖镜。李商隐诗"我闻照妖镜，及与神剑锋"(《李肱所遗画松书两纸得四十韵》)，已揭其名。《洞冥记》卷一说："望蟾阁十二丈，上有金镜，广四尺。元封中，有祇国献此镜，照见魑魅，不获隐形。"《抱朴子·登涉篇》说："古之入山道士，皆以明镜九寸悬于背后，则老魅不敢近人。若有鸟兽邪魅，其形貌皆见镜中矣。"都是此物。而《西游记》第六回说："见那李天王，高擎照妖镜，与哪吒住立云端。真君道：'天王，曾见那猴王么？'天王道：'不曾上来，我这里照着他哩。'"则此物在神话小说中已直接被神人用作镇压妖物的法宝。《古镜记》虽然影响不是很大，似是它的来龙去脉分明，我们还该承认它是一篇开创局面的神话小说。

对后世影响较大的神话小说，是沈既济的《枕中记》。《枕中记》故事大略说：开元中，有道士吕翁行邯郸道中，息邸舍，见旅中有少年侘傺叹息，乃探囊出一青磁枕授与他。少年俯首就枕，梦娶清河崔氏，举进士，官至陕牧，入为京兆尹，出破戎虏，转吏部侍郎，迁户部尚书兼御史大夫，为当权者所忌，以流言蜚语伤他，贬为端州刺史，以后在宦海里再沉再浮，一直到晋封为燕国公，生五子，有孙十余人，享尽人间荣华富贵。然而大限到来，终于婴疾，医药无救而薨。欠伸之际，方觉身尚偃卧邸舍，吕翁坐其傍，主人蒸黍未熟。《太平广记》卷八十二"吕翁"条引《异闻记》作"主人蒸黄粱未熟"，后世传说的"黄粱梦"一语，便是本诸《广记》所述。小说的主要思想，虽然没有摆脱魏晋以来遍及于士林的佛道二家出世思想的影响，但对竞逐荣名利禄的当时社会，也不啻一剂有效的清凉剂，因而受到各阶层人士比较广泛的欣赏。其后又有李公佐的《南柯太守传》，记一士人，白昼梦入宅南古槐穴中，与槐安国公主为婚，任南柯太守，凡二十年，生五男二女，备极显荣。后与敌战而败，公主亦薨，生罢郡还国，威福日甚，为王所疑，遣归本里。忽然梦醒，己身尚卧堂东庑下，二客濯足于榻，西垣斜日犹在。倏忽之间，已历一生。便寻槐穴，斧以观之，见种种蚁聚奇景，不忍毕看，遽令掩覆。其夕风雨，蚁皆迁去。此篇命意布局，和沈既济《枕中记》全同，而设想则较《枕中记》更为新颖，结尾取现实以证虚幻，带有充分的童话色彩。明汤显祖本此作剧曲《南柯梦》，为临川“四梦”之一，因而“南柯梦”就成了后世人们的口头熟语。唐人小说又有《樱桃青衣》，也是这类作品，因其影响不大，就不去多说。

其实沈既济《枕中记》的构想，又缘于六朝宋刘义庆《幽明录》所记的焦湖庙柏枕——

> 焦湖庙祝有柏枕，三十余年，枕后一小坼孔。县民汤林行贾经庙祈福，祝曰：“君婚姻未？可就枕坼边。”令林入坼内，见朱门、琼宫、瑶台胜于世。见赵太尉，为林婚，育子六人，四男二女，选秘书郎，忽迁黄门郎。林在枕中，永无思归之怀，遂遭违忤之事。祝令林出外间，遂见向枕，谓枕内历年载，而实俄忽之间矣。（鲁迅《古小说钩沉》辑）

从这段记叙可以看出，作者只是根据一段神话性质的传说，照样录之，文字朴质无华，甚至有点笨拙，因而造意虽新，还是湮没不彰。而《枕中记》本此加上文学的点染，境界的幻设，其委婉曲折之处，就使人有了生动而真实的感觉，自然深入人心，传为故事。因而不但元代马致远有《黄粱梦》杂剧，明代汤显祖也有《邯郸记》（一作《黄粱梦》）传奇，不过《邯郸记》剧误以吕翁为吕洞宾，其实吕洞宾是唐末人，和此剧中的卢生并不相及。“黄粱梦”后来又真成了地名，在今河北省邯郸市北，为一小镇，当京汉铁路线上，相传便是唐卢生在邯郸逆旅遇道者吕翁的地方。清李绿园《歧路灯》一〇一回对此地已有记叙，说“单说凌、谭、盛三人……走到‘黄粱梦’，家人各看行李，三人上卢生庙看做梦处”，即其地。可见这篇神话小说的影响之大。

李复言的《定婚店》，叙写了一个月下老人的神话故事，对后世民间也有相当影响。故事大略说，唐韦固旅次宋城南店，遇一老人倚囊坐，向月下检书。韦问所检何书，老人说是婚牍。又问囊中所盛何物，老人说是红绳，只要以此绳系夫妇足上，虽是仇家异域，也必然好合。韦问己妻，知是店北卖菜独眼老妪之女，才三岁，丑陋一如老妪。韦怒，遣奴刺其女，伤眉。韦与奴逃免。后十余年，韦参相州军，刺史王泰以为能，以女妻之。女容丽而眉间常贴一花子，韦怪而问之，始知就是从前遣奴刺伤的幼女，郡守怜其孤贫，抚为己女。因而愈相钦爱，所生男女都贵显。宋城宰闻之，题其店曰“定婚店”。俗因称媒妁为月下老人，或简称月老，俗谚也有“千里姻缘一线牵”这样的话。明初刘兑有《月下老定世间配偶》杂剧，即演此事。这篇神话小说不知所本，可能是根据当时的民间传说，虽然略带宿命论色彩，却并不阴森可怖，赤绳所系，还隐隐现出希望的明光，而月下老人的形象，复和蔼可亲，平易近人，因而易于为群众接受，流传久远。

二、《柳毅》与《古岳渎经》

唐代的神话小说，影响后世最大的，要算是李朝威的《柳毅》和李公佐的《古岳渎经》两篇了。

李朝威的《柳毅》，略谓柳毅应举下第，过泾阳，为牧羊女传书，遂至龙宫。乃知女为洞庭龙君小女，误嫁匪类，困辱于泾川龙子。其叔钱塘龙秉性刚暴，闻而愤往擒食之，携女还，因欲以女妻毅。毅以义所不当，峻拒之，然意不能无惓惓。后辞别龙君，载赠遗珍宝归家，初娶张氏、韩氏，皆相继亡，乃徙家金陵，再婚于范阳卢氏。居月余，毅因晚入户，视其妻，深觉类龙女，而逸艳丰厚，则又过之。因与话昔事。妻曰：“余即洞庭君之女也。”后又徙南海，复归洞庭。表弟薛嘏尝遇之于湖中，得仙药五十丸。此后遂绝影响。

《柳毅》原文甚长，约四五千字，这里只是节述梗概。作为神话小说，这篇文章的艺术加工是很有特色的，试举一段如下——

> 语未毕，而大声忽发，天拆地裂，宫殿摆簸，云烟沸涌。俄有赤龙长千余尺，电目血舌，朱鳞火鬣，项掣金锁，锁牵玉柱，千雷万霆，激绕其身，霰雪雨雹，一时皆下。乃擘青天而飞去。毅恐蹶仆地。君亲起持之曰："无惧，固无害。"毅良久稍安，乃获自定。因告辞曰："愿得生归，以避复来。"君曰："必不如此。其去则然，其来则不然。幸为少尽缱绻。"因命酌互举，以款人事。俄而祥风庆云，融融怡怡，幢节玲珑，箫韶以随。红妆千万，笑语熙熙。后有一人，自然蛾眉，明珰满身，绡縠参差。迫而视之，乃前寄辞者。然若喜若悲，零泪如系。须臾红烟蔽其左，紫气舒其右，香气环旋，入于宫中。君笑谓毅曰："泾水之囚人至矣。"

这是用浓丽的色彩，活泼跳跃、回旋如意的笔锋，给我们描绘的两种不同动态的景况，使人如亲临其境，闻见俱在目前。这种艺术加工，自然是前所未有的，它是唐代那个特定时期的产物。唐是在隋本来就繁荣的经济基础上建立起来的一个朝代，它和四邻尤其是西域诸国在经济文化上有着密切的联系。异邦文物，络绎输入中土，兼以外来宗教和本土宗教的合流，生活方式变得丰富多样。唐代的传奇文，便是在这种形势下接受了外国文化的影响而发展兴盛起来的。其中印度、波斯、阿拉伯等国家的影响，尤为显著。但虽接受影响，却不是生搬硬套"全盘西化"，而是采取如鲁迅所说的"拿来主义"的方法，拿它过来，溶解消化，成为我们自己身上血肉的一部分。观于《柳毅》文中所写，可见中外文化合流的大略情况：龙女、龙王、龙宫等设想或者来自佛经，场景、气氛、布局等又有可能受到阿拉伯、波斯神话传说故事的熏染[①]；而总的风格气派，却又是中国式的。宜乎此篇一出，立刻成了新神话，深入人心，受人喜爱。摹作者继起：小说则有唐末不著撰者的《灵应传》，传中的龙女乃是善女湫的九娘子神；戏曲则有元尚仲贤的《柳毅传书》、明黄说仲的《龙箫记》、句吴梅花墅的《橘浦记》等。又有元李好古的《张生煮海》，则

① 阿拉伯《天方夜谭》成书较后，这里仅指其流传于民间的故事而言。

是柳毅神话的翻案文字，深具民间神话的情趣，大意说——

潮州张羽读书于海滨石佛寺，遇东海龙王女琼莲夜来听其鼓琴，爱而赠以冰蚕鲛绡帕，嘱其持此为信，于八月中秋至龙宫求婚。及期，张羽寻至沙门岛，见白浪滔天，入海无路。乃号呼天地，拜祈神祇，朝夕无间。遇华山毛女仙姑经此，悯其痴情，以银锅、金钱、铁杓三宝予之。令置金钱于银锅，以铁杓舀海水而煮之，水煎一分，海水当去十丈。张生如其法而煮之，海水沸涌，龙宫生焰，水族惶恐万状。龙王令巡海夜叉讯得其情，不得已，乃以琼莲妻之，迎张生于龙宫成婚焉。

元尚仲贤也有剧曲名《张生煮海》，今佚，内容想必大致相同。明周揖《西湖二集》卷二十三首"引子"讲述了这个故事，很生动，可以参看。明人作诗，有"旧井潮深柳毅祠"、"封书谁识洞庭君"之句，见胡应麟《少室山房笔丛》卷三六，知柳毅神话已用为典实。

柳毅神话流传到了后代，更有地方风物及神庙塑像以附会之。《古今图书集成·坤舆典》卷四十说："岳州府柳毅井，在君山，唐柳毅为龙女传书处，一名传书井。"而《说郛》弓六二辑宋范致明《岳阳风土记》说："君山崇胜寺，旧楚兴寺也，有井曰柳毅井。"知自宋以来此井已传。更有意思的是不知何时，还在洞庭湖畔为柳毅塑了神像，名曰洞庭神君。清东轩主人《述异记》卷上说："洞庭神君相传为柳毅。其神立像，赤面，獠牙，朱发，狞如夜叉。以一手遮额覆目而視，一手指湖旁。从神亦然。舟往来者必临祭，舟中之人，不敢一字妄语，尤不可以手指物及遮额。不意犯之，则有风涛之险。"文弱书生柳毅，不知何以转变为这种凶恶的形貌。又幸有蒲松龄《聊斋志异》（会校会注会评本）卷十一《织成》末附记为之解说云："相传唐柳毅遇龙女，洞庭君以为婿。后逊位于毅。又以毅貌文，不能慑服水怪，付以鬼面，昼戴夜除。久之渐习忘除，遂与面合而为一。毅揽镜自惭。故行人泛湖，以手指物，则疑其指己也；以手覆额，则疑其窥己也：风波辄起，舟多覆。"《聊斋志异》的解说，实际上又发展了这一神话。

柳毅神话虽是文人根据一些神话零星片断的幻设虚构，但它却广泛地赢得了群众的喜爱，成为了他们的信仰，成为有生命力的活物。以上所举，都是它生命力的表现，或者还有挂漏。像这样的神话，我们还能不把它排列在正式神话的行列中，而去另眼相看么？从定义出发的所谓“不自觉”或“自觉”的加工等，我看都是不必要的争执，应该打破这种界限。

李朝威写这篇神话小说，也根据了一些神话材料，主要的神话材料有下面这样一段——

> 秦时中宿县十里外有观亭江神祠坛，甚灵异，经过有不恪者，必狂走入山，变为虎。晋中朝有质子将归洛，反路，见一行旅，寄其书云：“吾家在观亭亭庙前，石间有悬藤即是也。君至但扣藤，自有应者。”及归如言，果有二人从水中出，取书而没。寻还云：“河伯欲见君。”此人亦不觉随去。便睹屋宇精丽，饮食鲜香，言语接对，无异世间。今俗咸言观亭有江伯神也。（《异苑》卷五）

至于《柳毅》文中所说“昔尧遭洪水九年者，乃此子（钱塘龙）一怒也；近与天将失意，塞其五山”，等等，则是采取古代神话的零星片断以为点缀，并不真正忠实于原作。“尧遭洪水九年”，古神话说是“共工振滔”之故，与钱塘龙并无关系；“天将……五山”，大概就是《列子·汤问篇》所说的帝命禺彊使巨鳌十五首戴五山，“天将”就是禺彊，然而未闻与钱塘龙有什么“失意”之事。这些都不过是信笔点染，增强故事的神话气氛，神话小说的作者完全有权这么做。

李公佐的《古岳渎经》，见《太平广记》卷四六七“李汤”条引《戎幕闲谈》，也是一篇取材于神话而幻设为文的神话小说。故事说，李汤于永泰（唐代宗年号）年间任楚州刺史，闻渔人见龟山下水中有大铁锁，乃以人牛曳出之。刹时风涛陡作，有一怪兽，形如猿猴，身高五丈，闯然上岸，顾视人群，观者见之，惊恐奔走。兽亦徐徐引锁曳牛入水去，竟不复出。当时李汤与楚州知名之士，皆错愕不知其由。其后李公佐到东吴访古，泛洞庭，登包山，入灵洞，探仙书，得《古岳渎经》第八卷，才知此兽名无支祁，原来是禹治水经桐柏山时降伏的一个水怪。故事的主要部分，便集中在禹擒无支祁的经过上——

> 禹理水，三至桐柏山，惊风走雷，石号木鸣，五伯拥川，天老肃兵，功不能兴。禹怒，召集百灵，授命夔龙，桐柏等山君长稽首请命。禹因囚鸿蒙氏、章商氏、兜卢氏、犁娄氏，乃获淮涡水神，名无支祁。善应对言语，辨江淮之浅深，原隰之远近，形若猿猴，缩鼻高额，青躯白首，金目雪牙，颈伸百尺，力逾九象，搏击腾踔疾奔，轻利倏忽，闻视不可久。禹授之童律，不能制；授之乌木由，不能制；授之庚辰，能制。鸱脾桓胡木魅水灵山妖石怪，奔号聚绕，以数千载。庚辰以戟逐去。颈锁大索，鼻穿金铃，徙淮阴龟山之足下，俾淮水永安流注海也。

这段记叙据说便是《古岳渎经》里所写的。虽然一眼便能看出这是李公佐的幻设虚构，但和李公佐同时的李肇已在其所著《唐国史补》“淮水无支奇”条隐括其事云：“楚州有渔人，忽于淮中钓得古铁锁，以告官。刺史李阳大集人力引之。锁穷，有青猕猴跃出水，复没而逝。后有验《山海经》云：‘水兽好为害，禹锁于军山足下，其名无支奇。’”刺史李阳，自然就是李汤；所谓《山海经》，其实就是《古岳渎经》，李肇的记录可说就是李公佐小说的节述。无支祁神话经过二李的宣扬，便广被到了民间，后来更演为泗州僧伽降伏水母的故事。宋罗泌《路史·余论九》“无支祁”条略谓，禹锁无支祁，“而释氏乃以为泗州僧伽之所降水母者”。宋王象之《舆地纪胜》卷四四也说：“水母洞，在龟山寺，俗传泗州僧伽降水母于此。”又说：“龟山，在盱眙县北三十里。其西南上有绝壁，下有重渊。”便是这段神话演变的最早记录。《清重修庙记》引《淮泗志》说：“巫支祁屡为水患，僧伽大圣拄锡泗州，说法禁制，建灵瑞塔，淮泗乃安。”就更清楚明白：僧伽所降的水母，就是禹锁的无支祁，从一个神话已经演变为另一个神话了。而盱眙当地民间传说则说，水母娘娘挑水一担行道上，欲将神州东南尽化泽国。张果老闻知，急倒骑毛驴来见水母，请饮驴以水，以舒畜牲长途跋涉之困。妖精不识神仙，欣然听驴饮水。神驴伸嘴一饮，竟饮尽两桶所盛五湖四海之水，但余些许水脚。妖精惊恚，忿而将桶中余水倾之于地，顷刻卷起滔天狂澜，从盱眙漫向泗州（盱眙城与泗州城原只一桥相连），数十万生灵悉葬水底。这便是所谓“水淹泗州”。果老怒水妖残暴，乃以铁索锁之，打入盱眙县老子山都帝庙神井中。神话到此，又一变再变。可见即使它是文人笔下的幻设虚构，而本身却具有活泼强大的生命力。像这样具有生命力的神话故事，我们就应该理直气壮地承认它是神话而不该是“拟神话”或别的什么。

《古岳渎经》所写的神话故事虽是虚构，但无支祁这个神话人物（动物）形象的塑造，却仍旧有它的本源。本源为何？那就是古神话中的夔，以及后来神话传说中的山獠。《山海经》所记的夔，原是东海流波山一头牛形的一足怪兽，演变到后来，便成为韦昭注《国语·鲁语》所说的“夔一足，越人谓之山缫（獠），人面猴身能言”的山獠了。无支祁“形如猿猴”、“力逾九象”，正是从夔到山獠结合牛力猴形于一身的自然发展演变。而楚州渔人见龟山下有大铁锁，后刺史李汤以人牛曳出怪兽事，又和六朝以来屡屡见诸笔记的有关金牛的神话传说十分相类——

巴丘县自金冈以上二十里，名黄金潭，莫测其深；上有濑，亦名黄金濑。古有钓于此潭，获一金锁，引之遂满一船。有金牛出，声貌莽壮，钓人被骇，牛因奋勇，跃而还潭。锁乃将尽，钓人以刀斫得数尺。潭濑因此取名。(《古小说钩沉》辑《幽明录》)

晋康帝建元中，有渔父垂钓，得一金锁。引锁尽，见金牛，急挽出。牛断，犹得锁，长二尺。(《异苑》卷二)

储潭，咸和二年刺吏（史）朱伟所立。尝有渔者钓于此潭，得金锁索，引舟中，长数百丈。忽一物随锁而来，其形如水牛，眼赤，角白，及见人，惊骇拽走，而渔以刀断得数尺，不知其所由然也。(《汉唐地理书钞》辑《顾野王舆地志》)

居风山去郡四里。夷人从太守裴庠求市此山，云出金，既不许。寻有一妪行田，见金牛出食，斫得鼻锁，长丈余。人后往住见牛夜出，其色光耀数十里。(《太平御览》卷六四四引《刘欣期交州记》)

从以上所引各条记叙看，《古岳渎经》所写的无支祁神话仍然是有其渊源的。不但神话的构思布局本身及无支祁形象的创造有其渊源，就是无支祁这个形象，也影响到后来另一著名神话人物形象的创造，那就是《西游记》里的孙悟空。元代吴昌龄写杂剧《西游记》，孙悟空形象还在雏形阶段，还只叫作孙行者时，作者就已在词曲中评述这个孙行者说：“巫支祈是他姊妹。”可见他们之间的联系。因而鲁迅《中国小说史略》说：“明吴承恩演《西游记》，又移其神变奋迅之状于孙悟空。”这话也是可信的。不过应当注意到：孙悟空形象的创造，除此而外，还曾受到印度史诗《罗摩衍那》中神猴哈奴曼的影响，这样认识就比较全面了。至于无支祁这个神话人物受到后世文人学士的注意，如朱熹《楚辞辨证》中尝斥僧伽降伏无支祁为俚说，罗泌《路史·余论九》有无支祁辨等，又是其余事了。苏轼《濠州涂山》诗云：“川锁支祁水尚浑，地埋汪罔骨犹存；樵苏已入黄熊庙，乌雀犹朝禹会村。”四句四事，皆鲧禹神话的隐括，首句即以“锁支祁”为言，可见它的影响。

唐代神话小说所写，除了前面所说两篇影响较大以外，还有一篇，是裴铏《传奇》中的《陈鸾凤》，虽然不见有多少影响，但却情景特殊，别具一格。此书写人与雷斗，凛然无畏，长人之志，灭鬼神之威，虎虎有生气，是征服自然神话在中世纪的再现者。兹节述如下——

> 唐元和中，有陈鸾凤者，海康人也。负气义，不畏鬼神。海康有雷公庙，其应如响。时大旱，邑人祷而无应。鸾凤大怒，曰：“我之乡，乃雷乡也，为神不福，焉用庙为？”遂秉炬爇之。其风俗，不得以黄鱼彘肉相和，食之必震死。鸾凤持竹炭刀，以所忌物相和啖之，果迅雷急雨震之。鸾凤以刀上挥，中雷左股而断。雷堕地，状类熊猪，毛角，肉翼青色，手执短柄刚石斧，流血注然。云雨尽灭。鸾凤知雷无神，遂驰赴家，告其血属。众共执之，曰：“我一乡受祸。”鸾凤奋击不得。逡巡，复有云雷，裹其伤者，和断股而去。沛然云雨，自午及酉，涸苗皆立矣。遂被长幼共斥之，不许还舍。于是持刀行二十里，诣舅兄家。及夜，又遭雷火，天火焚其室。复持刀立于庭，

雷终不能害。旋有人告其舅兄向来事，又为逐出。复往僧舍，亦为霆震，焚爇如前。知无容身处，乃夜秉独，入于乳穴嵌孔之处，后雷不复能震矣。三暝然后返舍。自后海康每有旱，邑人即醵金与鸾凤，请依前调二物食之，持刀如前，皆有云雨滂沱，终不能震。如此二十余年，俗号鸾凤为雨师。至太和中，刺史林绪知其事，召至州，诘其端倪。鸾凤云："少壮之时，心如铁石，鬼神雷电，视之若无当者，愿杀一身，请苏万姓，即上玄焉能使雷鬼敢骋其凶臆也！"遂献其刀于绪，厚酬其直。(《太平广记》卷三九四引)

这里所写，就是人和大自然的斗争，谁说只有在原始社会，才能呈现这种斗争？神话的产生，各个历史时期俱有，不限于原始社会，观此记叙，也就可以明白了。更有意思的是，陈鸾凤竟能代替雷神行雨，被人称为"雨师"；其实他所施行的，不过与《三国演义》里描写的诸葛亮"草船借箭"一样，故意吃雷所畏忌的黄鱼杂彘肉，激其怒而用其愚，借他的雷雨以泽惠乡人罢了。这是歌颂人的智勇，歌颂"愿杀一身、请苏万姓"的仗义敢死的无畏品德。它和古神话里羿、鲧、禹的精神完全是息息相通的。这当然要算后世产生的优秀神话之一。

裴铏《传奇》中，尚有《樊夫人》、《裴航》、《韦自东》、《文箫》等篇，都是瑰奇优美的作品，应列入神话考察范围。此书《唐志》著录三卷，《直斋书录解题》作六卷，今佚，有上海古籍出版社出版的周楞伽辑注本，共收三十一篇，可见其大概。

三、《朝野佥载》、《酉阳杂俎》、《宣室志》

笔记体神话的一支，在唐代，还继续沿袭着以往的道路发展，不时有所表现。然而较之魏晋六朝时代的志怪书来，唐代记异闻的专著并不太多，搜罗起来，只有四五种，可以大略说说。

最早的一种，要数张鷟的《朝野佥载》。张鷟，字文成，是初唐时期一位颇为有名的文学家，他的小说《游仙窟》传到日本，甚为彼邦人士所推重。《朝野佥载》主要记武后一朝的朝野见闻，兼记一些鬼神异事。原书二十卷，久佚，今本辑为六卷，在第五、六卷中，也保存了一些神话传说材料——

辰州东有三山，鼎足直上，各数千丈。古老传曰，邓夸父与日竞走，至此煮饭，此三山者，夸父支鼎之石也。（卷五）

东海有蛇丘，地险多渐洳，众蛇居之，无人民。蛇或有人头而蛇身。（卷五）

并州石艾、寿阳二界有妒女泉，有神庙，泉水沉洁澈千丈。祭者投钱及羊骨，皎然皆见。俗传妒女者，介子推妹，与兄竞，去泉百里，寒食不许举火，至今犹然。女锦衣红鲜，装束盛服，及有人取山丹、百合经过者，必雷风电雹以震之。（卷六）

夸父追日神话，原是极振奋人心的。因而在古代各地民间相传，容易为地方风物所附会。单从《太平御览》所引的几处夸父遗迹来看，就已经可以略见一斑。如卷四七引《郡国志》说："台州覆釜山，有巨迹，云是夸父逐日之所践。"卷五六引《安定图经》说："振履堆者，故老云，夸父逐日，振履于此，故名。"卷三八八引《荆州记》说："零陵县石上有夸父迹。"这里记叙了辰州夸父"煮饭"的"支鼎石"，更足见夸父行迹在民间传说中的活跃。

至于妒女泉的传说，任昉《述异记》上亦记之而文较简，较详者当从唐李諲的《〈妒神颂〉序》。[①]大意说推妹耻兄要君，积薪自焚，至冬至后日积一薪，至百日烈火焚之，为易清明节寒食之俗。寒食，据说是因介之推遭焚、"神灵不乐举火"而兴起的风俗。"妒女"，一般是女性嫉妒女性，而此则是妹妹嫉妒她哥哥"要君"遭焚，民间为之寒食不举火，

① 见清俞樾《茶香室三钞》卷十九"妒神"条引林春溥《开卷偶得》。

她便于此时积薪自焚以易其俗。张鷟此处的记叙尚嫌模糊，只说妒女“与兄竞，去泉百里，寒食不许举火”，似乎在“泉百里”以内，妒女也“不许举火”，其实不然。后面所记凡衣红鲜盛服的妇女以及取山丹、百合鲜艳花卉经过此泉者，必道风雷电雹之震，倒正是妒女的本色，但却可能是将其他有关妒女的传说，与介之推妹这个特定的妒女的传说糅混在一起而作的记录。段成式《酉阳杂俎·诺皋记上》记了一段妒妇津的神话，倒也很有意思，可以和此处所记的对看——

> 临清有妒妇津。相传晋大始中，刘伯玉妻段氏，字明光，性妒忌。伯玉常于妻前颂《洛神赋》，语其妻曰：“娶妇得如此，吾无憾矣！”明光曰：“君何得以水神为美，而欲轻我，吾死，何愁不为水神！”其夜乃自沉而死。死后七日，托梦与伯玉曰：“君本愿神，吾今得为神也。”伯玉寤而觉之，遂终身不复渡水。有妇人渡此津者，皆坏衣枉妆，然后敢济，不尔风波暴发。丑妇虽妆饰而渡，其神亦不妒也……故齐人语曰：“欲求好妇，立在津口；妇立水傍，好丑自彰。”

再如《朝野佥载》卷五记的赵州桥石狮、卷六记的封溪猩猩，还有中华书局版“补辑”中记的肃州敦煌鲁般、昝君谟“啮镞法”等，都可以作为研究神话的参考。关于鲁般神话，以后讲述到民间神话时还要讲到它，这里暂且不提。

其次是段成式的《酉阳杂俎》。这部书里所保存的神话材料或可以当作神话材料看待，其数量之多，仅次于晋代干宝的《搜神记》。较之《搜神记》，它所保存的神话材料，更富有民间神话色彩。《酉阳杂俎》全书共三十卷，前集二十卷，续集十卷，各卷中又分出一些小的栏目，如卷一有“忠志”、“礼异”、“天咫”，卷二有“玉格”、“壶史”等，所记大都是诡异不经之谈，涉及释道灵异、历史传闻的地方尤多，而民间神话传说往往错出其中，试举关于月的神话传说两段如下——

> 旧言月中有桂，有蟾蜍。故异书言，月桂高五百丈，下有一人

常斫之，树创随合。人姓吴，名刚，学仙有过，谪令伐树。

大和中郑仁本表弟不记姓名，常与一王秀才游嵩山，扪萝越涧，境极幽夐，遂迷归路，将暮，不知所之。陡倚间，忽觉丛中鼾睡声。披蓁视之，见一人布衣，甚洁白，枕一襆物，方眠熟。即叩之曰："某偶入此径，迷路，君知向官道否？"其人举首，略视不应，复寝。又再三呼之，乃起坐，顾曰："来此。"二人因就之，且问其所自。其人笑曰："君知月乃七宝合成乎？月势如丸，其影日烁其凸处也，常有八万二千户修之，予即一数。"因开襆，有斤凿数事，玉屑饭两裹（裹），授与二人，曰："分食此，虽不足长生，可一生无疾耳。"乃起，与二人指一径："但由此自合官道矣。"言已不见。（《天咫》）

所记两段关于月的神话传说，吴刚伐桂一段，几乎已经成为家喻户晓的神话了。唐以前并无吴刚伐桂之说，自段成式《酉阳杂俎》记叙以后，忽然取得群众的公认，不胫而走，流传开来。它使后世的人们都知道：月中的住户，不但有嫦娥，还有吴刚。这就是离原始社会已远的后世产生的，经过群众批准的新神话。"吴刚伐桂"，乃是对月中阴影的解释，属于解释自然现象的神话。直到唐代，人们对于月中的阴影还产生这么浓厚的兴趣，作了不同于以往的新解释。《楚辞·天问》说："夜光何德，死则又育？厥利维何，而顾菟在腹？""夜光"指月，是没有问题的；"死则又育"，是说月晦而复明，也没有什么问题。独"顾菟"一词，旧来诸家咸以"顾望之兔"释之则非。闻一多《天问释天》举有十一证来证明顾菟即蟾蜍，这才解释对了。人们对月中阴影最早的认识就是蟾蜍。窃药奔月的嫦娥，据古本《淮南子》的记叙，也是"化为蟾蜍，而为月精"（《初学记》卷一引）。到汉代刘向的《五经通义》，又在蟾蜍之外，更增一兔，说"月中有兔与蟾蜍"。到晋代傅玄的《拟天问》，却说："月中何有，白兔捣药。"又舍蟾蜍而单言兔了。足见人们对月中阴影的认识，都只是猜测，并未作充分肯定。"吴刚伐桂"之说自然也是猜测，然而较之蟾蜍、玉兔等，却更广泛地取得了群众的公认。其实此说在晋代已有了一点模糊的影子，虞喜《安天论》说："俗传月中仙人桂树，今视其初生，见仙人之足，渐已成形，桂树后生焉。”[①]“仙人桂树”恐怕就是“吴刚伐桂”的雏形，不过当时并未揭出吴刚，也无神话故事充实之，没有引起人们充分的注意罢了。下面一段是“玉斧修月”，使现实人物和神话人物同在一个场所进行了一段戏剧性的会晤，也是很有意趣的，自然可以作为神话考察。王安石《题画扇》诗说：“玉斧修成宝月团。”知此一神话在宋代已用作文学典故了。

还有如《玉格》记叙的吴猛选拔弟子去诛妖蛇，夜以木炭百余斤化为美女试诸弟子，弟子百余人衣皆染污，独许逊无染，便和许逊同去除了蛇害；《壶史》记叙的唐玄宗学隐形于罗公远，罗不尽教之，或露衣带，或露巾脚，玄宗怒欲杀之，罗走入殿柱，后复入石碣以避，玄宗又命人碎碣为数十段，明莹的碣中悉有公远形，等等：也都可以作为神话考察。

最有意趣的，是《诺皋记上》记叙的一个长须国的神话故事，原文较长，节缩其梗概如下——

> 大足初，有士人随新罗使，风吹至一处，人皆长须，号长须国。王拜士人为司风长，兼驸马。其主甚美，有须数十根。姬嫔亦悉有须。因赋诗曰：“花无蕊不妍，女无须亦丑；丈人试遣惣无，未必不如惣有。”后十余年，王言国有难，遣士人谒海龙王求救。龙王笑曰：“客固为鰕（虾）所魅耳。”见铁镬数十，满中是鰕，皆龙王所食。龙王命放鰕王一镬，令二使送客归中国。一夕至。登舟回顾，二使乃巨龙也。

《酉阳杂俎》还记叙了“吴洞金履”、“旁㐌兄弟”这样具有世界性的民间传说故事（《支诺皋》上），也可以当作神话考察。“吴洞金履”是灰姑娘型的民间传说，几百年前始见于欧洲文学记载，而我国在一千多年前就已见诸载籍了，不能不使人感到自豪。此书保存的零星片断的神话材料还多，真是举不胜举，姑再举《诺皋记》上记的两段如下，以见一斑——

---

① 自《五经通义》以下三条均从《太平御览》卷四引。

> 齐郡接历山上有古铁锁，大如人臂，绕其峰再浃。相传本海中山，山神好移，故海神锁之，挽锁飞来于此。
>
> 太原郡东有崖山，天旱，土人常烧此山以求雨。俗传崖山神娶河伯女，故河伯见火，必降雨救之。今山上多生水草。

和《酉阳杂俎》分量略相当的有张读《宣室志》，书凡十卷。其书多记神仙妖怪灵异之事，有的记叙较长，颇有唐人小说的格局；有的则较简短朴质，仍沿六朝志怪的作风。其中也有一些材料，可以当做神话考察。如卷一记的云花寺七圣画——

> 云花寺有画殿，长安中谓之七圣画。初殿宇既制，寺僧求画工，将命施彩绘，责其直，不合寺僧所求，亦竟去。后数日，有二少年诣寺来谒，曰："某，善画者也。今闻此寺将命画工，某不敢利其值，愿输工，可乎？"寺僧欲先阅其笔，少年曰："某兄弟凡七人，未尝画于长安诸寺，宁有迹乎？"……寺僧利其无值，遂许之。后一日，七人果至，各挈彩绘，将入殿宇，且为僧约曰："从此去七日，慎勿启吾之户，亦不劳赐食……"僧从其语。自是凡六日，阒无他闻。僧相语曰："此必怪也，当不宜果其约。"遂相与发其封。户既启，有七鸽翩翩望空飞去。其殿中彩绘，俨若四隅，惟西北牖未尽饰焉。后画工来见之，大惊曰："真神妙之笔也！"于是莫敢继其色者。

这一记叙很有意趣，神话的色彩灿然。宋张邦基《墨庄漫录》卷十说："襄阳天仙寺，在汉江之东津，去城十里许。正殿大壁，画大悲千手观音菩萨像。世传唐武德初，寺尼作殿，求良工图绘。有夫妇携一女子应命。期尼以扃殿门，七日乃开。至第六日，尼颇疑之，乃辟户，阒其无人，有二白鸽翻然飞去。视壁间圣像已成，相好奇特，非世间所能。独其下有二长臂结印手未足，乃二白鸽飞去之应也。"大概就是这段神话的流传演变，可见它也是有生命力的。又如同卷记叙的"消面虫"，本是藏在某生体内使其羸瘦致病的害虫，然而胡人求得了它，却拿它去探索海中的奇宝，某生也因此致富，也是一篇很像《天方夜谭》的神话。其他如卷三记的两段夜叉异闻，卷五记的地下肉芝，卷八记的张果老识千岁鹿等，都可以放在神话范围内予以考察。

四、《琱玉集》、《独异志》

唐代初年，有一部分类大略如《世说新语》、格调却很富民间情趣的书，名《琱玉集》，作者不详。原书十五卷，今仅存唐写残本十二、十四两卷。其书记事，以类相从，分出许多篇目，如《聪慧篇》、《壮力篇》、《美人篇》、《丑人篇》等。所征引的古书如《蔡琰别传》、《同贤记》、《语林》、《晋钞》、《王智深宋书》等，今多不传。其中如《感应篇》引《同贤记》记的孟仲姿觅夫哭崩长城事，就是如今所传孟姜女故事的雏形。他如此书所记神农时共工、黄帝时欧默等，都是其他书籍所未见。现在把其中可供参考的神话材料摘抄几条如下——

共工，神农时诸侯也，而与神农争定天下。共工大怒，以头触不周山，山崩，天柱折，地维绝，故天倾西北隅，地缺东南角。又女娲炼五石以补天缺也。出《淮南子》。（《壮力篇》）

刘向字子政，汉高祖从父兄楚元王刘交之后也。汉宣帝时开输属山之岩石，善（岩）下得二人，身被桎梏，将至长安，变为石人。宣帝见之大惊，广集群臣，多召方士，问其所由，皆无知者。唯向对曰："此人是黄帝时诰窳国臣，犯干大逆，黄帝不忍诛之，乃枷械其身，置输属山，幽在微谷之下，若值明王圣主，当得出外。"宣帝不信，以向言妖，执向下狱。向子歆字子骏，自出应募，云须七岁女子以乳之，石人当变。帝如其言，令女子乳之，即变为人，便能言语。帝问其状，皆如向父子之言。宣帝大悦，拜向为大中大夫，歆为宗正……出《类林》。（《鉴识篇》）

欧默，皇（黄）帝时人也，家著五曜神珠。而欧无子，唯有三女，各嫁诸侯为妻。欧得病，临终，语左右曰："可投五曜于南海中，吾死之后，吾女若来，可以语之。"及欧默没（殁），三女奔丧，因问神珠。左右答曰："已投南海也。"三女于是俱往海边，向海号泣，五曜神珠为之浮出，遂即得之也。（《感应篇》——内数字缺损，以意补足）

伯夷，殷时辽东孤竹君之子也，与弟叔齐俱让其位而归于国，见武王伐纣，以为不义，遂隐于首阳之山，不食周粟，以薇菜为粮。时有王糜子往难之曰："虽不食周粟而食我周木何也？"伯夷兄弟遂绝食七日。天遣白鹿乳之，径由数日。叔齐腹中私曰："得此鹿完啖之，岂不快哉！"于是鹿知其心，不复来下，伯夷兄弟俱饿死也。出《列士传》。（《感应篇》）

从以上所引几条神话传说材料，可以见到此书的最大特色，就是把引自古书的神话传说民间化了。事情的根由或者是出自古书，但实际写的却是当时民间的口头传说。如第一条共工触山神话，以前古书所记，只知道他是和颛顼或高辛争帝，这里却说他是"神农时诸侯"、"与神农争定天下"，可算异闻。第二条汉宣帝开输属山，于岩石下得二人事，是本于《山海经·海内西经》所记"危与贰负杀窫窳"神话而来，刘秀（歆）《上〈山海经〉表》说："孝宣帝时，击磻石于上郡，陷得石室，中有反缚盗械人。时臣秀父向为谏议大夫，言此贰负之臣也。诏问何以知之，亦以《山海经》对。"故事的本源便在这里。郭璞注说："石室中得一人，徒踝被发，反缚，械一足"，大概仅及于"贰负之臣"危。而此一神话流传到唐初，据《琱玉集》所记，那就是贰负与危俱被系缚了。至于"须七岁女子乳之"、石人"即变为人"的神话，那就完全是先前所无，而是唐初才发展起来的新神话了。此条所说"出《类林》"，《类林》不知是何书，但大约也不是照书直录，而是添加了一些新鲜的东西。此条所记，后来李亢的《独异志》卷上亦记之，内容大略相同，文字却较顺适，读者可自去参看。第三条"五曜神珠"神话，完全是新鲜的神话，以前未见他书记录，以后也未被人们提起，就这样倏然而来，倏然而逝，意义不大，却仍旧表现出一种纯朴的天真烂漫的格调,可供研究参考。此条未注所出，不知本于何书。第四条天遣白鹿乳伯夷兄弟神话,渊源很早。《楚辞·天问》说:“惊女采薇鹿何祐？”就是这段神话的本源。闻一多《楚辞校补》说：惊女二字当互易，惊读为警，就是戒的意思，女戒采薇而鹿祐之，神话的初貌就是如此。谯周《古史考》(辑本)说:“伯夷叔齐隐于首阳山，采薇而食之。野有妇人谓之曰:‘子义不食周粟，此亦周之草木也。’于是饿死。”记叙了这段神话的上半段。《绎史》卷二十引《列士传》说:“武王伐纣，夷齐不从，隐于首阳山，采薇而食。王摩子入山，难之曰:‘君不食周粟，而隐周山，食周薇，奈何？’二人遂不食薇。经七日，天遣白鹿乳之。二人私念:此鹿食之必美。鹿知其意，不复来，二子遂饿而死。”这里记叙的也说是“出《列士传》”,但和他书所引的《列士传》差异较大。他书所引《列士传》，是把白鹿不来的缘由，说成“二人私念:此鹿食之必美”;这里的记叙却是“叔齐腹中私曰:‘得此鹿完啖之，岂不快哉！’”把罪责完全推在叔齐的身上，而为伯夷的清高开脱，可知这又是神话的发展演变，而不是直录原书。凡此变异，都使此书所记的古代神话传说新鲜可贵，足供研究参考。

继《琱玉集》之后的一部重要书籍，是李冗的《独异志》。李冗或题作李亢，生平不详，大约生在唐文宗到唐僖宗(公元八二八—八七四年)时期。原书凡十卷，早已散佚，今所存三卷本是后人就原书残本编成的。从这个残本看，此书保存的神话传说材料也不少——

老君耳长七尺,在母腹中八十一年,剖左胁而生。及生,须发皓白。

隋有麦铁杖,一夕行一千百里。夕发洛阳往宋州为盗,及明却返。宋人因见其所盗之物者，执麦告之，为吏所劫，乃承愆。

李广利拔佩刀刺山石，泉涌。

《山海经》有大耳国，其人寝，常以一耳为席，一耳为衾。

唐韩幹善画马，闲居之际，忽有一人，玄衣朱冠而至。幹问曰:“何缘及此？”对曰:“我鬼使也。闻君善画良马，愿赐一匹。”幹立画焚之。数日因出,有人揖而谢曰:“蒙君惠骏足,免为山水跋涉之苦,

亦有以酬劳。”明日，有人送素缣百匹，不知其来，幹收而用之。（以上卷上）

《玉箱记》曰：“前汉刘子光西征过山，而渴无水。子光在山间见一石人，问之曰：‘何处有水？’石人不答。乃拔剑斩石人。须臾，穷山水出。”

玄宗御含元殿，望南山，见一白龙横亘山上，问左右，曰：“不见。”令急召元宝。问之，元宝曰：“见一白物横在山顶，不辨其状。”左右贵人启曰：“何臣等不见，元宝独见也？”帝曰：“我闻至富敌至贵。朕天下之主，元宝天下之富，故见耳。”（以上卷中）

上面只是略举数条，还有一些零星片断没有全举。看得出来，是充分带有民间神话特色的。即如所引《山海经》一条，《山海经》只有聂耳国，没有大耳国，大耳国恐怕就是《山海经》聂耳国在民间的流变。“以一耳为席、一耳为衾”的构想又夸诞之甚，近乎童话的描绘了。韩幹画马条是附会在历史人物身上的神话，形容韩幹绘画艺术的超奇，他所画的马竟能在冥间世界为鬼使所骑，历山涉水，大有助益，因而得到丰厚的酬谢。与此相似，《酉阳杂俎·支诺皋中》也记了一条韩幹画马竟成真马的奇闻；《太平广记》卷二一二“吴道玄”条引《卢氏杂说》也记了一桩吴道子画驴竟踏破僧房家具的异事：这些都是人民对艺术家才艺超群的高度赞崇。《玉箱记》记的“前汉刘子光”，其名不见经传，恐怕纯系神话传说人物。询石人“何处有水”及斩石人水便出的情景，也纯系民间传说中浪漫主义的构想。末条玄宗和元宝望南山观物象的记叙，很有点类似孔子和颜渊在泰山上比赛眼力的情景（见第七章第三节）。元宝是唐代著名的大富翁，姓王，因铜钱上铸有“元宝”字样，和王元宝的名字偶合，唐人甚至敬称钱为“王老”。此条所记玄宗见白龙，元宝只见白物，而群臣都无所见，和孔子颜渊情景类似。至于玄宗说的什么“至富敌至贵”云云，还是未免铭刻上了封建思想的烙印，自然这种思想也是处于被统治地位的民间无形中从统治阶层那里承受过来的。

至于《独异志》最大的贡献，乃在此书记叙了一段汉族中最早流传的伏羲女娲兄妹结婚神话——

> 昔宇宙初开之时，只有女娲兄妹二人在昆仑山，而天下未有人民，议以为夫妇，又自羞耻。兄即与其妹上昆仑山，咒曰："天若遣我兄二人为夫妻，而烟悉合；若不，使烟散。"于是烟即合。其妹即来就兄，乃结草为扇，以障其面。今时人取妇执扇，象其事也。（卷下）

这段神话记叙非常朴质，确可信为是当时民间所传的神话。有几件事值得我们注意。一、只说是"女娲兄妹"，而不说"伏羲女娲兄妹"或"伏羲兄妹"，犹存原始氏族社会母权制时期尊崇女性的遗迹。二、"宇宙初开"、"只有女娲兄妹二人在昆仑山，而天下未有人民"，没有提到洪水的事，可知伏羲女娲入葫芦逃避洪水或是后来才附加上去的，诚如闻一多在《伏羲考》中所说。这种不附带任何条件的兄妹结婚神话，似更能反映原始先民血缘婚姻的真实。但"羞耻"、"咒天"等叙写，仍是后来道德风俗有了改变以后追忆往古的神话折射的产物，若在当时，则本是顺乎自然的行为，连这些都完全可以不存在了。三、"结草为扇，以障其面"，更是后世风习附会在神话上的；"今时人取妇执扇"，其渊源绝不会追溯到伏羲女娲兄妹结婚那样久远。总之这条神话材料给我们提供了从多方面研究早期原始社会婚姻关系的资料，实在是太可贵了。

唐人传述并记录的神话，有一篇全文载于清陈元龙《格致镜原》卷九十中，因系唐人的作品，虽由清人转引，还是把它附在这里略加论述——

> 张路斯，颍上人，隋初明经登第，景龙中为宣城令，夫人关州石氏生九子。自宣城罢归，常钓于焦氏台之阴。一日，顾见钓处有宫室楼殿，遂入居之。自是夜出旦归，归辄体寒而湿。夫人惊问之。曰："我龙也，蓼人郑祥远者亦龙也，骑白牛据吾池，自谓郑公池。吾屡与战未胜，明日取决。可使九子助我。领有绛绡者我也，青绡者郑也。"明日，九子以弓矢射青绡者，中之。怒而去，公亦逐之。所过为溪谷，

达于淮。而青绡者投于合肥之西山以死，为龙穴山，九子皆化为龙。(《赵耕龙公碑》)

此说亦见宋曾慥《类说》卷一七引欧阳修《集古目录》引(唐)赵耕《张龙公碑》，文较简略，或有删节，仍当以此引为准。明陈仁锡《潜确类书》卷十六说:“龙穴山，在六安州，上有张龙公祠。《记》云，张路斯，颍上人，仕唐为宣城令，生九子。每夕，戌出丑归，体湿且冷。夫人石(氏)异之。公曰:‘吾龙也，蓼人郑祥远亦龙也，据吾池，屡与之战，不胜，明日取决。令吾子射，系鬣以青绢者郑也，绛绢者吾也。’子遂射，中青绢者。郑衄，怒投合肥西山死，即今龙穴(山)也。”这里是从地方风物出发，附记了这段神话传说。张龙公神话，唐时已有碑，有碑自然有祠庙，又有碑中所说的山，到明代，山和祠庙经证实还存在，由此可见它在民间传说中植根深厚。但它也有本源,它的本源就是《风俗通》所记的李冰斗蛟神话。它是以这一神话为模式而创造出来的全新神话，正如我们在下一章就要讲到的祠山张大帝神话，是以禹化熊开山神话为模式而创造出的全新神话一样。它们被人民接受了，人民为这些神话中的新神建立了庙宇，而且以各种风俗仪礼崇祀他们，所以我们只好承认他们。

五、《广汉魏丛书·搜神记》与句道兴《搜神记》

唐代的志怪小说中，有两部《搜神记》，是保存神话传说材料最多的书，值得在这里着重提提:一部是题作晋干宝撰收在《广汉魏丛书》里的八卷本《搜神记》(《稗海》、《说库》所收同)，另一部是句道兴的写本残卷《搜神记》，收在王重民等编的《敦煌变文集》下集中。现在先说题作晋干宝撰的八卷本《搜神记》，为什么要列在唐代志怪小说中予以考察研究呢？理由很简单，因为这本来是唐人撰著的一部书籍，只是误题了撰人。我把八卷本《搜神记》和句道兴《搜神记》对照比勘了一下，发现文字内容大略相同的竟有十四条之多，占全书总数三十六条的小半；再拿它和二十卷本《搜神记》相比，竟很少有相同的。这难道不是一个极有力的证据，说明八卷本《搜神记》和句道兴《搜神记》是出于一个系统，而和二十卷本《搜神记》大有区别么？固然如今二十卷本《搜神记》也是后人缀辑干宝残文而成，并非干宝原著，但也不能设想竟还有八卷三十六条是缀集范围以外的。何况此书清王谟跋文已云“有魏时人，宋元嘉齐永明中事，唐时州名”，单就这几点而言已可判定绝非干宝所作。我又把它和《琱玉集》、句道兴《搜神记》二书的文风比勘，发现它们之间的用词造语，几乎如出一辙，都是当时的民间口语，而非古典化的文学语言。从以上诸端，我只好把旧题干宝撰收在《广汉魏丛书》里的八卷本《搜神记》，暂判为唐人的作品，放在唐代神话中予以论述。

八卷本《搜神记》，有些是古代神话的转述，但一经转述，便面貌全新，带着充分的民间色彩，给人以新鲜活泼之感。如下面一例——

> 昔周宣王信谗言，杜伯无罪，王信佞而诛之。杜伯曰：“臣无罪而加戮，若死有知，臣将上报，不越三岁，必雪深冤矣！”王曰：“汝但努力。我是万乘君王，杀汝三五个之类，有何患乎？”乃戮之。经三年余，宣王出猎，行至城外山泽之间，将欲布猎，忽见杜伯着朱衣，乘白马，冠盖，前后鬼兵数百，当道而来，弯弓执矢射王。王惧，无处避之。百僚悉见，射中王心。王即心痛，归宫至日而薨。故语云，凡人不可枉滥，冤必至矣。（卷三）

这本来是见于《墨子·明鬼篇》的一段古老的神话传说，我们在第四章第六节里已略有论及。一经转述，故事内容依旧，人物形象却鲜明生动了。尤其是宣王说的那几句话，是从民众的内心体会而得的：愚莽的暴君声口如画。犹如《琱玉集·美人篇》写褒姒之美，说她“一笑有百廿种媚”，较之白居易《长恨歌》说杨贵妃“回头一笑百媚生”，还添加了二十种，也是唐代市井说书人的声口，这都给古老神话输入了新鲜的活力。

八卷本《搜神记》也记有盘瓠神话，但是神话所写高辛氏当国时的忧患，却不是什么“犬戎之寇”[①]，而是“房王作乱”，看光景不是外患而是一场内乱，这又是民间的一种异说，或者这种异说更近于古。因为据谯周《古史考》说：“高辛氏或曰房姓，以木德王。”高辛氏的儿子阏伯、实沉又曾经“日寻干戈、以相征讨”（《左传·昭公元年》），高辛氏化身的舜也曾和他的弟弟象进行过艰巨的斗争。一种传说总是要以不同的形式再三出现，所以“房王作乱”之说或更近于古。八卷本《搜神记》替我们保存了这种异说，当然非常可贵。

此书所记民间神话比较特别、不和他书相同的，有泰山皇帝试陈龙文一条，部分格局和我们后面就要讲到的田章神话相像，这里便不多讲。另一条是东方朔泛海求宝，原文不长，全部抄录在下面——

> 汉武帝与越王为亲，乃遣东方朔泛海求宝，惟命一周回，朔经三载乃至。未至间，帝问左右：“朔久而不至，今寰中何人善卜？”对曰：“有孙宾者，极明易筮。”帝乃更庶服潜行，与左右赍绢二匹往卜，扣宾门。宾出迎而延坐，未之识也。帝乃启卜，卦成，知是帝，惶惧起拜。帝曰：“朕来觅物，卿勿言。”宾曰：“陛下非卜他物，乃卜东方朔也。朔行七日必至，今在海中，面西招水大叹。到日请话之。”至日朔至。帝曰：“卿约一年，何故三载？”朔曰：“臣不敢稽程，探宝未得也。”帝曰：“七日前卿在海中面西招水大叹何也？”朔曰：“臣非叹别，叹孙宾不识天子，与帝对坐，因此而叹。”帝深异之。（卷四）

这段民间神话，描写了汉武帝时代传说中的两个异人；孙宾善卜，东方朔善算，隔海数千里，二人竟同时卜算到了对方此刻的行事，恍如目睹，令人读了觉得很有风趣。而那个微服出访的汉武帝，既让人觉得平易近人，又不失帝王身份；从东方朔和他的对话中，毋宁说这种身份还大大地抬高了。这大概是唐代市井说书的引子保存记录下来的。

句道兴写本《搜神记》残卷不分卷，包括异闻故事共三十五则，卷

---

① 见《后汉书·南蛮传》,《风俗通》和二十卷本《搜神记》略同。

前有“行孝第一”字样，所记故事又不全属于“行孝”，不知是何取义。三十五则故事中和八卷本《搜神记》大略相同的共十四则。余二十一则中，记有皇（黄）帝时的良医榆（俞）柎、“能迴丧车、起死人”的神话和引述的《刘向孝子图》所记的董永神话等。最鲜明突出的，是关于田章的一段神话。因原文较长，仍节述梗概如下——

> 昔有田昆仑者，家贫未娶。禾熟时见三女于池洗浴，其二抱天衣飞去，昆仑攫得小者天衣，遂挟以为妻，携归见母。经年产子，名曰田章。昆仑被点兵西行，三年不返。女乃向母索看天衣，屡经请求，母不忍拂其意，即发藏与之。女著衣便腾空上天而去，母虽哀号，不之顾也。然终念儿子，乃与二姊复下凡游戏，冀见其儿。其时田章五岁，受董仲先生教来觅母。三女遂将天衣共乘小儿上天。天公悯其外孙，遂教其方术伎能。儿三才俱晓，天子闻之，即召为宰相。后犯事，遂流配西荒之地。某日天子田猎，射得一鹤，嗉内得一小儿，长三寸二分；复得一板齿，亦长三寸二分。以问群臣，众皆不识。乃召田章问之，田章略答如《博物志》陈章对齐桓公之言。天子又问大声小声，大鸟小鸟，章俱对答如流，略无滞塞。遂拜章为仆射。自此以来，“天下人民始知田章是天女之子也”。

神话所写小儿和板齿，《渊鉴类函·人部十五》引《博物志》（今本无）曾有这样的记叙——

> 齐桓公猎，得一鸣鹤，宰之，嗉中得一人，长三寸三分，著白圭之袍，戴剑持刀，骂詈瞋目。后又得一折齿，方圆三尺。问群臣曰：“天下有此及小儿否？”陈章答曰：“昔秦胡克一举渡海，与齐鲁交战，折伤板齿；昔李子敖于鸣鹤嗉中游，长三寸三分。”

看得出来，这就是田章神话较古记载的零片。陈、田古本一姓，《史记·田敬仲完世家》说：“（陈公子）完之奔齐……以陈为田氏。”则陈章当就是田章。《韩非子·外储说右下》说:“田鲔教其子田章曰:‘欲利而身,先利而君;欲富而身,先富而国。’”田章其人书传竟有之,而且看来似乎还曾受到良好的家庭教育。近人张凤编的《汉晋西陲木简二编》亦有田章一简,文云:“……为君子。田章对曰:天下之高万万九千里,地之广亦与之等。山丘溪谷,南起江海……”此文上下俱阙,只剩此数语,但已可见田章的传说由来已久了。

田章对天子所说的“在蚊子角上养七子,犹嫌土广人稀,其蚊子亦不知头上有鸟”的小鸟鹪鹩,首见于《晏子春秋·外篇不合经术者第八》,说:“东海有虫,巢于蟁(蚊)睫,再乳再飞,而蚊不为惊。……东海渔者,命曰焦冥。”《列子·汤问篇》作焦螟,《神异经·南荒经》作细蠛。所说“在鹤嗉中游戏”的李子敖,《神异经·西荒经》亦有大略相同的记述,说:“西海之外有鹄国焉,男女皆长七寸,好经纶拜跪。其人皆寿三百岁。其行如飞,日行千里。百物不敢犯之,唯畏海鹄,过辄吞之。亦寿三百岁。此人在鹄腹中不死,而鹄一举千里。”可见田章神话是有深厚的民间神话基础的。

六、几部地理书中的神话

唐代还有几部地理类的书籍,其中也保存了一些神话材料的零片,值得在这里大略说说。

一部是陆广微的《吴地记》,《文献通考》著录,明陶宗仪《说郛》得以采入书中,清王谟《汉唐地理书钞》复从《说郛》录出。但《说郛》所收尚非足本,因宋王应麟《困学纪闻》引此书鲞鱼之说尚出《说郛》所收本以外,知原本文字已有散佚。此书所记,自言系自周敬王六年(公元前五一四年)至唐乾符三年(公元八七六年)凡一千八百九十五年[①]吴

① 按实只得一千三百九十年。

地事，其中干将、莫邪铸剑一段，最为精彩——

> 匠门又名干将门……阖闾使干将于此铸剑，材五山之精，合五金之英，使童女三百人祭炉神，鼓橐，金银不销，铁汁不下。其妻莫邪曰："铁汁不下曰（可）有计？"干将曰："先师欧冶铸剑之颖不销，亲烁耳。以□□成物□□，可女人聘炉神，当得之。"莫邪闻之，□入炉中，铁汁遂出。成二剑，雄号干将，作龟文；雌号莫邪，鳗文；余铸得三千，并号□□文剑。干将进雄剑于吴王而藏其雌剑，时时悲鸣忆其雄也。

干将、莫邪铸剑神话，始见于《吴越春秋·阖闾内传》，也是说"天气下降，金铁之精不销沦流"，莫邪问计，干将说："昔吾师作冶，金铁之类不销，夫妻俱入冶炉中，然后成物。"莫邪闻言，便"断发、剪爪，投于炉中，使童男女三百人鼓橐装炭，金铁刀濡，遂以成剑"。在生产水平低下的古代，像冶铸这样技术性强、危险性大的工作从事起来就很困难了，因而在神话传说中常有用人来作牺牲祭炉神的情节，而牺牲者往往便是剑工本人或他的妻子。这是何等壮烈的行为！这里写莫邪"断发，剪爪"，是以部分代替全体，也是以身为牺牲的意思。不过不是直接牺牲，而是成了宗教仪式的一种表现。《吴地记》所写，却是"莫邪闻语，□（跃）入炉中，铁汁遂出"，是直接以身为牺牲。也许后者更接近原始本貌。陆广微记录中保存了这段更原始的材料，所以可贵。但因此段缺文错字稍多，不无遗憾。此外此书还记录了琴高乘赤鲤、虎丘剑池等神话，就不再详说。

另一部是刘恂的《岭表录异》，凡三卷，卷中记录有韩朋鸟神话——

> 韩朋鸟者，乃凫鹥之类。此鸟每双飞，泛溪浦。水禽中有鸂鶒、鸳鸯、鵁鶄，岭北皆有之，惟韩朋鸟未之见也。案干宝《搜神记》曰：大夫韩朋（原注：一云凭），其妻美，宋康王夺之。朋怨，王囚之，朋遂自杀。妻乃阴腐其衣，王与之登台，自投台下。左右捉衣，衣

不胜手。遗书于带，曰："愿以尸还韩氏而合葬。"王怒，令埋之，二冢相望。经夜，忽见有梓木生二冢之上。根交于下，枝连其上。又有鸟如鸳鸯，恒栖其树，朝暮悲鸣。南人谓此禽即韩氏夫妇之精魂，故以韩氏名之。

这里只不过复述了一个《搜神记》已经记录过的神话故事，然而却是根据当时的民间传说，将《搜神记》所说的鸳鸯，说为"有鸟如鸳鸯"，并说此鸟"即韩氏夫妇之精魂"，谓之为"韩朋鸟"，这就有了新鲜的内容和意思，算是此一神话的发展。

唐代还有一部分量较大的地理类书籍，便是李泰的《括地志》，共五百五十卷，其书早亡，《汉唐地理书钞》有辑本二卷。这部书里有好多神话传说的片断材料，今从辑本录出若干条，略见一斑——

鼻亭神，在道县北六十里。故老传云，舜葬九疑，象来至此，后人立祠，名鼻亭神。（卷上）

火山国在扶风南东大湖海中，其国中山皆火然。火中有白鼠皮及树皮，绩为火浣布。

小人国在大秦南，人才三尺。其耕稼之时，惧鹤所食，大秦卫助之。即僬侥国，其人穴居也。

佛上忉利天，为母说法九十日……佛上天青梯，今变为石，没入地，唯余十二磴，磴间二尺余。彼（身毒国）耆老云，梯入地尽，佛法灭。（卷下）

第一条所述，是一段相当重要的神话材料。它说明古神话中舜的弟弟象，本来的面貌确实是一头野生的长鼻大耳象，所以后人立祠，竟以象中最富特征的"鼻"做了他神祠的名称，谓之为"鼻亭神"。有关这一神话的阐释，牵连较广，请参看拙著《神话论文集·关于舜象斗争神话的演变》第五节，这里便不多讲。末条转述的是一段佛典中的神话加上当地（身毒国）的民间传说，虽是外国神话，但它对中国古代神话中有关以山为梯而登天的天梯神话，却是一个有力的旁证。

稍后于《括地志》，又有梁载言的《十道志》，共十六卷，也在宋代就佚亡了，《汉唐地理书钞》有辑本二卷。从所辑佚文来看，也有相当的神话材料。如——

> 覆船山。尧遭洪水，维舟树下，船因覆焉。
>
> 鼎鼻山。周道衰微，九鼎沦没于此山之下，其水清澄，今民犹或见其鼎耳。
>
> 南昌山。以豫章有铜山，山中有洪井，飞流悬注，其深无底是也。山有洪崖先生炼药之井，亦号洪崖山，有石臼存焉。
>
> 增城县东北二十里，深洞无底。北岸有石，周围三丈，渔人见金牛自水出，盘于此石。义熙中，县人常于此潭石得金锁，寻之不已。俄有鱼从水中引之，渥不禁，以刀扣断，得数段，人遂富，年登上寿。其后义兴周灵甫尝见此牛宿伏石上，旁有金锁如绳焉。灵甫素骁勇，往掩之，此牛掣断其锁，得二丈许，遂以财雄也。（卷下）

最后一条，实在可以作为本章第三节所讲无支祁神话有关金牛传说的补充。这类传说，在六朝和唐代初年，原是屡见不鲜的。唐代还有一部卷帙较繁现今尚存的地理书：李吉甫的《元和郡县图志》[①]，总四十二卷（今仅存三十四卷）。可惜由于作者的宗旨是“辨州域之疆里”，只注意到“山川阨塞”、“攻守利害”和郡县的沿革，而对“尚古远者或搜古而略今，采谣俗者多传疑而失实，饰州邦而叙人物，因丘墓而徵鬼神”种种地理书编撰者的做法，认为是“流于异端，莫切根要”[②]；因而我们在这部以地理书正统自居的皇皇巨著里，竟很难找到一星半点有用的、新鲜的神话传说材料，是大为遗憾的。

① 宋代以后，该书的图和目录均已亡佚，故后改称为《元和郡县志》。

② 见本书序言。

七、《录异记》及其他

五代虽然轮番更迭建立了五个朝代（后梁、后唐、后晋、后汉、后周），围绕在它周围还有十个国（吴、前蜀、南汉、吴越、闽、楚、南平、南唐、后蜀、北汉），但它们的寿命都很短，总共不过五十四年（公元九〇七—九六〇年），到宋太祖赵匡胤“黄袍加身”做了皇帝，这个历史时期就结束了。由于这段时期年代短促，又兼战争频繁，笔记小说作者本来不多，有的还跨越时代，如《录异记》的作者杜光庭，是唐末道士，却又进入五代前蜀时期；作《稽神录》的徐铉，是南唐的吏部尚书，后随李煜归宋，又在宋朝当了大官，凡此种种，都使论述这段时期的神话出现困难。我们只好把跨越时代的也都算作五代，就其中几部著作的神话传说材料，略加论述。

杜光庭《录异记》凡八卷，我们在第六章第三节中已略有论及。现在再就他所记蜀中及其他地方的异闻有关神话考稍加阐述。蜀中异闻，有一处“盘古三郎庙”——

> 广都县有盘古三郎庙，颇有灵应。民之过门，稍不致敬，必加显验，或为人殴击，或道途颠蹶，由是远近畏而敬之……（卷一）

接着写了一个曾受天师道正一符箓的县民杨知遇，因醉过庙，月黑不辨路途，大呼祈神佑助，便有火炬从庙中出，导引着他行二十余里，经狭桥细路还家的灵异。我们当然并不以这类“灵应”的事迹为神话材料，但是“盘古三郎庙”却是值得研究的课题。我们知道自盘古神话被记录流播民间以后，就有了很大的影响。《述异记》上说：“今南海有盘古氏墓，亘三百余里，俗云，后人追葬盘古之魂也。桂林有盘古氏庙，今人祝祀。”《路史·前纪一》注云：“今赣之会昌有盘古山，本盘固名。其湘乡有盘古保，而雩都有盘古祠，盘固之谓也……成都、淮安、京兆皆有庙祀……荆湖南北今以十月十六日为盘古氏生日……《元丰九域志》：广陵有盘古冢、庙。”可见盘古神话流被之广。这里所记的广都县，是汉代所设的县，故治在今四川成都县和双流县之间，盘古而有“三郎”，仿佛李冰有“二郎”，都是神话在民间的发展，具有民间构思的特色，可惜盘古三郎的故事未记录下来，大概已经失传了。

《录异记》所记其他地方的异闻，还有几处庙、墓——

陈州为太昊之墟，东关城内有伏羲女娲庙……东关外有伏羲墓，以铁锢之，触犯不得，时人谓之翁婆墓。

房州上庸界，有伏羲女娲庙，云是抟土为人民之所，古迹在焉。又华陕界黄河中，有小洲岛，古树数根，河水泛涨，终不能没，云是女娲墓。大历年中，连日风雨晦冥，雷电不已，晴霁之后，忽失此墓，不知所在。

蔡州西北百里，平舆县界，有仙女墓，即董仲舒为母追葬衣冠之所。传云董永初居玄山，仲舒既长，追思其母，因筑墓焉。（以上卷八）

陈州有伏羲女娲庙，又有伏羲墓，伏羲墓而又被“时人谓之翁婆墓”，这也反映了伏羲女娲兄妹结婚神话在当地的流传。至于房州上庸界的伏羲女娲庙，其地“云是抟土为人民之所”，则恐怕不是单指女娲，而是指伏羲与女娲共同“抟土为人民”。这种神话至今在汉族民间仍有流传，并说因为天下雨，收检泥人不及，弄出了些缺胳膊断腿的泥人，所以至今世间有些残疾人。这条记录也给我们提供了一点追寻根源的线索。末条蔡州平舆县界的仙女墓，以董永为董仲舒的父亲，仙女为他的母亲，这也是神话附会在历史人物身上造成的东拉西扯的可笑情景，然而从侧面也可见到董永与仙女（不一定是七仙女）神话在当时的盛传。

除杜光庭的《录异记》外，余下几部书里的神话材料在这里也大略谈谈。一部是王定保的《摭言》，凡十五卷，《说库》本不分卷，中有一条说——

王勃字子安，文中子之孙，早负俊声。其父福时，官洪都。勃自汾省亲，舟次马当，阻风涛不得进。因泊庙下，登岸纵观。忽见一叟坐石矶上，须眉皓白，顾盼异常。遥谓勃曰：“少年子何来？明日重九滕王阁有高会，若往会之，作为文词，足垂不朽矣。”勃笑曰：“此距洪都，为程六七百里，岂一夕所能届耶？”叟曰：“兹乃中元水府，是吾所司，子若决行，吾当助汝。”勃方拱谢，忽失叟所在。依其言发舟，清风送帆，倏抵南昌，次旦入谒，果不爽期。

按滕王阁在南昌，咸亨二年（公元六七一年），阎泊屿为洪州牧，重修此阁成，九月九日，宴宾僚于阁上。欲夸其婿吴子章之才，令宿构序。勃既与宴，阎请众宾序，至勃，不辞。阎恚甚，密令吏，得句即报，至“落霞与孤鹜齐飞，秋水共长天一色”二句，始叹道：“此天才也。”这就是有名的《滕王阁序》。神话便说王勃得了马当神之助。明冯梦龙《醒世恒言》卷四十“马当神风送滕王阁”，即演此事。

刘崇远《金华子杂编》卷下，有一条记龟宝的神话，也很有意思——

徐太尉颜若之赴东南，将渡小海。元随军将息，忽于浅濑中得一小琉璃瓶子，大如婴儿之拳。其内有一小龟，长可一寸，往来旋转其间，略无暂已。瓶口极小，不知所入之由也。因取而藏之。其夕，忽觉船一舷压重，及晓视之，即有众龟层叠乘船而上。其人大惧，以将涉海，虑遭不虞，因取所藏之瓶子，祝而投于海中，众龟遂散。既而话于海船之胡人，胡人曰：“此所谓龟宝也，希世之灵物，惜其遇而不能得，盖福薄之人不能胜也。苟或得而藏于家，何虑宝藏之不丰哉！”胡人叹惋不已。

最有意思的还是于逖《闻奇录》所记的“画中人”一段神话——

唐进士赵颜于画工处得一软幛，图一妇人甚丽。颜谓画工曰：“世无其人也，如何令生，某愿纳为妻。”画工曰：“余神画也；此亦有名，曰真真，呼其名百日，昼夜不歇，即必应之；应即以百家彩灰酒灌之，必活。”颜如其言，遂呼之名百日，昼夜不止，乃应曰：“诺。”急以

> 百家彩灰酒灌之，遂活。下步言笑，饮食如常。曰："谢君召妾，妾愿事箕帚。"岁终，生一儿。儿年可两岁，友人曰："此妖也，必与君为患。余有神剑,可斩之。"其夕,乃遗颜剑。剑才入室,真真乃泣曰："妾南岳地仙也，无何为人画妾之形，君又呼妾名，既不夺君愿，今君疑妾,妾不可住。"言讫,携其子却上软幛,呕出先所饮百家彩灰酒。睹其幛，惟添一孩子，皆是画焉。

设想实在超妙。《西厢记》第二本第四折说："他做了个影儿里的情郎，我做了个画儿里的爱宠。"恐怕便是用此典故。明吴炳有《画中人》剧，即本此意而点染为之。说明于逖所记这段神话在后代是有相当影响的。

最后说说徐铉的《稽神录》。《四库提要》说："晁武公《读书志》载其自序，称自乙未岁至乙卯，凡二十年，则始于后唐废帝清泰二年，迄于周世宗显德二年，犹未入宋时所作。"把它放到五代这一时期来论述，自然是合适的。此书共六卷，所记都是神怪之事，其他皆少可取，独有卷一的"番禺村女"和卷五的"金精山木鹤"两条，略近神话，可以用作研究参考——

> 庚申岁,番禺村女有老姥与之饷田,忽云雨晦冥。及霁,反失其女。姥号哭,乃求访诸邻里,相与寻之不能得。后月余,复云雨昼晦。及霁，而庭中陈列筵席，有鹿脯、干鱼、果实、酒醢，甚丰腆。其女盛服至，而姥惊喜持之。女自言为雷师所娶，将至一石室中，亲族甚众，婚姻之礼，一如人间。今使归返，而他日不可再归矣。姥问："雷郎可得见耶？"曰："不可得。"留数宿，一夕忽风雨晦冥，遂不可见矣。
>
> 处州处化县金精山，昔长沙王吴芮时女张丽英飞升之所，道馆在焉。岩高数百尺，有二木鹤，二女仙乘之。铁锁县于岩下，非傍道所至，不知其所从。其二鹤嘴随四时而转，初不差。威顺义道中百胜军小将陈师粲者，能卷蕈为井，跃而出入，尝与乡里女子遇于岩下，求娶焉。女子曰："君能射中此鹤，姻即成。"师粲一发而中，臂即无力，归而病卧如梦。梦见二女道士绕床而行舞，过辄以手拂

师粲之目数四而去，竟致失明而卒。所射之鹤自尔不复转，其一犹转如故。辛酉岁，其女子犹在，师粲之子孙亖今犹为军士。

所引第二条“金精山木鹤”，性质接近神话，读者自去研究，这里不准备多说。只拟对第一条“番禺村女”略说几句。这是一个人神婚媾的神话，叙写人间女郎和天上神祇的婚媾，多少带点粗暴的强迫掠夺的性质，不同于历来神话里叙写的人间男子和天上仙女恋爱那样具有旎旖的风光，故总说是经过“云雨晦冥”或“风雨晦冥”之后，便“失其女”，而所婚的雷郎，亲友也不可得见。和这相类的神话，在六朝梁任昉的《述异记》卷下里，也能找到这么一条——

河间郡有圣姑祠，姓郝字女君。魏青龙二年四月十日，与邻女樵采于滱、深二水处。忽有数妇人从水而出，若今之青衣，至女君前曰：“东海使聘为妇，故遣相迎。”因敷茵于水上，请女君于上坐，青衣者侍侧，顺流而下。其家大小奔到岸侧，惟泣望而已。女君怡然曰：“今幸得为水仙，愿勿忧忆。”语讫，风起而没于水。乡人因为立祠。又置东海公像于圣姑祠侧，呼为姑夫。

表面上好像很文雅有礼，其中恐怕仍然隐藏着一个像“河伯娶妇”那样的悲剧。“其家大小奔到岸侧，惟泣望而已”，这就是悲剧的具体表现。到后来附会地方风物而作的记叙，才把这段神话渲染得带有喜剧的色彩。《太平广记》卷六十“郝姑”条引《莫州图经》于叙述此一故事后，更这样写道：“（郝姑）仍言每至四月，送刀鱼为信。自古至今，每年四月内，多有刀鱼上来。乡人每到四月祈祷，州县长吏若谒此祠，先拜然后得入。于祠前忽生青白石一所，纵横可三尺余，高二尺余，有旧题云：‘此是姑夫上马石。’至今存焉。”“刀鱼”和“姑夫上马石”都充分带着令人喜悦的人情味，把神话原来的悲剧色彩冲淡了。

第十一章

宋元的神话

一、宋代初年的神话

中国的神话，到了宋元时代，民间口传的神话，逐渐有了发展，而文人记录或根据一些神话材料写作的神话小说或神话故事，却呈现出明显的衰退状态。在这个时期，几乎举不出一部比较集中的保存神话材料的重要书籍。《夷坚志》虽是一部分量颇大的书，原书共有四百二十卷，今所存者也有二百〇六卷（据涵芬楼排印本），但多涉神怪迷信，能当做神话参考研究的还是很少。现在我们只好实事求是地，从各书所拥有的材料本身出发，略以时代先后为次第，择其较重要者大略讲讲。

首先遇到的是宋初张唐英《蜀梼杌》里记的一条关于“奇相”的神话——

> 震蒙氏之女窃黄帝元珠，化为此神（奇相），即今江渎庙也。（卷上）

《蜀梼杌》共二卷，所记皆五代王建、孟知祥据蜀事。此记虽短短数语，却给我们提供了一个比较有用的神话材料。黄帝失玄珠神话，原是一个古老的神话，始见于《庄子·天地篇》，虽然已经把它哲学化、寓言化了。三国魏张揖《广雅·释天》说：“江神谓之奇相。”“奇相”之名始见于此。王念孙疏证：“《史记·封禅书》引庾仲雍《江记》：‘奇相，帝女也，卒为江神。’

郭璞《江赋》:‘奇相得道而宅神，乃协灵爽于湘娥。’义本此。”以上便是奇相神话的零片散见于古籍者。唐王瓘《轩辕本纪》(见《云笈七籤》卷一百)说:“(黄帝)遗其玄珠，使明目人离娄求之不得，使象罔求而得之，后为蒙氏之女奇相氏窃其玄珠，沉海去为神。”开始把奇相神话和黄帝失玄珠神话联系起来，然而却说“沉海去为神”，与古说“卒为江神”略有不合。此说“沉江而死”，与古说完全吻合。又就眼前景物加以附会，说是“即今江渎庙(神)也”，就成了独特的带有地方色彩的神话。故清张澍《蜀典》卷二“奇相”条记此神话时据《一统志》引《山海经》说:“神生汶川,马首龙身,禹道江,神实佐之。”所引《山海经》今本无,只是《中次九经》篇末曾说:“岷山……其神状皆马身而龙首。”这大约便是本于民间传说而又附会到《山海经》去的。至于江渎庙,唐李泰的《括地志》(《汉唐地理书钞》辑)已早有记叙:“江渎祠在成都县南八里。”可以和《蜀梼杌》所记相印证。至于说奇相是“帝女”，若是和黄帝神话联系起来，那么她就该是黄帝之女，但又说她是“震蒙氏女”，又如何解释呢?推想起来，大约因为黄帝在早期神话传说中，其神职是雷神，震为雷，“震蒙氏女”，或当便是黄帝之女，或当是作为雷神的黄帝的弟兄之女，始有窃玄珠的机便。一切神话，都是像这样由零星片断牵连黏附而来，推想甚至连希腊神话也是如此，不会有太大的例外。我们研究神话，不妨从一些细小的蛛丝马迹处，求零片缀合的痕迹;却无须太花力气去加以辩驳，力图去拆散它，如果这样做，那就会成为真正的书呆子，也就会使古往今来可以称道的神话日益减少了。

黄休复的《茆亭客话》，凡十卷，杂录蜀中轶事，始于五代，终于宋真宗时。所录虽多涉神怪，但也偶然有些片断，足供研究神话参考。如——

> 郡城西南青羊宫，即老君降生之所。咸平中兵火荡焚，惟降生、元阳二台存焉。遗址荒圮，鞠为茂草。(卷一“瘫道者”条)
>
> 蜀有蚕市，每年正月至三月，州城及属县，循环一十五处。耆旧相传，古蚕丛氏为蜀主，民无定居，随蚕丛所在致市居，此之遗风也。

又蚕将兴以为名也，因是货蚕农之具，及花木果草药什物。（卷九“鬻龙骨”条）

青羊宫是成都祀老子的道观名，它的由来已久。《太平御览》卷一九一引谯周《蜀本纪》说：“老子为关令尹喜著《道德经》，临别，曰：‘子行道千日后，于成都青羊肆寻吾。’今为青羊观是也。”据此，则“青羊”本肆（市）名，老子以前已经有了，后建道观，祀老子，称青羊观，就是后来的青羊宫。从这条记录可知这座道观宋初毁于兵火的情况。至于“即老君降生之所”，则为神话的异闻。《蜀中名胜记》卷二引《古今集记》说：“老子乘青羊降，其地有台存。”老子是乘青羊降身于其地，而不是“降生”，或者“生”是“身”的音讹乎？至于蜀的蚕市，是从相传古代蜀民无定居，随“教民养蚕”的蚕丛所在“致市居”而来，尤可以见到风俗习惯的形成，多和神话传说有关。

宋代初年蜀中神话，又有“送子张仙”这么一条。“张仙”之名，始见于《苏老泉先生全集》，卷十五《题张仙画像》说——

洵尝于天圣庚午重九日，至玉局观无碍子卦肆中，见一图像，笔法清奇，乃云张仙也，有感必应。因解玉环易之。洵尚无子，每旦必露香以告。逮数年，既得轼，又得辙，性皆嗜书，乃知真人急于接物，而无碍子之言不妄矣。

这本是涉及迷信的一段记事，并无可取，但它却关系到历史传说，也关系到神话。清褚人穫《坚瓠三集》卷四“张仙”条说：“世所传张仙像，乃蜀主孟昶挟弹图也。昶美丰姿，喜猎，善弹。乾德三年，蜀亡，花蕊夫人随辇入宋，后心尝忆昶，因自画昶像以祀。艺祖见而问之，答曰：‘此我蜀中张仙神也，祀之令人有子。’历言其成仙后之神异。故宫中多奉以求子，传于民间。郎仁宝云，张仙名远霄，五代时游青城山得道者，苏老泉尝梦之，挟二弹，以为诞子之兆，老泉奉之，果得轼、辙，有《赞》见集中。人但知花蕊假托，不知真有张仙也。”清赵翼《陔余丛考》卷三五说："《续通考》云：'张远霄，一日有老人持竹弓一、铁弹三来质钱三百千，张无靳色。老人曰，吾弹能辟疫，当宝用之。后老人再来，遂授以度世法。熟视其目，有两瞳子。越数十年，远霄往白鹤山，遇石像名四目老翁，乃大悟，知即前老人也。'眉山有远霄宅故址。"又说："陆放翁《答宇文使君问张仙子》诗自注云：'张四郎常挟弹，视人家有灾疾者，辄以铁丸击散之。'"观以上所引，可知张仙神话的流传演变，本为辟疫之神，以"弹子"与"诞子"谐音，便又做了送子之神。总之辟疫也好，送子也好，都有益于人世，因而它为民间传述不衰：张仙神话自然也当列入中国神话的行列。

和苏洵同时而稍前的，有欧阳修在他的《归田录》二卷里的一条对研究神话传说有参考价值的材料，抄录如下——

> 俚谚云："赵老送灯台，一去更不来。"不知是何等语，虽士大夫亦往往道之。

这是一个著名的民间传说故事的概括。如今民间有"赵巧送灯台"的传说，云赵系鲁班弟子，常以巧自负，所以称"赵巧"。一次鲁班造桥，龙王兴波，无法施工。鲁班命赵巧送木制避水灯台到龙宫去镇压水波，赵觉得师父做的灯十分陋拙，不称己意，悄悄用自己预作的精巧灯台换掉它，企图取得龙王欢心和宠信。不料油漏灯灭，江涛大作，赵便葬身水窟。民间因有"赵巧送灯台，一去永不来"的谚语。"赵巧"或作"赵显"，都是传说的音变。宋时俚谚所说的"送灯台"的"赵老"，自然就是如今民间传说故事的"赵巧"或"赵显"了。不料在欧阳修的笔记中，竟找到了它较早（姑且不说它是最早）的源头，可见神话传说生命力之强，虽历经将近千年而尚如新。

和这句俚谚情况类似的，还有宋代流传的一句"地震鳌鱼动"的俗语。清俞樾《茶香室丛钞》卷十二说："宋刘攽《彭城集》有《地震戏王深父》诗，自注曰：'俗云地震鳌鱼动。'按今尚有此俗说。"这种"俗说"确实是近代民间还流传过的。新中国成立前四川乡下还有"鳌鱼眨眼地翻身"

这样的说法，岂不就是“地震鳌鱼动”的翻版。而论其渊源，则更是古老。《楚辞·天问》说：“鳌戴山抃，何以安之？”王逸注：“《列仙传》曰：‘有巨灵之鳌，背负蓬莱之山，而抃舞戏沧海之中。’独何以安之乎？”大约就是自宋以来鳌动地震俗语的所本。这也足以说明神话传说的坚强生命力。

二、《梦溪笔谈》与《龙城录》等

沈括的《梦溪笔谈》二十六卷和《补笔谈》、《续笔谈》各若干条，是世所知名的科学著作，包罗极广，几乎概括了自然科学和人文科学的各个方面。尤其令人惊异而值得称道的，是在《梦溪笔谈》和《补笔谈》中，还为我们记录下了两段相当重要的神话材料。《梦溪笔谈》卷三说——

> 解州盐泽，方百二十里，久雨，四山之水，悉注其中，未尝溢，大旱未尝涸，卤色正赤，在版泉之下，俚俗谓之蚩尤血。

从这条记录，可知古代关于黄帝和蚩尤战争的神话，在唐宋时代已经从北方河北省的涿鹿，逐渐向西南方转移到了山西省最南部的解县一带地区了。所以“解州盐泽”，才被说做是“在版泉之下”，连“版泉”这个与涿鹿相邻的古地名，也拉到了盐泽的附近。南宋时作《路史》的罗泌大约是看见了这一段材料，所以在《后纪四·蚩尤传》中，才作了这样一个通脱的解释：“（黄帝）传战执尤于中冀而殊之，爰谓之解。”既说明了解州这个地方得名的缘由：是因为杀了蚩尤，使蚩尤身首分解开来；又说明了解州盐池因其卤色赤而有“蚩尤血”之称之故。总之神话传说中黄帝和蚩尤角逐斗争的战场，到唐宋时代已由北转南到解州之地了。梁任昉《述异记》两称“太原村落间祭蚩尤神不用牛头”、“太原有蚩尤神昼见”，便是这由北转南的桥梁，看看地图，就可以了然于胸。

《补笔谈》卷三中记述了一段带着评论的有关钟馗的神话传说，尤其值得我们研究参考——

> 禁中旧有吴道子画钟馗，其卷首有唐人题记曰：明皇开元讲武骊山，幸翠华还宫，上不怿，因痁作。将逾月，巫医殚伎，不能致良。忽一夕梦二鬼，一大一小。其小者衣绛犊鼻，屦一足，跣一足，悬一屦，搢一大筠纸扇，窃太真紫香囊及上玉笛，绕殿而奔。其大者戴帽衣蓝裳，袒一臂，鞹双足，乃捉其小者刳其目，然后擘而啖之。上问大者曰："尔何人也？"对曰："臣武举不捷之士也，誓与陛下除天下之妖孽。"梦觉，痁苦顿瘳，而体益壮。乃诏画工吴道子，告之以梦，曰："试为朕如梦写之。"道子奉旨，恍若有睹，立笔图讫以进。……上大悦，劳之百金，批……告天下，悉令知悉。……观此题相记，似始于开元时。皇祐中，金陵上元县发一冢，有石志，乃宋征西将军宗悫母郑夫人墓，夫人汉大司农郑众女也，悫有妹，名钟馗。后魏有李钟馗，隋将乔钟馗、杨钟馗。然则钟馗之名，从来亦远矣，非起于开元之时。开元之时，始有此画耳。钟馗字亦作钟葵。

这段笔记，不但给我们提供了钟馗神话的原始材料，并且也提供了研究此一神话的线索。原来钟馗之名，并不始于唐开元年间吴道子画钟馗之时，而是在六朝时代便早已有了，不但文武官员中有以钟馗为名的，甚至连女性中也有以钟馗为名的。这就很是奇怪："钟馗"究何所取义呢？沈括未明言，但又说"钟馗字亦作钟葵"，就使我们自然想到《考工记·玉人》所说的"杼上终葵首"的"终葵"，这就是钟馗的正字。然则"终葵"又是什么呢？疏说："齐人谓椎为终葵。"原来终葵是古时齐国人对椎——木棒——的称谓，急言之为椎，缓言之则为终葵。椎以击邪，古人取名钟馗，盖含有驱邪御凶之义。后来把它人物形象化了，就成为吴道子所画的钟馗捉鬼图。唐人题记，自然又是后来所加，大约也是根据民间传说写了这么一段神话故事。这段神话故事为沈括所见，直接抄录下来并加以评论，为我们保存了一段后世产生的新神话的原本。这就是他在中国神话史上作出的优异贡献。

这段神话，被大家承认以后，又有新的发展，那就是：钟馗嫁妹神话的流传。钟馗嫁妹神话，首先表现在图画上。明胡震亨《长物志》卷五“悬画月令”条说：“十二月，宜钟馗迎福、驱魅、嫁妹。”“钟馗迎福”、“驱魅”、“嫁妹”都是一系列有关钟馗图画的名称，则明时已有钟馗嫁妹图。清宋荦《筠廊偶笔》卷上说：“武胜某氏藏吴道子水墨普贤像，颇胜余家旧藏钟馗小妹图。”既然有单独的“钟馗小妹图”，自然便可能有“钟馗嫁妹图”。明胡应麟《少室山房笔丛》卷二二“钟馗”条说：“画家钟馗嫁妹图亦有因。”就证实了“钟馗嫁妹”，确实是从明代以来就形之于图画的。而钟馗之有小妹，传说还要更早。宋孟元老《东京梦华录》卷十说：“至除日，又装钟馗小妹、土地、灶神之类。”宋代民间每年年终辞旧迎新的诸神队伍中，已有了钟馗小妹这样一个角色。后世据此，不独作了“钟馗嫁妹”的图画，还敷衍出多种“钟馗嫁妹”的剧本。清代传奇《天下乐》有“钟馗妹”一出，大意说唐钟馗落弟自戕后，感杜平埋骨之义，遂率众小鬼将妹送到杜家，为其完婚。昆剧、京剧、川剧、滇剧等均有此剧目。这种由钟馗神话新发展的钟馗嫁妹神话，通过艺术、文学等手段将它表现出来以后，也取得了群众的公认，成为钟馗神话的有机组成部分了。

有一部托名唐柳宗元、实为宋王铚伪撰的叫做《龙城录》的书，其中也有一些神话传说材料，值得提提。对于伪书，只要认清它的时代作者就行了。并不需要对它的内容一概抹杀。尤其是神话传说的部分，真书也可以作伪，伪书也可以存真，绝不可因书的真伪而判定材料的真假。如下面节录的一段赵昱斩蛟神话——

> 赵昱，隋末拜嘉州太守。时犍为潭中有老蛟为害，昱率甲士千人，及舟属男一万人，夹江岸鼓吹，声震天地。昱乃持刀没水，顷江水尽赤，石岸半崩，吼声如雷。昱左手执蛟首，右手执刀，奋波而出。州人顶戴，事为神明。隋末大乱，潜以隐去，不知所终。时嘉陵涨溢，水势汹然，蜀人思昱。顷之，见昱青雾中，骑白马，从数猎者，见于波面，扬鞭而过。州人争呼之。太祖文皇帝赐封神勇大将军，庙食灌江口。昱斩蛟时，年二十六。

这段神话，写得虎虎有生气，确实具有鲜明的神话色彩，想必定有它的渊源，决难设想是纯粹向壁虚构。《三教搜神大全》卷三说：“清源妙道真君，姓赵名昱，俗曰灌口二郎，宋真宗朝，追尊清源妙道真君。”而《汤显祖集》诗文集卷三四《宜黄县戏神清源师庙记》则说：“奇哉清源师，演古先神圣八能千唱之节，而为此道。初以爨弄参鹘，后稍为末泥三姑旦等传奇，长者折至半百，短者折才四耳。予闻清源，西川灌口神也，为人美好，以游戏而得道，流此教于人间，讫无祠者。”西川灌口二郎神的赵昱，又成了宜黄县的戏神，神话传说在民间的流传演变，情况复杂，难于究诘，往往类此。

传说中的灌口二郎神，共有三个：一个是李冰的儿子李二郎，朱熹《朱子语类》卷三说：“蜀中灌口二郎庙，当是因李冰开凿离堆有功立庙，今来现许多灵怪，乃是他第二儿子……”即此。另一个是隋赵昱，便是以上所引《龙城录》所叙。还有一个是杨戬，起得最迟。明代神魔小说《西游记》、《封神榜》始记之，但《西游记》提了一个姓杨的“灌口显圣二郎真君”，未揭出其名；《封神榜》写杨戬助周灭殷及降梅山七怪等事，却未说他是灌口二郎。直到清末说唱鼓词如《沉香救母雌雄剑》等（见杜颖陶编《董永沉香合集》）出，始明言杨戬是“临江灌口二郎神”。于是杨戬便和赵昱及李冰之子二郎鼎足而三，同为“灌口二郎神”了。而宋代的达官贵人中，却真有那么一个杨戬，传说他有些怪异的行事，见于陆游《老学庵笔记》卷十，大略说——

> 中贵杨戬，于堂后作一大池，环以廊庑，扃鐍周密。每浴时，屏人跃入池中游泳，率移时而出，人莫得窥。一日，戬独寝堂中，有盗入其室，忽见床上乃一虾蟆，大可一床，两目如金，光彩射人。盗为之惊仆，而虾蟆复变为人，乃戬也。掷一银香球与之，盗不敢受，拜而出。后以他事系开封狱，自道如此。

杨戬是宋徽宗时人，陆游是宋高宗时人，其生年与之相距不远，已经记其变怪的传闻如此，则明清小说把他附会为灌口二郎神，自然也是大有可能，不足为怪了。

见于宋人笔记的一段相当重要的神话，是祠山张大帝神话。吴曾《能改斋漫录》卷十八“广德王开河为猪形”条说——

> 广德军祠山广德王，名渤，姓张，本前汉吴兴郡乌程县横山人，始于本郡长兴县顺灵乡发迹，役阴兵，导通流，欲抵广德县，故东至长兴荆溪，疏凿河渎。先时与夫人李氏密议为期，每饷至，鸣鼓三声，而王即自至，不令夫人至开河之所。厥后因夫人遗飧于鼓，乃为乌啄，王以为鸣鼓而饷至。洎王至鼓坛，乃知为乌所误。逡巡夫人至，鸣其鼓，王以为前误而不至。夫人遂诣兴工之所，见王为大猪，驱役阴兵开凿河渎。王见夫人，变形未及，从此耻之。遂不与夫人相见，河渎之功遂息。逃于广德县西五里横山之顶。居民思之，立庙于山西南隅。夫人亦至县东二里而化。时人亦立其庙。由是历汉唐五代，以至本朝，水旱灾沴，祷之无不应。郡人以王故，呼猪而曰乌羊。

这段神话，也像张龙公神话那样，是渊源久长的民间神话，直到宋时才见诸记录。治水疏渎，化为猪形，这无疑便是禹化为熊、通轘辕山神话的摹拟；就连整个鸣鼓馈饷等情节，都是涂山氏馈饷情节的摹拟，然而某些细节又不尽相同（如乌啄鼓等），因而使它成为民间传述的新神话，历久不衰。明田艺衡《留青日札》卷二八“祠山张大帝”条说：“武当人张秉遇仙女山中，谓曰：‘帝以君功在吴分，故遣我为配，生子以木德王其地。’且约逾年再会。女如期往，仙女抱幼子归秉，曰：‘当世世相承，血食吴楚。’后生子渤，为祠山之神。……（神）以二月八日生，先一日必多风，后一日必多雨。俗人相传，以为神请其夫人之小姨饮酒。故加以风雨，欲见其足也。可谓渎神矣。然至今此日风雨甚验，亦异事也。”这大约又是神话后来的发展，可以作上文记叙的补充。清顾禄《清嘉录》“冻狗肉”条说：“（二月）八日为祠山张大帝诞，相传大帝有风山女、雪山女归省，前后数日，必有风雨，号请客风，送客雨，虽天气甚温，又必骤寒。俗有大帝吃冻狗肉之谚。”风山女、雪山女归省之说，自又是小姨传说的演变。而“大帝吃冻狗肉”云者，盖因大帝曾化形为猪，“避食豨”[①]，只好以狗肉享神，复值春阴多寒，故有“大帝吃冻狗肉”之谚。神话而又关系到宗教信仰、民情风俗，尤可见它在民间植根深厚。

三、《吴船录》、《入蜀记》与《夷坚志》等

中国神话，往往和地方风物结合紧密，有些神话的零星片段，又散见在地方风物的记事中，因此古代文人游记之类的书籍，也常有值得作为神话研究参考的地方。宋代文学家陆游所著《入蜀记》六卷和与之同时的范成大所著《吴船录》二卷，就是游记中可以考见古代神话某些侧面的范本。《入蜀记》是陆游由浙至蜀舟中半载逐日所记的经历，《吴船录》恰与相反，是范成大由蜀奉召赴临安水程的记事。二人所经路线大体相同，都要从三峡经过。不过陆书写到入夔门便止，少了一段蜀地境内的记叙，范书却还写到永康军城（今灌县城）和青城山的情况，可以补陆书的不足。现将《吴船录》卷上所记的一段节引如下——

> 庚午，至永康军。崇德庙在军城西门外山上，秦太守李冰父子庙食处也。辛未，登怀古亭，俯观离堆。离堆者，李太守凿崖中断，分江水一派入永康，以至彭蜀，支流至郫以至成都。怀古对岸有道观，曰伏龙，相传李太守锁孽龙于离堆之下。观有孙太古画李氏父子像。出玉垒观登山，谒崇德庙。新作庙前门楼甚壮，下临大江，名曰都江。李太守疏江驱龙，有大功于西蜀，祠祭甚盛，岁刲羊五万。

① 见《说郛》卷二四辑《三柳轩杂识》，这似乎又关系原始图腾崇拜，猪成了以猪为圈腾的禁忌食物。

关于李冰治水神话，从这段记叙中可以了解到三点：一是神话发展到了宋代，确实已经加入了二郎神话的成分，所以伏龙观（至今尚存，在灌县离堆公园内）中有名画家孙太古画的“李氏父子像”，崇德庙（今称二王庙）谓是“李冰父子庙食处”。二是最早神话传说的李冰斗犀，宋时已发展演变为“李太守锁孽龙”，接近近代民间所传。三是当时民众在崇德庙对李冰父子的祠祭，至于“岁刲羊五万”，可见其盛；这当中当然有政治、宗教种种复杂的原因，但人民的崇德报功心理应该还是主要的。基于这种心理而传述的有关李冰父子的神话，那就确实是神话宝库中发光闪辉的东西，是只有肯定而没有用任何理由去加以排斥的。

二书同时写到三峡中的黄牛峡、神女峰的一些情况，对照参看，也很有意思。如写黄牛峡——

晚次黄牛庙，山复高峻。……庙灵感神，封嘉应保安侯。……传云，神佐夏禹治水有功，故食于此。……黄牛峡庙后山如屏风叠，嵯峨插天。第四叠上有若牛状，其色赤黄，前有一人如著帽立者。（《入蜀记》卷六）

八十里，至黄牛峡，上有沼川庙，黄牛之神也，亦云助禹疏川者。庙背大峰，峻壁之上，有黄迹如牛，一黑迹如人牵之，云此其神也。（《吴船录》卷下）

黄牛峡上的人牛迹，《水经注·江水》已记之，只说是“高岩间有石，色如人负刀牵牛，人黑牛黄，成就分明”；却无什么黄牛神“佐夏禹治水有功”之说，这一说想来是唐宋以后民间因景物而附会的传说，然而已经立庙奉祀，且见于陆、范二书所记，也就成了众所公认的新神话了。虽是零星点滴，却也不可废弃。又如写神女峰和神女庙——

二十三日，过巫山凝真观，谒妙用真人祠。真人即世所谓巫山神女也。祠正对巫山，峰峦上入霄汉，山脚直插江中，议者谓太华衡庐皆无此奇。然十二峰者，不可悉见，所见八九峰，惟神女峰最为纤丽奇峭。祝史云，每八月十五夜，月明时，有丝竹之音，往来峰顶，山猿皆鸣，达旦方渐止。庙后山半有石坛平旷，传云夏禹见神女授符书于此。坛上观十二峰，宛如屏幛。是日天宇晴霁，四顾无纤翳，惟神女峰上有白云数片，如鸾鹤翔舞徘徊，久之不散，亦可异也。祠旧有乌数百，送迎客舟，自唐夔州刺史李贻诗，已云"群乌幸胙余"矣，近乾道元年忽不至，今绝无一乌，不知其故。(《入蜀记》卷六）

三十五里，至神女庙。……庙中石刻，引《墉城记》，瑶姬，西王母之女，称云华夫人，助禹驱鬼神，斩石疏波有功见纪，今封妙用真人，庙额曰凝真观。从祀有白马将军，俗传所驱之神也。……庙有驯鸦，客舟将来，则迓于数里之外，或直至县下。船过亦送数里。人以饼饵掷空，鸦仰啄（喙）承取，不失一。土人谓之神鸦，亦谓之迎船鸦。(《吴船录》卷下）

两篇记叙中所写的巫山神女，都是杜光庭《墉城集仙录》曾经写到的，是助禹治水的神女而不是宋玉《高唐赋》、《神女赋》所写的淫奔的神女。从这里可以见到瑶姬神话的发展演变。人民创造了他们自己心目中理想的神女形象。杜光庭也只是根据民间传说而作了一番仙话化的记录。两篇记叙所写，将地方风物和神话传说合而为一，尤其是陆《入蜀记》写得空灵透彻，画意诗情，兼而有之，神女的身影，隐显在山水明月中，显得更是超尘拔俗了。这是艺术赋予神话的魅力，使神话的内在美，得到了充分的发扬。神话不应当只求简单枯燥的记录，经过诗人、文学家笔触浸润的神话，往往更能见到活泼的生机。陆《入蜀记》所写，实在可以作为瑶姬神话的组成部分；而范《吴船录》所记，从祀的"白马将军"，俗传为瑶姬"所驱之神"，是杜光庭所记瑶姬诸佐使神如黄魔、大翳、庚辰、童律等中所无的，大约真是后来民间所传的神，此亦可补其缺佚。至于神鸦迎船，虽已早见唐人诗句，然而正式记录，还从二书开始。自然也是有趣的景象，可以渲染神话的气氛。故二书所记蜀中见到的古神话的遗迹，实在也是研究神话的重要材料，不容忽视。

宋人著的志怪体笔记小说中，分量庞大的洪迈的《夷坚志》当然要推第一。原书四百二十卷，已残阙，今所存者，以涵芬楼排印的二百〇六卷本较为完备。此书的取名，是从《列子·汤问》“夷坚闻而志之”一语而来，大有续《山海经》之意。但内中所写，多涉神怪迷信，可以当做神话考察研究的并不很多，兹抄录二条于下，略见一斑——

明州人泛海，值昏雾四塞，风大起，不知舟所向。天稍开，乃在一岛下。两人持刀登岸欲伐薪，忽闻拊掌声，视之，乃一长人，高三四丈，其行如飞。两人急走归。其一稍缓，为长人所执，引指穴其肩成窍，穿以巨藤，缚诸高树而去。俄一顷间，首戴一釜来，此人从树杪望见之，知其且烹己，大恐。始忆腰间有刀，取以斫藤，忍痛竭力，仅得断。遽登舟斫缆，离岸已远。长人入海追之，如履平地，水才及腹。遂至前执船，发劲弩射之不退。或持斧斫其手，断三指落船中，指粗如椽。（《乙志》卷八“长人国’条）

光州七里外村媪家，植枣二株于门外，秋日枣熟，一道人过而求之。媪曰：“儿子出田间，无人打扑，任先生随意啖食。”道人摘食十余枚。媪延道人坐，烹茶供之。临去，道人将所佩葫芦系于木杪，顾语曰：“谢婆婆厚意，明年当生此样枣，既是新品，可以三倍得钱。”遂去。后如其言。今光州尚有此种，人怀核植于他处，则不然。（从《坚瓠秘集》卷五“葫芦枣”条转引，文较佳。）

“长人国”一条对后来笔记作者有较大的影响。元周致中《异域志》所写长人国即本此，而文笔不逮。《旧小说》戊集二《西樵野记》写的海岛长人和清褚人穫《坚瓠余集》卷二写的巨人指，其内容格局，也全是从这里变化出来的；可见这一神话的深入人心。“葫芦枣”一条朴质平淡，亲切有味，并不渲染神异而神话的色彩自见。

宋刘斧《青琐高议》别集卷四有一篇附会刘禹锡诗写的题名为“王榭”的神话小说，相当有情趣。大略说——

> 唐王榭，金陵人，家巨富，祖以航海为业。一日，榭具大舶，欲之大食国。行逾月，忽海风破舟，榭附一板，为风涛飘荡，至一洲，为皂衣翁媪所救。调养月余，引见其王，王亦皂袍，乌冠，于榭颇加礼遇。翁有一女甚美，榭爱之，王乃遗酒淆采礼，助结姻好。成婚之夕，榭询其国名，曰："乌衣国也。"榭居久思归，女知不可留，置酒悲泣，为诗赠别。王令榭闭目，坐一乌毡兜子中，又召翁媪扶持偕去。榭阖目，但闻风涛怒号，既久，开目，已至其家。堂上四顾无人，惟梁上有双燕呢喃。榭仰视，乃知所止之国，燕子国也。其事流传众口，因目榭所居处为乌衣巷。刘禹锡《金陵五咏》有《乌衣巷》诗云："朱雀桥边野草花，乌衣巷口夕阳斜，旧时王榭堂前燕，飞入寻常百姓家。"即知王榭之事非虚矣。

查《刘宾客文集·乌衣巷》诗，"王榭"实作"王谢"，是说晋、宋时代的豪族王氏与谢氏，此则以"王谢"当作人称的"王榭"，且引刘诗证实之，自然是小说家的附会，但从神话本身而论，这种附会也是常见，并不妨碍其有民间传说的依据。

南宋时盛传的王魁负桂英故事，在民间流传影响很大，后曾被多次演为戏剧，明叶子奇《草木子·杂俎篇》甚至说："俳优戏文始于《王魁》。"可见故事早已妇孺皆知了。溯其源始，实当在北宋末年。周密《齐东野语》卷六说"世俗所谓王魁之事殊不经，且不见于传记杂说，疑无此事"。又引初虞世说云："有妄人托夏噩姓名，作《王魁传》，实欲市利于少年狎邪辈，其事皆不然。"此传大约就是最早的王魁故事的记录，惜今已不存。从宋阙名所编《侍儿小名录拾遗》（旧题宋张邦畿撰，不确）中，尚可见其大略：

> 王魁遇桂英于莱州北市深巷。桂英酌酒，求诗于魁。魁时下第，桂英曰："君但为学，四时所须，我为办之。"由是魁朝去暮来。逾年，有诏求贤，桂英为办西游之用。将行，往州北，望海神庙盟曰："吾与桂英，誓不相负，若生离异，神当殛之！"魁后唱第，为天下第一。

> 魁父约崔氏为亲，授徐州佥判，桂英不之知。乃喜曰："徐去此不远，当使人迎我矣。"遣仆持书往，魁方坐厅决事，大怒，叱书不受。桂英曰："魁负我如此，当以死报之。"挥刀自刎。魁在南都试院，有人自烛下出，乃桂英也。魁曰："汝固无恙乎？"桂英曰："君轻恩薄义，负誓渝盟，使我至此。"魁曰："我之罪也，为汝皈僧诵佛书，多焚纸钱，舍我可乎？"桂英曰："得君之命即止，不知其他。"后魁竟死。

这个故事，实在可以当做神话考察，理由已在第四章第六节中讲述《墨子》所载杜伯报冤神话中附带讲述过，这里便不多说。只是觉得，像敫桂英这样的鬼魂实在是善良、果决、爱憎分明的鬼魂，她所采取的断然行动——自刎和报冤——是旧社会居于被欺凌地位的弱小者幻想中雪愤的最有效方式，如果说它免不了会带上些迷信的色彩，但是它的主流，那伸张正义和谴责卑鄙的成分，却大大超过了迷信的成分。民间所以传述它，戏剧所以扮演它，历久而不衰的原由，定然正是为了后者而不是为了前者。因而在我们的神话宝库中，应该把这个虚构的、对比鲜明、有广泛群众影响的故事收容进去，不必找其他任何理由和借口排斥它。

宋代地理类的书中，有乐史的《太平寰宇记》，二百卷，还有王象之的《舆地纪胜》，也是二百卷，都是卷帙浩繁的著作，每在记叙山川名胜，祠坛庙宇中，附带也记录了一些神话传说的零星片断，往往有其他书籍所未见者。还有陈元靓的《岁时广记》四十卷，张君房的《云笈七籤》一百二十卷，不著撰人的《锦绣万花谷》一百二十卷，都有可供参考的神话零星片断。宋代纂修的两部大类书，一部《太平御览》一千卷，一部《太平广记》五百卷，保存自古以来的神话传说材料尤多，学人如深入研究神话，实非具有此二书不可。

四、《续夷坚志》与《搜神广记》等

在宋代和元代之间，南宋时代，北方还存过一个短暂的金代，和南宋对峙。金代也有几个学者和文学家，其中最著名的一个，是元遗山，在他所著杂记异闻的《续夷坚志》四卷中，也有少量可以当做神话看待的，如下面所记的两条——

> 阳曲北郑村中社，铁李者，以捕狐为业。一日张网沟北古墓下，系一鸽为饵，身在大树上伺之。二更后，群狐至，作人语云："铁李铁李，汝以鸽赚我耶？汝家父子，驴群相似，不肯做庄农，只学杀生。俺内外六亲，都是此贼害却，今日天数到此，好好下树来，不然，锯倒别说话。"即闻有拽锯声，大呼揹镬煮油，当烹此贼。火亦随起。铁李惧，不知所为。顾腰，惟有大斧，思树倒，则乱斫之。须臾天晓，狐乃去，树无锯痕，旁有牛肋数枝而已。铁李知其变幻无实，其夜复往。未二更，狐至，泣骂俱有伦。李腰悬火罐，取卷爆潜爇之，掷树下。药火发，猛作大声，群狐乱走，为网所罥，瞑目待毙，不出一语。以斧椎杀之。（卷二"狐锯树"条）
>
> 天坛中岩，有仙猫洞。世传燕真人丹成，虽鸡犬亦升仙，而猫独不去，在洞已数百年。游人至洞前，呼仙哥，间有应者。王屋令临漳薛鼎成，呼之而应，亲为予言。己亥夏月，予自阳台宫，将之上方，命儿子叔仪呼之，随呼而应，声殊清远也。（卷四"仙猫"条）

前一条深具民间神话的特色，铁李以智勇杀狐，使人觉得可敬可爱，而狐的骂詈恐吓，故弄玄虚，既堪发噱，亦复紧张有趣。它既像神话，又有点像童话。第二条是唐鼠神话的变体，唐公房丹成鸡犬升天，"惟以鼠恶留之"，鼠乃"吐肠胃更生"而成唐鼠（《水经注·河水》），这里却是"猫独不去"，大约是出于自愿，继续在洞中修行，所以后来便成了"仙猫"。呼洞而应，也许是回声，却成了神话的凭证，增加了神话的意趣与效果，使人奇而爱之，崇而信之。在有关地方风物的神话中，常有这类"灵应"

事迹点缀其间，是不足为奇的。

此书卷四“蚩尤城”条说：“华州界，有蚩尤城。古老言蚩尤阚姓，故又谓之阚蚩尤城。”也略具神话研究参考的价值。《水经注·漯水》说：“涿鹿城东南六里有蚩尤城。”那是相传黄帝和蚩尤战争的地方。《太平寰宇记》卷三四说：“蚩尤城在（安邑）县南一十八里。”安邑西南与解州接壤，有盐池名叫解池，那是传说黄帝杀蚩尤之处。这里又说华州有蚩尤城，华州在今陕西省华县，距上述二地俱远，不知何以又有蚩尤城，所以值得研究。

元代的志怪书不多，有一部林坤的《诚斋杂记》，共上下两卷，分量不多，以杂述往事为主，大都钩稽隐括自以往的古籍；也有些零片材料，往往为今所未见，有值得参考的地方。如开卷第一条就说：“萧仙，宣王之末，史籍散乱，萧仙能文，著本末以备史之不及。人以史称之，实无名也。”说出秦穆公时善吹箫的萧史得名之由，不管它取材何自，也算是一桩珍闻。像萧史弄玉格调的仙话，我们自当把它归入神话的考察范围。和这种仙话近似，此书还记了一段唐代传闻的仙话——

> 钟陵西山，有帷游观。每到中秋，车马喧阗，十里若阛阓。豪杰多召名姝善讴者，夜与丈夫间立，握臂连踏而唱，惟对答敏捷者胜。太和末，有书生文箫往观，睹一姝甚妙。其词曰：“若能相伴陟天坛，应得文箫驾彩鸾，自有绣襦并甲帐，琼台不怕雪霜寒。”生意其神仙，植足不去。姝亦相盼。歌罢，独秉烛穿大松径将尽，陟山扣石，冒险而升。生蹑其踪。姝曰：“莫是文箫耶？”相引至绝顶坦然之地。后忽风雨，裂帷覆机（几）。俄有仙童持天判曰：“吴彩鸾，以私欲泄天机，谪为民妻一纪。”姝乃与生下山，归钟陵为夫妇。（卷上）

这段仙话原见唐裴铏《传奇·文箫》，这是那篇文章的精要节写，所表现的是人神（仙）恋爱，把时代风尚、社会习俗都反映了进去，而又那么超群拔俗，可算是别具风格，应该放在神话范围内加以考察。关于吴彩鸾的事，也见《宣和书谱》卷五，略说彩鸾与文箫寓钟陵，“箫拙于为生，彩鸾以小楷书《唐韵》一部，市五千钱，为糊口计。然不出一日间，能了十数万字，非人力可为也。钱囊羞涩，复一日书之，且所市不过前日之数。由是彩鸾《唐韵》，世多得之。历十年，箫与彩鸾，遂各乘一虎仙去。”《书谱》又说“彩鸾自言西山吴真君之女”，吴真君，就是晋时有名的仙人吴猛。这些记叙，当然也都是神话传说，可以作为林坤所记的补充。此书还有一些条目，也是他书鲜见，具有神话的性质。如——

蔡州丁氏女，精于女红，每七夕祷以酒果，忽见流星堕筵中，明日瓜上有金梭，自是巧思益进。

海人鱼状如鱼，眉目口鼻手足。皆如美丽女子，无不缋足。皮肉白如玉，灌少酒便如桃花。发如马尾，长五六尺。

又还有节述古书概要的，如——

崔生入山，遇仙女为妻。还家得隐形符，潜游宫禁，为术士所知，追捕甚急。生逃还山中，隔洞见其妻告知。妻掷锦袜成五色虹桥度崔，追者不及。

弦超梦神女从之，自称天上玉女，东郡人，姓成，字智琼，早失母，天帝哀其孤苦，令得下嫁。超当其梦也，嘉其非常，觉寤钦想，如此三四夕。一旦显然来，驾辎軿车，从八婢，服罗绮之衣，状若飞仙，自言年十七，遂为夫妇。

前面一条是据《神仙感遇传》，《云笈七籤》卷一一三载之；后面一条是据《搜神记》卷一，原文都较长，一经节缩改写，去掉繁琐枝蔓，更觉清新鲜泽，神话的精神因而焕发了出来。这样的例子，在此书里能找到不少，也算是此书的一种贡献。

元代有一部极重要的采录民间神话的著作，初名《搜神广记》，后更名《三教搜神大全》，无名氏撰。卷首有叶德辉序，大略说，曩阅毛晋汲古阁宋元秘本书目，子部类载有元板画像《搜神广记》前后集二本，后得明刻绘图本《三教源流搜神大全》七卷，即元版《搜神广记》之异名。惟又增入洪武以下神号及附刻神庙楹联等，知为坊估所杂窜。然于圣宋皇元字抬写多仍其旧，犹可推见元本真面。因重刊之，使六七百年民间风俗相沿之故，复显于世，云云。此书所搜诸神履贯事迹，大都杂取小说、民间口头传说及释道等书，可以作为神话研究的参考。其中有些记叙，可作为神话的原始记录看待，如我们在第七章第四节所引卷七中记叙的哪吒神话便是。其余像“灵官马元帅”、“福神”、“门神”等，性质亦略近神话，可以放在神话的范围内考察。“灵官马元帅”即“四游记”中《南游记》所写的华光，记叙较凌乱，多封建糟粕，兹不录，节录“福神”、“门神”二条如下，略见一斑——

福神者，本道州刺史杨公讳成。昔汉武帝爱道州矮民，以为官奴玩戏。杨公守郡，以表奏闻，云：“臣按王典，本州只有矮民，无矮奴也。”武帝感悟，更不复取。郡人立祠，绘像供养，以为本州福神。后天下黎民士庶皆绘像敬之，以为福禄神也。（卷四）

按传，唐太宗不豫，寝门外抛砖弄瓦，鬼魅呼号，太宗以告群臣。秦叔宝出班奏曰：“愿同胡敬德戎装立门外以伺。”夜果无警。因命画工图二人之像悬于宫掖之左右门；邪祟以息。后世沿袭，遂永为门神。（卷七）

元代还有一部地理性质的书籍，就是周致中的《异域志》，分上、下两卷，把历史和神话传说杂糅，记叙了许多历史上曾经有过现在也还存在的国家，如朝鲜、日本等；或历史上曾经有过现在已不存在的国家，如大秦国、三佛齐国等，也记叙了许多根本是神话传说的国家，大都从《山海经》等书中钞录而来，如羽民国、聂耳国等。有些虽是钞录，又略带新意，如——

穿胸国在盛海东，胸有窍；尊者去衣，令卑者以竹木贯胸抬之，俗谓防风氏之民。因禹杀其君，乃刺其（胸），故有是类。

有些则是根据古书记载而又把它发展成为故事的，如——

> 女人国。其国乃纯阴之地，在东南海上，水流数年一泛，莲开长丈余，桃核长二尺。昔有舶舟飘落其国，群女携以归，无不死者。有一智者，夜盗船得去，遂传其事。女人遇南风裸形，感风而生。

《山海经·海外西经》说："女子国在巫咸北，两女子居，水周之。一曰居一门中。"郭璞注："有黄池，妇人入浴，出即怀妊矣。若生男子，三岁辄死。"就是这段故事之所本。不过这段故事是把入黄池洗浴怀妊改为遇南风裸形感生罢了。还有未见他书记载、独见于此书的，如——

> 后眼国，凡良河鞑靼曾见，不知国在何处。其衣帽与胡人同，项后有一目。其性狠戾，鞑靼多畏之。

后代记述如海外异国中，这是很独特的一国。还有一国，见于清陆次云的《八纮荒史》，也附记于此——

> 鸭人国在海外，人形鹤（鸭）脚。遇雨，一足伫立，一足上竖，展其掌以为盖。

除此而外，还有清李汝珍在《镜花缘》第二十五回中所记的两面国，说其国人正面"和颜悦色、谦恭可爱"，反面则"鼠眼鹰鼻，舌如钢刀"。这个国家只是小说中的描写，未见古籍记载，观其景况，略近于《异域志》所记的后眼国。

第十二章

明清的神话

一、《琅嬛记》与《开辟衍绎》等

明代志怪书中，有一部神话传说材料相当丰富的书，就是桑怿的《琅嬛记》，凡三卷。旧题元伊世珍撰，《四库提要》说："语皆荒诞猥琐，书首载：'张华为建安从事，遇仙人引至石室，多奇书。问其地，曰：琅嬛福地也。'注：'出《元观手钞》。'其命名之义盖取乎此。然《元观手钞》亦不知为何书，其余所引书名大抵真伪相杂，盖亦《云仙散录》之类。钱希言《戏瑕》以为明桑怿所伪托，其必有所据矣。"这段话大体上是说得中肯的。此书所引书名，确实是"真伪相杂"，如引《元虚子仙志》、《致虚阁杂组》等，便所未闻见，"不知为何书"；但如引《江湖纪闻》这样的书，就知道它是元郭霄凤撰，有案可查了。《四库提要》说它"荒诞猥琐"，那倒未必，因为神话传说性质的东西，在正统派学者看来，本来都当归入荒诞之列；而猥琐呢，不过是纤巧的别名。是的，本书所记故事，多属儿女风月，会给人以纤巧的感觉，但有些故事，却使人感到清新奇丽，如下面所举数条——

周穆王迎意而子，居灵卑之宫，访以至道。后欲以为司徒，意而子愀然不悦，奋身化作元鸟，飞入云中。故后人呼元鸟为意而。（卷上引《元虚子仙志》）

昔有仙人凤子者，欲有所度，隐于农夫之中。一日大雨，有邻人来借草履，凤子曰："他人草履可借，我之草履乃不借者也。"其人

怒詈之，凤子即以草履掷与，化为鹤飞去。故后世名草履为不借。（卷上引《致虚阁杂俎》）

石尤风者，传闻为石氏女嫁为尤郎妇，情好甚笃。尤为商远行，妻阻之，不从。尤出不归，妻忆之，病亡。临亡，长叹曰："吾恨不能阻其行，以至于此。今凡有商旅远行，吾当作大风，为天下妇人阻之。"自后商旅发船，值打头逆风，则曰："此石尤风也。"遂止不行。妇人以夫姓为名，故曰石尤。（卷中引《江湖纪闻》）

上面所举数条，最后一条引《江湖纪闻》记石尤风事，是最可靠也是最有意思的。"石尤风"之名，六朝时就有了，六朝宋孝武帝《丁都护歌》说："愿作石尤风，四面断行旅。"唐戴叔伦《赠裴明府》诗说："知君未得去，惭愧石尤风。"可见这一传说起源必相当早。《江湖纪闻》记录了这一传说而为《琅嬛记》所引用，给我们留下了民间神话的一段宝贵篇章，自然是值得称道的。至于一二两条，虽然所引书不是那么确切，或者属于作者故弄玄虚，借这些五花八门的虚构书籍抬高著作的地位，但所述内容，却不一定纯属虚构，多少或有传说的凭依。如燕称意而，始见《庄子》。《山木篇》说："鸟莫知于鷾鸸。"陆德明《音义》："鷾鸸，燕也。"鷾鸸自然就是意而。又如草履名不借，也早见于晋崔豹的《古今注》。卷上说："不借，草履也。以其轻贱易得……不假借于人，故名不借。"名目有了，《琅嬛记》更以神话故事实之，就觉得新奇可喜。在没有确凿证据证明它是有意编造以前，是不该贸然置它于神话考察的视野范围之外的；如果那样做，似乎便近于愚鲁粗暴了。

除《琅嬛记》外，陆粲的《庚巳编》共十卷，也是杂记异闻的书籍，其中如"芭蕉女子"条、"巨蚌"条、"海岛马人"条和"九尾龟"条等，也略具神话的意味，可供参考。试举卷十的"九尾龟"条如下，以见一斑——

海宁百姓王屠与其子出行，遇渔父持巨龟径可尺余。买龟系著柱下，将羹之。邻居有江右商人见之，告其邸翁，请以千钱赎焉。

翁怪其厚，商曰:"此九尾龟，神物也。"……因偕往验之。商踏龟背，其尾之两旁，露小尾各四，便持钱乞王。王不肯，便烹作羹，父子共啖。其夕大水，自海中来，平地高三尺许，床榻尽浮，十余刻始退。及明午，翁怪王屠父子不起，坏户入视之，但见衣衾在床，父子都不知去向。人或云，害神龟，为水府摄去杀却也。

明周游的《开辟衍绎通俗志传》，共八十回，所述自盘古开天辟地起，到周武王伐纣止，是一部讲史小说。内容杂糅神话传说与历史史实，把神话传说也都当做了历史。正因为如此，却幸而从中保存了一些民间神话的片断，很可珍贵。如第一回"盘古氏开天辟地"就这么写着——

（盘古）将身一伸，天即渐高，地便坠下。而天地更有相连者，左手执凿，右手持斧，或用斧劈，或以凿开，自是神力。久而天地乃分，二气升降，清者上为天，浊者下为地，自是而混茫开矣。

盘古以斧凿开天辟地，这对三国时徐整在《三五历纪》里叙写的，那种哲学化的、纯粹是气体变化的开天辟地来说，可算是大大进了一步，或者毋宁说，是根据民间神话的精神，恢复了古神话的本来面貌。古神话里开天辟地的神人，在这当中，一定会有所作为，不会单让气体在那里发生变化的。斧和凿这两种劳动工具的添加，让盘古拿在手里，真是气势宏伟，光辉耀目，使古老的开天辟地神话忽然焕发了青春。这虽是神话的一个零片、一个细节，难道不应该让它从讲史小说里区划出来，归入在我们的神话宝库中吗？再如第十八回末尾所载王子承的《释疑》中，更记述并评论了当时有关炎帝神农的民间传说——

后世传言神农乃玲珑玉体，能见其肺肝五藏，此实事也。若非玲珑玉体，尝药一日遇十二毒，何以解之？但传炎帝尝诸药，中毒者能解，至尝百足虫入腹，一足成一虫，炎帝不能解，因而致死，万无是理……

《释疑》中记叙的，大概是一个民间传说的两个部分，它们之间本是有机组成，并无矛盾；无所谓信，也无所谓疑。可是《释疑》作者未免太迂拘了，对前者信之，后者疑之。不过他却在疑信参半中，为我们保存了这段可贵的民间神话材料，这是他的功绩。

明代类书性质的书中，有一部值得一提、较有特色的类书，就是陈仁锡的《潜确类书》。全书百二十卷，内容分玄象、岁时、区宇、人伦、方外、艺习、禀受、遭遇、交与、服御、饮啖、艺植、飞跃十三部，一千四百余类。引书达一千五百余种，虽然多是转贩自其他类书，但也有僻笈遗文，为他书所未载。其区宇部分内容最为丰富，常有一些神话传说材料，可供参考。如——

八鱼原，在宝鸡城东南。俗传太公钓时，有八鱼追钓至此。（卷六）

百丈山，在昌化，一名潜山。《吴兴地志》：尧时洪水，此山潜而不没，其高在水面犹百丈。上有王仙洞。昔仙人王太伯尝居之。里人有见洞口曝盐数十袋者，即之，不复见，始信为神仙窟宅。山下两石相峙，名秦皇石，又名双峰。相传始皇欲作石桥渡海，此石驱之不去。（卷二十）

辛女岩在辰州府卢溪县大江之左。奇峰绝壁，高峰插天，有石屹立如人。相传高辛氏女于此化为石。隔江对峙一岩，有机一乘，船一只，悬于岩孔，乃其遗迹也。（卷二十六）

仙女洞，在龙安府治南。山势盘旋，岩洞深远，水自中出，百里流入剑南。故老相传，风日晴和，遥见仙女靓妆游行岩上，或理发，或浣衣于洞壑中，隐显不常。洞中石乳融结，状甚奇怪，色如碧玉，取可供玩。（卷二十八）

段（思平）之先名俭魏者，佐蒙氏有功，擢清平官，段思平其六世孙也。生有异兆，杨千贞忌之，每阴使索捕。思平乃变姓氏为猎者，牵一犬自随。至品甸，宿逆旅。旅舍中有戟一枝，牛革四叠。卧间，风倒戟，洞贯牛革。乃问主人：“戟何为？”答：“防盗耳。”曰：“防盗莫如吾犬，请以易之。”主人诺。乃持戟去。又前自叶镜池，见神马自出，因板乘之，得脱。又前饥，摘野桃食之，核有文曰“青昔”。自解云：“青乃十二月，昔乃二十一日；今杨氏乱，吾当以是日举义乎？”乃以卑词，借兵东方，黑爨、松爨三十七部皆助之，遂逐杨千贞而代蒙国，改号大理焉。（卷三十二）

这些虽然都是神话传说的点滴片断，但是它们却可以补古神话的缺佚，使古代神话的内容更为充实、丰富，因而未可忽视。尤其最后一条，比较完整地记叙了一段英雄兴国的神话。在其他书籍中，似乎还没有发现比这段神话更早的出处。从文字朴素无华看，记录可信，是比较忠实的。文中所谓段思平“生有异兆”者，《云南古佚书钞》辑《白古通记》说，思平的母亲系生于“梅树结李、渐大如瓜”的李瓜中，后又与“三灵白帝”为偶而生思平。总之，无非是英雄降生灵异的各种模式之一，可以作为此文的补充。此书所保存的神话传说材料，确实是相当丰富的，除此而外，如卷十六记的“舜哥山”，卷二十记的“夜飞山”，卷三十二记的“叶镜湖”、“郎君湖”等，都有参考价值。

彭大翼的《山堂肆考》也是一部卷帙浩繁的类书，共二百二十八卷，也有一些零星片断的神话传说材料，但不如《潜确类书》丰富。试举二条如下——

东方朔云：“臣有吉云草，种于九景山中，二千岁一花。臣种一千九百九十九年矣，明年应生花。臣走往刈之以饲马，马食之不饥。”帝（汉武帝）许之。朔平旦而去，至暮而返，背负数束，锉以饲马，马即肥泽。（羽集第十卷引《洞冥记》）

南昌府子城东，有饮马池，一名浴仙池。相传有少年见美女七人，脱五彩衣于岸侧，浴池水中。少年戏藏其一。诸女浴竟着衣，化白鹤去。独失衣女不能去，随少年至家为夫妇，约以三年还其衣，亦飞去。（宫集卷二十四）

后面“浴仙池”条，无疑是田章神话的同型，说明这类神话，已广泛地在民间流传。前面“吉云草”条所引的《洞冥记》，见今本卷二，但文字与此多异。前段无“臣种一千九百九十九年矣”语,后段自“帝许之”以下三十一字全无，此引当为较早的古本。

明代还有两部书，也值得提提。一部是徐应秋的《玉芝堂谈荟》，三十六卷，多采小说杂记综述而成。全书以事为类，连类而及，各标以目，如“解鸟兽语”、“斩龙刺虎”等，备引诸书以证之。虽不免有时流于繁锁猥芜，但其中于旧闻传说、名物掌故的征引极为丰富，可供研究采择。我们在第一章第三节里已引了该书“解鸟善语”一段文字了，这里就不再多引。另一部是冯应京的《月令广义》，共二十五卷，杂采故事，兼及流俗传闻，虽然也有繁琐猥芜之弊，却不能抹杀它的特殊贡献。它的最大贡献，就在于曾引《小说》，首先比较完整地记述了牛郎织女神话，我们在下一章中谈到民间流传的神话时再引述，这里暂不引。除此而外，如《岁令一》所记的“花神”、“潮神”等，也可以略供参考。

二、神话小说《西游记》

明代具有神话色彩的小说，共有三部：一部是吴承恩的《西游记》，一部是许仲琳的《封神演义》，还有一部是余象斗编的《四游记》。但是能称为神话小说的，只有《西游记》一部，其他两部，有些个别情节，可以当做神话考察，至于名称要用“神话”一词去概括则嫌太过，为了实事求是，仍只好用鲁迅先生在《中国小说史略》中的拟名，暂名之为神魔小说。

吴承恩的《西游记》，说它是神话小说，有两大原因：一是它创造了一个居于全书最主要地位、贯彻始终的神话英雄人物孙悟空；二是它是演化小说，是根据民间传说的积累逐渐演化而来，包括孙悟空形象的创造。由此二因，我们认为《西游记》名正言顺地应该享有神话小说的声誉，而此书所表现的一切，也应该理直气壮地被视为后世产生的新神话。

先说第二个原因。在宋人话本小说《大唐三藏取经诗话》里，我们可以看见，作为孙悟空形象雏形的猴行者，已经登上了小说的舞台。但是这个猴行者，虽然具有神通法力，却还只是秀才般的文绉绉的模样，缺少“神变奋迅”（鲁迅语）的精神。而吴承恩笔下的孙悟空，则是既有法力神通，又具神变奋迅的精神，因而被成功地塑造成为一个新鲜活泼的艺术形象，几百年以来，家喻户晓，妇孺皆知。

《大唐三藏取经诗话》王国维跋云：“书中载元奘取经，皆出猴行者之力，即《西游演义》所本。又考陶南村《辍耕录》所载院本名目，实金人之作，中有《唐三藏》一本。《录鬼簿》载元吴昌龄杂剧有《唐三藏西天取经》，其书至国初尚存。《也是园书目》有吴昌龄《西游记》四卷；《曹楝亭书目》有《西游记》六卷；《无名氏传奇汇考》亦有《北西游记》云。今用北曲，元人作，盖即昌龄所撰杂剧也。今金人院本，元人杂剧皆佚，而南宋人所撰话本尚存，岂非人间希有之秘笈乎？”观上所述，知道在吴承恩撰写小说《西游记》以前，从宋、金、元直到明代初年，已有相当多的小说、戏剧作家，在他们的小说、戏剧著作中，为吴承恩《西游记》提供了写作材料。孙悟空的形象，也是由逐渐累积而形成的。元吴昌龄杂剧有“无支祁是他姊妹”语，知道从那时起，孙悟空（行者）形象的塑造，已颇取材于无支祁神话。而吴承恩笔下的孙悟空，据近代学者研究，则还不只取材于无支祁神话，还间接从印度史诗《罗摩衍那》的猴王哈奴曼那里受到影响。我们研究了史诗的全部梗概，觉得这一说法是可以相信的。那么孙悟空这个神话英雄人物的诞生，就不单是作家的艺术创造（当然这一点也是非常重要的），而是有中国古代和外国古代民间神话悠久的渊源。它的根基是很深厚的，在它诞生以前，广大人民群众对它已经有了初步的一般印象，它诞生以后，这一印象就突然变得鲜明、生动而深刻了。因为孙悟空已经成了鲜活的神话英雄人物，人们爱而敬之，崇而信之。在《西游记》问世后的一百多年，人们已经先后在福建福州、广东潮州给这位神话英雄人物建立了庙宇，叫做齐天大圣庙，说它“甚壮丽”、“香火甚盛”。[①]请看神话的

① 见《坚瓠余集》卷二“齐天大圣庙”条引《艮斋杂说》及《聊斋志异》卷十一冯评引《艮斋雅志》。

威力，它竟摇身一变，成了人们信仰的宗教，神话人物也变成了宗教人物，在广大群众中产生了不可磨灭的影响。这样说来，《西游记》岂不应该被视为民间新神话而享有神话小说之誉么?

再说第二个原因。就是《西游记》系由历代民间口头材料相传逐渐累积而形成，并非作者一朝一夕向壁虚构之功。在讲述第一个原因时，第二个原因已大略涉及，再补充一些如下。关于唐僧取经的传说，唐人著书已开始提到，《少室山房笔丛》卷四十一引李冗《独异志》（今本无）说——

> 沙门玄奘俗姓陈，偃师县人也，幼聪慧有操行。唐武德初，往西域取经。行至罽宾国，道险，（多）虎豹，不可过。奘不知为计，乃锁房门而坐。至夕开门，见一异僧，头面疮痍，身体脓血，床上独坐，莫知来由。奘乃礼拜勤求，僧口授《多心经》一卷，令奘诵之。遂得山川平易，道路开辟，虎豹藏形，魔鬼潜迹。至佛国，取经六百余部而归。

从上面的引文可以看见，这已经几乎便是一部《西游记》神话最早的雏形。唐僧西天取经，赖以禁御沿途的虎豹魔鬼者，是罽宾国异僧所授的《多心经》一卷；而《西游记》所写，则全凭齐天大圣孙悟空作唐僧的护法使者，才得战胜所有的妖魔鬼怪，直赴西天取经而回。《西游记》只是以具体人物代替了《独异志》所写的经文禁咒。二者的情况各异，格局则一。到了明代初年，有杨讷（景贤）的《西游记》杂剧，就可见到和后来吴承恩的《西游记》小说在格局和人物上都大体相同了。此剧凡六本，每本四折，共二十四折。全剧题目正名，第一本作：“贼刘洪杀秀士，老和尚救江流，观音佛说因果，陈玄奘大报仇”；第二本：“唐三藏登途路，村姑儿逞嚚顽，木叉送火龙马，华光下宝德观”；第三本：“李天王捉妖怪，孙行者会师徒，沙和尚拜三藏，鬼子母救爱奴”；第四本：“朱老公告官司，裴海棠遇妖怪，三藏托孙悟空，二郎收猪八戒”；第五本：“女人国遇险难，采药山说艰难，孙行者借扇子，唐僧过火焰山”；第六本：“胡麻婆问心字，孙行者答空禅，灵鹫山广聚会，唐三藏大朝元”。从戏剧标目，可知唐三藏、孙行者、猪八戒、沙和尚师徒四人已经配备齐全了。可见吴承恩并不是凭空把这些人物创造出来的，他只不过在已有的《西游记》故事的基础上，又加入他所知道的民间传闻，对人物、故事都进行了细致的艺术加工。

从此书所叙，还可以发现两点，证明《西游记》是演化小说而非创作小说。一是本书写唐僧西天取经，途经九九八十一难，书末且开列出一个清单，逐难条记。可是按其实际，却只有二三十难，并无八十一之数。“八十一难”云者，是把诸大难化为诸小难，以足“八十一”之数，有一难而化为两难的，一难而化为三难的，甚至有一难而化为四难的。如遇红孩儿之难，就是一难而化为四难的；阻天水之难，是一难而化为三难的。最可笑的，在阻天水难中，“鱼篮现身”也算一难，既以遇救，还有什么“难”之可言呢？明见其是在凑数罢了。为何定要凑足此数？大概因为民间相传，唐僧取经，曾遭九九八十一难，如不凑足此数，便交不了差，不能取信于民间。可见此书格局大要，原本来自民间。还有，此书叙写神魔鏖兵及途中经历种种奇异危难的事，固然是淋漓尽致了，而病之者却总觉得屡起观音未免重复，殊不知这正是缀集民间传说为一书接榫的痕迹。盖民间视观音为唯一救苦救难之尊神，迄至近代，供奉犹不稍衰；故设想能解彼唐僧师徒的困厄者，只有观音菩萨。各地讲述西游故事片断的，不约而同都以观音为结束。及至写集成书，观音便屡被请出。这也足见此书的故事情节，有许多乃从民间取来。既有上述外因，又有此两点内因，故说吴承恩的《西游记》是一部演化性质的神话小说，大约可以成立。

但吴承恩对西游故事并不只是作简单、忠实的记录，而是把民间传说的东西缀集起来，进行了再创作，作了复杂细致的艺术加工，把原来简单粗糙的神话故事文学化了，使它达到中国文学艺术的一个高峰。这是吴承恩创作成分在《西游记》中所起的重大作用。这当中自然不排除作者自己的虚拟和构想。书中最大的虚拟和构想，我看是前七回所写孙悟空大闹天宫的神话。这段神话，是全书中最好的段落，也是最富有神话色彩的段落，虽然在唐代段成式《酉阳杂俎·诺皋记上》所记张天翁事已略有它的影子，但是整个构思布局仍应是吴承恩的自出机杼。

孙悟空这个富有反抗性的神话英雄人物性格的塑造，全在前七回闹天宫的布局构思上。这七回写活了，后面所有的回目都活了起来，因为作为全书主角的孙悟空已经给人们留下了深刻的印象。从艺术构思上说，前面七回毋宁说是后面九十三回的铺垫，也可以说是给后面九十三回戴上的一顶闪光的金冠。明乎此理者就会觉得全书前后和谐统一，一点儿也不矛盾。如果要在这里生硬地搞阶级分析，说什么前段所写孙悟空是农民起义的领袖，后段则是黄天霸式的人物，那就是庸俗社会学在文学评论上的表现，是不可取的。实际上整个孙悟空形象的塑造，仍是古神话中羿、禹精神的发扬，把反抗精神和诛妖除邪的战斗精神有机地结合起来了。孙悟空这个光辉的神话英雄人物，如果不让它归入自古以来陆续产生的神话英雄人物如盘古、女娲、神农、黄帝、羿、鲧、禹、李冰父子等的行列中，而以“原始性”、“不自觉的加工”之类为借口，把他摒拒在神话视野之外，那就是我们研究神话的最大失误。老实说广大人民群众无分男女老幼，最觉得亲切、最感兴趣的神话人物，就是孙悟空。在群众的心目中，孙悟空即使不能代表中国神话的全部，至少也要顶其半边天。这种情况难道我们能视若无睹么?

结论就是:《西游记》这部神话小说所幻想虚构的绝大部分故事情节，都是神话;所描绘塑造成功的大批艺术形象如孙悟空、猪八戒、红孩儿、牛魔王、铁扇公主等，都是神话人物。

附带说几句:《西游记》里猪八戒这个人物的塑造，也是最为成功的。他是一个缺点不少的神话英雄，然而大敌当前，他从不妥协，不叛变，不投降，随时可见他那九齿钉耙的闪光，这就为他的神话英雄形象奠定了牢固的、不可动摇的基础。他和孙悟空互相映衬，各显特色。老猪出场，谐趣横生。这一对搭档，很容易使我们联想到十六世纪西班牙作家塞万提斯笔下的堂·吉诃德和桑丘·潘沙，二位作家所处的时代这么相近，构思又如此巧合，真是很有意思。

三、《封神演义》与《四游记》

稍后于《西游记》的、含有神话因素比较丰富的文学巨著，是许仲琳的《封神演义》。《封神演义》我们只说它“含有神话因素”却不说它便是神话小说，最主要的原因，是它没有写出一个能贯穿全书、站得住脚的神话英雄人物，像《西游记》里的孙悟空一样。姜子牙固然是此书的主要人物，却太苍白无力，只觉得他身上除了几分酸气和几分妖气以外，竟别无所有，绝不能称为神话英雄。哪吒闹海数回写哪吒事迹是全书最精彩的部分，哪吒可算是神话英雄人物，但哪吒却不能贯穿全书，发扬不了此书应有的神话光彩。此书所见，只是神魔鏖兵，暗惨阴沉，带着浓厚的宗教迷信色形，所以不能以神话小说目之，只得暂时仍名之曰神魔小说，或名之曰历史神怪小说。

既然不能称之为神话小说，何以还要在这部神话史上予以讨论呢？那是因为，在这部神魔小说或历史神怪小说里，还含有不少神话因素。它是杂采古书里若干神话材料构成此书的。清俞樾《小浮梅闲话》说——

> 武王伐纣，一戎衣天下大定。而世俗有《封神传》一书，费如许战争，一切仙佛，皆来助战。余按：东晋人伪作《武成篇》有云：“维尔有神，尚克相予，以济兆民。”便有此意。……太公封神之说，相传甚古。《史记·封禅书》：“始皇遂东游海上行礼，祠名山大川及八神，求仙人羡门之属，八神将自古而有之。或曰：‘太公以来作之。’”此即太公封神之说所自来。《太公金匮》云：“武王伐纣，都洛邑，明年阴寒，雨雪十余日。甲子平旦，五大夫乘马车，从两骑，止王门外。尚父曰：‘四海之神与河伯、风伯、雨师耳。’使谒者各以其名召之，五神皆惊。武王曰：‘天霧（阴），乃远来，何以教之？’皆曰：‘天伐殷立周，谨来受命’”云云。此亦可附会为太公封神之一征。……考《太公金匮》云：“武王伐纣，丁侯不朝，尚父乃画丁侯于策，三旬射之。丁侯病大剧，问卜者，占云：‘祟在周。’丁侯恐惧，乃遣诣武王，请举国为臣虏。尚父乃以甲乙日拔其目箭，戊巳日拔其腹箭，庚辛日拔

> 其股箭，壬癸日拔其足箭。丁侯病愈，四夷闻之皆惧，各以其职来贡。”赵公明事，即本此敷衍也。它如元始天尊，为道教之祖，见《隋书·经籍志》；广成子为古仙人，见《庄子·在宥篇》；赤松子见《史记·留侯世家》；赤精子见《汉书·李寻传》；九天玄女见《史记·黄帝本纪》正义引《龙鱼河图》。《旧唐书·经籍志·兵书》有《黄帝问玄女法》三卷，云玄女撰。《元史·舆服志》有东、南、西、北天王旗，并绘神人，右手执戟，左手奉塔。然则托塔天王亦有本也。哪吒事疑亦出佛书，《夷坚志》“程法师”条云：“值黑物如钟，从林间直出，知为石精，遂持哪吒火球咒，俄而见火球自身出，与黑块相击。”然则哪吒风火轮，亦必有本。妲己见《尚书·牧誓》、《史记·殷本纪》，固经史明文也。……《代醉篇》引《古今事物考》，谓“商妲己，狐精也；或曰雉精，犹未变足，以帛裹之，宫中效焉。”委巷之谈，即今衍义家所本。……骊山老母，亦有其人，非子虚也。《史记·秦本纪》：“申侯言于孝王曰：‘昔我先骊山之女，为戎胥轩妻，生中潏，以亲故，归周，保西垂，西垂以其故和睦。’”……《汉书·律历志》载张王寿言：“郦山女亦为天子，在殷、周间。”考郦山女为戎胥轩妻，正当商、周之间，意其为人，必有非常材艺，为诸侯所推服，故后世传闻，有为天子之事，而唐宋以后，遂以为女仙，尊曰“老母”……

以上所述，就是《封神演义》一书杂采自史传及神话的若干材料，俞樾所论，大体上算是都具备了，还有一些材料，如书中所写各种遁法及使用的法宝等，也偶然在野史笔乘中见到。然而它并未构成一部神话小说，原因就是它并未塑造成功一个作为神话小说中心人物的英雄形象。

其次要讨论的是余象斗编的《四游记》。《四游记》是四部小书组合而成，一曰《上洞八仙传》，亦名《八仙出处东游记传》，二卷五十六回，题兰江吴元泰著；二曰《五显灵官大帝华光天王传》，即《南游记》，四卷十八回，题三台山人仰止余象斗编；三曰《北方真武玄天上帝出身志传》，即《北游记》，四卷二十四回，亦余象斗编；四曰《西游记传》，就是吴承恩《西游记》的节本，且节得潦草粗率，十四回以前，大体仍用原本逐回删节，十四回后，为欲使和其他三记分量相当，削落渐多，以至陋不成文。对于《西游记》的这个节本，自然是没有什么特别要说的。对于“北方真武玄天上帝”的故事呢，以其妖妄的成分较多，也不想多费笔墨。独对八仙故事和华光故事大略讲讲。因这两个故事比较接近神话。前一个，在民间流传渊源久长，简直就可以视为民间神话。兹录鲁迅在《中国小说史略》中所节述的两个故事的梗概如下——

> 传言铁拐（姓李名玄）得道，度钟离权，权度吕洞宾，二人又共度韩湘、曹友，张果老、蓝采和、何仙姑则别成道，是为八仙。一日俱赴蟠桃大会，归途各履宝物渡海。有龙子爱蓝采和所踏玉板，摄而夺之，遂大战。八仙“火烧东洋”，龙王败绩，请天兵来助，亦败。后得观音和解，乃各谢去，而“天渊回别天下大平”之候，自此始矣。
>
> 书言有妙吉祥童子以杀独火鬼忤如来，贬为马耳娘娘子，是曰三眼灵光。具五神通，报父仇，游灵虚。缘盗金枪，为帝所杀。复生炎魔天王家，是为灵耀。师事天尊，又诈取其金刀，炼为金砖以作法宝。终闹天宫，上界鼎沸。玄天上帝以水服之，使走人间，托身萧氏，是为华光。仍有神通，与神魔战，中界亦鼎沸。帝乃赦之。华光因失金砖，复欲制炼，寻求金塔。遂遇铁扇公主，擒以为妻，又降诸妖，所向无敌。以忆其母，访于地府，复因争执，大闹阴司，下界亦鼎沸。已而知生母实妖也，名吉芝陀圣母，食萧长者妻，幻作其状，而生华光，然仍食人，为佛所执，方在地狱，受恶报也。华光乃救以去。（母仍食人，）于是张榜求医，有言惟仙桃可治者，华光即幻为齐天大圣状，窃而奉之，吉芝陀乃始不思食人。然齐天被嫌，询于佛母，知是华光，则来讨，为火舟所烧，败绩；其女月孛有骷髅骨，击之敌则头痛，二日死。华光被术，将不起，火炎王光佛出而议和，月孛削骨上击痕，华光始愈，终归佛道云。

八仙神话，流传较早，从唐代以来，已经开始分别流传。最早的一个是张果老，他是唐玄宗时代的人，有异术，见于唐人笔记的就有好几端。其次是吕洞宾、钟离权、韩湘、蓝采和等，大约在五代及宋初也开始流传了。何仙姑和曹国舅（友）都是宋代人，有关他们的传说当然不能更早于宋代。铁拐李虽是仙人中比较著名的一个，但有关他的故事，则直到明清时代始见。他们的故事都是陆续由民间传说及文人的记录中逐渐发展起来的。八仙的总名，始见于明初朱有敦的《八仙庆寿》杂剧，但此剧的八仙，却无何仙姑而有徐神翁。明万历年间罗懋登的小说《三宝太监西洋记》里也有八仙，却连张果老、何仙姑也没有，而有风僧寿、元壶子。可见八仙之名，到明代后期还未有定论。但是《东游记》所写的八仙，却终于将八仙的姓名定下，并且将他们的零散故事串联起来了。后世民间传述的八仙，大约便以《东游记》所述的八仙为准。这是《东游记》对八仙神话的一大贡献。《东游记》还记叙到八仙渡海、火烧东洋等事，更使汇总起来的八仙神话，在结束的时候，放一异彩。“八仙过海，各显神通”，这一句话已经成了近代人们的熟语，人们对它的含义，都能心领神会。但八仙是怎样“过海”，又怎样“各显神通”的呢？却未必人人皆知。《东游记》的作者告诉我们，大略说——

> 八仙过海时，吕洞宾倡议，谓不得乘云而过，须各以物投水，乘所投之物而过。于是，铁拐李投杖水中，自立其上，乘风逐浪而渡；韩湘子以花篮投水而渡；吕洞宾以箫管投水中而渡；蓝采和以拍板投水中而渡。其余张果老、曹国舅、汉钟离、何仙姑等亦各以纸驴、玉版、鼓、竹罩投水中而渡。终俱得渡海。

这就是八仙过海洋洋壮观的情景。脉望馆抄校本《也是园古今杂剧》有《争玉版八仙过沧海》一剧，便是搬演此事。它给人思想上的启示和精神上的鼓舞是很大的。以后画家多取为绘画的题材，不是没有原因。像这样的民间传说故事，自然应该以优美的神话视之。可惜《东游记》中糟粕较多，作者还没有能够把八仙神话熔铸起来，使它成为真正的神话小说。

《南游记》所写华光故事，华光其人的形象，有点像齐天大圣孙悟空的翻版。他比孙悟空还厉害，孙悟空只大闹天宫，华光却是天宫、人间、阴司都大闹过了，三界为之“鼎沸”。华光大概是个火神。因而明谢肇淛《五杂俎》十五以华光小说比拟《西游记》，说是“皆五行生克之理，火之炽也，亦上天下地，莫之扑灭，而真武以水制之，始归正道。”知道在万历年间，此书已有。沈德符《野获编》二十五论剧曲时，也有“华光显圣则太妖诞”语，复知当时这类故事，已经演为剧本。华光事除此以外，别无所见，只是《三教搜神大全》卷五有“灵官马元帅”一条，二者对照比勘，知道灵官马元帅就是《东游记》所写的华光。《三教搜神大全》的祖本是《搜神广记》，成书于元代，那么华光故事也算得上渊源有自，大约到《东游记》成书时，已经流传二三百年了。但是观其内容，确实是如沈德符所说，有许多“妖诞”的东西，不好径以神话小说视之，只得仍名之为神魔小说。因为其间东拉西扯、生编硬造的所在，亦灼然可见。不过有些细节，还可以当做神话考察，如对待《封神演义》那样。

四、清东轩主人《述异记》与褚人穫《坚瓠集》等

清代初年，有一部性质大略和任昉《述异记》相近的志怪体笔记小说，也叫《述异记》，凡三卷，题东轩主人著，其人的里贯姓字竟无可考，大概是浙江地方的人。书里也有一些神话材料，可供参考。略举数则如下——

石门沈元征先生，言其乡人因天旱浚河，于土中得一铜炉，方圆径尺，有盖，泥沙沾渍，不以为异。后遇一远商，以百钱买之，细为洗剔，盖上有十二生肖，口俱张开，焚香则每一时烟从一肖口出。惊为至宝，什袭而去。不知其何代神物也。（卷上“十二时炉”条）

楚南漳县西溪老龙王庙，水旱祷雨极灵，列于祀典。凡有旱灾，祈雨者到溪结坛拜祷，无不立应。洞中有旋涡，深不可测，龙处其中。……近溪有一老人，龙王时邀与围棋。入洞，见府第壮丽，龙

> 王乃一白髯老人，出洞则绝无所睹，唯见岩穴而已。三洞有十八龙子，号大太子、二太子、三太子等称。祷之，亦能致雨。（卷上“南漳龙神”条）
>
> 江西南昌郡城内，铁柱宫东南隅有小殿，殿中有池，云铁柱在池中，其实非真迹也。真铁柱宫，离城数十里，地名生米渡，宫中有池，池中有铁柱，乃许真君锁蛟之处。其地居民，每岁制铁锁一条，置殿池内，经宿即有旧铁锁在池侧，而新锁不见矣。其旧锁两头微锈，中间一段，明滑逾常，似受锁磨光者，殊不可解。（卷中“铁柱宫”条）
>
> 康熙癸酉六月，仁和皋亭山中，骤雨大风，有龙与狁斗。龙吐冰雹，狁吐火，在黑云中，或隐或现，一一可辨。狁如狮子，龙则如常所画者。所过之树俱燋毁，斗至钱塘江而没。一路桑麦，俱为冰雹所损，厚者积至一二尺。（卷下“龙与狁斗”条）
>
> 离分宜县一二十里，临江山壁，有一大石似碑，长可二丈，阔可七尺，就山石凿成，上下四旁，皆山石也。上有楷书四行，每行八字，笔画模糊，不能尽读。相传碑下江中，有仙人遗金船七只，满载金宝，沉此水底，此碑乃仙人遗笔也。如有人能尽读碑字，则七船浮露以赠。会有异人读至三十字，七船帆樯尽露，因二字不能读，复沉水底。（卷下“金船”条）

关于第一条“十二时炉”，曾记有一个与之相似的民间传说“十二时虫”，载于近代人所作的笔记，说是有人掘地，得一瓦缶，泥糊斑驳，置之门侧。有胡商见而奇之，约于明日辇钱十千来易此缶。其人愧此厚值，乃将泥糊洗净以待。胡商辇钱来，见而跌足叹道：“此缶已一文不值了！”其人急问故。胡商乃告以泥糊中有十二时虫，每天每时能随不同方位从泥糊孔中探头出来报时。这个传说似较这里所记的更有意思，更发人思考，说不定它就是这条笔记的演绎。第三条“铁柱宫”，褚人穫《坚瓠余集》卷二“铁柱宫”条说：“南昌铁柱宫，晋许真君镇蛟之所，铁柱在池中，径尺余，水退可见；昔有人携灯池上，水遂沸腾，急灭灯乃已。盖真君与蛟誓，铁柱开花释之，蛟见火，将谓铁柱开花也。至今池上不敢燃灯。”这两条实在可以互作补充。第四条“龙与狃斗”亦见钮琇《觚賸》卷四“吐火兽”条，所写情景与此大略相同。《觚賸》说是康熙二十九年（公元一六九〇年）事，此则说是康熙癸酉，是三十二年，年代相近，却又相差数年，可见原是神话传说，并非历史纪实。

谈到褚人穫的《坚瓠集》，这部书也值得提提。褚人穫是清代初年的人，和《述异记》的作者东轩主人大约同时。[①]《坚瓠集》是一部大书，有《正集》四十卷、《续集》四卷、《广集》六卷、《补集》六卷、《秘集》六卷、《余集》四卷，共六十六卷。古今人物之迹，里巷谐噱之谈，无不广收博采。时有神话传说资料存于其间，试举二条如下——

> 宁国府城外地名猪羊荡。野中有黑白二石，各数亩余。黑者为黑，白者为白，各聚一处，绝不间乱。土人云，昔传有一人驱羊豕各一群，行至此地。道旁一人见之，疑而问曰：“尔莫不是神佛化身？何故徒行，管摄许多猪羊？”其人闻言，忽不见，猪羊悉化为石矣。至今石尚存，色不改。（《广集》卷五“猪羊荡”条引《挑灯集异》）
>
> 明初，沈万山贫时，夜梦青衣百余人祈命。及旦，见渔翁持青蛙百余，将事刲刳。万山感悟，以镪买之，纵于池中。嗣后喧鸣达旦，聒耳不能寐。晨往驱之，见俱环聚一瓦盆。异之，持其盆归，以为盥手具，初不知其为宝也。万山妻于盆中灌濯，遗一银记于盆中，已而见盆中银记盈满，不可数计。以金银试之，亦如是，由是财雄天下。高皇初定鼎，欲以事杀之，赖圣母谏，始免其死，流窜岭南，抄没家资。得其盆，以示识古者，曰：“此聚宝盆也。”（《余集》卷二引同书）

以上二条，神话因素都很浓厚。所引《挑灯集异》，为明代周八龙撰，共八卷，见《千顷堂书目》子部小说类，其书已罕见，不知存亡。赖有《坚瓠集》引之，使珍贵资料得以保存，这是此书广搜博采之功。除上所举，

---

① 约在康熙年间，1662—1722。

此书《四集》卷三记叙的“儿回来”、《五集》卷一记叙的“三足蟾”、《续集》卷四记叙的“五谷树”、《余集》卷二记叙的“巨人指”，以及《秘集》卷三记叙的“桃园盟”等，对神话传说研究，都或多或少有一些参考价值。

清初屈大均的《广东新语》，共二十四卷，大旨采《广东通志》，略其旧而详其新，故名。全书分天语、地语、山语、水语、石语、神语等二十四语，所载事物，各以类相从。内中时或也记有带神话意味的民间传说，如刘三妹、雷州雷神庙、西江潜牛、罗浮山龙公竹等。试举“刘三妹”与“雷州雷神庙”二条如下——

> 新兴女子有刘三妹者，相传为始造歌之人。生唐中宗年间……善为歌，千里内闻歌名而来者，或一日，或二三日，卒不能酬和而去。三妹解音律，游戏得道，……尝与白鹤乡一少年登山而歌，粤民及瑶僮诸种人围而观之，男女数十百层，咸以为仙。七日夜歌声不绝，俱化为石。土人因祀之于阳春锦石岩。……月夕辄闻笙鹤之音。岁丰熟则仿佛有人登岩顶而歌。三妹今称歌仙。（卷八）
>
> 雷州英榜山有雷神庙。神端冕而绯，左右列侍天将，一辅髦者捧圆物，色垩，为神之所始，盖鸟卵云。堂后又有雷神十二躯，以应十二方位，及雷公电母风伯雨师像。其在堂复（庑），则雷神之父陈氏铁也。《志》称陈时，雷州人陈铁无子，其业捕猎，家有九耳犬，甚灵。凡将猎，卜诸犬耳。一耳动则获一兽，动多则三四耳，少则一二耳。一日出猎，而九耳俱动。铁大喜，以为必多得兽矣。既之野，有丛棘一区，九耳犬围绕不去。异之，得一巨卵；径尺，携以归，雷雨暴作。卵开，乃一男子，其手有文，左曰雷，右曰州。有神人尝入室中哺乳。乡人以为雷神也，神之。天建三年，果为雷州刺史，……民因祀以为雷神。（卷六）

刘三妹就是现在人们称呼的刘三姐，她的故事至今还流传在广西地区，据说她就是广西壮族人。以上所录，就是有关她的神话传说的较早记录。清初陆次云《峒溪纤志志余》说：“诸溪峒初不知歌，善歌自刘三妹始也。三妹不知何时人也，游戏得道，于山谷侏离之音，所过无不通晓，皆依其声，就其韵，而作歌与之，以为谐婚跳月之辞，其人各奉之以为式。……其时有白鹤秀才者，亦善歌，与三妹登粤西七星岩绝顶，相唱酬，音如鸾凤，听之者数千人，皆忘返，留连往复。已而歌寂然，见两人亭亭相对，已化为石矣。至今月白风清之夜，犹隐隐闻玲珑宛转之音。诸苗、瑶、佷、僮之属，遂祀刘于洞中勿替。后有作歌者，先必陈祀于刘，始得传唱。其南山之南，别有刘三妹洞，闻游人遥呼三妹，妹辄应云。”也可以和以上所录的记叙互相补充。至于“雷州雷神庙”一条，其事唐代沈既济的《雷民传》（见《龙威秘书》四集）已记之。《雷民传》的开始杂述广州雷民诸异事，继言牙门将陈义即雷之诸孙，为陈氏于雷雨时所得大卵覆育成儿者。又说有雷民畜十二耳犬，一日犬之诸耳皆动，出猎遂得十二大卵以归。后经风雨，卵破而遗甲，郡人宝之，分其卵甲，岁时祭奠，以得其遗甲为豪族。《雷民传》所记大约就是此条所记神话故事的雏形。看得出来它还比较零散，经历几个朝代的发展演变，才有如屈大均所记的较完整统一的状态。这是神话传说发展的一般规律，也是《广东新语》作者对此一神话所作的值得称道的贡献。

清代的笔记体著作很多，如王士禛的《池北偶谈》、《夫于亭杂录》、《陇蜀余闻》，钮琇的《觚賸》，袁枚的《子不语》、《续子不语》，纪昀的《阅微草堂笔记》，翟灏的《通俗编》，宋荦的《筠廊偶笔》，梁绍壬的《两般秋雨庵随笔》，周亮工的《闽小记》，薛福成的《庸盦笔记》，顾禄的《清嘉录》，俞樾的《春在堂随笔》、《茶香室丛钞》等，在这些书籍里，或多或少也为我们记录保存了一些神话传说材料，要逐一加以论述，太嫌繁琐，也无此必要。聊举数例如下，以见一斑——

宁海州有木工十数人，浮海至大洋，忽沉舟，其家皆已绝望矣。阅八年，仍俱归。言舟初入洋，倏有夜叉四辈，掣其四角入水。至一处，宫阙巍焕，如王者之居。曰：“此龙宫也，王欲造宫殿而匠役缺，故召尔辈至此，无恐也。”寻传王命令入，亦不见王，遂至工所。各使饮酒一瓯，即不饥渴。如是八年，不思饮食，而工作不辍。工既竣，夜叉复传命:“尔辈久役于此，今可归矣！王有犒直，已在舟中，可自取之。”各令饮蜜浆一碗，夜叉引入舟，复撮其四角，舟已出水上，其行甚驶，顷已抵岸。忽觉饥渴，乃觅酒肆饮食；而舟中已先有钱数百千，持以归。舟主，杨御史也。操舟者得珊瑚树一株于洋中，持以献，盖亦龙王所酬也。(王士禛《夫于亭杂录》卷一)

唤人蛇长丈余，至数仞，广西近交趾山中有之。伏草莽间，遇行旅过，辄大呼曰:“何处来？哪里去？”只此六字，甚清楚，音同中州。不知而误应之，虽去隔数十里，蛇必至，至则腥风拥树，排闼而入，吞应者去，人莫能制也。(俞樾《茶香室丛钞》卷二十三引陈鼎《蛇谱》)

泉州洛阳桥之前，有娘子桥，桥比洛阳桥虽低，而长过之。云先是有人入番舶，舶坏，得岛。见巨蟒夜出，有光如昼。因插刀穴口，蟒出，为刀伤，胸破腹裂，遗下明珠累累。其人既归，遂得巨富。邻初未知，后欲得富家女为妇，富家翁怪其诞妄，因绐之曰:“余女畏渡海风波，能作桥，又金布与桥满，即嫁女与之。”其人即作桥布金。人因呼娘子桥。(周亮工《闽小记》卷上)

闽中洛阳桥圮。……鄞人蔡锡……升泉州大守。锡至，欲修桥。桥跨海，工难施。锡以文缴海神。忽一醉卒趋而前曰:“我能赍缴往。”乞饮酒，饮大醉，自投于海，若有神人扶掖之者，俄而以“醋”字出。锡意必八月廿一日也，遂以是日兴工。潮旬余不至，工遂成。……人不知而以其事附蔡端明，且以为传奇中妄语矣。(宋荦《筠廊偶笔》卷下)

神为五代时统军兵马使林愿第六女，能乘席渡海，云游岛屿，人呼龙女。宋雍熙四年，升化湄洲，后常衣朱衣飞翻海上。宣和中……特赐顺济庙号，绍兴时，以郊典封灵惠夫人，淳熙朝易爵以妃。(翟灏无不宜斋本《通俗编》卷十九“天妃”条引《潜说友临安志》)

所引诸条前三条不必多说。第四条“洛阳桥”，是有名的民间神话较早见诸记录者。蔡锡是明代人；蔡端明即蔡襄则是宋时人，民间传说有“蔡状元重修洛阳桥”语，“状元”指的就是蔡襄。又说醉卒的名字叫夏（下）得海。所附会的便是这祥，其余事迹则大体相同。惟褚人穫《坚瓠六集》卷一“造洛阳桥”条记蔡襄造洛阳桥事最奇，又加入了九良星等情节，使神话更富意趣。大意说，蔡襄造洛阳桥时，其日正犯九良星，襄策马当之，说：“你是九良星，我是蔡端平，相逢不下马，各自分前程！”遂兴作无忌。这便是民间神话所塑造的英雄人物形象，它使蔡襄果勇的精神跃然纸上。第五条“天妃”，始见《元史·祭祀志》，说：“南海女神灵惠夫人护海运有奇应，加封天妃。”明田汝成《西湖游览志》卷二十一说：“天妃宫，在孩儿巷北，以祀水神，洪武初建，名号不见于经史。”这就是天妃祠祀始见记载者。后渐普及于闽、浙沿海各地，也称妈祖宫或妈祖庙，乃至澎湖、台湾等地及日本均有之。日本崛田善卫小说《鬼无鬼岛》第一章说：“妈祖神是从唐朝福建省渡海而来的。……往古，唐代福建南海有浦名甫田者，此浦渔家林氏生一女有灵异，岁十余，即称我乃海神之化身，应入海保佑往来航船，忽尔投海死去。……其入海之尊骸，漂流到此山（按指鬼无鬼岛）之海滨，则捞取之葬之于山上，其后遂有种种灵异之事。”这是妈祖神话流传到日本后产生的一些变异，因而五代时兵马使林愿的女儿又成了唐时的渔家女了。

五、《聊斋志异》及其他

蒲松龄的《聊斋志异》是清代志怪小说中一部大放异彩的奇书，全书十六卷，凡四百三十一篇，一九七八年上海古籍出版社出版的张友鹤辑校“会校、会注、会评”十二卷本，将各本所收篇章相互补充，共得文四百九十一篇，连同附录九篇，较通行本增补近七十篇：这是作者一生心血之所萃。鲁迅《中国小说史略》第二十二篇“清之拟晋唐小说及其支流”说：“(《聊斋志异》）虽亦如当时同类之书，不外记神仙狐鬼精魅故事，然描写委曲，叙次井然，用传奇法，而以志怪，变幻之状，如在目前；又或易调改弦，别叙畸人异行，出于幻域，顿入人间；偶述琐闻，亦多简洁，故读者耳目，为之一新。”这种分析论述，是比较全面而且中肯的。《聊斋》的特色，确实是兼有六朝志怪和唐人传奇之长。但是正因为如此，此书看来虽然神话色彩浓厚，却既难称之为神话也难称之为神话小说，因为论志怪则并非实录，论传奇或又显得有些胶著。当然，这只是就大体而言。其中也有个别篇章，如卷四的《罗刹海市》，卷五的《莲花公主》，卷十一的《织成》、《竹青》等，仍可列为神话考察的对象。今试举《竹青》一篇为例，节述故事梗概如下——

> 鱼客，湖南穷书生，下第归，资斧断绝。饿甚，憩吴王庙中。梦吴王使人引之去，授与黑衣，补黑衣队缺，化为神鸦，迎送客船，食舟上客旅所投肉，得无馁。吴玉怜其无偶，复配以雌，名曰竹青，雅相爱乐。鱼每取食，辄驯无机。竹青劝之不听，终为兵弹之中胸而毙。乃忽如梦醒，则身卧庙中。居人讯知其由，敛赀送归。后领荐归，重谒吴王庙，以少牢之礼祠吴王。已，乃散肉以饷乌友。是夜宿湖村，方秉烛坐，忽有二十许丽人飘然自空下，询之则竹青也。两情欢恋，宛如夫妻之久别。生将偕与俱南，女欲邀与俱西，两谋未决。寝初醒，生觉身在舟中，盖已抵汉阳矣。女曰：“妾家即君家，何必南！”生与竹青同住两月，忽思归。女出黑衣授生，曰：“此君向所著旧衣，如念妾，衣此可至。”生归家数月，苦忆汉水，因潜出黑衣著之。两胁生翼，翕然凌空，未久便达。回翔下视，见孤屿中有楼舍，遂飞堕，则竹青居所也。竹青命婢子为解衣，觉毛羽划然尽脱。竹青曰：“君来恰好，妾旦夕临蓐矣。”数日后果产一胎如巨卵，破之得男，因名汉产。汉水神女皆携服食珍物来相贺。居数月，女以舟送生归，不用帆楫，飘然自行。由是往来不绝。……

这以下还有一些故事情节，全是些家务琐屑，没有什么神话意味了。大略说鱼客的妻子和氏苦不生育，思见汉产，既见而爱过已出，留之不返，竹青以术伪令儿殇，招之使返，然后双生男女各一，始令汉产偕父返，等等。

神话杂糅在现实生活中，多少使人感到有些冗赘和不协调。而前面鱼客化鸦、有偶生子的构想，却是神话色彩灿然，不妨说还富有童话的意味。清宋荦《筠廊偶笔》卷上说："楚江富池镇，有吴王庙，祀甘将军宁也。宋时以神风助漕运，封为王。灵显异常，舟过庙前必报祀。有鸦数百，飞集庙傍林木，往来迎舟数里，舞噪帆墙上下，舟人恒投肉空中喂之，百不一坠。其送舟亦然。云是吴王神鸦。"《竹青》所写，就是以这样的现实景物作为背景的。馁而思食，先有化鸦之想，故梦中果然化作了鸦，后来竟成为神话的现实。其他数篇大体同此：是现实生活和神话境界的交织。另外有些则是篇中所述的内容片断，仍可当做研究神话传说的很好材料。如卷一《雹神》篇叙写的雹神李左车——

王公筠苍，莅任楚中，拟登龙虎山谒天师。及湖，甫登舟，即有一人驾小艇来，使舟中人为通。公见之，貌修伟，怀中出天师刺，曰："闻驺从将临，先遣负弩。"公讶其预知，益神之，诚意而往。天师治具相款，其服役者，衣冠须鬣，多不类常人。前使者亦侍其侧。少间，向天师细语。天师谓公曰："此先生同乡，不识之耶？"公问之。曰："此即世所传雹神李左车也。"公愕然改容。

按《史记·淮阴侯列传》，记有李左车其人，初仕赵，封广武君。赵既败，韩信募得之，用其计下燕齐诸城。其为雹神，未详始于何时，独见此篇标出之，就有参考的价值。又如卷十一《齐天大圣》篇叙写的齐天大圣庙——

许盛，兖人，从兄成，贾于闽，货未居积。客言大圣灵著，将祷诸祠。盛未知大圣何人，与兄俱往。至则殿阁连蔓，穷极弘丽。入殿瞻仰，神猴首人身，盖齐天大圣孙悟空云。

这和褚人穫《坚瓠余集》卷二"齐天大圣庙"引《艮斋杂说》记的"福州人皆祀孙行者为家堂，又立齐天大圣庙，甚壮丽。四五月间，迎旱龙舟，装饰宝玩，乐鼓喧阗，市人奔走若狂。视其人坐中一猕猴耳”如出一辙。“贾于闽”的许盛所见，当即是此。这岂不是可以互相参证吗？

较《聊斋志异》撰写的时代稍后，又有李调元编纂的《新搜神记》十卷，也是中国神话史上应当引起注意的一部著作。可惜这部著作，虽经我多方访求，至今尚未得见。只是从作者本人的《童山文集》卷四里查到一篇《新搜神记序》，现将此序移录如下——

> 晋干宝作《搜神记》，而所记不尽皆神。盖昔之所谓神，非今之所谓神，故出处生辰多略而不载。兹书所记鬼神独多，然必据正书，而核其原委，考其事迹，大抵以人事为先，而绝不以神道设教，亦敬远之义也。剩余所著二十卷，分天、地、人、物，苦其卷帙浩繁，因删为十卷，别名《新搜神记》。其曰神考者，但摘取今时所祭祀之神，而一以正书证之，以便观览。其所以仍其名而言新者，思以补干宝之遗也。知此者则知鬼神之德，庶免民鲜能久之叹矣。

任继愈主编的《宗教词典》一〇九八页也对此书作了简略的介绍：“《新搜神记》，志怪小说。清李调元撰。十二卷。于道教及民间信仰诸神多所考证，各地神怪灵异亦多有记载。”卷数比作者序中所说多出二卷，不知是什么原因。作者自己编纂的丛书《函海》里，收了他本人的许多著作，独这部《新搜神记》未收入。我访问了省内外十多个图书馆，连北京图书馆和上海图书馆都查询过了，都未见有此书。此书是否有刻本？刻本现藏在哪里？《宗教词典》此条词目的编写者所据的材料是第一手还是二三手等，一时都成了哑谜。我只好就所能知道的简略介绍此书的内容大概如上。看光景其所收录或者偏于宗教这方面的神，有一些民间神话传说保存在里面也未可知。①

稍后于《新搜神记》，又有姚东升辑录的《释神》一书。这部书共十

① 在校看清样时，从中国社会科学院历史研究所袁行云先生处得知，该书有李调元刻本，藏路工先生处，系“文革”前购自北京中国书店。

卷，有手稿本一册，存北京图书馆。[①]作者的生平事迹不详，大约是清乾隆、嘉庆年间的人。《鲁迅书信集·六十七致傅筑夫、梁绳祎信》中曾经提到过这部书。所辑分天地、山川、时祀、方祀、土祀、吉神、释家、道家、仙教、杂神十类，一类就是一卷。卷首有一篇“自序”，大略如下——

> 鬼神者，造化之迹，原是虚无，古圣王原未定某神是某人。自佛老之说兴，而先王神示鬼魅之典尽为更改。佛氏造幽远狂怪之说以欺世（如《法苑珠林》、《翻译名义》等书），老氏以伪托姓名之事以愚人（如《云笈七籤》、《真诰》等书），一与之较，彼必舌挢而不敢辨。世俗又好谈神道，大率雄而毅、黝而硕曰将军；温而愿、晰而少曰某郎；媪而尊严曰姥，妇而容曰夫人，少而丽曰姑。其余若太尉，若相公，若娘子，指不胜屈。且也，宋帝好道，改神号曰真君；元帝好佛，改神号曰菩萨。更可怪者，杭有杜拾遗庙，村学究题为杜十姨，遂作女像，配以刘伶（杨升庵说）；水草大王乃五代时诙谐之语，指为金日磾（《因话录》）；邺中西门豹像，像后出一豹尾；春陵象祠，塑一象垂鼻形……此皆诬之又诬者也。总之，聪明正直为神。余作《释神》，分为十门，搜采子史诸籍，旁及方外，第不能考核精当，聊供闲窗一展而已。

书的内容，大抵杂取《三教搜神大全》（讹作《增搜神记》）、《云笈七籤》、《图绘宝鉴》等书为之，大都偏于宗教方面的神，于神话方面的神，则辑录较少。又所录神祇的出处材料，也是晚出的居多，原始的绝少。如卷六“吉神”条，作者就引《山斋杂录》说：“泰逢，吉神也，如人而虎尾，居和山五曲，出入有光。”便可见一斑。吉神泰逢，原出《山海经·中次三经》，此经本有“和山……吉神泰逢司之，其状如人而虎尾”等语，以作“吉神”的释语，岂不更为直接？何必去引什么《山斋杂录》之类

① 后由北京书目文献出版社影印出来，价十二元，因系稿本，颇多涂改模糊看不太清楚之处。

二三手材料。又如“钟馗”条下，作者不直接引宋沈括《补笔谈》中所记的唐人题记材料，却去引明杨慎《丹铅录》的一些考证钟馗名号来源的议论。这些都是欠妥的。此书我在北京图书馆雍和宫古书部曾亲自看见，是一部未曾完稿的稿本。有些卷中的神名,但有标目,尚缺内容,如卷九“仙教”中的“赤松子”、“王子晋”、“东方朔”等便是。检点全书，也没有什么新鲜的东西。不过因其采集丰博，又能将诸神分门别类，使其条贯井然，也有可以略供参考之处。半个多世纪以前鲁迅先生将它介绍给青年做研究中国神话入门的初阶，也是可以理解的。希望此书能够标点整理出版，以供参考需要。

第十三章

民间流传的神话

一、牛郎织女

凡是神话都是通过民间而流传的，这里何以又另辟“民间流传的神话”一章，以叙述某些前面所未提及或提而未详的神话呢？这是因为多数神话，虽然早在民间流传，一经文人记录，便已比较完整、比较定型，如唐赵耕《张龙公碑》记叙的张龙公神话、五代杜光庭《墉城集仙录》记叙的瑶姬神话、宋吴曾《能改斋漫录》记叙的祠山张大帝神话，等等，都是。这些神话后来虽然都有某些发展和演变，却只是细节上的一些变化，故事轮廓还是大体依旧。像这类神话，就不把它放在我们现在要讲述的民间流传的神话范围以内。现在要讲述的，是经过长时期民间口头传述，有些是由零星点滴渐渐集成较完整的故事，后来又续有发展，迄未定型，如牛郎织女神话、二郎擒孽龙神话等；有些是由其他一些神话片断串联附会而成目前的神话故事，故事未见古籍记录，故事本身亦未定型，如和合二仙神话、刘海戏金蟾神话等；有些神话，渊源很早，有较早的古籍记录，后来民间又续有发展，精神面貌为之一新，超过了古籍的记载，如董永与七仙女神话；也有些神话，从未见古籍正式记载，只是广泛流传于民间，见于小说、戏曲、唱本、鼓词等，也未十分定型，如沉香救母神话、白蛇传神话等。凡此种种，情况都有异于我们前面所说的，因而将它们汇在一起，作为专章叙述。

先讲牛郎织女神话。这一神话，确实起源很早。《诗经·大东》里已经略见其面影了——

> 维天有汉,监亦有光。跂彼织女,终日七襄。虽则七襄,不成报章。睆彼牵牛,不以服箱。

这里的织女、牵牛,当然还只是天上的星座,但又说他们在从事“七襄”、“服箱”的工作,似乎他们都在劳作,劳作而又无功,这就把星座作了初步的拟人化:使星座的光影后面出现了人物的形象。但看来却又仅有譬喻,而无故事。直到汉代末年《古诗十九首》中的《迢迢牵牛星》——

> 迢迢牵牛星,皎皎河汉女。纤纤擢素手,札札弄机杼。终日不成章,涕泣零如雨。河汉清且浅,相去复几许?盈盈一水间,脉脉不得语。

才算是具有了故事的轮廓,和后世传述的牛郎织女神话的终局大致吻合。值得注意的是“终日不成章,涕泣零如雨”二语,仍是沿袭《诗经·大东》“虽则七襄,不成报章”的意思而来,而所表现的织女的悲苦心情特别鲜明。推想起来,或者是古神话相传:由于织女和牛郎恋爱,违犯了天规天条,被天帝罚作织布的苦工,允于“成章”之后,让二人相会。但这不过是天帝的故弄狡狯,实际上却凭借他的神力不令其“成章”。正如“学仙有过”的吴刚,被谪遣到月宫去砍伐桂树,桂树随砍随合,再也砍它不倒。“不成章”既然沿袭“不成报章”而来,“不成报章”当亦有所实指,不仅是譬喻了。推而言之,牵牛的“不以服箱”(不可以用来拖拉车箱),当亦不仅是譬喻,而是有所实指了。那就是早于《诗经·大东》和《古诗十九首》所写景象,还该有一段古代民间传说,牛郎织女因私自相爱之故,触忤神旨,各均受罚,一者织布而不能成章,一者驾车而不能挽箱,他们只好隔河相望,不能聚首。神话所反映的,当是从奴隶制社会到封建社会这一时期家长统治的严酷,牛女二人便成了不合理社会制度下的牺牲者。《太平御览》卷三一引《日纬书》[1]说："尝见道书云，牵牛娶织女，取天帝钱二万备礼，久而不还，被驱在营室是也。""营室"是星名，掌织作营造，借为罚作苦工之地。多亏这部"道书"的记叙，从另一个侧面反映了天帝的丑恶嘴脸，加深了我们对牛女神话本质的认识。

人们同情他们纯真的爱情，不满意他们遭受的严厉处罚，因而早在汉代初年的《淮南子》里，就有了这样的记叙："乌鹊填河成桥而渡织女。"[2]汉末应劭的《风俗通义》也说："织女七夕当渡河，使鹊为桥。"(《岁华纪丽》卷三引）宋罗愿的《尔雅翼》卷十三本此说："涉秋七日，鹊首无故皆髡，相传是日河鼓（牵牛）与织女会于汉东，役乌鹊为梁以渡，故毛皆脱去。"作为牛女神话补充的鹊桥神话于是大体上完成了。

牛女神话明显见诸记载的，还是六朝梁殷芸的《小说》——

> 天河之东有织女，天帝之子也。年年机杼劳役，织成云锦天衣。帝怜其独处，许嫁河西牵牛郎；嫁后遂废织纴。天帝怒，责令归河东，但使一年一度相会。

殷芸《小说》早已佚亡，此从明冯应京《月令广义·七月令》引，但标《小说》。考《小说》作者四家，除殷芸外，还有六朝宋刘义庆《小说》十卷，六朝佚名《小说》五卷，均早亡；又有唐刘餗《小说》三卷，即今《隋唐嘉话》。鲁迅《中国小说史略》第六篇"六朝之鬼神志怪书（下）"说，殷芸《小说》"明初尚存"；则《月令广义》所引之《小说》，应即是殷芸《小说》。但鲁迅、余嘉锡、周楞伽三家所辑《殷芸小说》，都未辑入"牛郎织女"这一条（即使存疑，也当辑入），应是疏漏。《佩文韵府》卷二十六上"牛"字亦引此，文字几乎全同，惟作《荆楚岁时记》，茅盾《中国神话研究初探》从之，恐不足据。因《佩文韵府》晚出，《荆楚岁时记》是一部有名的岁时书，今本有残阙，唐以后类书如《艺文类聚》、《太平御览》等在"岁时"

① 《事文类聚》卷十亦引此，作《荆楚岁时记》。

② 今本《淮南子》无，据《岁时广记》卷二六引。

目下于此书多所征引，独此条未被引用，[①]《佩文韵府》从何单独引用此条？在有些问题疑而未决时,暂时只好相信这就是殷芸《小说》的佚文。

但是这条记录，恐怕已非民间传说的本来面貌，而是经过了封建文人有意无意的篡改，因而才将牛郎织女被罚阻隔天河，单方面诿之于织女嫁后贪欢、懒惰废织，而不说牛郎同时也废了牧。看来天帝是这么好心而公正，赏罚严明，实际上无非是通过神话的表现给封建统治者涂脂抹粉。近代民间流传的牛郎织女神话，要比《小说》所录的内容健康得多。神话大都说牛郎是人间一个不幸的孤儿，依哥嫂过活，被不公平地分家出来，靠一只老牛自耕而食。有一天织女和诸仙女下凡游戏，在银河洗澡，老牛劝牛郎夺取织女的衣裳，织女便做了牛郎的妻子。婚后男耕女织，生一儿一女，生活美满幸福。不料被天帝查明，派王母娘娘下凡押解织女回天庭受审，恩爱夫妻便被活活拆散。牛郎上天无路，悲愤万分。垂死的老牛又叫牛郎在它死后剥下它的皮，披在身上，自能上天。牛郎果然剥下牛皮披在身上，并用箩筐担了一对儿女，上天去追寻妻子。看着快要追到了，王母娘娘忽然拔下头上的金簪，凭空一划，登时成为一条波澜滚滚的天河。夫妻俩无法过河，只有隔河对泣。终于感动天帝，允许他们在每年的七月七日,由乌鹊架桥,在天河相会。这个故事除了“隔河对泣、感动天帝”为不大符合敢于抗击封建礼法的牛郎织女的性行之外，其余都朴茂可取。

牛女神话，不管是古书记叙的或近代民间传说的，大都以夫妻恩爱、被迫分离为主题，但也偶有异文，讲的是牛郎织女婚后由于某些原因，感情不睦，时常争吵，由织女拿金钗或由王母娘娘拿玉簪划空为河，使两人睽隔，不得常聚。一九八五年七月号《民间文学》上发表的两篇牛郎织女故事:《织女变心》和《牛郎织女结冤仇》就是这么讲的。其内容情节，读者可自去参看，这里不拟重述。只想举出古书的一段记叙，以见这样的异文早就有了渊源。宋龚明之《中吴纪闻》卷四“黄姑织女”条说——

① 即使是殷芸《小说》,此条亦不当在遗弃之列,宋张文潜有《七夕诗》,内容全本此条,可见他是见过此条的。

> 昆山县东三十六里，地名黄姑。古老相传云：尝有织女牵牛星，降于此地。织女以金篦划河，河水涌溢，牵牛不得渡。今庙之西，有水名百沸河；乡人异之，为之立祠。

记叙未免过于简略。但观其所写情景，是“织女以金篦划河”阻隔牵牛使“不得渡”，这就和《织女变心》一文所写的情景近似。而《织女变心》故事流传在“苏北泗阳南洪泽湖边一带”，此所记昆山县牛女神话，恰又产生在苏南，地近太湖，这岂不是表明异文所述的神话古有渊源么？

总之民间神话由于众口流传，又经历长久时间，常于主干上又萌发一些新枝，产生若干变异，是其特点；并且由于结合了不同地区的地方特色，加入了当地民情风俗的描绘，还有逐渐使神话发展演变为传说故事的倾向。一九八五年七月号《民间文学》所发表的一组“牛郎织女故事”，就充分把上述特点和倾向表现出来了。

牛郎织女神话，因其美丽动人，故为世间艳称。除了正面的若干记叙外，还有一些侧面的记叙，作为此一神话氛围的渲染。这里选录三则，略见一斑——

> 桂阳成武丁有仙道，常在人间。忽谓其弟曰：“七月七日，织女当渡河，诸仙悉还宫；吾向被召，不得停，与尔别矣。”弟问曰：“织女何事渡河？兄当何还？”答曰：“织女暂诣牵牛。吾后三年当还。”明旦，失武丁所在。世人至今犹云，七月七日织女嫁牵牛。（六朝梁吴均《续齐谐记》，文字有讹捝，从宋陈元靓《岁时广记》卷二六引文补改）
>
> 旧说云，天河与海通。近世有人居海渚者，年年八月有浮槎，去来不失期。人有奇志，立飞阁于槎上，多赍粮，乘槎而去。十余日中，犹观星辰日月。自后芒芒忽忽，亦不觉昼夜。去十余日，奄至一处，有城郭状，屋舍甚严，遥望宫中多织妇。见一丈夫，牵女渚次饮之。牵牛人乃惊问曰：“何由至此？”此人具说来意，并问此是何处。答曰：“君还至蜀郡，访严君平则知之。”竟不上岸，因还如期。后至蜀问君平，

曰:“某年月日,有客星犯牵牛宿。”计年月,正是此人到天河时也。(《博物志·杂说下》)

昔有一人寻河源,见妇人浣纱,以问之。曰:“此天河也。”乃与一石而归。问严君平,曰:“此织女支机石也。”(《太平御览》卷八引《集林》)

二、董永、沉香

董永和七仙女神话,也是很早就开始流传的一个神话故事,始见于《法苑珠林》卷六二引刘向《孝子传》——

董永者,少偏枯,与父居,乃肆力田亩,鹿车载父自随。父终,自卖于富公以供丧事。道逢一女,呼与语云:“愿为君妻。”遂俱至富公。富公曰:“女为谁?”答曰:“永妻,欲助偿债。”公曰:“汝织三百匹,遣汝。”一旬乃毕。出门谓永曰:“我天女也,天令我助子偿人债耳。”语毕,忽然不知所在。

《孝子传》不见著录,或疑为伪托,但是东汉画像石已有董永鹿车载父画像,三国魏曹植《灵芝篇》诗也说:“董永遭家贫,父老财无遗。举假以供养,佣作致甘肥。责家填门至,不知何用归。天灵感至德,神女为秉机。”叙写了这个神话的另一异说。可见汉三国时期,董永神话已有流传,刘向作《孝子传》是有此可能的。《孝子传》也称《孝子图》,《文苑英华》卷五〇二(唐)许南容及李令琛《对策》均称“刘向修《孝子之图》”,可以作为一个旁证,证明此书或当早于晋干宝作《搜神记》。今本《搜神记》卷一亦载此事,文字内容与此大体相同,唯于主人(富公)多恕辞。这表现在:一、董永卖身葬父,“主人知其贤,与钱一万,遣之”,主人是何等的明智慷慨。二、董永三年丧毕,与道逢女俱至主人家偿债,

“主人谓永曰：‘以钱与君矣。’”话未说完，潜台词大概应该是：“尚来此何为？”主人又是何等的恢弘大度，把借出的债一点也不放在心上，大有一笔勾销的意思。三、即使终于实行高利贷剥削，“但令君妇为我织缣百疋”，较之《孝子传》的“织三百匹”，忽然减去三分之二，剥削实际上已经很轻，可见主人颇有“克己”的仁德。这些无疑都是神话在发展过程中，经过封建文人的手，对故事内容作了有意的篡改，使它起到掩盖阶级矛盾的作用。其实这段民间神话所曲折反映的，正是富族豪门对贫苦农民的残酷剥削，人们幻想通过天女之助，用快速织绢的方式来偿清债务，寻求理想的美好生活。《孝子传》所写，还比较朴素，忠实地反映出阶级剥削压迫的关系；《搜神记》所记，在这一点上，显然就大大地减弱，或者可以说是背离了。

但《孝子传》的记叙也有不足之处，主要是把神话制约在“行孝”这个封建道德的范畴以内，对生活理想的追求，就表达得很不够，因而天女织绢助董永偿债毕，出门便“忽然不知所在”；似乎除了完成帮助董永“行孝”的任务，便无须更有其他。这恐怕在记录时已经作了适当的改动，并不完全符合民间口传的原意。因而在唐代的《董永变文》[①]中，又在原故事情节的末尾增叙了一段：天女与董永在富公家生一子名董仲，返乡途中，将婴儿交付给董永，然后乘云上天。董仲长到七岁，被街头小儿骂为“没阿娘”。董仲哭泣寻母，遇孙宾先生筮卦，教他到阿耨池旁去等候。三个天女来此澡浴，董仲抱取紫色衣裳，认得其母，便随三女上天暂住短时。母与金瓶遣归下界，董仲抱瓶去见孙宾先生，天火忽然从瓶中发出，烧却孙宾一切卜筮灵验之书，“检寻却得六十张，因此不知天上事，总为董（仲）觅阿娘”。《董永变文》所作的补充，为董永神话增添了民间传说的喜剧性色彩，这可能更符合广大人民群众的心愿。

明洪楩编的《清平山堂话本》所收宋元小说中，有一篇叫《董永遇仙传》，所写内容大体和《董永变文》相近，不过前段已有槐荫树下相遇相别的记叙；后段写织女上天，生下一子，名董仲舒，亲自送还，与董永

① 见王重民等编《敦煌变文集》上册。

抚养，这以下就和《董永变文》稍稍有异了。现在略记其相异部分的梗概如下——

仲舒十二岁时，得严君平教，往太白山中寻母。母与金瓶、银瓶各一，嘱将金瓶寄严先生，银瓶自用。严君平得金瓶，忽进火星，烧尽命相书，熏瞎双目。仲舒开视银瓶，有米七合，自思母教我日食一粒，如何得饱，乃并七合煮而食之。不期身忽暴长，半月间身长一丈，腰大十围。其父老病，受惊死去。仲舒葬父已毕，守丧三年，不思饮食。忽一日对众曰："前者，母与我仙米，我却不知，一顿吃了，不料形体变异。今玉帝差火明大将军宣我上天，封为鹤神之职。每遇壬癸巳上天，亥巳酉游，归东北方四十四日后，还天上一十六日也。"仲舒乃在太岁部下为鹤神。

明清以后的戏曲、挽歌、评讲、弹词及地方戏中，便都对董永神话中的"槐荫会"和"槐荫别"——尤其是"槐荫别"——这样的情节多加渲染，不但使神话的内容有了新的发展，变得更加充实，也使董永和七仙女真挚的爱情在悲剧的气氛中得到充分的烘托。在旧本黄梅戏《董郎分别》[①]这一场中，已可见七仙女这个神话人物逐渐人情化、生活化了，她不再仅仅是奉行玉帝使命的使者，而是对玉帝的苛暴有所憎愤，对人间生活、夫妻感情有所眷恋向往。虽然还描绘刻画得不够，那是时代的局限性使然，总的倾向应当说是好的，表达出了人民群众的意愿。解放后经过整理的黄梅戏《天仙配》与川剧《槐荫记》，根据"取其精华，弃其糟粕"的原则，对于这个民间神话做了细致的修补恢复工作，使它的面貌既焕然一新，又保留了古代神话原来应有的特色。现在综合二剧，简述故事的内容如下——

七仙女是天上的织女，因忍受不了天庭的寂寞，偷偷来到凡间。

① 见杜颖陶编《董永沉香合集》。

路遇卖身葬父的孝子董永，爱上了他，就托土地主婚，请老槐树为媒，与董永成了婚配。

结婚以后，夫妻双双到傅员外家上工，因卖身文契上原写着“无牵无挂”，如今多了一个女人，傅员外不肯收留。经过恳求和争论，才限定董永夫妻当晚织成云锦十匹，如果织出来，三年长工改为百日，否则三年之后再加三年。七仙女马上答应，董永却非常焦愁。

当天晚上，七仙女劝董永先睡，自己烧起一炷下凡时姐姐们赠送她的“难香”，请她们来帮助。顷刻之间，天上的众仙女闻香赶到，一齐动手，“请动天丝”、“‘经’将起来，‘梳’将起来”。果然在一夜之间，织出了绚丽的云锦十匹。

第二天夫妻俩把云锦送交主人，主人大为惊异。但因有约在先，无法留难。到百日期满，他们就欢喜地回家去了。路上七仙女告诉董永已有身孕。董永听了更是喜上加喜。他们都幻想着建立一个小家，过男耕女织的幸福生活。可是玉帝查出七仙女私下凡尘，立刻遣派天使，催动钟鼓，传旨叫七仙女在“午时三刻，返回天庭。倘若不然，定派天兵天将捉拿，并将董永碎尸万断”，幸福的美梦就此破碎。七仙女怕董永惨遭毒手，只得在老槐树下和他惨恸分离。这时那棵会应声的老愧树，也真成了一段哑木头了。恩爱夫妻一下子永远分离，这是何等惨绝人寰的悲剧！可是七仙女在和董永约定“来年碧桃花开日，槐树下面把子交”之后，还是趁董永昏倒在地的顷刻，跟随天使上天去了。

沉香救母神话，故事的时代背景也说是发生在汉代，但是古书对此从无正式记录，只是在近代的唱本鼓词中见到此一神话的梗概。现在把杜颖陶编《董永沉香合集》中宝卷《沉香太子全传》叙写的内容节述如下——

汉代士子刘向“上京赶考”，路过华山神庙，题诗戏弄庙神华岳三娘。三娘怒欲杀之，玉帝遣太白金星告以与刘有姻缘三宿之分，

> 三娘乃幻为大宅，候刘于途。俟刘投宿，诱迫而成亲焉。三宿已过，三娘道出真情。刘以沉香一块赠别，云他日生子，取此为名，用作记认。三娘亦赠刘夜明珠、玻璃盏等三宝。刘进京时考期已过，方欲献宝邀官，又遇奸相觊觎，劫其三宝，反诬以盗名，绑赴法场，正待处决。三娘知之，遂作法，令“飞沙走石”，刑不能举，使刘冤终得昭雪。“宝贝、文章一齐献与皇帝”，钦赐扬州府巡按，“走马上任”。三娘在华山，值王母寿辰，诸仙俱赴蟠桃会庆寿。三娘因孕，托病未去。其兄二郎觇得其情，乃怒提华山，压之于地下洞中。三娘于洞中产子，取名沉香，遣夜叉送去扬州认父。时刘已娶王氏，生子秋儿，乃同抚育长大，入学读书。同学有秦丞相子官保，讥沉香为无娘子，沉香、秋儿怒，同打死官保。王氏以秋儿入狱抵罪，纵沉香逃难，且往救其母。几经波折，沉香终到华山，遇何仙姑授以仙法，并窃得洞中萱花神斧，而与其舅大战于华山。变化易形，各显神通。诸仙咸来救助沉香，二郎亦得众神之助。神仙混战，胜负未分。玉帝乃敕太白金星下界说合二家，责令收兵。沉香因得斧劈华山，救出亲娘，母子团圆，玉帝敕封仙职。沉香返家，复于法场救出秋儿，“刘向奏明皇君”，皇君赐封沉香为“太子”。故沉香又称“沉香太子”。

沉香故事，见于唱本鼓词者，大同小异，略如上述。唯弹词《宝莲灯华山救母》于沉香救母故事外，又增二郎神劈山救母缘起。大略说，西汉书生杨天佑修道桃山，张仙姑下山与杨配合，生一男一女。男名二郎，女名三娘。事闻玉帝，敕旨压仙姑于桃山以罚之，得二郎劈山救母。有了这个缘起，就为后来沉香化形为外公外婆责舅忘本事作了张本，也加深了神话的主题思想。神话所叙写的神人恋爱受到压制，又有亲属以神通法力来反对这种压制，当然是产生于封建时代的神话，它通过幻想的折射对不合理的封建压迫进行了抗议和斗争。最有意思的是，反封建的英雄，劈山救母的二郎神，后来竟摇身一变，成为封建道德的维护者，不惜手提华山压其亲妹。二郎神性格行为的变化，最启人遐想，引人深思。这个人物的形象是人民群众在长期社会实践中的哲学创造，它向我们揭示了一条真理：人是会随着所处的不同社会地位而发生变化的，要永远保持青春活力和斗争精神并不是那么容易的。

沉香神话，除唱本鼓词所写外，今别无所见。元杂剧有张时起《沉香太子劈华山》[①]，又有李好古《劈华山神香救母》[②]，明徐渭《南词叙录》记载宋元戏文亦有《刘锡沉香太子》，惜均亡佚，不知内容究竟。观其标目，大约和近代说唱文学所写还是比较相近。溯其原始，则在唐戴君孚《广异记》所记的华岳神女、元阙名《异闻总录》所记的华阴庙三娘子事中，已略具故事的部分雏形。《广异记》所记大略如下——

> 士人某应举赴京，宿关西逆旅。有丽人自称公主，拥奴仆亦来投宿，遂与同居。及偕还京，住广厦大宅，贵盛无比。七岁，生二男一女。公主忽欲为士人娶妇，云："我本非人，不合久为君妇。"士人亦竟别婚，而仍与公主往来不绝。婚家以其一往辄数日不返，使人候之，见某恒入废宅。心疑，潜令术士书符以间之。公主怒，来相责让，且与诀绝。某问其居，兼求名氏。公主云："我华岳第三女也。"言毕诀去，出门不见。

《异闻总录》所记却说，韦子卿到长安赶考，路过华阴庙，见华岳三女塑像美丽，说道："我擢第回，当娶三娘子为妻。"后来登第回家的时候，三娘就派人将他邀住，结为婚姻。过了二十天，子卿要带三娘回家。三娘对子卿说："我乃神女，固非君匹；君到宋州，刺史将嫁女与君偶。"子卿果然娶了宋州刺史的女儿为妻。

后来刺史女儿得了病，有一个道士作法惩责了三娘。三娘便来责骂子卿，把子卿处死。这个故事的前半段，更和后来的传说相近。

两个故事都有术士书符或道士作法镇妖这样的情节，这个情节在沉香神话里便用二郎神提山压妹来作替代。二郎神是南宋时才兴起的一个

---

① 见元钟嗣成《录鬼簿》。

② 别作《巨灵神劈华岳》，见《也是园书目》。

神话人物，有赵（昱）、李（李冰子）、杨（戬）三姓之别。沉香神话中的二郎神，弹词说是杨天佑的儿子，那就该是明清小说所说的二郎神杨戬。这个神话人物的登场，其抖擞威风当然远胜先前传述的道士之流。《西游记》第六回写孙悟空大闹天宫，玉帝遣灌口显圣二郎真君前往擒之，孙悟空笑对二郎说："我记得当年玉帝妹子思凡下界，配合杨君，生一男子，曾使斧劈桃山的，是你么？"这就是杨二郎斧劈桃山最早见诸记述的，它和后来弹词唱本所说二郎神桃山救母完全一致。论其渊源，可算是早。说不定沉香华山救母还是二郎神桃山救母的摹拟，因元人杂剧虽已有《沉香太子劈华山》等名目，而未经记录的二郎神斧劈桃山[①]神话便早在民间流传了。其实桃山、华山，也都当是传说中一地的异名。《山海经·中次六经》说："夸父之山……其北有林焉，名曰桃林。"郝懿行注："案（夸父）山一名泰山，与太华相连，在今河南灵宝县东南。"太华就是华山，桃林就是古代的桃林塞，它们都相距不远。故二郎神斧劈桃山，可以传为沉香斧劈华山，而劈华山事又有古代巨灵神劈华山神话作为它的蓝本。这样摹拟，代替，传承，发展，神话的内容就逐渐丰富起来了。

三、二郎

三个二郎神的神话，我们已经略述其二（第十一章第二节讲过关于赵昱的神话），剩下还有一个最重要的李二郎的神话，应该比较详细地着重讲讲。

李二郎神话，极为丰富，大都流传在现代民间口头，单是著者手边掌握的材料，就有《金马河和银马河》、《伏龙观》、《伏龙观（异文）》、《通济埝》、《通济埝（异文）》、《二郎擒孽龙》、《海眼》等六七种。可是古书记载的，却只有零星片断，而且都比较晚近。

---

① 二郎神斧劈桃山应该是南宋时兴起的这一神话人物的主要事迹。

汉末应劭《风俗通义》记叙的李冰神话，只是说李冰入水和苍牛相斗，没有提到他的儿子。到《太平广记》卷二九一引《成都记》[①]才说到李冰“入水戮蛟”，“江神龙跃”，也没有提到他的儿子，不过已为后来所传“(李)冰锁孽龙”[②]或“二郎锁孽龙”[③]露出了一些苗头，至于李冰有子，其说还是较早，《舆地纪胜》卷一五一引六朝梁李膺《治水记》说：“蜀守父子擒健蛀，囚于离堆之趾。”李冰的儿子这时忽然登了一下场，隋唐时代又未见记载，忽又消失了踪影。到北宋蜀人张唐英的《元佑初建二郎庙记》[④]，才明确地说：“李冰去水患，庙食于蜀之离堆，而其子二郎以灵化显圣。”李二郎之名至此才正式出现。这和朱熹的《朱子语类》卷三所说“蜀中灌口二郎庙，当是因李冰开凿离堆有功立庙，今来现许多灵怪，乃是他第二儿子……”可以互相印证，虽然后者的记载，又要晚一百多年。

《蜀中名胜记》卷六引宋赵朴《古今集记》说：“李冰使其子二郎作三石人以镇前江，五石犀以厌水怪，凿离堆以避沫水之害，穿三十六江，灌溉川西南十数州县。”二郎的行迹初见于此，却并非神话。二郎神话的记叙，始见于清李调元的《井蛙杂记》卷九——

> 灌县离堆山，即李太守所凿以导江之处，上有伏龙观，下有深潭。传闻二郎锁孽龙于其中，霜降水落，时见其锁。云每有群鱼游深潭面，深露背鬣，其大如牛，或投以石，鱼亦不惊，人亦不敢取之，盖异物也。

这段记叙主要只是“二郎锁孽龙于其中”一语，其余都是渲染。直到半个多世纪以前，又才有罗骏声《灌志文徵·李冰父子治水记》说：“二郎……喜驰猎之事，奉父命而斩蛟，其友七人实助之，世传梅山七圣。”钱茂《都江堰功小传》说：“二郎为李冰仲子……又假饰美女，就婚蜚鳞，

① 疑即唐卢求《成都记》，见《唐书·艺文志》。

② 见《蜀中名胜记》卷六引范石湖《离堆诗序》。

③ 见清李调元《井蛙杂记》卷九。

④ 见《宋代蜀文辑存》卷十三。

以入祠劝酒。”看得出来，这些已经是根据近代民间传说的片断所作的记录了。现在就把二郎神话在民间流传比较完整的一则节述如下——

> 秦灭蜀，秦王命李冰为蜀守，二郎亦偕其父同至蜀。时蜀地多水患，二郎奉父命往寻洪水祸源，思有以治之。二郎跋山涉水，自秋徂冬，从冬及春，杳无消息。一日入山林，遇猛虎，二郎射虎死，方割取虎头。七猎人出，二郎举虎头示之，七人咸惊。乃求共往侦水患，二郎允之。遂同至灌县城边一小河，闻茅屋内有哭声，觇之，乃老妪哀其幼孙将往祭水怪孽龙者，知洪水患害，乃在于斯耳。遂与七友同往白父，李冰授以擒孽龙之法，众人依计而行。至祭日，二郎持三尖两刃刀，与七友同入江神庙，伏神座后。顷之，孽龙随风雨入庙攫祭物。二郎率七友遽出，齐战孽龙。龙不支，窜出庙。四山锣鼓喧天，人声如潮。龙惧入水，二郎与七友亦俱入水；龙上岸，亦俱上岸。遂擒孽龙。二郎与七友斗疲，暂憩于王婆岩下，而置龙于河中。河有龙洞，通崇庆州河，孽龙乃伺机潜逃。二郎以三尖两刃刀置河上，倾耳近柄而听之，惊曰：“龙遁矣！”乃与七友急往觅龙，终复擒之于新津县童子堰。方返至王婆岩，遇前日泣孙老妪，持铁链来谢赠之。二郎即以此链锁孽龙，系之于伏龙观石柱下深潭中，后遂无水患。

二郎擒孽龙神话，在流传的过程中，又有其他一些神话黏附在这个神话上面，例如望娘滩神话、梅山七圣神话、观音救难神话等。在上面节述的那段神话中，所黏附的梅山七圣神话和观音救难神话已略露端倪，七猎人在其他传说中就是梅山七圣，持铁链来赠的老妪就是观音菩萨。梅山七圣，《封神演义》第九十二回说是梅山的猿、猪、羊、牛、狗、蜈蚣、蛇七怪，因助纣为虐，被杨戬、哪吒收斩。这里却说是助二郎擒孽龙的七个猎户。七个猎户在其他传说里又称煤山七友，因二郎擒孽龙所在的灌县玉垒山一带，都是产煤之地，七友大概是古代的七个采煤工。灌县二王庙旧有七圣殿，塑七友像，以其形状诡异，俗亦称之为“七怪”。这就是梅山七圣神话的黏附。至于观音救难神话的黏附，那是有的传说说，二郎追捕孽龙，孽龙走投无路，幻化为人，逃往青城山。二郎在后面紧追不舍，追至大面山。观音助二郎一臂之力，化为王姓老妪，在路旁卖面。孽龙腹中饥饿，买面吃了。面条遂化为铁链，锁住了孽龙的肺肝，孽龙便被追来的二郎擒获。这段神话又常和望娘滩神话给合在一起，一同黏附在二郎神话上面。或者说，二郎擒孽龙和观音救难神话一同黏附在望娘滩神话上，也无不可。关于这，林名均《四川治水者与水神》（《说文月刊》三卷九期）文中有比较忠实完整的记录，兹移录如下——

> 昔有一孝子，家贫，刈草以奉其母。天悯其孝，赐以茂草一丛，日刈复生。异之，掘其地，得大珠一。藏米椟中，翌日启视，米已盈椟。置诸钱柜，钱亦满箱。家因以富。邻里异之，探得其故，求观此珠，而群起夺之。其人大窘，乃纳诸口中，珠滚入腹。渴极求饮，尽其缸水，犹有未足，遂就饮于江。母追之，见已化为龙，仅一足犹未变化。母就执之，恸且恨曰："汝孽龙也！"于是兴波作浪，随江而去。然犹频频回首视母，回视处辄成大滩，故有二十四望娘滩之名也。龙因痛恶乡人之相逼也，乃兴水患以为报复。其后李冰降伏此龙，遂与龙斗。其子二郎佐之，龙不胜，化为人形遁去。有王婆者，观音菩萨之幻形也，助冰擒此孽龙，设面肆于路旁。龙饥往食，面化为铁锁，乃将铁锁系于深潭铁柱之上，故今庙名伏龙观也。

以上所述，就是二郎擒孽龙神话和观音救难神话一同黏附在望娘滩神话上的。这种黏附，竟成了画蛇添足，不伦不类，大大有损于被迫吞珠化身为龙的孝子的形象。化龙的孝子所以称为"孽龙"，就为了不忍和儿子分离的母亲在气愤中的一句诅咒："汝孽龙也"，于是他就真成了孽龙而需要李冰父子再加上观音菩萨去降伏了：这自然是落后的封建意识在群众头脑中作祟，属于神话的糟粕，不足以取。

但这种糟粕的存在，还是由来已早，并不开始于近代。宋苏轼《神女庙》诗说："蜀守降老蹇，自今带连镮。"胡仁注："秦时蜀守李冰降毒龙蹇氏，锁之于江上，水害遂息。”从诗和注，便知道李冰父子降孽龙神话早已和望娘滩神话黏合起来了：望娘滩神话中的孝子化龙时，一足为母所执未变而跛，跛者蹇也，故诗称老蹇，注称蹇氏。也有较早记录的单独的望娘滩型神话，未作任何黏附的，如李调元《井蛙杂记》卷一记的："大足化龙桥，相传溪中有珠，浮水上，邑人聂姓，得而吞之，遂化龙去，因此为名。”聂姓的“聂”，当然就是孽龙的“孽”的谐音。可惜记述太简单了，似乎仍只是神话的片段，看不清它的全貌，既然姓聂（孽），亦必有降此聂（孽）姓之人，是否又和二郎降孽龙神话有关，就不得而知了。

四、“白蛇传”

“白蛇传”也是很早就流传于民间的神话，大约产生于南宋时代。明田汝成《西湖游览志余》卷二十说：“杭州瞽者，多学琵琶，唱古今小说平话，以觅衣食，谓之‘陶真’。大抵说宋时事，盖汴京遗俗也……若《红莲》、《柳翠》、《济颠》、《雷峰塔》、《双鱼扇坠》等记，皆杭州异事，或近世所拟作者也。”作为说唱材料之一的《雷峰塔》即“白蛇传”，已于明代中叶为民间艺人所演唱，演唱的内容为发生在南宋年间的一个神话故事。在当时民间艺人演唱的那批节目中，所依据的材料，是古今小说评话。请注意古今小说评话的“古”字，是说除了一部分是“近世所拟作者”以外，还有一部分是自古相传下来的。《雷峰塔》即“白蛇传”神话，我们以为应当属于后者。

我们今天所能见到最早的“白蛇传”神话故事，就是收在明末冯梦龙所编《警世通言》第二十八卷的《白娘子永镇雷峰塔》。其他如上面提到的“杭州男女瞽者”演唱的唱本《雷峰塔》，以及明代戏剧家陈六龙编写的戏曲《雷峰塔传奇》[①]等，都已佚亡，不可得见了。不过收入冯梦龙

① 见祁彪佳《远山堂曲品》。

短篇小说辑本的这篇，我们切勿小视。冯所编辑的“三言”①共收宋、元、明三个时代的小说一百二十篇，实是此三个时代小说的总汇，其中不少是经过他加工润色的。我们从“白娘子”篇中所写的社会生活情景，和宋周密《武林旧事》、罗烨《醉翁谈录》诸书所记的南宋风习相印证，知道此篇作品的雏形，应当在南宋时期就有了。或者便是南宋时的话本小说之一，明代杭州瞽人得据以改编传唱者。冯梦龙将它收入《警世通言》，又作了一些应有的加工，这便是我们根据现在可考的若干材料所作的一些推测。如果推测大致无误，说明盛传于广大民间的“白蛇传”神话故事的渊源，其实也是较早的。

这个故事的内容情节早已为大家熟知，本来用不着多说，不过为了便于讨论，姑仍将《警世通言·白娘子永镇雷峰塔》的大概情节节述如下——

> 宋绍兴年间，杭州有李将仕生药店主管许宣者，于西湖遇美妇白娘子及使女青青，同舟避雨。后因索还借伞至白家，白方寡居，自媒于许。白许婚后，白屡现怪异，许不能堪。遇镇江金山寺寺僧法海，予一钵盂，令持归罩其妻，白、青悉被罩钵中，乃千年成道白蛇、青鱼也。法海遂携钵盂，至雷峰寺前，令人搬砖运石，砌成十七级宝塔，名雷峰塔，留偈云：“西湖水干，江湖不起；雷峰塔倒，白蛇出世。”

清陆次云《湖壖杂记》说：“雷峰塔五代时所建，塔下旧有雷峰寺，废久矣。俗传湖中有青鱼、白蛇之妖，建塔相镇。”这座闻名遐迩的雷峰塔，实在是五代时钱俶为他的妃子黄氏所建，一九二四年倾圮。俗传为法海建此以镇白娘子，则纯系民间传说的附会。神话开始产生时，大约只是一个因妖害而降妖、镇妖的记异闻的传说故事，《湖壖杂记》所说的“俗传湖中有青鱼、白蛇之妖，建塔镇之”二语，已把传说故事的内容大

① “三言”即《喻世明言》、《警世通言》、《醒世恒言》;《喻世明言》又称《古今小说》。

概和中心思想表达尽致。后来在流传发展的过程中，群众对故事的主要人物白娘子寄予了莫大的同情，使她身上的妖气渐除，而增加了若干神话的因素，后来又渲染了她的神通和法力，添加了盗灵芝、水漫金山等动人心魄的情节，从而使故事成为内容比较完整丰富的神话故事。这个故事通过各种民间文艺形式——小曲、唱本、鼓词、宝卷、滩簧、地方戏及口头传说表现出来，至今尚未完全定型。

《警世通言》所载的“白蛇传”神话，大概是经过了冯梦龙的一番加工润色，正处在表达群众要求的转折点上，一方面白娘子还显示出一些怪异，妖气未曾尽除；另一方面她已经具有了相当的人情味。白娘子纠缠许宣，怪异处无非是盗窃官物以为许用，并没有危害许的意思；而对许的惓惓之情，却值得令人称赏；则法海钵盂之惩，未免手段过于毒辣了。因而随着明清时代资本主义思想在封建社会母腹中的萌芽，群众的情绪自然逐渐转向为同情支持白、许富有浪漫色彩的爱情，而憎恨破坏这种爱情的封建势力代表者法海了。因而在他们口头传说和民间说唱艺人的讲唱中，逐渐将白娘子塑造成为一个坚贞果毅、专爱不迁、具有神通法力的英雄人物，而对法海呢，则多方谴责之，甚至用遁入蟹腹以逃死、终于变成蟹和尚这样的故事嘲弄之，群众的分明爱憎，岂不是表现得很明显么？

“白蛇传”神话虽是开始产生于南宋时代，但在唐阙名撰的《白蛇记》（《古今说海》及《旧小说》均收录）里，已可找到一点点它的影子。故事内容大略如下——

> 唐元和中，陇西李璜因调选至长安，于东市遇一白衣女，招之入一旧宅，假贸易事，向李贷钱三十千，遂与女谐。李一往三日，第四日归家，仆人觉李有腥臊气，李亦自觉身重头旋，遂病不起。被底但觉身渐消尽，揭被而视，空注水而已，唯有头存。家人惊骇，亟令人去寻旧宅所在，乃一空园，有一皂荚树，树上有十五千，树下有十五千，余无所见。问彼处人，云，往往有巨白蛇在树下，更无别物。

这当然只是妖怪变异之谈，是不能称为神话的。“白蛇传”最初的形态，想必和这也有些相近：都是妖精害人，而害人的妖精恰好又都是白蛇变形的美女。所不同者，《白蛇记》的妖精害了人就算了，“白蛇传”的妖精则受到镇压。原型的“白蛇传”自然也是不能算作神话的，最多只能算是一个讲述妖怪变异之谈的传说故事。

《清平山堂话本》所收宋元小说有《西湖三塔记》一篇，写宋孝宗淳熙年间，住在西湖涌金门的奚统制的儿子奚宣赞，遇见喜欢吃人心肝的姓白的“白衣娘子”，为其所迷，往还半月余。两次她都要吃宣赞，幸被她的女儿卯奴所救。后来宣赞的叔父奚真人来降妖，白家三口全化异物：“只见卯奴变成了乌（乌）鸡，婆子是个獭，白衣娘子是条白蛇。”奚真人便在湖中建造三座石塔以镇此三怪。从这篇小说可见它更进一步地接近了“白蛇传”的原型：一是《三塔记》的奚宣赞和“白蛇传”的许宣（许仙）名字相近，同是二十岁左右的少年，同住湖旁；二是“白蛇传”的白娘子姓“白”，《三塔记》的白衣娘子也姓“白”，都是白蛇所变；三是两个传说故事的妖精都受到了镇压。故说《三塔记》更接近“白蛇传”的原型。

但是，《白蛇记》和《三塔记》已经消隐而不彰了，“白蛇传”却在特定的时代环境中经过群众的口传笔写得到了发展，由传说故事而成为神话故事。白娘子这样一个妖异人物，在长时期的传述中，不但使她有了更多的人性，也使她有了更多的神性，终于成为一个人性和神性水乳交融的光辉可爱的神话人物。这在神话发展史上，可算是一种群众性的创造，一种罕见的奇迹。

由此而使我们感觉到，神话和传说，常常也是这样水乳交融般地混合在一起，难以分出明显的界限。由于流传演变，有的可能会由神话逐渐趋向传说，如本章第一节所说的“牛郎织女”；有的则可能会由传说逐渐成为神话，如这里所说的“白蛇传”。它们都并不是固定的、一成不变的东西。一定要在这当中勉强寻找界限，往往只能证明是自寻烦恼。不如用广义神话这个概念去考察、研究某些神话与传说之间中介性质的事物，更能圆转周到地说明问题。

五、刘海戏蟾、和合二仙

剩下还有两段不定型的、由于名字离析错讹而传为神话的民间神话，一是“刘海戏蟾”，一是“和合二仙”，也在这里大略讲讲。

先讲“刘海戏蟾”。清翟灏《通俗编》(《丛书集成初编》本）卷一说：“刘元英号海蟾子，海蟾二字号，今俗呼刘海，更言刘海戏蟾，舛谬之甚。”卷十九又说：“今演剧多演神仙鬼怪，以眩人目，然其多荒诞，张果曰张果老，刘海蟾曰刘海戏蟾，此类甚多。”由此可知清代初年所演神仙鬼怪的戏剧中，角色有张果老，剧目有刘海戏蟾。张果是唐玄宗时代的方士，相传多异术，由方士而变成神仙，不算是怎么荒诞；唯有刘海蟾竟变成了“刘海戏蟾”这样一出戏，就确实是有些“荒诞”了。

然则刘海蟾究竟是怎样一个人呢？宋李石《续博物志》卷二说：“海蟾子，姓刘，名昭远，华山陈抟馆之道院，与种放往来。”这大约是关于此人最早的记叙，据所写，他是五代宋初的人。柳永《巫山一段云》词已有“贪看海蟾狂戏，不道九关齐闭”这样的话，他在北宋时代，就已经成为民间传说中放浪形骸的仙人了。“海蟾狂戏”，大约就是后来民间所传的“刘海撒金钱”之戏；这也是有来由的。《列仙全传》卷十说——

> 刘玄英，号海蟾子，初名操，事刘守光为相。一日忽有道人来谒，索鸡卵十枚，金钱十文，以一文置几上，累十卵于钱若佛图之状。海蟾惊异之，曰：“危哉！”道人曰：“人居荣禄之场，履忧患之地，其危殆甚于此。”海蟾繇是大悟，遁迹于终南山下。丹成，尸解，有白气自顶门出，化为鹤，飞冲天。

仙人刘海蟾的事迹在这段记叙中已经大略概括无遗了。所谓的“海蟾狂戏”，大约就是海蟾因悟道，而撒金钱于地之戏。则海蟾所戏的，本当是钱，并未戏蟾，尤其并未将自己的姓名离析开来，成为“刘海戏蟾”——自己戏弄自己。造成这种误会，都是民间的讹传。《古今图书集成·神异典》卷二五一引《凤阳府志》说：“唐刘海，旧传呼蟾于县治西北井中，今井在城内，濠多水，夏无蛙声。”这大约就是“刘海戏蟾”讹传的开始，将五代宋初的刘海蟾误传为唐刘海“呼蟾于县治西北井中”了。

画家笔下也早就有了刘海戏蟾图。清褚人穫《坚瓠五集》卷一说：“海蟾姓刘名嘉，十六登甲科，仕金，五十至相位……入终南山学道而仙。今画蓬头跣足嬉笑之人，持三足蟾弄之，曰此刘海戏蟾图也，直以刘海为名，举世无知其名者。”清李绿园小说《歧路灯》第七回说：“孝移进了书房门，四周详看。只见右边一个刘海戏蟾，笑嘻嘻，手拿着三条腿的虾蟆，铜丝儿贯着钱，在头上悬着。”可以和上面所述的相印证，其实这种图画，明代已经有了。清俞樾《茶香室丛钞》卷十八引明李日华《六砚斋笔记》说：“黄越石携来四仙古像，一为海蟾子，哆口蓬发，一蟾玉色者戏踞其顶，手执一桃，连花叶，鲜活如生。”

由此可知“刘海戏蟾”乃是由于一个仙人的姓名离析讹传而产生的俗称。画家既绘为图画，戏剧作者也搬演之以为戏文，则必有民间所传的神话故事以实之。然则这个故事究竟是怎样的呢？清代初年所演此戏的内容已不可知，如今尚有湖南花鼓戏剧本《刘海戏金蟾》，大略可以介绍其梗概如下——

> 刘海砍柴奉母，遇狐女，诱之婚配，助其樵采。时有蟾妖名石罗汉者，谋劫狐女，夺其宝珠，被斧头神及狐女设计擒之于井中。刘海乃于井旁以蟾妖所炼之七枚金钱戏之，此所谓“刘海戏金蟾”也。

由四川清音改编的川剧也有此剧，内容和上述湖南花鼓戏大体相同，或者是根据同一民间传说编写的。二剧的神话意味都非常浓厚，但都似乎尚未十分定型。

“和合二仙”神话讹传演变、错综复杂的情况，也和“刘海戏蟾”的情况大略相似。

这两位仙人正式见诸记载是比较晚的。明万历年间，浙江书贾汪云鹏刊印了一部《列仙全传》，刊刻工致，印刷优良，还附了许多精美的插图，所收自上古至弘治末年的仙人共五百八十一人，可算集群仙之大成。书中已有刘海蟾，却还没有和合二仙之名。和合二仙的正式出现，见于清李汝珍《镜花缘》第一回——

……说话间，四灵大仙过去，只见福、禄、寿、财、喜五位星君，同着木公、老君、彭祖、张仙、月老、刘海蟾、和合二仙，也远远而来。

群仙都是去赴王母的蟠桃盛会的。他们都是民间传说中经常提到的神仙。和合二仙便杂在这些人的队伍中。但要追询二仙的根底，却又模糊了。明田汝成《西湖游览志余》卷二十三说："宋时，杭城以腊月祀万回哥哥。其像蓬头笑面，身著绿衣，左手擎鼓，右手执棒，云是和合之神，祀之可以使人万里亦能回来，故曰万回。今其祀绝矣。"万回哥哥，大约就是和合二仙的原型，然而和合二仙是"二仙"，万回哥哥却是一神。这个神，历史上据说是实有其人的。唐郑棨《开天传信记》说——

万回师，阌乡人也，神用若不足，谓愚而痴无所知，虽父母亦以豚犬畜之。兄被戍役安西，音问隔绝，父母谓其诚死，日夕涕泣。万回忽跪而言曰："涕泣岂非忧兄也？某将观焉。"忽一日朝赍所备，夕返其家，告父母曰："兄平善哉。"发书视之，乃兄迹也，一家异之。弘农抵安西万余里，以其万里而回，故谓之万回。

万回原来是唐玄宗时代的一个异僧。宋时祀此僧为和合之神者，大约因为他能够万里传达音书，和合家人之好的意思。清翟灏《通俗编》（无不宜斋本）卷十九"和合二圣"条说："今和合以二神并祀，而万回仅一人，不可以当之。"这话说得是有道理的。因此紧接着他又说："国朝雍正十一年封天台寒山大士为和圣，拾得大士为合圣。"他的意思似乎是说"和合二圣"应是唐代的高僧寒山、拾得。

不论是"和合之神"的异僧万回也好，或是"和合二圣"的高僧寒山、拾得也好，他们都是唐代的僧人。但民间却总把他们称为“二仙”。旧时风俗，还常把他们的图像——蓬头笑面的二人，一个持荷花，一个捧圆盒，取和（荷）合（盒）谐好之意——在婚礼时陈列悬挂出来。也有常年悬挂在中堂的，大约也是取和好吉利之意。这种风俗，可能始于明代，到清时已普遍盛行。何以家人和合的“和合之神”又分身为二，成了象征婚姻谐合的“和合二仙”了呢？这也是有其根源的。《周礼·地官·媒氏》疏说：“三十之男，二十之女，和合使成婚姻。”汉焦赣《易林·小过之益》也说：“使媒求妇，和合二姓。”应该便是“和合”二字的正解。因而在民间传说中，此家人和合之神自然便逐渐演变为婚姻和合之神，原作蓬头笑面、擎鼓执棒的一神图像者，也就化身为仍是蓬头笑面、一持荷、一捧盒的二神图像，和合神也改称为和合二圣或和合二仙了。

一九七九年第八期《民间文学》所载民间故事《和合二仙传友情》，仍以和合二仙为寒山、拾得，末尾说：“直到现在，苏州寒山寺里还存在着一块青石碑，碑上刻着弟兄俩的形象，上面写着寒山、拾得的名字。但是，老百姓不识字，历代只知道一个拿‘荷’、一个拿‘盒’，因此称之为‘和合二仙’。”“和合二仙”神话的原貌如何现在已未易探寻，乃节述此文所述故事的梗概于下，以备参考——

寒山、拾得同居北方某远村，虽异姓而亲如兄弟。寒山年略长，与拾得共爱一女而寒山不知，临婚始知，乃弃家去江南苏州何山枫桥，削发为僧，结庵修行。拾得亦舍女往觅寒山。探知寒山住地，乃折一盛开荷花前往礼之；寒山见拾得来，亦急持一盛斋饭之盒出迎。二人喜极，相向而舞。遂俱为僧，开山立庙曰寒山庙。后拾得传道，东渡日本，日本因有拾得寺。寒山、拾得遂为团结友爱之象征；而荷与盒，亦适谐“和合二仙”之名。

六、鲁班、德庆龙母

除此而外，还有关于鲁班的传说，以及关于德庆龙母的传说，也是很早就流传于民间，神话的因素都比较浓厚，可以将它们视为民间神话而列入神话考察的范围。

鲁班，是历史上一个实有的人物。他就是和墨翟同时的公输般，亦称公输子。《孟子·离娄篇》说："离娄之明，公输子之巧。"赵岐注："公输子，鲁班，鲁之巧人也。或以为鲁昭公之子。"除末语可以存疑而外，其说大体可信。鲁班，或又写作鲁般。《淮南子·齐俗篇》说："世传言曰：鲁班巧，亡其母也。言巧工为母作木车马，木人御者，机关备具，载母其上，一驱不还，遂失其母。"清卢文弨《群书拾补》辑《风俗通逸文》说："门户铺首。谨案：百家书云，公输般见水上蠡（螺），谓之曰：'开汝匣，见汝形。'蠡适出头，般以足画图之，蠡引闭其户，终不可得开。般遂施之门户，欲使闭藏当如此周密也。"从以上所引，可知从汉代开始，鲁班这个人物，就成了众所艳称、带有神话传说色彩的人物。

到了六朝时代，关于鲁班的神话传说，更进展到了一个新的境界。《水经注·渭水》说："渭水之上有梁，谓之渭桥。旧有忖留神像，此神尝与鲁班语。班令其人出，忖留曰：'我貌很丑，卿善图容物，我不能出。'班于是拱手与言，曰：'出头见我。'忖留乃出首。班于是以足画地，忖留觉之，便还没水。故置其像于水，惟背以上立水上。忖留之像，曹公乘马见之惊，又命下之。"这大约是《风俗通》所记公输般见水上蠡（螺）的发展和演变。梁任昉《述异记》下说："木兰舟在浔阳江七里洲中……有鲁班刻木兰为舟。……天姥山南峰，有鲁班刻木为鹤，一飞七百里，后放于北山西峰上。汉武帝使人往取之，遂飞上南峰。往往天将雨，则翼翅摇动，若将奋飞。鲁班刻石为禹贡九州图，今在洛城石室山。东北岩海畔有大石龟，俗云，鲁班所作，夏则入海，冬复止于山上。陆机诗云：'石龟尚怀海，我宁无故乡？'"这里鲁班的造作更多，有的还充分具有神话色彩。

到了唐代，有关鲁班的神话传说，更发展成为比较完整的神话故事。段成式《酉阳杂俎续集》卷四引《朝野佥载》（今本无）说——

> 鲁般者，肃州敦煌人也，莫详年代。巧侔造化，于凉州造浮图，作木鸢，每击楔三下，乘之以归。无何，其妻有妊，父母诘之，妻具说其故。其父伺得鸢，楔击十余下，乘之，遂至吴会。吴人以为妖，遂杀之。般又为木鸢乘之，遂获父尸；怨吴人杀其父，于肃州城南，作一木仙人，举手指东南。吴地大旱三年。卜曰：般所为也。赍物具千数谢之，般为断其一手。其日吴中大雨。

这里所叙写的鲁般（班），不仅具有能工巧艺，还兼有神通法术。这个鲁般（班），已经脱离了历史人物公输般的范围，而成为只知其为“肃州敦煌人”、而“莫详年代”的神话传说的鲁般（班）了。以后民间传说中塑造的鲁班形象，便大抵本此作为基础，使他成为一个工艺与神通兼具的神话色彩十分浓厚的人物。鲁班修赵州桥这个民间神话，便是一个很好的例证。

赵州桥在今河北省赵县城南，又名安济桥，乃隋代大建筑家李春设计修造，距今已有一千三百多年。唐张鷟《朝野佥载》卷五已有关于赵州石桥异闻奇事的记叙。一般人以其造作甚工，年久犹存，不知其究竟，便造为神话传说，把建造此桥之功归于民间向来崇奉的鲁班。宋人笔记和诗中已经提到了赵州桥的神异。周煇《北辕录》说：“六十里至赵州……渡石桥。桥从空架起，工极坚致……有张果老驴迹。”杜德源《安济桥》诗也说：“休夸世俗遗仙迹，自古神丁役此工。”虽然都没有正面提到鲁班，却已隐隐呼之欲出。元代初年阙名撰的《湖海新闻夷坚续志》后集卷二所记的赵州桥神话，就和现在所传的基本一致了——

> 赵州城南有石桥一座，乃鲁般（班）所造，极坚固，意谓古今无第二手矣。忽其州有神姓张，骑驴而过桥。张神笑曰：“此桥石坚而柱壮，如我过，能无震动乎？”于是登桥，而桥摇动若倾状。鲁般在下，以两手托定而坚壮如故。至今桥上有张神所乘驴之头尾及四足痕，桥下则有鲁般两手痕。

现在民间所传的关于赵州桥神话，一九五六年四月号《民间文学》所刊的《赵州桥》可为代表，大略说说——

> 赵州有石桥二，一在城南，一在城西。在城南者较大，即所谓赵州桥，传系鲁班所造。鲁班与其妹鲁姜较技，鲁班修城南大石桥，鲁姜修城西小石桥，相约从初更至鸡鸣便须将桥修好。半夜，鲁姜桥已成，往城南觇其兄，见鲁班正赶大群绵羊迎面至，悉洁白细润之石也。姜自知不及其兄，乃返己桥精雕细琢，于桥栏雕成“牛郎织女”、“丹凤朝阳”等美丽图案，未天明而亦成。因学鸡鸣，众鸡皆鸣。鲁班尚差二石未安下，闻鸡鸣急安下，鸟鸣甫止，桥亦毕工。大桥坚固奇巧，轰传远近，八洞神仙亦闻其名。张果老骑驴，驴背褡裢装太阳月亮；柴王推独轮车，车载四大名山，亦来观光此桥。驴、车上桥，桥身晃动，行将坍塌。鲁班急跃身桥下，用双手托定拱腹，桥始安然无恙。桥身、桥基经此重压，不但未损丝毫，反更牢固坚实。闻至今桥面尚留有张果老驴迹及柴王车辙迹；拱腹有二大手印，云即当年鲁班造桥、神仙相试之所遗。

这段民间神话，设想真是宏伟壮丽：褡裢内装太阳月亮，柴车上载四大名山，真配得上那座古老的、驰名中外的赵州桥，而作为神话英雄人物的鲁班的艺术形象，也借这一类幻想的描述巧妙地烘托出来了。

至于德庆龙母神话传说，则比鲁班神话传说产生的时代迟些，其发展演变也要单纯一些。它主要见于古书的记叙。唐刘恂《岭表录异》卷上说——

> 温媪者，即康州悦城县孀妇也，绩布为业。尝于野岸拾菜，见沙草中有五卵，遂收归置绩筐中。不数日，忽见五小蛇壳，一斑四青，遂送于江次。固无意于报也。媪尝濯浣于江边。忽一日，鱼出水跳跃，戏于媪前。自尔为常。渐有知者，乡里咸谓之龙母，敬而事之。或询以灾福，亦言多征应。自是媪亦渐丰足。朝廷知之，遣使征入京师，

至义全岭，有疾，却返悦城而卒。乡里共葬之江东岸。忽一夕，天地冥晦，风雨随作。及明，已移其冢，并四面草木，悉移于西岸矣。

这大约就是最早见诸记载的。虽然在此之前，还有李绅及许浑的诗，偶尔也提到媪龙。如李绅诗说："音书断绝听蛮鹊，风水多虞说媪龙。"许浑诗说："火探深洞燕，香送远潭龙。"原注："康州悦城县有温妪，龙随水往，舟船至人家或千里外，皆以香酒果送之。"这和《岭表录异》的记叙基本上是一致的。康州悦城县，故治在今广东省德庆县东，悦城龙母实际上就是德庆龙母。宋代初年乐史编撰的《太平寰宇记》卷百六十四引《南越志》，又有关于德庆龙母的记叙——

昔有温氏媪者，端溪人也，居常涧中捕鱼以资日给。忽于水侧遇一卵，其大如斗，乃归置器中。经十许日，有一物如手掌（守宫），长尺余，穿卵而出。媪因任其去留。稍长五尺，便能入水捕鱼，日得十余头。再长二尺（丈）许，得鱼渐多，常游波中，潆洄媪侧。媪后治鱼，误断其尾，遂逡巡而去，数年乃还。媪见其辉光炳耀，谓曰："此龙子也，今复来也。"因得之蟠旋游戏，亲驯如初。秦始皇闻之，曰："此龙子也，朕德之所致。"诏使者以赤珪礼聘媪。媪恋土不以为乐，至始安江，去端溪千余里，龙辄引船还，不逾夕至本所。如此数四，使者惧而止，卒不能召媪。媪殒，葬于江陵。龙子常为大波至墓侧，萦浪转沙以成坟土，人谓之掘尾龙。南人谓船为龙掘尾，即此也。

端溪是汉置县，就是如今广东省的德庆县。德庆龙母的正式称谓，大约便是从这时候开始的。看得出来，这段神话是前段《岭表录异》所述神话的发展演变：原来粗略的故事变得细致了；原来时代不详的被安放到秦始皇时代了；原来说是温媪"绩布为业"，现在则说"捕鱼以资日给"；原来说"见沙草中有五卵"，现在则说"遇一卵，其大如斗"：这些都使故事的内容情节更加合理了。至于媪误断龙尾及以后龙引船回等情节的加入，更使神话的思想性和艺术性得到增强。德庆龙母神话至此便大体上完备动人了。所引《南越志》，疑即是沈怀远《南越志》，新旧《唐书·艺文志》均著录，共五卷，已佚亡，却未见《隋书·经籍志》著录，知作者亦应是唐人，可能比刘恂的时代稍后。

明清以后，记载龙母事迹的方志笔乘渐多，有《肇庆府志》、屈大均《广东新语》、李调元《粤东笔记》、刘后麟《南齐春秋》、卢龙兴《悦城龙母庙碑记》及康熙四十九年程鸣重刊的《孝通庙旧志》等，都是踵事增华，多有粉饰，反失去了先前朴质的本真。尤其是《孝通庙旧志》，谓为集龙母传说之大成，实际上却是繁冗猥芜，并无足观。《广东新语》卷二一说："德庆青旗山有三足鹿。初，秦时龙母蒲媪常乘白鹿以出入，农人恶其害稼，母乃断一足以放之，至今鹿有三足者。"这也算是德庆龙母神话的异闻，不过原来的"温媪"这里却变作"蒲媪"了。

第十四章

中国神话研究史（上）

一、传说中古代神话最早的搜集者和整理者

中国古无神话之名，古人对于神话，大都以“怪”之一字该之。例如《论语·述而》说：“子不语怪、力、乱、神。”《庄子·逍遥游》说：“《齐谐》者，志怪者也。”《史记·大宛列传》说：“《禹本纪》、《山海经》所有怪物，余不敢言之也。”胡应麟《少室山房笔丛》卷三十二说：“《山海经》，古今语怪之祖。”所说的“怪”，都包含有神话的意思。但“怪”字的涵义又绝不只是神话，其他凡诞妄妖异涉及宗教迷信的也都属之。古代中国人并没有神话这样的专门概念，只有笼统地以一个“怪”字，或者再加上一个同义词的“异”字来概括他们对于神话以及一切和“常”的观念相对立的事物。古人思想观念中的“怪异”，其范畴要比我们所说的“神话”大得多。我们不可能让古人和我们具有相同的思想观念，只好沿着他们的思想观念小心谨慎而又大胆放手地去探索他们对神话的认识——研究，以及对神话的搜集整理曾经做过的工作。

搜集整理，也应该算是一种研究，是研究的初级阶段，没有搜集整理这个研究初级阶段，就不会有以后进一步的研究。所以我们写“中国神话研究史”这样的章节，是必须把神话的搜集整理者也都包括进去的。

《山海经》这部书，是一部多学科的书，它包括的内容广袤，举凡历史、地理、物产、医药、宗教等都可在这部书中见到。从神话研究的角度看，它是第一部搜集神话材料最丰富的书。它的作者非一人，写作的

时期也非一时，据我的初步考察，它大约是从战国初年到汉代初年楚国或楚地人的作品。[①]但是早年人们又有另外一种说法，说《山海经》是禹、益所作[②]，后来的学者多以为非，我们也认为此书绝不能成就于文字刚刚创造发明，还处于非常幼稚阶段的原始社会末期的禹、益时代。连禹、益本身都是神话传说人物，自然不会写作出《山海经》这样以记叙神话传说为主的书籍。不过，我们如果认为《山海经》"盖古之巫书"（鲁迅语）这样的论断是可以成立的话，那么把奠定此书基础的根子溯源到传说中的禹、益那个时代也未始不可。唐代学者啖助在《春秋集传纂例》文中说——

> 古之解说悉是口传，自汉以来，乃为章句。如《本草》皆后汉时郡国，而题以神农。《山海经》广说殷时，而云夏禹所记。自余书籍，比比甚多。是知三传之义，本皆口传，后之学者，乃著竹帛，而以祖师之目题之。

我以为这要算是通达之言。作为巫书的《山海经》，它的各部分内容，在尚未用整体的文字将它们记录下来之前，从历代巫师的口耳相传，或从巫师们承传的图画，或从零星片断的文字记录，已经日积月累地在做这种工作，总还可以推溯到传说中的禹、益时代。而传说中的禹，考察研究起来，的确又可能是以部落酋长而兼任巫师的职务。

扬雄《法言·重黎篇》说："巫步多禹。"注："禹治水土，涉山川，病足而行跛也，而俗巫多效禹步。"《广博物志》卷二十五引《帝王世纪》说：世传禹病偏枯，步不相过，至今巫称禹步是也。"从这两条材料推想起来，大约由于禹因治水，涉历山川，多知鬼神的情况，但又"病足而行跛"，故后来巫师便有意识地模仿禹那种"步不相过"的特殊步调以禁御鬼神。这是较早的一种说法，所谓"禹步"，即"效禹"之"步"。可

① 参见拙著《神话论文集·〈山海经〉写作的时地及篇目考》。

② 见刘秀《上〈山海经〉表》、王充《论衡·别通篇》、赵晔《吴越春秋·越王无余外传》。

是，后来又有一种新的说法。《洞神八帝元变经，禹步致灵第四》说："禹步者，盖是夏禹所为术，召役神灵之行步。此为万术之根源，玄机之要旨。昔大禹治水，……届南海之滨，见鸟禁咒，能令大石翻动。此鸟禁时，常作是步。禹遂模写其行，令之入术。自兹以还，无术不验。因禹制作，故曰禹步。"这是说，"禹步"者，乃禹模仿鸟禁咒时的行步而制作的一种施行法术的步调，目的在于能召神役鬼。这种说法自然也属推想，可能是后来道士们的推想，然而这种推想似乎比"禹病偏枯"那种推想更为合理而有依据。推想中描写的禹，就是巫师的形象。后世道士和古代巫师原本也是一脉相传，所以对于远年传说中作为他们祖师的禹的形象，有更深刻而准确的理解。"禹步"，就是禹所行的步，也就是"巫步"，而不是后人的模仿。我们试看《墨子·非攻下》所说的"高阳乃命（禹于）玄宫，禹亲把天之瑞令，以征有苗"以及《墨子间诂》辑《随巢子佚文》所说的"昔三苗大乱，天命殛之，夏后受于玄宫"等，禹身上的酋长而兼巫教主的形象，是相当鲜明的：故设想禹原本便是巫师，能行巫术，并不为过。杜光庭《墉城集仙录》说神女瑶姬"授禹召神役鬼之书"，盖非泛泛之写，那是接触到作为巫师的禹的本质的。

这样说来，《山海经》相当大一部分神话材料的搜集保存，确可以远溯到禹、益那个时代了。传说中的禹、益如果确有其人的话（并不能绝对断言没有），那么他们就是对于这部瑰伟的巨著作了口传图绘的最早的有贡献的人物。由于后世神话材料不断地积累加多，最早的搜集者和保存者的禹，竟也成了《山海经》中描绘的显赫的神性英雄人物之一了。

禹、益时代口传的《山海经》的神话内容是可以理解的，图绘又是怎么一回事呢？这也是有所根据的。《左传·宣公三年》说："昔夏之方有德也，远方图物，贡金九枚，铸鼎象物，百物而为之备，使民知神奸；故民入川泽山林，不逢不若，魑魅魍魉，莫能逢之。用能协于上下，以承天休。"《汉书·郊祀志》也说："禹收九牧之金，铸九鼎。皆尝鬺亨上帝鬼神。"两段记叙所说的是一回事，就是禹曾经铸鼎象物。所象之物，就是神话传说中山林川泽间的魑魅魍魉，也就是司马迁所说的"余不敢言之"的《禹本纪》和《山海经》中所有的"怪物"。清代学者如毕沅、郝懿行等多把《山海经》的成书和禹铸九鼎的传说联系起来作若干推论，不为无据。这样说来，禹对古代神话除了口传以外，还作了图绘的传授，也是有此可能的。

作为神话英雄的禹和益，假如他们是由历史人物而附会为神话人物的话，那么他们对于神话研究，便是如上所述，首先作了贡献，虽然不必一定是著书立说。

在神话研究的先驱者的行列中，后来还添上了一个夷坚。《列子·汤问篇》说："终发之北，有溟海者，天池也，有鱼焉，……其名为鲲，有鸟焉，其名为鹏，……世岂知有此物哉？大禹行而见之，伯益知而名之，夷坚闻而志之。"《列子》是晋人张湛缀辑《列子》残文而成的书，真伪参半。《汤问篇》多载古代神话传说，这段是本于《庄子·逍遥游》。《逍遥游》说："北溟有鱼，其名为鲲，……化而为鸟，其名为鹏"，但却没有说什么"大禹……夷坚"等，只是说："《齐谐》者，志怪者也，《谐》之言曰：'鹏之徙于南溟也，水击三千里，抟扶摇而上者九万里，去以六月息者也。'"即释文释《齐谐》说："司马及崔并云，人姓名；简文云，书。"我是比较赞成后一说的。从《庄子》原文的语意看，也应该是书，而不该是人。《列子》此段本于《庄子》，却把鲲鹏二物说成是大禹所见，伯益所名，夷坚所志，岂夷坚所志的，即此《齐谐》之书么？书是庄子所见到的，而且在他的文章中直接引用了书中的片断言语，那就是前面所写的几句话，竟成了这部佚亡古书仅存的佚文。而夷坚这个人呢，却仍然是传说人物，是否写了《齐谐》这部书，还当存疑，不过传说中有夷坚这么一个人，对古代神话做过搜集整理的工作罢了。夷坚的名字既然和大禹、伯益的名字联系起来，他搜集整理神话工作的范围，或者竟及于《山海经》，也是未可料定的。总之，以上所说三个人物，都是传说中中国神话最早的搜集者和整理者。

二、从孔子到刘向、刘歆（秀）父子

半个世纪以前，曾经有过这样一种说法，认为中国神话只存零星片断的原因，是因为孔子讲究的是修身、齐家、治国、平天下的一套实用的教训，上古荒唐神怪的传说，孔子和他的学生们都绝口不谈，因此后来神话在以儒家思想为正统的中国，不但未曾光大，反而又有散亡。这一说法曾经被记录在鲁迅《中国小说史略》第二篇“神话与传说”里。似乎孔子对中国神话的发展,起了严重的阻碍作用。拿今天的眼光来检查，这种说法，即使在某种程度上可以成立，但至少是很不全面的。

儒家的主导思想固然是重实际，轻玄想，这对神话的发展或有不利的影响,但也不可笼统一概而论。即如《论语·述而》所说“子不语怪、力、乱、神”这句话，长时期以来几乎成了孔子为人治学的定论，其实是孔门弟子片面的记录:“子不语怪、力、乱、神”，四个义项可以合并为“怪”这个义项。门人弟子的课堂记录说是“子不语怪”，见诸古籍记载的倒是孔子“语怪”之处最多。最显著的就是《国语·鲁语》所记孔子答客问讲述的禹诛防风氏那一段。禹诛防风氏，是禹神话的一个片断，孔子当众向人讲了，岂非说明孔子对神话怀有浓厚兴趣而随兴之所至传之播之吗?《国语》是和孔子同时而稍后的左丘明所作，这段记叙基本上应当被视为信史，不能说它是瞎编胡凑。这样看来孔子本人并没有阻碍神话的发展，实际上倒是在起着传播神话的作用。

《鲁语》所记孔子“语怪”的事，还有孔子对季桓子使者所说的“木石之怪，曰夔蝄蜽；水之怪，曰龙罔象；土之怪，曰羵羊”等，那就真是在“语怪”了。不过这类的“怪”，是传说中的精怪之类，仍属神话考察的范围。《鲁语》还记有孔子认出“有隼集陈侯之庭而死”所贯的楛矢是“肃慎氏之矢”，也略近于“语怪”，可以作为神话考察。一篇当中，所记孔子“语怪”，竟有三处之多。可见在当代，人们便把孔子视为博学能知一切怪异事物的人物了。

后世的人们又陆续传述了一些孔子“语怪”的故事。如《说苑·辩物》所记的“萍实”和“商羊”两个故事，《太平御览》卷九〇二引《韩诗外传》（今本无）所记的“玉羊”故事，《绎史》卷八六引《冲波传》所记的“九尾鸟”故事，等等，大约是把其他智者多闻的故事，也都搜集来安放在孔子身上，使孔子成为箭垛式的“语怪”人物。乃至胡应麟《少室山房笔丛》卷三十八称孔子为“索隐之宗”、“语怪之首”，虽系感愤之辞，实际的情况却也正是如此。后世儒家之徒对神话起过阻碍作用，但作为儒家祖师的孔子，却非但没有阻碍神话的发展，反倒在有意无意间传播宣扬了神话，起到帮助神话发展的作用。

孔子之后，对神话曾经有过研究的人，是汉代初年的司马迁。在他所著的《史记》中，就采用了一些神话材料，我们在第四章第四节中已经讲过了。

> 太史公曰：“《禹本纪》言：‘河出昆仑。昆仑其高二千五百余里，日月相避隐为光明也。其上有醴泉瑶池。’今自张骞使大夏之后也，穷河源，恶睹《本纪》所谓昆仑者乎？故言九州山川，《尚书》近之矣。至《禹本纪》、《山海经》所有怪物，余不敢言之也。”

这就是他研究过《禹本纪》、《山海经》这两部神话专著最直接的证据。《禹本纪》早已佚亡了，幸而他还替我们保存了一段如上所引的佚文，可以略窥其大概。从佚文所述，可知其书的内容确应属于神话传说，所以太史公将它和《山海经》同列。太史公读了《禹本纪》所述昆仑景象以后，再将“使大夏”、“穷河源”回来的张骞所见实际景象与之相较，因而发出“恶睹《本纪》所谓昆仑者乎”的疑问，戳穿了神话虚构的谎言（司马迁以为那是谎言）。最后从历史取材的角度出发，得出“至《禹本纪》、《山海经》所有怪物，余不敢言之也”这样的结论。作为一位历史学家，能将神话传说和历史区别开来，不让非历史的材料混入历史范围中，这是严谨求实的科学态度。然而由于“史公好奇”，还是把一些他爱而不能舍的神话传说材料，掺入他所著的书中，这和“余不敢言”的宣称，自然又是大相径庭的。在这方面，司马迁的情况有点和孔子类似，赖有这点内在的矛盾，所以哲学家的孔子和史学家的司马迁终于能突破局限，而对神话的发展，作出他们应有的贡献。

和司马迁同时而稍前，还有一个东方朔、一个董仲舒，据说对《山海经》也都有过研究。刘秀（歆）《上〈山海经〉表》说："孝武皇帝时，尝有献异鸟者，食之百物所不肯食。东方朔见之，言其鸟名，又言其所当食，如朔言。问朔何以知之，即《山海经》所出也。"至于这异鸟为何？刘秀（歆）并未明言，恐怕只是根据传说，连自己也不大弄得清楚。直到晋代郭璞《注〈山海经〉叙》才为之补充说："若乃东方生晓毕方之名，刘子政（向）辨盗械之尸。"而东汉王充《论衡·别通篇》所说又略有不同，说是："董仲舒睹重常之鸟，刘子政晓贰负之尸，皆见《山海经》。"贰负尸即盗械尸，这没有什么问题，我们下面就要讲到。独"董仲舒睹重常之鸟"和"东方生晓毕方之名"，人和鸟都是两叵事，可知其为传说，不足完全凭信，但也不能完全否认。我们只能说和司马迁同时代的这两个人，一个博学滑稽，一个好言灾异，都有熟知《山海经》的可能，所以才播为传说，彼此之间略有抵牾罢了。

真正对《山海经》有研究并对此书的整理作过贡献的，还要数西汉末年的刘向、刘歆父子。刘歆在建平初年更名刘秀，此时他对《山海经》的校勘整理工作已经完毕，在给汉哀帝刘欣上的表文中说——

> 孝宣帝时，击磻石于上郡，陷得石室，其中有反缚盗械人。时臣秀父向为谏议大夫，言此贰负之臣也。诏问何以知之，亦以《山海经》对。其文曰："贰负杀窫窳，帝乃梏之疏属之山，桎其右足，反缚两手。"上大惊。朝士由是多奇《山海经》者，文学大儒皆读学。

从表文中知道他的父亲刘向也与汉武帝时的东方朔一样，对《山海经》是非常熟悉的。所以才能根据《山海经》的记载，考察出当时发现的变怪景象。东方朔识异鸟的事可能是根据传闻，他父亲识贰负尸的事应当是实在的事。不过也许是由于当时采掘巨石时，偶然从古墓中发掘出一具遭受刑戮殉葬的奴隶尸身，恰和《山海经》记叙中贰负臣的情景相合，解答了这个当时无人能解的难题，"朝士由是多奇《山海经》者，文学大儒多读学”，引起了大家对《山海经》的重视，其实是对《山海经》神话的误会。

刘秀校录《山海经》，校录的是《五藏山经》、《海外（四）经》和《海内（四）经》三个部分，《荒经》以下五篇未校录，直到郭璞注《山海经》时，才收进了《荒经》以下五篇。刘秀《上〈山海经〉表》却说：“今定为十八篇。”郭璞收进了《荒经》以下五篇，还是十八篇，这是怎么一回事呢？关于这个问题，情况比较复杂，说来太费篇幅，可参考拙著《神话论文集·〈山海经〉写作的时地及篇目考》，这里不再多说。

总之刘秀校录《山海经》，在校录的过程中，就分出了篇目次第。然后作校勘记，将别本异文用“一曰”的字样附记在正文后面。《五藏山经》部分大约没有找到可以用作校勘的本子，因而这种工作就没有做。其余《海外（四）经》及《海内（四）经》都有“一曰”的校勘字样。试举数例如下——

长臂国在其东，捕鱼水中，两手各操一鱼。一曰在焦侥东，捕鱼海中。(《海外南经》)

女子国在巫咸北，两女子居，水周之。一曰居一门中。(《海外西经》)

黑齿国在其北，为人黑齿，食稻啖蛇。一赤一青，在其旁。一曰在竖亥北，为人黑首，食稻使蛇。其一蛇赤。(《海外东经》)

鬼国在贰负之尸北，为物人面而一目。一曰贰负神在其东，为物人面蛇身。(《海内北经》)

校勘记所举的别本异文，虽仅一两字之差，也使我们有所参考，丰富了神话材料的内容。尤其是最后一例，竟从别本异文中，得知贰负神的“人面蛇身”的形状，大可补原本记叙的漏略。这些都是非常可贵的，是刘秀研究整理《山海经》所作的具体贡献。

但他也有失误的地方。他最大的失误，就是由于过分重视此书，要将本来是“经历”含义的《山海经》尊为“经典”含义的《山海经》，在分出篇目的时候，篡改了《五藏山经》中的部分文字。具体的说就是将原来“南山”、“西山”……下加了“经”字，将原来的“南次二山”、“南次三山”……“西次二山”、“西次三山”……的“山”字，一律改为“经”字，成此不词之词（一经篡改，便成了《南山经》、《南次二经》、《南次三经》等），也非著书之体。其目的就是为了让此书和其他儒门诸经同列，用意虽好，却歪曲了古人著书的原貌。我在《山海经校注·海经新释》篇首注中已略有论述，这里也不详及。

至于说到刘秀对《山海经》的认识，那倒是简单明了，可以从他《上〈山海经〉表》一段话中见之——

> 《山海经》者，出于唐虞之际。昔洪水汪洋，漫衍中国，民人失据，崎岖（崎岖）于丘陵，巢于树木。鲧既无功，而帝尧使禹继之。禹乘四载，随山栞（刊）木，定高山大川。益与伯翳主驱禽兽，命山川，类草木，别水土。四岳佐之，以周四方，逮人迹之所希至，及舟舆之所罕到。内别五方之山，外分八方之海，纪其珍宝奇物，异方之所生，水土草木禽兽昆虫麟凤之所止，祯祥之所隐，及四海之外，绝域之国，殊类之人。禹别九州，任土所贡；而益等类物善恶，著《山海经》。皆圣贤之遗事，古文之著名者也。其事质明有信。

他相信《山海经》就是尧舜时代禹治洪水经历殊方异域所见的一切而与益共同笔之于书的。“其事质明有信”，这就是他对《山海经》经过考察以后下的结论：此书是远年的历史，并非神话；一切世间罕见之物，都是实有，切勿以虚诞目之。接着他就举了孝武帝时东方朔识异鸟和孝宣帝时他父亲辨贰负臣尸两个例子，以明《山海经》所言皆信而非妄。于是《山海经》就有了他在表文末尾所说的“奇可以考祯祥变怪之物，见远国异人之谣俗”这样两个功能，也就是他把此书当做纪实的书而寄予重望的所在。

三、王充《论衡》、王逸《楚辞章句》、应劭《风俗通义》

和西汉末年刘秀（歆）信神话为实有而持肯定态度相反，东汉初年的王充却因为反对当时盛行的谶纬迷信之说，把神话传说也都包括在里面，认为是“虚妄”的东西，而持否定态度。王充由于不相信神话传说，便在他所著的《论衡》一书中，对神话传说作了连篇累牍的辩驳，态度那么严肃认真，辩驳得那么费劲用力，这在今天的我们看来，诚然未免有点像西班牙作家塞万提斯笔下所写的堂·吉诃德和风磨战斗的情景，是以风磨为魔鬼，看错了对象。但却赖有他这严肃认真的辩驳，好些神话传说材料，经他引用，竟得以保存。于是他客观上又从扫荡神话的莽夫一变而为保卫神话的护法使者。关于此，我们在第五章第四节中已略有论述，现在只就他对神话传说的辩论，姑引两段，以见一斑——

图画之工，图雷之状，累累如连鼓之形。又图一人，若力士之容，谓之雷公，使之左手引连鼓，右手推椎，若击之状。其意以为雷声隆隆者，连鼓相扣击之音也；其魄然若敝裂者，椎所击之声也；其杀人也，引连鼓、推椎，并击之矣。世又信之，莫谓不然；如复原之，虚妄之象也。夫雷，非声则气也。声与气，安可推引而为连鼓之形乎？如审可推引，则是物也。相扣而音鸣者，非鼓即钟也。夫隆隆之声，鼓与？钟邪？如审是也，钟鼓而不空悬，须有簨簴，然后能安，然后能鸣。今钟鼓无所悬著，雷公之足无所蹈履，安得而为雷？……

传书或言：颜渊与孔子俱上鲁太山。孔子东南望，吴阊门外有系白马，引颜渊指以示之，曰：“若见吴阊门乎？”颜渊曰：“见之。”孔子曰：“门外何有？”曰：“有如系练之状。”孔子抚其目而正之，因与俱下。下而颜渊发白齿落，遂以病死。盖以精神不能若孔子，彊力自极，精华竭尽，故早夭死。世俗闻之，皆以为然，如实验之，殆虚言也。案《论语》之文，不见此言；考六经之传，亦无此语。夫颜渊能见千里之外，与圣人同，孔子诸子，何讳不言？盖人目之所见，不过十里，过此不见，非所明察，远也。传曰：太山之高巍然，去之百里，不见螺（埵块），远也。案鲁去吴，千有余里，使离朱望之，终不能见，况使颜渊，何能审之？……

所引两段的下面，还有许多辩驳，真是细致精微，现在看来，却未免累赘。前段所辩，在当时那种迷信虚妄的环境里，确实还能起到破除迷信的作用，后段引述的，不过是个传说故事，却也不惮用尽力气，进行辩驳，就未免觉得白费精力，多此一举。不过确实也赖有《论衡》的这类辩驳，才替我们保存了许多有关民俗学的、神话传说的、古书别本异文的……宝贵东西。例子很多，就不一一举出了。

东汉时代，王逸注《楚辞》，对神话研究也作出了应有的贡献。《楚辞·天问》一篇，虽是神话传说材料在诗歌方面的运用，但因好些材料是首见，且又极多，实在可以视为神话材料的汇编。不过因全系以最突兀的问语出之，章法奇崛，文义不次，就是汉代的人，自太史公而下，已多所不解。赖有王逸为之注释，叙中自称“今则稽之旧章，合之经传，以相发明，为之符验，章决句断，事事可晓，俾后学者永无疑焉”，一部分确实是做到了。如下面所举的三例——

羿焉彃日？乌焉解羽？王逸注：《淮南》言尧时十日并出，草木焦枯，尧命羿仰射十日，中其九日，日中九乌皆死，堕其羽翼，故留其一日也。彃一作弹，一作毙。

（羿）胡射夫河伯而妻彼雒嫔？王逸注：胡，何也；雒嫔，水神，谓宓妃也。传曰：河伯化为白龙，游于水旁，羿见射之，眇其左目。河伯上诉天帝，曰：“为我杀羿。”天帝曰：“尔何故得见射？”河伯曰：“我时化为白龙出游。”天帝曰：“使汝深守神灵，羿何从得犯汝？今为虫兽，当为人所射，固其宜也，羿何罪欤？”深一作保。羿又梦与雒水神宓妃交接也。一本胡下有羿字。射一作射。

鳌戴山抃，何以安之？王逸注：鳌，大龟也；击手曰抃。《列仙传》

曰：有巨灵之鳌，背负蓬莱之山，而抃舞戏沧海之中，独何以安之乎？戴一作载。

羿弹乌解羽、射河伯妻雒嫔及鳌戴山抃三事均《天问》首见，王逸各引书传以释之，遂各俱晓然明白，而所引的书传，或为今本所无，或是首见的神话材料，这就是他注释《天问》为我们作出的贡献。类乎以上所举的例子还有一些，但也并不太多。比较多的还是些不能作出正确解释的无据的臆说。《天问》一篇，确实难解，至今许多问题，还是聚讼纷纷，未有定论，因此我们也不能苛责古人。王逸能以神话解释神话，就是他在神话研究上突出于前人的地方。

汉末应劭的《风俗通义》对神话也有过一些研究，却是从民俗学的角度来看待神话的。例如《祀典第八·祖》说——

谨按：《礼传》："共工之子曰修，好远游，舟车所至，足迹所达，靡不穷览，故祀以为祖神。"祖者，徂也。《诗》云："韩侯出祖，清酒百壶。"《左氏传》："襄公将适楚，梦周公祖而遣之。"是其事也。《诗》云："吉日庚午。"汉家盛于午，故以午祖也。

这就把共工之子修为祖神的"祖"，作为"徂（往）"的涵义解释得非常明白。又如《怪神第九·鲍君神》说——

谨案：汝南鲖阳有于田得麏者，其主未往取也，商车十余经泽中，行望见此麏著绳，因持去。念其不事，持一鲍鱼置其处。有顷，其主往，不见所得麏，反见鲍君。泽中非人道路，怪其如是，大以为神。转相告语，治病求符，多有效验。因为起祀舍，众巫数十，帷帐钟鼓，方数百里，皆来祷祀，号鲍君神。其后数年，鲍鱼主来，历祠下，寻问其故。曰："此我鱼也，当有何神？"堂上取之，遂从此坏。传曰："物之所聚，斯有神。"言人共奖成之耳。

这一段也把某些神的成因叙写得极其明白。接着下面“李君神”和“石贤士神”两段，情况也大略相同。民间奉祀的神中，常有这类以极平常的事物，因偶然的机遇便成了神的。尝见宋人笔记中有“草鞋大王”这样的神，那是因为行人息古道树下，戏以穿旧了的草鞋抛挂树枝，久之积千百緉，又有人刮去树皮，戏书“草鞋大王”四字于树上，不久这里就真立了四柱小庙，三年以后，又改建大庙，祠宇壮丽，备极灵盛。这岂不是《风俗通义》所说的“物之所聚，斯有神”、“人共奖成之”的缘故么？这类记叙，不仅在当时说来，对于破除陋俗迷信，大有好处，即使对后世研究神话的我们，对于了解某些民间神话产生的原因，也是极富启示性的。

清卢文弨《群书拾补》所辑《风俗通逸文》中，有女娲抟土造人神话和李冰斗犀神话，我们在第五章第五节中，已有引述，便不重复。值得注意的是，女娲抟土造人神话末有“故富贵者黄土人，贫残凡庸者絚人也”二语，就是从民俗学的观点来看待这一神话的。不过这种民俗，是打上了封建社会思想意识烙印的民俗，是民俗的糟粕，而作者却肯定了它。这个肯定却是应该否定的。又有李冰斗犀神话，末尾有“蜀人慕其气决，凡壮健者，因名冰儿”语，这也反映了另一种民俗。这个民俗却是好的，完全应该肯定，作者的态度也该予以肯定。

《风俗通逸文》所引述的神话传说，大都涉及民俗，例如上章第六节记叙的公输般见水上蠡（螺）而制门户铺首的传说就是。再举两个例子——

> 俗说，高祖与项羽战，败于京索间，遁丛薄中。羽追求之。时鸠正鸣其上，追者以为必无人，遂得脱。及即位，异此鸟，故作鸠杖以赐老人也。
>
> 雷不作酱，俗说，令人腹内雷鸣。谨案：子路感雷精而生，尚刚好勇。死，卫人醢之；孔子覆醢，每闻雷，心恻怛耳。

从民俗学的观点看待古代神话传说，这就是《风俗通义》一书的特色。其所解释，大都恰当；但也偶有未妥的地方，如《风俗通逸文》中的下面一例——

> 禹入裸国，欣起而解裳。俗说：禹治洪水，乃播入裸国；君子入俗，不改其恒，于是欣然而解裳也。原其所以，当言皆裳。裸国，今吴郡是也，被发文身，裸以为饰，盖正朔所不及也，猥见大圣之君，悦禹文德，欣然皆著衣裳也。

禹入裸国解裳的传说，早见于《吕氏春秋·贵因篇》："禹之裸国，裸入衣出，因也。"又见于《战国策·赵策》："禹袒入裸国。"原是古有成说，记载明白的。禹能随方就俗，正是禹的"文德"；这里却要强把"解裳"用谐音释为"皆裳"，说裸国之民见了"大圣之君"的禹，"欣然皆著衣裳"，真是本末倒置，曲说无当了。

四、郭璞《山海经注》

继刘秀（歆）校录《山海经》而后，西晋初年的郭璞又将此书全部加以注释，并收进了《荒经》以下五篇，这就是他对这部神话古籍所作的最大贡献。他注释本书的目的，在他的《注〈山海经〉叙》中说得很明白："盖此书跨世七代，历载三千，虽暂显于汉而寻亦寝废。其山川名号，所在多有舛谬，与今不同，师训莫传，遂将湮泯。道之所存，俗之所丧，悲夫！余有惧焉，故为之创传，疏其壅阂，辟其茀芜，领其玄致，标其洞涉。庶几令逸文不坠于世，奇言不绝于今，夏后之迹，靡栞（刊）于将来，有闻于后裔，不亦可乎。"郭璞为此书作注的最大缘由，就是此书"暂显于汉而寻亦寝废"，怕它"湮泯"，所以才"为之创传"。注意"创传"二字，《山海经》有注，确实是从郭璞开始的；郭璞之前，未有闻焉。[1]

他对《山海经》中神话传说所持的态度，完全和首次校录《山海经》的刘秀一样，是信书中所述皆为实有的。这在他的《叙》中，表露得很是明白："世之览《山海经》者，皆以其宏诞迂夸，多奇怪俶傥之言，莫不疑焉。尝试论之曰，庄生有云：'人之所知，莫若其所不知。'吾于《山海经》见之矣。夫以宇宙之寥廓，群生之纷纭，阴阳之煦蒸，万殊之区分，精气浑淆，自相濆薄，游魂灵怪，触象而构，流形于山川，丽状于木石者，恶可胜言乎？……阳火出于冰水，阴鼠生于炎山，而俗之论者，莫之或怪。及谈《山海经》所载，而咸怪之，是不怪所可怪而怪所不可怪也。不怪所可怪，则几于无怪矣；怪所不可怪，则未始有可怪也。"总之一句话，司马迁"不敢言"的"《山海经》所有怪物"，都是实有的东西，并不可怪，并且以他的"不敢言"，为"悲"。接着举了后世许多人见怪识怪的例子："若乃东方生晓毕方之名，刘子政辨盗械之尸，王颀访两面之客，海民获长臂之衣"等，认为是"精验潜效，绝代县符"：怪物不仅见于古书记载，后世也陆续有所发现。这比刘秀《上〈山海经〉表》的口气，更是深信不疑。

郭璞信神话为实有，这是魏晋六朝时代一般人的思想观念，非独郭璞个人为然，我们不能以今天的眼光苛求古人。而郭璞注释《山海经》，却有明显可见的两大功绩。一是郭璞以前，无人注释，郭璞有首创之功。二是《荒经》以下五篇，是原先刘秀校录《山海经》时所未收的，郭璞将它们收入进来。第二项功绩更是重大。毕沅《山海经新校正·大荒东经》下按语云："郭注本目录下有云：'《海内经》及《大荒经》本皆进在外。'案此经末又无建中校进款识，又不在《艺文志》十三篇之数。惟秀奏云，今定为十八篇。详此经文，亦多是释《海外经》诸篇，疑即秀等所述也。"毕沅这个论断是错误的。首先，《荒经》以下五篇，是未经整理、刘秀时"进

① 清郝懿行《〈山海经笺疏〉序》说："郭注《南山经》两引'璨曰'，其注《南荒经》'昆吾之师'又引《音义》云云，是必郭以前音训注解人。"是的，郭璞以前可能已有人对此书作过零星诠释，但全面、系统地注释此书，仍当首推郭璞；他自说"为之创传"，是完全可以相信的。

在外”或“逸在外”的古经，不是“秀等所述”，“秀等”也绝“述”不出这样的经文。其次，它也不是“释《海外经》诸篇”，它里面包含有许多极重要的神话传说材料，尤其是有不少关于帝俊的神话，《海外经》诸篇只字俱无，如何能谓之为“释”。总之刘秀时未被收录的这部分古经终于被郭璞收录进来了，这项功绩，比他注释《山海经》的功绩还要大数倍。

说到郭璞注释《山海经》，虽然注文字数不多，据郝懿行统计，全经经文三万零八百二十五字，注文才二万零三百八十三字，较之经文，还少一万零四百四十二字，但郭璞在注文中，却表现出后来注家难于具有的好些特色。概括说来，有以下三项。

一是在注中引用若干佚亡古书所载的神话传说。例如——

《大荒东经》:“王亥托于有易、河伯仆牛，有易杀王亥，取仆牛。”注:“《竹书》曰:‘殷王子亥宾于有易而淫焉，有易之君緜臣杀而放之。’殷主（上）甲微假师于河伯以伐有易，灭之，遂杀其君緜臣也。”

《海内经》:“洪水滔天。鲧窃帝之息壤，以堙洪水。”注:“《开筮》（《归藏·启筮》）曰:‘滔滔洪水，无所止极，伯鲧乃以息石息壤，以填洪水。’”

二是在注中引用作者当代所闻的神话传说。例如——

《海外南经》:“长臂国在其东，捕鱼水中，两手各操一鱼。”注:“旧说云，其人手下垂至地。魏黄初中，玄菟太守王颀讨高勾丽王宫，穷追之，过沃沮国。其东界临大海，近日之所出。问其耆老，海东复有人否。云尝在海中，得一布褐，身如中人，衣两袖长三丈，即此长臂人衣也。”

《海外西经》:“丈夫国在维鸟北，其为人衣冠带剑。”注:“殷帝太戊使王孟采药，从西王母至此绝粮，不能进。食木实，衣木皮。终身无妻，而生二子，从形中出，其父即死，是为丈夫民。”

三是在注中记述了作者所见的古《山海经》图。我们知道《山海经》在古代是图文并重的,《海经》部分，似乎还以图为主，文字不过是图画的说明。所以陶潜诗有:“流观山海图”这样的语句。但是古图佚亡不可得见，幸从郭璞的注文中还可想见其大概。如《海外南经》羽民国，注云:“画似仙人也。”讙头国，注云:“画亦似仙人乜。”厌火国，注云:“画似猕猴而黑色。”（狄山）离朱，注云:“木名也，见《庄子》;今图作赤鸟。”注中的“木名”，当是“人名”之讹;“见《主子》”者,《庄子·天地篇》所记黄帝失玄珠神话有离朱其人;“今图作赤鸟”者，是把离朱又当作了日中的神禽。《北山经》谯明山孟槐，注云:“亦在畏兽画中。”得此一语，使我们知道《山经》古图中的奇禽异兽，其格局和我们如今所见的吴任臣本《山海经》图还是比较相近的,是分类汇编的。《海内西经》“冰夷人面，乘两龙”，注云:“画四面各乘灵车，驾二龙。”郝懿行以为“灵车”当是“云车”之伪。照郭注推想起来:既然“四面各乘云车、驾二龙”，就应当是四车八龙而冰夷居中了。总以上诸注所述古图的情况,不管怎祥，都是值得我们参考研究的。

郭璞注释《山海经》,抱着一种诚恳老实的态度,注中常见有“未详”、“所未详也”字样,开注家注书的生面。如《西次二经》“钤而不糈”,注云:“钤,所用祭器名,所未详也。”《中次十一经》“倚帝之山……鼣鼠”,注云:“《尔雅》说鼠有十三种，中有此鼠，形所未详也。”《海内西经》“开明南有……鸟秩树”，注云:“木名，未详。”《大荒东经》“有五彩之鸟，相向弃沙”，注云:“未闻沙义。”同经“惟帝俊下友”．注云:“亦未闻也。”这种严谨不苟的治学态度，是值得我们学习的。

郭璞《山海经》注，大体精当，也小有未谐。如《海外西经》“群巫所从上下”,郭注云:“采药往来。”其实“上下”是“上下于天”,下宣神旨，上达民情之意;“采药”特其余事耳。又如《大荒南经》“羲和者,帝俊之妻，生十日”，明明就是羲和生了十个太阳，郭注却云:“言生十子各以日名名之,故言生十日,（日）数十也。”欲以人事现象释神话，自然是迂阔无当。

还有少数注文，硬要把老庄思想的哲理玄谈渗入其中，以展示作者对神灵变怪的理解。如《海外北经》的夸父逐日，郭璞注云:“夸父者，盖神人之名也；其能及日景而倾河渭，岂以走饮哉，寄用于走饮耳。几乎不疾而速，不行而至者矣。此以一体为万殊，存亡代谢，寄邓林而遁形，恶得寻其灵化哉！”《海内北经》的王子夜（亥）尸，郭注云“此盖形解而神连，貌乖而气合，合不为密，离不为疏。”此等处理，就真有点像在梦呓，于理解神话，毫无助益，不过是作者在那里浪费纸墨罢了。

五、陶潜《读山海经》、刘勰《文心雕龙》

晋代大诗人陶潜有《读山海经》诗十三首，表现了作者对《山海经》和《穆天子传》二书的理解和认识,这是用诗体来作为二书神话的述评的，含有研究的性质，所以我们把它列在“神话研究史”这个章节来论述。

陶潜《读山海经》诗十三首，第一首是序诗，写他在“孟夏草木长，绕屋树扶疏”、“微雨从东来，好风与之俱”的时候，读《山海经》和《穆天子传》这两部书的快乐:“泛览周王传，流观《山海图》，俯仰终宇宙，不乐复何如。”值得注意的是他读此二书的态度，是“泛览”，是“流观”，既不像司马迁那样“余不敢言”，疑而畏之;也不像刘秀（歆）、郭璞那样，信而崇之，看他那潇洒自如、心领神会的光景，就知道他确实是将二书所述，当做神话传说，从文学艺术的审美角度来欣赏它们的。对于正确理解二书的精神，陶潜所持的这种态度，较之与他同时代的人，无疑是有长足进步的。

《读山海经》诗第二首至第八首，都是结合《山海经》、《穆天子传》所叙，描绘并表述了一些神仙不死的情况与思想。清代何焯说:“安溪先生云，公崇尚六经，绝口仙释，而且超然于生死之际，乃为《读山海经》数章，颇言天外事，盖托意寓言，屈原《天问》、《远游》之类也。”正是这样，这不过是陶渊明因二书偶然寄情，并非执著的追求。试看下面咏三青鸟一诗，便可了然——

翩翩三青鸟，毛色奇可怜。朝为王母使，暮归三危山。我欲因此鸟，具向王母言：在世无所须，惟酒与长年。

向王母乞寿，是从古以来世人一般的习俗，“羿请不死之药于西王母”已肇其端，而向王母乞酒，则古今只有陶渊明一人，末二语表现了作者特殊的韵调和风致，惟陶渊明始能出之。陶渊明《挽歌诗》说：“但恨在世时，饮酒不得足。”他之向王母祈长年者，也不过是为了多饮几杯酒罢了。所表现的略无修仙慕道之心，而有玩世诙谐之意，这正是一个达观的文学家对神话传说表现的会心精神。这种精神是和他同时代的郭璞、阮籍等都没有能够达到的。

陶潜《读山海经》诗述评神话的部分在后面五首，尤其从第九、第十两首中，见到他对神话认识的深刻——

夸父诞宏志，乃与日竞走。俱至虞渊下，似若无胜负。神力既殊妙，倾河焉足有。余迹寄邓林，功竟在身后。

精卫衔微木，将以填沧海。刑天舞干戚，猛志固常在。同物既无虑，化去不复悔。徒设在昔心，良辰讵可待。

从这两首诗中，《山海经》里的几个重要神人：夸父、精卫、刑天的精神都充分表现出来了。鲁迅在《〈题未定〉草六》[①]中说：“就是（陶渊明的）诗，除论客所佩服的‘悠然见南山’之外，也还有‘……猛志固常在’之类的‘金刚怒目’式，在证明着他并非整天整夜的飘飘然。”是很中肯的。王应麟《困学纪闻》说：“陶靖节之《读山海经》，犹屈子之赋《远游》也，精卫刑天云云，悲痛之深，可为流涕。”也是能深知陶渊明者。陶渊明有闲适恬淡的一面，但也有慷慨激昂赞美斗争精神的另一面，而这另一面恐怕还是他更主要的一面。能写出精卫、刑天以及《咏荆轲》等这样的诗句，才能有“不为五斗米折腰”这样的精神。总之，从《读山海经》诗，

① 见《且介亭杂文二集》。

见到他对神话是有较深刻的认识的，非独以“怪”视之而已。

用诗体的形式来表述对神话的研究的，除晋代陶渊明外，还有唐代的柳宗元，这里也附带谈谈。柳宗元的《天对》，见《柳河东集》第十四卷，就是用和《天问》近似的四言诗体形式来“对”《天问》之所问的，从中表现了他对《天问》所提神话传说问题的理解。《天问》一问，《天对》一答。然而非常遗憾，从《天对》中，我们发现这位具有法家思想的文人学者，是根本不理解也不赞成神话传说的。

最明显的例子，就是《天问》问：“羿焉弹日？乌焉解羽？”王逸注：“尧时十日并出，草木焦枯，尧令羿仰射十日，中其九日，堕其羽翼，故留其一日也。”王逸的注释完全是正确的，《天问》所问，正是此意。而柳宗元《天对》解答却说：“焉有十日，其火百物；羿宜炭赫厥体，胡庸以支屈。”“支屈”是射箭的姿式，凡射必支左屈右。对语的大意就是：哪里有什么十个太阳，如果有，凡百物事都会燃烧起来，羿也会在大火中被烧成焦炭，还容许他支左屈右地从容射箭吗？这种以现实事物衡量神话真伪的观点和东汉时代王充《论衡》的观点简直没有两样。又如《天问》的“应龙何画？河海何历？”王逸注：“或曰，禹治洪水时，有神龙以尾画地，导水所注，当决者，因而治之也。”王逸注所引的民间传说，也正是此问的确解。可是《天对》不赞成王逸之说，又别出心裁地解答云：“胡圣为不足，反谋龙智；畚锸究勤，而欺画厥尾。”这比《尚书》的语言还要诘屈聱牙，翻译出来，大意就是：难道禹的圣不够，还去谋求龙的智慧；畚锸竟限制了勤劳，还要期望龙的尾巴去画地。总之一句话，就是不相信神话。用这样的态度来对答《天问》所提的问题，可说全是答非所问。

《天问》所提有关神话传说的问题，就在屈原时代，部分已经开始沉湮了，恐怕就连屈原，也不能完全解答。后世这种情况自然更甚。加以或有文字的伪挩、脱简、错简等问题，更难凭后人的臆想予以解答。屈原《天问》，虽然是借用神话题材以抒愤懑，但屈原是赞成神话的，这一点自无疑问。而柳宗元的《天对》，基本上否定了神话，这和屈原词赋的全部精神都是背道而驰的，如何能回答《天问》之问呢？所以《天对》一文，虽然载在柳宗元文集，也竟很少被人提起，湮而不彰，除了文字过于晦涩而外，这也是一个重要的原因。

不过因他作《天对》，《天问》全文也附在上面，给我们提供了一篇唐代柳宗元所见的古本《天问》全文，这对于我们研究《天问》，在文字校勘方面是颇有帮助的。这算是《天对》一文的副产品。这个副产品所起的作用，大大超过了柳宗元的正式产品。

正式评述文章流变、涉及神话研究、作为中国第一部文艺理论书而出现的，有六朝梁刘勰的《文心雕龙》。刘勰是代表儒家正统思想的文艺理论家，他在文艺理论研究上，自然有他一定的贡献。最值得称赞的，就是他把中国文艺理论系统化了，虽然这种系统还有若干罅漏和问题。这里不是谈他的全部文艺理论，只是大略谈谈他对"异乎经典"的神话所持的态度。他在《辨骚篇》里举了屈原词赋"同于风雅"者四事；又举了"异乎经典"者四事，后二事与神话无关，前二事直接关系到神话——

> 若夫托云龙，说迂怪，丰隆求宓妃，鸩鸟媒娀女，诡异之辞也。康回倾地，夷羿弹日，木夫九首，土伯三目，谲怪之谈也。

前一事所举数例还可说是神话材料的运用，是屈原借神话人物设辞取譬，作者称它们是"诡异之辞"；后一事所举数例完全是神话本身了，而作者却称它们是"谲怪之谈"：从"诡异"、"谲怪"这样的用语，可见作者对神话颇有贬低的意味。

如若不信，请再看《诸子篇》所说——

> 若乃汤之问棘，云蚊睫有雷霆之声；惠施对梁王，云蜗角有伏尸之战；《列子》有移山跨海之谈；《淮南》有倾天折地之说：此踳驳之类也。是以世疾诸（子），混洞虚诞。按《归藏》之经，大明迂怪，乃称羿毙十日，嫦娥奔月。殷汤（易）如兹，况诸子乎？

蚊睫雷霆，见《列子·汤问篇》；蜗角伏尸，见《庄子·则阳篇》；《列子》移山跨海，是《汤问篇》的愚公移山、龙伯大人跨海；《淮南》倾天折地，是《天文篇》的共工触山：都是瑰丽宏伟的神话或神话性质的寓言，而作者斥之为“踳驳（驳杂不纯）之类”。后面虽以《归藏》亦载“羿毙十日，嫦娥奔月”等“大明迂怪”的事为诸子开脱，作者对这类“踳驳”的东西的不满之意，表现得相当明白。

有的同志认为作者并不反对神话，那是不大符合事实的；贬抑不满，就有反对之意。作者不反对的，只是某些貌似神话的东西在文学上的运用。《正纬篇》说——

> 若乃羲、农、轩、皞之源，山渎钟律之要，白鱼赤乌之符，黄金紫玉之瑞，事丰奇伟，辞富膏腴，无益经典而有助文章。是以后来辞人，采摭英华。

这些出自纬书里的貌似神话的东西，如“白鱼赤乌之符，黄金紫玉之瑞”等，其实多半是符合统治者需要的伪神话，作者反以赞赏的口吻称它们是“事丰奇伟，辞富膏腴”，认为这些虽“无益经典而有助文章，是以后来辞人，采摭英华”。作者比较肯定的还是这些货色，其儒家正统思想灼然可见。虽说后面几句话大约也可适用于《辨骚篇》及《诸子篇》中所举的那些真正的神话，但作者对那些真正神话的评语却是“诡异”、“谲怪”、“踳驳”，岂不说明作者所持的态度了吗？作者对神话所持的态度，就是轻视、贬抑；这和作者在全书中未对当时已经逐渐发展起来的小说（尤其是已经成为魏晋六朝小说主流的志怪小说）只字未加评述所持的态度是一样的。这两件事便是作为文艺理论家的刘勰局限性的最显著表现。至于他把曾经写过《读山海经》诗十三首的大诗人陶潜也完全放在视野之外，倒对一些作颂赞铭箴的三四流作家滔滔不已地论述，那又在其次了。

第十五章

中国神话研究史（下）

一、罗泌《路史》

隋唐五代，对中国神话研究来说，除前面所举柳宗元的《天对》略有关涉外，几乎可以说是一片空白。直到南宋初年，罗泌作《路史》，又才把神话研究这条线路继续起来。罗泌生平不详，只知道他字长源，卢陵人，卢陵就是现在江西省吉安县，和宋代大文学家欧阳修生于同地。他在《路史》书成时写了一篇序，末署“乾道龙集庚寅亚岁”，乾道庚寅是宋孝宗乾道六年，即公元一一七〇年，假定这书是在他五十岁时成书，往上推五十年，那么他的生年该在宋徽宗宣和三年，即公元一一二一年，故说他是南宋初年的人。关于《路史》，我们在第一章第一节中已略有论述，那是说他将许多神话传说材料转化为历史，扩大了人们对历史探讨的视野，足为“史影”；对神话的研究探讨，也有一定的帮助。现在再具体谈谈他是怎样对待神话传说，又是怎样将神话传说转化为历史的。

先抄一段《路史序》中他自己的话来看看——

或曰古今异道，古之不可施于今，犹爥（烛）之不可用于旦也。吁，亦庐臧爨获蒙蒙亡志者之屏见尔。道一而已，惟精惟一，允厥执中。自伏羲以来，炎、黄、小颢（少昊）、颛（颛顼）、喾（帝喾）、陶唐、姚虞、伯禹，俱以是传；以今并之，虽前乎千万载，稽符合节，是旦莫之辙也。风（风后）、容（容成）、夔、皋（皋陶）之徒，英灵犹在，后虽殊世，风烈犹合于时，方其所表见，可得而言矣，曷古今之异哉。

上面所举的那么多人物，或圣主，或贤臣，在我们看来，他们都是神话传说人物，和后来历史有明确记载的秦始皇、汉武帝、蒙恬、李斯、霍去病、董仲舒等自然应该有所区别。然而，在《路史》作者罗泌看来，这种观点，不过是看门烧火的奴仆“蒙蒙亡（无）志者之屏见尔”，“曷古今之异哉”。说得明白点，就是在罗泌的眼光里，神话传说人物和历史人物是一视同仁地被对待的。因而他做转化神话传说为历史的这种工作就相当方便了。他把许多神话传说材料，当做历史材料看待，“五纬百家”之书，“山经道书”之言，被他拿过来，加以整齐排比，去其和历史过于径庭的神话因素，代以比较雅驯的古典叙写，这就转化成功了。例如女娲补天一段神话，我们看他是怎样将它转化为历史的——

太昊氏衰，共工惟始作乱，振滔洪水，以祸天下。隳天纲，绝地纪，覆中冀，人不堪命。于是女皇氏役其神力，以与共工氏较，灭共工氏而迁之。然后四极正，冀州宁，地平天成，万民复生。女娲氏乃立号曰女皇氏。

就是这么简单。他把女娲补天、共工触山两段神话拼合起来，写成这么一段“共工振滔洪水”、女娲“役其神力”、“灭共工氏而迁之”的历史。然而在这段历史中，我们还能看见，共工尚能“振滔洪水”，女娲还有“神力”可“役”，他们虽被转化成了历史人物，身上的神性其实都还蜕而未尽。他不相信女娲有“补天”之事，他在《女娲补天说》（见《发挥一》）一文里把神话所传的共工触山和女娲补天都做了历史性的解释，并且明确地说：“共工氏，太昊之世国侯也；及太昊之末，乃恣睢而跋扈，以乱天下，自谓水德，为水纪。其称乱也，盖在冀土，故传有女娲济冀州而冀州平之说。”把神话性质的东西全部否定了。然而在实际运用这些材料的时候，又不免还露出如上所述的一些马脚来。当然，这类神话材料的马脚，杂糅在历史叙写中，是触处可见的。例如《后纪七》写小昊（少昊）：“其即位也，五凤适至而乙（燕）遗书，故为鸟纪、鸟师而鸟名。”写伯益：“伯翳、大费[①]能驯鸟兽，知其话言，以服事虞夏。”《后纪九》写帝喾：“帝喾高辛氏姬姓，曰喾，一曰逡……父侨极，取陈丰氏曰裒，履大迹而㑥生喾。方喾之生，握裒莫觉。生而神异，自言其名，遂以名。”《后纪十》写帝尧：“（尧）于是泽兵称旅，屠长它于洞庭，射十日，缴大风于青丘，杀窫窳，禽封豕于桑林，乃诛凿齿于畴华之野，戮九婴于凶水之上，而后万民复生，四方同尘，夷夏广狭险易远近始复道里。”等等。最后一例虽然其子罗苹在注中说：“羲和君之子曰十日……大风、九婴等皆当时凶顽贪婪者之号，如梼杌、饕餮之类。”然而一望而知其为强辞夺理，决不能掩盖其神话的本貌。

《路史》作者见到的古书很多，取材非常驳杂，把许多各不相干的东西糅在一起，排比整齐，而成历史。这种历史，当然并非信史。不过从神话研究的角度看，此书也还是给我们提供了一些探讨追寻神话踪迹的线索。如《后纪三》说：“（炎帝）乃命刑天作扶犁之乐，制丰年之咏。”这个“邢天”就可以和《山海经·海外西经》所记的“操干戚以舞”的刑天结合起来进行考察。再如《后纪四·蚩尤传》说：“（黄帝）传战执尤于中冀而殊之，爰谓之解。”也可以和沈括《梦溪笔谈》卷三记的“解州盐泽，卤色正赤，俚俗谓之蚩尤血”结合起来进行考察，等等。至于罗苹在注中直接引述的若干神话传说材料之足供参考那就更不用说了。总之罗氏父子虽意在创作一部前此未有的史前古代史，是否成功姑且不论，其于神话研究作出的贡献还是不可磨灭的。

附在《路史》后面的，还有作者罗泌所作的有关文史的札记论文若干篇，分别收集在《余论》十卷和《发挥》六卷里，从中也可看出作者对神话传说所持的态度。其所持态度大要无非三端：一则或疑而辟之，一则或信而证之，此外则或以人事现象释之。

例如《发挥二·论槃瓠之妄》就对黄闵《武陵记》所记的“槃瓠行迹”、

① 《史记·秦本纪》以为伯翳、大费是一人，即伯益。

狗形石像之类提出怀疑，认为“槃瓠妻帝之女，乃生六男六女”的神话传说是“诞妄”。推其本源，当始于《伯益经》(《山海经》）所记“下明生白犬”，以为这就是“蛮人之祖”。但作者又辟以“白犬”为犬的妄说，道:“下明黄帝氏之曾孙也，白犬者乃其子之名，盖若后世之乌䰕、犬子、豹奴、虎狆云者，非狗犬也。”总之，作者认定《山海经》所记的“白犬”是人的名字而非狗，一切从此产生的附会都是妄说。因而槃瓠神话是不可信的。

但他对《山海经》所记的“洪水滔天，鲧窃帝之息壤以堙洪水”的“息壤”又信为实有，在《余论十·息壤》里举出多种例证以证成之：一、“汉元帝时临滁地涌六里，崇二丈所”；二、“（汉）哀帝之世无盐危山土起覆章，如驰道状”；三、“江陵之壤，缫镇水旱”；四、“王子融修臧丙之事，雷雨骤集”[①]；五、“柳子所言龙兴寺地”[②]。以上五例，作者都明确地认为“天地之间，自多有此”。这无疑便相信了“鲧窃息壤”那段神话是真有其事。对十日神话也是如此，在同卷《十日》文中，对《山海经》所记的“十日居于阳谷，在黑齿之北，一日居上枝，九日居下枝”，也采取了信而存之的态度。不过对它们的解释是“次以甲乙，迭运中土，君有失道，则两日并斗，三日出争，以至十日并出，大乱之道”。认为“十日”是天对失道之君所示的儆惩。但他似乎又忘了他曾经写在《后纪十》“（尧）于是泽兵称旅……射十日”的文章，“十日”在那里是被视作“羲和君之子曰十日”（罗苹注）的。

另对有些神话传说，既不辩驳，也不赞同，却采取了以人事现象释之的态度。如《发挥二·共工水害》就对《淮南子》所记的“舜时共工棖滔洪水，以薄空桑”神话，释为“梁武帝作浮山堰，堰淮以灌寿阳，寿阳之都，一夕为鱼。共工之事，不过于此矣。……隳高堙埤，以乱天下，其欲不亡，得乎”。

总之，作者对神话传说采取的态度，不管是信也好，疑也好，或另

① 这是宋时一段类似息壤的异闻。

② 《柳河东集》有《龙兴寺息壤记》。

作解释也好，其没有能够真正理解神话传说则一。这是由于作者既不能用科学的眼光去探讨神话传说的成因，又不能用文学艺术的心情去欣赏神话传说的美感，被笼罩在神话传说的雾氛中不能超拔出来，看不见它的庐山真面目，虽然也偶有一得之见（如认为《山海经》"卞明生白犬"是槃瓠神话的本源等），但对整个神话研究说来，罗泌是处在研究的门限之外的。古代学者研究神话，一般都有理解不深的局限，自然不能苛求曾经在这方面有过一定贡献的罗泌。

较罗泌《路史》成书时期晚十年，宋淳熙七年（公元一一八〇年），又有一个不太知名的学者和诗人尤袤，搜集了十几种《山海经》本子，"参校得失"、"稍无舛讹"（尤袤跋语），最后缮写出来，以"池阳郡斋"的名义刻印行世。这个本子后来成了许多《山海经》本子取资考校的祖本，颇见重于士林。现在这部书的原刻还保存在北京图书馆善本书室[①]，这就是尤袤对此书的传播所作的重大贡献。至于说到研究，他虽然没有作更深入的探讨，但从他为此书所写的题识中，也可见他有一定的正确认识。开头他便说——

> 《山海经》十八篇，世云夏禹为之，非也。其间或援启及有穷后羿之事。汉儒云翳为之，亦非也。然屈原《离骚经》多摘取其事，则其为先秦书不疑也。

这个论断今天看来还是比较难能可贵的。但接下去他又说："是书所言多荒忽诞谩，若不可信，故世君子以为六合之外，圣人之所不论。以予观之，则亦无足疑也。"却在"疑"、"信"两种态度上，把问题岔到了一边。尤袤所持的态度，是接近刘秀和郭璞的，所以说"无足疑"。从今天我们的眼光来看，不管疑神话为"荒忽诞谩"也好，信神话为实有也好，都不算是已经找到了打开神话宝库之门的钥匙。但是大多数古人，却往往只好在这两种态度之间徘徊。这是因为起着穿透力量的科学的光辉，

① 此书已于1983年由中华书局照原本影印出版，一函三册。

还没有照彻他们的头脑的缘故。如果定要在二者之间判分优劣，我想毋宁取信为实有的一种，因为持这种态度的人，多因信而敬之爱之，对保存发扬神话能起到积极的作用。刘秀、郭璞校注、尤袤校刻《山海经》，就是很好的说明。

二、胡应麟《少室山房笔丛》

罗泌之后对神话有研究的，不能不推明代著《少室山房笔丛》的胡元瑞（应麟）了。今所见二十卷本《搜神记》，据近人考证，便是胡氏从《法苑珠林》、《太平广记》等书辑录而成的。《四库全书总目提要》撰写时虽尚未能探知辑者是谁，但还是说："辑此书者，则多见古籍，颇明体例，故其文斐然可观。非细核之，不能辨耳。"足见胡氏辑录此书，确实是费了一番心力。此书于保存古代民间神话传说，特多贡献。这贡献当然首推晋代搜集整理者干宝。但三十卷原本《搜神记》早在宋代便已佚亡了。现在全靠这二十卷的辑录本，才能略见原书大貌。这不能不感谢胡氏的辛苦努力，而这也便是他在神话研究上继干宝之后作出的重要贡献。

胡氏对神话的研究，首从《山海经》开始。《少室山房笔丛》卷三十二说——

> 《山海经》古今语怪之祖。刘歆谓夏后伯翳撰，无论其事，即其文与典、谟、《禹贡》迥不相类也。余尝疑战国好奇之士，本《穆天子传》之文与事，而侈大博极之，杂以《汲冢纪年》之异闻，《周书·王会》之诡物，《离骚》、《天问》之遐旨，南华、郑圃之寓言，以成此书。而其叙述高简，词义淳质，名号倬诡，绝自成家。故虽本会萃诸书，而读之反若诸书之取证乎此者。

胡氏说《山海经》是“古今语怪之祖”，这就定了《山海经》作为神话资料汇编的性质，是胡氏的巨眼卓识。说《山海经》不是“夏后伯翳（伯益）”撰，而是“战国好奇之士”所作，大体上也是对的。但说《山海经》是“本《穆天子传》之文与事”，“杂以《汲冢纪年》……《离骚》、《天问》……以成此书”，就大成问题了。他的论点是：因此书“叙述高简，词义淳质”，“故虽本会萃诸书，而读之反若诸书之取证乎此者，而实弗然也”。结论自然就是：《山海经》必是荟萃他所开列的上述诸书而成。这种论断，当然不能作为科学论断，用他自己在同书同卷中指摘别人（刘歆）的话来说，那就是“盖臆度疑似之言”。

没有文献上确切的材料，要判断《山海经》成书年代与上述诸书孰先孰后是比较困难的。从神话研究的观点来看，《山海经》所述通过神话三棱镜的折射反映出的原始社会生活的内容，却要比上述诸书早得多。生活在十六七世纪的胡应麟，自然只能从表面的事象与文体之类看问题，不能更深入一层看出它的本质。作出这种错误的判断，也是情有可原的。我们今天来论《山海经》与胡举诸书的关系，就不能采用他的“会萃”、“取证”说。比较平情之论，是《山海经》作者与诸书作者均各就其所闻见而著书，各不相谋，亦互不因袭。其涉及神话的部分偶有相同者，盖缘神话本民间口头传说，人俱得而听闻之，非一家所可垄断。如此这个问题就大体上泮然冰释了。免得再像朱熹和胡应麟那样纠缠不清。——朱熹《楚辞辨证》曾说：“古今说《天问》者，皆本《山海经》、《淮南子》，今以文意考之，疑此二书皆缘《天问》作。”胡亟称赏之。

胡氏论《山海经》为荟萃《王会》、《天问》诸书而成虽非恰当，但他论述的另外一个问题却还值得参考。他在同卷中说——

古人著书，即幻设必有所本。《山海经》之称禹也，名山大川，遐方绝域，因本治水作《贡》之文。至异禽诡兽，鬼蜮之状，充介简编，虽战国浮夸之习，乃《禹贡》则亡一焉，而胡以傅合也？偶读《左传》，王孙满之对楚子曰：“昔夏之方有德也，远方图物，贡金九枚，铸鼎象物，百物而为之备，使民知神奸。故民入山林川泽，魑魅魍魉，莫能逢之。”不觉洒然击节曰：“此《山海经》所由作乎！”

胡氏说《山海经》所作是受了九鼎图像的启发，颇有见地。后代学者如毕沅、郝懿行等，也都把《山海经》的成书和禹铸九鼎的神话传说联系起来，作了若干推论，这都值得赞赏。不足的是他们都把话说得笼统些。据我考察，《山海经》受九鼎图像启发主要是《五藏山经》部分。《五藏山经》所记的飞走异物及神怪物事和王孙满对楚子所说的九鼎情景非常相似。王孙满所说的九鼎，当然是周王朝保有的九鼎，从何而来虽不一定是如他托辞侈言的“夏之方有德”之时，但九鼎的存在当是事实。其上镂刻魑魅魍魉百物也当是有目共睹的。故周鼎所铸图像部分为《山经》所取材当然也并不排斥。至于《海经》部分，则大体本于禹治水经历山川，曾见到许多不同寻常的“祯祥变怪之物”和“绝域之国、殊类之人”（刘秀《上〈山海经〉表》）的传说，以及古代巫师为病者解禳，向四方招魂的习俗而来。这两部分的来源，应略有区别。混同起来说是《山海经》取象九鼎，就不那么恰当了。不过这个问题也还在探讨中，我只是说说我个人的看法。

胡应麟继朱熹之后，也在同卷中发表了《山海经》是据图为义的精当见解。不过话还是说得笼统些，严格说应该是指《海经》部分。至于《山经》部分，则记叙条理井然，也无朱熹所说的“东向”、“东首”，或胡氏所说的“长臂人两手各操一鱼”、“竖亥右手把算”等状态的描写，应是先有文后有图的。二者不可混为一谈。

胡氏研究《山海经》，有两个非常错误的观点。一个就是前面所说的《山海经》是本于《穆天子传》之文而“会萃”诸书说，还有一个就是卷三十五说的“《山海经》专以前人陈迹，附会怪神”说。在胡氏的眼中，《山海经》的全部神话，都是战国时代的好奇之士附会编造的。这个说法更是荒谬。但他还振振有辞地举了好几个“附会”的例子。我们只看他所举的第一个例子——

《离骚》曰：“启《九辩》与《九歌》兮，夏康娱以自纵。”《九辩》、

《九歌》，皆禹乐也。《天问》云："启棘宾商，《九辩》、《九歌》。"注："棘当作梦，商当作天，以古文相似而讹。"是也。据《天问》之意，但谓启梦宾于天，得二乐。而《山海经》乃以为上三嫔于天；又以西南海之外，有人曰夏后开，珥蛇乘龙：诡诞如此，岂足辩哉。

其实《天问》所问的和《山海经》所记的乃是一回事，都是说启曾到天帝那里做宾客，得到（实际上是窃到）了天乐《九辩》和《九歌》。胡氏所引的《天问》注，乃是朱熹的《楚辞集注》，朱熹说"棘"、"商"二字是古文"梦"、"天"二字的形误，其实"棘"和"梦"、"商"和"天"就是古文其形也相去甚远，何由致误。不如宋洪兴祖《楚辞补注》说"棘"训"急"、清人朱骏声说商是帝字之形讹之为愈。《天问》"启棘宾商"，就是"启急宾帝"；《山海经》"开（启）上三嫔于天"，就是"开上三宾于天"，说的都是一回事，无所谓何者为平实，何者为"诡诞"。

以《山海经》为"诡诞"者，是胡氏先存了一个《山海经》出于《穆天子传》、《天问》诸书之后，根据这些书而"附会怪神"的主观设想，因而以为《山海经》所记神话人物和神话故事，大都出于任意的编造。作者在同卷中提到《大荒南经》所记的羲和生日、《大荒西经》所记的常羲生月两个神话时，就以轻率嘲笑的笔墨写道："按此则羲和、常羲皆女子，又皆舜妻，一生日十，一生月十二，绝可为捧腹之资。"同卷别条又写道："他如舜生三身，颛顼生三面，近于戏矣。"这些地方都暴露出作者对原始神话极端缺乏理解，幼稚无知，比起郭璞那种对神话信而存之的态度，还要倒退一大步。

在对待西王母叙写的问题上，尤可见到胡氏思想脉络的大概情况。《笔丛》卷三十四说——

《山海经》称西王母豹尾虎齿，当与人类殊别。考《穆天子传》云："天子宾于西王母，觞于瑶池之上，西王母为天子谣。天子执白圭玄璧，及献锦组百、纯组三百，西王母再拜受之。"则西王母服食语言，绝与常人无异，并无所谓豹尾虎齿之象也。《山海经》好语怪，所记

> 人物，率禽兽其形，以骇庸俗。独王母幸免深文，然犹异之以虎齿，益之以豹尾，甚以其无稽也。《竹书》纪虞舜九年，西王母来朝，献白玉环玦，则西王母不始见于周时。《庄》、《列》俱言西王母，亦不言其诡形。惟司马相如《大人赋》，有豹尾虎齿之说，盖据《山海经》耳。乃《山海经》则何所据哉！

胡氏把《穆天子传》、《竹书纪年》等都视为信，书中记载的人物，就是人物的标准形象。和这种形象背谬的，就是“附会怪神”，这恰好把神话和传说的关系弄颠倒了。神话发展演变而为传说，一般的标志就是由野蛮而进入文明。绝不会回过头来发展演变，由传说变为神话，由文明退到野蛮。历史人物身上附会一些神话事迹是可以理解的。那是因为人们对某些历史人物感到兴趣，尊崇他们，把他们神化了，不是让他们由文明退至野蛮。这个公式是套不上的。而《穆天子传》、《竹书纪年》中的西王母，恰是由神话发展演变而来的传说人物，所以《穆天子传》中西王母咏歌中“虎豹为群，于（乌）鹊与处”的描写，还有野蛮的迹象蜕而未尽。《穆天子传》的作者可能未曾见到形成《山海经》文字记载的西王母形象，但民间口头流传的西王母形象他是会知道的。采以为含神话因素的历史小说，使之成为雍穆人王的光景，这种演变本来也极自然。《山海经》何必定要背道而驰，使之成为豹尾虎齿的野蛮人形象，“以骇庸俗”呢？而且现在我们已经知道,《山海经》书成非一时,作者非一乎，何以各个部分所记的西王母形象大体相同，并无抵牾，岂这些不同时代、不同地域的作者都能磋商同谋而编造之？于此可见胡氏梗于主观错误的认识，竟对《山海经》神话所写的种种，作了荒谬的判断。附带说一句，胡氏上文所引《竹书》“虞舜九年，西王母来朝”云云，是今本《竹书》，是书为宋人伪撰，不足为据。

三、杨慎《山海经补注》、王崇庆《山海经释义》、吴任臣《山海经广注》

《山海经》这部书遭际还是迍厄，从西晋初年郭璞第一个注释以来，直到明代杨慎作《山海经补注》，中间经过一千二百多年，更无另外一个注家。可见它所遭受到的冷落。胡应麟虽然称它为“古今怪语之祖”，但对它也未能正确认识，而作了根本性质上的曲解，是相当遗憾的。

杨慎生年比胡应麟略早，著了《山海经补注》一书，其书别行，薄薄的一册，仅数十条注文，并未和《山海经》合刊，今收在《函海》和《百子全书》中。这些注释，总的看来，虽然并无多少要义，总算对《山海经》研究作出了一定的贡献。

注释中有两条，引了两段神话传说的异闻，值得称道。一条是《海外南经》“二八神”，郭注云：“昼隐夜见。”杨注云：“南中夷方或有之，夜行逢之，土人谓之夜游神，亦不怪也。”另一条是《海内经》“都广之野，后稷葬焉”，郭注云：“其城方三百里，盖天下之中，素女所出也。”[①]杨注云：“黑水广都，今之成都也。素女在青城天谷，今名玉女洞。”注中所述二事，都有参考价值。

有些注释，是作者对《山海经》所述神话的理解，如《西次三经》峚山玉膏，杨注云：“峚音密。峚山不知所在，观其说，似《庄子》之说建德、华胥，《列子》之谈壶领、圆峤，后世之记天台、桃洞也。”又如《海外北经》“有一蛇，虎色，首冲南方”，杨注云：“首冲南方者，纪鼎上所铸之像；虎色者，蛇斑如虎，盖鼎上之像，又以彩色点染别之。”又如同经“欧丝之野，一女子跪据树欧丝”，郭注云：“言啖桑而吐丝，盖蚕类也。”杨注云：“世传蚕神为女子，谓之马头娘。《后汉志》曰宛窳，盖此类也。”……虽然还不十分妥切，也就算是比较正确的理解了。

也有不妥当的理解。如《西次四经》说：“天山有神焉，其状如黄囊，赤如丹火，六足四翼，浑沌无面目，是识歌舞，实惟帝江也。”杨注云：

① 按此数语本系经文，误入郭注。

"此岂古昔用瞽人为乐官而傅会其说乎？或者实有此物，而以瞽人为乐师乎？""浑沌无面目"的神帝江自是神帝江，从何牵扯到瞽人乐师的问题上去，杨前后二说，两俱无当。又如《海外东经》的雨师妾，杨注云："雨师亦有妾哉？文人好奇，如说姮娥、织女、宓妃之类耳。"观经文所叙的状况："雨师妾在其北，其为人黑，两手各操一蛇，左耳有青蛇，右耳有赤蛇。"大约是个部族名；郝懿行《笺疏》说："雨师妾盖一国名。"便是正确的解释。三字或系译音，如《大荒东经》"有山名曰孽摇頵羝"，《大荒南经》"有神曰不廷胡余"，何可截成两段，以己意诂之，反说"文人好奇"，生编硬造。这都暴露出杨慎对神话传说理解未能深切。其他或有注释得较恰当的，或有注释不当的，就不一一例举了。

和杨慎差不多同时，又有王崇庆，著有一部《山海经释义》。这部书注释不多，大都是封建伦理的说教，语极迂腐，用不着征引了。但间或也有比较独到的见解。如《北山经》的谯明山的何罗鱼，王崇庆释云："何罗之鱼，鬼车之鸟，可以并观。"这就富有启发性。不久以后，吴任臣在《山海经广注》里引《异鱼图赞》说："何罗之鱼，十身一首，化而为鸟，其名休旧；窃糈于舂（舂？），伤损在臼；夜飞曳音，闻春（雷？）疾走。"所写休旧（鸺鹠）鸟的景象，就很有点近似后世传述的鬼车鸟。又如同经石者山的"其形如豹，而文题白身"的孟极兽，经文说它"是善伏，其鸣自呼"，诸家于"善伏"无释，王独云："善伏，言善藏也。"这个解释也是中肯的。再如《北次二经》开头说："《北次二经》之首，在河之东，其首枕汾，其名曰管涔之山。"诸家于此皆漏略，王独云："北次二经之首，下当遗山字。"王所见甚是，否则便成了不辞之语了。但据我的看法，这遗落的"山"字，还不在"之首"下，而在"之首"上。原来的经文当是"北次二山之首，在河之东，其首枕汾，其名曰管涔之山"。这样就完全条达畅遂了。"北次二山"的"山"字，原来是遭了尊此书为经的人们篡改"山"字为"经"字（其他诸经例同此），追改"山"为"经"后，始成此不辞之语。[①]王崇庆首先见到这几句话不顺适，也可算是他的眼光犀利了。再

---

① 详见拙著《山海经校注》，后浪出版公司，2014。

如《大荒北经》:“附禺之山，帝颛顼与九嫔葬焉。爰有鸥久、文贝、离俞、鸾鸟、皇鸟、大物、小物。”郭璞注:“言备有也。”诸家于此无释，郭璞的注其实也是废话。王崇庆独云:“大物小物，皆殉葬之具也。”这一释语就很精当。所以披沙拣金，王的《释义》对《山海经》研究还是有相当贡献的。

杨慎和王崇庆的两部注释《山海经》的书，语皆无多，还当不了早年的郭璞。直至清代初年吴任臣撰《山海经广注》，才又广搜博采，搜集了许多资料，在原来郭注的基础上更予以详注，诚无愧于“广注”之名。

在此书的前面，又冠有《读山海经语》及《山海经杂述》各一篇。《杂述》是撮录自《吕氏春秋》至明代学者有关《山海经》的描绘与论述，虽只言片语，亦必录存，颇见赅博。最后还辑录了十多条《山海经》的佚文,虽然未必都可靠,也可存供参考。《读山海经语》是一篇读书札记，从中可以见到作者研究此书的心得。其他一些支节琐碎的问题都不必去管了，仅录两条关于从总体认识《山海经》的文字如下，以见作者思想的大概——

> 经内纪仆牛、王亥、夏启、叔均皆禹以后人，长沙、零陵、缑氏、番禺皆秦汉时地名，且长右山、郡县之称非三代前语，要知《山海经》原系伯益所作，古本无多，后好事者因而粉饰傅会之，益复错杂不经。如概谓此经非古书，则疏属之尸，两面之人，何以往往取验？自非禹、益神人不能撰也。
>
> 周秦诸子，惟屈原最熟此经。《天问》中如“十日代出”、“启棘宾商”、“枭华安居”、“烛龙何照”、“应龙何画”、“灵蛇吞象”、“延年不死”，以至“鲮鱼”、“鬿堆”之名，皆原本斯经，校雠家以《山海经》为秦汉人所作，即此可辨。

两条札记对《山海经》的认识大体上是正确的。只是不能肯定此经为“禹、益神人”所撰，亦不能说《天问》所述的神话故事“皆原本斯经”罢了。

此书附载《山海经图》五卷，是根据宋代舒雅于咸平年间（公元九九八——〇〇三年）绘制的十卷图而重绘的。而舒雅的图，又是根据六朝梁张僧繇所绘的图。如今张、舒的古图都不可得见了，能够看到的就是吴任臣的这五卷重绘本。舒雅的十卷图共二百四十二幅，吴任臣的五卷图只有一百四十四幅，分为五类：灵祇二十、异域二十一、兽族五十一、羽禽二十二、鳞介三十六。跋文说："今登其诡异，以类相次；而见闻所及者，都为阙如。"原来他把一般常见的都剔除了，只是取其"诡异"（富有神话意味的）的精粹。这样，古图虽不可得见，然而靠了吴任臣的重绘刊刻，广为流布，仍能一脉相传，使我们见到古图精神的大概。后来袖珍本的郝懿行《山海经笺疏》，也全部采用了这些图画，而且还红绿套色印刷。鲁迅先生幼年从阿长妈妈手里得到一部刻印粗拙的带图的《山海经》之后，又买了一部石印的《山海经》，"绿色的画，字是红的，比那木刻的精致多了"（《朝花夕拾·阿长与山海经》），那就是郝懿行《山海经笺疏》的袖珍本。吴任臣此举对保存我国古代文化艺术所作的贡献是相当大的。

至于说到他对《山海经》所作的广博的注释，则是冗蔓无当的较多，可取作参考的较少。下面所举《海内西经》"开明北有视肉、珠树"吴任臣注便可概见一般——

> 任臣案《淮南子》："增城九重，珠树在其西。"《列子》："蓬莱之山，珠玕之树皆丛生。"李时珍以为珠树即琅玕之树也；盖古人谓石之美者多谓之珠，《广雅》称琉璃珊瑚皆为珠是已。然下文复有琅玕树，不应前后异称，且更叠见，所未敢信也。又案熊大古《冀越集》云："尝见蛋人得珠子树数担。"田艺衡《日札》亦以岭南有珠子树。又《海外经》有三珠树，则珠树当自是一种，岂即王子年所谓"珍林"者欤？吴淑《珠赋》云："曾城列树，开明广植。"梁简文《南郊颂序》："珠树素禽，越火枝之地。"王勃《九成宫颂》："沼分瑶水，花跨珠林。"顾起元《壮游歌》："金枝何翩翩，珠树何扶疏。"张仲素《晏瑶池赋》："翩翩三鸟，拂珠树以相随。"……

下面还有几段关于珠树的诗句，不再抄了。象这样的注释，虽然也略有点名物异同的小考辨，然而大量引用诗赋文句作注，重复冗沓，确实意义不大，使人厌观。注释中也偶然见有引用一点和所释神话有关的新鲜材料的，如《北次三经》发鸠山精卫神话，注引《律学新说》云——

伞盖山西北三十里曰发鸠山。山下有泉，泉上有庙，浊漳水之源也。庙有像，神女三人，女侍手擎白鸠。俗言漳水欲涨，则白鸠先见，盖以精卫之事而傅会之也。

这就比较有意思。又如《海外北经》："平丘在三桑东，爰有遗玉。"吴氏释云——

遗玉即瑿玉；松枝千年为茯苓，又千年为琥珀，又千年为瑿。《字书》云："瑿，遗玉也。"是其解也。

也有值得参考的地方。总之，对于吴氏的《广注》，用对待王崇庆《释义》那样披沙拣金的功夫，还是能够得到相当收获的。

四、汪绂《山海经存》、毕沅《山海经新校正》、郝懿行《山海经笺疏》

从吴任臣注释《山海经》以后，清代注释《山海经》的注家蜂起，先后有汪绂、毕沅、郝懿行等。王念孙也校注过《山海经》，但是没有出版，至今还有一部他根据清康熙五十三年至五十四年项䌹群玉书堂刻本《山海经》的手校稿保存在北京图书馆。这段时期，可说是《山海经》研究蔚然成风的时期。

汪绂，号双池，是康熙乾隆年间人，比毕沅的生年略早；他原是江西景德镇瓷场的一个画工，以刻苦自学而成为学者。平生著述甚富，《山海经存》九卷是他著述中的一种。这部书最大的特色，就是他以早年画工的技艺，为《山海经》的珍禽、异兽、神祇、灵物，另以己意绘制了许多较为生动的插图。全书缺六、七两卷，两卷包括《海外》四经和《海内》四经两个部分，图和注文俱缺。这两卷的图和注文，是后来刻印时配补上去的。图是清末“同邑后学”余家鼎、查美珂的补绘，注文则是将原来郭璞的注全部抄上，再抄上几条毕沅的释语，混合编制，聊以充数。所以严格说来这部《山海经存》并非汪绂一人的著作，而是好几个人的集体创作。

汪绂在注文中，把自己的注文和郭璞的注文混合起来，他似乎觉得用这种“融会贯通而陈述之”的办法，是一种较好的办法。然而人们必须用郭璞的注本和他的注本互相参校，才能看出他的创见发明。这是比较费力的。这种办法并不是科学的好办法，因为它破坏了著书的体例。随便举一个例子，如《南次三经》:“祷过之山……有鸟焉，其状如䴔，而白首、三足、人面，其名曰瞿如，其鸣自号也。”汪绂注云——

> 䴔音骹，足一作手，瞿音劬，号平声。䴔䴖似凫而小，足近尾。自号者，其鸣声若曰瞿如，因以名之也。

和郭璞注文对看，就知道“足近尾”以前，都是郭璞注释中零零星星说过的，汪绂只不过将它们贯串起来，用自己的话重说一遍。后三语才是他自己的注释。全书汪注的部分，都是这样混合编制的。

全书体例虽然欠佳，可是在作者不多的一些释语中，还是时有新鲜独创、值得参考的意见提供给我们。如《中次六经》末尾:“凡缟羝山之首，自平逢之山至阳华之山，凡十四山，七百九十里，岳在其中，以六月祭之，如诸岳之祠法，则天下安宁。”诸家于“岳在其中”四字俱无释，独汪绂释云:“此条无中岳，而曰岳在其中，盖以洛阳居天下之中，王者于此时望祭四岳，以其非岳而祭四岳，故曰岳在其中，此殆东周时之书矣。”汪绂能将历来相传是禹、益所作的《山海经》从此条中看出“殆东周时之书”，把此书著作时代拉近了千数百年，不管是否绝对正确，其眼光也算是相当犀利了。

至于说到他对神话所持的见解，则并不算是高明。姑举二例证之。一是《大荒东经》:“汤谷上有扶木，一日方至，一日方出，皆载于乌。”汪注云:“汤谷当作旸谷；扶木，即扶桑也；乌，三足乌也；载与戴通。荒谈甚无稽，却甚有趣。”“三足乌”以上数语，又是杂糅郭璞注文中的言语。作者对这段神话，一方面觉得它“荒谈甚无稽”，另一方面又觉得它“却甚有趣”，二语大约可以代表他对《山海经》大部分神话所抱的态度。二是见于同经的关于四方神之一的折丹的神话——

> 大荒之中，有山名曰鞠陵于天、东极、离瞀，日月所出。（有人）名曰折丹，东方曰折，来风曰俊，处东极以出入风。

汪绂注云——

> 古奥不可解。大意云，大荒中有鞠山者，其高及天，其东方极于离瞀之地，当日月所出处，名曰折丹。东方之人名曰折，其来而风闻于中国又谓之俊。是山在东极，东风所由出入也。

神话说的是“折丹”这个神人，郭璞在“折丹’下已明注“神人”二字，只是原经文“折丹”上脱漏了“有人”二字，所以汪说它“古奥不可解”。然而只要细心寻绎，将经文所记四方神的文句对照观之，还是可以看出大概的迹象来的。作者不肯费此功夫，却要凭主观臆想，妄为之说，以至把人说做了山，还说了些“其来而风闻于中国又谓之俊”这样莫明其妙的话。后面说“应龙”，说“十日”，每以人事现象释神话，也大体类似。故说他对神话所持见解不算是高明。

汪绂之后不久，又有毕沅作了《山海经新校正》一卷，书前又附有《古今篇目考》一卷。这部书是“校”而兼“注”的，循实立名，倒不如称它为“山海经新校注”的好。这个校注本有两大特色：在校的方面，作者把经文讹捝或有其他问题的地方根据自己的所见径补改在经文上。如《海内南经》:“夏后启之臣曰孟涂，是司神于巴，巴人请讼于孟涂之所。”毕沅注:“旧本脱一巴字，今据《水经注》增。”同经:“窫窳龙首，居弱水中。”毕沅注:“旧本作窫，疑当从宀。”《海内经》:“西南黑水之间，有都广之野，后稷葬焉。其城方三百里，盖天下之中，素女所出也。”毕沅注:“其城方三百里以下十六字,旧本是郭注。案王逸《楚辞章句》引此有‘其城方三百里，盖天下之中’十一字，逸后汉人，则为本文无疑。”等等。

毕沅做这件工作是较有意义的，但做得并不十分理想。一是好些错讹的地方，他还没有见到。例如《南山经》的猨翼之山，本该是即翼之山的，由于他没有见到，因而也就没有改。二是他本来已经见到了，但因拿不出有力的证据，亦未敢遽改。例如《南次二经》的“其中多茈蠃”，毕只是说:“郭云紫色，似茈字当作茈。”其实《太平御览》卷九四一引此经正作“茈蠃”(汪绂本同)。三是有些虽然改了,却改得冒失,不如不改。如上面所引《海内南经》“窫窳”，毕改作“寏窳”，只是因为他“疑当从宀”。又如《南次二经》“长右之山，有兽焉，其名长右”，毕将二“长右”都改做“长舌”，说“《广韵》引此作长舌”，孤词单证，实不足据，焉知不是《广韵》错引。

校的方面是如此，注的方面，毕的目光所瞩，是专在考证山川古今的异同上。那就是把《山海经》当作一部地理书,用他自己的话来说就是:“《山海经·五藏山经》三十四篇，古者土地之图。《周礼·大司徒》:‘用以周知九州之地域，广轮之数，辨其山林川泽，邱陵坟衍原湿之名物。’……皆此经之类。其言怪与不怪皆末也。”因而他又说:“《山海经》未尝言怪，而释者怪焉。经说鸱鸟及人鱼皆言人面，人面者，略似人形，譬如经说鹦母狌狌能言，亦略似人言。而后世图此，遂作人形。此鸟及鱼，今常见也。又‘崇吾之山有兽焉，其状如禺而文臂，豹虎而善投，名曰举父’，郭云‘或作夸父’。按之《尔雅》,有‘玃父善顾’,是既猿猱之属。举、夸、玃三声相近，郭注二书，不知其一，又不知其常兽，是其惑也。以此而推，则知《山海经》非语怪之书矣。”毕沅只举了两三个例子来说明《山海经》“未尝言怪”，自然是以偏概全，不足服人。

正因为这样，他在校注《山海经》工作中所作的贡献，只是偏于地理考证和名物训诂方面，对神话研究，则贡献不大。并且他把《荒经》以下五篇，认为“亦多是释《海外经》诸篇，疑即秀等所述”，也作了一个非常错误的判断。实际上“详此经文”，乃是刘秀校录《山海经》时所失收的几篇未经整理的古经，其成书年代比其他各经都早，决非“秀等”所能“述”，其作用也不是在“释《海外经》诸篇”。关于这个问题，可参看拙著《神话论文集·〈山海经〉写作的时地及篇目考》，这里便不多说。

清代最后一个全面、踏实地注释《山海经》的学者是郝懿行（公元一七五七——一八二五年）。他作了一部《山海经笺疏》，共十八卷，用他自己的话来说，就是“笺以补注，疏以证经”，是以名为“笺疏”，从其立名也可见到此书工作的细致。郝懿行生在考据学盛行的乾嘉时代，他本人又是通才博学，平生著述很多，除此书外，还有《尔雅义疏》、《易说》、《书说》、《春秋说略》、《荀子补注》等十数种，是乾嘉学派杰出的代表人物。此书对地理、训诂、订正文字讹误等都有许多创造发明，为我们研究《山海经》奠定了深厚的基础。这就是《山海经笺疏》的卓著功绩。

至于说到郝本人对《山海经》一书的认识，却始终没有超出时代的局限，认为此书就是禹治洪水时所作，而有长沙、零陵、桂阳、诸暨等地名及夏后启、文王等事者，皆由后人所羼。他的这种观点和清代初年吴任臣的观点可说是完全一致的。和西汉时代的刘秀（歆）、晋代的郭璞也可说是一脉贯通的。较之汪绂，反有倒退。未免令人抱憾。从下面一段摘录自《山海经笺疏叙》的话中，可以看到作者的态度——

> 禹作司空，洒沈澹灾，烧不暇攒，濡不给抌，身执虆垂，以为民先。爰有《禹贡》，复著此经，寻山脉川，周览无垠，中述怪变，俾民不眩。美哉禹功，明德远矣，自非神圣，孰能修之。而后之读者，类以夷坚所志，方诸《齐谐》，不亦悲乎！

基于这种对《山海经》的认识，信此书为禹作，信“怪变”（神话）为实有，因而便不免在他的注释中偶然也用人事现象来解释神话。如《大荒北经》"蚩尤作兵伐黄帝"，郝注云："案《大戴礼·用兵篇》云：'问曰："蚩尤作兵与？"曰："蚩尤庶人之贪者也，何器之能作。"'是以蚩尤为庶人。然《史记·殷本纪》云：'昔蚩尤与其大夫作乱百姓，帝乃弗予，有状。'是知蚩尤非庶人也。又《五帝本纪》云：'诸侯咸来宾从，而蚩尤最为暴，莫能伐。'则蚩尤为诸侯审矣。"又如《海内经》所记九丘建木，经云"大皞爰过"，郭璞注："言庖羲于此经过也。"郝懿行云："庖羲生于成纪，去此不远，容得经过之。"前一注释引了一些历史材料来释神话，后一注释简单地附和郭璞之说以"过"为"经过"，都未得神话要领。前一注之非用不着多说，后一注的"过"应该是缘着建木，上下于天的意思，可参看拙著《山海经校注》，这里也不多说。

但郝懿行毕竟是博学有才识的人。他从诸书参互比较中知道纷纭异辞的神话记叙，也是客观现象的存在，因而在引书证经时，能互存其说，没有但凭臆想，作出主观判断。偶有推论，也比较符合情理。如《大荒西经》说："有人名曰吴回，奇左，是无右臂。"郭璞注："即奇肱也；吴回，祝融弟，亦为火正也。"郝懿行云："案此非奇肱国也。《说文》云：'孑，无右臂也。'即此之类。吴回者，《大戴礼·帝系篇》云：'老童产重黎及吴回。'《史记·楚世家》云：'帝喾诛重黎而以其弟吴回为重黎，后复居火正，为祝融。'是皆以重黎为一人，吴回为一人。《世本》亦同。此经上文则以重黎为二人，似黎即吴回。故《潜夫论·志氏姓》云：'黎，颛顼氏裔子吴回也。'高诱注《淮南》亦云：'祝融，颛顼之孙，老童之子吴回也，一名黎，为高辛氏火正，号为祝融。'其注《吕氏春秋》，又云：'吴国回禄之神，托于灶。'与注《淮南》异也。王符、高诱并以黎即吴回，与此经义合，重黎相继为火官，故皆名祝融矣。"这段注释根据若干历史传说材料，把重黎、吴回分合异同的不同情况，作了客观介绍，使人看了信服。又如《海外西经》说："女丑之尸，生而十日炙杀之。"郝懿行云："十日并出，炙杀女丑，于是尧乃令羿射杀九日也。"这几句话虽是推想之词，但却符合情理。因"十日并出"的事，书传所载，以"尧之时"（见《淮南子·本经篇》）为最古。古天旱求雨，有暴巫焚巫之举。"十日炙杀"女丑，疑乃暴巫之象，女丑疑即女巫。故郝注所作的推论，是能够站得住脚的。

郝在《笺疏叙》末段说："此经师训莫传，遂将湮泯。郭作传后，读家稀绝，途径榛芜。迄于今日，脱乱淆讹，益复难读。又郭注《南山经》两引'璨曰'；其注《南荒经》'昆吾之师'又引《音义》云云，是必郭以前音训注解人。惜其姓字爵里，与时代俱湮，良可于邑。今世名家则有吴氏、毕氏。吴征引极博，泛滥于群书；毕山水方滋，取证于耳目：二书于此经，厥功伟矣。至于辨析异同，栞（刊）正讹谬，盖犹未暇以详。今之所述，并采二家所长，作为《笺疏》。笺以补注，疏以证经，卷如其旧，别为《订讹》一卷，附于篇末。计创通大义百余事，是正讹文三百余事。凡所指擿，虽颇有依据，仍用旧文，因而无改，盖放（仿）郑君康成注经不敢改字之例云。"从以上所叙，此经的注释源流以及他本人在经中所作的贡献，也就可以略见大概了。

五、从俞正燮到吴承志

较郝懿行稍后，又有俞正燮（公元一七七五——一八四〇年）撰写了《癸巳类稿》和《癸巳存稿》二书，分别对神话传说的某些问题作了考察研究。这两部书是俞氏学术研究的总结集，范围极广，从他毕生致力的经义，到史学、诸子、医理、天文、释典、道藏等，都精研覃思，不遗余力。有关神话传说的某些问题，书中也适当给予关注，并且有所发挥。例如《癸巳类稿》卷二的"簧考"，卷十的"桃茢桃符义"，卷十五的"彭祖长年论"，《癸巳存稿》卷一的"蚩尤"，卷六的"日月古证答宣城张征士炯"、"烟波钓叟歌"，卷七的"读《史记·伯夷列传》"，卷十的"太公"、"火浣布说"，卷十一的"天穿节"、"七夕考"，卷十二的"补天"，卷十三的"神荼郁垒"、"灶神"、"祖祀"、"紫姑神"等。大都论述神话传说产生之由及其流传演变。从其所搜罗的丰富材料中，往往可以启发我们思考。至于他对神话所作的考辨，从卷十二"补天"条中可以略见一斑——

《淮南子·览实训》:“往古之时，四极废，九州裂，天不兼覆，地不周载。于是女娲炼五色石以补苍天,断鳌足以立四极。”注云:“女娲，阴帝，佐虙戏治者也。三皇时，天不足西北，故补之。师说如此。鳌，大龟也，天废倾，以鳌足柱之。《楚词》:‘鳌戴山抃，其何以安之？’是也。”案《宋书·天文志》引郑注《尚书》“璇机玉衡”云:“以玉为浑仪,贵天象也。”其云浑仪,盖仪器讹文。女娲炼石补天者,以玉为仪器,断鳌足以立四极者,仪器榹足也。以义推之，非有奇论。《论衡》云:“天非玉石之质，女娲长不及天，岂得补之。”其辩亦拙矣。《列子·汤问篇》革言，张湛注云:“阴阳失度，三辰盈缩，即是天不足;女娲炼五常之精以调和阴阳，晷度顺序，即是补之。”然《列子》言天不足西北，非广言三辰盈缩;西北为盖天天门，又以鳌足立四极，故可定为仪器。张湛向壁之义，不足筭也。郑康成以纬说经，绝不牵引汉人浑说，安得谓尧有浑仪，是知宋书改窜矣。

他认为女娲补天，是“以玉为仪器”，断鳌足立四极，是“仪器榹足”，“以义推之，非有奇论”。他讥笑《论衡》之辩，“其辩亦拙”，张湛之注为“向壁之义”,《宋书》所引郑康成注《尚书》的“浑仪”说也是讹文，似乎独他的“仪器”说是正确无误的。女娲时代而有“仪器”，即使是以人事现象释神话，也未免有点想入非非。这都是清代考据学家务实精神发挥得过了头造成的扞格。不过他在卷十三“神荼郁律”条的末尾说:“神荼郁律由桃椎展转生故事耳。”倒又是见得准确的。所以也要看各条所述的具体情况，不可一概而论。

作为《山海经》研究的余绪，清末又有俞樾所作《读山海经》一卷，冯桂芬所作《山海经表目》二卷以及吴承志所作《山海经地理今释》六卷，等等。

《读山海经》是一部类似明杨慎《山海经补注》的札记体的书，卷帙无多，只有二三十条，收在《春在堂全书·俞楼杂纂》中。其中有些条目，还是较有识见，可供参考的，如——

《西山经》:“华山，冢也。”注曰:“冢者，神鬼之所舍也。”毕沅校正曰:“《尔雅》曰：山顶曰冢。《释诂》曰：冢，大也。”愚按：郭说固望文生训，而毕说亦未安。用山顶之说是犹曰华山顶也，用冢大之说是犹曰华山大也。以文义论皆属不辞。今按下云羭山神也，两句为对文，冢犹君也，神犹臣也，盖言华山为君而羭山为巨，此乃古语相传如此。

(《西次四经》):“是多众蛇。”毕沅校正曰:“《水经注》引经作象蛇，当为众蛇，其地无象。”愚按毕说误也。象蛇乃鸟名，《北山经》(《北次三经》):“阳山有鸟焉，其状如雌雉而五彩以文，是自为牝牡，名曰象蛇。”此经象蛇亦即是鸟。毕氏误以象、蛇为二物，遂以其地无象，谓当为众蛇，既云多，又云众，不辞矣。

《大荒西经》:“帝令重献上天，令黎卬下地。”注曰:“古者人神杂扰无别，颛顼乃令南正重司天以属神，令火正黎司地以属民，重实上天，黎实下地。献卬义未详也。”愚按：献读为仪，《尚书·大诰》“民献有十夫，《困学纪闻》引《大传》作“民仪有十夫”。《周官·司尊彝》“郁齐献酌”，郑司农读献为仪，盖献与仪古音同也。卬当为归，隶变作卬，遂与卬我之卬无别，俗又加手作抑。《广雅·释诂》:“抑，治也。”《孟子》:“禹抑洪水而天下平。”赵注亦训抑为治。然则重献上天者，令重仪上天也，仪之言法也。令黎卬下地者，令黎抑下地也，抑之言抑治也。因仪叚献为之，而抑从古作归，又变作卬，读者不识为抑字，遂莫得其解矣。

这些都是可以给人启发，有参考价值的。不过第二条，恐怕仍当做“众蛇”，不能作“象蛇”，因为“象蛇”既是鸟名，而产生此“鸟”的诸次之山，却是“鸟兽莫居”。“望文生训”（俞樾说）固然不妥，但为了训诂确切，对上下文还是该“望”一“望”才好。“众”之为言，用现代话翻译出来，就是“各种各样”、“形形色色”的意思。“多众蛇”，就是多各种各样、形形色色的蛇，也未为“不辞”。《西次三经》騩山“其下多积蛇”，也与此大略同意。第三条认为“卬”是“归”的隶变，后又加手作“抑”，固是巨眼卓识，但还未达于一间。不知“卬”本作“印”，“印”甲骨文作“𢀳”，像以手抑人而使之跽，即训抑，训按；后来假借为印信字，渐成为专用词，又另造一“𠂈”字，来代替原有的“印”字，俗又于其旁加手，谓之为“抑”。许慎《说文》九上说：“𠂈”，按也，从反印。其实“抑”、“印”古本一字，“邛”就是由“印”讹变而来，一变为“卬”，再变为“邛”；更有作“卭”的，几经书刻，便茫不可晓了。俞樾能首先探出此字的本源，是《山海经》研究的功臣，不过其后又把“抑”训为“治”，把“献”训为“仪”，训为“法”，认为是颛顼令重法上天，黎治下地，仍不免有以人事现象释神话、隔靴搔痒的缺点。

《山海经表目》是一部索引式的工具书，将全经列为“山水”、“神人”、“金玉”、“草”、“木”、“禽鸟”、“兽畜”、“虫鱼”八个栏目，然后逐经登载，将所有能归入各个栏目的名物都归入其中。栏目是纵贯式的，栏目之上又有“题”，《五藏山经》以主要的山为题，《海外经》以下则以国族和主要的山为题。看起来眉目清晰，翻检方便，对研究《山海经》有一定帮助。《山海经表目》也偶有漏略，如《西次三经》“峚山”题下漏了“黄帝”，同经“槐江山”题下漏了“后稷”，《西次二经》“莱山”题下漏了“飞兽神”，《中次六经》“夸父山”题下漏了“马”，等等。又有些分类也不一定很妥当。如《南山经》“丽麂之水……其中多育沛”，郭璞注：“未详。”诸家于此亦无释。《山海经表目》却将它归在“金玉”栏中，不知何据。又如《东次三经》“尸胡之山……其下多棘”，棘是灌木，《山海经表目》却将它归在“草”栏中，等等，都可见还有不很精审的地方。然而这样的索引被编制出来，毕竟表现人们对《山海经》的研究，开始有了使其条理化、系统化，走向科学研究途径的愿望。

吴承志撰著的《山海经地理今释》六卷正是这种愿望的初步体现。他企图将《山海经》所有的山水国族今在何地都考释出来，成为一部科学的著作。不过由于他没有认识清楚《山海经》这部书的神话的根本性质，不知道它是神话传说和现实事物的混合体，误把神话传说也当做了现实事物，以至白花了许多力气，走了若干弯路，考释出的东西有些诚然还可供参考，大部分仍不免牵强附会。但他在《山海经地理今释》卷六中所讲的关于《山海经》海内四经简策错乱的问题，却是巨眼卓识，大可作为我们整理《山海经》的参考。兹将其所说移录于下——

> 此经（指“匈奴”节）当与下篇首条并在《海内北经》“有人曰大行伯”之上。匈奴、开题之国、列人之国并在西北，叙西北陬之国，犹《海内东经》云“巨燕在东北陬”也。不言陬，文有详省。贰负之臣在开题西北，开题即蒙此。大行伯下贰负之尸与贰负之臣亦连络为次。今大行伯上有“蛇巫之山”、“西王母”二条，乃下（上）篇“后稷之葬”下叙昆仑外山形神状之文，误脱于彼。《武陵山人杂著》云：《海内西经》“东胡”下四节当在《海内北经》“舜妻登比氏”节后。“东胡在大泽东”即蒙上“宵明烛光处河大泽”之文也。《海内北经》“盖国”下九节当在《海内东经》“巨燕在东北陬”之后，“盖国在巨燕南”即蒙上“巨燕”之文，而朝鲜、蓬莱并在东海，亦灼然可信也。《海内东经》“国在流沙”下三节当在《海内西经》“流沙出钟山”节之后，上言流沙，故接叙中外诸国；下言昆仑墟、昆仑山，故继以“海内昆仑之墟在西北”。脉络连贯，更无可疑。不知何时三简互误，遂致文理断续，地望乖违。今移而正之，竟似天衣无缝。详审经文，顾说自近。

武陵山人是和吴承志同时学者顾观光的号，是吴的朋友。他和他朋友的这两段议论，不是熟读《山海经》，细心寻译其错简的痕迹，是肯定发现不了的。我认为吴的六卷《山海经地理今释》，其他部分自然都各有贡献，然而以这段文字的贡献为最大。

第十六章

少数民族的神话（上）

一、《山海经》中少数民族神话的遗迹

中国目前已确定为单一民族的少数民族有蒙古、满、朝鲜、赫哲、达斡尔、鄂温克、鄂伦春、回、东乡、土、撒拉、保安、裕固、维吾尔、哈萨克、柯尔克孜、锡伯、塔吉克、乌孜别克、俄罗斯、塔塔尔、藏、门巴、珞巴、羌、彝、白、哈尼、傣、傈僳、佤、拉祜、纳西、景颇、布朗、阿昌、普米、怒、德昂、独龙、基诺、苗、布依、侗、水、仡佬、壮、瑶、仫佬、毛南、京、土家、黎、畲、高山共五十五个。他们的人口，据一九八二年统计，共六千七百二十三万三千二百五十四人，约占全国总人口的百分之六点七。

新中国成立以前，一般说来，我国少数民族的经济文化发展，是处于低阶段的。但是，按照马克思主义的观点，某种艺术的一定繁荣时期绝不是同社会的一般发展成比例的。神话就是产生于人类经济文化发展低阶段的特殊艺术。正像马克思在评论希腊神话时所说的："他们的艺术对我们所产生的魅力，同它在其中生长的那个不发达的社会阶段并不矛盾。它倒是这个社会阶段的结果，并且是同它在其中产生而且只能在其中产生的那些未成熟的社会条件永远不能复返这一点分不开的。"[①]正由于如此，在我国各兄弟民族中，还保存着大量的神话。这些神话绝大部

① 见马克思《〈政治经济学批判〉导言》,《马克思恩格斯选集》第2卷。

分是口头传述的，近年才由文艺工作者搜集整理出一小部分。从搜集整理出的这一小部分看，已可见到它们的丰富多彩，宏伟瑰丽。以前有些人认为中国没有神话，中国人缺乏神话幻想的能力，那是他们只看到汉民族中古文献里一点残缺零散的神话材料（有的可能连这一点也没有看到），没有注意到还有大量蕴藏在我国少数民族中的神话的缘故。前面我们已把占我国人口比例绝大多数的汉民族的神话，从史的角度大略予以评介了，但还不能显示中国神话的全貌。要展示中国神话的全貌，还得将中国少数民族的神话加以介绍。这个工作太困难了。中国少数民族有五十五个，蕴藏的神话是那样丰富，有些民族的神话至今还没有搜集整理出来，目前我手中掌握的也只有五十三个民族的五百多篇记录文字。要详尽无遗地评介它们，还得有一部专著，我绝对无力为此。而要从史的角度予以评介，对我说来，更是望洋兴叹。现在只能就力之所及，分成一些小的专题，举出少量的例证，大略予以论述。有些少数民族，未能举到例证，有些重要的神话可能被遗落，因为这是很难做到完善的，总之我尽量照顾全面去做就是了。先作申明，庶免责让。

《山海经·海经》部分所记叙的围绕在中国四周的许多国家、民族，就是古代少数民族在神话传说里的折射的反映。他们或被赋予异形，或被赋予异禀，或者和常人相差不远，总之是把幻想的和现实的人物杂糅起来，一律信以为真而记载在经文里。因而经文里虽然记有三首国、三身国、结胸国、奇肱国、一目国、大人国、小人国、女子国、丈夫国、不死民、沃民国、巫咸国等异形或异禀的国家，但给我们的印象，凡所记叙都是朴质健康的，并没有像后世那样抱有民族歧视的偏见。重要原因之一，就是包括记述者本身在内也都处于人类童年的阶段，所以天真烂漫地把各种荒诞的传闻都当做了真实。关于这点我们在第三章第三节已略有论述，这里便不多说。

这里要说的，是流传于后世乃至近代的某些少数民族中的神话，在《山海经》的记叙中，就已经见到了一些端倪。例如《后汉书·南蛮传》所记的盘瓠神话，以及流传在近代南方少数民族如苗、瑶、畲、黎中的“神母狗父”、“盘护王”等神话，就能在《山海经》里找到一些影子——

有人曰大行伯，把戈。其东有犬封国。……犬封国曰犬戎国，状如犬。有一女子，方跪进柸食。(《海内北经》)

大荒之中，有山名曰融父山，顺水入焉。有人名曰犬戎。黄帝生苗龙，苗龙生融吾，融吾生弄明，弄明生白犬，白犬有牝牡，是为犬戎，肉食。(《大荒北经》)

第一段“其东有犬封国”下郭璞注:“昔盘瓠杀戎王,高辛以美女妻之,不可以训，乃浮之会稽东南海中，得三百里地封之，生男为狗，女为美人，是为狗封之国也。”于“犬封国曰犬戎国，状如犬”下又注：“黄帝之后卞明生白犬二头，自相牝牡，遂为此国，言狗国也。”郭璞后面一注所释数语就是根据第二段《大荒北经》所说。《大荒北经》的“弄明”，郭璞注：“(弄)一作卞。”就是此注所说的“卞明”。《山海经》前后二文无非都是同一神话的分化，故郭璞贯串会通解释之，而把它们归结到古代所传的盘瓠神话。郭璞的解释是正确的，观经文两处所写景象，自当是盘瓠神话的雏形。郭氏在其所著《玄中记》一书中，对盘瓠神话又有略微不同的较详细的记叙——

狗封氏者，高辛有美女，未嫁。犬戎为乱，帝曰：“有讨之者，妻以美女，封三百户。”帝之狗名槃护，三月而杀犬戎，以其首来。帝以为不可训[民]，乃妻之女，流之会稽东南二万一千里，得海中土方三千里而封之，生男为狗，生女为美女，封为狗民国。(《古小说钩沉》辑)

两段记叙虽有详略和细节的小异，梗概则大体相同。它们和古书记叙的以及近代民间口头传述的盘瓠神话最大的不同处，就是后者说盘瓠偕其妻到南方深山穷谷去安家立业，繁衍子孙后代，生活是在陆上；而前者却说“浮之会稽东南海中”，到海岛上去建立了国家，生活是在海上。归根究底说来，不过都是神话传说的传闻小异罢了。

又如伏羲女娲兄妹结婚神话，不但在汉民族中自古以来就有传述，在西南苗、瑶等少数民族中也有传述。而《山海经·海内经》却早有了这样的记载——

南方……有人曰苗民。有神焉，人面蛇身，长如辕，左右有首，衣紫衣，冠旃冠，名曰延维。人主得而飨食之，伯天下。

郭璞于经文“名曰延维”下注：“委蛇。”委蛇是什么呢？委蛇就是《庄子·达生篇》所说的“（齐）桓公田于泽”所见的怪物。皇子告敖向桓公解释这怪物道：“委蛇，其大如毂，其长如辕，紫衣而朱冠。其为物也，恶闻雷东之声，（闻）则捧其首而立。见之者殆乎霸。”和《山海经》所记的延维，完全相同。故郭璞以委蛇释延维。其实委蛇、延维本来就是一声之转。闻一多在《伏羲考》一文中说：“我们相信延维或委蛇，即伏羲女娲。”他以汉代画像中所见的人首蛇身伏羲女娲交尾图像，完全同于二书所写延维或委蛇的形象来证明其说，又举了三项例证作为补充，并说苗族“近代奉伏羲女娲为傩公傩母”。我们觉得他的论断是可以成立的，《山海经》所写的南方苗民之神延维，即后世伏羲女娲兄妹结婚再造人类神话的雏形。就是苗民本身，在《山海经》里，也被神话化了。《大荒北经》说：“西北海外，黑水之北，有人有翼，名曰苗民。颛顼生驩头，驩头生苗民。苗民釐姓，食肉。”苗民是天帝颛顼的后裔，生有翅膀。这里并没有民族歧视的偏见。后来《神异经》本此为说，说是“有人面目手足皆人形，而胳下有翼不能飞，为人饕餮，淫逸无理，名曰苗民。”则是封建文人有意的轻诋，不足为训了。

又如后世流传在各民族（包括汉民族）中有关天梯的神话，《山海经》的记叙更为丰富。大概言之，天梯可分两种，一种是以山为梯，一种是以树为梯。先说前者，《山海经》曾多处记载之——

巫咸国在女丑北，右手操青蛇，左手操赤蛇。在登葆山。群巫所以上下也。(《海外西经》)

有灵山，巫咸、巫即、巫盼、巫姑、巫彭、巫真、巫礼、巫抵、

巫谢、巫罗十巫，从此升降，百药爰在。(《大荒西经》)

华山青水之东，有山名曰肇山。有人名曰柏高，柏高上下于此，至于天。(《海内经》)

经文所记的登葆山、灵山、肇山，就是古代巫师或神人“上下于天”的天梯。《淮南子·地形篇》更把以山为梯的昆仑山的天梯性质，记叙得非常明白:“昆仑之丘，或上倍之，是谓凉风之山，登之而不死;或上倍之，是谓悬圃，登之乃灵，能使风雨;或上倍之，乃维上天，登之乃神，是谓太帝（天帝）之居。”山的天梯在古文献的记叙中大略就是如此了。再说树的天梯。《山海经》里也有记叙，只有一种，那就是建木——

有木，其状若牛，引之有皮，若缨、黄蛇。其叶如罗，其实如栾，其木若苉，其名曰建木。在窫窳西弱水上。(《海内南经》)

有九丘，以水络之。……有木，青叶紫茎，玄华黄实，名曰建木，百仞无枝。(上)有九欘，下有九枸，其实如麻，其叶如芒。大皞爰过，黄帝所为。(《海内经》)

建木在《淮南子》里也有记叙。《地形篇》说:“建木在都广，众帝所自上下，日中无景，呼而无响，盖天地之中也。”高诱注:“众帝之从都广山上天还下，故曰上下。日中时日直人上，无景晷，故曰盖天地之中。”高诱释“上下”为“上天还下”，是清楚明白、王确无误的;释为“众帝之从都广山上天还下”,则还未达于一间。揆此文意,建木就是众帝所自“上天还下”者，而不是“从”什么“都广山”。《山海经·海内经》说:“西南黑水之间，有都广之野，后稷葬焉。”说的也只是“野”而非“山”。故释都广为“山名”或“泽名”(《地形篇》另一处高诱注）都非妥当，宜从《山海经》作“野”名。那么此生于都广之野的建木，就是众帝以树为梯的天梯了。首缘此树而登天的，是传说曾“为百王先”[①]的大皞帝

① 见《礼记·月令》正义引《帝王世纪》。

庖牺氏。《海内经》所说的“大皞爰过”，正是说他首缘建木，“上天还下”，对古代相传的神话，作了大书特书的记载。旧释“过”为“经过”，那是解释错了，我在《山海经校注》中有较详细的解释，读者可以参看。

天梯神话是世界性的，不但我国有；其他国家和民族，也可举出类似的例子。汉民族中后世也有若干天梯神话的遗迹。少数民族——尤其是西南少数民族中，至今还传述在人民口头的有关天梯的神话，那就更为丰富了。因篇幅关系，只举下面三个例子。

一个是刊于一九七九年第十期《民间文学》的《卜伯的故事》。故事中有一段说：“（雷王）怕卜伯带人再到天上去捣乱，便把天升高起来，只留巴赤山[①]上的日月树作为天梯，沟通天上地下的通路。……卜伯听了直气得翘起胡子，全身都打起颤来，马上回家把剑磨好，决心到巴赤山那里去找日月树爬上天去。”这是以树为天梯的。

一个是谷德明编《中国少数民族神话选》中的《月亮山》。故事开头便说：“像凤凰羽毛一样美丽的水族山乡，有座高高的月亮山，相传阿波就是顺着这座山爬到天上，引得仙女到人间的。”这是以山为天梯的。毛星编《中国少数民族文学》下册说，独龙族神话讲道：“从前，天和地是连在一块的，连结天和地的是九道土台组成的梯子。”也是以山为天梯的。

而张福山、傅光宇《天梯神话的象征》[②]说：“在各民族间的神话传说中，可以作为天梯的不仅是山和树，还有彩虹，彝族古歌《筑桥的歌》中说：天地相联是彩虹，天上人间相互婚媾都是通过虹桥进行的；云彩，《阿细的先基》讲彝族先民为了到天上寻找种子，是用‘红云彩做梯板，白云彩做吊索，雾露做脚垫，手攀云彩上天去，九十天就到南天门’；大楠竹，布依族的古歌《辟地撑天》里有地上人用大楠竹把天地接起来，顺着它可以登天的内容；铜柱铁柱，彝族在《洪水漫天地》中讲：‘居木武吾啊，竖起铜铁柱，通到天上去，天上地下就此通了婚。’而布依族在《红

① 原注：巴赤山，是壮族民间传说中最高的山。

② 该文刊《思想战线》1984年第4期。

水河与清水江》的传说中，叙述的是七十二个著名的能工巧匠，用木料、竹料做成一架天梯，还有传说中讲的把巨鸟的翅膀当作上天的工具等等。”这是以其他种种幻想的材料作为天梯的。

由此可见天梯神话在少数民族的诗歌和口头传述中极为普遍，而《山海经》及其他古文献中所记叙的又是其嚆矢、先河。

二、开天辟地神话

开天辟地神话不是最早产生的神话，在第五章第五节里已略有论述，但是当我们在对少数民族神话作一般考察的时候，为了叙述的方便，还是暂且从开天辟地神话说起。

少数民族的开天辟地神话，可说是宏伟壮丽，多种多样。大体讲来，可以分为以下四种。

一种认为天地是神或神性的英雄所创造。例如彝族史诗《梅葛》的“创世”部分说，很古以前，天神格兹苦用九个金果变成九个儿子，用五个去造天；又用七个银果变成七个姑娘，用四个去造地。新开的天地常摇晃，天神又杀公鱼三千斤，母鱼七百斤去支地，鱼不眨眼，地始稳固；又杀老虎，取虎骨撑天，天始不摇。天神觉得人世太寂寞，又取虎的左右二膊化为日月，取虎眼化为星星，世间才有光明。天神意犹未满，又拿虎的肠胃化为江海，拿虎的皮毛化为草木，从此地上才有生物。而瑶族的神话却说，古时万能女神密洛陀的师傅死了，密洛陀便拿师傅的雨帽来造天，拿他的手脚作柱子撑起天边的四个角，拿他的身体当大柱撑起天的中央。布朗族的神话与此相类，说是洪古时代，没有天地，没有草木，没有人类。只有黑沉沉的云雾，随风飘忽。神巨人顾米亚和他的十二个儿子，立志开天辟地，创造万物。那时有大犀牛，随云雾飘忽，顾米亚遇见了它，便把它的皮剥下来造成天，再拿云粉做天衣；挖出它的两眼来变做星辰，使它们在天空中闪闪发光。更拿犀牛肉来变成地，骨变成石，血变成水，毛变成花草树木，脑浆变成人，骨髓变成鸟兽虫鱼。而天地虚悬，无所撑托，怕它翻塌，顾米亚又拿犀牛腿作为天的四柱，让它竖在大地的东、西、南、北四角。又捕来巨鳌，叫它驮地。巨鳌不想担任这苦差事，随时都想逃遁，顾米亚便叫金鸡前去看守它，巨鳌一动，金鸡就去啄它的眼睛。但金鸡也有疲倦的时候，巨鳌见金鸡正阖目假寐时，便乘机蠢动，这时就会发生地震。人们便应当赶紧撒米，唤醒金鸡。普米族唱词《捉马鹿的故事》所叙述的天地起源的神话是：传说天神给予了巨人简剑祖一只红狗、一只白狗、一只金狗、一只银狗、一只铜狗、一只铁狗。六只狗帮助简剑祖寻找到了马鹿，便一箭将它射死。然后割下马鹿的头，头变成了天，两只眼睛变成了太阳和月亮，牙齿变成了星星，淌出的血变成了海；又剥下马鹿的皮，皮变成了大地，皮上的毛变成了草木；又挖出马鹿的心、肝、肺，心变成了山，肝和肺变成了湖泊；掏出马鹿的肠子，大肠变成了江河，小肠变成了道路……如今世上的一切，都是马鹿一身变化的。

从以上所举的几个开天辟地神话的例子，可以见到处于人类童年时期的某些民族的设想，天地原是神人以他人或兽畜的躯体创造成功的。前三例又有一个共同的东西：就是天需要拿人的手脚或兽的四条腿去将它撑持起来，地也需要有东西驮支。彝族神话说天神杀公鱼、母鱼支地；布朗族神话说神巨人捕来巨鳌，叫它驮地，这些都和汉族“女娲补天”的构想大致相同。可见处在经济文化发展相似阶段的人们的心理状态，也是大体相似的。

神造天地神话中，又有些小的变异。上面所说的，大体上是一神所造。又有二神共同创造天地的说法。例如德宏地区傣族流行的开天辟地神话说，古时天地未分，只有一片汪洋。天神混散和拉果里到此，商量同造天地。混散造天，拉果里造地，相约七天内造成。七天满了，拉果里地已造成，混散造天还未毕，因此地大于天，天和地不能相合。二神只好将大地揉皱，使天和地相合。如今大地有高山河谷，就是二大神揉皱地面留下的痕迹。和这神话类似的，还有土家族的《张古老制天李古老制地》神话。布依族神话《混沌王与盘果王》也大略相似。汉族神话也有“古未有天地之时，惟象无形，……有二神混生，经天营地”（《淮南子·精精篇》）这样的说法。

就是一神创造天地神话中，也还有如下的特异构思。哈萨克族神话说，世界是萨甘加创造的，在这以前，天只有圆镜子那么大，地只有银元那么大。萨甘加把天地拉成现在那么大，并且把天地做成三层：地下层、地面层和天空层。为了固定天的位置，用高山作钉，把地钉在巨牛的一个角上。巨牛摇头驱蝇或将地从这一个角移到那一个角时，就会发生地震。

神创造天地神话大体便是如上所说。第二种是说古时天地不分，是神或具有神性的人将天地分开的。水族神话说，太古时候，天地相连，昼夜不分，漆黑一片。有女神伢俣，出来开天。她用手抓住两块，猛力一掰，天地就分开了。再擎天向上，踏地向下，拿铜棍撑天肚，拿铁棍支地心，用鳌骨撑天的四边，支地的四角，于是天地就稳笃，千年万载，永不崩落了。布依族神话说，是造物主翁嘎用大斧头把天地劈成两半，然后再用大楠竹把天地撑开。佤族神话说，古时天地紧相连，是妇女舂米，杵棒碰着天，把天顶高了；男人劈柴，劈坏了地，所以形成深谷高山。彝族史诗《勒乌特依》叙写天神恩体古兹和诸神共同做开天辟地的工作，更是复杂细致：先让铁匠神打造铜铁叉，诸神拿了它去开缝，又用铜铁扫帚去扫，铜铁斧头去劈、去捶打，然后才把天地开辟出来。

第三种是天地自分说。这一说法是把天和地都设想做了人。例如珞巴族神话说，最初，天地不分，混沌一团。后来，天从中间鼓了起来，逐渐离开了地，但周围还是和地连在一起。天和地结了婚。不久，大地便生了九个太阳。

第四种说法更是奇特，说大鱼或巨兽创造了天地万物。哈尼族神话说，远古时候，世间只是一片混沌的雾，这雾翻腾了不知若干年，才变成极目无际的汪洋大海。从中生出一条大鱼，不识首尾。大鱼见世间上无天，下无地，冷清空荡。便将右鳍上甩为天，左鳍下甩为地，又摆动身子，从脊背送出七对神和一对人。世间才有了天、地、神和人。怒族神话说，宇宙万物都是被巨人砍死的巨兽所变化：巨兽的血化成石头，血脉化成金、银、铜、铁，毛化成树木森林，剩下两只眼睛，一只未腐烂，化成太阳，一只已腐烂，化成月亮。

少数民族的开天辟地神话传说，原是多种多样的，以上所举四种，只是大体上的分类概括，还有一些无法进行概括分类的，就不细说了。又还有开天辟地神话和创造人类神话糅合在一起、不容易分拆开来的。例如独龙族神话《木彭哥》说，远古时候，日月交配，才有生物。但是所生之物，都是无棱无角的圆块，后有雪山神卡窝卡蒲出来，将白雪化为清水，清濯各物，除去它们身上的赘瘤，才分出各种生物的类别。首先现出的是人类，为一男一女，其次现出的是鸟、兽、虫、鱼等，都各有性别。所以男女自相交配，就成了今天的人类。其余飞、走、爬、游各物，也都繁衍成了今天的动物。男女成亲后，虽然子孙繁衍，而世上无粮种，其夫木彭哥便乘日光腾升上天，窃来粮种，等等。又例如鄂温克族神话《神龟撑天》说，很久很久以前，有个佛师叫保鲁恨巴格西的，每日每时都在专心致志地用泥土造人和万物。捏来捏去，身边的泥土全用光了。偶然发现神龟阿尔腾雨雅肚子下面还积压着大量泥土，佛师想用这些泥土，又不忍伤害神龟。正为难时，忽见天神尼桑骑白马、背弓箭从日出的地方飞奔而来。佛师请他助一臂之力。尼桑弯弓搭箭，一箭射中神龟的颈脖。神龟负痛，颤动着身子离开了它伏卧的地方，仰面朝天昏晕过去了。从此神龟就用它的四只脚当支柱，牢牢撑起了苍天。只是时间久了，天空压得它过于困惫时，它才不得不晃动一下身子，于是就发生了地震。佛师从神龟腹下得到了泥土，从此他造人类、造万物的伟业就长久地继续下去了。这些都是不大好分类的，只好在这一节论述开天辟地神话中附带说说。

从以上所举的一些例证，可知有些开天辟地神话的产生时期，不会是很古的，因而有像彝族史诗《梅葛》所写的“金果”、“银果”，水族神话伢俣开天“拿铜棍撑天肚、拿铁棍支地心”，彝族史诗《勒乌特依》所写的“铜铁叉”、“铜铁扫帚”、“铜铁斧头”等事物的出现。但虽说这样，这些神话，仍应属于人类童年时期产生的神话，因为它们反映了人类童年时期天真烂漫的幼稚心理，只要我们不把人类童年时期制约在原始社会范围以内就行了。

从大部分开辟神话中，还可以见到原始先民神话思维的特点，那就是不合逻辑而自成逻辑[①]地表达其想象和思维的方式。哈萨克神话所说萨甘加用高山作钉，把地钉在巨牛的一个角上，巨牛摇头驱蝇或将地从这一个角移到那一个角时，就会发生地震，便可作为开辟神话中神话思维的突出代表。只要能够说明地何以经常保持稳定状态偶然又不太稳定的这种情况就够了，这就是原始先民的逻辑，其他皆非所问。巨牛站在哪里？高山怎样能够将地钉在牛的一个角上？既然钉住了，牛何以又能将地从此角移到彼角？在处于儿童心理状态的原始先民的思维和想象中，这些都可不问，都是符合逻辑的，并不成为逻辑的障碍、缺点或漏洞。此其所以为神话，有些人称它为"荒诞"，有些人却称它为"具有永久的魅力"。

三、创造人类神话

开天辟地神话经常是和创造人类神话紧密相连的。天地开辟了，就必须有人类出来做天地的主人公，所以有些民族的创世神话于开天辟地之后紧接着就叙述创造人类。如瑶族神话《密洛陀》即是一例。女神密洛陀开天辟地之后，便设计造人。起初用泥土、米饭、苞芒叶、南瓜、红薯造人都不成，因而想造人须选择个好地方。于是相继派遣野猪、狗熊、麝、啄木鸟、长尾鸟、乌鸦等飞禽走兽去寻找，都没有找到。最后派遣老鹰带干粮去找，果然找到一块很好的地方。那地方温暖如春，杜鹃花开满山谷，有蜜蜂在树洞中作巢。密洛陀将蜂巢背回，白天炼三次，晚上炼三次，装在木箱里。经过九个月，听见箱子里哭叫声很大。打开箱子一看，见箱子里所有蜜蜂一个个都变成了人。密洛陀悉心哺育他们，人群长成后便各去山头，建村立寨，开山种地，从此以后村村寨寨、山山岽岽都有人烟了。

这是关于神创造人的一个比较典型的例子。用的材料是蜜蜂，构思

---

① 法国学者列维－布留尔在其所著《原始思维》一书中称之为"原逻辑"。

相当奇特。为什么要用蜜蜂作材料呢？推想起来，大约因为蜜蜂有勤劳、勇敢、智慧、善良，加上团结这样一些属性，和人类的属性是近似的吧？说它含有某些象征意义，当不为过。

一般说来，神创造人用的材料还是泥土。女娲抟黄土作人的汉族神话不用说了，就少数民族来说，达斡尔族以为人类的起源，乃是天神用泥土将人捏出来的，所以人身上的污泥总是搓不完。又说天神捏出许多男男女女各种长相的人后，放在阳光下晒着，忽然下了暴雨，天神急忙收拢，把好些泥人碰坏了，所以世间就有了缺胳膊短腿的，或者鼻子、眼睛有毛病的等有障碍的人。这种生理缺陷的神话解释，似乎比女娲神话中的什么“富贵贫贱”的解释要自然、合理得多。用泥土造人，独龙族、傣族也有相同的说法。傈僳族神话和鄂伦春族神话却稍微与此不同。傈僳族神话说，大地上最初的人类乃是远古聪明神匠削木头做偶人制造出来的。这些木偶能够行动、言语、饮食，还能生育，和真人一般无二。神匠制造了十二个和自己形貌完全相同的木偶，自己杂在木偶当中，连他的女儿也不能辨别。最后终于被他的妻子辨认出来了，十二个木偶便退避到山林中去，和猿猴交配，以后产生了各种人类，傈僳便是其中的一种。鄂伦春族神话认为人类是由恩都力莫里根用飞禽的骨肉创造出来的。先造男人，后造女人，男女结合，才生出后代。造女人时，由于飞禽的骨肉不足，补充了些泥土，所以女人力小，不任重役，等等。神创造人的神话大体就是如上所说的这些。

除此而外，还有神孕生人的神话。哈尼族神话说，踏婆和模米两位神仙吃了怀胎水，浑身上下怀娃娃。“太阳光下生男人，月亮光下生女人。踏婆生了百人，模米生了千人。天地一起生万物，男女成对生儿女。大地上出现了七十七种姓，七十七种族。”[①]高山族神话说，远古时候，一男神从山岩巨石中迸裂而出，另一男神则从海浪大竹中迸裂而出。他们都系独生，往来密切，形影不离。一天晚上并枕熟睡，不觉膝头和膝头互相摩擦。于是奇迹发生了：一神的右膝忽然生出一男儿，壮健活泼；一神的左膝忽

① 见哈尼族史诗《奥色密色·民族起源》。

然生出一女孩，苗条清秀：从此二人便成为高山族卑美人的祖先。

还有神降生为人的神话。阿昌族神话说，遮帕麻和遮米麻两个神人，在做好造天织地的工作以后，便降生到世界上，结成夫妻，生下九种民族，创造了人类。

更有一种神话是：人是由天降生的。例如珞巴族神话说，天和地结婚，生了太阳，太阳生了老虎，老虎生了两个儿子，一个叫日尼，一个叫日洛。日尼就是阿巴达尼，阿巴达尼的子孙，就是现在的珞巴族；日洛就是阿巴达洛，阿巴达洛的子孙，就是现在的藏族。又例如纳西族神话说，“很古很古的时候，天地混沌未分，东神、色神在布置万物，人类还没有诞生。”后来，几经周折，天地终于判分了。在“居那若倮山上，产生了美妙的声音；居那若倮山下，产生了美好的白气”，声音和白气混合，产生了三滴白露水，三滴白露水变成了大海。天下了人类的蛋，大海孵出恨矢恨忍。“恨矢恨忍传后代”，“传到第九代”，便是史诗《创世纪》中的人类始祖从忍利恩。

在少数民族创世神话中，洪水遗民、兄妹结婚、再造人类又是比较普遍的共同主题。这类神话，可以以瑶族的《伏羲兄妹的故事》[①]为代表。神话大略说，古时雷王和大圣一个住天上，专司雷雨，一个住地上，专种庄稼。大圣恳求雷王保证风调雨顺，雷王要每年收租一半。大圣恨雷王心贪，和雷王结下冤仇。雷王常在大圣屋顶打雷，大圣捞青苔铺在屋顶上，雷王从屋顶滑跌下来，被大圣捉住，关进禾仓。大圣嘱咐他的儿女伏羲兄妹好生看守雷王，千万不要给他水喝，自己到圩场买盐和装肉的坛，准备腌吃雷王。伏羲兄妹见雷王口渴求水可怜，给了他一瓢饲猪的潲水。雷王得水，破仓逃出。临上天前，拔下一颗牙齿赠与伏羲兄妹，叫他们赶快拿去种在土中，遇有危难，便藏进所结的大瓜内。雷王去后，伏羲兄妹果然如言施行，顷刻出秧牵藤，开花结果，长成一个葫芦大瓜。雷王上天，发下洪水，要淹灭世上人类。雷声隆隆，大雨倾盆。兄妹急忙凿开葫芦，钻进葫芦瓜中。大圣恰好买了盐和坛子回来，水已漫进屋内。大圣知道事情坏了，见门外有猪槽，赶紧跃进槽中。葫芦和

① 见《瑶族民间故事选》，上海文艺出版社出版。

猪槽，都随水漂流，愈涨愈高，漂流到天门附近。雷王见大圣乘猪槽来，便降暴雨，水入槽中，猪槽沉了，大圣也淹死了。大圣死后，化作七星鱼，将海底凿了个大洞，水从洞中漏去，洪水渐消。伏羲兄妹在葫芦中七天七夜，随洪水漂到昆仑山，走出葫芦一看，花草、树木、村庄都被洪水荡尽，世上已无人烟。乌龟、竹子、乌鸦等物均劝兄妹结婚，再造人烟，兄妹不允。后遇太白仙人，也劝兄妹结婚，兄妹还是不允。仙人又教二人对山滚石磨，石磨合在一起了，隔山梳头发，头发飘舞空中，愈梳愈长，最后也绞结在一起了，二人才无话可说，同意成亲婚配，婚后妹便怀孕，产一肉团，形似冬瓜。夫妇厌恶，用刀砍碎它，放在晒棚上曝晒，经过七天七夜，碎肉都变成了芝麻和青菜籽。二人拿了这两样东西到山上去撒播。大部分随风飘扬，落在平地上，平地上就起了袅袅炊烟，这就是汉人。少数落在山地上：落在河边茶林地的，就是茶山瑶；落在山坳的，就是坳瑶；落在麦穇地的，是山子瑶；落在花竹篮的，是花篮瑶；盘里还有一些剩余的种籽，便拿去乱撒在山里，便成了盘瑶——这就是大瑶山有五瑶的缘始。

和这种格局类似的神话，在壮族、苗族、布依族、水族中都有，情节大同小异。壮族神话讲的是伏依兄妹，当然就是伏羲兄妹的音转。伏羲兄妹，在汉族的神话传说中就是伏羲和女娲，二人以兄妹结婚而为夫妇，早见于古代文献的记录和石刻画像与砖画。唐代李冗的《独异志》记载了这个神话的后半段："昔宇宙初开之时，只有女娲兄妹在昆仑山，而天下未有人民，议以为夫妇……"没有前面雷王发洪水和伏羲兄妹入葫芦避水的情节。闻一多《伏羲考》说洪水情节很可能是以后附加上去的，其说颇有理。但也并不排斥汉族神话中原也有洪水遗民的情节，只是记录者记录未全，出现了只录了它的后半段这样一个小小的疏忽。瑶族神话说伏羲兄妹在葫芦中随洪水漂流到了昆仑山，就和如上所述汉族文献的记载相衔接了。总之这个问题还可以细加研究。

在血亲婚配、繁衍人类的神话中，羌族的《姐弟造人烟》神话最为别致。这个神话又有两种不同的传说。一种传说说，有个顽皮的猴子从马桑树攀登到天庭去玩耍，东翻西搞，碰翻了金盆，泻下了洪水。有姐弟二人，急入一黄桶避水，才幸免淹死。另一传说说，天上出了九个太阳，所有人和动物都被晒死了。有姐弟二人同爬上一棵敬神的古柏，才幸免晒死。以后的情节就大体相同了。还有黎族神话，说的是洪水泛滥以后，母子结婚；鄂温克族神话，则说是父女结婚。这种不同班辈的血亲婚配，反映的原始婚姻关系时代还要更早一些，应当是在原始社会杂交时期的婚姻关系。不过到了产生这类神话的时候，不论兄妹或是姐弟也好，母子或是父女也好，他们这种婚姻关系已经不为当时的道德风习所容许了，所以只好让他们在最特殊的情况下（洪水或毒日绝灭了人烟）实行之。实行的时候，连神话的主人公自己也感到羞耻，所以事先要求神问卜，或要用特殊的方法来蒙骗对方（黎族神话母亲黥面蒙骗儿子）。结婚以后生了肉球或无手足的孩子等怪胎，虽说切碎以后仍都变作了人，繁衍了人类的子孙后代，但怪胎的奇异形状，也使人们得到了一个不可近亲婚配的生理卫生上的认识。所以这类神话既是历史记录性质的，同时又是社会风习批判性质的，对于后世的人们起到很好的认识作用和教育作用。

四、始祖诞生神话

各民族神话中，始祖诞生神话是和创造人类、再造人类神话比较接近的。所不同的，创造人类、再造人类神话所讲述的人类，往往带着泛指的意味，而始祖诞生神话所讲述的始祖，则是某一民族乃至某一民族的一个支系的特定的始祖。如汉族神话的“天命玄鸟，降而生商”（《诗经·玄鸟》），商是商契，就是古代商民族特定的始祖，又如姜嫄践巨迹生弃（《史记·周本纪》），弃是后稷，就是古代周民族特定的始祖。少数民族中这方面的神话也是所在多有，并不缺乏。以台湾高山族神话《两粒蛋》为例，可见一斑。据说高山族排弯人的始祖生在两粒圆蛋中。高山上有两粒圆蛋，猫狗见而爱之，抱蛋睡眠，蛋渐变黄、变大，终于在一天朝阳初升时，迸出一男一女两个婴儿。猫和狗绕蛋呜呜，表示欢喜和祝贺。

婴儿成长迅速，不久便像大人。脸红，身上长毛，有尾巴，像山里猴子。后来尾巴渐短，只是脸上还有绒毛，还不会说话。他们想说话，可惜猫狗都不会说话，不能教他们。他们听到林中鸟鸣，便学鸟语声。一种鸟鸣："鸠谷！鸠谷！"另一种鸟鸣："普纳雷！普纳雷！"男的便叫自己做"普纳雷"，女的便叫自己做"鸠谷"。至今排弯人敬重、爱护猫狗，不许打杀或食用猫狗，死了就用麻袋裹起来埋葬在土中，风俗相沿不变。有意思的是：这段神话既关系到民情风俗（男女取名，猫狗埋葬），又关系到原始先民对进化论的模糊认识（人是从猴子变来的）：因而可以算是始祖诞生神话中比较有典型性和代表性的。

彝族史诗《三族起源》在始祖诞生神话中却别饶意趣。神话大意说，大洪水后，人类仅剩居木吾吾一人，以及所救的一些小动物。吾吾折箭杆烧火取暖，一缕青烟上升到天空。天神派野公鸡及司天、司地、日、月、云、星等六神下地查看，要逮捕吾吾。六神怜悯吾吾，求天神将幼女尼托嫁给他，天神饶恕吾吾，但不允婚。吾吾便和小动物商议，乌鸦、蜜蜂、蛇、老鼠等都自告奋勇，愿去天上说亲。乌鸦带蛇、鼠、蜜蜂等飞上天去，扰乱天神的家，天神和幼女都病了。吾吾请蛤蟆大哥为他们治病，病愈，天神终以尼托嫁吾吾。婚后三年，连生三子，三子皆哑。吾吾先后请蜘蛛、野公鸡、小天雀上天问原因。小天雀藏入天神顶楼葫芦中，偷听到天神对他的妻子讲治哑病的方法。吾吾便去屋后斫下三节竹，投入火中烤爆，又烧水三锅烫其三子，三子被烫都喊"热"，哑病便消失了。长子习惯于蹲坐，是为藏族之祖；次子跳上竹笆坐，是为彝族之祖；幼子习惯坐门限，是为汉族之祖。三子都能言语，但所说的话互相不晓。幼子吾吾拉叶知识广博，垒石作地界，住平原，直达海畔，是为汉族；次子吾吾拉兹挽草结作地界，住高山，古侯、曲涅是其亲友，阿布、阿尔是其远支，是为彝族；长子吾吾斯沙插木牌为地界，住高山，是为藏族。这段神话主要讲的是彝族始祖的诞生，却又牵连汉、藏两族。汉、藏两族在神话中，看来不过是彝族的旁支，这其实是民族同源的意思；在中国这个多民族居住的大家庭里，好些民族（包括汉族）的神话中，往往都有这层意思。这层意思是作为民族团结、和睦共居的基点而包涵在里面的，也可算是历史的影子，它自然具有着进步的倾向。从神话叙写的内容看，人和各种动物为友，又显然有原始社会前期活物论神话的痕迹，可知这类神话（包括前所述高山族猫狗育养人类的神话）传述之早，实当从远古而来。

此外，如满族神话《佛库伦》、朝鲜族神话《天王恒雄》、蒙古族神话《天女之惠》、傣族神话《叭阿拉武》、德昂族神话《德昂祖先》等，大抵叙写神或人误吞异物（例如满族佛库伦误吞朱果，傣族叭阿拉武之母误饮椰子水），或人（包括动物）与神结婚（例如朝鲜族熊女与天王恒雄结婚，蒙古族青年猎人与天女结婚，德昂族仙人后裔与龙女结婚），因而生出该民族的始祖。这些神话虽说命意大体相同，无非夸饰始祖诞生的不平凡（前二例尚有母系制社会的遗迹，后三例则已由母系渐转入父系），而却各具民族的风貌和特色，内容情节也各式各样，不相雷同。

在始祖诞生神话中，又有如阿昌族的《遮帕麻与遮米麻》、佤族的《西崩里》、普米族的《洪水滔天》、基诺族的《阿匹额额》等神话，混合了开天辟地、洪水遗民等多种类型神话而成。这类神话一般情节都比较复杂，趋向于故事化的途径，大都是几个简单神话的组合。以阿昌族的《遮帕麻与遮米麻》为例：遮帕麻造天，遮米麻织地，原本是两位开天辟地的大神；后来他们降生世上，结为夫妻，生下九种民族，又成了人类的始祖。以后又有遮帕麻带兵去补天，国内出了一个反王腊訇，制造假太阳以害苦群众，遮米麻不能制止。后遮帕麻带着在外地结婚的盐神桑姑回国，得桑姑之助，和腊訇斗法，终以毒菌杀死腊訇，射落假日，使世界又获得新生等情节。开天辟地的大神，自然可以作为人类的始祖，汉族神话不是也有“盘古氏夫妻，阴阳之始也”（任昉《述异记》上）这样的记叙吗？但是遮帕麻带兵去补天（据说还是带着赶山鞭去的）、反王造假日等种种情节，无疑又都是后世传说的附益，大约是根据流传在附近各民族中的神话拼凑出来的。这类神话的中心内容虽然讲的还是始祖诞生，但又混合其他多种神话因素，我们只好称之为混合型的始祖诞生神话。

由始祖诞生而使人类得到孳生繁衍以后，所面临的问题，是部族与部族之间的矛盾。矛盾尖锐化了，免不了就要发生战争。通过神话的折射，也有反映部族战争这方面的情况的。但是寻检起来，却并不多见，只有纳西族史诗《黑白争战》和羌族神话《吉戈大战》可以作为代表。《黑白争战》描写居光明白界的米利东主和居黑暗黑界的米利术主因争夺日月而引起的一场争战。经过许多周折，最后，东族得雷神优麻及白猿之助，终将术族城堡一一攻克，大获全胜。东族“把术的天割下来做地，把术的地翻起来做天，把术的水源截断，把术的火种灭掉”。从此以后，东族子孙昌盛，光明永生。史诗曲折地反映了古代纳西族人和邻近部族之间的斗争。羌族神话《吉戈大战》反映的情况也大体相同。神话说，古时吉嘎布（羌人）在山上牧放神牛，嘎日堵（戈基人）偷了一头神牛，宰而食之。天神闻听非常生气，亲到凡间讯察其事。叫二人都张开口，见吉嘎布齿缝中只有菜渣,嘎日堵齿缝中却有肉丝。又到嘎日堵所住的楼上，见草堆里有牛头、牛骨，于是事态已明，便叫二人比武。天神把麻秸和雪团给了嘎日堵，却把柳条和白石头给了吉嘎布。其结果当然是柳条和白石头战胜，而麻秸和雪团失败。嘎日堵不服，要求再比。天神又叫二人造房，以快速坚牢者胜。嘎日堵新屋落成，正设宴款待宾客，贺者满门。天神化为凡人，骑骡，抱公鸡，带火炮，偕同吉嘎布假装前去祝贺。趁人不注意，悄悄把骡子拴在新屋的中柱上。临别时，天神暗命吉嘎布在骡子的尾巴上点燃火炮，骡受惊狂奔，柱倒屋塌，嘎日堵和所有的人，无分宾主，都压死在倒塌的新屋下。两天以后，才有一个幸存者从屋里爬出来。天神给了这个幸存者一件宝贝，骗哄他到远地去，三代人都不再返回。从此以后，吉嘎布便在这里安居下来。这段神话又关系到“白石神”的传说。西南民族学院语文系民族文学教研组编的《羌族文学作品选》(未刊稿)中《太子坟》注二说:“木比塔是羌民房顶上供奉的白石头，就是‘白石神’。”这个传说又有两种不同的异文，一说是古代羌人和戈鸡人战争，不能取胜。当时有神梦中指示羌人，要用白石作武器才能战胜戈鸡人。羌人如言而行，果然得胜，但不知此神的形象如何，只好用白石代替以供奉之。一说是戈鸡人与羌人作战，羌人战败，遁入一白岩，戈鸡人不见羌人，但见眼前一片白雾，羌人因得逃脱。后来羌人便拿白石作为神的标志供奉起来。这两种异文虽然记叙的也是羌戈战争，但已经几乎接近历史，神话因素远不如前面一种浓厚了。前面一种才真是通过神话三棱镜的折射，反映出来的处于童年时代的羌族人民的历史面影。

汉族著名的黄炎战争（包括黄帝与蚩尤战争）神话，也是反映部族战争的,见于《山海经》、《列子》诸书所记。此外还有《山海经·大荒东经》记的“有易杀王亥”、《大荒北经》记的“修鞈杀绰人”、《海内经》记的“术器……是复土壤，以处江水”等，恐怕也都是有关部族战争的。不过因其记述简单，没有充分引起人们的注意罢了。

五、活物论神话

本书第一章阐述“原始社会前期的神话”时，曾介绍了残存在《山海经》里的属于活物论神话的两个例子：一是“各有两首”的虹䗖（虹虹），另一是“知人名”的狌狌（猩猩），还介绍了《山海经·海外北经》（还有《大荒北经》）的夸父追日神话，《淮南子·本经篇》的羿射十日、“缴大风”神话，说它们也残留着原始社会早期活物论神话的印痕。汉族的活物论神话，确实是曾经有过的，但保存在文献记录和口头传说中的，已经不多了，并且只有零星片断的例子可以举证。而具有活物论神话因素保存在少数民族中的，却极为丰富，几乎俯拾皆是。前面所举开天辟地、创造人类、始祖诞生诸神话中，都杂有活物论神话的成分；现在再举近似寓言、童话的龟兔赛跑型神话数例，作为活物论神话浅近的说明。

已故人类学学者林惠祥在其所著《神话论》一书中曾说：“龟兔竞走的寓言也见于原始民族中,但他们却把它当做神话。”这话是在第五章“神话实例——五、动植物神话”中所说的，并举了非洲尼革罗人传述的龟鹰赛跑神话为例。在我国少数民族民间故事中，这种类型的故事可以举出好几个，如佤族的《老虎与蜗牛》、毛南族的《蜈蚣与鼻涕虫》，高山族的《乌鸦与翠鸟》，等等。故事的主题一般都是弱小的动物在和强大的动物作某种竞技（通常是赛跑）时，每每依靠它们的机智、团结和毅力，取得最后胜利而挫败竞争的对手；而强大的动物却常常由于骄傲轻敌而遭受失败。佤族的《老虎与蜗牛》便可以作为这种类型的故事的代表——

蜗牛走得很慢，骄傲的老虎非常看不起它，要和它赛跑。双方约定，途中老虎喊蜗牛，如果不答应，说明蜗牛落后了，也就输了。比赛开始后，老虎一下跑出好远，它喊了声："蜗牛！"前面立即答应："我在这里！"老虎急了，拼命往前跑，再喊："蜗牛！"前面又答应："我在这里！"这可把老虎吓坏了，它认为自己输了，就夹着尾巴溜进了森林。原来，蜗牛事先和同伴商量好，在赛跑的路上一段藏一个蜗牛，互相响应，因此蜗牛战胜了老虎。（毛星主编《中国少数民族文学》下册）

这类故事现在我们一般都将它看作寓言，其实它是处于人类社会发展低阶段的神话，是前万物有灵论时期的活物论神话。后世的寓言和远古时期具有寓言性质的活物论神话的根本区别，在于寓言每将动植物拟人化，借它们的行事以寓意，而活物论神话却是将动植物（乃至日月星辰、风云雷雨等自然界物事）都看作和人一样有生命、有意志的活物，它们本身的行事自然也存在着一番寓意。所以寓言和神话其实是有互相沟通之处的。即使是比较后期的神话，如我国古书记叙的"夸父追日"、"刑天断首"、"精卫填海"、"愚公移山"等，莫不也都各有一些寓言的性质或象征意义存于其中，而为哲学家所凭借以抒发其哲理，诗人所凭借以寄托其感慨。希腊神话中的许多片断，在这方面尤其表现得充分，因而在马克思、恩格斯著作中常加以援引。

完全属于活物论神话的典型例子，却也并不多见。现在姑举苗族民间故事《美丽的娘阿莎》①一例，以为活物论神话比较恰当的说明。原文较长，只好将它节缩为浅近的文言——

娘阿莎从山谷井中出，年长十八，美名扬天下。乌云为讨好大阳，

① 见燕宝编《苗族民间故事选》，上海文艺出版社出版。

> 往说娘阿莎嫁与之，樱桃花、画眉鸟皆以为不可。乌云怒，竟强迫娘阿莎嫁至太阳家。太阳懒恶丑，役使月亮为之劳作。月亮勤劳忠厚，结实标致，与娘阿莎渐相爱。乃相约同逃，至远方安家。大星通桑闻之，急往报知太阳。太阳恚恨，怒责猫狗未尽职守。猫头鹰见而讽之，太阳取弓箭逐去猫头鹰。乃亲自往寻娘阿莎。遇鹭鸶、水鸭浴于河，询妻踪，不告。复遇乌龟，乌龟直言告之，太阳怒以足踏龟，故今龟身扁也。复遇水獭，太阳许水獭占有河塘全部鱼虾，水獭遂告太阳二人已逃至天涯海角。太阳亟追至天涯海角，觅得二人。娘阿莎义正辞严，责太阳不应常远游不归。太阳无辞以对，请理老评议。理老亦右娘阿莎而左太阳。太阳乃申言：若得两端有尾牛与两端有鬣马者，即许娘阿莎归月亮。月亮乃使两牛相抵，两马相踢，令太阳往视，太阳嘿然。娘阿莎遂嫁月亮。太阳既恚且羞，为使人勿见其羞颜，乃射出金针万枚，以刺人眼；人视太阳，恒眼花缭乱，以此故也。

这段神话，虽然被收在民间故事集子中，实在应当算是神话，是原始社会前期活物论神话，也是解释自然现象的神话。娘阿莎苗语是清水姑娘的意思，清水被太阳照晒就会干枯，被月光照射就愈见清朗，这就是清水姑娘最终要逃离太阳，嫁给月亮的主要原因。研究分析这段神话，可以论述的有如下三点：一、神话所叙写的各个人物，如清水姑娘（娘阿莎）、太阳、月亮以及各种动植物等，只是作了初步的拟人化，还保存着各种物事本来的形姿，虽以日月的尊显，也没有将它们当做神来看待，推其本源，应是前万物有灵论即活物论时期的神话。二、这段神话，体裁格局，近于童话，实在就是后世童话的滥觞；从这里也可以知道，后世的某些童话，寻绎其雏形，往往就是远古时期的神话。三、这段神话虽然产生在原始社会早期，辗转承传到今天，已经含有若干阶级社会的积尘，如太阳役使月亮为他劳作，理老评议中有“赔你三船金、三船银”（原文语）之类。当然也不能因为有了后世这些积尘，而否认其为远古时期的遗留物。

可以当做活物论神话看待的，还有藏族的《马和野马是怎样区分的》[1]、达斡尔族的《杀莽盖》[2]等。前者叙写天上的神马与吉隆当哇的马王结合，生三小驹。因缺水草，各赴茂草清泉之地。马兄遇一野公牛，野牛想独霸草原，马兄请他略为相让，野牛横不理睬，侧头竖角，突然挑马兄致死。幼弟提议立刻去为长兄报仇。二兄不肯，说长兄力最大，尚且不敌野公牛，我等何能敌。弟兄意见不同，各奔东西。后来幼弟终于恳求人帮助他杀死野公牛，为长兄报了仇。从此幼弟便成了人类的忠实朋友，而二兄则逃入山林，成了野马。这是推原论神话，也是活物论神话，马、牛等都是和人一般有生命、有意志的活物。《杀莽盖》则叙写一个孩子，因莽盖（达斡尔语魔鬼的意思）夺去他的金银萨克（一种小孩子的玩具），他赶着车子，带着小刀，要从莽盖手里将它夺还。路上遇见耳朵、眼睛、锥子、鸡蛋、鲇鱼、红棒和白棒、湿牛粪和磨盘，各自都说他们有用，可以帮助他去夺取。孩子把他们都载上车，到了莽盖的家。这以后就展开了一场各种物事和莽盖鏖战的趣剧。最后由孩子拿刀将莽盖杀死，夺回金银萨克，和众伙伴登上车子，笑语欢歌，胜利返回。这无疑是一篇非常适合儿童心理的后世流传的有趣童话，观其所写内容，有金银萨克、锥子、碗橱、火盆、烟袋等物，自然已经不是原始社会早期景象。但其构思设想，却纯然保存着原始社会早期活物论神话的痕迹，将它选入《中国少数民族神话选》中，我看是很有识见的。

这部书还选了《阳雀造日月》和《公鸡请日月》两篇苗族神话，其所写情景，也非常像童话而实际却是早期原始社会遗留下来的活物论神话。《阳雀造日月》是说很古很古以前，天上没有太阳，也没有月亮，人间一片黑暗。聪明的阳雀，打了九个石盘，制成九个太阳，又打了八个石盘，制成八个月亮。接着，用全身力气，将九个太阳和八个月亮抛到天上。请注意，这里所写，阳雀就是小鸟阳雀，而不是什么名叫“阳雀”的青年后生。然而它竟有这样大的力量，自己打造石盘制成九个太阳和八个

① 见毛星主编《中国少数民族文学》上册，湖南人民出版社出版。

② 见孟志东编《达斡尔族民间故事选》，上海文艺出版社出版。选入谷德明编《中国少数民族神话选》。

月亮，还把它们都抛上天去。阳雀显然具有造物主的身份，却又不像后世所传的造物主那样庄严威赫，倒像是一个天真活泼、自信心强的儿童。太阳、月亮充斥宇宙，把大地晒得焦热，把草木烤得枯黄，只有一棵麻秧树还活着，其余的都被太阳晒死了。阳雀便又砍了这棵麻秧树，用树干作弓，用树枝作箭，射下八个太阳和七个月亮，只留下一个太阳和一个月亮。造物主的阳雀顿时又一变而为射日射月的英雄，将他所创造的多余的太阳、月亮，干脆利落地一下子都收拾了。留下一个太阳和一个月亮，原来是要它们继续照耀世间的，但它们却被骇得躲藏起来不敢出来。阳雀先后派遣花牯子（花牯牛）、飞龙马和公鸡去请太阳、月亮，花牯子和飞龙马叫声过大，形象凶恶，反使太阳、月亮隐藏更深。只有公鸡的鸣叫声，亲切甜蜜，充分表现出热情、谦虚、诚恳的意思，太阳听了，很受感动，首先从山顶爬出。月亮胆小，还不敢出来。隔了一天，见太阳平安无事，才尾随太阳的足迹追去。这样太阳就走白天，月亮就走夜晚，循环不息。太阳、月亮为报答公鸡的恩情，特地打了一把金梳子，送给公鸡。公鸡便将这把梳子，梳口朝上，梳背朝下，戴在头上，直到今天。整篇神话的格局，岂不就像一篇绝妙的童话？然而它是人类童年时代的神话，不是后世的童话。神话里叙写的角色，从阳雀、太阳和月亮直到公鸡，都是有生命、有意志的活物，而不是后世童话中拟人化的动植物。虽然后世童话和远古时代活物论神话又是一脉相通的。二者的分界线只是活物论神话的创作者（群体）相信所叙写的事物为实有，而童话的创作者（多半仍是群体，也有小部分是个人）已借动植物的行事作适当的寓意了。

后面一篇《公鸡请日月》，其格局和情景也很像《阳雀造日月》，只不过前段造日月的主人公已不再是小鸟阳雀，而是“苗家的四个祖先——告宝、告雄、告且、告当”了，造日月用的材料也不再是简单的石盘，而是“用金银铸造”的了。可见这篇神话产生的时期应晚于前篇。后段公鸡请日月，在它去之前，还派了蜜蜂、黄牛和狗去，这些动物，或声音太小，或声音太大，令人烦燥，都没有能够将太阳、月亮请出来。最后是在一大群公鸡中，经过比试，“选出了一个文武双全、才貌出众的名叫阿丢的大红公鸡去”，才把太阳、月亮姑娘请了出来。这篇神话，自然也还是处处可见活物论神话的痕迹，但已不是原始的活物论神话了。它已经初步有了拟人化的描绘，如公鸡去叫门时和太阳、月亮姑娘相互间的种种表情、对答。虽然也是天真烂漫，很像童话；但它毕竟还是神话，不过是从活物论神话向童话过渡的神话罢了。这两篇作品，是对研究神话和童话关系比较能说明问题的作品，值得对它们好好地进行研究。

第十七章

少数民族的神话（下）

一、解释自然现象神话

鲁迅先生在《中国小说史略》第二篇“神话与传说”中说:“昔者初民，见天地万物，变异不常，其诸现象，又出于人力所能以上，则自造众说以解释之。凡所解释，今谓之神话。”可知解释自然现象的神话，实在是除了动植物神话而外一切神话的开始。这类神话，常视自然现象为活物，因而又带着浓厚的活物论神话色彩。如壮族神话《太阳、月亮和星星》[①]便是最能说明问题的一个例子——

相传太阳、月亮和星星是一家人。太阳是父亲，月亮是母亲，星星是孩子。

太阳很残忍，每天清早起来，总要吃掉许多生命。它吃掉的不是别人，而是自己的孩子——星星。

被太阳吃掉的星星流出很多很多的鲜血。每天清早，我们看到天边红彤彤的，那就是被太阳吃掉的星星流出来的鲜血呵！这时，没有被太阳吃掉的星星，就都赶忙躲起来了。所以，当太阳起来以后，我们就看不到天上有一颗星星了。

尽管太阳每天要吃掉许多的星星，但是星星总是吃不完的。你看，

① 见谷德明编《中国少数民族神话选》。

每天晚上还是有那么多的星星在闪烁呐。这是因为月亮每个月有十多天生孩子（星星）。我们看到月亮浑圆浑圆时，就是它怀孕的时期，我们看到月亮扁弯扁弯时，就是它生完孩子啦。

月亮是个很慈善的妈妈，在明朗的晚上，它总是带着自己的孩子在天空里漫游。所以，每当明媚的夜晚，我们就看见月亮周围有满天星斗。它们在月亮身边欢欢乐乐地游玩，调皮地闪动着蓝色的眼光。

星星在晚上虽然很欢乐，跟着妈妈，绕在妈妈身旁游玩。可是，它们一想到白天就要被太阳吃掉，就忍不住悲哀起来，有时想一阵，哭一阵，洒下许多伤心的泪水。每天早晨，我们看到树叶上和草地上，有一颗颗亮晶晶的水珠，那就是星星掉下来的眼泪呵！

这里描绘的太阳、月亮和星星都并不是神，而是像人一样的活物，它们的关系也是像人间家庭一样的夫妻亲子关系，神话中只是把这些自然物作了初步的拟人化，赋予它们各自的性格、行为，所呈现的多种自然现象——朝霞、月圆缺、露珠、星灭星现等，便被圆满而富有诗意地解释出来了。与这类似的，又有黔北仡佬族解释日月运行现象的神话《月兄日妹》[①]。神话说，月亮和太阳是兄妹，月亮是兄，太阳是妹。妹妹胆小，晚上不敢出来，白天出来又怕人看见。天神给她一包针，叫她白天出来，人要看她就拿针刺他眼睛。哥哥胆大，就让他夜晚出来。这样，兄妹俩轮流巡视人间，一月中仅在二十八、二十九两天相会一次。这种描绘也是很生动且有趣的。

日蚀和月蚀也是自然现象中引人注意的景象，不少民族都有解释这种景象的神话。蒙古族神话说，日蚀和月蚀，是魔王嘎拉珠吞食太阳王和月亮王造成的现象。由于所吞之物过巨，食后难以消化，不得不在吞食之后又赶紧吐出。苗族神话说，传说天狗救了日月，日月答应给它一定的报酬，后来没有给，所以要吃日月。哈尼族神话说，天狗吃月；佤族

① 见毛星主编《中国少数民族文学》中册。

和景颇族神话说，豺狗吃月；汉族神话则说："月照天下，蚀于詹诸（蟾蜍）"（《淮南子·说林篇》）；等等：都是有关日月蚀现象的解释。神话中解释月蚀现象的偏多，解释日蚀的偏少，这是月蚀常见而日蚀不常见的缘故。

对各种星座的形成也有神话的解释。汉族神话早就有参星和商星是高辛氏的"日寻干戈"的两个儿子阏伯、实沉变成的（《左传·昭公十七年》），傅说星是傅说死后的精魂变成的（《庄子·大宗师》）等说法。少数民族神话中黎族有《兄弟星座》神话，藏族有《七兄弟星》神话，讲的都是兄弟七人化为星宿的故事。"七兄弟星"就是北斗星；"兄弟星座"则说是"六颗挨得很近的星星"，因为"七弟不听大家劝告，被月亮收买去当随从"了①：看来应当是另一星座。北斗星是天空中最明显且引人注目的星座，所以不少民族都有关于它的神话传说。鄂伦春人称北斗七星为"奥伦博如坎"，说它是被猎人凌辱的妻子，连同她取食物的仓库和携带的狗马升上天去变化而成的；赫哲人称北斗七星为"晾鱼架星星"，说它是被老翁追斫的笨女婿，连同笨女婿制作的歪扭的晾鱼架，护卫女婿的丈母娘、老翁，一齐被大风刮上天变化而成的。这都是非常有趣的设想，富有浓郁的生活气息。

关于雷、电、风、云乃至彩虹这些自然现象的产生，也都各有神话的解释。珞巴人解释雷鸣和闪电说——

> 哈鲁木男神和哈尼亚女神是兄妹俩。哈尼亚长得十分漂亮，哈鲁木便整天追求她，并要求哈尼亚同他结婚。可是，美丽的哈尼亚却不喜欢他，总想避开哈鲁木的追求，为了掩护自己，不让哈鲁木发现她，便摆动长长的浓发，使天空顿时变得乌云滚滚，从而发生怕人的雷鸣；有时，哈尼亚不得不用头发上的长针，刺追赶她的哈鲁木，从而发出了耀眼的闪电。（珞巴族神话《雷鸣和闪电》）

---

① 见毛星主编《中国少数民族文学》中册。

这种解释是多么生动、形象而又充满着诗意！哈尼族神话说，风是风姑娘从风洞里刮出来的，风吹来的时候，百花开放，山水泛青，万物咪咪笑；但有时她发起疯来，能抬起哈尼的屋楼，助着火威把青山烧焦。赫哲族神话说，彩虹是捕鱼老翁因见连日阴雨，三江都快平槽了，赫哲人眼见全都活不成了，发狠解下腰带，抬手一扔，撇上天空变成的；这一来顿时风停、雨止、潮退，天也晴朗起来。这些神话都形象丰美、意味深长。最使人感动的，是白族民间传述的《望夫云》神话。这个神话，清代初年文人便已有记述，见于东轩主人《述异记》卷下及《古今图书集成·山川典》卷一九五引《大理府志》。《大理府志》的记载说——

> 俗传昔有人贫困，遇苍山神，投以异术，忽生肉翅，能飞。一日入南诏宫摄其女入玉局峰为夫妇，凡饮食器用皆能致之。后问女安否？女云太寒耳。其人闻河东高僧有七宝袈裟，飞取之。及还，僧觉，以法力制之，遂溺死水中。女望夫不至，忧郁死，精气化为云，倏起倏落，若探望之状。此云起洱河，即有云应之，飓风大作，舟不敢行，因呼为望夫云，又呼为无渡云。

这和现代传述的若干大同小异的有关"望夫云"的神话，基本上是一致的。只是现代所传，"其人"死后，还有化为石骡的情节。所谓"高僧"，则是罗荃法师，原是南诏王的亲信。公主等候丈夫久不回来，知道被罗荃暗算，便忧愤气结而死。死后魂灵化做一朵彩云，上升到玉局峰顶，刹时天起大风，洱海被风所吹，波开浪裂，直到海底，现出石骡，夫妻相见一面，彩云才渐渐散去，汹涌的洱海复归平静。以后每年秋冬之际，都会出现相同的景象，人们因而把这种彩云叫做"望夫云"。这也可算是解释自然现象的优美神话。然而有些同志在讨论这段神话时，认为"精气化云"虽是神话的核心，因它产生于封建时代的南诏，反映的是封建时代的社会矛盾，它与"精气化云"这一神话核心没有内在联系，因此不能称作神话而只能称作传说。我认为这未免太拘泥于书本知识，脑海里首先装进了神话须和原始社会同终始的成见，只要打破了这个框框就会觉得格格不入。比如解释自然现象吧。有人一定认为只有生产水平低，智力相应也低的原始人类，才会用神话来解释自然现象，其实这只是相对而言。用神话解释自然现象，固然是原始社会神话的一个特色，但并不能因此便说，进入阶级社会后，生产水平就会陡然上升，人们的智力也会陡然提高，完全无须再用神话来解释自然现象，所有的自然现象都能够作出科学的解释了。如果有这种想法，那显然是过高地估计了我们的生产水平以及智力发展了。其实至今，还有许多我们所不知、所不能解释的事物。因而进入阶级社会以后，还会产生相当数量的解释自然现象的神话。《望夫云》正是进入阶级社会以后产生的新神话。它所描述的南诏时代，是从奴隶社会向封建社会转化的时代，至于产生此一神话的时代，自然还要更迟。“精气化云”，或者就是受了高唐神女神话的影响。高唐神女神话，其实也是解释自然现象的神话，不过它产生于封建社会的初期。不同时期的社会正可以用不同的艺术构想来解释自然现象，“精气化云”的设想，如果未产生在原始社会，却可以产生在奴隶社会和封建社会。只要不胶着于除原始社会不能产生神话的成见，许多问题都可以通达无阻地得到解决。

附带在这里再举一个例子。清缪荃孙辑《北梦琐言逸文》卷四说——

> 彭州蒙阳县界，地名清流，有一湫。乡俗云，此湫龙与西山慈母龙为昏（婚），每岁一会。新繁人王睿乃博物者，多所辨正，尝鄙之。秋雨后经过此湫，乃遇西边雷雨晦冥，狂风拔树，三睿絷马障树而避。须臾，雷电之势止于湫上，倏然而霁，天无纤云。诘彼居人，正符前说也。

《北梦琐言》是宋人孙光宪写的一部笔记小说，内容多记唐五代及宋初事，今存二十卷，尚有若干逸文在外，缪荃孙辑为四卷，这是其中的一条。从这条逸文，可见宋代初年新繁乡民尚有以龙婚解释自然现象之说，则前面所说的“高唐神女”、“望夫云”等就更无论了。

解释自然现象的神话，不仅限于天象，就是地貌的形成，地壳的变动，也每每用神话来作解释。汉族有共工怒触不周山神话，说是因此一来，不周山这根撑天柱子坍塌了，就使“天倾西北，故日月星辰移焉；地不满东南，故水潦尘埃归焉”（《淮南子·天文篇》）。羌族神话说，山沟平坝的形成，乃是古时候一个母亲烧掉她女儿身上脱下的癞蛤蟆皮，地拱起来了，她去砍它，捶打它，砍到的地方就成为山沟，捶到的地方就成为平原。京族神话说，京族三岛的形成，乃是一个化作乞丐的神仙，将一个重约百斤、形如南瓜的东西烧红了，投在兴风作浪的巨大的蜈蚣口中，将它烫痛得乱翻乱滚，最后断为头、身、尾三节，便化作了现在京族所住的三个小岛。高山族神话说，地下居民常从隧道到地面采购货物，误采了一袋蜜蜂回来，被蜜蜂所螫，于是抱着撑地的柱子，怒而摇之，地面的房屋树木全被震倒。以后地下居民每一想到这种窘辱时，便常常摇动地柱：这就是大地上不断发生地震的缘由……说明用神话解释自然现象，范围至为宽广。有的和推原神话也有密切关联，例如京族三岛神话，说它是推原神话，也未尝不可；因为京族三岛的形成，原来就是一条被仙人设计烫杀的蜈蚣。

二、推原神话

推原神话的“推原”，就是推寻事物本原的意思。汉族有蚕马神话，是借一个被马皮所裹而化身为蚕的姑娘的神话故事，以推寻蚕桑的来源；盘瓠神话，是借人兽结婚的神话，以推寻某一民族的来源，当然，这个神话也关涉始祖诞生和图腾信仰等神话。作为解释自然现象的共工触山神话，也可以当做推原神话看待，因为“天倾西北”、“地不满东南”地貌的形成，正是共工触山事件造成的结果，触山事件是它的本原。由此看来，推原神话包括的范围也是比较广泛的。扩而言之，乃至天地开辟，人类及万物的由来，都与推原神话有关。

少数民族的推原神话，常常零星片断地结合在开天辟地、创造人类的神话里，并不单独构成一段神话。例如彝族神话《创造万物的巨人尼支呷洛》[①]叙写尼支呷洛去射太阳和月亮时，“被他踩过的蕨草，后来头一直往下垂着，葡萄藤也被压得到现在都伸不直腰”；白公鸡去请太阳月亮，“用刀在自己的红帽子上割了几条口”，“借以表示双方永不翻悔”，“直到今天，公鸡冠子上仍然留着几条锯齿形的痕迹’，尼支呷洛叫麂子上天去请笔摩（巫师）比恩阿子下地来念经，被比恩阿子的妻一瓢洗碗水泼在鼻梁上，“它赶忙逃走，但鼻梁已经烫皱了”；野鸡又去，比恩阿子的妻“劈头就给它一织布刀，纵然野鸡飞得快，也弄得满脸鲜血地逃回来”；乌鸦再去，被阿子家的漆匠泼了一瓢漆，“于是弄得漆黑一身”；山鹡自告奋勇又去，“一瓢红漆正泼在它的嘴唇上，从此，调皮的山鹡，嘴上就抹了一层永不掉落的口红，使它变得更美丽，而且更会饶舌了”；等等，无疑都含有推原神话的成分。又如瑶族神话《伏羲兄妹的故事》[②]叙写伏羲兄妹结婚前先后遇上乌龟、竹子、乌鸦三样东西，问它们是否可以结婚，三样东西都说：“天下人都淹死了，你们兄妹可以结婚。”兄妹生气，立刻用足将乌龟的背踩碎，说是“如果能够复合，我们自然就结婚”。几天以后，又遇见那个乌龟，踩碎的背壳果然复合了，虽然壳上还有裂纹。遇见竹子也是一样，砍断的竹子又一节节地连续生长起来，虽然每节之间还有节痕。遇见乌鸦也是一样，脖子被砍断而又续合了，虽然项间还留有一线白痕。这一连串的有趣情节，都可说是一些小小的推原神话的组合。

比较完整、可以独立成篇的推原神话也是有例子可举的。仍然先以伏羲兄妹结婚神话为例。水族神话《空心竹》的后半段说——

……洪水才退。那时候的人类，早已绝灭，只剩下（伏羲女娲）兄妹二人。天神命兄妹结婚，继传人种，妹妹不允，急急逃避他去，哥哥死追不放。妹妹情急，见前面的树木，便问应避何处，树木都不答复。后来问及竹子，竹子说：“可避东方。”妹妹避到东方，结果仍为哥哥追及。兄妹二人，不得已成婚媾，世界上才有今日的人类。

---

① 见贾芝、孙剑冰编《中国民间故事选》，人民文学出版社出版。

② 见苏胜兴编《瑶族民间故事选》，上海文艺出版社出版。

婚后，妹妹常常怨骂竹子说："我问过许多树木，它们都不肯说话，你却故意害我，叫我避在一个不能逃避的地方。竹子啊！你的良心太不好了！我叫你空心！"所以现在的竹子便空心了。

又如德昂族神话说——

很古很古的时侯，洪水泛滥，人和动物几乎都淹死了，只有少数的人和动物被天神卜帕法救在葫芦里，将葫芦封了口，让葫芦漂在洪水里，留下了人种和动物种。

后来洪水退了，卜帕法要砍开葫芦，要砍这边，牛在里面叫："我在这里，砍不得！"要砍那边，狗在里面叫："我在这里，砍不得。"砍这边，这边有动物叫；砍那边，那边有动物叫——都说砍不得。后来兔子说："就砍这里吧！"兔子一把将螃蟹推了过去，卜帕法一刀砍下来，就将螃蟹的头砍掉了。人和动物就从葫芦里走了出来。而螃蟹没有了头，就只好横着走。

以上二例都见谷德明编《中国少数民族神话选》。后一例的总标题是"人与葫芦"，这是其中的一个小故事。这个故事虽然仍关系着洪水、葫芦等，但在这里无头而横行的螃蟹占的比重却是较大的，所以可以将它看作一个单独的推原神话。

单独的推原神话可以举为例证的，还有土家族的《牛王》。故事大意说：人本来是吃草的，每天只吃一餐。牛王看了很同情，就去和玉帝商量，叫人吃饭。玉帝同意了，但只准三天吃一餐。牛王听错了，叫人一天吃三餐。玉帝大怒，把牛王贬下凡间，罚它吃草，世代给人拖犁头。又有布依族的《铜鼓的来历》。大意是说，从前布依族老人死后每每苦于不能上天，只能下到十二层海的地府。后来天上的太白星托梦给英雄布杰，叫他上天去向天神乞讨一面铜鼓，老人死后，敲响铜鼓，叫天神知道，才可以接引死者上天成仙。布杰遵从太白星指示上天乞讨铜鼓，天神出题诘问布杰："天上地下，什么最大？"布杰回答："天上地下，爹妈最大。"天神见布杰有孝心，便把铜鼓给了他。布杰回家时欢喜过甚，从南天门一跤跌下来摔死了，铜鼓的一面也跌破了一个洞。从此以后人间便有了铜鼓。等等。

傣族神话《布桑该与牙桑该》的前段说，有一只叫做鹅列岭的小鸟，就是我们现在常见的普通的点水雀，或称牛屎雀．当它飞行高空的时候，看见大地平展，好像一片树叶浮在水上。它想，这小小的一片土地，没有什么了不起，决心用自己的尾巴将它戳穿，让它沉到水底去。便从天空落下，用尾巴试着去戳它。当它落到地面时，发现大地竟无边无际，甚至比天堂还宽广，十分舒适，从此它就不愿离开大地了。直到现在，它的尾巴还不断地上下滴打，作戳地的模样；也用尾巴来点水，所以叫它做点水雀。回族传说《穆罕默德与蜘蛛、鸽子》的末段说，穆罕默德因逃避敌人的追兵，躲进一个岩洞里，受了蜘蛛在洞口结网、鸽子从洞内飞出的掩护，敌人以为岩洞里决不会有人，便撤兵走了。穆罕默德死里逃生，祝愿蜘蛛今后生养千千万万勤劳勇敢的子孙，将美丽的银网织在比人高的地方，自己稳坐中央，让苍蝇、蚊虫等魔鬼一样的有害物飞到嘴边成为丰盛的美餐。又祝愿鸽子今后在华丽的宫殿、寺庙檐下做窝安家，多养子孙，每年抱十二窝蛋。说时用右手在鸽子的脖子上轻轻抚摸了一把，从此，鸽子的脖子变成了五颜六色。

从以上所举，可以看到，在少数民族的神话传说中，推原神适原是普遍存在的。

三、风俗神话

推原神话又和风俗神话关系密切。在某个风俗神话中，叙述、说明某种风俗、习惯的起源，自然也可算是一种推原，只不过推原神话所推的原是具体的事物，而风俗神话所推的原是风俗、习惯罢了。

有关风俗的神话或传说、故事，在汉族是所见不鲜的，整个岁时节日的来历，以及在这些节日中所作的种种活动，几乎都有一些风俗神话的零片点缀其间，作为它们的说明。从大年初一开始，单就《荆楚岁时记》记叙的正月这一个月的活动而言，就繁多无比。元旦这天早上，“鸡鸣而起，先于庭前爆竹以辟山臊恶鬼”，这就牵连到有关山臊（猱）的神话；“帖画鸡户上，悬苇索于其上，插桃符其傍，百鬼畏之”，又牵连到重明鸟和神荼、郁垒的神话；“以钱贯系杖脚，回以投粪扫上，云令如愿”，关涉彭泽湖青洪君的神话；“正月十五日作豆糜，加油膏其上，以祠门户”，关涉蚕神的神话；“其夕迎紫姑，以卜将来蚕桑，并占众事”，关涉紫姑神的神话；“正月夜多鬼鸟度，家家捶床打户，捩狗耳，灭灯烛以禳之”，关涉姑获鸟的神话，等等。一个月当中的节日、风俗、习惯等，便已经有这许多神话故事可说，一年之中累积起来，更不知道要关涉多少神话故事。宋代陈元靓撰写了一部《岁时广记》，共四十卷，三十多万字，其中就记叙了不少有关节日风俗的神话，虽然常常是零星琐碎，但却很可以供我们参考。

少数民族当中，风俗神话也占有一个显著的地位。拿火把节这个节日来说吧，就为西南许多少数民族如白、纳西、彝、佤、普米、拉祜、傈僳等族所共有，且各有关于这个节日的来历的不同神话传说。目前我所搜集到的，白族、彝族各有两个，纳西族有一个，一共是五个，恐怕还不止此数，你看多么丰富！现在便将杨亮才记录的纳西族的《火把节的来历》移录于下，略见一斑——

> 有一个名叫子劳阿普的天神，一天在银河边游玩，忽然听到民间有歌舞之声。他往下一看，看到人间生活非常美好、幸福。于是他十分恼怒，便差一个天将到人间去，要他把大地烧成一片火海。这位天神到了人间，看到人们都很善良，不忍心将大地毁灭。他就叫纳西人家家准备火把，到六月二十五日一齐点燃。这一天天神子劳阿普到银河边查看，果然满山遍野都是火把，把他的眼睛迷住了。子劳阿普以为大地确已烧毁，方才罢休。纳西人因而避免了一场灾难。从此，每年六月二十五日就成为纳西族的火把节。（《火把节试辨》①）

① 《火把节试辩》一文，刊《民间文学论坛》1984年第1期。

其他的一些节日，如苗族的芦笙节，壮族的达媓节，傣族的泼水节，仫佬族的依饭节，布依族的牛王节，哈尼族的竜日，竜音龙，竜日，即祭龙之日，自然也要算是一个节日，等等，也都各有它们的神话传说。拿傣族的泼水节来说，就有两种不同的传说。一种是相传古时有魔王，水淹不死，火烧不亡，弓箭刀矛都不能伤害他，因此作恶多端，常出外劫掠金银财货和奴隶美女等。已经掳得六个妻子，又掠来第七个美妇。一天晚上，这个美妇趁魔王高兴，试探地问他道："听说你本领高强，没有什么东西可以伤害你，那么你就将会永生在这世上了？"魔王答道："这也难说，我也有我的短处啊！"美妇问道："你又有什么短处呢？"魔王低声说道："这话我只对你一个人说：我最怕人拿我的头发来勒我的脖子。"美妇因想，能杀死魔王，为民除害，自己也免受践踏。便趁魔王睡熟，从他头上拔下一丝头发，试去勒他的脖子，魔王的头果然应手而落。殊不知魔头落地时，地上马上起了火焰，火焰中现出种种魔怪。美妇恐惧大呼，其他先掳来的六个妇女听见呼声都跑来了。内中有个聪明勇敢的，赶紧从地上抱起魔头。魔头刚离开地面，火焰登时熄灭了，火焰中的种种魔怪也都消灭。于是大家都不敢让魔头再着地，便商议轮流抱持魔头，一人抱一年，这样一连抱了七年。当魔头未全死的时候，颈脖上常流血，因而在每年替换之际，大家便对抱头的和休息的都用水泼去，为的是洗掉她们身上的血污，也防止魔头再起火焰。轮换七次，泼水也七次。七年满了，魔头才全死。从此以后，每年到了这天，傣族所有的居民便都互相泼水，用以解禳求福，叫做"泼水节"，相传下来，便成了傣族人民的风俗。另一种传说是说，英叭平息了大火和洪水以后，便派天神叭奔到大地去安排时令和季节。叭奔安排许久，总未能将节令安排妥帖；冬天刚过，夏天便到；夏天过去，雨季又来；雨季过去，又是秋庆。英叭怒责叭奔，叭奔不服，和英叭争论。英叭更是恼怒，便叫叭奔的七个女儿去弄断叭奔的头，说谁能做到，便要谁为妻。从长女到第六女都尝试去做，但都不敢杀她们的父亲。最小的女儿很想作英叭的妻子，便拿叭奔所作的弩勒断了叭奔的头。不料头刚落地，立刻燃起了熊熊烈烈的大火。小女儿只得从地上抱起父亲的头。英叭知道了，叫她马上把头续在她父亲的脖子上。续了许久，始终续不上去。后来用一个大象的头续上去，才续合了。从此以后，必须用清水来洗叭奔的头，否则还会从头上起火。于是有了“泼水节”这样的风俗。可以看得出来，两种传说实际上不过是同一传说的不同分支，它的中心思想无非是除殃降福。

更有意思的是布依族的“牛王节”神话。相传远古时候，人们都刀耕火种，生活极艰苦。当人们烧山开荒时，火烟熏到天宫，触恼了玉帝，想叫人饿死，以示惩罚。乃派遣神牛到人间传旨：三天准吃一餐。神牛怜悯世人困苦，便擅改旨命为一天吃三餐，所以至今世人一天都吃三餐。事情给玉帝知道了，玉帝恼怒，立刻贬谪牛王到人间去。牛王下凡时，不慎跌落了上牙巴，所以至今牛没有上牙骨。牛王虽然被贬谪，却并不后悔，到了人间，便辛勤为人耕田犁地，人们都敬他爱他，从这以后，世人便把四月初八牛王下凡的这天定为“牛王节”，每逢这天，便要煮黑糯米饭来敬牛王，并且听任耕牛休息一天。看得出来，这也是有关风俗的神话，其中还包含两个小小的推原神话：一、人为什么一天吃三餐；二、牛为什么没有上牙骨。

节日神话大概就是这样，不多讲了，现在大略讲讲纯粹属于风俗的神话。

例如瑶族每逢年节，或喜庆丰收，或祈祷祭祀，或驱魔赶邪，都有击黄泥鼓的风俗。这一风俗的来源，传说是高辛王当国时，龙狗杀番王有功，高辛妻以第三公主，封为南京十宝殿盘护王。盘护王与公主共生六男六女，虽为王者，仍教子女田猎耕织，让他们学习谋生之道。一天和诸子在山间打猎，遇一大群山羊，诸子各拿箭射山羊，几头山羊应弦倒地，其余的都逃跑了。一头雄山羊中箭负伤，跃到巉岩上。那时盘护王正攀登巉岩，雄山羊用犄角向他猛触去，盘护王翻身跌死在悬岩大树上，山羊也坠岩跌死。天晚了，六个儿子各背猎物回家，只有盘护王未回。后来才发现他的尸首挂在悬岩大树上。儿子们见状号啕痛哭，便斫下大树，抬了盘护王的尸身回去。一家人见了都相聚哭泣，年老的公主更甚，几乎痛不欲生。于是便把山羊皮剐下来蒙鼓，用黄泥浆将它糊起来，重重地敲打它，严惩这个肇祸者。使盘护王在九天之上、九地之下都能听见。

于是就叫这鼓做“黄泥鼓”，后来便成了节日祭祀不可少之物。又如壮族某些地区的“牛头舞”，蒙古族的“保牧乐”（将一指宽的牛皮缠在牛骨头上以为天神的象征而奉祀之），满族祭祖时所祭的“北极星”，东乡人婚礼时有呼“哈利”的习俗，等等，都各有一段神话传说，以作这些风习来源的诠释。

德昂族所传的一段神话，说明德昂妇女为什么拿项圈、腰箍等物作为装饰品，更富意趣。神话说——

据说螃蟹是水的娘，她走到哪里，哪里就要发洪水。有一年，螃蟹发了一次大洪水，一下子把大地上的人和动物都淹没了。幸好，在螃蟹发洪水的时候，释迦佛祖给人间放下一只大葫芦，一部分男人躲进葫芦里，一些动物也躲进葫芦里。

洪水过后，人和动物从葫芦里走出来。走出来的人是德昂人，有葫芦才有德昂人，可是，这些德昂人都是男的，没有女的，怎么繁衍人类呢？这时，从天上飞下来一个女的。她帮助男人做活，做完就飞回天上去了。后来男人就想了一个办法，用藤子做了个项圈、腰箍、手镯把她拴起来。从此，女的再也飞不走了，便和德昂男人生活在一起。从此就有了人类。(《中国少数民族神话选》)

德昂人拿项圈、腰箍等物将妇女拴了起来，使她成为爱情的俘虏，家庭的奴隶，这大约意味着母权制氏族社会结束了，代替它的是父权制氏族社会的兴起吧。

四、征服自然神话

以上所说的三种神话：解释自然现象神话、推原神话和风俗神话，大抵都偏于对自然现象或社会生活现象作解释，神话进了一步，就有要征服自然、支配自然和改变不合理的社会生活的愿望，这就产生出了一批征服自然和曲折地反映阶级斗争以及与此相联系的民族斗争的神话。后者大都演化做了民间神话，留待下节讲民间神话时再说。现在单说征服自然的神话。

征服自然的神话在汉族神话中是常见不鲜的，“精卫填海”、“愚公移山”、“羿射九日”、“鲧禹治水”，等等，所表现的都是对自然的征服。少数民族神话表现的，则比较集中在射日月尤其是射日这件事上。瑶族神话有格怀射日，壮族神话有侯野射日，水族神话有旺虽射日，布依族射日神话最为丰富，有年王射日、王姜射日、伏羲射日或伏羲兄妹射日，等等。也有日月兼射的，如彝族神话说，英雄支格阿龙采得神草足罗八鸟一束，向天空撒去，天上就有了太阳、月亮和星星。但所出的太阳是六个，月亮是七个，一下子把地上的草木都晒枯了，人们热得活不下去。支格阿龙用神箭将多余的日月全部射下来，把它们压在黄石板下面，天上只留一日一月，人们才能够正常生活。水族神话伢俣开天叙写的情况也大体相同，写开辟女神伢俣，用清气创造了太阳和月亮各十个，由于造得太多，岩石泥土都融化，人们无法生存;伢俣又将多余的日月全射去，只留下一双，日明月朗，“温暖不烫”，这才使得大家都欢喜。又还有流传在贵州省西部和云南省东北地区的苗族神话叙事诗《杨亚射日月》，讲的是这么一个神话故事。大意说，天上的日月是六个铜匠和七个铁匠铸造的，他们铸造日月各有八个，运行天空，使大地焦赤，万物和人类都受到惨重的灾难。英雄杨亚愤恨极了，决心将多余的日月全部射下。那时有棵岩桑树，生在河边，还未被晒死。杨亚便砍倒岩桑，用主干作弓，削树梢作箭，扛了弓箭走到日出的地方。于是到了天边，站在大海畔的山头上，拿起弓来就向日月射去，一共射了七箭，天上的七日七月全被射落，大地顿转阴凉，万物和人类都获得苏生。只剩下一日一月，都惧怕中箭不敢出来，大地一片漆黑。杨亚叫牯牛去呼唤日月出来，牯牛声音宏亮，日月听了，更不敢出。又叫公老虎去呼唤，也不成功。最后叫雄鸡去。雄鸡夜半喔喔啼叫，日月听了欢喜，都轮流出现在天上，人们才能够正常地生活与劳作。为奖励雄鸡报晓之功，人们送给它一把木梳。

雄鸡笨拙，将木梳倒转来戴在头上，便成了今天我们所见的鸡冠。雄鸡呼唤太阳这个有趣的附加情节，好些民族的射日神话中都有，如瑶族的格怀射日、壮族的侯野射日、布依族的伏羲射日等。大约在初民幼稚的想象中，把鸡鸣和日出作为因果关系看待，因而有雄鸡呼日出这个情节加在神话中吧。

单独射月亮的神话，只见于瑶族民间所传的一个。大意说，古时天上但有日而无月，也无星辰，一到晚上便墨黑一片，不辨物体。忽然一天晚上出了个热烘烘的月亮，七棱八角，不方不圆，毒焰所射，禾稼枯焦，人畜难安。那时大石山下，住着一对青年夫妇，男名雅拉，擅长射箭；女名尼娥，最会织锦。尼娥向雅拉说："你会射箭，把月亮射下来，救救大家吧。"雅拉便攀登屋后山顶，弯弓射月，箭到半空便落下来，没有一箭能射中的。雅拉正叹息，背后忽有大石块像门一样张开，有白胡子老人走出来唱着歌向他说，到南山捕虎，北山捕鹿，吃虎鹿的肉增强体力，再拿虎筋作弓弦，鹿角作箭，去射天上的月，可将它射得团团转。雅拉回去和尼娥商议捕虎、鹿的方法。尼娥抽取头上的发丝，结成大网，去捕虎、鹿，虎、鹿都落网中。如法作成弓箭，射天上月亮，射了百遍，月的棱角全被射去，满天散落无数金星。月在天上团团转动，便成了圆圆的轮子，但还是热不可当。雅拉想能用什么东西将它遮住就好了。回去和尼娥商量，那时，尼娥正在织锦，已将自己的身影和门前桂花树以及草地上小羊小兔的形象都织在锦上了，只有雅拉的形象还没来得及织入。听了雅拉的话，便说："可把这幅锦射上月亮去蒙住它。"雅拉果然将大锦绑在鹿角箭上，登山射月，锦随箭飞，月亮便被蒙在锦中，发出清幽幽的白光。人们在山下望月，都爽畅地笑了起来。雅拉也望月，只见锦上的尼娥、桂花树、白兔、白羊等渐渐都在活动。月中尼娥向地上尼娥招手，站在家门前的尼娥便飘飘地飞上天空，飞进月亮里，两个尼娥合做一个尼娥。雅拉见这光景，急忙喊道："下来吧，尼娥，你为什么不把我也织在锦上，却要单独扔下我呢？"尼娥在月亮里起初也急得蹦蹦跳跳，后来才想出一个法子，把自己头发拉得长长的，编做一个长辫子，当月亮走到山顶的时候，尼娥便低头把辫子垂下山顶，让雅拉抓住辫子，像猿猴一样一挪一撑地爬进了月亮。从此，尼娥在月亮里桂花树下织锦，雅拉在草地上看护白羊白兔。我们所见的月亮里面的黑影子，就是雅拉和尼娥夫妇俩的身影。这个神话很美，但是可以看得出来，已经经过若干文学的渲染，使它故事化了。神话中的雅拉和尼娥，有点像汉族神话中的羿和嫦娥，不过后者是悲剧性质的，前者却带着喜剧的色彩，或许前者正是受了后者的影响而传述下来的一段神话故事吧，连雅拉和羿、尼娥和嫦娥的音读也是这么近似。

在征服自然的神话中，拉祜族神话《扎努扎别》是很有代表性而独创一格的。扎努扎别是远古时候当大地上还无人烟时忽然从地上钻出来的一个巨人。他在大地上辛勤劳作，用芟刀铲地，一天能铲一架山；吆牛犁地，一天能犁三座山。庄稼丰收了，八月十五新米节那天，他用新米供祭犁头，拌给牛吃，却偏偏不奉献给天神厄莎。厄莎大发雷霆，跑来质问扎努扎别。扎努扎别理直气壮地说："田是我开的，地是我种的，你没有帮我半点忙，我那样要奉献给你粮食？"厄莎使法让扎努扎别的田里长满大树和石头，想叫他种不成庄稼，把他饿死。扎努扎别力气大，田里的大树，被他一棵棵连根拔掉；地里的石头，用箩筐挑了三天就挑完了。厄莎见整不着扎努扎别，便放出七个太阳，想把他晒死。扎努扎别做了一顶像大铁锅的帽子，共有七层，戴在头上，照常种庄稼。厄莎马上把太阳、月亮和星星一齐收藏起来，让大地成为漆黑一团。扎努扎别上山去找来了蜂蜡，粘在黄牛角上，砍来了松明，捆在水牛角上，点着蜂蜡和松明，照得田里亮堂堂的，照样犁田种地，有吃有穿。厄莎急了，连刮三天三夜大风，连下三天三夜暴雨，又打了个大炸雷，想把扎努扎别劈死。扎努扎别赶紧把一口大铁锅和一块大石板顶在头上，铁锅和石板打碎了，扎努扎别却一点儿也没碰伤。厄莎更发怒，又放出洪水，想淹没整个大地，冲走所有庄稼。扎努扎别连忙开沟排水，疏通河道，搬山填洼，厄莎的洪水又失去了作用。最后，厄莎使出狠毒的阴谋，做了一个角上安毒针的牛屎虫去扰乱扎努扎别的安宁。扎努扎别踩了牛屎虫，毒针戳进他的脚板，足肿起来。厄莎假意替他医脚，却用一包苍蝇蛋包在他的伤口上。伤口生蛆，脚板溃烂，毒发攻心，巨人扎努扎别就这样活活被厄莎害死了。扎努扎别死后，各种鸟兽都来吊孝，厄莎赶走各种鸟兽，却叫老鸹和老鹰去啄食他的肉，剩下的骨头厄莎还用石磨磨碎，用筛子筛成灰。风一吹，一些灰飘到河里变成了鱼，一些灰飘到空中变成了飞虫和蚂蚁，它们成群结队飞向天空，和厄莎搏斗，一批去了又去一批，使厄莎再也招架不住。这个敢于和天神作顽强斗争而不屈服的巨人扎努扎别的形象，实在是人类征服自然的高度艺术概括，他的那种百折不回的精神，很有点像陶潜《读山海经》诗里所咏叹的“刑天舞干戚，猛志固常在”的刑天的精神；虽然扎努扎别与天神所作的斗争，已经带有相当浓厚的社会属性。

在征服自然的神话中，有些征服自然的英雄，往往也化作了自然的一部分。如黎族神话《大力神》说，大力神能够竭其神力，拱高天空，射日射月，又能取天上彩虹作扁担，取地上道路为绳索，从海畔挑来沙土造山垒岭。后来又用足踢划群山，凿通大小无数沟谷，汗水淌入其中，便成了奔腾的江河。其中最大者，便是从五指山流入南海的昌化江。大力神完成造化大业后，也就筋疲力尽，终于颓然倒下。临死时，恐怕天塌下来，便伸出巨掌，高擎中天。相传那巍然屹立的五指山，便是大力神的巨掌所化。又如壮族神话《岩刚河的来历》说，青年岩刚想扑灭黑底坝天火，多方设法刺伤看守龙珠的大蜘蛛，取得龙珠。正将龙珠衔在嘴里要出水时，不慎珠滑入腹，觉得寒流遍体，刹时化身做了巨人。岩刚惦念家乡，急忙奔回黑底坝，刚到坝东，腹胀难受，张口一吐，便有巨大泉水从口中流出，顷刻乌云密布，暴雨倾盆，坝上剩余的天火马上全都熄灭了，而岩刚的身子却变成了高山；岩刚所喷的泉水，便成了今天的岩刚河。

在英雄征服自然本身又化为自然的一部分的神话中，布依族的《当万与蓉莲》更具有充分的代表性。神话说，古时天上没有太阳和月亮，全靠玉帝的红白元宝照明，红元宝照白昼，白元宝照黑夜。由于玉帝整天只顾寻欢作乐，不将元宝照耀大地，以致人间沉入黑暗的深渊中。天上有善心的神叫虎威神将的，为了这事恳谏玉帝，玉帝不仅不采纳他的忠谏，反将他押赴人间，镇压在龙岩山脚下。玉帝余怒未息，又用酸草根煨水来煮元宝，使元宝不再放光，以示决绝。人间有恩爱夫妻叫当万和蓉莲的，为了使大地重获光明，忍受极大痛苦，先到龙岩救出虎威神将，又从虎威神将手中得到已经失去作用的红白两个元宝。为了使此二物重放光明，夫妻俩不惜牺牲生命，遵照虎威神将的嘱咐，当万吞下红元宝，蓉莲吞下白元宝，双双焚身，一飞到天上，当万化作太阳，蓉莲化作月亮，从此人间又获光明。布依语“当万”、“蓉莲”，就是太阳、月亮的意思。这个神话所写，有玉帝、虎威神将等，显然已非原始神话之旧，而是在原始神话的基础上又堆积上了后世神话的积尘，使原始神话逐渐走向民间神话。

五、民间传述的神话

这一节我们要讲的就是民间神话。什么是民间神话呢？我以为民间神话就是介乎神话和传说之间的神话色彩浓厚的民间传说故事。这一类神话又可以大致分为两种：一种是由原始社会的神话流传演变而来，如前面所说的，在原始神话的基础上又堆积上了后世神话的积尘；另一种就是后世产生的新神话，一般人叫它做“传说”，或者“民间传说”，但如果不是抱有成见地看问题，它本来仍应该叫做神话。不过不是原始社会的神话，而是阶级社会的神话罢了。神话就像空气一样是自由滂沛地流通的，它不会因为某种形态的社会的终结便戛然而止。各个民族大量存在的民间神话便是最好的说明。单就我本人目前极不完全地搜集到的来看，已经不下好几十个。前面所说的白族神话《望夫云》，有些同志不以为是神话，其实更多的同志仍把它当做神话看待。它便是民间神话的一个典型。回族神话《插龙牌》的情况也是一样，它曾经引起了一场它是否属于神话的争论。[①]从广义神话的观点看，这种争论自然也是不必要的：因为它也

① 1986年第1期《民间文艺季刊》马进祥同志《民间故事与民俗——谈回族民间故事整理中的问题》一文，对这篇作品从宗教角度提出它是“不符民俗”的意见，这种意见是值得尊重的。但那是另外一个问题，还可以作更深入细致的讨论。

是民间神话的一个比较典型的例子。民间神话的内容和格局，原是多种多样，一般说来，它们的故事性较强，有曲折动人的情节，有比较合理的结构与安排，表现的内容，属于社会生活的较属于自然现象的比重更大。有的叙写人神恋爱，如羌族的《木姐珠与斗安珠》、怒族的《女猎神》、布依族的《九羽衫》；有的叙写的是英雄历险，如鄂温克族的《不怕磨难的巴特尔桑》、哈尼族的《阿扎》；有的还带着活物论神话的痕迹，如东乡族的《蛤蟆灵丹》、蒙古族的《猎人海力布》；有的则是历史的曲折反映（其中一部分就写了阶级斗争和民族斗争），如纳西族的《人类迁徙记》、壮族的《岑逊王》、侗族的《吴勉》、羌族的《太子坟》、藏族的《藏王的求婚使者》；也有叙写英雄诛妖、为民除害的，如裕固族的《莫拉》、撒拉族的《阿腾其根·麻斯睦》、傣族的《九隆王》（可能是汉族文献记载的九隆神话的演变）；也有叙写畸形儿不平凡经历的，如高山族的《人生蛋》、满族的《佛尔赫》、拉祜族的《独头娃娃》；有的叙写一种民族乐器、花卉的来历，如裕固族的《天鹅琴》、塔吉克族的《鹰笛》、朝鲜族的《金达莱》；也有的叙写一个民族聚居地的兴起，如保安族的《神马》；也有的是受了佛经神话的影响，如傣族的《金羚羊夫妇》、《五神蛋的故事》；有的则是受了汉族神话的影响，如水族的《鱼姑娘》、白族的《雕龙记》；等等。真是形形色色，不一而足，表现了神话丰富的幻想图景。

要逐一介绍它们的内容大概是不可能也是不必要的。只能选择几个稍具代表性的作一些简略介绍。它们是哈尼族的《阿扎》、羌族的《木姐珠与斗安珠》、拉祜族的《独头娃娃》和壮族的《岑逊王》。

哈尼族的《阿扎》大意说，荒古时代，天下无火。哈尼族居住的阿戛普卡地方，全被冰寒所笼罩。有少年名叫阿扎的，自幼失父，依母为生。长到十八岁，膀阔腰圆，才听到母亲告诉他父亲的往事。原来十八年前，父亲为了解救哈尼乡亲的苦难，曾去远地寻觅火种。火种是一粒火珠，长在魔怪的眉心，成为一盏灯，取之极难。魔怪能施法使取火者变为石人，父亲十八年未归，或者已变石人了。阿扎闻言，便欲往寻父，并为乡亲取得火种回。母亲见儿子意志坚定，便从梁上拔出一片竹刀给他，自己吞孔雀屎而死，以免儿子悬念。乡亲知道阿扎继父志去寻觅火种，都来送他。阿波提了一葫芦菁沟水来交付给阿扎说：“你父如真化为石人，在三七二十一年以内，得了这水还可复活，去眼下还差三年，好好干吧。”阿扎辞别乡亲，翻山越岭，行程不知多远，还差三天，便满三年。行到一岔路口，有小白鹿来引路。到一座石山前，见怪石林立。阿扎忖度：这或者便是恶魔所住的石门山了。便将葫芦的水试滴在一块像人的石头上，石头马上变成美女，不断向阿扎献殷勤。阿扎不理，索性将葫芦中水大片洒向石山，所有石头都化为狼、蛇、虎、豹，齐向阿扎扑来。阿扎奔避不及，突被一头猛兽吞入腹中。阿扎急拔竹刀划开兽腹，才从中逃跑出来。白鹿仍导阿扎前行，沿途见山上怪石万千，不知哪块石头是他父亲。白鹿忽蹬右腿，轰隆声响，地动山摇，前面裂开一道石槽，阿扎随白鹿进入槽中。行经多时，到一石门。白鹿用足蹬门，石门开了，里面是黑黝黝的山洞，寒气袭人。阿扎随白鹿曲折地走在山洞中，手足都被尖利的石块划破，终于到达一个大山洞的前面。白鹿忽然化为美女，向阿扎说：“魔怪就住在这山洞里。我将告诉你取火珠的法子。但是我的心还压在魔怪的枕头下面，你须趁他熟睡时把我的心取出。”阿扎奋勇上前从魔怪枕下取心给姑娘。姑娘说：“你取了魔怪眉心的火珠以后，不要忘记摘取他头顶上的金鸡毛，取到金鸡毛魔怪就丢失了魂魄，不能动弹，否则他将吃掉你。说完姑娘就化做青烟飞走了。阿扎去摘取魔怪眉心的火珠，刚到手，来不及取下头顶上金鸡毛，魔怪已醒。阿扎返身急逃，魔怪紧追阿扎。阿扎怕火珠被夺，忙把火珠吞入腹中。魔怪来擒阿扎，阿扎伸手抓他头顶上金鸡毛。魔怪推阿扎扑地，碰破了他的葫芦。葫芦水流到一块石头上，那石头恰是他父亲所化，但时限已满，不能再化为人，只化得一团烟雾，将阿扎裹在里面，飞腾到天空。魔怪施法，叫火珠在阿扎胸中燃烧，烤炙他的心。阿扎随烟雾飞回家乡，降落到一座山上。足跟刚落地，便急忙向村寨奔去，对着前来迎接他的阿波和乡亲，拔出竹刀，将自己的胸膛剖开，掏出燃烧的火珠，扔在地上，然后倒地死了。哈尼人从此才有火种，才有温暖和光明，于是便把火叫做“阿扎”。

羌族的《木姐珠与斗安珠》大意说，天爷木比塔的第三个女儿木姐珠和牧羊少年斗安珠相恋，偕同到天宫去向天爷求婚。天爷用各种方法考验斗安珠：从凌冰槽下接天爷在上面扔的石头、柴块，一夜间砍完九沟火地，第二天早晨又将九沟火地的柴草都烧尽，然后又背九担油菜籽撒在九沟火地中，当天晚上就撒完，然后又将九担油菜籽全部收回，一颗都不少，在木姐珠的帮助下，斗安珠把这些艰难的工作都顺利完成了。天爷只得应允二人结婚。婚后，斗安珠和木姐珠要求回凡间，天爷也允许。临走的时候，送给二人三斗杉树种，叫他们种在矮坡上，又送有刺的灌木种三斗，叫种在高坡上。又叫百种禽兽在前面开路，千种禽兽在后面跟随。又嘱咐二人千万不要回头观看天城。二人欣喜非常，边唱歌边跳舞，下到凡间。由于不满天爷屡次刁难，斗安珠故意回头观看天城，这样一来，便惊散了后面跟随的千种禽兽，成了今天栖息在山林间的野物。又误把杉树种撒在高山，灌木种撒在矮坡，结果低处长满荆棘。全靠夫妻勤劳，砍下杉木造房屋，披荆斩棘开荒地，仍然种出了足供生活需要的粮食，如今的羌族子孙都受他们的恩赐。

拉祜族的《独头娃娃》大意是，古时拉祜族山寨有寡妇，因喝了大象脚所踩而成的水塘里的水，生出一个没有手脚和身躯、只有头的娃娃。寨中人都议论纷纷。寡妇忧惧，离去亲友，迁居山寨附近的窝棚中，单独将孩子抚养大。孩子渐渐长大成人，寡妇的头发也渐渐白了。一天，独头娃对母亲说："我能替你砍地，犁地，种庄稼。"母亲苦笑说："你没手没脚，怎么能干这些活？"独头娃说："你试拿背包把我背到田间，你回家去自做饭，饭熟了来接我。"母亲不得已只好试照孩子的话去做。太阳落山，母亲去接孩子时，见一大片荒地都已经砍出来，不禁惊呼天神厄莎。从此以后，犁地、耙地、撒种直到庄稼收割，所有田间劳作，都由独头娃一人担任，母亲只是料理家务，两人的生计由此便一天天宽裕起来。有一年，天上帕雅依和地上帕雅纳突然发生了战争。帕雅纳是主管人间的大神，帕雅依是仅位次于厄莎的天上大神。战争之猛烈，以至飞沙走石，天昏地暗。帕雅纳眼见难以取胜，便召集全体拉祜人说："若有人能帮助我战胜天上的帕雅依，我将听凭他选择我七个女儿中的一个为妻。"独头娃知道了，恳求母亲去向帕雅纳说，愿率领大众去和帕雅依作战。母亲苦劝这个没手没足的孩子不要去。孩子还没去成，他的话已经传到了帕雅纳的耳朵里。帕雅纳立刻派管家把独头娃接到他家里，并向全体拉祜人宣布："今天是好日子，我们全体人民都跟着独头人前去和帕雅依打仗！"便把独头人放在马鞍上，率领人马浩浩荡荡出发了。母亲听说儿子去打仗，心里忧急，把一双眼睛都急瞎了。队伍正在前进的途中，帕雅依变做一只鹰，抽空子把帕雅纳最小的女儿攫了去。帕雅纳知道了这事，赶紧回兵救他的女儿。因想独头人这时也许有用，便把他从马鞍上放出来。只见一道光亮，冲天而去，刹时间天昏地暗，乌云翻滚，原来是独头人和帕雅依打了起来。帕雅依支持不住，天空渐渐明朗，太阳从地平线又跳了出来，独头人终于打败了帕雅依，救出了帕雅纳的小女儿。帕雅纳高高兴兴地去迎接独头人，只见小女儿怀里抱着独头，向阿爸讲述他的英雄事迹。回到家里，帕雅纳向女儿们说："我曾许愿，有能战胜帕雅依的，听他挑选你们当中一个做妻子，你们谁愿跟他一起去？"前六个女儿都不愿去，说跟着独头人没法过日子，只有小女儿娜拉愿意跟独头人去。娜拉就和独头人成了亲，抱着独头回家去。母亲高兴地摸着独头儿子，可是眼睛已经看不见了，忍不住心酸落泪。独头人反用好言安慰母亲，说给她带了个好媳妇回来，家里的生活不用愁了。这样，他们就生活在一起了。一天娜拉去赶街子，独头人为了考验妻子对他是否真心，就在她走后不久，从头中转出一个俊美的小伙子来，赶到她的前面去，拿言语调戏她，娜拉对小伙子断然说："谢谢你的好意，我已经嫁给别人了。"独头人想他的妻是忠实他的，就满意地悄悄先回家，仍旧钻进自己的头壳去。第二个街子天，他的妻赶街，他又照样用先前的法子去试验了一回，得到的结果还是一样。第三个街子天他又去试验，他的妻发怒了，不客气地骂了他一顿，他吐了吐舌头跑回家里。但是这回他却没法再钻回头壳了，因为头壳已经被他瞎眼的母亲扫地时扫进火塘里烧掉了，他就只好坐在家里等候他的妻回来。娜拉赶街回家，看见几次纠缠她的漂亮小伙子坐在她家，大为惊讶。小伙子只好老老实实告诉她，他就是独头人，因为妈妈把头壳扫进火塘里，他没法再回去了，他的妻听了分外高兴，小两口的日子过得更美满了。娜拉的六个姐姐闻知此事，都厚着脸皮跑来说愿意嫁给独头人。独头人对她们说：“过去我不喜欢你们，现在更不喜欢，因为你们都缺少七妹独有的一颗忠实的心。请你们都回去吧。”六姐妹满脸羞愧，只好悻悻地溜走了。从此小两口更加互相敬爱，日子过得像灿烂的朝霞。这个神话，原载谷德明编的《中国少数民族神话选》，约四千字，节缩下来，也还有这么长，由此可见民间神话故事化的倾向，它和某些民间传说互相接近，有时是不大容易分得清的。

最后说说壮族神话《岑逊王》。《岑逊王》的大意是：古时候江岩村有个壮汉，名叫岑逊，他生得与众不同，眼睛是绿色的，舌头能舔到自己的鼻尖，两手垂过膝头，体貌魁伟，智勇双全。那时洪水泛滥，人民都迁居到山林去，又遭到毒蛇猛兽的危害。岑逊为了使人民安居，便背了一袋芝麻作为粮食，每天只吃蚌壳所能装的一点点，走遍高山深谷，平原泽地，教导人民剿灭毒蛇猛兽的方法。回来又自造扁担、锄头，锄头万人莫举，扁担直插云霄。用它们来凿山开河，锄开大河一道，泥土堆在两旁，成为崇山峻岭。大河既通，洪水平息，毒蛇猛兽也被群众捕杀绝灭，从此人民得以安居乐业。大家感谢岑逊的功劳，便推举他做了首领。忽然皇帝派兵攻入壮族地区，各处遍设州官，横征暴敛，使人民无法生存。岑逊眼见州官为害，甚于洪水猛兽，便聚众起义，杀却州官，踏平衙门。皇帝震怒，派兵攻伐。岑逊率众临河，扁担横扫千军，鲜血染红河水，后来便叫这条河做“红水河”。皇帝见全军尽覆，更增兵来攻，将岑逊重重围困。岑逊一声大吼，扁担一挥，山崩地塌；铁足猛蹬，立成湖沼。他和皇帝的军队奋战十二年，皇帝的军队几乎死光了。皇帝无奈，遣人向玉皇求救，玉皇派天将十六员前去助战，也死了一半，其余狼狈逃回。玉皇只得向西王母借了把宝剑，亲率天兵，去战岑逊。战斗十天十夜，胜负未分。玉皇忽施狡计，将身一耸，隐伏在天空中。岑逊以为他逃跑了，一时疏虞，没有提防，被玉皇拦剑下来，斩断首级，便为人民牺牲了生命。皇帝的兵队于是卷土重来，人民从此又坠入了苦难的深渊。后来人民思念他的功劳，年年用香火奉祀他，称他做“岑逊王”。神话所叙写的岑逊王就是这样一个英雄人物，从征服自然到和统治者进行不屈不挠的斗争，终于为人民牺牲生命，反映了人们对改变自然环境和不合理社会生活的意愿。神话里既然出现了州官、皇帝，可知已经进入阶级社会；开头部分却又有洪水猛兽，则仍然描绘了原始社会的图景。这个神话自然是产生于阶级社会的，但它所叙写的主人公从原始社会一直进入阶级社会。岑逊所作的斗争，是民族斗争、阶级斗争和与自然斗争三者兼而有之的，他本人也通行无阻地跨越两种不同的社会：原始社会和阶级社会。神话英雄尚且不受原始社会的局限，难道神话反而一定非局限于原始社会不成？即此一端，便可见进入阶级社会以后各个历史时期都能产生新神话，不但有学理的根据，而且为神话本身的事实所雄辩地证明。①

六、融入史诗和叙事诗中的神话

末了讲一讲史诗和民间叙事诗的问题。史诗和民间叙事诗与神话究竟是怎样一种关系呢？我们都知道，史诗和民间叙事诗都包含程度不等的神话因素，创世史诗写的便全是神话，英雄史诗也是神话和历史传说的杂糅，民间叙事诗里，有的神话因素略少一点，大多数却仍然富于神话幻想的成分。从形式上看，史诗和民间叙事诗固然可以说是文学的某种体裁、样式，若是从内容看，它们中的大部分，都可以包括在神话这个范畴里；它们是用诗歌的语言来表达、叙写的神话，可以称之为“诗体神话”。

汉族的史诗和民间叙事诗都不很发达。民间叙事诗的情况略好一点。从《诗经》的《谷风》和《氓》，到汉代乐府的《孤儿行》、《病妇行》、《十五

① 和《岑逊王》情况类似，还有阿昌族神话《遮帕麻与遮米麻》，也是由开天辟地大神，降生到世间，生下九种民族，建立国家，然后又有遮帕麻带兵补天，射落假日，制伏反王等情节，神话人物也是横跨了两种不同性质的社会，我们在上章第四节中已略有论述。

从军征》、《上山采靡芜》、《陌上桑》等，已经初具叙事诗的规模。东汉末年建安时期，产生了第一篇光辉夺目的叙事长诗《孔雀东南飞》，以后又有南北朝时期的《木兰辞》，算是古代叙事诗的双璧。到了唐代，才有《董永变文》、《燕子赋》等出现。这些叙事诗神话因素都不多，只在《孔雀东南飞》的末尾焦仲卿夫妇化鸳鸯一段，才约略有一点神话因素。《董永变文》里神话因素比较多些。《燕子赋》像是一篇童话或是寓言，它的渊源或者便是远古时期的活物论神话。总之，汉族民间叙事诗既不发达，神话意味也不很丰富。史诗的情况则更可怜。不少同志认为汉族根本没有史诗，但我不这样看。我以为《诗经·商颂》的《玄鸟》和《长发》，《大雅》的《生民》，也略具有了一点点英雄史诗的雏形，不过没有发展起来罢了。《玄鸟》和《长发》可以说是一篇诗的上下篇，叙写的是殷民族的始祖契（《长发》称为“玄王”）和奠定殷民族基础从而又建立了一个新兴王朝的成汤一生主要的业迹，《生民》则写周民族的始祖后稷不平凡的诞生经历以及他在农业上所作的贡献；这些都具有了英雄史诗应当具有的具体而微的格局。两篇诗都有一些神话因素，都可以当做神话看待。单独的创世史诗汉族古代确实还没有，但是如《苗族古歌》那样将创世史诗、英雄史诗联系在一起的诗歌，还是有可比附的，例如屈原的《天问》，就是这样的诗歌。《天问》是以问语的口气写成的一篇神话色彩非常浓郁的诗，大类《苗族古歌》那样的格局。它也是先从天地开辟叙写起，从带着理性认识的追根溯源的一些问语中，仍隐隐可见有一个造物主式的人物在对宇宙万物作安排；然后是对鲧、禹、康回（共工）、羿、启、女娲、舜、该（王亥）、成汤、稷（后稷）、师望（姜太公）等神话人物英雄事迹的探询。虽然不免显得有点杂乱，忽后忽前，语无伦次，但正表现出了屈原的忧愤，看见楚国庙堂上的壁画，“因书其壁，呵而问之”（王逸注《楚辞》语）的真实情景。加上后来的简策错乱，就更显得有些颠三倒四了。但总的体局，我们仍然可以看出，是史诗式的。屈原的好些作品，如《九歌》、《招魂》等，从形式到内容，多取自民间；这一篇《天问》，也可以设想是取材于当时民间还流传的古代史诗。当时民间流传的古代史诗固然佚亡了，但是幸而屈原这篇模拟古代史诗格局的《天问》还存在，使我们大略还可以想见其中的若干情景。所以认为汉族古代无史诗这样的说法，似乎还有商榷的余地。①

既然已经提到了《苗族古歌》，那就先谈谈。《苗族古歌》分为四个部分：一、《开天辟地歌》，主要内容叙述天地日月、山川河流如何形成。首先用问答的形式，层层追问、回答，说出天地是巨鸟乐啼和科啼所生，而乐啼和科啼，又是云雾所生……这种问答体史诗的表现手法，其他民族史诗中也有（如布依族），可知有问有答，史诗中原有此一体。屈原《天问》，或者就是模仿古代问答体的史诗，而去其答词，只留问句，以示悲愤，不过是这种形式的史诗的变体罢了。二、《枫木歌》，主要内容叙述物种来源和动物起源。三、《洪水滔天歌》，主要内容叙述姜央与雷公的斗争和人类兴衰繁衍的过程。这一部分大约就属于英雄史诗的范围了。四、《跋山涉水歌》，主要内容叙述黔东南苗族由祖国东部迁来的经过。这一部分应当便是具有"史影"性质的传说。全部《苗族古歌》，就是由这四个部分组成。其中《开天辟地歌》又包括"开天辟地"、"运金运银"、"打柱撑天"、"铸日造月"四首歌；《枫木歌》包括"枫香树种"、"犁东耙西"、"栽枫香树"、"砍枫香树"、"妹榜妹留"、"十二个蛋"六首歌；《洪水滔天歌》包括"洪水滔天"、"兄妹结婚"两首歌，加上《跋山涉水歌》，共十三首，约八千行，都是五言体，全都能吟唱上口。

布依族史诗解释天地形成、人类起源的有《开天辟地》、《十二个太阳》、《洪水朝天》、《兄妹成婚》、《万物起源》等。在《开天辟地》里唱道："从前的时候，天连着大地，从前的时候，大地顶着天。哪个最聪明，把天地劈成两半？哪个最能干，把天地撑开？翁嘎最聪明，他用大斧头，把天地劈成两半；翁嘎最能干，他用大楠竹，把天地撑开。"史诗接着叙写翁嘎把自己的双眼挖出来钉在天上，变成了太阳和月亮，将牙齿拔出来

① 中国民间文艺研究会湖北分会编印了由胡崇峻等同志搜集的汉族长篇创世史诗《神农架〈黑暗传〉》多种版本汇编本，使人大开眼界，推翻了汉族无史诗的定论。从所搜集到的各种《黑暗传》的原始资料看，已可见到它内容的宏伟奇崛，设想非凡。搜集整理工作还在继续进行中。但已引起文化学术界的重视，报刊对它也作了若干介绍。预料当有较完善的整理本《黑暗传》问世。由此推想汉族古代有史诗存在亦非绝不可能。

将天钉牢，变成了星星；他的四肢变成了撑天柱；头发变森林，虱子变珍禽异兽，等等。和汉族神话叙写的“盘古垂死化身”（《五运历年记》）的情景相差不多。

其他如彝族的《梅葛》、《阿细的先基》，瑶族的《密洛陀》，纳西族的《创世纪》，白族的《开天辟地》，拉祜族的《牡帕密帕》等，都是创世史诗的很好范例。由于篇幅关系，不能详细多讲。

少数民族英雄史诗较著名的有蒙古族的《江格尔》、柯尔克孜族的《玛纳斯》、维吾尔族的《乌古斯传》、布依族的《安王与祖王》，等等。现在只把英雄史诗中最著名、篇幅也最长的藏族的《格萨尔王传》的故事，作一个简单的介绍。

格萨尔王本是上界白梵天王三个儿子中最小的一个儿子。那时候下界妖魔横行，残害百姓，以慈悲为本的观音菩萨便和天王商议，打算派天神下凡，去降服妖魔。天王的小儿子毅然向两个哥哥表示，他愿意担负这项重任。天王知道后，便命他下凡，降生为一个小部落酋长弃妇的儿子，就是后来的格萨尔王。格萨尔王还在母腹中时，便被叔父所谗，将他们母子驱逐在山野。他从幼儿到少年，几乎没有一天不在贫穷艰困之中，常常挖地鼠、猎野兽作为食物。十五岁和珠毛结婚，婚后借神力称格萨尔王，作了黑头人的君长。称王的第二年，便开始南征北讨，最初是降伏妖魔，继而降伏十八大宗、七中宗、四小宗诸部落。中间又经过到地狱去救妻子和母亲。所经历的战争，或是大军对阵，互相冲杀；或是独出奇谋，制胜敌人。又常常像孙悟空那样变化无穷。等到所有的敌人都被他摧毁了，人民的祸殃全都除去，他才从容地安置好天堂、地狱、人间三界，返归天国。全部史诗气势宏伟，色彩绚丽，是从十一世纪以来在藏族民间陆续创作而成的。藏文本多达数十部，约百万多行。除藏族地区外，蒙古族、土族等地区也广为流传，甚至据说流传到了俄罗斯的一些地区。它是目前所知道的世界第一长诗。

民间叙事诗在少数民族中更是发达，好些少数民族都有。叙事诗而又具有神话意味的，举其著者，有彝族的《虎皮骑士》，彝族支系撒尼人的《阿诗玛》，傣族的《召树屯》、《相勐》、《千瓣莲花》，蒙古族的《两匹骏马》,纳西族的《赶马人之歌》,等等。现在只将彝族支系撒尼人的《阿诗玛》作一个简单的介绍——

阿着底山上住着穷人格路日明家，山上住着财主热布巴拉家。阿诗玛和阿黑两兄妹，是格路日明家的孩子。阿诗玛聪明美丽，人人喜爱。她自小热爱劳动，六七岁时就坐在门槛上替阿妈捻麻线，八九岁时就背着网兜、拿着铲刀上山去为阿妈挖苦菜。十二岁就“走路和水桶作伴，站着和锅庄石作伴”，不论割草、放羊，样样都能。她赶的羊群像秋天的白云，她戴着自己绣的花头巾和美丽的花围腰，使看她的人都看花了眼。到了住进公房的年龄，她能歌善舞，她弹的口弦会说话。她成了小伙子们离不开的伙伴，又是小女伴们离不开的姊妹。她在众人心中像一朵红艳艳的山茶，像一枝清香的石竹。

她的德行和美名传到大财主热布巴拉的耳朵里。他一心想凭着他家的财势来讨阿诗玛做媳妇，但不管媒人怎样会说，却遭到阿诗玛的严词拒绝，因为她决不愿意嫁给那个像猴儿一样的财主儿子。财主见威逼利诱都不行，就下了毒手，派了一批狗腿子去把她抢来，关进土牢里，日夜逼她允婚。

哥哥阿黑正在山上放牧，听见这消息立刻背起弓箭，骑上快马，赶去救阿诗玛。热布巴拉知道阿黑武艺高强，就用种种手段对付他。经过多次较量，阿黑终于用神箭一箭射中财主的祖先灵牌。财主被阿黑的神力慑服住了，不得不把阿诗玛从土牢里释放出来。但是他还不甘心，又去串通岩神，乘阿黑、阿诗玛渡河回家时，发下洪水，冲走阿诗玛。阿诗玛垂死时，被应山歌仙女挟上山顶，变成了回声。从此以后，当亲族邻里怀念她呼唤她的名字时，就会山鸣谷应，远远传来她的回声。

《阿诗玛》这篇叙事诗，据说是根据二十个不同的本子，综合整理而成，所以比较完善，也比较能够表达全诗的主题思想。中国民间文艺出版社出版了李缵绪编的《阿诗玛原始资料集》。除收进了整理此诗所据的二十种不同本子的材料外，还收入了其他二十一种有关的材料，共四十一种，这对我们全面研究、认识这个神话传说故事，是很有用处的。

第十八章

中国神话对文学的影响

一、汉赋与魏晋六朝诗歌小说

在我们讲述本章所揭示的内容之前，先须弄清楚中国神话的涵义问题。

中国神话，一般说来，自然是汉族神话和少数民族神话的总和，这是无须详细解释便能明白的。但是本章所说的中国神话，却和上面说的又略有差异。本章所说的中国神话，主要仍是说汉族神话，其中也渗有某些少数民族神话（例如《山海经》里就渗有南方苗、瑶等民族的神话），不是说现在中国五十六个民族神话的总和。根据这种理解来撰写本章规定的内容，仍只好以汉文古籍曾经记载过的神话为主，其他则除了受影响的一些神话而外（如现代少数民族神话中，多有受汉族神话影响的），均暂不涉及。

其次是要弄清楚神话对文学的影响，是从什么时候开始的。

古代神话，曾经影响后世文学，这自然是毋庸置疑的事实。古代神话产生于原始社会，而原始社会的神话，却只凭口耳相传，没有文字的记录。比较大量记录古代神话的时期，在中国是封建社会初期，即战国时代。刚开始记录，何来便有“影响”？战国年间记录的一些神话，尤其是用文学形式记录的神话，如屈原的《天问》，其中一些段落，实在便可看作是古代神话的原始记录，而另外专门记录神话的书如《山海经》中的某些片断，文字简洁遒劲，内容瑰奇宏伟，也可以看作是以神话为题材写作的文学作品。所以先秦时代保存下来的一些神话的零片，其性质往往是介于原始记录和文学作品之间，其影响并不明显。所谓神话对文学的影响，主要是指汉代以后。从汉代的赋开始，就已经可以看出这种影响了。

汉代文学作品主要的形式之一，便是赋。汉代初期的赋如司马相如的《上林赋》、《子虚赋》，中期的赋如扬雄的《羽猎赋》、《甘泉赋》等篇，便开始有了一些神话的人名、地名和物名被引用，如宓妃蚩尤、虞渊县圃、枭阳貙豸之类，但是还不多见。到后汉张衡的二京赋（《西京赋》和《东京赋》），神话材料的运用就相当多了。试看《东京赋》里的一段——

> 尔乃卒岁大傩，驱除群厉。方相秉钺，巫觋操茢。侲子万童，丹首玄制。桃弧棘矢，所发无臬。飞砾雨散，刚瘅必毙。煌火驰而星流，逐赤疫于四裔。然后凌天地，绝飞梁，捎魑魅，斫獝狂；斩委蛇，脑方良；囚耕父于清泠，溺女魃于神潢；残夔魖与罔象，殪野仲而歼游光。八灵为之震慑，况魃蜮与毕方。度朔作梗，守以郁垒，神荼副焉；对操索苇，目察区陬，司执遗鬼。京室密清，罔有不韪。

这一段虽然只是铺叙宫廷中大傩的情景，却是通过幻想，运用了大量的神话材料，把逐疫的景象描写得如火如荼，使人读了感到真切。《西京赋》里写宫廷中杂戏歌舞的表演，也有好些神话景象被如实描绘在篇中，如“总会仙倡，戏豹舞熊，白虎鼓瑟，苍龙吹篪。女娥坐而长歌，声清扬而蜲蛇；洪涯立而指麾，被毛羽之襳褷”，以及“东海黄公，赤刀粤祝，冀厌白虎，终不能救”，等等，也使人感到情景逼真。至于作者的另一篇作品《思玄赋》，更是神话材料运用得比较多的。在这篇作品里，天上地下的神人如少皞、句芒、伯禹、防风、祝融、轩辕、蓐收、冯夷、烛龙、王母、宓妃、丰隆、云师、应龙、颛顼、玄冥、箕伯等都提到了，还提到蓬莱、瀛洲、扶桑、昆仑……这样一些神山仙境，可以说便是神话传说材料在汉赋中最集中运用的表现。但是总的说来，汉代的赋大多是适应封建统治者的需要，以夸耀宫室、园囿、行猎、京都之盛为主要内容而供帝王们欣赏的，即使里面有一点讽刺的意味，也不过是所谓“讽一而劝百”，实际上起不了什么作用。就它们的思想性而言是低下的，即使是艺术性，由于过于讲究堆砌，喜欢用生僻的字，又有差不多的格式，也显得比较臃肿和呆板。虽然运用了神话材料，只不过是在浮夸的文体中点缀上几分奇诡和艳丽，其实并没有多少意思。因而即使像张衡这样著名的科学家和文学家，当他把神话材料运用在所作的赋中的时候，其成就也不能超过他同时代的作者多少。

这种情况，直到魏晋而后，改变得也不太多。曹植为纪念他的爱人甄后，模仿《神女赋》写了一篇《洛神赋》。在这篇赋里，曹植把甄后比为洛水的水神宓妃，极力描写了她的容态、举止以及服饰等，又把屏翳、川后、冯夷、女娲等人拉来作为陪衬，使得所写情景，陆离光怪，烘托出了洛神不同于凡众的神性美，达到了作者所要达到的目的。但是，这篇赋的基调是带着感伤情绪的，和神话的积极、乐观、向上的精神并不相合。

他如左思的《三都赋》、木华的《海赋》、郭璞的《江赋》、谢希夷的《月赋》，虽说都引用了相当的神话材料，仍不过是为了装饰文章，使之蔚为奇观，其实没有深厚的思想内容。比起屈原辞赋对于神话的理解和运用来，后代这些生长在宫廷或直接间接为宫廷服务的文学家们，实在是相差太远了。

神话也影响到汉魏六朝的诗歌，大约成于建安时代的《古诗十九首》里的一首《迢迢牵牛星》，便是根据民间所传牛郎织女神话而写作的。我们在第十三章第一节中已有论述，这里就不多及。这里我们只想就曹植的诗歌，谈谈他对神话传说的运用。

曹植是建安时代一个卓越的诗人。在曹氏父子三人（加上曹操、曹丕）的文学成就中，曹植的成就无疑最大，这是世所公认的。从曹植的集子里，可以见到神话传说对于他的诗文的影响。他的诗如《灵芝篇》、文如《令（贪）禽恶鸟论》就是直接记录董永和伯奇神话传说的。《灵芝篇》我们已在第十三章第二节中讲到，这里便不再讲。

现在只将《令（贪）禽恶鸟论》中记录的一个神话传说故事，移录于下——

> 昔尹吉甫用后妻之谗，杀孝子伯奇；其弟伯封求而不得，作《黍离》之诗。俗传云：吉甫后悟，追伤伯奇。出游于田，见异鸟鸣于桑，其声噭然。吉甫动心曰："无乃伯奇乎？"鸟乃抚翼，其声尤切。吉甫曰："果吾子也。"乃顾谓曰："伯奇，劳乎？是吾子，栖吾舆；非吾子，飞勿居。"言未卒，鸟寻声而栖于盖。归入门，集于井干之上，向室而号。吉甫命后妻载弩射之，遂射杀后妻以谢之。

曹植在这篇文章中虽然指出："此好事者附名为之说"，但他之喜爱神话传说却是不可掩的，因而常不自觉地把这类材料运用在诗文里。除以上所说而外，《精微篇》有"杞妻哭死夫，梁山为之倾；子丹西质秦，乌白马角生"，《远游篇》有"灵鳌戴方丈，神岳俨嵯峨"，《仙人篇》有"不见轩辕氏，乘龙出鼎湖"这样的句子，等等，说明他的文学成就中有相当的一部分，是从神话传说的营养中取得来的。

晋代诗人的诗作中有阮籍的《咏怀》，诗句如"夏后乘灵舆，夸父为邓林"、"应龙沉冀州，妖女不得眠"；郭璞的《游仙》，诗句如"灵妃顾我笑，粲然启玉齿"、"姮娥扬妙音，洪崖颔其颐"等，亦多取材于神话。在这些诗作中，诗人们借神话抒写了他们伤世忧时的心情和高蹈遗世的向往，从当时的社会环境说来，也还是有它进步性的一面的。

运用神话题材入诗显得最有力量的，是陶渊明《读山海经》十三首中的九、十两首，我们在第十四章第五节中已经讲到，这里也不再讲。

汉代以后采取神话材料来做小说的，始于刘向辑校的《列女传》中的《有虞二妃》，里面记有一段娥皇、女英帮助舜与他的弟弟象作斗争的神话——

> 瞽叟与象谋杀舜，使涂廪。舜告二女。二女曰："时唯其戕汝，时唯其焚汝，鹊汝裳，衣鸟工往。"舜既治廪，戕旋阶（应作旋捐阶），瞽叟焚廪，舜往飞（去）。复使浚井。舜告二女，二女曰："时亦唯其戕汝，时其掩汝，汝去裳，衣龙工往。"舜往浚井，格其出入，从掩，舜潜出。

这段神话不见于今本《列女传》，今本《列女传》记叙涂廪、浚井两件事已全无神话性。据我的研究，这乃是宋代校录此书的曾巩篡改的结果，其目的是为了使它“合于《孟子》”（曾巩语）。而洪兴祖所引的古本《列女传》的记叙，则正是如《孟子》所申斥的“齐东野人之语”（《万章篇》），故不免要被卫道者的曾巩所篡改。从上面所引的记叙看，二女教舜用鸟工龙裳以救井廪之难的事迹是很明显的，二女对舜的那种担心和关爱的情景，也写得相当生动，确实是一篇取材于古神话的神话小说，被刘向辑入《列女传》了。这一篇全貌如今已不可见，根据所引的片断看，小说里描写的“二女”，显然不是循规蹈矩、以礼法自绳的《列女传》式的人物，而是原始社会泼辣大胆的姑娘，以之入《列女传》，大约就连同是卫道士的刘向也看走眼了。这篇神话小说具有积极的浪漫主义精神是可以肯定的，虽然现在我们所能见到的只是它的一鳞半爪。

这以后，晋代张华《博物志》里所记的天河神话以及干宝《搜神记》里所记的盘瓠、蚕马神话，都带着神话小说的意味，也都在不同程度上具有一些积极的浪漫主义的精神，实际上也都成了这些神话本身的最早记录，正如前面所引《列女传》所记舜象斗争神话是它本身最早的记录一样。

二、唐代小说与诗歌

原始记录和文学作品之间很难给它划出一个明确的分界线。从《山海经》开始，到《吕氏春秋》、《淮南子》以至晋代张湛编纂的《列子》，加上魏晋六朝人或托名汉人撰著，或署名自撰的许多鬼神志怪书中，也有不少古代神话片断的直接记录，并且好些记录确实也富有文学的意味，说它是原始记录也好，将它当做文学作品看待也未始不可。因而原始记录的神话和神话小说之间也就不大那么容易截然划分。大抵加工较少（不自觉的加工）、内容情节比较简单的，我们称之为神话的原始记录；加工较多（自觉的加工）、内容情节比较复杂的，我们称之为神话小说。从广义神话的观点看，不论是神话的原始记录也好，是神话小说也好，都算是神话。这一点我们在第十章论述唐五代的神话中已经大略谈到过了。作为胡应麟所说的“唐人作意好奇，假小说以寄笔端”的两篇唐代神话小说的范本：李朝威的《柳毅》和李公佐的《古岳渎经》，也在那一章里论述到了。因而唐人小说中受古神话影响而又创造出了新神话的这一部分，这里也只好略而不提。

现在要讲的是神话对唐代诗歌的影响。不少诗人的诗篇中都有神话方面的取材。随便举几个例子：如周匡物《古镜歌》说：“轩辕铸镜谁将去，曾被良工泻金取。”鲍溶《子规》说：“中林子规啼，云是古蜀帝。”柳宗元《行路难》说：“君不见夸父逐日窥虞渊，跳踉北海超昆仑。”刘禹锡《九华山歌》说：“轩皇封禅登云亭，大禹定计临东溟。”等等。自然，说实在话，唐人诗作中取材于神话的，还没有取材于仙话的那么多，而且即使取材于神话，咏歌到西王母、嫦娥、瑶姬等人，总使人感到她们身上都带着几分仙气。这和唐代统治者尊崇道教，又和魏晋以来文人士大夫崇老庄、尚虚玄的余风是分不开的。道家的虚无主义和遁世思想，以及从道家派生出的神仙家的享乐主义和利己主义思想，都是和当时的封建统治阶级以及依附于这个阶级的士大夫阶层的阶级本性合拍的，因而，仙话在唐代诗歌中取材较神话更广泛。但是，唐代也有几个善于运用神话材料写诗的诗人，值得提出来说说。

首先是盛唐时代浪漫主义大诗人李白，在他的诗作里经常有神话典故被运用。如《大猎赋》里的“五丁摧峰，一夫拔木”，“龙伯钓其灵鳌，任公获其巨鱼”；《古风五十九首·其四十》里的“凤饥不啄粟，所食惟琅玕”；《上云乐》的“女娲戏黄土，团作愚下人”；《登高丘而望远海》的“精卫费木石，鼋鼍无所凭”；《古朗月行》的“羿昔落九乌，天人清且安”；《窜夜郎于乌江留别宗十六璟》的“斩鳌翼娲皇，炼石补天维”；《把酒问月》的“白兔捣药秋复春，姮娥孤栖与谁邻”；《感兴八首》的“瑶姬天帝女，精彩化朝云”；《上崔相百优章》的“共工赫怒，天维中摧”；《荆州贼乱临洞庭言怀》的“修蛇横洞庭，吞象临江岛”；《北风行》的“烛龙栖寒门，光耀犹旦开”，等等。取材的范围很广，或借景以抒情，或取譬以言志，随笔点染，纵横无碍，足以见到诗人的胸襟和才气，以及他对神话的喜爱。

李白所处的时代——李隆基在位的开元、天宝年间，一方面是唐王朝的社会经济空前繁荣，另一方面由于当时统治集团的荒淫腐败，又正在酝酿着一场即将爆发的大动乱——“安史之乱”。在这种时代气氛和社会环境中，天才洋溢怀着高远理想企图在政治上有所作为、对国家和人民有所贡献的诗人，却始终达不到他的目的。面对着冷酷的现实，在累次遭到碰壁的挫折以后，不能不感到非常苦闷了。他的许多采取神话乃至仙话的诗作，都有点像屈原那样是借神话仙话以抒忧愤的，因而他的某些诗篇即使看来带着出世的思想，究其实际，还是具有相当强烈的战斗精神的。

在李白取材神话的诗作中，给人印象比较突出的，有以下几首。一是《梦游天姥吟留别》。在这首诗里，作者写他梦幻中游历了天姥山神话般的境界，见到了“虎鼓瑟兮鸾回车，仙之人兮列如麻”种种奇异的景象，忽然梦醒，回到现实生活中，不禁愤慨地发出“安能摧眉折腰事权贵，使我不得开心颜”的感叹。诗中有了这两句感叹，就见得他游山遇仙等幻想都不过是苦闷生活的反射罢了。其次是《蜀道难》。在这首诗里，作者更把一些神话传说如五丁开山、六龙回日等巧妙地编织起来，通过幻想形象地描绘出蜀道的险恶和蜀山的崔嵬，借以斥责当时为了逃避安禄山祸乱，躲到蜀地而竟以蜀地为安乐窝的统治者的胡涂思想。

李白对当时政治黑暗腐败的不满，更从他的《梁甫吟》一诗里具体地表现出来——

> ……我欲攀龙见明主，雷公砰訇震天鼓。帝傍投壶多玉女，三时大笑开电光，倏烁晦冥起风雨。阊阖九门不可通，以额叩关阍者怒。……

这些诗句采用的也全是神话材料，然而又是针对现实生活中的不合理现象，进行了有力的抨击。试把它和《离骚》的“吾令帝阍开关兮，倚阊阖而望予”、《招魂》的“魂兮归来，君无上天兮，虎豹九关，啄害下人兮”等诗句比较，可见它们原是一脉相通的，而前者较之后者的描写更为豁露，感情也更为激烈。说李白的大部分取材于神话的诗作具有积极的浪漫主义精神，当不为过吧？

除李白而外，中唐时代，还有卢仝和李贺也喜欢拿神话材料来作诗。卢仝的《月蚀》诗是很有名的，几乎全取材于神话，设想构思极为奇特，从月出到月蚀，借月中有蟾蜍即虾蟆的古传说，写下了虾蟆蚀月的生动情景。推上去又联写到月中的白兔捣药，尧时十日烧九州、天降洪水沃九日、虾蟆不肯食九日而食月等情景，以至引起作者的巨大愤恨，认为是“食天之眼”，从而发出“臣仝告愬帝天皇，臣心有铁一寸，敢刳妖蟆痴肠”的呐喊。这首诗的主要用意也有点类乎李白的《梁甫吟》。但是《梁甫吟》的愤怒矛头是对准包括帝王在内的整个腐朽的封建统治阶级上层人物的，接触到了封建制度问题的核心，所以显得更有力量；此则仅仅表现出诗人有“锄奸佞、清君侧”的愿望，这在当时的社会，虽然也还是大胆的设想，但是终究显得有些迂腐，思想性不太高。此外卢仝还有《与马异结交》诗，采用女娲、神农等神话材料不少，但也未免过于矫揉造作，无非夸大形容他和马异交谊的不寻常，思想境界和艺术境界都不太高。

李贺是和卢仝同时的诗人，在他幽艳凄丽的诗篇中，也常喜欢运用一些神话材料作为他特殊的艺术表现手法。如《秦王饮酒》的“羲和敲日玻璃声”、《章和二年中》的“七星贯断姮娥死”等。在他的名篇诗作《苦昼短》中，虽然也和其他诗人一样，对于“来煎人寿”的光阴，发出了无穷的慨叹，然而中间忽发奇想：“天东有若木，下置衔烛龙。吾将斩龙足，嚼龙肉，使之朝不得回，夜不得伏。自然老者不死，少者不哭……”神话材料在这里被运用，就更表现出了李贺式的风格。

晚唐时代诗人李商隐的诗作，也巧于运用神话材料。如《锦瑟》的“庄生晓梦迷蝴蝶，望帝春心托杜鹃；沧海月明珠有泪，蓝田日暖玉生烟”；《无题》的“蓬山此去无多路，青鸟殷勤为探看”；《月夕》的“兔寒蟾冷桂花白，此夜嫦娥应断肠”等，都是情景交融、用典浑成的佳句。诗人的诗作中取材于嫦娥神话的很多,尤其以《常娥》一诗:“云母屏风烛影深，长河渐落晓星沉；常娥应悔偷灵药，碧海青天夜夜心。”全写嫦峨；虽然对于神话中这位著名的女神有些微辞，但是却把她的神韵致极超拔地表现出来了。李商隐诗作中有关神话的取材，大略就是如上所述。看来他和李贺一样，对神话的浪漫主义表现手法运用得较好，而于承继积极浪漫主义精神的方面就差些了。

三、宋以后小说、戏曲等

宋代以后，神话仍继续对小说、戏曲等方面起着显著的影响。

在小说方面，宋人作的《大唐三藏取经诗话·入王母池之第十一》，说西王母池有蟠桃树，“千年始生，三千年方见一花，万年结一子，子万年始熟，若人吃一颗，享年三千岁”，云云，此西王母池，显然就是根据古代神话中的西王母瑶池而来。《史记·大宛列传》引《禹本纪》说:“昆仑有醴泉、瑶池。”《穆天子传》说:“天子乃觞西王母于瑶池之上。”就是这个瑶池。至于蟠桃，则是《山海经·西次三经》“不周之山，爰有嘉果，其实如桃”以及《海内西经》“昆仑开明西北有不死树”神话的演变，它在托名班固实际上是六朝人撰的《汉武故事》中已经出现过了，说汉武帝向西王母求不死药，王母以桃二枚予帝，说“此桃三千年一著子……”，和《取经诗话》所说的大略相同，可知《取经诗话》所本即此。其实都是受了古神话中不死树的影响。

明人的小说据孙楷弟《中国通俗小说书目》载有《盘古至唐虞志传》二卷，又简称《盘古志传》，还有《有夏志传》四卷，《有商志传》四卷，后二书我曾见到，前一书未见。《有夏志传》主要部分系叙写禹治洪水历经海内名山大川及海外各国，统率禺彊、庚辰等神人收妖降怪的故事，文笔陋劣，殊不足观。《有商志传》主要写武王伐纣的故事，也含有一些神话因素。以二书例推，我所未见的那部《盘古至唐虞志传》，必然也会大量取材于神话。

除此而外，还有明末周游著的《开辟衍绎通俗志传》六卷八十回，从盘古开天辟地写起，直到武王伐纣为止。也是将神话和历史杂糅编写成的东西。其中保存了一些后世流传的民间神话材料，我们已经在第十二章第一节中讲过了。

明代小说取材于神话的，还有吴承恩的《西游记》和许仲琳的《封神演义》两部书。《西游记》里孙悟空的形象，鲁迅《中国小说史略》认为是无支祁形象的移植，是不错的。而具有牛猴二形的无支祁，又是古神话里夔的演变。《西游记》中最精彩的大闹天宫里"玉帝轮流做，明年到我家"（第七回孙悟空语》的"叛逆"思想，实在是从古神话里"共工与颛顼争帝"（《淮南子·天文篇》）、"刑天与帝争神"（《山海经·海外西经》）那里来的。孙悟空后来护送唐僧到西天取经，一路上斩妖除怪、降魔伏邪，也有古神话里羿缴大风、断修蛇，禹逐共工、杀相柳这类为民除害事迹的遗意。就是该书里写的有些神人如灌口二郎、巨灵神；物事如王母蟠桃、五庄观人参果之类，也还是取材于古代的神话传说。从《西游记》的总倾向看，它和古神话所具有的积极浪漫主义精神原是一脉相承的；或者说，它是发扬了古神话的精神而创作出的一部伟大的神话小说或童话小说。它取材于神话而本身又成了新的神话，我们在第十二章里已有专节论述，这里所说不过是一点小小的补充。

《封神演义》也是一部取材于古代神话较多的书，虽然还不能称之为神话小说，但它在中国近代史上，确实曾经发生过较大的影响。它的前身是宋元时代的讲史《武王伐纣平话》。《武王伐纣平话》虽然演说的是历史故事，但已含有一些神话因素，如周文王吐子成兔之类，便为后来的《封神演义》所本。而《封神演义》的主要部分，叙写姜太公在诸神的帮助下兴周灭殷种种神异的事，却是《武王伐纣平话》所无，而是直接受到《六韬》、《金匮》等书所记姜太公神话的影响。此书所写战争细节，虽多属幻想虚构，但也偶有所本。如写姜太公射赵公明，就是本于《太公金匮》的姜太公射丁侯。还有广成子、赤松子、赤精子、九天玄女等神人或仙人，也是汉以前就见诸载籍的人物。而且由于作者世界观的局限,内中包含有相当浓厚的宿命论思想和封建迷信思想。尤其写诸神战争，阴森暗惨，最容易使人由恐怖而产生迷信。它和《西游记》所写的唐僧师徒收妖降怪的战争：情景是那么天真烂漫，于活泼的动作中又杂以诙谐的言谈相比较，真是迥然不同的两个境界。该书积极浪漫主义的因素是不多的，如果说它还有一些的话，那就在于：它通过请神助周灭殷的幻想的描写，歌颂了为人民所拥护的讨伐暴君战争的正义性。

明代小说《水浒传》和清初小说《红楼梦》，都是为大家所熟知而非常著名的，二书对于它们所写的主人公,《水浒传》的一百单八英雄好汉，卷首说他们是被洪太尉放走的给张天师镇锁在江西龙虎山上的“妖魔”；《红楼梦》的贾宝玉，卷首说他是女娲补天时剩下未用弃置在青梗峰下的一块顽石，不论各自的寓意如何，都可见到神话对它们的影响。

清代小说取材于神话而把神话材料运用得较好的，有李汝珍的《镜花缘》一书。《镜花缘》共一百回，前四十回写唐敖随林之洋游历海外各国，得睹各种畸人奇俗及珍禽异物，是全书的精华部分，写得非常生动有趣。这一部分差不多全取材于《山海经》所记远国异人和奇特的动植物。单是国家就写了四十一个，但却不是平铺直叙地写，而是写得曲折有致，详略各别，并且借此讽刺了现实中的不合理现象，寄寓了作者的理想。如写两面国讽刺两面人的伪善，写淑士国嘲笑假斯文的酸腐，写无肠国暴露以粪作饭供应奴仆的剥削者的盘剥，写聂耳国破除相书所说“耳长过肩，必主大寿”的迷信，等等，都可说是活用了神话材料。尤其对于妇女问题，书中更有独到精辟的见解。在女儿国的一大段文字中，作者就以愤激的笔触从反面写出妇女应该和男子具有同等地位，享受同等待遇，不应该受到歧视、玩弄和压迫。神话材料的采取和运用，在作者进步的民主主义思想笼罩下，使得占三分之一篇幅的游历海外各国的情节，焕发出积极浪漫主义的光彩，使人爱读不厌。反之，以后六十回写才女们会聚一堂，整天饮酒赋诗，行令论文，各逞才辩（事实上是作者在那里卖弄才华）的情景，就显得枯燥沉闷，了无趣味，读了使人恹恹欲睡了。

除小说外，戏曲也受到神话的影响。在《脉望馆钞校本古今杂剧》里，有《关云长大破蚩尤》（亦见《孤本元明杂剧》）一出，写宋时蚩尤为祟，使解州盐池干涸，后来被玉泉山的土地和关云长并力把蚩尤擒获，范仲淹遂奉旨为关云长立庙，全剧于此终结。虽然采取了一些神话材料，但却因为宣扬的是封建迷信思想，和神话的本旨大异其趣，因而并无可取。

除此剧外，该书还收有《二郎神锁齐天大圣》、《灌口二郎斩健蛟》、《二郎神射锁魔镜》三剧，都取材于神话。《二郎神锁齐天大圣》写齐天大圣盗吃了金丹仙酒，二郎神奉上帝命偕巨灵神及梅山七圣等收伏了齐天大圣。《灌口二郎斩健蛟》写嘉州太守赵昱“秉性忠贞”、“治民有法”，玉帝遣天丁接引他升天成神，即是所谓“灌口二郎神”。赵昱在官时便闻灌口有健蛟作怪，人民受其荼毒。成神后乃率本部神兵往擒健蛟，得梅山七圣之助，终于达到目的。《二郎神射锁魔镜》写二郎应哪吒邀请饮酒，酒后较射，误中锁魔镜，放走了九首牛魔王、金睛百眼鬼两洞妖魔，乃偕哪吒及梅山七圣等并力将牛、鬼二妖擒回。以上三剧均以二郎收妖降怪为主题。二郎实在就是古代神话中治水的李冰。李冰治水有斗犀伏龙等传说，后来传说演变，把他的神力移到他的儿子二郎身上，再一度李二郎又成了嘉州太守赵昱。此诸剧中的二郎，写的都是赵昱，可见神话已经一变再变。除《斩健蛟》一剧叙写较平直外，余两剧写得都曲折生动，活泼有趣。《锁齐天大圣》一剧看似有些正统思想，实际上剧中仍把猴王那一边的兵马写得相当活跃，还有“大闹天宫”的遗风。结尾猴王虽被收伏，也只是轻描谈写，着墨不多。这本剧和前面所说的《关云长大破蚩尤》性质上是不同的。《关云长大破蚩尤》从立意到具体描写都贯串着正统思想，都是在宣扬封建迷信，此剧即使有一些正统思想，也被其中童话般的具体描写抵消了。其他二剧情况也大体相同。我认为这些剧基本上可算是健康的神话剧，确实像郑振铎在《劫中得书记》一书中所说的“气魄很伟大”。

以上所举各剧，不署撰人姓名，大约都是元明间人的著作。元明人的杂剧中，还有不少戏剧，是具有神话性质的，如元张起时有《沉香太子劈华山》，李好古有《劈华岳神香救母》，吴昌龄有《唐三藏西天取经》，明谷子敬有《吕洞宾三度城南柳》,须子寿有《泗州大圣渰水母》,杨讷有《楚襄王梦会巫娥女》，汪元亨有《娥皇女英斑竹记》，王子一有《刘晨阮肇悮（误）入天台》，朱有敦有《群仙庆赏蟠桃会》，贾仲明有《铁拐李度金童玉女》，康海有《东郭先生悮（误）救中山狼》，车任远有《蕉鹿梦》，无名氏有《争玉版八仙过沧海》、《庆丰年五鬼闹钟馗》、《猛烈哪吒三变化》等，从题目看，已经可知这些戏剧取材神话范围的宽广，可惜其中不少已佚亡了，且限于篇幅，就不一一去论述了。

明清时代民间文学样式之一的宝卷里，也有采取神话传说作题材的。据郑振铎《中国俗文学史》下册所录，就有《药王救苦忠孝宝卷》和《土地宝卷》两种可以列入我们这里考察的范围。《药王宝卷》写的是医士孙思邈因为救了龙王太子变的白蛇，得到龙宫的海上仙方，普济世人，后来便成了药王菩萨。实际上这是取材于唐段成式《酉阳杂俎·玉格》所记关于孙思邈的神话而小变其内容的，说不定这也是唐代的民间神话流传到明清时代的自然演变。《土地宝卷》则是写“大地”化身的土地怎样大闹天宫，与诸神诸佛斗法的事。“他屡困天兵天将，成为齐天大圣孙悟空以来最顽强的‘天’的敌人。显然的,这宝卷所叙述的有受《华光天王传》和《西游记》的影响，但在作风上却完全成为独特的一派。作者描写那顽皮无赖的小老头儿土地,与他如何制服天兵天将,以及两方交锋的情形,完全超过了一般斗法和战争的布局。其中充满了幽默的趣味。”“把白发苍苍的一个土地公公作为一个与玉皇大帝斗法的英雄，这是从来不曾有过的一个传说。”[①]我认为这个“传说”实际上主要是受《西游记》孙悟空大闹天宫的影响而来;“幽默的趣味”也正是《西游记》的传统。《西游记》塑造了神猴孙悟空的形象,《土地宝卷》则塑造了民间最熟悉的土地公公的形象，二者的承传关系是有目可睹的。

---

① 以上两段话见郑振铎《中国俗文学史》，334页。

四、现代少数民族口头传述的神话

中国古代神话，又常影响到现代少数民族口传的神话。

例如盘古开天辟地，贵州西北部苗族地区就有《盘古》、《盘古王制天地》等古歌流传。布依族神话也有《混沌王与盘果王》，说荒古时候，是混沌王统治世界，混沌王哈气成雾，扇气成风，宇宙一片迷蒙混沌，天地不分，东西南北莫辨。那时有盘果王出来，举鞭一挥，把宇宙劈成两半，往上浮的便成了天，往下沉的便成了地；上面有日月星辰，下面有河流山川，天地从此就开拓出来了。“盘果王”无疑就是“盘古王”。白族神话《天地的起源》有盘古、盘生是两兄弟这样的说法。说在洪荒时代，石头、树木会走路，牛马猪狗、鸡鸭飞鸟会说话，大地没有高山和大海，人类不分贫和富。后来盘古、盘生钓走了龙王三太子，龙王发怒，下了七年大雨，淹没了大地，盘古、盘生把龙王捉来杀了，天地毁灭。然后盘古变成天，盘生变成地，盘古、盘生又合起来变成木十伟，木十伟又变成万物：左眼变太阳，右眼变月亮，睁眼是白天，闭眼是黑夜，小牙变星辰，大牙变石头，头发变树木，眉毛变竹子，等等。看得出来，这是受了盘古开天辟地和化生万物神话的影响。

又如女娲补天，黔西北苗族地区就有谷佛补天神话，以短小的酒令歌的形式流传，说谷佛用青石头补天。“谷”是“女”的苗音，谷佛就是女佛。这和“女娲炼五色石以补苍天”（《淮南子·览冥篇》）是很近似的，说不定谷佛就是女娲的音转。而水族神话则有伢俣开天，“伢俣”正是水语“女娲”的意思。水族《开天立地》歌说，伢俣开天，“用鳌骨撑天四边，支地四角”，后来又造日月各十个，造作太多，岩石都融化了，连水里的鱼都不能生存，伢俣又把多余的日月全都射掉，只留一双，照耀大地。鳌骨撑天支地，就是女娲神话中的“断鳌足以立四极”；而《路史·发挥一》注引《尹子·盘古篇》说：“女娲补天，射十日。”在这里也得到了印证。至于云南德庆藏族自治州流传的《女娲娘娘补天》神话，我疑心那是在唐代文成公主率领的文化队伍传播到藏族地区去的，它不是藏族原有的神话。所以不周山竟讹传作了布州山，那正是唐代以州郡为行政区域名称偶然留下的一个记印：布州山——布州的山。大虾鱼砍下自己的四只脚，献给女娲让她去柱天这样的情节，恐怕也是受了佛教思想的影响，因而设想连毒龙猛兽也有菩萨心肠的结果。

伏羲女娲兄妹结婚神话，唐以前的文献中没有十分明确的记载，李冗《独异志》也只有女娲兄妹结婚的简单记录；不过从近代发掘出土的汉代石刻画像、砖画以及古籍中零星片断文字的记载来看，伏羲女娲兄妹结婚神话，至迟在汉代初年就已经广泛流传了。这段神话在如今西南好些少数民族中还继续流传着。有的改变了名字，有的连名字也未变。它们可能都是出于同源，连汉族的兄妹结婚神话也是从这个源头而来。名字未变的，我们在第十六章第三节中已略有论述，这里便不多说。变了名字的也不多说，只说其中最有意思的一例。毛南族神话《盘和古》说，盘和古是两兄妹，二人种葫芦，结果实大如禾仓。后遇洪水，盘和古入葫芦避水。洪水退后，世上只剩盘、古兄妹二人。兄妹只好结婚，再造人类。其他都不足异，只是将古神话中的"盘古"一名，拆而为二，以为是再造人类的始祖，却是有点出奇。然而任昉《述异记》卷上说："盘古氏夫妻，阴阳之始也。"早已暗示我们：盘古氏是以兄妹而为夫妻的。那么盘古化身为盘和古两兄妹，两兄妹又结婚为夫妻，也是由来已早的一段神话传说，不足为异了。

在征服自然的神话当中，少数民族中普遍流传的，是射日射月神话，中国古代神话则只有射日而无射月。射日英雄古籍记载有三个：一个是前面说的女娲，知道的人不多；一个是羿，大家都知道；还有一个是尧，是根据王充《论衡》所引的《淮南子》，也不太受到关注。布依族古歌《十二个太阳》说，远古时期，天上忽然出了十二个太阳，红绿各半，有少年英雄叫年王的，背弓挟箭，去射太阳。第一箭便射下红太阳五个，第二箭又射下绿太阳五个，还有一个隐约在天边，一个夹在云缝中。年王打算吃过午饭再来射，他妈叫他不要射了，说剩下的太阳，"留一个晒谷子，留一个亮天下"，就是如今的太阳和月亮。这和《论衡》记叙的"尧射十日"的情景很相似；"年王"说不定正是"尧王"的音转。

此外，如水族神话《天皇烧泐虽》，它的末段就和唐代的《董永变文》非常相似。泐虽是水族古老的文字，据说是陆铎公公创造发明的，起初是成箱成垛，现在却只剩几百字。原来陆铎制作了文字，在家乡教授童蒙，学中有一小儿，乃是天上仙女和凡人所生的儿子，记忆特佳，读书三遍，便能背诵，陆铎想把全部学问本领都传授给他。天皇知道了，大为震恐，便设计假此小儿之手，烧毁泐虽，只剩压在砚台下面的一张纸未被烧，还有几百泐虽幸存下来。《董永变文》的末段也是这样：董永和天女所生的儿子董仲，由于卖卦先生孙膑叫他去觅得了阿娘（母亲），阿娘怕孙膑泄露天机，将一个金瓶交给儿子转送孙膑，金瓶忽然起火，把孙膑一切卦书都烧掉了，只剩六十张破纸，“因此不知天上事，总为董（仲）觅阿娘”。看来前者可能是受了后者的影响。

侗族民间神话《董永卖身葬父》，整个故事情节大略都和古代汉族文献的记载相同。末段也是这么说，董永和仙女所生的儿子董尚秋，受了学堂老师的教导，寻到他的母亲，母亲恼怒老师泄露天机，给予尚秋一个火宝，尚秋将火宝带回学堂，扔在课堂里，学堂全被焚毁。内有一百二十花甲被焚上天，被鹰和鸦各吞去六十。后来鹰将所吞的吐出，所以人间但有六十花甲。鸦不肯吐，唯允许替人们报凶信，人有灾难，便来“哇哇”地告诉他。这恐怕是古代神话流传到了少数民族地区自然演变的结果，比一般的影响又进了一步。

董永神话流传很广，影响很大，它的整个故事情节，对好些少数民族民间神话都产生了显著的影响。如彝族传述的《无娘星》，也有人神恋爱、生子觅母及烧天书等情节，不过末尾说仙女的儿子拉普种葫芦籽发芽抽藤、攀援上天、往觅其母，后遂不归，化为北斗七星中最远的一颗小星，彝族人叫做“无娘星”，却是这个故事的变异。又如哈尼族传述的《哈尼族为什么没有文字》，也有卖柴郎娶天上第十仙女为妻，财主苏阿爬设计害死卖柴郎，谋夺仙女为己妻，仙女逃返天上，将其子木嘎托人抚养，木嘎入学读书，得师母指示觅得其母，母予一红葫芦，木嘎带回学堂，苏阿爬来夺葫芦，葫芦爆裂起火，苏阿爬与学堂都被烧为灰烬，只剩老师砚下所压专论地府事情的一张纸还在，就是如今哈尼族所保存的残缺不全的“贝玛”文这祥一些情节。看得出来，基本上还是董永神话的格局，又加上某些地区性的变异。

还有秦始皇赶山鞭神话，也是影响较大的神话。赶山鞭之说虽然起自近代，它的来源却是很早。六朝梁殷芸的《小说》里，就有神人鞭石，为秦始皇造石桥的说法；五代王仁裕的《玉堂闲话》，也写了钟山渔人钓得秦始皇驱山铎，其结果是：“有声如霹雳，天昼晦，钟山一面摧崩五百余丈，渔人皆沉舟落水。”因而近代所传秦始皇有赶山鞭，就不足为异了。受这一神话影响的，有彝族民间神话《石林的传说》[①]。神话说，古时有哥自天神，行到路南，见彝族人民生活困苦，想改变山岭为平地，便在夜间拿鞭子驱赶石头，亲自肩挑泥土，想在天亮以前赶到长湖，用石头和泥土将长湖拦截起来，那么路南的高山都将化作平地了。殊不知这计划被一个早起推豆腐的撒尼老母所破坏。老母见巨石奔来，骇极，打算呼唤她的女儿。女儿在公房嬉戏未回，留下话说听见鸡叫便回来。老母便敲簸箕逗引鸡，鸡扇动翅膀，开始鸣叫。大石头都站立起来，竖起耳朵听。知道是鸡鸣，便骇得头僵腿硬，不能行步，天神发怒，拿鞭子抽打石头，石头却已经化为石林了。还有侗族民间传说《吴勉》，说吴勉有神鞭，能鞭石开路。十八岁的时候，黎平大旱，官逼民反，侗家武装抗粮，吴勉率领起义军和皇帝的军队作战。反遭失败，皇帝发十万大军来擒吴勉。吴勉鞭石而行，打算在八洛河上游筑起一道拦河大坝，皇帝军来，便挖开堤坝用水灌他。殊不知走到信洞，便被一个无知的少女一语道破。吴勉说他赶的是猪和羊，少女却说全是石头，这一下所有的石头便都不能动弹了，于是就在那里化作了一座高耸、绵延、险峻的石山，人称它为“吴勉岩”。这两个故事内容情节类似，和古神话里所说的秦始皇驱山填海、有些山为法术所破，中途不能行走，便定在那里，有着惊人的相似之处。看来它们之间的传承关系也是可以肯定的。

除此而外，古代神话有“羿请不死之药于西王母”(《淮南子·览冥篇》)，纳西族神话有《崇仁抛鼎寻不死药》，也是往西方去寻找，寻到了延寿草

① 见李德君等编《彝族民间故事选》，上海文艺出版社出版。

和回生水，吃了可以起死回生；古代神话有“公冶长解鸟语”（晋皇侃《论语义疏》引《论释》），布依族民间也有公冶长知鸟兽昆虫语言的传说；又汉族民间有《望娘滩》神话，侗族民间也有《望娘滩》神话；汉族民间有《十兄弟》传说，彝族和土家族也有《九兄弟》或《八兄弟》传说，等等。当然不会是偶然的巧合，而是由于民族间文化交流，彼此影响的结果，看来后者或直接或间接受到前者影响的可能性更要大些。

引用书目举要

《山海经》（战国—汉初）
《穆天子传》（战国）
《诗经》（周）
《楚辞》（战国楚屈原等）
《尚书》（周）
《周书》（周）
《左传》（周左丘明）
《国语》（周左丘明）
《管子》（周管仲？）
《庄子》（战国宋庄周）
《墨子》（战国宋墨翟）
《孟子》（战国邹孟轲）
《晏子春秋》（周晏婴？）
《韩非子》（战国韩韩非）
《荀子》（战国赵荀况）
《吕氏春秋》（秦吕不韦）
《淮南子》（汉刘安）
《史记》（汉司马迁）
《汉书》（汉班固）
《吴越春秋》（汉赵晔）
《越绝书》（汉袁康、吴平）
《尔雅》（汉）
《大戴礼》（汉戴德）
《说文》（汉许慎）
《论衡》（汉王充）
《风俗通义》（汉应劭）
《神异经》（汉）
《十洲记》（汉？）
《洞冥记》（汉郭宪？）
《列仙传》（汉刘向？）
《列女传》（汉刘向）
《战国策》（汉刘向）
《神仙传》（晋葛洪）
《抱朴子》（晋葛洪）
《西京杂记》（晋葛洪？）
《博物志》（晋张华）
《拾遗记》（晋王嘉）
《列子》（晋张湛）
《古今注》（晋崔豹）
《搜神记》（晋干宝）
《搜神后记》（晋陶潜）
《陶靖节集》（晋陶潜）
《异苑》（六朝宋刘敬叔）
《后汉书》（六朝宋范晔）

《文选》（六朝梁萧统）
《文心雕龙》（六朝梁刘勰）
《述异记》（六朝梁任昉）
《续齐谐记》（六朝梁吴均）
《金楼子》（六朝梁萧绎）
《真诰》（六朝梁陶弘景）
《荆楚岁时记》（六朝梁宗懔）
《汉武帝内传》（六朝）
《水经注》（北魏郦道元）
《晋书》（唐房乔）
《琱玉集》（唐）
《独异志》（唐李冗）
《吴地记》（唐陆广微）
《朝野佥载》（唐张鷟）
《李太白集》（唐李白）
《柳河东集》（唐柳宗元）
《岭表录异》（唐刘恂）
《渚宫旧事》（唐余知古）
《宣室志》（唐张读）
《酉阳杂俎》（唐段成式）
《传奇》（唐裴铏）
《开天传信记》（唐郑棨）
《录异记》（五代蜀杜光庭）
《神仙感遇传》（五代蜀杜光庭）
《墉城集仙录》（五代蜀杜光庭）
《闻奇录》（五代于逖）
《金华子杂编》（五代刘崇远）
《摭言》（五代王定保）
《续仙传》（五代南唐沈汾）
《稽神录》（五代南唐徐铉）
《蜀梼杌》（宋张唐英）
《茆亭客话》（宋黄休复）
《苏老泉先生全集》（宋苏洵）
《归田录》（宋欧阳修）
《续博物志》（宋李石）
《梦溪笔谈》（宋沈括）
《龙城录》（宋王经）
《老学庵笔记》（宋陆游）
《入蜀记》（宋陆游）
《吴船录》（宋范成大）
《能改斋漫录》（宋吴曾）
《侍儿小名录拾遗》（宋阙名）
《青琐高议》（宋刘斧）
《夷坚志》（宋洪迈）
《舆地广记》（宋王象之）
《云笈七籤》（宋张君房）
《太平御览》（宋李昉等）
《太平广记》（宋李昉等）
《困学纪闻》（宋王应麟）
《朱子语类》（宋朱熹）
《类说》（宋曾慥）
《岁时广记》（宋陈元靓）
《尔雅翼》（宋罗愿）
《路史》（宋罗泌）
《大唐三藏取经诗话》（宋）
《齐东野语》（宋周密）
《续夷坚志》（金元遗山）
《湖海新闻夷坚续志》（元阙名）

《三教搜神大全》(元—明)
《诚斋杂记》(元林坤)
《异域志》(元周致中)
《琅嬛记》(明桑怿)
《庚巳编》(明陆粲)
《月令广义》(明冯应京)
《西游记》(明吴承恩)
《封神演义》(明许仲琳)
《四游记》(明余象斗)
《开辟衍绎通俗志传》(明周游)
《山堂肆考》(明彭大翼)
《西湖游览志余》(明田汝成)
《警世通言》(明冯梦龙)
《清平山堂话本》(明洪梗)
《列仙全传》(明汪云鹏)
《山海经补注》(明杨慎)
《山海经释义》(明王崇庆)
《潜确类书》(明陈仁锡)
《汤显祖集》(明汤显祖)
《玉芝堂谈荟》(明徐应秋)
《南诏野史》(明杨慎)
《留青日札》(明田艺衡)
《杨升庵全集》(明杨慎)
《少室山房笔丛》(明胡应麟)
《脉望馆钞校本古今杂剧》(明赵琦美)
《述异记》(清东轩主人)
《聊斋志异》(清蒲松龄)
《广东新语》(清屈大均)
《夫于亭杂录》(清王士祯)
《峒溪屽志志余》(清陆次云)
《闽小记》(清周亮工)
《通俗编》(清翟灏)
《坚瓠集》(清褚人穫)
《湖圩杂记》(清陆次云)
《井蛙杂记》(清李调元)
《新搜神记》(清李调元)
《释神》(清姚东升)
《癸巳存稿》(清俞正燮)
《四库全书总目提要》(清纪昀)
《绎史》(清马骕)
《清嘉录》(清顾禄)
《群书拾补》(清卢文弨)
《玉函山房辑佚书》(清马国翰)
《汉唐地理书钞》(清王谟)
《世本八种》(清秦嘉谟等)
《尸子辑本》(清孙星衍)
《[illegible]廊偶笔》(清宋荦)
《陔余丛考》(清赵翼)
《茶香室丛钞》(清俞樾)
《小浮芬闲话》(清俞樾)
《歧路灯》(清李绿园)
《北梦琐言逸文》(清缪荃孙)
《山海经广注》(清吴任臣)
《山海经存》(清汪绂)
《山海经新校正》(清毕沅)
《山海经笺疏》(清郝懿行)
《读山海经》(清俞樾)

《山海经表目》（清冯桂芬）
《山海经地理今释》（吴承志）
《中国小说史略》（鲁迅）
《古小说钩沉》（鲁迅）
《神话研究》（茅盾）
《神话与诗》（闻一多）
《古典新义》（闻一多）
《穆天子传西征讲疏》（顾实）
《中国古代神话与史实》（朱芳圃）
《古本竹书纪年辑校订补》（范祥雍）
《文学大纲》（郑振铎）
《神话论》（林惠祥）
《云南古佚书钞》（王叔武）
《中国俗文学史》（郑振铎）
《敦煌变文集》（王重民等）
《董永沉香合集》（杜颖陶）
《上古神话纵横谈》（冯天瑜）
《中国少数民族文学》（毛星）
《中国少数民族神话选》（谷德明）
《苗族民间故事选》（燕宝）
《白族文学史》（李缵绪）

出版后记

作为一个具有深厚文化底蕴的国家，中国积淀了代代传承的中国神话、仙话。这些神话传说通过口耳相传或书面文字记载等不同的传承方式广泛而持久地流传着，且呈现碎片式分布，零零散散。目前，古籍中记述神话较多的仅有《山海经》、《楚辞》等，不过《国语》、《左传》及《论衡》等书中也保存有片段材料，诸神故事早已支离破碎，难得其详。如此贫乏的神话资料，尤以创世神话为甚，以致国内外学术界长期存在关于中国古代有没有创世神话的争论。杜维明先生就认为，缺乏创世神话是“中国哲学的基调之一”。这样的论断，对于一个有着数千年文明的古国来说，难免是一种缺憾。

20世纪二三十年代，中国神话进入垦荒时代。这一时期，以鲁迅、茅盾、顾颉刚、闻一多、凌纯声、芮逸夫等为代表的学者才借助西方神话学的概念和范畴，在中国文献中发现和圈定了可视为神话的素材，并把它们从古代文献中“抽离”出来，迈出了重建中国神话殿堂的第一步。

中国神话学史上最杰出的第三代神话学家袁珂先生集毕生之精力，从这些零碎的材料中，通过收集、整理、梳理、分析，并构建出神话的轮廓，使那些在时代的流变中因被误认为圣君，或被误认为凶神，或被拔高为创世神而彻底失去了本来面目的神话人物各归各位，用简练、流畅、平实的文字将中国神话、仙话等进行了系统性的陈述，搭建出中国神话传说系谱的相对完整性和清晰性，改变了疑古派和言必称希腊者所谓中国神话资料贫乏的误解和谬见。

自2012年以来，后浪出版公司先后出版了《中国神话传说》《中国神话传说词典》《山海经校注》《中国民间传说》等一系列经典著作。这一部部著作引导对中国神话传说感兴趣的读者进入了一个神奇绚烂的世界，循着远古时代华夏民族瑰丽幻想、顽强抗争以及步履蹒跚的足迹，亲近黄帝和蚩尤的战争现场，帝俊、帝喾和舜，羿和嫦娥的故事，鲧和禹治理洪水……

在这一系列著作中，《中国神话史》作为第一部中国神话史著作，早已为广大读者所熟知。相信读者必能通过此书对中国神话史有更深入的了解，将那些耳熟能详的神话、传说勾连起来，形成纵贯系统的概览。

服务热线：133-6631-2326　188-1142-1266

服务信箱：reader@hinabook.com

后浪出版公司

2015年6月

图书在版编目（CIP）数据

中国神话史 / 袁珂著.—北京：北京联合出版公司，2015.8（2020.5重印）
ISBN 978-7-5502-5560-9

Ⅰ.①中… Ⅱ.①袁… Ⅲ.①神话—文学史—中国 Ⅳ.①B932②I207.7

中国版本图书馆CIP数据核字（2015）第133102号

中国神话史
著　　者：袁　珂
选题策划：后浪出版公司
出版统筹：吴兴元
特约编辑：马春华
责任编辑：李艳芬　王　巍
封面设计：周伟伟
营销推广：ONEBOOK
装帧制造：墨白空间

北京联合出版公司出版
（北京市西城区德外大街83号楼9层　100088）
北京天宇万达印刷有限公司印刷　新华书店经销
字数400千字　690毫米×960毫米　1/16　30印张　插页2
2015年11月第1版　2020年5月第8次印刷
ISBN：978-7-5502-5560-9
定价：68.00元

后浪出版咨询(北京)有限责任公司常年法律顾问：北京大成律师事务所　周天晖 copyright@hinabook.com

山海经校注

（最终修订版）

校 注 者：袁　珂

书　　号：978-7-5502-2564-0

出版时间：2014.04

定　　价：128.00元

《山海经》校注最权威最经典著作

《外滩画报》2014年度中文好书

系统研究中国神话第一人袁珂先生生前亲自修订

精勘精校精修　本书在1996年增补本基础之上，加之袁珂先生生前修订内容，更趋完善；内容上，作者搜罗丰富，征引详博，做注时，除引经据典外，还注重作品本身的内证和文物出土的学术成果，大大丰富了神话内容，不但解释了中国远古神话的问题，而且对于更加清晰地了解中国传统文化具有深远的意义。随文所配插图，更是重新进行了修复，轮廓更加清晰。

精良印刷　内文选用80g优质雅致纸，用顶尖级德国海德堡四色印刷机印刷。

独特设计　封面采用进口绅灰水瑟纸，烫亚金书名，配白色堵头，上口刷金，环衬采用120g蒙肯纸。

本书为袁珂先生在系统研究《山海经》基础之上，经过校勘、考辨、注释，为读者与研究者提供的一部传统文化典籍经典之作。《山海经校注》自出版以来在海内外产生了广泛而深远的影响，并于1984年获四川省哲学社会科学科研一等奖，是研究中国上古图腾社会珍贵史料、领略古代神话传奇的必读著作。

与一般校注类著作相比，作者以其深厚的神话功底，旁征博引，对《山海经》中相关神话的解读颇有独到之处。注释除引经据典外，还注重《山海经》本身的内证、新近文物出土的学术成果，以及金文和甲骨文等方面的运用，不但解释了中国远古神话的问题，而且对于更加清晰地了解中国传统文化具有深远意义。随文所配插图，更弥补了古本《山海经》有图，而今已亡佚的缺憾。

中国神话传说
从盘古到秦始皇

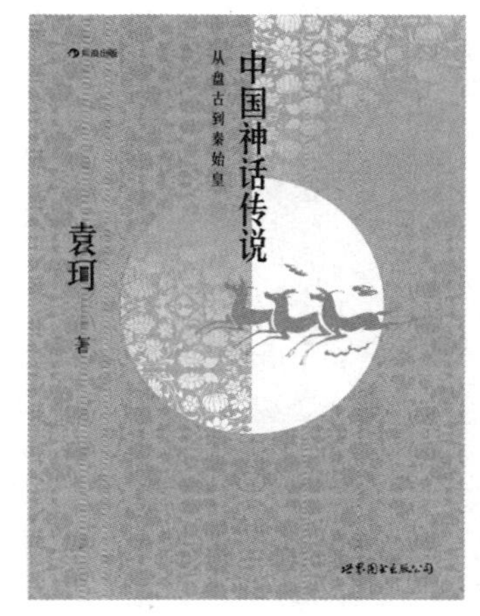

著　　者：袁　珂
书　　号：978-7-5100-4048-1
出版时间：2012.01
定　　价：49.80元

中国神话学大师袁珂先生毕生之作

内容简介

《中国神话传说》是中国神话学专家袁珂先生一生研究成果的集大成之作。因其专业系统且通俗易懂，出版三十年来，受到了国内外读者的广泛欢迎，并且被翻译成俄、日、韩等多种语言。

中国神话传说词典
（修订版）

著　　者：袁　珂
书　　号：978-7-5502-1175-9
出版时间：2013.01
定　　价：49.80元

第三代神话学家袁珂先生生前亲自修订
填海追日五十年成就中国神话经典著作

内容简介

本书资料丰富详尽，将同一传说的不同版本收罗齐全，体例索引整齐且严谨可靠。对词目的说明，引用原文作解释，使内容更为扎实，引据确凿。这样一部全面而专业的词典，既有益于神话研究的进行，又具有珍贵的学术价值。随文所配400余幅插图，更为读者打开了一窥神话传说原貌的大门。

中国神话传说
（简明版）

著　　者：袁　珂

书　　号：978-7-5502-4312-5

出版时间：2015.02

定　　价：39.80元

中国神话传说普及读物
重温神话中那些“儿童时代的天真”，
感受“永久的魅力”

“开辟鸿蒙”这一段时期的光景，也是气势宏伟，波澜壮阔，奇闻异事，层出不穷，毫不逊于希腊、罗马、埃及、印度诸闻名古国的神话传说。而论其自强不息的刚健，战天斗地的勇武，舍己为人的博大和知其不可为而为之的坚韧，种种精神，是为中国古代神话特色，方之诸国，实有过之，并无有及。

——袁珂

中国民间传说

著　　者：袁　珂

书　　号：978-7-5502-4771-0

出版时间：2015.05

定　　价：29.80元

生前亲自校订誊清，
尘封半个多世纪首次出版

内容简介

《中国民间传说》是袁珂先生集中记述中国民间传说的唯一著作，首次出版。全书二十余篇，多取材于魏晋人作的笔记小说，且做了较大的艺术加工，有的扩充篇幅甚至达到10倍以上，既充分传达了这些简古、精短的魏晋文字的思想内容，又增加了阅读的趣味性。